【臺灣現當代作家
研究資料彙編】04

楊　逵

國立台灣文學館
出版

主委序

　　臺灣文學發展至今，已蓄積可觀且沛然的能量，尤於現當代文學領域，作家們的精彩創作與文學表現，成績更是有目共睹。對應日益豐饒的文學樣貌，全面梳理研究資源、提昇資料查考與使用的便利性，也就格外重要。

　　本會所屬國立台灣文學館自成立以來，即著力於臺灣文學史料之研究、整理及數位化，迄今已積累相當成果，民眾幾乎可在彈指之間，獲取相關訊息及寶貴知識；為豐富臺灣文學研究基礎，繼 99 年出版收錄 310 位現當代作家評論資料的《臺灣現當代作家評論資料目錄》後，今（100）年進一步延伸建置「臺灣現當代作家研究資料庫」，將現當代文學作家及系列作品建構起多向查考、運用的整合機制，不僅得以逐步完善 310 位現當代作家評論資料的確切性及新穎度，研究者亦能更加便捷地掌握研究概況、動態，進而開闢不同的研究路徑及視野。

　　為深化既有成果，也同步推動「臺灣現當代作家研究資料彙編計畫」，預計分年完成自臺灣新文學之父賴和以降，50 位現當代重要作家研究資料彙編，系統性纂輯、呈現作家手稿、影像、文學年表、研究綜述、評論文章及目錄、歷史定位與影響等。目前已完成第一階段賴和等 15 位重要作家研究資料彙編工作，此為國內現行唯一全方位的臺灣現當代文學工具書，也是研究臺灣作家、文學發展的重要讀本依據，乃極具代表性意義的起點，搭配前述資料庫，相信能為臺灣文學研究奠定益加厚實的根基；亦祈各方不吝指正，以匯聚更多參與及持續前行的能量。

行政院文化建設委員會主任委員

館長序

　　近幾年，臺灣現當代文學的研究，朝著跨領域整合的方向在發展，但不管趨勢如何，對於作家及其作品的理解與詮釋，恆是最基本且是最重要的工作。因此，作家到底是一個什麼樣的人？他的出身、學經歷究竟如何？他在哪些主客觀條件下從事寫作？又怎麼會寫出那樣的一些作品？這些都有助於增加理解；進一步說，前人究竟如何解讀作家的為人和他之所作？如何評述其文學風格及成就？這些相關文獻提供了我們重新展開深入探索的基礎，了解前修有所未密，後出才能轉精。

　　當臺灣文學在 1980 年代獲得正名，在 1990 年代正式進入學院體制，「學科化」就彷彿是一場學術運動，迄今所累積的研究成果已極可觀，如果把前此多年在文學相關傳媒所發表的評論資料納入，則可稱之為臺灣文學的「研究資料」，以作家之評論而言，根據國立台灣文學館委託台灣文學發展基金會所蒐羅的作家評論資料（310位作家，收錄時間下限是 2009 年 8 月），總計近九萬筆。這龐大的資料，已於去年編印成八巨冊的《臺灣現當代作家評論目錄》；在這樣的基礎上，以個別作家為考量的「研究資料彙編」計畫，其第一階段的成果即將出版（15 冊），如果順利，二、三年內將會累積到50 冊。

　　「臺灣」是我們生存的空間，「現當代」約指新文學發生以降迄今，「作家」特指執筆為文且成家者。臺灣現當代作家之所以值得研

　　究，乃是因為他們以其智慧和經驗創造了許多珍貴的文學作品，反映並批判社會，饒富現當代意義，如果能夠把他們的研究資料集中，對於正在學習或有文學興趣的讀者，應該會有莫大的助益。

　　賴和被尊稱為臺灣新文學之父，他出生於甲午戰爭那一年（1894），爾後出生的作家，含在臺灣土生土長，以及從中國大陸來臺者，人數非常多，如何挑選重要作家，且研究資料相對比較豐富者，是一件不容易的事，這就需要專家的參與；基本上，選人要客觀，選文要妥適，編選者要能宏觀，且能微視，才能提出有說服力的見解。

　　毫無疑問，這是一個重大的人文基礎建設，由政府公部門（國立台灣文學館）出資，委託深具執行力的社會非營利組織（台灣文學發展基金會），動員諸多學術菁英（顧問群、編選者）來共同完成，有效的運作模式開創一種完美的三合一典範，對於臺灣文學，必能發揮其學科深化的作用，且將有助於臺灣文學的永續發展。

國立台灣文學館館長　李瑞騰

編序

◎封德屏

緣起

1995 年 10 月 25 日，在臺灣師範大學教育大樓的 201 室，一場以「面對臺灣文學」爲題的座談會，在座諸位學者分別就臺灣文學的定義、發展、研究，以及文學史的寫法等，提出宏文高論，而時任國家圖書館編纂張錦郎的「臺灣文學需要什麼樣的工具書」，輕鬆幽默的言詞，鞭辟入裡的思維，更贏得在座者的共鳴。

張先生以一個圖書館工作人員自謙，認真專業地爲臺灣這幾十年來究竟出版了多少有關臺灣文學的工具書，做地毯式的調查和多方面的訪問。同時條理分明地針對研究者、學生，列出了十項工具書的類型，哪些是現在亟需的，哪些是現在就可以做的，哪些是未來一步一步累積可以達成的，分別做了專業的建議及討論。

當時的文建會二處科長游淑靜，參與了整個座談會，會後她劍及履及的開始了文學工具書的委託工作，從 1996 年的《臺灣文學年鑑》起始，一年一本的編下去，一直到現在，保存延續了臺灣文學發展的基本樣貌。接著是《中華民國作家作品目錄》的新編，《臺灣文壇大事紀要》的續編，補助國家圖書館「當代文學史料影像全文系統」的建置，這些工具書、資料庫的接續完成，至少在當時對臺灣文學的研究，做到一些輔助的功能。

2003 年 10 月，籌備多年的「台灣文學館」正式開幕運轉。同年五月《文訊》改隸「財團法人台灣文學發展基金會」，爲了發揮更大的動能，開始更積極、更有效率地將過去累積至今持續在做的文學史料整理出來，讓

豐厚的文藝資源與更多人共享。

於是再次的請教張錦郎先生，張先生認為文學書目、作家作品目錄、文學年鑑、文學辭典皆已完成或正在進行，現在重點應該放在有關「臺灣現當代作家評論資料目錄」的編輯工作上。

很幸運的，這個計畫的發想得到當時臺灣文學館林瑞明館長的支持，於是緊鑼密鼓的展開一切準備工作：籌組編輯團隊、召開顧問會議、擬定工作手冊、撰寫計畫書等等。

張錦郎老師花了許多時間編訂工作手冊，每一位作家的評論資料目錄分為：

（一）生平資料：可分作者自述，旁人論述及訪談，文學獎的紀錄。

（二）作品評論資料：可分作品綜論，單行本作品評論，其他作品（包括單篇作品）評論，與其他作家比較等。

此外，對重要評論加以摘要解說，譬如專書、專輯、學術會議論文集或學位論文等，凡臺灣以外地區之報刊及出版社，於書名或報刊後加註，如中國大陸、香港、新加坡等。此外，資料蒐集範圍除臺灣外，也兼及中國大陸、香港、新加坡、日本、韓國及歐美等地資料，除利用國內蒐集管道外，同時委託當地學者或研究者，擔任資料蒐集工作。

清楚記得，時任顧問的學者專家們，都十分高興這個專案的啟動，但確定收錄哪些作家名單時，也有不同的思考及看法。經過充分的討論後，終於取得基本的共識：除以一般的「文學成就」為觀察及考量作家的標準外，並以研究的迫切性與資料獲得之難易度為綜合考量。譬如說，在第一階段時，作家的選擇除文學成就外，先考量迫切性及研究性，迫切性是指已故又是日治時期臺籍作家為優先，研究性是指作品已出土或已譯成中文為優先。若是作品不少而評論少，或作品評論皆少，可暫時不考慮。此外，還要稍微顧及文類的均衡等等。基本的共識達成後，顧問群共同挑選出 310 位作家，從鄭坤五、賴和、陳虛谷以降，一直到吳錦發、陳黎、蘇偉貞，共分三個階段進行。

　　張錦郎教授修訂的編輯體例，從事學術研究的顧問們，一方面讚嘆「此目錄必然能成爲類似文獻工作的範例」，但又深恐「費力耗時，恐拖延了結案時間」，要如何克服「有限時間，高度理想」的編輯方式，對工作團隊確實是一大挑戰。於是顧問們群策群力，除了每人依研究領域、研究專長認領部分作家外（可交叉認領），每個顧問亦推薦或召集研究生襄助，以期能在教學研究工作外，爲此目錄盡一份心力。

　　「臺灣現當代作家評論資料目錄」專案計畫，自 2004 年 4 月開始，至 2009 年 10 月結束，分三個階段歷時五年六個月，共發現、搜尋、記錄了十餘萬筆作家評論資料。共經歷了三位專職研究助理，近三十位兼任研究助理。這些研究助理從開始熟悉體例，到學習如何尋找資料，是一條漫長卻實用的學習過程。

接續

　　本來以爲五年的專案工作可以暫時告一段落，但面對豐盛的研究成果，無論是參與這個計畫的顧問或是擔任審查工作的專家學者，都希望臺灣文學館能在這樣的基礎下挖深織廣，嘉惠更多的文學研究者。

　　「臺灣現當代作家評論資料目錄」的專案完成，當代重要作家的研究，更可以在這個基礎上，開出亮麗的花朵。於是就有了「臺灣現當代作家研究資料彙編暨資料庫建置計畫」的誕生。爲了便於查詢與應用，資料庫的完成勢在必行，而除了資料庫的建置外，這個計畫再從 310 位作家中精選 50 位，每人彙編一本研究資料，內容有作家圖片集，包括生平重要影像、文學活動照片、手稿及文物，小傳、作品目錄及提要、文學年表。另外每本書分別聘請一位最適當的學者或研究者負責編選，除了負責撰寫五千至一萬字的作家研究綜述外，再從龐雜的評論資料中挑選具有代表性的評論文章，全文刊載，平均 12～14 萬字，最後再附該作家的評論資料目錄，以期完整呈現該作家的生平、創作、研究概況，其歷史地位與影響。

　　由於經費及時間因素，除了資料庫的建置，資料彙編方面，50 位作家

分三個階段完成。第一階段挑選了 15 位作家，體例訂出來，負責編選的學者專家名單也出爐了，於是展開繁瑣綿密的編輯過程。一旦工作流程上手，才知比原本預估的難度要高上許多。

首先，必須掌握 15 位編選者的進度這件事，就是極大的挑戰。於是編輯小組在等待編選者閱讀選文的同時，開始蒐集整理作家生平照片、手稿，重編作家年表，重寫作家小傳，尋找作家出版品的正確版本、版次，重新撰寫提要。這是一個極其複雜的工程。要將編輯準則及要素傳達給毫無編輯經驗的助理，對我來說，就是一個極大的考驗。於是，邊做邊教，還好有認真負責的專任助理宇需，以及編輯老手秀卿下海幫忙，將我的要求視為使命必達，讓整個專案在「高壓政策」下，維持了不錯的品質及進度。

當然，內部的「高壓政策」，可以用身教、言教的方法執行，但要八位初出茅廬的助理，分別盯牢 15 位編選的學者專家，無疑是一件「非常人」可以勝任的工作。學者專家個個都忙，如何在他們專職的教學及行政工作之外，把這件有意義的編選工作如期完工，另外還得加上一篇完整的評論綜述，這可是要大智慧、大勇氣的編輯經驗了。

有些編輯經驗可以意會，不可言傳，這是多年血淚交織的經驗與心得，短時間要他們全然領會實在有些困難。但迫在眉睫的工作總得完成，於是土法煉鋼也好，揠苗助長也罷，一股腦全使上了。在智慧權威、老練成熟的學者專家面前，這些初生之犢的年輕助理展現了大無畏的精神，施展了編輯教戰手冊中的第一招──緊迫盯人。看他們如此生吞活剝地貫徹我所傳授的編輯要法，心裡確實七上八下，但礙於工作繁雜，實在無法事必躬親，也只好讓他們各顯身手了。

縱使這些新手使出了全部力氣，無奈工作的難度指數偏高，進度遇到瓶頸，大夥有些喪氣，這時就得靠意志力及精神鼓舞了。我曉以大義的說，他們正在光榮地參與一個重要的文學工程，絕對不可輕言放棄。

成果

雖然過程是如此艱辛，可是終究看到豐美的成果。每位編選者雖然忙碌，但面對自己負責的作家資料彙編，卻是一貫地認真堅持。他們每人必須面對上千或數百筆作家評論資料，挑選重要或關鍵性的評論文章，全面閱讀，然後依照編選原則，挑選評論文章。助理們此時不僅提供老師們所需要的支援，統計字數，最重要的是得找到各篇選文作者，取得同意轉載的授權。在進度流程初估時，我們錯估了此項工作的難度，因為許多評論文章，發表至今已有數十年的光景，部分作者行蹤難查，還得輾轉透過出版社、學校、服務單位，尋得蛛絲馬跡，再鍥而不捨地追蹤。

除了挑選評論文章煞費苦心外，每個作家生平重要照片，我們也是採高標準的方式去蒐集，過世作家家屬、友人、研究者或是當初出版著作的出版社，都是我們徵詢的對象。認真誠懇而禮貌的態度，讓我們獲得許多從未出土的資料及照片，也贏得了許多珍貴的友誼。例如楊逵的兒子楊建、孫女楊翠，龍瑛宗的兒子劉知甫，張文環的女兒張玉園，楊熾昌的兒子楊皓文，鍾理和的兒子鍾鐵民、孫女鍾怡彥及鍾舜文，梁實秋的女兒梁文薔，呂赫若的兒子呂芳卿、呂芳雄等，我們和他們一起回憶他們的父祖輩可敬可愛的文學人生。

閱讀諸篇評論文章，對先民所處的時代有更多的同情與瞭解。從日本研究臺灣文學的學者尾崎秀樹〈臺灣文學備忘錄——臺灣作家的三部作品〉一文中，可以清楚瞭解臺灣人作家對日本殖民統治的意識，乃由抵抗而放棄以至屈服的傾斜過程。向陽認為，其中也能發現少數因主流思潮的覆蓋而晦暗不明的作家，例如不為時潮所動，堅持以超現實主義書寫的楊熾昌。然而經過時間的考驗，曾經孤獨的創作者，終究確立了他在臺灣文學史上的地位。

在閱讀中，許多熟悉的名字不斷出現。1962 年，張良澤以一個成大中文系學生的身分，拜訪了鍾理和遺孀，且立下了今後整理臺灣文學史料的

志業。1977 年 9 月，張良澤主編的《吳濁流作品集》，堂堂六冊由遠行出版。1979 年 7 月，鍾肇政、葉石濤、張恆豪、林梵、羊子喬等人編纂《光復前臺灣文學全集》，由遠景出版，這些作家、學者、出版家，都爲早期臺灣文學的研究貢獻了心力。

　　1987 年 7 月臺灣解嚴，臺灣文學研究的風潮日漸蓬勃。1990 年 4 月23 日，《民眾日報》策劃「呂赫若專輯」，標題爲〈呂赫若復出〉；1991 年前衛出版社林父欽出版「臺灣作家全集‧短篇小說卷‧日據時代」；1997年自真理大學開始，臺灣文學系所紛紛成立，臺灣文學體制化的脈動，鼓舞了學院師生積極從事日治時期臺灣文學史料的蒐集。這股風潮正如陳萬益所言，不只是文獻的出土，也是一種心態的解嚴，許多日治時期作家及其家屬，終於從長期禁錮的氛圍中解放。許俊雅認爲，再加上當初以日文創作的作家作品，也在 1990 年代後被逐漸翻譯出來，讀者、研究者在一個開放的空間，又免除語文的障礙，而使臺灣文學研究開始呈現多元的風貌。

　　1990 年開始，各地縣市文化中心（文化局），對在地作家作品集的整理出版，以及臺灣文學館成立後對日治時期作家以迄當代重要作家全集的編纂，對臺灣文學之作家研究，也有了很好的促進作用。《鍾理和全集》、《鍾肇政全集》、《楊逵全集》、《張文環全集》、《呂赫若日記》、《葉石濤全集》、《龍瑛宗全集》，如雨後春筍般持續展開。「臺灣意識」的興起，使本土文學傳統快速的納入出版與研究行列。

　　每位編選者除了概述作家的研究面向外，均有獨到的觀察與建議。陳建忠細論賴和及其文學接受史的演變歷程後，建議未來研究者回歸到賴和文學本體與專業研究方向；張恆豪除抽絲剝繭細述「吳濁流學」的接受及演變歷程外，並建議幾個有關吳濁流及《亞細亞的孤兒》尚待關注及努力的議題；須文蔚建議未來的研究者，可從紀弦 1950～1960 年跨區域文學傳播角度出發，彙整紀弦對上海、香港、臺灣及東南亞華文地區詩歌的影響；或從紀弦主編過的《火山》詩刊、《新詩》月刊等著手，從文學社會學

或文學傳播的角度出發。柳書琴、張文薰為顧及張文環多元面向，除一般期刊論文外，亦選譯尚未譯介的論文，希望展示海內外不同世代之路徑與成果；應鳳凰以深入 50 年代文本的研究基礎，將鍾理和的研究收納得更為寬廣。彭瑞金則分別對葉石濤及鍾肇政進行深入細膩的研究，以及熟稔精密的剖析，他認為葉石濤文學是長期累積的成果，他所選錄的 20 篇葉石濤相關評論文章，代表各種背景的評論者、評介者閱讀葉石濤文學的方法；而鍾肇政上千筆的研究資料，呈現的多是鍾肇政文學的外圍研究，較少從文學的角度去探求解析。清理分析成果後，才可以作為續航前進的動力。

　　然而在近二十年本土文學興盛的臺灣文學研究中，是不是也有遺漏與偏失？陳信元的〈兩岸梁實秋研究述評比較〉，也足以讓我們思考。陳義芝除肯定覃子豪詩藝的深度與厚度，以及對後繼青年的影響外，如果從文獻蒐集、詮釋的角度來看，他認為覃子豪研究仍有尚未開發的議題。

　　學者兼作家的周芬伶，對琦君的剖析與論述細微而生動，她細膩的文字觀察，清楚道出琦君研究的未到之處；張瑞芬則以明快的文字，將林海音一生的創作、出版與編輯完整帶出，也比較了評論者對林海音小說、散文表現的不同看法，相同的則是林海音編輯生涯中對作家的提攜與貢獻。

期待

　　感謝臺灣文學館持續支持推動這兩個專案的進行。「臺灣現當代作家評論資料目錄」的完成，呈現的是臺灣文學研究的總體成果；「臺灣現當代作家研究資料彙編」套書的出版，則是呈現成果中最精華最優質的一面，同時對未來的研究面向與路徑，做最好的建議。我們可以很清楚的體會，這是一條綿長優美的臺灣文學接力賽，我們十分榮幸能參與其中，我們更珍惜在傳承接力的過程，與我們相遇的每一個人，每一件讓我們真心感動的事。我們更期待這個接力賽，能有更多人加入。誠如張恆豪所說「從高音獨唱到多元交響」，這是每一個人所期待的。

編輯體例

一、本書編選之目的，爲呈現楊逵生平、著作及研究成果，以作爲臺灣文學相關研究、教學之參考資料。

二、全書共五輯，各輯內容及體例說明如下：

輯一：圖片集。選刊作家各個時期的生活或參與文學活動的照片、著作書影、手稿（包括創作、日記、書信）、文物。

輯二：生平及作品，包括三部分：

1.小傳：主要內容包括作家本名、重要筆名，生卒年月日，籍貫，及創作風格、文學成就等。

2.作品目錄及提要：依照作品文類（論述、詩、散文、小說、劇本、報導文學、傳記、日記、書信、兒童文學、合集）及出版順序，並撰寫提要。不收錄作家翻譯或編選之作品。

3.文學年表：考訂作家生平所進行的文學創作、文學活動相關之記要，依年月順序繫之。

輯三：研究綜述。綜論作家作品研究的概況，並展現研究成果與價值的論文。

輯四：重要文章選刊。選收國內外具代表性的相關研究論文及報導。

輯五：研究評論資料目錄。收錄至 2010 年 10 月底止，有關研究、論述臺灣現當代作家生平和作品評論文獻。語文以中文爲主，兼及日文和英文資料。所收文獻資料，以臺灣出版爲主，酌收中國大陸、香港、日本和歐美國家的出版品。內容包含三部分：

1.「作家生平、作品評論專書與學位論文」下分爲專書與學位論文。

2.「作家生平資料篇目」下分爲「自述」、「他述」、「訪談」、「年表」、「其他」。

3.「作品評論篇目」下分爲「綜論」、「分論」、「作品評論目錄、索引」、「其他」。

目次

輯一◎圖片集

影像◎手稿◎文物

楊逵（前排右一）攝於日本東京留學時期。（翻攝自《楊逵全集（一）》，國立文化資產保存研究中心籌備處）

1935年11月，楊逵退出《臺灣文藝》編輯群，與妻葉陶組「臺灣新文學社」，發行《臺灣新文學》，中日文並行，楊逵主編日文版面，賴和與楊守愚主編中文版面，刊物具普羅文學色彩。（國立臺灣文學館提供）

1927年，時年21歲的楊逵（中立者）攝於自日返臺時。（楊逵文物數位博物館提供）

1937年，楊逵（右）與入田春彥（中）合影。（楊
逵文物數位博物館提供）

31歲的楊逵（右）與28歲的黃得時
（左）合影於1937年。（翻攝自《楊
逵全集（一）》，國立文化資產保存
研究中心籌備處）

三國志物語第五卷豫告

陳琳の奏文に依つて捲き起された曹操に對する反感に對して曹
操は諸州郡に割據する諸侯に自ら使を遣はして買收を開始した。
一方痛烈に曹操を面罵した彌衡を、曹操は殺さずに劉表のところ
へやつたが、そこでも彼は劉表を諷刺した。彼の運命は果して如何
であらう？
袁紹曹操劉備とそれぐ\術策を傾げて……このこの謀略戰は正に嵐の
前の靜けさであるが、次ぎはどんな場面が展開されるであらうか？
乞ふ第五卷を讀め！

刊於1943年盛興書局出版《三國志物
語・第四卷》文末的《三國志物語・
第五卷》出版預告，後未見付梓。
（國立臺灣文學館提供）

1944年，楊逵預計出版卻被查禁的第一本作品《萌芽》，圖為楊逵自製的排印版封面。（國立臺灣文學館提供）

1944年，楊逵（左一）攝於中日戰爭期間，時年38歲，攝影地點不詳。（楊逵文物數位博物館提供）

1945年，楊逵發行《一陽週報》（1945年9月～12月9日）創刊號，介紹孫文思想和三民主義，並轉載大陸地區五四以來白話文學作品。（國立臺灣文學館提供）

1948年，《臺灣文學叢刊》創刊，封面上「林曙光先生指正」，為時任編輯的楊逵親筆。（國立臺灣文學館提供）

1949年1月13日，〈萌芽〉發表於《臺灣新生報》的插圖，由歌雷繪製。（翻攝自《楊逵全集（七）》，國立文化資產保存研究中心籌備處）

楊逵攝於綠島監獄時期，約1950年代。
（國立臺灣文學館提供）

1957年，楊逵（右）攝於綠島，時為參加運動會的
五千公尺長跑。（翻攝自《楊逵全集（二）》，
國立文化資產保存研究中心籌備處）

1961年，楊逵（左二）與長子楊資崩、妻葉陶與
次子楊建（由左至右）合影於臺中公園。（國立
臺灣文學館提供）

1961年，從綠島初返臺灣的楊逵。（楊逵文物
數位博物館提供）

1973年2～4月間，楊逵（中排左）與孫女楊翠（前）、次子楊健（中排右）、三女楊碧（後排右）合影，由河原功拍攝。（國立臺灣文學館提供）

1973年，楊逵（右）與河原功攝於葉陶墓旁。（國立臺灣文學館提供）

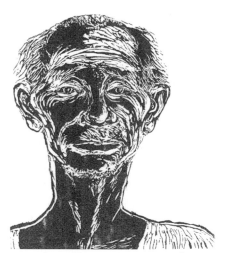

1974年4月10日，楊逵（中）與來訪的林瑞明（左）、林載爵合影於東海花園。（楊逵文物數位博物館提供）

1974年，文庭澍為楊逵創作的木雕畫。（翻攝自《楊逵全集（七）》，國立文化資產保存研究中心籌備處）

1975年8月，於東海花園修補自宅的楊逵。（楊逵文物數位博物館提供）

70歲的楊逵（右）與河原功攝於1976年8～9月間。（國立臺灣文學館提供）

1976年12月9日，楊逵（左）與林瑞明攝於臺中懷恩中學（楊逵文物數位博物館提供）

1979年春，李喬、紀剛、楊逵、葉石濤、鍾鐵民（由右至左）於參與作家訪問團期間攝於屏東高樹鄉。（鍾鐵民提供）

1979年，邱淳洸、楊逵、日本詩人北原政吉、何金生（前排由右至左）、林亨泰、陳
千武、白萩（後排由右至左）攝於臺中市立文化中心。（楊逵文物數位博物館提供）

1979年，楊逵攝於東海花園。（國立臺灣文學館提供）

1979年，楊逵於東海花園晨運。（國立臺灣
文學館提供）

1980年，楊逵（中）與王曉波（右）、陳宏正攝於高兩貴告別式。高兩貴與楊逵相識於農民組合期間，乃臺灣文化協會中央委員。（楊逵文物數位博物館提供）

1980年，楊逵與「送報伕」雕像合影於東海花園。（翻攝自《楊逵全集（六）》，國立文化資產保存研究中心籌備處）

1980年，高天生、蘇慶黎、楊逵、唐文標合影(由右至左)。（翻攝自《楊逵全集（十一）》，國立文化資產保存研究中心籌備處）

楊逵（左）與長子楊資崩合影，約1980年。（楊逵文物數位博物館提供）

1981年8月2日，楊逵與黃春明、林瑞明、許建崑
（前排由右至左）攝於第三屆鹽分地帶文藝營。
（楊逵文物數位博物館提供）

1982年5月22日，楊逵（右）與陳映真合影於
資生花園。（國立臺灣文學館提供）

1981年，楊逵（坐者）與次子楊建一家合影於大甲。
（楊逵文物數位博物館提供）

1982年7月，楊逵（前排左一）與日本作家塚本照和及臺灣作家們合影。前排左二起：吳坤煌、塚本照和、黃得時、陳火泉，後排：王昶雄、楊國喜、楊資崩、李君晰、郭啟賢、龍瑛宗、鍾肇政（由左至右）。（南天書局提供）

1982年，76歲的楊逵（右）與45歲的白先勇攝於第四屆鹽分地帶文藝營。（翻攝自《楊逵全集（七）》，國立文化資產保存研究中心籌備處）

1980年10月，楊逵攝於美國，由王維綱拍攝。（楊逵文物數位博物館提供）

1982年，楊逵攝於應愛荷華大學「國際作家工作坊」之邀赴美期間
（1982年8月28日～12月13日）。（楊逵文物數位博物館提供）

約1982～1983年間，洪醒夫、李喬、楊逵、鍾肇政（由左至右）合影
於大溪資生花園。（楊逵文物數位博物館提供）

1982～1983年期間，文友探望楊逵留影紀念。前排中為楊逵，左三為鍾肇政，前排右一、右二為楊逵長子楊資崩及其妻蕭素梅，前排左一為高天生，後排左一為洪醒夫。（楊逵文物數位博物館提供）

1983年8月9日，楊逵（左）與鍾鐵民攝於鍾理和紀念館開幕。（文訊資料室）

1983年，楊逵（右）與鍾肇政攝於龍潭鍾宅。（楊逵文物數位博物館提供）

1984年底，楊逵攝於鶯歌。（楊逵文物數位博物館提供）

1984年8月9日，楊逵（中）與孫女楊翠（左）、詩人陳秀喜合影於關子嶺笠園。（楊逵文物數位博物館提供）

1985年2月21日，楊逵攝於么女楊碧家，為生前最後的全家福。（翻攝自《楊逵全集（二）》，國立文化資產保存研究中心籌備處）

李喬、楊逵、東方白、陳宏正（由右至左）合影，時間
地點不詳。（楊逵文物數位博物館提供）

楊逵與孫女楊翠合影於鶯歌，攝影確
切年代不詳。（林彩美提供）

2005年，楊逵文學紀念館於楊逵
故鄉臺南新化啟用。圖為飾有楊
逵字跡的館中一景。（黃建婷拍
攝）

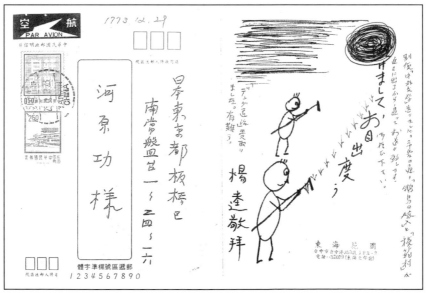

楊逵致河原功明信片，說明《中外文學》將刊出〈鵝媽媽出嫁〉與
〈模範村〉，並祝河原功新年快樂。（國立臺灣文學館提供）

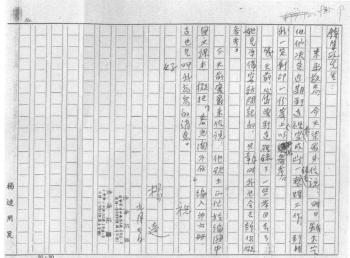

楊逵致鍾肇政書信，說明
近期分別接受梁景峰與心
岱的錄音採訪。並提到寒
爵（韓道誠）將把〈春光
關不住〉〔後更名為〈壓
不扁的玫瑰花〉〕收入國
中國文課本。（國立臺灣
文學館提供）

《牛犁分家》主題歌，
詞：楊逵／曲：〈農家
好〉。（翻攝自《楊逵全
集（一）》，國立文化資
產保存研究中心籌備處）

小伙子大家來賽跑
不為冠軍不為人上人
老幼相扶持一路跑上去
跑向自由民主
和平快樂的新樂園

楊逵

楊逵手稿。（翻攝自《楊
逵選集》，文藝風出版社）

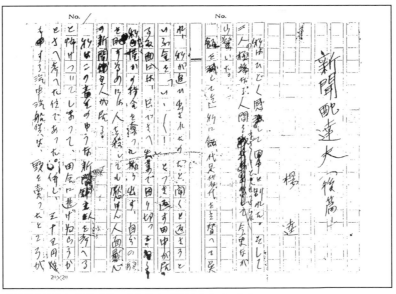

〈新聞配達夫〉後篇手稿。（翻攝自《楊逵全集（四）》，
國立文化資產保存研究中心籌備處）

楊逵俗諺手稿。（翻攝自《楊逵全集（十一）》，
國立文化資產保存研究中心籌備處》）

楊逵寫於綠島時期「寫作研究」筆記簿上的〈談寫
作〉手稿。（國立臺灣文學館提供）

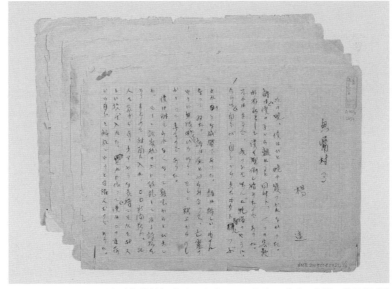

楊逵〈無醫村〉手稿，完成於1940年代。（國立臺灣文學館提供）

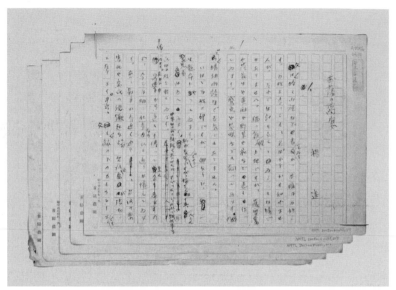

楊逵〈お薩の饗宴〉（蕃薯大餐）手稿，完成於1940年代。
（國立臺灣文學館提供）

窮隱廬兮蜜穴自藏
與其隨倭而得志
不若從孤竹於首陽

楊逵

楊逵於吳新榮「雅人深致」簽名
簿上的題字。此簽名簿為吳新榮
委請文藝聯盟、臺灣新文學社、
乃至戰爭時期的民俗臺灣、臺
灣文學社等文學同好為之簽字。

輯二◎生平及作品

小傳◎作品◎年表

小傳

楊逵 (1906～1985)

　　楊逵，男，本名楊貴，另有筆名楊建文、賴健兒、林泗文、伊東亮等，籍貫臺灣臺南，1906 年（明治 39 年）10 月 18 日生，1985 年 3 月 12 日辭世，享年 80 歲。

　　日治時期臺南二中（現臺南一中）肄業，1924 年赴日求學，次年考入日本大學文學藝術科夜間部，在日期間曾參與工人與學生運動。1927 年輟學返臺，旋即參加臺灣農民組合、臺灣文化協會，並於 1934 年加入臺灣文藝聯盟，曾先後被日警逮捕下獄十次。1935 年創辦《臺灣新文學》雜誌，後經營「首陽農園」。國民政府來臺後，改「首陽農園」為「一陽農園」，並創辦《一陽週報》。曾於戰前任《大眾時報》記者、《臺灣文藝》日文版編輯與戰後《和平日報》「新文學」欄、《文化交流》臺灣文化部分主編、《臺灣力行報》「新文藝」欄編輯。1948 年發行《臺灣文學叢刊》三輯，1949 年因起草〈和平宣言〉被捕，入獄 12 年（1951～1961 年移監綠島），刑期屆滿歸農。曾獲第 6 屆吳三連文藝獎小說類獎、臺美基金會人文科學獎與臺灣新文學特別推崇獎。

　　楊逵早期以日文寫作，主要為評論、小說、散文等。綠島服刑期間，亦創作不倦，著有不少中文劇本。曾於 1934 年以〈新聞配達夫〉入選東京《文學評論》第二獎（首獎缺）而成名，成為第一位進入日本文壇的臺灣作家。葉石濤認為〈新聞配達夫〉在當時「無論從其文字技巧和內容而言

都達到日本文壇的水準,同時也是所有反帝反封建為主題的臺灣小說的集大成。」寫於綠島服刑時期作品〈春光關不住〉於 1976 年改題為〈壓不扁的玫瑰花〉,收錄於國中國文課本,為日治時期臺灣作家作品首次被選編入教科書。

　　楊逵自稱為「人道的社會主義者」,主張文學必須站在人民的立場,他的一生寫照正如其所言:「這一生我的努力,都在追求民主、自由與和平。我沒有絕望過,也不曾被擊倒過,主要由於我心中有股能源,它使我在糾紛的人世中學會沉思,在挫折來時更加振作,在苦難面前展露微笑,即使到處碰壁,也不致被凍僵。」(楊逵,1983 年)。這位曾被林載爵推崇為見證日治時期「知識分子的社會良心的形象」的臺灣作家,其作品富有濃厚的階級意識及抵抗精神,除揭發日本殖民統治所帶來種種對臺灣人民的苦難壓迫,更以樸實的風格、真切的筆觸,展現出普羅大眾的精神,在臺灣文學史上留下硬骨崢嶸的作家身影。

作品目錄及提要

【散文】

壓不扁的玫瑰

臺北：前衛出版社
1985 年 3 月，32 開，246 頁
前衛叢刊 36

本書分「花園札記」、「離鄉家書」、「隔海散記」、「演說評述」、「我的回憶」五輯，收錄〈首陽園雜記〉、〈智慧之門將要開了〉、〈永遠不老的人〉、〈悼念老友徐復觀先生〉、〈楊逵回憶錄〉等 34 篇文章。正文前有〈楊逵先生簡介〉、陳映真〈楊逵的一生〉，正文後附錄葉陶〈我的教練真嚴厲〉。

【小說】

臺灣評論社

東華書局

新聞配達夫（送報伕）／胡風譯

臺北：臺灣評論社
1946 年 7 月

臺北：東華書局
1947 年 10 月，48 開，83 頁
中國文藝叢書第 6 輯

中篇小說，有中日文對照。本文首發於 1932 年《臺灣新民報》，連載中途遭禁而未能刊畢，1936 年由胡風譯為中文。故事敘述臺灣學生「楊君」在東京當送報伕，遭受雇主剝削與欺騙的過程；具社會主義思想，深刻描寫現實人生黑暗面，並藉由楊君遭受的不平待遇突顯改變現況的急迫。正文前有楊逵序。

三國志物語・第一卷

臺北：盛興書店
1943 年 3 月

章回小說。本書爲作者以日文改寫《三國志物語》，計有：1.羊
頭をかっげで；2.桃園結義；3.劉備獲馬；4.義軍第一陣；5.幻
滅續き；6.張角の死；7.劉備仕官；8.靈帝崩御；9.伏魔殿；10.
何進の首；11.帝よういづこ？；12.董卓入京；13.赤兔と呂布；
14.董卓の篡逆；15 曹操献刀；16.狼心の徒，共 16 章。

三國志物語・第二卷

臺北：盛興書店
1943 年 8 月

章回小說。本書爲作者以日文改寫《三國志物語》，計有：1.同
床異夢；2.忠義の旗；3.會盟；4.寄合世帶；5.馬弓手；6.虎牢關
會戰；7.長安へ；8.傳國玉璽；9.群雄割據；10.貂蟬一笑；11.董
卓・呂布；12.鳳儀亭凱歌；13.鴨の兵法；14.董卓二世；15.青
州兵；16.五里霧中；17.この母この子，共 17 章。

三國志物語・第三卷

臺北：盛興書店
1943 年 10 月

章回小說。本書爲作者以日文改寫《三國志物語》，計有：1.四
路の援軍；2.泰山鳴動して；3.蝗の仲裁；4.徐州三讓；5.死灰
再び燃ゆる；6.反間苦肉；7.難行路；8.建都安邦；9.平和政
策；10.張飛禁酒；11.玉璽の抵當；12.太史慈；13.小霸王；14.
平和主義者；15.馬泥棒，共 15 章。

三國志物語・第四卷

臺北：盛興書店
1943 年 11 月

章回小說。本書爲作者以日文改寫《三國志物語》，計有：1.外
交辭令；2.丞相の戀；3.壽春の夢；4.手品師；5.密書；6.會心
の微笑；7.虎坑を掘る人人；8.血詔・血盟；9.許都脫出；10.
陳淋の檄；11.謀略戰；12.鼓手禰衡，共 12 章。

鵞鳥の嫁入（鵝媽媽出嫁）

臺北：三省堂
1946 年 3 月，105 頁

短篇小說集。本書收有〈鵞鳥の嫁入〉、〈薯作り〉、〈歸農の
日〉、〈無醫村〉四篇小說，由立石鐵臣裝幀。正文後有楊逵
〈あとがき〉。

鵝媽媽出嫁

臺南：大行出版社
1975 年，32 開，208 頁

臺北：香草山出版社
1976 年 5 月，32 開，218 頁

臺中：華谷書城
1978 年 9 月，32 開，217 頁

臺北：民眾日報社
1979 年 10 月，32 開，216 頁
民眾文叢 8

臺北：前衛出版社
1985 年 3 月，32 開，269 頁

短篇小說集。
大行版：全書收錄〈鵝媽媽出嫁〉、〈種地瓜〉、〈無醫村〉、〈萌芽〉、〈送報伕〉、〈春
光關不住〉共六篇小說，其中〈送報伕〉為楊逵中譯版本。正文前有張良澤〈編者
序論〉、楊逵〈冰山底下過活七十年（作者代序）〉。
香草山版：正文前有朱西甯〈謁老園丁〉、寒爵〈《鵝媽媽出嫁》讀後〉、張良澤
〈序論〉、楊逵〈冰山底下過活七十年（作者代序）〉，正文後有〈楊逵作品有關評
介簡目〉、〈後記〉。

大行出版社

香草山出版社

民眾日報社

前衛出版社

民眾日報版：新增〈模範村〉，共七篇小說。正文前有朱西甯〈謁老園丁〉、寒爵《〈鵝媽媽出嫁〉讀後》、張良澤〈序論〉、楊逵〈冰山底下過活七十年（作者代序）〉，正文後有〈楊逵作品有關評介簡目〉、〈後記〉。

前衛版：新增〈泥娃娃〉、〈才八十五歲的女人〉、〈春光關不住〉，共九篇小說。正文前有〈楊逵先生簡介〉、葉石濤《楊逵的文學生涯——前衛版《楊逵全集》序》，正文後有〈楊逵年表〉。

楊逵集／張恆豪編

臺北：前衛出版社
1991 年 2 月，25 開，375 頁
臺灣作家全集・短篇小說卷／日據時代 7

短篇小說集。全書收錄〈送報伕〉、〈水牛〉、〈頑童伐鬼記〉、〈無醫村〉、〈泥娃娃〉、〈鵝媽媽出嫁〉、〈萌芽〉、〈增產之背後——老丑角的故事〉、〈犬猴鄰居〉、〈歸農之日〉、〈種地瓜〉、〈模範村〉、〈春光關不住〉、〈才八十五歲的女人〉共 14 篇。正文前有作家照片、〈出版說明〉、鍾肇政〈緒言〉、張恆豪〈不屈的死魂靈——《楊逵集》序〉，正文後有陳芳明〈放膽文章拼命酒——論楊逵作品的反殖民精神〉、〈楊逵小說評論引得〉、〈楊逵生平寫作年表〉。

鵝媽媽出嫁／許俊雅策劃導讀，鄭治桂、江彬如繪圖

臺北：遠流出版公司
2005 年 6 月，16 開，96 頁
臺灣小說・青春讀本 2

短篇小說。故事由「我」懷念亡友林文欽開始，藉兩條故事主線，將現實殘酷與林文欽研究的共榮經濟理想呈現為反諷的對比，刻畫日治時期臺灣人的弱勢縮影，諷刺日本推行皇民化「共存共榮」口號的荒謬性。正文前有許俊雅〈總序〉，正文後有許俊雅〈以小襯大〉。

【劇本】

睜眼的瞎子

臺北：合森文化公司
1990 年 3 月，新 25 開，175 頁
散文村 15

話劇劇本。書中劇本完成於 1954～1956 年，於作者辭世後出土。全書收有〈豬哥仔伯〉、〈赤崁拓荒〉、〈勝利進行曲〉、〈光復進行曲〉、〈睜眼的瞎子〉、〈真是好辦法〉六部劇本。正文前有鍾肇政〈勞動者之歌──讀楊逵戲劇集〉。

樂天派

臺北：合森文化公司
1990 年 3 月，新 25 開，155 頁
散文村 16

話劇劇本。書中劇本完成於 1954～1956 年，於作者辭世後出土。全書收有〈豐年〉、〈牛犁分家〉、〈豬八戒做和尚〉、〈婆心〉、〈樂天派〉五部劇本。正文後有〈楊逵劇作表〉。

【書信】

綠島家書──沉埋二十年的楊逵心事

臺中：晨星出版社
1987 年 3 月，32 開，296 頁
晨星文庫 37

本書為作者 1957～1960 年繫獄綠島期間的家書，部分書信於作者逝世後出土，書信內容為對身處困境的家人予以勸慰與鼓勵，並藉由書信體記錄身陷囹圄的所思所感。全書收有〈要尊重別人的意見〉、〈不久就可以重聚〉、〈把臺灣山脈當銀河〉、〈我的心是破碎了〉、〈明年四月我就回去〉等 107 篇文章。正文前有楊建〈一個支離破碎的家〉、向陽〈陽光一樣的熱──讀楊逵先生《綠島家書》〉，正文後有〈楊逵年表〉。

【合集】

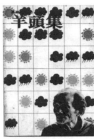

輝煌出版社

民眾日報社

羊頭集
臺北：輝煌出版社
1976 年 10 月，32 開，256 頁
夏潮文庫 3

臺北：民眾日報社
1979 年 10 月，32 開，246 頁
民眾文叢 9

本書集結作者散文雜筆、家書與劇本改寫，全書收有〈首陽園雜記〉、〈太太帶來了好消息〉、〈瞎子打架〉、〈全罐水叮咚響〉、〈我的小先生〉、〈諺語與時代〉等 25 篇文章。正文前有〈楊逵先生簡介〉、胡秋原序〈胡序——談楊逵先生及其作品〉、〈三個臭皮匠——代自序〉，正文後附錄葉陶〈我的教練真嚴厲〉、楊素娟〈賣花的孩子〉、〈牆塌下來那晚〉、〈賣花婆〉、〈開拓者〉、〈上山〉、〈野菜宴〉、楊翠〈早晨〉、〈我家的花園〉、楊逵〈一個日據時期文學工作者的感想〉、〈臺灣新文學的二位開拓者〉、〈刻不容緩的臺灣抗日史〉。

楊逵作品選集／馮牧編
北京：人民文學出版社
1985 年 12 月，新 25 開，237 頁

本書分「小說」、「散文」二輯，收錄小說〈鵝媽媽出嫁〉、〈萌芽〉、〈模範村〉、〈春光關不住〉、〈送報伕〉、〈種地瓜〉、〈無醫村〉七篇與〈首陽園雜記〉、〈家書〉、〈永遠不老的人〉等 13 篇文章。正文後有馮牧〈編後記〉。

楊逵選集／叢甦編
香港：文藝風出版社
1986 年 12 月，新 25 開，230 頁
臺灣文叢

全書分「散文」、「小說」、「劇本」三輯，收錄散文〈春光關不住〉、〈首陽園雜記〉、〈我有一塊磚〉、〈新春談命運〉等 12 篇、小說〈泥娃娃〉、〈模範村〉、〈無醫村〉、〈送報伕〉、〈鵝媽媽出嫁〉共 5 篇、劇本〈牛犁分家〉1 篇。正文前有叢甦〈仁者楊逵（代序）〉，正文後有〈楊逵小傳〉、〈楊逵年表〉。

楊逵影集／陳春玲、黃滿里、邱鴻翔文編
臺北：滿里文化工作室
1992 年，25 開，239 頁

本書收錄楊逵生前照片、手稿，每張照片均有簡略圖說，並搭配有楊逵自述與他述文章散置書中。

楊逵全集／彭小妍主編
臺南：國立文化資產保存研究中心籌備處
1998 年 6 月；2000 年 12 月；2001 年 12 月，25 開

《楊逵全集》共 14 冊，分八卷：戲劇卷二冊、翻譯卷一冊、小說卷五冊、詩文卷二冊、謠諺卷一冊、書信卷一冊、未定稿卷一冊與資料卷一冊。第 1～11 冊，正文前有楊逵相關圖片與國立文化資產保存研究中心籌備處主任林金悔〈序〉、彭小妍〈編者序〉、〈體例〉、〈楊逵使用特殊用字對照表〉、〈各卷版本說明〉。第 12～14 冊序為國立文化資產保存研究中心籌備處代理主任楊宣勤〈序〉。

楊逵全集第一卷・戲劇卷（上）
臺南：國立文化資產保存研究中心籌備處
1998 年 6 月，25 開，266 頁

本書收錄〈知哥仔伯〉（豬哥仔伯）、〈父と子〉（父與子）、〈デング退治〉（撲滅天狗熱）、〈吼えろ支那〉（怒吼吧！中國）、〈牛犁分家〉、〈光復進行曲〉六部劇作；附中日文對照。

楊逵全集第二卷・戲劇卷（下）
臺南：國立文化資產保存研究中心籌備處
1998 年 6 月，25 開，177 頁

本書收錄〈婆心〉、〈勝利進行曲〉、〈赤崁拓荒〉、〈睜眼的瞎子〉、〈豬八戒做和尚〉、相聲〈樂天派〉、獨幕喜劇〈豐年〉、〈真是好辦法〉八部劇作；附中日文對照。

楊逵全集第三卷‧翻譯卷

臺南：國立文化資產保存研究中心籌備處
1998 年 6 月，25 開，368 頁

本書收錄〈豐作〉、《阿 Q 正傳》、《大鼻子的故事》、《微雪的早
晨》四篇翻譯作品；附中日文對照。

楊逵全集第四卷‧小說卷 1

臺南：國立文化資產保存研究中心籌備處
1998 年 6 月，25 開，408 頁

本書收錄〈自由勞働者の生活斷面——どうすれあ餓死しねえ
んだ？〉（自由勞動者的生活剖面——怎麼辦才不會餓死呢？）、
〈新聞配達夫〉（送報伕）、〈靈籤〉、〈難產〉、〈死〉、〈水牛〉、
〈蕃仔雞〉八篇小說；附中日文對照。

楊逵全集第五卷‧小說卷 2

臺南：國立文化資產保存研究中心籌備處
1998 年 6 月，25 開，545 頁

短篇小說集。本書收錄〈田園小景——スケツチ‧ブツクよ
り〉（田園小景——摘自素描簿）、〈模範村〉、〈鬼征伐〉（頑童
伐鬼記）、〈無醫村〉、〈泥人形〉（泥偶）、〈鵞鳥の嫁入〉（鵝媽
媽出嫁）、〈芽萌ゆる〉（萌芽）、〈紳士連中の話〉（紳士軼話）
八篇小說；附中日文對照。

楊逵全集第六卷‧小說卷 3

臺南：國立文化資產保存研究中心籌備處
1998 年 6 月，25 開，520 頁

章回小說。本書收錄楊逵以日文改寫之《三國志物語》第一
卷、第二卷。第一卷計有：1.羊頭をかつげで；2.桃園結義；3.
劉備獲馬等 17 章。第二卷計有：1.同床異夢；2.忠義の旗；3.
會盟等 17 章；附中日文對照。

楊逵全集第七卷・小說卷 4

臺南：國立文化資產保存研究中心籌備處
2000 年 12 月，25 開，540 頁

章回小說。本書收錄楊逵以日文改寫之《三國志物語》第三卷、第四卷。第三卷計有：1.四路の援軍；2.泰山鳴動して；3.蝗の仲裁等 15 章。第四卷計有：1.外交辭令；2.丞相の戀；3.壽春の夢等 12 章；附中日文對照。

楊逵全集第八卷・小說卷 5

臺南：國立文化資產保存研究中心籌備處
2000 年 12 月，25 開，302 頁

短篇小說集。本書收錄〈增產の蔭に──吞氣な爺さんの話〉（增產之背後──老丑角的故事）、〈笑はない小僧〉（不笑的小伙計）、〈犬猿鄰組〉（犬猴鄰居）、〈薯作り〉（種地瓜）、〈歸農の日〉（歸農之日）、〈才八十五歲的女人〉、〈春光關不住〉、〈大牛和鐵犁〉、〈赤い鼻〉（紅鼻子）、〈新い神符〉（新神符）共十篇小說；附中日文對照。

楊逵全集第九卷・詩文卷（上）

臺南：國立文化資產保存研究中心籌備處
2001 年 12 月，25 開，594 頁

本書分「詩」、「文」二輯，收錄〈子達〉（孩子們）、〈魯迅を紀念して〉（紀念魯迅）等 36 首詩作，〈當面的國際情勢〉、〈江博士講演評──白話文と文言文に就いて〉（評江博士之演講──談白話文與文言文）、〈臺灣地震災地慰問踏查記〉（臺灣地震災區勘查慰問記）等 57 篇文章；附中日文對照。

楊逵全集第十卷・詩文卷（下）

臺南：國立文化資產保存研究中心籌備處
2001 年 12 月，25 開，438 頁

本書收錄〈貧困ならず──昨今の臺灣の文學は〉（絕不貧乏──談時下的臺灣文學）、〈水滸傳のために〉（談水滸傳）、〈臺灣出版界雜感──特に赤本に就て〉（臺灣出版界雜感──談通俗小說）等 81 篇文章。

楊逵全集第十一卷・謠諺卷

臺南：國立文化資產保存研究中心籌備處
2001 年 12 月，25 開，288 頁

本書為楊逵謠諺手稿本掃描後美編排版，全書收有「諺語、童謠、民歌（一、二）」、「諺語拾什」、「歌譜集」。

楊逵全集第十二卷・書信卷

臺南：國立文化資產保存研究中心籌備處
2001 年 12 月，25 開，291 頁

本書分「綠島時期家書」、「楊逵致鍾肇政書信」、「楊逵致春蘭女士書信」、「楊逵致張良澤書信」、「楊逵致河原功書信」、「楊逵致林瑞明書信」、「楊逵致下村作次郎書信」七輯，共 165 封；附中日文對照。

楊逵全集第十三卷・未定稿

臺南：國立文化資產保存研究中心籌備處
2001 年 12 月，25 開，742 頁

本書收錄楊逵未發表的作品，計有劇本〈御同樣なんですよ〉（都是一樣的呀）一部，小說〈立志〉、〈收穫〉、〈剁柴団仔〉、〈不景気な医学士〉（生意不好的醫學士）、〈毒〉、〈新聞記者一年生〉（菜鳥新聞記者）、〈公學校——台湾風景（一）〉（公學校——臺灣情景（一））、〈ポーモの死〉（波末之死）、〈長腳蚊〉、〈老朽の靴〉（破舊的鞋子）、〈蟻の普請〉（螞蟻蓋房子）、〈天國と地獄〉（天國與地獄）、〈落伍者〉、〈寶貴的種籽〉14 篇，詩作〈十月好風光〉、〈月光光（童謠）〉等 10 首，雜文〈勞働者階級的陣營〉、〈世界赤色工會十年間〉、〈作者與讀者〉、〈科學與方法〉等 47 篇與翻譯〈社會主義與宗教〉一篇；附中日文對照。

楊逵全集第十四卷・資料卷

臺南：國立文化資產保存研究中心籌備處
2001 年 12 月，25 開，505 頁

本書包括「回憶錄、演講及口述作品」14 篇；「訪談、筆談、座談會紀錄」25 篇；「其他」文論 12 篇、補遺「馬克思主義經濟學（一）」；附中日文對照。

日本統治期台湾文学台湾人作家作品集第一卷——楊逵／河原功編

東京：綠蔭書房
1999 年 7 月 20 日，25 開，436 頁

本書收錄作者小說、散文與劇本作品，計有散文〈自由労働者の生活断面——どうすれあ餓死しねえんだ？〉、〈賴和先生を憶ふ〉、〈再婚者手記〉三篇；小說〈新聞配達夫〉、〈難產（一～四）〉、〈水牛〉、〈蕃仔鶏〉、〈田園小景——スケッチ・ブックより〉、〈鬼征伐〉、〈無医村〉、〈泥人形〉、〈鷥鳥の嫁入〉、〈増産の蔭に——呑気な爺さんの話〉、〈笑はな小僧〉、〈霊籤〉12 篇；劇本〈知歌仔伯〉、〈デング退治〉、〈吼えろ支那〉三部。正文前有〈まえがじき〉，正文後有〈作品初出一覽〉、河原功〈楊逵作品解說〉、河原功編〈楊逵著作年譜〉、河原功編〈楊逵略歷〉、河原功編〈楊逵研究文献目錄〉。

楊逵文集／安然、鮑曉娜編

北京：台海出版社
2005 年 10 月，32 開

共七冊，分四卷，分別爲：小說卷三冊、戲劇卷一冊、書信卷一冊、詩文卷二冊。

楊逵文集・小說卷（上）

北京：臺海出版社
2005 年 10 月，32 開，305 頁

短篇小說集。全書收錄〈自由勞動者生活的一個側面〉、〈剁柴団仔〉、〈送報伕〉、〈靈籤〉、〈難產〉、〈水牛〉、〈死〉、〈蕃仔雞（女佣人）〉、〈田園小景〉、〈模範村〉、〈頑童伐鬼記〉、〈無醫

村〉、〈泥偶〉、〈鵝媽媽出嫁〉、〈萌芽〉共 15 篇。正文前有安
然、鮑曉娜〈出版說明〉。

楊逵文集・小說卷（中）
北京：台海出版社
2005 年 10 月，32 開，321 頁

短篇小說集。全書收錄〈紳士們的軼話〉、〈增產的背後〉、〈不
笑的小伙計〉、〈犬猴鄰組〉、〈種地瓜〉、〈回鄉務農的那一
天〉、〈紅鼻子水兵〉、〈新神符〉、〈春光關不住〉、〈大牛和鐵
犁〉、〈寶貴的種籽〉、〈才八十五歲的女人〉、〈收穫〉、〈不景氣
的醫學士〉、〈毒〉、〈新出道的新聞記者〉、〈公學校〉、〈波莫之
死〉、〈長腳蚊〉、〈破舊的鞋子〉、〈螞蟻蓋房子〉、〈天國與地
獄〉、〈落伍者〉、〈插秧比賽〉共 24 篇。

楊逵文集・小說卷（下）
北京：台海出版社
2005 年 10 月，32 開，386 頁

章回小說。全書分為「三國志故事・第一卷」、「三國志故事・
第二卷」、「三國志故事・第三卷」、「三國志故事・第四卷」四
部分，收錄〈掛羊頭賣狗肉〉、〈桃園結義〉、〈劉備獲馬〉等 60
章。

楊逵文集・戲劇卷
北京：台海出版社
2005 年 10 月，32 開，276 頁

全書收錄〈知哥大人〉、〈父與子〉、〈撲滅天狗熱〉、〈怒吼吧！
中國〉、〈都是一樣的呀〉、〈牛犁分家〉、〈光復進行曲〉、〈婆
心〉、〈勝利進行曲〉、〈赤坎拓荒〉、〈睜眼的瞎子〉、〈豬八戒做
和尚〉、〈樂天派〉、〈豐年〉、〈真是好辦法〉共 15 部劇本。

楊逵文集・書信卷

北京：台海出版社
2005 年 10 月，32 開，303 頁

全書分爲「綠島時期家書」（1957 年～1960 年）、「附錄：家書
6 封」（1954 年～1957 年）、「致友人書信」（1965 年～1983
年）3 部分，收錄〈親愛的小媒婆〉、〈我是雷公打不死的〉、
〈孩子請聽我說〉、〈不久就可以重聚〉、〈明年四月我就回去〉、
〈我的心是破碎了〉等 119 封書信。

楊逵文集・詩文卷（上）

北京：台海出版社
2005 年 10 月，32 開，327 頁

全書分爲「詩」、「文」二輯，收錄有〈孩子們〉、〈送別老師〉、
〈紀念魯迅〉等 45 首詩與〈當前的國際情勢〉、〈評江博士的演
講——談白話文與文言文〉、〈小鎮剪影〉等 58 篇文章。

楊逵文集・詩文卷（下）

北京：台海出版社
2005 年 10 月，32 開，364 頁

全書收錄〈土地公〉、〈作家與熱情〉、〈常會團圓論〉、〈離婚者
手記〉、〈恨霸如仇的母親〉等 105 篇文章。

文學年表

1906 年 （明治 39 年）	10 月	18 日，生於臺南州大目降街觀音廟 247 號（今臺南縣新化鎮新化街），本名楊貴。父楊鼻；母蘇足。排行為家中三男。
1914 年 （大正 3 年）	本年	姐一人、妹二人、弟一人，於數年內相繼過世，家境極度貧窮。 因體弱多病，延遲就讀公學校，在學校受同學取笑為「阿片仙」（鴉片仙）。
1915 年 （大正 4 年）	本年	進入大目降公學校（1921 年改名為新化公學校）。
1917 年 （大正 6 年）	本年	父執輩之女梁盒過門為童養媳。
1921 年 （大正 10 年）	本年	畢業於新化公學校，投考中學失敗後，進入新化糖業試驗所任臨時工，遭所內日本同事揶揄「楊貴妃」而厭惡本名。
1922 年 （大正 11 年）	本年	考入臺南州立第二中學校（今臺南一中）。因公學校時期受級任老師沼川定雄照顧甚多，除教授中學課程外，並允許閱讀沼川家藏書，得以在課餘大量閱讀東西方文學名著，雨果的《悲慘世界》與大杉榮的思想性作品皆對其有所影響與啟發。
1924 年 （大正 13 年）	本年	為拓展思想領域，加之不願屈從長輩安排的婚姻，遂自臺南州立二中輟學，8 月前往日本。
1925 年 （大正 14 年）	本年	通過專檢考試，就讀日本大學專門部文學藝術科夜間部。

期間曾兼差送報伕、水泥工與其他雜工以自持經濟，狀況
拮据，此段經歷造就其代表作〈送報伕〉的完成。

1926 年 （昭和元年）	本年	組織文化研究會，參與勞工、政治運動。

參加佐佐木孝丸（日知名劇作家，並具演出經驗）所舉辦
的演劇研究會。

開始投稿各報刊雜誌的讀書欄。

1927 年
（昭和 2 年）　　3 月　28 日，東京的臺灣青年會決議設置社會科學研究部，該
會於 4 月 24 日正式成立，楊逵爲該組織重要成員。

因聲援朝鮮人反對日本的演講會而第一次被捕。

9 月　發表處女作〈自由勞動者的生活剖面——怎麼辦才不會餓
死呢？〉於東京記者聯盟機關誌《号外》第 1 卷第 3 號。

放棄日本大學未竟學業，應臺灣農民組合的召喚返臺從事
社會運動。

於臺北文化協會見連溫卿，參加民眾演講會。

於臺中農民組合會見趙港，組織研究會。

於鳳山農民組合支部造訪簡吉，因此結識未來的妻子葉
陶。隨後旋即參與巡迴各地的演講。

10 月　成爲臺灣文化協會會員。

12 月　5 日，在第一次臺灣農民組合全島大會第二天會議當選中
央委員，並由中央委員互選，當選常務委員；因起草臺灣
農民組合第一次全島大會宣言，第二次被捕。

1928 年
（昭和 3 年）　　2 月　3 日，與簡吉、葉陶、趙港等 13 人被選入臺灣農民組合
特別活動隊，身兼政治、組織、教育三部長，實際負責農
民運動。

擔任竹林爭議事件負責人，輾轉於竹山、小梅、斗六、竹
崎等地組織農民。期間分別於竹山、小梅、麻豆、新化、

中壢，遭到第三～八次的逮補。

受聘爲臺灣文化協會《臺灣大眾時報》（1928 年 5 月 7 日～7 月 9 日，共 10 號）記者。

	5 月	7 日，以本名楊貴發表〈當面的國際情勢〉於東京《臺灣大眾時報》創刊號。
	6 月	24～27 日，與簡吉對於竹林爭議事件意見不合，於召開中央委員會中，被解除在農民組合中一切職務。
	本年	當選臺灣文化協會中央委員。
		於彰化與鹿港組織讀書會。
1929 年 （昭和 4 年）	1 月	10 日，文化協會本會事務室舉行中央委員會，被推爲議長。
	2 月	與葉陶一同列席臺灣總工會會員大會，並發表演說。後於預計共同返鄉結婚前的 12 日凌晨在臺灣文化協會臺南分會雙雙被捕。
	4 月	出獄後與葉陶於新化結婚，暫居新化楊家，後移居高雄。
1930 年 （昭和 5 年）	10 月	霧社事件發生，農民組合、文化協會、總工會等運動在日憲警壓迫下瀕臨瓦解。
	本年	長女楊秀俄出生。
1931 年 （昭和 6 年）	7 月	20 日，預定出版的《資本主義帝国主義浅解》遭禁，未能出版。
		翻譯並刊行 Lapidus 與 Ostrovitianov 合著之《馬克司主義經濟學（1）》。
	本年	於高雄內惟山中（今壽山山麓）拾柴販賣爲生。
1932 年 （昭和 7 年）	5 月	19～27 日，經賴和之手發表小說〈送報伕〉前半部於《臺灣新民報》，後半部遭查禁。賴和並贈「逹」字作爲筆名，本次發表即爲「楊逹」的首次使用。

本年　長子楊資崩出生。

1934 年　　5 月　首次全臺性大規模文學團體「臺灣文藝聯盟」成立。
（昭和 9 年）
　　　　　10 月　24 日，以筆名「賴健兒」發表〈送報伕——楊逵君的作品〉於《臺灣新聞》。

〈送報伕〉全文入選東京《文學評論》第二獎（首獎從缺），刊載於《文學評論》第 1 卷第 8 號。此為臺灣人首度在日本文壇得獎，但當月號在臺灣禁止販售。

發表日文小說〈靈籤〉於李獻璋編《革新》，大溪：革新會發行。

　　　　　11 月　5 日，臺灣文藝聯盟機關雜誌《臺灣文藝》（1934 年 11 月 5 日～1936 年 8 月 28 日，共 16 期）創刊。經何集璧介紹會見張深切，成為《臺灣文藝》編輯委員，主持日文版。

25 日，發表〈對革新與臺灣文藝而言〉於《臺灣新民報》。

28 日，以筆名「王氏琴」發表〈送報伕——女性這樣看〉於《臺灣新聞》。

以筆名「賴健兒」發表〈靈籤與迷信——《革新》雜誌上的楊逵與賴慶〉於《臺灣新聞》。

發表〈評江博士之演講——談白話文與文言文〉於《臺灣新民報》。

　　　　　12 月　發表〈小鎮剪影〉於東京《文學評論》第 1 卷第 10 號。

發表〈臺灣文壇・1934 年的回顧〉於《臺灣文藝》第 2 卷第 1 號。

日文小說〈難產〉連載於《臺灣文藝》第 2 卷第 1 號～第 4 號（1934 年 12 月～1935 年 4 月）。

本年　移居彰化

1935 年
（昭和 10 年）

2 月　以筆名「健兒」發表〈為了時代的前進〉於東京《行動》
第 3 卷第 2 號。

發表〈藝術是大眾的〉於《臺灣文藝》第 2 卷第 2 號。

3 月　以筆名「健兒」發表〈擁護行動主義〉於《行動》第 3 卷
第 3 號。

發表〈檢討行動主義〉於《臺灣文藝》第 2 卷第 3 號。

4 月　2 日～5 月 2 日，中文小說〈死〉連載於《臺灣新民報》。

發表〈傾聽讀者的聲音〉於《新潮》第 32 卷第 4 號。

發表〈文藝批評的標準〉於《臺灣文藝》第 2 卷第 4 號。

5 月　25 日，發表〈甚為愉快〉於《臺灣新聞》。

發表〈摒棄高級的藝術觀〉於《文學評論》第 2 卷第 5
號。

以本名楊貴發表〈楊肇嘉論〉於《臺灣新民報》。

6 月　12 日，以筆名「SP」發表〈楊逵、張深切，誰在說
謊？〉於《臺灣新聞》。

19 日，發表〈不必打燈籠——文聯團體的組織問題——
〉於《臺灣新聞》。

22 日，發表〈關於 SP〉於《臺灣新聞》。

26 日，發表〈團體與個人——幾點具體的提案〉於《臺
灣新聞》。

由胡風翻譯的〈送報伕〉於上海《世界知識》第 2 卷第 6
號刊載，在中國大陸被廣為流傳。

發表〈歪理〉於《新潮》第 32 卷第 6 號。

發表〈臺灣地震災區勘查慰問記〉於東京《社會評論》第
1 卷第 4 號，為臺灣報導文學雛形。

發表〈臺灣大震災記——感想二三〉於《臺灣文藝》第 2

卷第 6 號。

發表〈臺灣文藝向前邁進一步〉於《臺灣新民報》。

發表〈迎接臺灣文藝的躍進期〉於《臺灣新聞》。

7 月　20 日，發表〈摒棄高級的藝術觀〉於《臺灣新聞》。

29 日，發表〈進步的作家與共同戰線——對《文學案內》的期待〉於東京《時局新聞》第 116 號。

29 日～8 月 14 日，連載〈新文學管見〉於《臺灣新聞》。

31 日，以筆名「林泗文」發表〈迎接文聯總會的到來——提倡進步作家同心團結〉於《臺灣新聞》。

發表〈逐漸被遺忘的災區——臺灣地震災區劫後情況〉於《進步》第 2 卷第 7 號。

8 月　11 日，與葉陶、徐玉書、張榮宗、郭水潭等人參加臺灣文藝聯盟主辦的全臺文藝大會。

13 日，發表〈懇求〉於《臺灣新聞》。

9 月　4～7 日，發表〈關於大眾——張猛三先生的無知〉於《臺灣新聞》。

5 日，發表〈推薦中國的傑出電影《人道》〉於《臺灣新聞》。

10 月　2 日，連載〈新劇運動與舊劇之改革——「錦上花」觀後感〉於《臺灣新聞》，連載結束日期不詳。

24 日，發表〈對文協座談會的期待〉於《臺灣新聞》。

發表〈臺灣的文學運動〉於《文學案內》第 1 卷第 4 號。

11 月　2～7 日，與葉陶、高橋正雄、田中保男出席於臺中州中州俱樂部舉辦的《臺灣新文學》第一次籌備會，會中決定將賴和作品〈豐作〉日譯，寄給《文學案內》刊於新年號的「臺灣、朝鮮、中國作家特輯」。

因發生派系糾紛，與張星建選稿意見不合而退出《臺灣文藝》。退出後隨即與妻子葉陶另創「臺灣新文學社」，預備發行《臺灣新文學》雜誌，並於 9 日發表〈「臺灣新文學社」創立宣言〉、13 日發表〈請投寄可代表臺灣的作品〉於《臺灣新聞》。

發表〈臺灣文學運動的現況〉於東京《文學案內》第 1 卷第 5 號。

發表〈臺灣文壇近況〉於《文學評論》第 2 卷第 12 號。

12 月	28 日，發行《臺灣新文學》（1935 年 12 月～1937 年 6 月，共 15 期）創刊號，並於創刊號發表〈我的書齋〉（筆名「林泗文」）與日文小說〈水牛〉。
本年	擔任楊肇嘉祕書，爲其代筆回憶錄。
	移居臺中。

1936 年 （昭和 11 年）	1 月	17 日，與莊遂性、高橋正雄、田中保男、李禎祥、賴明弘、林越峰等人參加《臺灣新文學》第二次籌備會議，套論雜誌宗旨、方針與態度。
		29 日，發表〈新聞媒體與同仁雜誌〉一文於《臺灣新聞》。
		發表日譯賴和作品〈豐作〉於《文學案內》第 2 卷第 1 號。
	3 月	6 日，發表〈發布「全島作家徵文觀摩號」計畫之際〉於《臺灣新聞》。
		發表〈寫給「文評獎」評審委員諸君〉於《文學評論》第 3 卷第 3 號。
	4 月	4 日，與黃清澤與鹽分地帶同仁曾曉青、黃炭、郭水潭、黃平堅、吳新榮、徐清吉、王登山、葉向榮、林精鏐、李

自尺，於佳里舉行「《臺灣新文學》檢討座談會」。

26 日，次子楊建出生。

胡風翻譯〈送報伕〉，收錄於《山靈——朝鮮臺灣短篇集》，由上海文化生活出版社出版。

5 月　胡風譯〈送報伕〉收錄於世界知識庫編《弱小民族小說選》，由上海生活書店出版。

6 月　發表日文小說〈蕃仔雞〉於《文學案內》第 2 卷第 6 號。

發表日文小說〈田園小景——摘自素描簿〉於《臺灣新文學》第 1 卷第 5 號。（後半部被禁）

發表〈臺灣文壇的明日旗手〉於《文學案內》第 2 卷第 6 號。

8 月　與妻子葉陶雙雙臥病，《臺灣新文學》雜誌自第 1 卷第 8 號開始由王詩琅負責編輯。而第 10 號「漢文創作特輯」因觸犯當局而遭查禁。

9 月　以筆名「狂人」發表日文劇本《豬哥仔伯（一幕）》於《臺灣新文學》第 1 卷第 8 號。

11 月　以筆名「楊建文」發表日文小說〈頑童伐鬼記〉於《臺灣新文學》第 1 卷第 9 號。

12 月　6 日，出席於臺北高砂食堂舉行的「臺灣文學界總檢討座談會」，與會者有王詩琅、朱點人、吳漫沙、黃得時、李獻璋等人。

《臺灣新文學》12 月號被禁止發行。

1937 年
（昭和 12 年）　2 月　5 日，發表〈談「報導文學」〉於《大阪朝日新聞》臺灣版。

21 日，發表〈談藝術之「臺灣味」〉於《大阪朝日新聞》臺灣版。

3 月　30 日～4 月 2 日，連載〈首陽園雜記〉於《臺灣新聞》。

《臺灣新文學》自第 2 卷第 4 號起交回楊逵負責編輯。因報紙漢文欄廢止，雜誌受此影響經營更加困難，自第 2 卷第 5 號後停刊。

4 月　20 日，發表〈臺灣文化的現勢——初等教育升學地獄〉、〈廢止報紙的漢文欄〉、〈臺灣文壇的一個轉機〉於《日本學藝新聞》「地方文化」欄。

25 日，發表〈何謂報導文學〉於《臺灣新民報》。

30 日～6 月 10 日，華南翻譯〈送報伕〉連載於《河南民報》副刊《文藝畫刊》第 3～10 期，署名「Jane Kui」。

5 月　5 日，發表〈小鬼的入學考試——臺灣風景（一）〉於《土曜日》第 32 號。

6 月　10 日，發表〈「模範村」的本質——部落振興會的工作〉、〈給不會國語的人嚴厲訓誡〉於《日本學藝新聞》「地方文化」欄。

發表〈飲水農夫〉（筆名「陳水性」）與〈報導文學問答〉於《臺灣新文學》第 2 卷第 5 號。

赴日，至 9 月返臺期間會見《日本學藝新聞》、《星座》、《文藝首都》等雜誌負責人，建議設置臺灣新文學欄並獲同意，但由於七七事變發生，時局緊迫而作罷。

7 月　2 日，與龍瑛宗在東京對談〈植有木瓜樹的小鎮〉及臺灣文學相關問題。

10 日，以筆名「楊」、「林泗文」分別發表〈輸血〉、〈攤販〉於《日本學藝新聞》第 35 號臺灣文化特輯。

8 月　發表〈文學和生活〉於《星座》第 3 卷第 8 號。

9 月　宿本鄉旅邸被捕，由《大勢新聞》主筆保釋，後為躲避警

察而藏匿於神奈川的鶴見溫泉，期間將〈田園小景——摘
自素描簿〉擴充爲〈模範村〉，經《文藝首都》保高德藏
介紹交給改造社《文藝》編輯部。

返臺。因積勞成疾染患肺病，受日本警察入田春彥資助，
償還債務並租地開闢「首陽農園」，開始農耕生活，並與
入田結爲莫逆之交。

發表〈《第三代》及其他〉於《文藝首都》第 5 卷第 9
號。

9 月　發表〈緩和考試壓力的方法〉於東京《人民文庫》第 2 卷
第 10 號。

發表〈對「新日本主義」的一些質問〉、〈期待於綜合雜誌
的地方〉於《星座》第 3 卷第 9 號。

10 月　20 日，因七七事變爆發後日本進入戰時體制，思想控制
漸嚴，交與《文藝》編輯部的〈模範村〉被退稿。

11 月　1 日～1938 年 1 月 1 日，刊載〈臺灣舊聞新聞集〉於東京
《現代新聞批判》第 96 號～第 100 號。

1938 年　5 月　5 日，摯友入田春彥因思想左傾，遭日本殖民政府驅逐出
（昭和 13 年）　　境（臺灣）而仰藥逝世。

18 日，發表〈入田君二三事〉於《臺灣新聞》。

1939 年　本年　母蘇足因肺病逝世。
（昭和 14 年）

1940 年　本年　第十次被捕。
（昭和 15 年）　　父楊鼻病逝。

次女楊素絹出生。

1941 年　5 月　加入啓文社的《臺灣文學》陣營。

（昭和 16 年）	9 月	7 日，於臺南佳里吳新榮家與啓文社的陳逸松、張文環、黃得時、王井泉、巫永福等人討論《臺灣文學》雜誌的編輯方針與展望。
	10 月	發表〈會報的意義與任務〉於《臺灣文藝家協會會報》第 6 號。
1942 年 （昭和 17 年）	1 月	連載劇本《父與子》於《臺灣藝術》第 3 卷第 1 號～第 3 號。
	2 月	發表日文小說〈無醫村〉於《臺灣文學》第 2 卷第 1 號。
	4 月	發表日文小說〈泥偶〉〔後另有〈泥娃娃〉一稱〕於《臺灣時報》第 268 號。
	5 月	11 日，以筆名「伊東亮」發表〈絕不貧乏——談時下的臺灣文學〉於《興南新聞》。 發表〈民眾的娛樂〉於《民俗臺灣》第 2 卷第 5 號。
	7 月	13 日，發表日文詩作〈孩子們〉於《臺灣新聞》。 14 日，與張文環、呂赫若、中山侑、張星建、楊千鶴、王井泉等人於山水亭舉行《臺灣文學》評論會。 17 日，與吳新榮、呂赫若、金關丈夫、池田敏雄、陳紹馨、立石鐵臣、照相師松山汶一等人參加《民俗臺灣》設於山水亭的宴會。 發表〈臺灣文學問答〉於《臺灣文學》第 2 卷第 3 號。
	8 月	2 日，與張星建、田中保男、巫永福、陳遜章等人參加《臺灣文學》合評會，以座談方式合評第 4～5 期，由呂赫若擔任紀錄。 24 日，發表〈談水滸傳〉於《臺灣新聞》。
	9 月	14 日，發表日文詩作〈送別老師〉於《興南新聞》。
	10 月	發表日文小說〈鵝媽媽出嫁〉於《臺灣時報》第 274 號。 發表〈土地公〉於《民俗臺灣》第 2 卷第 10 號。

11 月　16 日，發表〈作家與熱情〉於《興南新聞》。

發表日文小說〈萌芽〉於《臺灣藝術》第 3 卷第 11 號。

發表〈寫於大東亞文學者會議之際〉於《臺灣時報》第 275 號。

12 月　發表日文小說〈紳土軼話〉於《臺灣藝術》第 3 卷第 12 號。

1943 年　1 月　發表劇本《撲滅天狗熱》於《臺灣公論》第 8 卷第 1 號。
（昭和 18 年）

發表〈常會團圓論〉於《新建設》第 2 卷第 1 號。

繼續連載〈紳土軼話〉於《臺灣藝術》第 4 卷第 1 號～第 4 卷第 4 號。

2 月　發表〈納鞋底〉於《民俗臺灣》第 3 卷第 2 號。

3 月　日文小說《三國志物語》第 1 卷由臺北盛興書店出版部出版。

4 月　29 日，「臺灣文學奉公會」成立，成為其會員。

發表〈憶賴和先生〉於《臺灣文學》第 3 卷第 2 號。

5 月　17 日，發表〈鴉片戰爭的畫冊〉於《興南新聞》。

7 月　發表〈臺灣出版界雜感——談通俗小說〉於《臺灣時報》第 283 號。

以筆名「伊東亮」發表〈擁護糞便現實主義〉於《臺灣文學》第 3 卷第 3 號。

8 月　30 日，發表〈一隻螞蟻的工作〉於《興南新聞》。

日文小說《三國志物語》第 2 卷由臺北盛興書店出版部出版。

秋　與「臺灣新聞社」的田中保男、「同盟通信社」的山下等人一同於臺中、彰化、臺北三地以日語演出改編自俄國 Tretyakov 作品的「怒吼吧！中國」。

10 月	日文小說《三國志物語》第 3 卷由臺北盛興書店出版部出版。
11 月	13 日，參加於臺灣文學奉公會於臺北召開的「臺灣決戰文學會議」。
	小說〈泥偶〉收錄於大木書房編輯部編《臺灣小說集1》，由臺北大木書房出版。
12 月	9 日，發表〈比腕力〉於《興南新聞》。
	發表〈縫線〉於《臺灣藝術》第 4 卷第 12 號。
本年	三女楊碧出生。

1944 年 （昭和 19 年）	2 月	發表〈再婚者手記〉（《楊逵全集》誤譯為〈離婚者手記〉）於《民俗臺灣》第 4 卷第 2 號。
	6 月	21 日，發表〈思想與生活〉於《臺灣新報》。
		發表〈解除「首陽」記〉於《臺灣文藝》第 1 卷第 2 號，宣布卸下「首陽農園」招牌。
	8 月	應總督府情報課之聘，視察石底煤礦，並完成日文小說〈增產之背後——老丑角的故事〉，發表於臺灣文學奉公會發行的《臺灣文藝》第 1 卷第 4 號。
		發表〈勞動禮讚〉於《臺灣文藝》第 1 卷第 4 號。
		發表〈蕃薯大餐〉於《臺灣新報》青年版。
	9 月	27 日，發表〈眾神開眼〉於《臺灣新報》。
	11 月	13 日，發表〈自戒，自戒〉於《臺灣新報》。
		19 日，發表〈老鵰和油豆腐〉於《臺灣新報》青年版。
		21 日，發表〈瞧！拉保爾的天空〉於《臺灣新報》青年版。
		26 日，發表〈騎馬戰〉於《臺灣新報》青年版。
		日文小說《三國志物語》第 4 卷由臺北盛興書店出版部出

版。

12 月　發表〈小鬼群長〉於《臺灣文藝》第 1 卷第 6 號。

改編自俄國 Tretyakov 原著的日文劇本《怒吼吧！中國》由臺北盛興書店出版部出版。

本年　發表日文小說〈紅鼻子〉於《臺灣新報》。

1945 年
（昭和 20 年）

1 月　作品〈增產之背後——老丑角的故事〉收錄於臺灣總督府情報課編《決戰臺灣小說集（坤卷）》，由臺灣出版文化株式會社出版。

3 月　發表〈喚醒美感〉於《臺灣美術》第 4、5 號合併號。

4 月　發表〈民心〉於《臺灣公論》第 10 卷第 4 號。

9 月　發行《一陽週報》（1945 年 9 月～12 月 9 日）創刊號，介紹孫文思想和三民主義，並轉載大陸地區五四以來白話文學作品。9～11 月間以「一陽週報社」名義發行日文小說《送報伕》、《模範村》與劇本《撲滅天狗熱》。

10 月　27 日，開始連載日文小說〈犬猴鄰居〉於《一陽週報》第 7～9 號（10 月 27 日、11 月 3 日、11 月 17 日）。

11 月　17 日，發表〈紀念　孫總理誕辰〉於《一陽週報》第 9 號。

本年　組織焦土會，欲以閩南語演出「怒吼吧！中國」，排練中因日本戰敗而中止。

首陽農園改名一陽農場，取「一陽來復」之意。

1946 年

3 月　第一本日文小說選集《鵝媽媽出嫁》由臺北三省堂出版。

4 月　21 日，參加臺灣革命先烈遺族救援委員會，擔任常務委員及副總幹事。

5 月　於 5 月起擔任臺中《和平日報》「新文學」欄編輯。

17 日，發表〈文學重建的前提〉於《和平日報》「新文學」欄第 2 期。

24 日，發表〈臺灣新文學停頓的檢討〉於《和平日報》「新文學」第 3 期。

6 月　17～18 日，發表〈六月十七日前後——紀念忠烈祠典禮〉於《臺灣新生報》。

7 月　中日對照（中文爲胡風中譯）《新聞配達夫（送報伕）》由臺北臺灣評論社出版。

8 月　發表〈傾聽人民的聲音〉於《臺灣評論》第 1 卷第 2 期。

發表〈爲此一年哭〉於《新知識》創刊號。

10 月　19 日，分別發表中、日文詩作〈紀念魯迅〉於《和平日報》與《中華日報》。

本年　加入臺灣評論社。

1947 年　1 月　任《文化交流》雜誌編輯，並於 15 日發表〈阿Q畫圓圈〉、〈紀念臺灣新文學二開拓者〉、〈幼春不死！賴和猶在！〉於《文化交流》第 1 輯。

30 日，與張煥珪、莊垂勝、葉榮鐘、藍更與、楊國喜等人參加臺中文化界假省立臺中圖書館所舉行的紀念賴和逝世四週年文藝座談會，於會中介紹賴和作品。

應臺北東華書局之請，編印中日文對照「中國文藝叢書」六輯。第一輯爲翻譯魯迅作品《阿Q正傳》，由臺北東華書局出版。楊逵並於書中著〈魯迅先生〉作爲介紹。

3 月　2 日，發表〈大捷之後〉於《和平日報》「號外」。

8 日，分別以「一讀者」和「臺中區時局處委會稿」發表〈二・二七慘案真因——臺灣省民之哀訴〉上半於《和平日報》和《自由日報》。

9 日，以「一讀者」發表〈二・二七慘案真因──臺灣省民之哀訴〉下半於《自由日報》；同時刊登之《和平日報》尚未出土。本日又發表〈從速編成下鄉工作隊〉於《自由日報》。

4 月　20 日，「二二八事件」爆發後，因參與抗暴而與妻子葉陶共同被捕，《謝賴登歌集》等出版計畫因此中斷。

8 月　出獄，繼續「中國文藝叢書」翻譯刊行之計畫。

10 月　中日文對照版《送報伕（新聞配達夫）》（「中國文藝叢書」第六輯）由臺北東華書局出版。

11 月　翻譯茅盾作品《大鼻子的故事》（「中國文藝叢書」第二輯）由臺北東華書局出版。書中並有楊逵所著〈茅盾先生〉。

1948 年　3 月　28 日，應《臺灣新生報》「橋」副刊主編歌雷之邀，參加「橋」副刊第一次作者茶會，並持續參與討論臺灣新文學的重建。

29 日，發表〈如何建立臺灣新文學〉於《臺灣新生報》「橋」第 96 期。

4 月　23 日，發表〈給各報副刊編者及文藝工作者的一封公開信〉於《臺灣新生報》「橋」第 105 期。

5 月　17 日，發表〈尋找臺灣文學之路〉於《臺灣力行報》「力行」第 61 期。

6 月　22 日，發表詩作〈血脈〉於《中華日報》「海風」第 311 期。

25 日，發表〈「臺灣文學」問答〉於《臺灣新生報》「橋」第 131 期。

27 日，發表〈現實教我們需要一次嚷〉於《中華日報》「海風」第 314 期。

7月　6 日，發表詩作〈給朋友們〉於《中華日報》「海風」第 318 期。

12 日，發表由林曙光中譯的劇本《知歌仔伯（獨幕劇）》於《臺灣新生報》「橋」第 318 期。

發表〈夢與現實〉於《潮流》夏季號。

8月　1 日，翻譯郁達夫作品《微雪的早晨》（「中國文藝叢書」第三輯）由臺北東華書局出版。書中並有楊逵所著〈郁達夫先生〉。

2 日，主編《臺灣力行報》新設立之「新文藝」欄；發表〈臺灣民謠〉於《臺灣力行報》「新文藝」欄第 1 期。

9 日，發表民謠〈上任〉、〈童謠〉於《臺灣力行報》「新文藝」欄第 2 期。

10 日，創刊《臺灣文學叢刊》雜誌，擔任主編亦負責發行與經銷，並發表民謠〈黃虎旗〉於《臺灣文學叢刊》第 1 輯。

16 日，發表童謠〈營養學〉於《臺灣力行報》「新文藝」第 3 期。

23 日，發表民謠〈卻糞掃〉於《臺灣新生報》「橋」第 156 期；發表〈人民的作家〉於《臺灣力行報》「新文藝」第 4 期。

29 日，參加銀鈴會第一次聯誼會。

9月　6 日，發表〈民謠〉於《臺灣力行報》「新文藝」第 6 期。

13 日，發表〈民謠〉（〈不如豬〉）於《臺灣力行報》「新文藝」第 7 期。

15 日，發表民謠〈卻糞掃〉、〈上任〉、〈生活〉於《臺灣

　　　　　　文學叢刊》第 2 輯。

10 月　　4 日，發表〈童謠〉於《臺灣力行報》「新文藝」第 10
　　　　期。

　　　　11 日，發表〈「實在的故事」徵稿 附：「實在的故事」問
　　　　答〉於《臺灣力行報》「新文藝」第 11 期。

　　　　15 日，發表〈寄《潮流》——卷頭詩〉、〈民謠二首〉於
　　　　《潮流》秋季號。

　　　　20 日，小說〈無醫村〉由李炳崑翻譯後刊載於《臺灣新
　　　　生報》「橋」第 176 期。

　　　　21 日，發表〈美麗之島〉於《公論報》「日月潭」第 242
　　　　期。

11 月　　11 日，發表〈論「反映現實」〉於《臺灣力行報》「新文
　　　　藝」第 19 期。

12 月　　6 日，發表〈論文學與生活〉於《臺灣力行報》「新文
　　　　藝」第 26 期。

　　　　15 日，刊載〈模範村〉（蕭荻譯）、〈營養學〉、詩作〈不
　　　　如豬〉、〈勤〉於《臺灣文學叢刊》第 3 輯。《臺灣文學叢
　　　　刊》於 15 日出版第 3 輯後停刊。

1949 年　　1 月　　13 日，發表小說〈萌芽〉（陸晞白譯）於《臺灣新生報》
　　　　「橋」第 200 期。

　　　　21 日，上海《大公報》報導楊逵起草「和平宣言」，標題
　　　　為「臺灣人關心大局盼不受戰亂波及：臺中部文化界聯誼
　　　　會宣言」，觸怒當時臺灣省政府主席陳誠，後於 4 月 6 日
　　　　被捕。

　　　　2 月　　15 日，發表〈介紹「麥浪歌詠隊」〉於《中華日報》「海
　　　　風」第 397 期。

1950 年	本年	受軍法審判，以「為匪宣傳」罪名處 12 年有期徒刑。
1951 年	本年	移監綠島。
1952 年	10 月	發表詩作〈八月十五那一天〉於《新生活》壁報。
1953 年	10 月	發表〈光復話當年〉於《新生活》壁報。
1954 年	4 月	25 日，發表〈捕鼠記〉於《新生活》壁報。
	5 月	於綠島街頭演出歌舞《國姓爺》。
	10 月	15 日，發表〈家書〉於《新生活》壁報。
		發表〈諺語四則〉於《新生活》壁報。
	本年	於綠島獄中晚會演出喜劇《豬哥仔伯》。
		於綠島街頭演出歌舞《駛犁歌》。
1955 年	1 月	發表〈永遠不老的人〉於《新生活》壁報。
	9 月	3 日，於綠島街頭演出《勝利進行曲》。
	10 月	發表〈半罐水叮咚響〉於《新生活》壁報。
	11 月	發表〈諺語的時代性〉、〈諺語漫談〉於綠島《新生活》壁報。
	本年	於綠島街頭演出歌舞《漁家樂》。
		以電影分場劇本《赤崁忍辱》參加綠島獄中寫作比賽。
1956 年	1 月	發表〈我的小先生〉、童謠〈百合〉於《新生活》壁報。
		於綠島新年晚會及街頭演出歌舞《豐年舞》。
	2 月	發表〈春天就要到了〉、〈談街頭劇〉於《新生活》壁報。
	3 月	發表〈青年〉於《新生活》壁報。
	4 月	發表〈好話兩句多〉、〈談青年〉於《新生活》壁報。
		發表〈太太帶來了好消息〉於《新生月刊》。
	5 月	發表歌舞《光復譜》於《新生活》壁報。
	7 月	戲劇《睜眼的瞎子》於綠島獄中晚會演出。
	11 月	發表〈園丁日記〉於《新生月刊》。

本年　於綠島晚會中演出《真是好辦法》。

1957 年　1 月　發表〈談寫作〉、〈什麼是好文章？〉於《新生活》壁報。

2 月　發表童謠〈明年還要好！〉、〈文章的味道〉於《新生活》壁報。

3 月　發表〈評《金公子娶親》〉、〈人生　學習　工作〉於《新生活》壁報。

4 月　發表〈文章的真實性〉於《新生活》壁報。

5 月　發表〈智慧之門將要開了〉於《新生月刊》。

6 月　發表小說〈春光關不住〉於《新生月刊》。

12 月　發表〈自強不息〉於《新生月刊》。

本年　發表小說〈才八十五歲的女人〉於《新生活》壁報。

1958 年　1 月　發表〈新春談命運——給孩子的信〉於《新生月刊》。

7 月　以筆名「公羊」發表〈大牛和鐵犁〉於《東方少年》第 5 卷第 7 期，為綠島時期唯一在監獄外發表的作品。

1959 年　本年　撰寫劇本《牛犁分家》，並在綠島中正堂演出。

1960 年　本年　撰寫劇本《豬八戒做和尚》，遭禁止演出。

1961 年　4 月　6 日，刑期屆滿，返臺。

本年　代撰楊肇嘉回憶錄。

1962 年　2 月　22 日，再度發表〈園丁日記〉於《聯合報》。

3 月　30 日，再度發表〈春光關不住〉於《臺灣新生報》

4 月　14 日，發表〈智慧之門〉於《聯合報》。

本年　與楊肇嘉在史實的採錄及解釋上意見相左，辭去回憶錄撰寫工作。

借貸五萬元於臺中市郊購地經營「東海花園」。

1965 年　10 月　作品〈春光關不住〉、〈園丁日記〉收錄於鍾肇政編《本省籍作家作品選集 1》，由臺北文壇社出版。

1967 年	2 月	發表〈諺語四則〉於《臺灣風物》第 17 卷第 1 期。
1969 年	3 月	12 日，發表〈墾園記〉於《臺灣新生報》。
	本年	計畫將東海花園擴建並打造成「臺中文化城」，經鍾逸人介紹，蔡伯勳、葉榮鐘、郭頂順三人以樂捐形式資助十萬元。
1970 年	1 月	發表〈羊頭集〉於《文藝》月刊第 7 期。
	8 月	1 日，妻葉陶因心臟病、腎臟病併發尿毒症逝世。
	本年	受妻逝有感，恐打造東海花園為文化城之志未成而身先死，遂變更土地登記與曾經樂捐義助的蔡伯勳、葉榮鐘、郭頂順三人共有東海花園。
1971 年	本年	坂口䙥子撰〈楊逵與葉陶〉，刊載於《アジア》第 6 卷第 10 號，為其消息戰後第一次披露於日本文壇。
1972 年	1 月	小說〈春光關不住〉收錄於白萩、朱西甯等人編選的《中國現代文學大系：小說第一輯》，由臺北巨人出版社出版。
	5 月	〈送報伕〉重刊於東京《中國》第 102 期。
1973 年	11 月	〈模範村〉重刊於《文季》第 2 期。
1974 年	1 月	中文版〈鵝媽媽出嫁〉重刊於《中外文學》第 2 卷第 8 期。
	4 月	發表〈冰山底下〉於《臺灣文藝》第 43 期。
	9 月	中文版〈送報伕〉重刊於《幼獅文藝》第 249 期。
1975 年	5 月	張良澤編選楊逵作品集為《鵝媽媽出嫁》，由臺南大行出版社出版。
1976 年	1 月	綠島時期作品〈春光關不住〉改名〈壓不扁的玫瑰花〉，收錄於國中國文課本，為日治時期成名作家中第一位作品收入教科書之臺灣作家。

5 月　張良澤於 1975 年編選的《鵝媽媽出嫁》由臺北香草山出版社重新出版。

8 月　發表演講稿〈一個日據時期文學工作者的感想〉於《中華雜誌》157 期。

10 月　12 日，發表詩作〈三個臭皮匠〉於《中國時報》。

15 日，發表〈諺語與時代〉、〈諺語四則〉於《臺灣新生報》。

21 日，發表〈我有一塊磚〉於《中央日報》。

28 日，發表〈自強不息〉於《中央日報》。

發表中文版〈首陽園雜記〉、〈泥偶〉於《夏潮》第 1 卷第 7 期。

發表〈刻不容緩的「臺灣抗日史」〉於《遠東人雜誌》第 34 期「光復節感言」。

次女楊素絹編選的《壓不扁的玫瑰花》由臺北前衛出版社出版，爲楊逵及其作品評論集。

10 月　合集《羊頭集》由臺北輝煌出版社出版。

11 月　7 日，再度發表〈我的小先生〉於《臺灣日報》。

12 月　在吳宏一與尉天驄推薦下，參加第 2 屆國家文藝獎選拔，未果。

發表詩作〈八月十五那一天〉、〈我們不是麻雀〉、〈一粒好種子〉、〈漁人〉於《笠》第 76 期。

本年　作品〈園丁日記〉、〈智慧之門〉收錄於聯合報編輯部編選之《聯副二十五年散文選》，由臺北聯合報社出版。

1977 年　4 月　發表〈追思吳新榮先生〉、〈三個臭皮匠〉於《夏潮》第 2 卷第 4 期。

7 月　刊載〈春光關不住〉（中英對照）於《愛書人》第 44 期。

8 月　發表詩作〈自主自立救中國——爲七七紀念而作〉於《中華雜誌》第 169 期。

10 月　16 日，出席假臺北青年公園舉行的紀念鄭豐喜先生逝世二周年愛心園遊會，除義賣花朵，並以〈老園丁的話〉爲題於茶會中致詞，演講稿後發表於 12 月的《新文藝》第 261 期。

本年　楊逵作詞；李雙澤作曲的〈愚公移山〉刊印於歌譜「新歌大家唱」（李雙澤紀念基金會印）。

1978 年　8 月　27 日，〈大家來唱我們自己的歌〉刊印於假台中中興堂舉行的「鄉音四重唱『鄉音之歌』音樂會」節目單。

9 月　《鵝媽媽出嫁》，由臺中華谷書城重新出版。

10 月　8 日，與王詩琅等作家參加《聯合報》舉辦的「光復前的臺灣文學」座談會。

秋　〈壓不扁的玫瑰花〉由 Daniel Tom 英譯爲〈The Indomitable Rose〉，發表於《The Chinese Pen》Autumn.

12 月　14 日，發表〈臺灣美麗島——外一章〉、〈選舉扶正歌〉於《民眾日報》。

17 日，因中美斷交，發表〈沒關係啦！反正我們不依賴人家，從此，自立自強，不是更好嗎？〉於《聯合報》「邁向頂風逆浪的征程（全國作家談中美斷交）——請聽文學藝術工作者堅定的聲音」。

發表詩作〈選舉扶正歌〉、〈認錯了主人〉於《夏潮》第 5 卷第 6 期。

1979 年　3 月　〈憶賴和先生〉收錄於李南衡主編《日據下臺灣新文學明集 1：賴和先生全集》，由臺北明潭出版社出版。

5 月　4 日，發表〈一路跑上去！〉於《聯合報》「新文學的再出發（筆談）——文藝節特輯」。

　　　　　　　　　　16～18 日，刊登劇本《牛犁分家》於《民眾日報》。

　　　　7 月　　23 日，發表由陌上桑翻譯的〈犬猴鄰居〉於《民眾日報》。

　　　　　　　　　　小說作品〈送報伕〉、〈泥娃娃〉、〈頑童伐鬼記〉、〈無醫村〉收錄於鍾肇政、葉石濤主編之《送報伕》（「光復前臺灣文學全集」卷 6），由臺北遠景出版社出版。

　　　　　　　　　　發表由陌上桑翻譯的〈歸農之日〉於《臺灣文藝》革新 10 號。

　　　　8 月　　《美麗島》雜誌創刊，楊逵列名社務委員。

　　　10 月　　《楊逵的人與作品》（即楊素絹編《壓不扁的玫瑰花》），由臺北民眾日報社出版。

　　　　　　　　　　《鵝媽媽出嫁》由臺北民眾日報社重新出版。

　　　　　　　　　　《羊頭集》由臺北民眾日報社重新出版。

1980 年　　1 月　　1 日，發表〈文學可以把敵人化為朋友〉於《聯合報》「創造現代文學的盛唐！——展望八十年代的中國文壇」。

　　　　9 月　　15 日，和姜貴、鍾肇政、司馬中原、白先勇、陳映真、奚淞、古蒙仁、黃凡等人出席時報文學週之「三代同堂談小說」座談會。

　　　10 月　　1 日，發表〈當民眾與政府的橋樑——賀《民眾日報》創刊 30 周年〉於《民眾日報》屏東版。

　　　　　　　　　　24 日，發表由楊素絹筆記的口述紀錄〈光復前後〉。

　　　11 月　　發表〈「牛與犁」演出有感〉於《時報雜誌》第 51 期。

　　　12 月　　20 日，於《聯合報》「不滅的旋風，未盡的奔流——聯副作家悼念姜貴」筆談中發表追悼文。

1981 年	3 月	9 日，凌晨，因感冒藥物引起的痰阻塞症送醫急救，後於 12 日遷居外埔次子楊建家。
		作品〈把那些被埋沒的挖出來〉收錄於《臺灣新文學雜誌叢刊復刻本 5・臺灣新文學》，由臺北東方文化書局出版。
	6 月	劇本《牛犁分家》刊載於《東吳大學校刊》第 75 期。
	10 月	〈光復前後〉分別收錄於由瘂弦等人編選《聯副三十年文學大系・評論卷二》，由臺北聯合報社出版；《寶刀集——光復前臺灣作家作品集》，由臺北聯合報社出版。
	11 月	小說〈送報伕〉收錄於張葆華編之《臺灣作家小說選集一》，由北京中國社會科學出版社出版。
1982 年	1 月	於元旦假期內，移居長子楊資崩大溪住處靜養。
	3 月	發表由黃木翻譯的〈怒吼吧！中國〉於《大地文學》第 2 期。
	4 月	2 日，發表〈滄海悲桑田〉於《中國時報》。
	5 月	7 日，應輔仁大學草原文學社之邀，演講「日本殖民統治下的孩子」。
		發表〈我的老友徐復觀先生〉於《中華雜誌》第 226 期。
	8 月	10 日，發表〈日本殖民統治下的孩子〉於《聯合報》。
		27 日，發表詩作〈即興〉於《自立晚報》。
		28 日，應美國愛荷華大學「國際作家研究會」之邀赴美。
	10 月	22 日起，連載〈送報伕〉於《亞洲商報》，連載迄期不詳。
		29 日，發表〈沉思・振作・微笑〉與連載 Jane P. Yang 英譯的〈Mother Goose Get Married〉〔鵝媽媽出嫁〕於《亞

洲商報》。

30 日,「臺灣文學研究會」在洛杉磯正式成立,成爲該會榮譽會員,並親臨成立大會致詞。

11 月	1 日,由美返臺途中重遊日本,11 月 1 日抵達東京,日本各界陸續爲其舉辦座談會。

14 日,返臺。

1983 年	2 月	詩作〈即興〉收錄於李魁賢主編《一九八二年臺灣詩選》,由臺北前衛出版社出版。
	4 月	30 日,接受方梓訪問的〈沉思、振作、微笑〉發表於《自立晚報》。

發表演講稿〈臺灣新文學的精神所在‧談我的一些經驗和看法〉於《文季》第 1 卷第 1 期。

	8 月	24 日,離開大溪,移居鶯歌整理回憶錄,由孫女楊翠照顧。
	9 月	〈沉思‧振作‧微笑〉收錄於方梓《人生金言:一百位當代名人心影路》,由臺北自立晚報社出版。
	11 月	8 日,發表〈懷念東海花園——那段把詩寫在大地上的日子〉於《中國時報》人間副刊。

獲第六屆吳三連文學獎及第一屆臺美基金會人文科學獎。

1984 年	2 月	12 日,應耕莘文教院舉辦之「慶賀賴和先生平反講演會」上致辭,演說「希望有更多的平反」,演講稿後於 3 月刊登於《中華雜誌》第 248 期。

小說〈送報伕〉收錄於施淑等人編《中國現代短篇小說選析 2》,由臺北長安出版社出版。

	3 月	31 日,發表〈慶祝「前進」週歲〉於《前進世界》第 3 期。

擔任《夏潮》雜誌名譽發行人。

6 月　17 日，應邀參加在臺灣大學校友會館舉辦「保衛先烈林少貓抗日英名」演講會中演講「殖民地人民的抗日經驗」，演講稿後由王曉波整理，於 7 月刊載於《中華雜誌》第 252 期。

8 月　9 日，獲鹽分地帶文藝營頒發「臺灣新文學特別推崇獎」。

1985 年　2 月　返回臺中，由三女楊碧照顧其生活。

3 月　10 日，於 YMCA 舉行的戴國煇教授歡迎會上發表致詞。

12 日，於三女楊碧家中與世長辭。

13 日，遺作〈老牛破車〉與〈沉思・振作・微笑〉分別刊登於《聯合報》與《自立晚報》。

13～14 日，由王世勛筆記的〈我的回憶〉刊登於《中國時報》。

29 日，遺作〈我的心聲〉刊登於《自立晚報》，本文為 1984 年 12 月 12 日參加「紀念賴和先生平反會」致詞後有感而發，由孫女楊翠筆錄。同日葬於東海花園葉陶墓旁。

《壓不扁的玫瑰》、《鵝媽媽出嫁》由臺北前衛出版社重新出版。

4 月　由王曉波整理的〈楊逵最後的演說〉刊登於《自立晚報》，本文為楊逵逝世前兩天出席戴國煇教授返臺歡迎會致辭。

5 月　由王麗華記錄的口述紀錄〈關於楊逵回憶錄筆記〉刊登於《文學界》第 14 期。

由何昀記錄的口述紀錄〈二二八事件前後〉刊登於〈臺灣與世界〉第 21 期。

6 月　遺作〈臺灣文學對抗日運動的影響——11 年前一項文藝座談會上的書面意見〉刊登於《文季》第 2 卷第 5 期。

12 月　合集《楊逵作品選集》由北京人民文學出版社出版。

1986 年　11 月　〈殖民地人民的抗日經驗〉、〈希望有更多的平反〉、〈最後的演說〉收錄於王曉波《被顛倒的臺灣歷史》，由臺北帕米爾書店出版。

12 月　叢甦編選的合集《楊逵選集》由香港文藝風出版社出版。

1987 年　3 月　書信集《綠島家書》由臺中晨星出版社出版。

1989 年　4 月　7 日，遺作〈談寫作——寫作研究（1）〉刊登於《中國時報》。

8 日，遺作〈什麼是好文章——寫作研究（2）〉刊登於《中國時報》。

19 日，生前為九三軍人節創作的劇本《勝利進行曲（臺語街頭劇）》刊登於《自立晚報》本土副刊。

26～27 日，刊載劇本《光復進行曲（臺灣街頭劇）》於《民眾日報》第 18 版。

8 月　24～25 日，刊登劇本《婆心》於《中國時報》。

1990 年　3 月　劇本《睜眼的瞎子》、《樂天派》由臺北合森文化公司出版。

1991 年　2 月　由張恆豪主編的《楊逵集》（臺灣作家全集短篇小說卷・日據時代（7）），由臺北前衛出版社出版。

3 月　〈從速編成下鄉工作隊〉收錄於陳芳明編《臺灣戰後史資料選——二二八事件專輯》，由臺北二二八和平日促進會發行。

1992 年　9 月　10 日，遺作〈大潮〉、〈十年〉刊登於《聯合報》「楊逵未刊詩（上）」。

11 日，遺作〈祝你們新年好〉刊登於《聯合報》「楊逵未

刊詩（下）」。

| 1998 年 | 6 月 | 彭小妍主編《楊逵全集》（第 1～6 冊），由臺南國立文化資產保存研究中心籌備處出版。 |

| 1999 年 | 7 月 | 河原功主編《楊逵》（「日本統治期臺灣文學臺灣人作家作品集」第一卷），由東京綠蔭書房出版。 |

| 2000 年 | 12 月 | 彭小妍主編《楊逵全集》（第 7～8 冊），由臺南國立文化資產保存研究中心籌備處出版。 |
| | 本年 | 作品〈增產之背後——老丑角的故事〉收錄於河原功監修《決戰臺灣小說集——坤之卷》，由東京ゆまに書房出版。 |

| 2001 年 | 12 月 | 彭小妍主編《楊逵全集》第 9～14 冊，由臺南國立文化資產保存研究中心籌備處出版。 |

| 2004 年 | 6 月 | 19～20 日，由國家臺灣文學館主辦、靜宜大學臺灣文學系承辦之「楊逵文學國際學術研討會」假靜宜大學國際會議廳舉辦。 |

| 2005 年 | 10 月 | 安然、鮑曉娜編選之《楊逵文集》（共 7 冊，分 4 卷），由北京臺海出版社出版。 |
| | 本年 | 楊逵文學紀念館於臺南新化啟用。 |

參考資料：

・張恆豪主編，《楊逵集》，臺北：前衛出版社，1991 年 2 月，頁 363～375。

・彭小妍主編，《楊逵全集・第十四卷・資料卷》，臺南：國立文化資產保存研究中心籌備處，2001 年 12 月，頁 369～448。

・黃惠禎，〈楊逵文學活動年表〉，《左翼批判精神的鍛接：四○年代楊逵文學與思想的歷史研究》，臺北：秀威資訊科技，2009 年，頁 437～482。

．楊逵，《鵝媽媽出嫁》，臺北：前衛出版社，1985 年 3 月，頁 262～269。

．楊逵，《綠島家書》，臺中：晨星出版社，1987 年 3 月，頁 287～296。

．網站：楊逵文物數位博物館——楊逵年表（河原功、黃惠禎撰寫）。最後瀏覽日期：
　2010 年 11 月 21 日。

輯三◎
研究綜述

楊逵研究評述

◎黃惠禎

　　1970 年代，楊逵（1906～1985）隨著鄉土文學尋根熱潮重臨文壇。由於退出聯合國之後臺灣社會普遍高漲的愛國精神，與戒嚴體制下國民黨政府反日教育之影響，楊逵以小說創作中抵抗日本殖民統治的姿態，迅速成為最受文化界矚目的臺籍作家。然而學術性的楊逵研究卻是早在 1960 年代，由 1928 年出生於殖民地臺灣的日籍學者尾崎秀樹揭開序幕。

　　1961 年 10 月起，尾崎秀樹陸續發表了兩篇論文。第一篇是〈臺灣文學備忘錄——臺灣作家的三部作品〉（〈台湾文学についての覚え書——台湾人作家の三つの作品〉），其中評論楊逵〈送報伕〉（日文原題〈新聞配達夫〉）、呂赫若〈牛車〉、龍瑛宗〈植有木瓜樹的小鎮〉（〈パパイヤのある街〉）三篇日文小說，呈現臺灣人作家的意識從抵抗到放棄，進而屈從的一個傾斜的過程；第二篇為〈決戰下的臺灣文學〉（〈決戦下の台湾文学〉），主要探討 1940 年以後至戰爭結束為止的臺灣文壇，正面肯定了楊逵劇作〈撲滅天狗熱〉（〈デング退治〉）以遵循國策「撲滅天狗熱（登革熱）」的姿態，將批判同時指向放高利貸者與日本殖民統治。在回溯戰爭爆發前臺灣文學界的同時，也介紹了楊逵與在臺日籍作家、日本左翼文壇間的合作與聯繫，以及《臺灣新文學》雜誌專為報告文學騰出篇幅的特徵。[1]1972 年尾崎秀樹又發表〈臺灣出身作家文學的抵抗——談楊逵〉（〈台湾出身作家の文学的抵抗——楊逵のこと〉），以楊逵為臺灣現實歷經曲折的戰鬥情形，

---

[1]〈臺灣文學備忘錄——臺灣作家的三部作品〉發表於《日本文學》（1961 年 10 月），〈決戰下的臺灣文學〉分兩期刊載於《文學》（1961 年 12 月、1962 年 4 月）。兩文俱收入尾崎秀樹，《旧植民地文学の研究》（東京：勁草書房，1971 年），中文翻譯見之於陸平舟、間ふさ子譯，《舊殖民地文學的研究》（臺北：人間出版社，2004 年），頁 237～246 及頁 155～219。

闡述楊逵文學中的抵抗精神，這是目前所見第一篇學術性的楊逵專論。[2]

　　1973 年臺灣學界的楊逵研究正式展開，首先是顏元叔的〈臺灣小說裡的日本經驗〉[3]。這篇論文探討了包含張深切、吳濁流、廖清秀、葉石濤、林衡道等人的作品，楊逵部分則選擇〈送報伕〉作為立論的基礎，稱許之為寫出臺灣社會真相的第一篇小說。同年底，林載爵〈臺灣文學的兩種精神——楊逵與鍾理和之比較〉刊載於《中外文學》，[4]以「抗議」和「隱忍」分別標舉出楊逵與鍾理和的文學精神，並分析了楊逵小說中知識分子角色社會改革者的形象。1976 年 10 月，由楊素絹（楊逵次女）編輯的《壓不扁的玫瑰花——楊逵的人與作品》出版，[5]收錄了在此之前評論楊逵的重要文章。除了前述尾崎秀樹的楊逵專論與顏元叔、林載爵的兩篇論文之外，值得一提的還有張良澤〈不屈的文學魂——論楊逵兼談日據時代的臺灣文藝〉[6]。文中盛讚楊逵有別於「御用」文人，是一位堅持漢魂、有骨氣的「叛逆」作家，如疾風勁草般令人肅然起敬。

　　1978 年 4 月，日本學者河原功發表〈楊逵的文學活動〉（〈楊逵——その文学的活動〉）[7]，包含楊逵年表、著作目錄與參考文獻三大部分，這是來臺專訪楊逵與蒐集資料後的成果。緊接著河原功的碩士論文〈臺灣新文學運動的展開〉（〈台湾新文学運動の展開〉）刊載於《成蹊論叢》，文中勾勒出楊逵因「文藝大眾化」等理念與採用稿件的意見相左，歷經與臺灣文

---

[2]尾崎秀樹〈臺灣出身作家文學的抵抗——談楊逵〉首刊於《中國》（東京）第 102 號（1972 年 5 月），收於楊素絹編，《壓不扁的玫瑰花——楊逵的人與作品》（臺北：輝煌出版社，1976 年 10 月），頁 31～37。

[3]初稿 1973 年 7 月曾於《中外文學》第 2 卷第 2 期發表，重寫並擴充內容後譯成英文，於當年 8 月夏威夷東西中心舉行的「社會意識文學研討會」上宣讀，英文稿再譯成中文後收於楊素絹編，《壓不扁的玫瑰花——楊逵的人與作品》，頁 55～84。

[4]原載於《中外文學》第 2 卷第 7 期（1973 年 12 月），收於楊素絹編，《壓不扁的玫瑰花——楊逵的人與作品》，頁 85～109。

[5]1976 年 10 月由臺北的輝煌出版社發行，其後又以《楊逵的人與作品》為題，由臺北的民眾日報社於 1978 年 10 月出版。

[6]首刊於《中央日報》，1975 年 10 月 22～25 日，收於楊素絹編，《壓不扁的玫瑰花——楊逵的人與作品》，頁 209～226。

[7]河原功，〈楊逵——その文学的活動〉，原載於《台湾近現代史研究》（東京）創刊號（1978 年 4 月）。楊逵去世後由楊鏡汀譯成中文，題為〈楊逵的文學活動〉，分別於《臺灣文藝》第 94、95 期（1985 年 5、7 月）和《文季》第 2 卷第 5 期（1985 年 6 月）兩度發表。

藝聯盟張深切、張星建等人的論戰之後，脫離《臺灣文藝》陣營，創辦中、日文並刊的《臺灣新文學》雜誌，滿懷熱情地鼓吹中文創作，以及楊逵與日本左翼作家、普羅文壇間的密切關係。[8]

　　同年 9 月，林梵（林瑞明）《楊逵畫像》由臺北的筆架山出版社發行。這是描寫楊逵的第一本，也是目前唯一出版的一本楊逵傳記。[9]成書之前作者曾經住在東海花園，與楊逵朝夕相處，得以親睹由楊逵本人保存的文學史料，無疑是了解楊逵最重要的入門書籍。書中詳細描述 1970 年代楊逵復出文壇的經過，尤具參考價值。只可惜成書於戒嚴體制之下，不得不迴避如二二八事變與白色恐怖之類的政治禁忌，因此有關楊逵在這段時期的活動記載極為簡略。儘管此書完成於 1977 年，楊逵去世前約八年的事蹟有待增補，[10]然其詳盡的傳記資料與前述河原功的研究成果，不但是 1970 年代楊逵研究最重要的收穫，也為日後全面性的楊逵研究奠定基礎。

　　1980 年代以來，不管在研究面向或是楊逵文學的詮釋上都有新的發展。1981 年陳芳明在美國發表〈放膽文章拼命酒——論楊逵作品中的反殖民精神〉，從楊逵信奉社會主義的立場和介入農民運動的經驗出發，以理念的實踐行動談階級意識對楊逵創作的影響。陳芳明評論「楊逵作品的可貴，不只在於他對日本殖民政權的控訴，而且也在於對監禁他、迫害他的國民黨政權提出直接的抗議」，認為楊逵小說在臺灣普受歡迎與尊敬，「是整個社會潮流的具體浮現」，「歷史將會告訴我們：楊逵的反抗殖民政權的精神，最後一定勝利」，[11]將楊逵的形象從抗日典範轉化成為反國民黨在野

---

[8]原載於《成蹊論叢》第 17 號（1978 年 12 月），首由葉石濤中譯，題為〈臺灣新文學運動的展開——日本統治下在臺灣的文學運動〉，連載於《文學臺灣》第 1～3 期（1991 年 12 月～1992 年 6 月），後收入河原功著；莫素微翻譯，《臺灣新文學運動的展開——與日本文學的接點》（臺北：全華科技圖書股份有限公司，2004 年 3 月），頁 115～228。

[9]據悉楊翠（楊逵孫女）已於近年間完成《楊逵評傳》初稿，尚未正式出版。

[10]雖然筆者曾親聞林瑞明教授有意重寫《楊逵畫像》，且完稿之前不同意書商再版，可惜至今續補未成，該書仍因絕版而一書難求。

[11]引自〈放膽文章拼命酒——論楊逵作品中的反殖民精神〉（上），《美麗島》（洛杉磯）第 53 期（1981 年 8 月）。筆者研究用影本來自楊逵家屬提供的資料，頁數不詳。〈放膽文章拼命酒——論楊逵作品中的反殖民精神〉最初是以「溫萬華」筆名連載於《美麗島》（洛杉磯）第 53～55 期（1981 年 8～10 月），修訂後以「宋冬陽」筆名重刊於《臺灣文藝》第 94 期（1985 年 5 月），其

勢力的象徵，對楊逵文學的意涵進行了不同角度的再詮釋。

其次，相關文獻資料也在 1980 年代陸續出土，甚至因而引爆了文壇的一場論戰。1986 年張恆豪挖掘出楊逵〈「首陽」解除記〉（日文原題〈「首陽」解消の記〉）[12]，以此證明楊逵「首陽農園」招牌並未如其本人所說，堅持到日軍戰敗投降的最後一刻。張恆豪也在文中指出，當年請鍾肇政翻譯楊逵小說〈增產之背後——老丑角的故事〉（〈增產の蔭に——吞氣な爺さんの話〉）時，鍾肇政以人剛死便將這種作品譯出來怕不太好而予以婉拒，透露出楊逵在日本當局壓力下寫作過「皇民文學」。[13]然而此舉不僅損及楊逵的形象，也嚴重傷害民族自尊，為此王曉波與張恆豪兩人展開一場精采的論辯。[14]

這段時期內重要的評論還有：下村作次郎從楊逵選譯茅盾〈大鼻子的故事〉發覺其中蘊藏的抗議精神，以及楊逵〈豐作〉日文翻譯增強了賴和原作反抗的姿態。[15]葉石濤〈楊逵的文學生涯〉[16]歷數楊逵一生重要的文學

中有多處批判國民黨政權的文字已刪除。《臺灣文藝》版後來收錄於前衛版《楊逵集》（臺灣作家全集‧短篇小說卷／日據時代），近年間又改題為〈楊逵的反殖民精神〉，收入陳芳明，《左翼臺灣——殖民地文學運動史論》（臺北：麥田出版社，1998 年 10 月），頁 75～98。

[12]發表於《臺灣文藝》第 1 卷第 2 號（1944 年 6 月）「臺灣文學者總蹶起」專欄，頁 8。本篇張恆豪譯為〈「首陽」解除記〉，故張恆豪及王曉波的論辯中如此稱之，《楊逵全集》則譯為〈解結「首陽」記〉。

[13]張恆豪，〈超越民族情結重回文學本位，楊逵何時卸下「首陽農園」？〉，《文星》第 99 期（復刊號，1986 年 9 月），頁 121～124。

[14]首先是張恆豪該文刊載後的兩個月，王曉波發表〈把抵抗深藏在底層——論楊逵的『「首陽」解除記』和「皇民文學」〉，認為在日本敗象已露，更加緊對殖民地臺灣的彈壓時，臺灣作家連「不說話的自由」也被剝奪了，而非自由意志的強迫脅從是不負刑責的，楊逵不認當年的這筆賬有何不可？〈「首陽」解除記〉的重新被揭出，只能證明其文學靈魂也被強暴過，不能證明其文學靈魂失貞。當月的《南方》第 2 期，張恆豪引據楊逵回憶錄及楊逵友人所言，證實楊逵拘繫綠島時期曾被調往臺北，原因是當局有意將其派往日本，針對日本的臺獨與反對人士做特務工作。因而推論楊逵本人的性格是不被教條綁死，伺機權變，在臺灣總督的高壓之下寫出〈「首陽」解除記〉與〈增產之背後——老丑角的故事〉這種文字，也就不足為異了。王曉波，〈把抵抗深藏在底層——論楊逵的「『首陽』解除記」和「皇民文學」〉，《文星》第 101 期（復刊 3 號，1986 年 11 月），頁 124～131。張恆豪，〈楊逵有沒有接受特務工作？〉，《南方》第 2 期（1986 年 11 月），頁 122～125。

[15]上述兩項研究成果分別見〈茅盾の「大鼻子的故事」——台湾發行楊逵譯「（中日文對照中國文藝叢書）大鼻子的故事」を中心として〉，《咿啞》（大阪）第 18、19 合併號（1984 年 12 月）；〈台湾の作家賴和の「豐作」について〉，《天理大學學報》（奈良）第 148 號（1986 年 3 月）。兩文俱收於其著，《文学で讀む台湾——支配者‧言語‧作家たち》（東京：田畑書局，1994 年 1 月）；中文版為邱振瑞譯，《從文學讀臺灣》（臺北：前衛出版社，1997 年 2 月），分別收入頁 128

活動，與影響楊逵文學生涯的重要事件，強調楊逵的文學是「參與的文學」，並有社會主義的系統性思考與草根性等特質。葉石濤執筆的另一篇〈日據時期的楊逵——他的日本經驗與影響〉[17]，經由楊逵一生與日本人接觸史的歸納與整理，發現溫情多於摧殘的美好日本經驗，不僅促使楊逵日後以理性、和平的方式從事農民運動，並證實其社會主義世界觀是經得起考驗的哲學。

此外，楊逵創作不同版本的比較也在此時獲致重大進展。塚本照和的〈送報伕〉版本研究，[18]不僅是楊逵作品版本學的開始，也是首次參酌楊逵手稿進行的學術性研究。共比對了包括創作底稿在內的十多種版本，說明坊間廣為流傳者已有多處增補，失去日治時期發表的原貌，為楊逵研究樹立新的里程碑。相關成果經向陽（林淇瀁）翻譯介紹，[19]隨即引發回響，張恆豪於 1986 年發表的〈存其真貌——談〈送報伕〉譯本及其衍伸問題〉[20]就是最好的證明。1991 年起，塚本照和又陸續發表〈田園小景〉與〈模範村〉版本關係的研究成果。[21]1998 年清水賢一郎經由〈模範村〉手稿筆跡

～139 及頁 103～126。

[16]原載於《文學界》第 14 集（1985 年 5 月），收錄於陳芳明編，《楊逵的文學生涯》（臺北：前衛出版社，1988 年），頁 265～272。

[17]葉石濤作，發表於《聯合文學》第 1 卷第 8 期（1985 年 6 月），頁 18～21。

[18]發表情形依序為：〈楊逵作『新聞配達夫』（『送報伕』）のテキストのこと〉，《台湾文学研究会会報》（奈良）第 3、4 合併號（1983 年 11 月）；〈「新聞配達夫（『送報伕』）のテキストのこと」正誤表〉，《台湾文学研究会会報》（奈良）第 8、9 號（1984 年 12 月）；〈楊逵作「新聞配達夫」（「送報伕」）のテキストについて——本文改潤による若干の相違例の比較を通して〉，《天理大學學報》（奈良）第 148 號（1986 年 3 月）。

[19]塚本照和〈楊逵作『新聞配達夫』（『送報伕』）のテキストのこと〉的向陽中文譯稿題為〈楊逵作品「新聞配達夫」（送報伕）的版本之謎〉，刊載於《臺灣文藝》第 94 期（1985 年 5 月），頁 166～180。

[20]發表於《臺灣文藝》第 102 期（1986 年 9 月），頁 139～149。

[21]關於此議題，塚本照和先後發表：〈談楊逵的田園小景—第七十八回台灣研究研討會記錄〉，《臺灣風物》第 41 卷第 4 期（1991 年 12 月）；〈楊逵の「田園小景」について〉，《天理台湾研究會年報》（奈良）創刊號（1992 年 1 月）；〈談楊逵的「田園小景」和「模範村」〉，「賴和及其同時代的作家：日據時期臺灣文學國際學術會議」，新竹：清華大學，1994 年 11 月 25～27 日，後以〈楊逵の「田園小景」と「模範村」のこと〉為題，收於下村作次郎、中島利郎、藤井省三、黃英哲編，《よみがえる台湾文学：日本統治期の作家と作品》（東京：東方書店，1995 年 10 月），頁 313～344。

的墨色，對楊逵為呼應不同時局的改作之跡進行考證。[22]

　　1990 年代其他重要論述方面，因楊逵中文劇作的重新出土，焦桐於 1990 年率先發表閱讀手稿後的研究成果，包括編製〈楊逵劇作表〉，並針對十部中文劇作的內容進行評述，歸納出不屈不撓的園丁性格、強烈的民族意識、熱情的理想主義者，作為理解與掌握楊逵劇作特色的三個方向。[23] 呂正惠〈論楊逵的小說藝術〉[24]以 1937 年蘆溝橋事變為界，區分楊逵小說創作的內涵，認為前期呈現國際主義的政治信念，後期則以表面的歸農含蓄寄託個人的政治憤慨。陳芳明〈賴和與臺灣左翼文學系譜〉[25]將楊逵上接賴和，以左翼文學史觀定位楊逵文學的歷史意義。林亨泰〈銀鈴會文學觀點的探討〉[26]清楚呈現銀鈴會新生代作家如何受到楊逵現實主義文學觀的影響。彭小妍〈楊逵作品的版本、歷史與「國家」──《楊逵全集》版本問題〉[27]以何農（Ernest Renan, 1823～1891）的「選擇論」出發，研究楊逵的國族認同，結論楊逵作品隨著朝代而修改各式各樣的愛國口號，但對土地和下層民眾的熱愛從不改變。

　　日本學界方面亦有重要收穫，山口守〈假面語言照射之事──關於臺灣作家楊逵的日本語作品〉（〈仮面の言語が照射するもの──台湾作家楊

---

[22]詳見清水賢一郎，〈臺、日、中的交會──談楊逵日文作品的翻譯〉（臺北：中央研究院中國文哲研究所籌備處座談會，1998 年 3 月 30 日）。

[23]詳見焦桐，《臺灣戰後初期的戲劇》（臺北：協和文化藝術基金會、臺原出版社，1990 年）之第三章「本地劇作家楊逵」，頁 71～108。焦桐另有這一章的濃縮版，題為〈烏托邦戲劇──論楊逵的戲劇創作〉，發表於《自立早報》，1990 年 6 月 14～17 日。

[24]原載於《新地》第 1 卷第 3 期（1990 年 8 月），後附錄於其著，《殖民地的傷痕：臺灣文學問題》（臺北：人間出版社，2002 年 6 月），頁 243～256。

[25]〈賴和與臺灣左翼文學系譜〉原發表於「賴和及其同時代的作家：日據時期臺灣文學國際學術會議」，新竹：清華大學，1994 年 11 月 25～27 日。後由野間信幸翻譯成日文，以〈賴和と台湾左翼文学の系譜──植民地作家の抵抗と挫折〉為題，收入《よみがえる台湾文学：日本統治期の作家と作品》，頁 219～245；又收入陳芳明，《左翼臺灣──殖民地文學運動史論》，頁 47～73。

[26]收於林亨泰主編，《臺灣詩史「銀鈴會」論文集》（彰化：臺灣磺溪文化學會，1995 年 6 月），頁 33～64。

[27]原載於《聯合文學》第 14 卷第 9 期（總第 165 期，1998 年 7 月），增補後刪去副標題，收入其著，《「歷史很多漏洞」：從張我軍到李昂》（臺北：中研院文哲所籌備處，2000 年 12 月），頁 27～50。

達の日本語作品について〉）[28]受到法農（Frantz Fanon）著作《黑皮膚，白面具》（*Peau Noire, Masques Blancs*）[29]的啓發，從楊逵被迫使用非母語的所謂「假面語言」從事創作，來理解楊逵日治時期文學事業裡日本語文化的特殊性。星名宏修則分析〈怒吼吧！中國〉（〈吼えろ支那〉）劇本的楊逵改編版，並比較了其他作家的同一劇本，發現楊逵在描述英、美兩國殘忍的一面更爲強化，對向來認定此作影射日本侵略中國的說法提出質疑。[30]

其間，得力於楊逵手稿的出土，筆者 1992 年完成碩論《楊逵及其作品研究》[31]，針對楊逵作品的各種不同文類與版本，包括未發表遺稿與已發表的中、日文創作進行研究，成爲第一篇全面檢討楊逵著作的專論，並爲河原功所編楊逵年表與著作目錄進行增補。受到塚本照和有關〈送報伕〉版本研究的啓發，乃根據包括楊逵手稿在內的各種版本，以坊間通行的前衛版《楊逵集》[32]進行比對，發現楊逵有不斷修改自己作品的習慣，日治時期的小說創作在譯成中文的過程中，除文辭的斟酌與情節內容的增刪外，還包括意識形態的改異。研究過程中蒐集的文獻資料，以及歸納整理的楊逵作品目錄與研究資料目錄，成爲日後《楊逵全集》編譯計畫執行之依據。

2001 年 12 月，《楊逵全集》14 冊全數出版完畢，所蒐羅楊逵的各類作品，與重新翻譯校訂的日文作品中文譯稿，爲研究者帶來的便利性有目共睹，開啓了另一波楊逵研究的風潮。2004 年間有兩場以楊逵爲主題的學術會議在中國與臺灣分別舉行，針對楊逵的文學活動與社會運動各層面展開探討。2 月 2、3 日，「楊逵作品研討會」在廣西南寧市召開，其中有兩篇論文值得關注。黎湘萍〈"楊逵問題"：殖民地意識及其起源〉[33]指出「楊

[28]發表於《昭和文学研究》第 25 集「特集　昭和文学とアジア」（1992 年 9 月），頁 129～141。
[29]1952 年以法文出版，中文版爲陳瑞樺翻譯，由臺北的心靈工坊文化事業股份有限公司於 2005 年發行。
[30]詳見星名宏修，〈楊逵改編「吼えろ支那」をめぐって〉，收於臺灣文學論集刊行委員會編，《台湾文学研究の現在》（東京：綠蔭書房，1999 年 3 月），頁 71～91。
[31]李豐楙教授指導，國立政治大學中國文學研究所碩士論文。在行政院文建會策劃下，1994 年 7 月由臺北的麥田出版社出版。
[32]張恆豪編，《楊逵集》（臺北：前衛出版社，1991 年 2 月）。
[33]楊逵作品研討會後刊載於《華文文學》總第 64 期（2004 年 5 月），頁 11～18。

達問題」不只是一個文學的問題，而且是第三世界的殖民地／現代性的共同問題。因此楊逵之所以不斷地被評論、解讀，乃因其文學作品所形象化的現代資本主義、帝國主義和殖民地諸問題，迄今仍在發展且沒有得到很好的解決。藍博洲〈楊逵與臺灣地下黨關係的初探〉[34]則是經由實地訪談與調查，披露圍繞在楊逵身邊的青年陸續成為在臺中共地下黨人的祕史。

6 月 19、20 日，由靜宜大學臺灣文學系主辦的「楊逵文學國際學術會議」在位於臺中的該校召開。河原功發表〈不見天日十二年的〈送報伕〉——隻身力搏臺灣總督府的楊逵〉（〈12 年間封印されてきた「新聞配達夫」——台湾総督府の妨害に敢然と立ち向かった楊逵〉）[35]，談楊逵如何利用編輯角色，以不同的筆名撰文從事自我宣傳，使〈送報伕〉的內容能突破總督府檢閱制度的封鎖，呈現在臺灣讀者面前，彰顯出楊逵的抵抗意識。筆者也提出論文〈楊逵與戰後初期臺灣新文學的重建——以《臺灣文學叢刊》為中心的歷史考察〉[36]，從楊逵社會主義國際主義者的角度出發，藉由新出土的揚風（楊靜明）日記手稿，揭露戰後楊逵與外省來臺文友合作交流，以共同對抗國民黨政權之內幕，說明這正是〈送報伕〉以來團結被壓迫階級反抗壓迫階級的一貫思考，由此證明楊逵未曾偏離社會主義者的階級立場。

由於《楊逵全集》所收錄豐富的楊逵文學理論批評等文獻，近幾年間已經為楊逵研究開發出全新的面向。靜宜大學承辦的這場學術會議中，即同時出現 4 篇與此相關的論文。[37]魏貽君〈日治時期楊逵的文學批評理論初

---

[34]修訂後改題為〈楊逵與中共臺灣地下黨的關係初探〉，刊載於《批判與再造》第 12 期（2004 年 10 月），頁 39～58。

[35]張文薰譯，原發表於楊逵文學國際學術研討會，臺中：靜宜大學，2004 年 6 月 19、20 日，隔年先以日文正式發表於《成蹊論叢》第 42 號（2005 年 4 月），隨後中文譯稿改題為〈不見天日十二年的〈送報伕〉——力搏臺灣總督府言論統制之楊逵〉，刊載於《臺灣文學學報》第 7 期（2005 年 12 月），頁 129～148。

[36]修訂後刊載於《臺灣風物》第 55 卷第 4 期（2005 年 12 月），頁 105～143。

[37]以下所述發表於楊逵文學國際學術研討會的 4 篇論文中，向陽所撰已刊載於《臺灣史料研究》第 23 號（2004 年 8 月），頁 134～152；陳培豐論文改題為〈植民地大眾的爭奪——〈送報伕〉・《國王》・《水滸傳》〉，刊載於《臺灣文學研究學報》第 9 期（2009 年 10 月），頁 249～290。陳建忠論題修訂為〈行動主義、左翼美學與臺灣性——戰後初期楊逵的文學論述〉，收入其著，

探〉嘗試建構楊逵的文學批評理論體系，陳培豐〈大眾的爭奪——〈送報伕〉·《國王》·《水滸傳》〉對楊逵文藝大眾化理念的剖析，向陽〈擊向左外野：論日治時期楊逵的報導文學理論與實踐〉闡述楊逵如何建構並實踐其報導文學的理念，陳建忠〈行動主義、左翼美學與臺灣性：戰後初期（1945～1949）楊逵的文學論述〉所探討楊逵終戰前後文藝理論的一貫性等，為將來進一步建構臺灣文學理論批評史做出的貢獻不容小覷。

　　21 世紀以來的重要研究還有林淇瀁〈一個自主的人——論楊逵日治年代的社會實踐與文學書寫〉，這篇論文以 1932 年切割楊逵的生涯，認為「往前是他以馬克思主義為思想基礎，以無產階級運動為實踐手段，進行一個在意識形態上與日本帝國資本主義的革命鬥爭歲月；往後，則是他用前階段社會實踐過程中遭挫的溫和的民主社會主義路線為基底，通過殖民帝國語文向殖民政權發出戰鬥之聲的文學書寫年代」。[38]尤其值得注意的是楊翠〈不離島的離島文學——試論楊逵《綠島家書》〉，深入分析向來不受學界重視的綠島時期家信，呈現楊逵以政治犯身分繫獄時的內在心靈世界，發掘楊逵以之「確認自我主體並未在監獄的身體管理與規訓體制中崩解潰散」[39]的特殊意義。

　　有關楊逵人際網絡的篇章則有下列數篇：橫地剛《南天之虹：把二二八事件刻在版畫上的人》[40]所描繪黃榮燦的文藝活動網絡，初步勾畫戰後初期楊逵與外省來臺知識分子間的合作與交流。拙論〈楊逵與賴和的文學因緣〉[41]以楊逵的創作與回憶文章為基礎，具體說明賴和對楊逵文學歷程的重

《被詛咒的文學——戰後初期（1945～1949）臺灣文學論集》（臺北：五南圖書出版公司，2007年1月），頁 103～139。

[38]原載於《20世紀臺灣歷史與人物——第六屆中華民國史專題論文集》（新店：國史館，2002年12月），引自《淡水牛津臺灣文學研究集刊》第 5 期（2003 年 7 月），頁 124。

[39]《戰後初期臺灣文學與思潮國際學術研討會（中華文化與文學學術研討系列第九次會議）論文集》（臺中：東海大學，2003 年 11 月 29、30 日），頁 214。

[40]橫地剛著，陸平舟譯，《南天之虹：把二二八事件刻在版畫上的人》（臺北：人間出版社，2002年2月）。

[41]先以〈楊逵と賴和の文學的絆〉為題，於日本臺灣學會第二回學術大會（東京：東京大學，2000年6月3日）用日語宣讀，修訂後再以中文發表於《臺灣文學學報》第 3 期（2002 年 12 月），頁 143～168。

要影響，以及楊逵在傳承與發揚賴和文學精神上的貢獻，連帶呈現出賴和「臺灣新文學之父」的歷史地位。尹子玉〈楊逵《臺灣新文學》與無產階級文學運動〉[42]則藉由《臺灣新文學》雜誌的專題與廣告，考察其與世界無產階級文化運動之關聯，尤其和日本左翼雜誌《文學案內》、《文學評論》間的雙向交流。

再者，張季琳經由史料的爬梳與田野調查，接連挖掘楊逵文友入田春彥及師長沼川定雄的身世片段，先後發表了〈楊逵和入田春彥——臺灣作家和總督府日本警察〉與〈楊逵和沼川定雄——臺灣作家和公學校日本教師〉兩篇論文，在對楊逵有深刻影響的日本人研究方面獲得重大突破。[43]筆者〈楊逵與日本警察入田春彥——兼及入田春彥仲介魯迅文學的相關問題〉[44]乃接續張季琳的研究，補充筆者所發現有關入田春彥的文學史料，呈現楊逵與入田春彥的文學情誼和相互影響，以及楊逵在轉化與宣揚魯迅精神上的貢獻。

學位論文方面，已正式出版的碩士論文有三篇。趙勳達〈《臺灣新文學》（1935～1937）的定位及其抵殖民精神研究〉[45]，以楊逵主編的《臺灣新文學》雜誌為對象，除了釐清楊逵與臺灣文藝聯盟派別之爭的歷史是非外，主要借用《逆寫帝國：後殖民文學的理論與實踐》[46]中有關後殖民寫作

[42]收於國立清華大學臺灣文學研究所編，《第一屆全國臺灣文學研究生學術論文研討會論文集》（臺南：國立臺灣文學館籌備處，2004 年 7 月），頁 171～191。

[43]〈楊逵和入田春彥——臺灣作家和總督府日本警察〉原以日文〈楊逵と入田春彥——台湾人プロレタリア作家と総督府警察官の交友をめぐって〉，發表於《日本台湾学会報》第 1 號（1999 年 7 月），頁 76～91；後譯為〈楊逵和入田春彥——臺灣作家和總督府日本警察〉，刊登於《中國文哲研究集刊》第 22 期（2003 年 3 月），頁 1～33。〈楊逵和沼川定雄——臺灣作家和公學校日本教師〉刊載於《中國文哲研究集刊》第 24 期（2004 年 3 月），頁 155～182。在此之前，曾以〈楊逵和沼川定雄——臺灣人作家和臺灣公學校日本教師〉為題，發表於張文環及其同時代作家學術研討會，臺南：國家臺灣文學館、國立文化資產保存研究中心籌備處主辦，2003 年 10 月 18～19 日。上述兩篇論文原是張季琳博士論文中的兩章，分別見於〈台湾プロレタリア文学の誕生——楊逵と「大日本帝国」〉，日本東京大學大學院人文社會系研究科博士論文，2000 年 6 月，頁 148～173 及頁 29～56。

[44]發表於《臺灣文學評論》第 4 卷第 4 期（2004 年 10 月），頁 101～122。

[45]成功大學臺灣文學研究所碩士論文，2003 年 6 月。後改題為《臺灣新文學（1935～1937）定位及其抵殖民精神研究》，由臺南市立圖書館於 2006 年發行。

[46]Bill Ashcroft 等著，劉自詮譯，《逆寫帝國：後殖民文學的理論與實踐》（臺北：駱駝出版社，

的文本策略，討論楊逵的編輯方針，突出楊逵堅持臺灣文化主體性的抵殖民（decolonization）精神。吳素芬〈楊逵及其小說作品研究〉[47]乃針對小說創作的形式與主題細密分析。鄧慧恩〈日治時期外來思潮的譯介研究：以賴和、楊逵、張我軍爲中心〉[48]挖掘出《馬克思主義經濟學（1）》、〈社會主義與宗教〉、〈戰略家列寧〉的翻譯對照版，據以論證楊逵翻譯這三篇作品的社會意義與轉化後的詮釋。

另外，筆者博士論文〈左翼批判精神的鍛接：四〇年代楊逵文學與思想的歷史研究〉亦已修訂出版。[49]主要以楊逵信奉社會主義的角度切入，藉由楊逵文學活動的歷史脈絡化（contextualize），證明楊逵無論身處如何艱困的文學環境，始終站在人民的階級立場，以堅定的態度批判統治階級的壓迫，並傾全力對抗霸權文化。所挖掘楊逵參與「臺灣革命先烈遺族救援委員會」的相關史料，以及多篇尚未收入《楊逵全集》的楊逵作品，已經爲後來的研究者陸續引用。

綜合上述，歷來楊逵研究多側重在其小說創作的成就。若以時代而論，1930 與 1940 年代楊逵的社會運動和文藝活動、1950 年代的劇作與家書，以及 1970 年代楊逵復出文壇的經過，均已累積相當可觀的成果。然而有關楊逵所承受來自日本左翼文壇與普羅文藝思潮的影響，由於必須進行跨語言、跨文化的研究，而且相關史料蒐集不易，至今仍少見有深度的論述，將來或可作爲耕耘楊逵研究的重要課題。

1998 年 6 月）。

[47]臺南大學教管所國語文教學碩士班碩士論文，2004 年。已由臺南縣政府於 2005 年 12 月正式出版。

[48]原以〈文化的擺渡——楊逵翻譯作品的社會意義與詮釋〉爲題，發表於「文學與社會學術研討會——2004 青年文學會議」，臺南：國家臺灣文學館，2004 年 12 月 4、5 日。修訂後題爲〈文化的擺渡：楊逵譯作的意義與詮釋〉，收入碩士論文〈日治時期外來思潮的譯介研究：以賴和、楊逵、張我軍爲中心〉，國立清華大學臺灣文學研究所，2006 年 6 月。碩士論文題目修訂爲《日治時期外來思潮的譯介研究——以賴和、楊逵、張我軍爲中心》，由臺南市立圖書館於 2009 年出版。

[49]李豐楙教授指導，國立政治大學中國文學系博士論文，2005 年 7 月。經過修訂，並將博士論文完成後最新發現的史料，以及臺南新化「楊逵文學紀念館」收藏的楊逵手稿資料，增補進附錄的「楊逵著作目錄」，由臺北的秀威資訊科技股份有限公司於 2009 年 7 月正式出版。

輯四◎
重要評論文章選刊

我的回憶

◎楊逵
◎王世勛記錄整理

一、童年的生活

　　1905 年 10 月 18 日，我生於臺南縣新化鎮，一個相當單純的家庭。與其說是「單純」，倒不如說是「孤單」來得正確。因爲我的父親楊鼻，並沒有兄弟，只是孤單一人。其實他的本姓並不是楊，照說應當是姓吳，這是因爲我的祖父姓吳，而先父姓楊，乃因祖父入贅祖母楊家。在當時，關於祖父、祖母的一切，我們這些小孩子所知道的，只有他們埋骨臺南海邊一個叫做「喜樹」的地方的墓碑上所刻的文字。

　　也許是當時交通不便，從我們住的地方到「喜樹」有一段距離。加以當時我年幼體弱，先父到祖父的墳上時，不曾帶我去過。後來讀書、赴日，乃至回臺參加各種活動，都沒有去弄清祖父的墓地所在，迄今，已經無法再找到先祖父的墓地了，這在注重祭拜祖先的國人來說，是有幾分的不孝了。

　　依照我後來的印象推測先祖父當時可能是隻身來臺不久的福建閩南一帶的人，當時並沒有很好的工作，生活十分困難，因此而入贅楊家，他們在生下先父不久以後，就離開了世間。

　　我的父母都是文盲，當時生活的主要收入是靠我父親經營的錫店。後來我年紀稍大，在公學校讀書的時候，也曾在錫店做過一點工作。工作的過程大約是將那時裝煤油的鐵桶收購回來，再將黏結鐵桶上的錫料以火燒熔開，錫料即熔開滴下，把這些滴下的錫料收集起來，就可以製成原料，

用來做燭臺、祭具、香爐、酒瓶等物品出售，賺一點蠅頭小利。

　　第一次的「參與」工作至今仍在我腦裡留下很深的記憶。因為缺乏經驗，還沒有把桶內的煤油倒出即放到爐上去燒烤，轟的一聲油桶就炸開來，我的左臂也燒了一大塊。幾乎過了一個月才痊癒，疤痕則過了好多年才消去。現在回想起來，當時一定是沒有取得父親的同意和指導就盲目幹起來，才有這件小意外。會有這種盲動，大概一方面是好奇，一方面也是想去試驗這種工作的過程。這件小事之所以提出來，多少是我認為這件小意外可以反映我的一部分性格出來。

　　錫店的生意還算可以，因此家庭生活也還過得去。我們所住的新化街，一般的生意人生活也都還可以。現在記得起來的是當時街上有鐵材行，有棺材行、雜貨店、做木桶的，也有類似茶室的妓院。妓院就在我家隔壁三、四間的地方，常有一些穿著特殊的女人出入。當時年紀很小，對這些女人並沒有很深的印象。

　　除了街市以外在鄉間一般農民的生活也不算壞。我記得當時與父親一同到鄉下朋友家裡吃拜拜，宴席上還有女人陪酒，可見經濟是不壞的。第一次世界大戰期間，米及其他穀類的物質，都有相當不錯的價格。農民每次收成，一定有場大拜拜宴客。這種情況與後來臺灣因為越戰而發了些越戰財的情況有點類似。不同的是當時參戰國的軍隊沒到臺灣來消費而已。

　　當時最困擾一般民眾的，除了日本人的壓迫以外，應當算是疾病了。

　　我的父母一共生了六個子女，我排行老四。上面有大姊、大哥、二哥，下有弟妹各一。因為疾病的緣故，大姊與弟妹紛紛夭亡，弟妹相繼過世時，我只有四、五歲，還不懂事，只記得那天在外面玩耍回來，看到有一個小木盒子，裡面裝著小囝仔的屍身，這事給我留下了一個恐懼的印象。

　　但更大的恐懼感是在九歲時發生。那時我早已從父母的口中聽過在日軍來臺初期，臺人如何與日軍武力鬥爭的經過，日本人每進駐一個地方，當地人即拖家帶眷躲到山中，當時叫做「走番仔」，意即避開會殺人的日本

番，等日本人走了，才回到家中。這種「走番仔」，也鬧過有趣的笑話，因
臺人要離家前，常把家中打掃乾淨，連當時家中用的「屎桶」，也洗得一乾
二淨。日人不知臺人以「屎桶」代替廁所，拿來當飯桶使用。這種有趣的
笑話，流傳得很廣，多少使臺人因受日人殺壓而悽慘的心靈有了一點點阿
Q式的安慰。

　　在我九歲那一年，發生了震動全臺的噍吧哖事件，日人報復性的屠殺
了數以千計的臺人，有人說被屠的人數超過萬人，屠殺的手段十分殘忍，
先成排斬殺，再推到挖好的坑內。後來我讀中學時，去過噍吧哖事件發生
屠殺的幾個村莊，果然看到這幾個村莊只有老弱婦孺，沒看到幾個成年的
男子。

　　經由目擊大屠殺者的敘述，不滿十歲的我對日人殺害臺人的殘酷手
段，在心靈上烙下了極為深刻的印痕。往後幾年也陸續得到更多關於這場
大屠殺的敘述，在我當時的心靈中，除了引起仇恨的反應外，還有難以磨
滅的恐怖印象。它在我後來的一生當中，起了相當大的影響。不管在從事
反對日人的社會運動，抑或是在二次大戰結束後發生的一次事件中，我始
終反對以武力、暴力來作為解決問題的意圖。但好笑的是，因為這種反對
暴力的意願，在與多位關心臺島局勢的人士所共同發表的「和平宣言」，竟
為我帶來了12年無妄的牢獄之災。歷史，有時竟嘲諷至此！

　　我反對暴力，也與我自己性格有關。前面已經說過，疾病在衛生水準
甚低的當時，侵襲著島上的居民，幾乎島上百分之七十以上的居民均曾患
過瘧疾。我因經常患病，身體非常瘦弱，在同年齡的孩童當中，成了很凸
出的弱弱小者。童伴們的各種玩戲，我大多參加，獨獨擂臺式的比武之類
的遊戲，我成為一個旁觀者。

　　也許是這樣，使我有了一種孤單的寂寞感。這種寂寞感有時使我在腦
中有了自我慰藉的幻想，經由某些幻想，稍稍彌補了生活中的孤寂。我現
在還記得童年時常把那些製作錫器後丟棄的錫片屑，以剪刀剪成各種形狀
的物品以為消遣。這大概又與來自我母親的遺傳有關吧。我的母親蘇足雖

然是個文盲，但在色彩以及美術方面有些專長。常為鄰人畫些頭巾、肚兜以及其他刺繡品的風景；而賺點零星的費用。這在當時，對我的母親來說，也許可以算是一種藝術創作了。

我的大哥楊大松在這方面顯然得到母親的遺傳。他本來在日人的糖業機構任職，因為聽過我一次反對日人的演說，又因與我是兄弟而遭免職，於是本來就在美術方面有點專長的他，轉而從事木刻業以維生。他去世已有十年之久，但他所經營的木刻生意，至今還為我的姪子們繼續在新竹經營著。

我的二哥楊趁，雖是學醫，但卻對音樂有很大的興趣，經常看見他拉小提琴。我少年時期所閱讀的一些文學讀物，一部分即是他供給我。可惜他在 24 歲時，即因婚姻生活的破碎而自殺了。而他婚姻生活的破碎，又與我們早年家庭經濟一度十分惡劣，致讀醫的他不得不入贅於妻家有關。

我們兄弟三人有很深的友誼，我赴日讀書，二哥即把小提琴賣了 20 元贊助我為旅費，大哥則把他新婚的棉被供我攜到日本作為禦寒之用，回想起這些往事，悵然之至。

我對美術及音樂毫無興趣，獨好文學，但這三者雖然不同，也許其間也有共通的本質的。

我真正對文學發生興趣，應當從小學六年級算起。那時我已 15 歲，由於體弱在九歲才入學，前五年的教師均是臺人；六年級是一位姓沼川的單身年輕男性教師，聽說他後來在臺中一中任教，但遺憾的是一直未能與他見面，如今亦應已經作古了。由於我在小學時一直名列前茅，沼川老師對我也特別疼惜。六年級時即邀我到他的家中，為我免費教授將來上中學時要讀的英語與代數，他這種精神，在現時的學校老師，也是不多見的。除了教我上中學時要讀的英語、代數以外，還提供我很多文學讀物，我即神遊其中以致廢寢而忘食。到了後來進中學時，更因課程十分有把握，而把全副精神投在閱讀課外的讀物上，經常看這些書看到天亮，白天到學校則在課堂上呼呼大睡。

這是我文學啓蒙期的經過。直到現在，文學仍是我的生活的重心，也是對於文學有了深厚的興趣，才赴日專攻文學，因而目睹了當時社會的不平等的現象，而促成了我日後返臺參加社會運動的決心。

坦白說，在我的童年裡，沒有什麼特殊的關於反抗或叛逆的事跡，可發現我具有後來從事社會運動的表徵。我是一個沉默寡言，過著平凡生活的孩童，有時雖然參加臺灣孩童與日本孩童之間的紛爭，但多是無意識的，並無太大的意義。

在我的童年裡，雖然有過反抗大人壓制的行為，像有一次因不滿附近觀音廟的廟祝封閉廟前廣場不供我們戲耍，夥同玩伴將蝦蟆放在廟祝的牀下的惡作劇，勉強帶有反抗的意味以外，幾乎找不到其他足以自傲的「叛逆」事跡。

但在我的性格裡，多少是有幾分承繼了我父親喜好議論時事的素質。父親雖然是文盲，不過他與鄰近的知識分子如教師之類的人物，經常三五成群一起飲酒談論時事。這類人物成為座上賓時，家中也有熱鬧的景象。

人總是從認識環境，再從環境中學習，而慢慢成長的。而童年，充其量只是一個認識環境的開始，至少對我來說，是這樣的。

二、中學時期

1924 年的 8 月間赴日讀書，赴日之前，曾在當時的臺南二中讀了三個學年的中學。

公學校六年畢業後，依照當時六年級老師沼川先生的建議，到臺北投考高等學校的初級部。沼川老師何以對我有此建議，我又何以捨近求遠未投考南一中，目前已無法清楚記憶，大約是他認為投考臺北高校對我來說比較適當吧。

然而，這次考試失敗了。以我的成績來說，本不應當失敗，我在班上一直名列前茅，但失敗的命運是注定了，這全由於日人的殖民政策。日據時代的小學，分為公學校和小學校，一般臺民子弟，多就讀公學校，小學

校則是日人的子弟學校，其中有少數富有的臺人子弟。小學校的設備以及師資，都比公學校優越，我就讀的公學校，隔壁就是小學校，小學校的學生有如貴族，就曾與公學校學生發生過摩擦與紛爭。

中學校的入學考試，試題是以小學校的教材爲主，旨在錄取日人子弟，排斥臺人子弟。公學校畢業的我，對著那些從未讀過的試題，當然只有望之興歎了。

入學考試失敗，只好找個工作來做。便先在大哥服務的糖業會社做了一年的工友，日薪爲三角八分，一個月大約有七、八塊錢的收入。糖業會社裡有不少日籍技術士，他們對待臺人，大抵是還沒有太多歧視的心態，現在只記得有一個日人曾戲稱我爲楊貴妃，而發生過口角，他在事後也爲自己的無禮而道歉。楊貴妃爲唐朝皇帝的寵妃，是帝皇的玩物，又是女人，以此爲戲稱，自然引起我的不悅。在糖業會社的工作，大約像現在的工友，掃地、泡茶，還幹一些簡單的抄寫工作。這樣過了一年。在這一年內，我雖然沒有在學校上課，但卻又讀了不少課外讀物。那時我自己一人睡在家裡的閣樓裡，點燈夜讀不影響別人睡覺。那個閣樓是在屋裡搭在接近屋頂的地方，只能靠一支竹梯上下。閣樓是用木板釘成的，在裡面必須半彎著腰，腦袋才不會碰到屋頂。我經常在那個閣樓裡看書到三更半夜，有時還看到天亮。那時沒有電燈，只點煤燈，光線並不很夠，多少感到幾分吃力，好在沒有因此得到近視。

第二年的中學入學考試，順利地考上南二中，成爲南二中第一屆新生，是南二中的首屆校友。在當時，這樣的身分在校內是頗令人羨慕的。當時日本中學校的學生管理，部分近似軍隊，高年級可以管低年級，也可以教訓低年級。平日有刺槍之類的訓練，低年級學生見到高年級生還必須畢恭畢敬。我們既是第一屆的學生，只有接受低年級敬禮的份。我自己對於教訓低年級沒有太大的興趣，反倒是利用學長的身分，爲低年級學生排解糾紛。

南二中成立那一年，臺灣北、中、南，都有中學新校成立，這些新學

校的設立，主要爲了解決臺人子弟的升學問題。這大概與林獻堂等人向日本政府爭取有關。而當時日人子弟升學十分順利，臺人子弟升學不易，各方也多有反映，促使日本當局不得不正視並且解決此一問題。

升學的錄取機會大概是五分之一或四分之一左右。考取南二中的第一屆學生，有 100 人，其中日人只有七、八名左右，素質較考取南一中的日人爲差。這使一、二兩中的學生日、臺壁壘分明，一、二兩中學生在街頭相遇，有時也會因民族不同而互存敵意乃至發生摩擦的事。

當時考入的學生，共分兩班，雖然只有 100 人，卻有不少人才，而以學醫居多。前嘉義市長許世賢女士的先生張進通與我同班，他是級長，我是副級長。在我的印象裡，他是一位很用功的學生，與人相處很和氣，我跟他之間的私誼也很不錯。前兩年聽到他去世的消息，勾引起我的感慨和對中學生活的些許回憶。

中學三年我對正常的課業沒有很大興趣。大部分的時間都在讀課外讀物，來源多是市立圖書館，有時也買幾本舊書來看。課外讀物以文學和思想性的爲主。文學作品又以俄、法兩國爲多，也許是因爲這兩個國家的作品中，含有較多抗爭性的成分吧。思想性作品中，我對無政府主義者大杉榮的印象較深。大杉榮一家後來爲日本軍人坑殺，曾引起我不小的震撼，因此對他的印象也特別深刻。其他有關社會主義的書籍也看。當時日人社會還頗有開明自由的氣氛，直到九一八事變後，軍國主義興起，才有壓迫思想學術的反動行爲。

另外有一本令我難以忘懷的書是書店裡看到的《臺灣匪誌》。書中把抗日武裝行動分子當成土匪，這在我心裡面產生了很大的震動。尤其我住的新化街屬於噍吧哖事件的範圍區內，曾在九歲時目睹日本兵拖著砲車而過，也耳聞日人屠殺臺人，這些臺人都成了土匪，身爲臺人的我，是難以接受這種觀點的。

由於對課外讀物的濃厚興趣，加以當時與幾個同學分租來的屋子裡有比煤燈更亮的電燈，夜讀便成爲常事。時而到天亮才昏昏沉沉的上學去，

在課堂裡當瞌睡蟲，這在那時的學生而言，是少有的。有一次在校長上的「修身」課中呼呼大睡，還被從走廊走過的代數老師視為「豪傑」；認為我有過人的膽量，才敢在師生敬畏的校長的課上大睡特睡，他哪知道這是我「挑燈夜勤」後不得不有的後遺症。

課外書雖然讀得很多，但大多是憑著興趣與好奇的吸收，並沒有什麼意識與判斷觀點。但對於一些說教式的書卻十分反感。對於當時有一位獲得兩、三項博士學位的新渡戶寫的《修養論》，我就頗不以為然，曾在學校的作文中予以批評，指出這本書的基本觀點是呆板而說教式的。印象中還記得這本書有很濃厚的儒家氣味，我讀了很不適。這是我第一次接觸到帶有儒家氣味的作品，使我非常討厭。說來也許令人難以相信，那篇作文竟遭到作文老師的稱讚，而且還在課堂內當眾宣讀，足見當時日本教師的教育觀點是開明而進步的，鼓勵學生做思考式的批判。日人教育方式的活潑，遠非目前填鴨式的教育可比，還記得在公學校六年級時，曾代表臺南州到臺北參加演講比賽，抽中的講題是「河裡的魚」，我因對魚一無所知而楞住了，立時出了洋相。但現在想來，以魚為題，對一個小學生來說，終究比現在的學生動不動就板起臉孔背一些八股式的大道理，以致思想僵化、教條化，要好上幾十倍。

南二中那段期間，也曾聽過臺灣留日學生在各地舉行的演講會。演講中固有一些是以喚醒民族意識為內容的，但也有不少是關於法律、經濟方面的問題。因為聽的次數有限，所以引起的反應也就不很大。

三年的中學生活，我最大的感受是對學校的課業興味索然，因課外讀物引起的求知欲，卻有增無減。另一方面也感覺課外讀物已漸漸無法滿足需要，最後促成了我遠赴日本求學的決心。這個決心付諸實現，無疑是我生命中的一個關鍵性的行動，它影響了我整個後來的生活。

三、東京歲月

1982 年 8 月，我應聶華苓主持的美國愛荷華大學寫作班邀請赴美兩個

多月，返途曾取道日本，特別到東京的兩個地方去舊地重遊，一處是日本國會大廈，一處是日本皇宮前的二層橋。

一個年近八旬的老人去看這兩處年少時曾與艱辛環境奮鬥的舊地，內心的感受，真是筆墨難以形容。現在回想，心中仍是一陣陣的翻滾。

1924 年 8 月我到日本，1927 年返臺，前後三年在東京的生活，嘗到了人生中最為艱困的滋味。過的是經常身無分文，有一餐沒一餐的日子，因為熱心社會運動，也經常參加一些反抗性的示威遊行以及聚會。

日本國會大廈，是我當水泥工差點一命歸陰的地方。皇宮前的二層橋，則是我第一次參加示威遊行的所在。這兩個地方，對我來說，都十分難忘。

1924 年我所以赴日，主要原因是求知欲難以得到滿足，希望到另一個廣闊的天地，吸取更多的新知。那個時期，我的體格雖不粗壯，卻很健康，曾經以選手的身分，參加在臺北圓山舉行的運動會。記得當時日本皇太子的裕仁也在運動大會中出現，參觀這個運動會。我那時是接力賽跑的選手，身體相當不錯，這讓我相信可以遠赴日本去開創屬於自己的天地。

另一方面，對家裡為我安排的婚姻感到不滿，也是我赴日的原因之一。那時父母為我安排的童養媳大約在我九歲時即住進家中。這種安排，使我在小學時即經常成為同學取笑的對象；這種取笑到我進入南二中時更為嚴重，使個性內向的我十分窘困。而家裡父母又有要我畢業後馬上「送做堆」的意思，更使我心焦。

那時我已 18、19 歲，對於男女之間的感情，也有些許的憧憬，雖沒正式談過戀愛，但也有朦朧的異性之戀。我在臺南的房東，是個日本警察，他的太太對當時住在他們家中的幾個男生都有不錯的印象。大概那時的人認為可以進入南二中就讀的學生素質都還可以。他們夫妻有三個女兒，也在中學讀書，經常與我們一起外出遊玩。有一次這位太太竟邀我到他們的浴室洗澡，進入澡堂後才發現她最小的女兒已經先在浴室裡赤身洗著。這可能是他們對我有幾分好印象的表示。這個女兒的一位女同學的父親是臺

南女校的校長，他對我們也有好感，獲悉我要赴日後，曾主動邀我到日本時可以去九州他家。這些好意與我那時的感情生活有關，後來雖沒有結果，但卻也影響了我的婚姻觀。

我那時總認為婚姻應是經由愛情自然發展出的。到了日本以後，第一封信即表明了我要切斷與童養媳之間可能存在的任何關係，此事父母並沒有太多的反對。後來，這個童養媳成了我附近一位公學校同學的妻子，始終沒有再見過面。

初到日本的八個月，我全力準備投考日本大學夜間專科部，而在預備學校讀書。前幾個月家中尚有接濟，後來接濟中斷，使我難以維生。到我考入日本大學專科夜間部以後，生活的難以為繼愈形嚴重，幾乎連生存都成了大問題。

那是經濟大恐慌日漸嚴重的年代，根據新聞報導，美國有 1400 萬的失業人口，日本及臺灣、韓國則共有三百多萬人失業，這種比率是相當驚人的。當時日、韓、臺總人口共有八千多萬。

在日本大學的專科夜校，我讀的是文學藝術科，主要是現代文學、電影、戲劇等項。這些原本十分吸引我的功課，那時已無法引起我的興趣。

日本大學學生那時有很多思想研究的讀書組織，也有學生運動、社會運動的組織。這些組織除了研讀社會科學以外，還很注重社會問題的考察。入學不久，我即參加了由學生所組成的工人考察團，到淺草地區的一間寺廟考察「工人集中區」，也就是一般所謂的貧民區。那裡有一大堆的工人擠在寺廟的地下室，天寒地凍只有草包可以禦寒，凍死了不少人。這使我對於社會的黑暗面，有了刻骨銘心的印象。

除了工人運動以外，學生運動也十分蓬勃，當然也有留日、韓、臺學生的抗議運動。學生運動主要是爭取學生的權利，這包括了反對軍訓進入學校。學生運動到後來還變為反戰運動。前面提到皇宮二層橋前的示威遊行，主題是「打倒田中反動內閣」，在那時學生的思想裡，具有侵略性質的田中義一首相，有出兵滿洲的意向，而向天皇提出了有名的「田中奏摺」，

認為滿洲是日本的生命線，各種資源十分豐富。

學生們認為，軍閥侵略行動，乃是攫取經濟資源，開拓殖民地的帝國主義行為，這種行為乃是為資本主義服務的，倒楣的是一般中下階層民眾成為戰爭中的犧牲。這在第一次世界大戰即已暴露無疑。

當時的學生因為很熱心研究社會科學，因此獲致這樣的結論：工業革命的成功，使得資本主義興起，資本主義者又以帝國主義為武器，攫取殖民地的經濟資源；再製成商品向殖民地傾銷，造成殖民地大量失業人口；然後又因商品無法推銷，造成了帝國主義者自食產生失業人口的惡果。

於是學生都認為，資本主義崩潰的時代已經到了，取而代之的將是馬克思主義。馬克思主義將是未來世界的「新希望」。

這樣的看法歷史已經證明十分不正確。但在當時，卻蔚為研究馬克思主義的風潮。我在那時也開始閱讀馬克思的經典鉅著：《資本論》。

這樣的思想背景，加上當時大量失業人口的環境，使得關心社會的學生，幾乎清一色都成為左派分子。

這種現象在臺灣留日的學生卻不明顯，因為臺灣的留日學生在經濟上較為富有，不少來自富農、地主、商賈的家庭。因此臺灣留日學生的民族意識高於社會意識，說得更明白些，是高於階級意識的。

當時到日本留學的學生，除了來自臺灣、朝鮮殖民地外，與臺灣人較有關係的還有來自中國大陸的學生。

來自中國大陸的學生，除了一般文學校的學生以外，還有武學校如日本士官學校的軍校生。以當時一般的觀點而言，大多數瞧不起這些士官學校的武學生，認為他們多是素質低劣、不學無術的傢伙。

當時臺灣子弟到日本留學的，大多對來自中國大陸的學生有好感，也認為中國是臺灣的祖國。我在東京認識住桃園大溪的楊春雄、楊春錦兄弟，即因而從日本回到大陸，熱心社會運動，後來聽說春雄加入共產黨，而與我在東京同住的春錦，則在廣東的一場暴動中喪生。楊春錦品貌端正，為人熱忱又十分積極，他喪生的消息傳來，認識他的人都十分悲傷。

　　至於當時發生在中國大陸的左右派之爭，以及國民黨震驚全國的清共行動，也影響到了在日本的中國大陸留學生。記得當時在新田區三崎町的中華會館，即受清共影響而發生內訌，以士官學生爲主的右派分子與左派學生大打出手。那些平常滿腦封建帝王思想的軍校學生，平時就看不慣那些關心社會的文學生，雙方在爭論清共事件大打出手並不令人意外。

　　這個時期我爲生活無著而苦，後來房租都付不起，只好住在一個勞動農民黨的支部去，在那裡過著早上喝開水，中午蕃薯混一餐，晚上空肚子的日子。有一次因熬不過，向一位來自柳營的南二中同學會借錢，這位同學，家境很好，但只應允借我五角錢，這使我感到「開口告人難」的羞愧，但還是拿了這五角錢，勉強又混了三餐，那時早餐一角、中餐一角五分即可。

　　印象中一個星期就靠這五角錢度日。不斷找工作，最後在一家小玩具工廠找到工作。上工第一天看別人吃便當心中好不羨慕，那時因飢餓，工作時兩手發顫而頻遭壓模機打壓指頭。第二天才知道凡是這裡的工人，可先吃便當到月底領工錢時再付帳，真是喜出望外，在那家工廠工作的幾個月，是我生活比較穩定的時期。

　　但生活上還是以不穩定的時候居多。反正是失業了，就和學生組織四處演講，發傳單，宣傳資本主義的罪惡，想喚醒工人的政治意識。也參加了讀書會的組織，還曾與朋友組織新文化研究會，研究馬克思主義。後來也在臺灣留日學生組成的臺灣青年會中組織了社會科學研究部，希望藉此喚醒臺灣留日學生的社會意識。

　　經濟情況不穩使我到處找工作，做些零工度日，送過報紙、當過臨時郵差、也做過水泥土。

　　在國會大廈當水泥工時，曾爲工作差點喪命。那時國會大廈已差不多興建到三層高，那天下午散工前，輪到我在三層高的鷹架木板上，以水泥紙袋蓋在水泥結構體上，國會大廈的基地原就較高，而走在三樓高的地方風相當大，一陣風來吹得我走的一尺不到寬的木板橋上下晃動；不巧水泥

粉又吹到眼裡，頓時無法張眼，只感到腳下的木板不停地晃動，左右又無東西可以抓穩，只好丟下水泥袋，伏身抱住木板，等著同伴上來解救。

時隔半個世紀以上，我再回到國會大廈前去，回想當年這件往事，心中真是感慨萬千。

東京三年，曾經返臺一次，當時已在行醫的二哥，勸我改行讀醫，經濟情況才有可能改善。但我對醫學素無興趣，又因他那為了讀醫而入贅，在情感及婚姻上飽嘗受制於人的痛苦，更是不擬以借貸的方式來學醫。

這段期間，我名為在日本讀書，書固是讀了，卻非學校裡所授的課目，而是社會性、思想性的自習的書。思想有了急遽的變化，參加社會運動則是思想的實踐。

雖然參加活動的次數很多，但遭警逮捕只有一次。在皇宮前「打倒田中反動內閣」的示威，也只有遭警驅散而已。被逮捕的那一次，是支援朝鮮人聲援朝鮮本土為日人壓制所發生的事件。那次的集會，因為我缺乏經驗，竟於集會中止時，在警察面前高喊遊行而被捕。這使我在以後有了經驗，知道如何妥為運用有關的技巧。

那次集會之前，很多準備出席會議的朝鮮人均遭逮捕，但集會仍在群眾到齊後照常開始。集會起點是帝國大學附近的一所佛教會館，我們勞動農民黨支部約十位人員，認為應支援此一反殖民運動而前往，未料我因此被逮捕，在那裡被關了兩天。這是我在日本參加社會運動被捕的第一次，也是最後一次。因過後不久，我就回到臺灣參加農民運動。

那次被捕，曾化名楊建應訊，但日人馬上在我胸前掛上名牌拍照，並以照片照會附近各警察機關。我一年前所住的黑目區的警署，即回覆稱此人並非楊建，而是左傾學生楊貴，曾為當地的特務查出組織過「新文化研究會」研究馬克思主義。

訊問由神田區警署署長主持，態度尚溫和。質問我為何以假名應訊，又謊稱是路過而進入集會場所。我看馬腳已經露出，即坦白說因失業而生活無著，才參加社會運動。問完了他還叫了一客相當豐盛的便當請我，口

頭上也答允代我找工作。大抵那時的警察人員，對「思想」方面出了問題的學生，還有幾分同情。

那次被捕的人員一共 38 人，臺人只有我一個，還有一個日人，其餘都是朝鮮人。同樣被捕，但待遇不同，進入拘留所後，從日人練習劍道、柔道的武德殿，斷續傳來朝鮮人為木劍擊打的哀叫聲。日人對臺、朝學生態度的不同，當然是與臺、朝鮮學生成分不同，以及民族性不同的關係。

這次被捕，是所謂的「檢束」，為最輕的一種處分，最多可關三天，我在第二天以後即被釋放。

——選自《中國時報》，1985 年 3 月 13～15 日

二二八事件前後

◎楊逵
◎何晌記錄整理

著者按

1982 年筆者有機會拜見楊逵先生，特別請他談談二二八前後的個人遭遇，他全然信任我這位與他首次見面的後生，娓娓道出那段被淹沒的歷史。1947 年二二八事變發生，楊逵和葉陶夫婦雙雙入獄，但鮮有人知道他們下獄的原因；1949 年楊逵再度入獄，為他自己撰寫的千餘字「和平宣言」坐牢 12 年。這兩次案件，都有法官神祕註銷他的罪證，使他逃過殺身之禍，他說如果公布這些事件，他會再去坐牢。

如今楊逵先生辭世，筆者將這段珍貴的史料公布出來，一方面為了保存歷史，另一方面是提供認識楊逵更多的資料。在整理這段口述時，筆者盡量維持楊逵先生的辭句與語氣，文中小標題及註解悉由筆者所加。在楊逵先生這兩次政治案件中，除了有法官銷毀他犯案證據外，還有調查局人員垂淚細讀他的〈送報伕〉小說，陪審上校讚賞他有甘地風格、和守衛獄卒對他特別照顧……。這些不尋常的事件，與當時臺灣的特殊環境有關係，也與楊逵以行動樹立的風格有密切的關係。細讀這段歷史，或許對我們都會有所啟發吧。

1945 年 8 月 15 日，日本投降之後，我把「首陽農場」改名為「一陽農場」，並且辦了一份《一陽週報》，來慶祝臺灣光復，從此我們可以站出來自己和平建國。不過，這段時間搞得亂七八糟，引起二二八事變。當時

群眾基礎極強，不是幾個領袖可以搞出來，而是自動自發的。臺共當時剛剛開始向學生及工人發展左派組織，一點力量都沒有；到二二八發生，就把過去被日軍抓去當軍伕的返臺人士，發展成武裝組織，跑入山上，但勢力極其薄弱。

1947 年二二八事變在臺北剛發生時，我在臺中發出明信片大小的傳單，抗議二二八暴行。當時也沒同「臺中人民大會」交涉，就把它的名字印上去。次日清晨，就到大街小巷散發出去，連議員們也弄不清是怎麼回事。大家湧到臺中戲院開會，也不用排節目，就紛紛上臺發揮。只消幾個鐘頭就把臺中的憲兵和軍隊武裝解除，這個情形維持了四、五天。

當時臺中有一份《和平日報》，是國民黨辦的，不過編輯比較進步。我在該報主編副刊「新文學」。二二八發生時，外省人都不敢出來，我就把他們安排去一家旅館保護，自己跑去工廠和工人印號外，報導開會及遊行的消息。那段時間，臺中組織處理委員會派我負責組織部，隨時印傳單，過去由國民黨控制的農會、工會和學生會，很快地都自治了。

對二二八情勢估計

在處理委員會控制臺中好幾天時，臺共負責人蔡孝乾[1]來找我。他對局勢很有把握，要辦《人民日報》，並要我負責。我說這是不可能的，臺中局勢維持不了多久，一旦國民黨大軍開來，烏合之眾隨即會散去。因此我建議辦流動性的週刊或半月刊，組織的基礎可做通訊員和傳播員；此外我認為，大家集中在市中心雖熱鬧，卻一點意思也沒有，一旦軍隊開來，大家就會散掉，因此寫了一篇文章〈從速組織下鄉工作隊〉，呼籲大家到鄉下去，擴大控制面。我把這篇未署名的文章交給一位在《自由日報》任職的朋友。由於記者缺乏經驗，就將該文署我的名字登出來。

---

[1] 蔡孝乾，鹿港人，曾任井岡山蘇維埃政府教委會會長，臺共第一次大會當選中央委員，因上海讀書會事件被檢舉，逃到解放區，後被臺共開除黨籍，曾參加二萬五千里長征，在延安當過中共中央候補委員，抗戰期間擔任八路軍特工部長，負責對日本的戰俘的工作。1945 年為中共派到臺灣發展工作，為中央臺省工作委員會書記。

〈從速……〉一文刊出後，孝乾並不贊同，他說，國民黨的軍隊已被接收，改成「二七部隊」，為什麼不能辦日報。我認為大陸地闊有可能，臺灣太小不可能。孝乾說，如果不可能辦日報，就去山上組織游擊部隊。我說，臺灣環境也不允許。兩人講話不投機。沒兩天，國民黨軍隊開來，大家散光光，我也逃了。起初我不想離開臺灣，還想大家一起做些事。孝乾有一個小組織做通訊員，與我聯絡。我在逃亡時，身上帶著油印機和蠟紙，有一位朋友當司機帶我到處跑。這時，謝雪紅他們很快就離開臺灣。到我想走時，海邊已加強戒備。我從鹿港跑了一圈找船，但封鎖很厲害，不能出去，只好又轉回來。

報紙罪證神祕註銷

四月中，我和葉陶（太太）回到家中。晚上就有人去通風報訊（可拿獎金十萬）。半夜即被抓走，關在二七部隊裡。那時，國民黨已占領軍營，控制了二七部隊。關在那兒的人很多，內定要槍斃 17 人，我和葉陶都在名單內。執刑前一天，換魏道明當臺灣省主席，他改變過去白崇禧的處理方向，採用安撫政策，結果救了 16 條命，只槍斃了一個。當時，有一個法官叫我去問，那張刊登〈從速……〉文章的《自由日報》赫然擺在桌上，旁邊放了電擊的東西，叫我坦白講。我想報紙既然在上面，註定沒命了，毋需再講。他怎麼問我都不應。最後他說，你想想看，不然就要電，隨即離去。這位法官後來去我家把賴和未發表的原稿，和才出一期的《文化交流》雜誌全都拿去。法官就從此失蹤。我猜他可能逃去大陸。之後，我被調到臺北許多單位，都沒有人問及《自由日報》這件事。這份報紙可能給法官毀了，使我罪名減輕。以後我聽人講，調查局有一個人比較開明，是我朋友的好朋友，二二八之前就來到臺中。二二八時開始抓人，他只抓走私和經濟犯，其他人都不動。有一天，我的朋友帶他來看我，我把〈送報伕〉送給他。過幾天，另一位朋友請客，我們都被邀。他看到我就跑出來告訴我，〈送報伕〉一文令他流淚。又聽人說，這個調查局的人與那位失蹤

的法官有接頭，並把我的〈送報伕〉給失蹤的法官看。

我和葉陶被送到臺北情報處去關。早期關在那裡的人，終日眼睛都被蒙起來，讓關在一起的人不能互相認識，連審問和吃飯時，也是蒙著眼睛的。我們去時，才剛解除。那裡難友說，王白淵早些時候也關在這兒，他每天念著楊逵怎麼還沒來。他想，這件事我是一定逃不掉的。我關在那時，他已被移到他處關去。我們剛到時是四月，開始漸漸開人，到了七、八月時已沒剩多少人，房間空出不少。看守的人把我和葉陶另外關在一間。我們可以看古典小說、《水滸傳》，九月即出獄！

釋放時，獄方跟我講，以後如果在文化界工作，可與臺灣指揮部參謀商量。出獄後，我開始印一些書，像魯迅、沈從文、老舍等作品的中日文對照本。付印前，有一位少尉來找我。他說他曾在東北辦雜誌，對文化事業很關心，當場脫下金戒指給我去印書。但是錢仍不夠，我叫他再等等。後來，臺北有一位朋友支持，支付所有發行資金，才發行了《臺灣文學叢刊》。當時通貨膨脹已經非常厲害，四萬塊新臺幣換一塊舊臺幣，一本薄薄的書就要一、兩千元。

「和平宣言」的陰影

1948 年《力行報》找我去編副刊「新文藝」。《新生報》和其他文化界的人士也常常來找我。文化界人士有感於二二八後常發生衝突（雖然很多臺灣人遭到士兵修理，但是一般外省人處境都很危險，連外省的文化人士也遭民眾修理），所以組織了文化界聯誼會來溝通文化界，從而影響民眾，以彌補鴻溝。朋友們叫我起草「和平宣言」。1949 年，一千餘字的宣言寫好，即油印廿幾份，寄給關心的朋友，他們都是外省人。這時，《大公報》特派員去《新生報》找副刊「橋」的主編歌雷[2]，在那看到「和平宣言」草案，頗感興趣，隨即把「和平宣言」當作消息在《大公報》上報導出來。

---

[2]歌雷本名史習枚，復旦大學畢業。

那時，共產黨已攻入北京，國民黨派去和談的張治中、邵力子也一去不返，南京政府任命陳誠做臺灣省主席。陳誠在赴任途中，路經上海，有記者問他關於「和平宣言」的問題。待陳誠抵達臺灣開記者招待會時，就對記者說，臺中有共產黨的第五縱隊，並說要把這種人送去填海。我見到這個消息，心裡就有警覺，知道這是針對我而講的。

　　同年（1949 年）4 月 6 日，師範學院學生騎腳踏車經過派出所，被警察抓去修理。學生當即群集派出所前示威。同一天，我就被抓。在這之前，《新生報》副刊「橋」想搭一座橋，來溝通本省及外省人民，意思和我的相仿。主編歌雷很多事找我商量，到處開座談會、演講會，把我抓去當主席。由於我不會講中文，由一位從日本回到臺大的外省人做翻譯。這些座談在文化界的反應相當好。我們也常去師範學院座談演講。我猜他們認為，師範學院發生此事，可能與我有關，所以就在同一天逮捕了我。

米上校的陪審與槍斃

　　歌雷的叔叔是參謀長，所以歌雷一個人很快地就被放出來。剩下我和《新生報》臺中地區負責人鍾平山。此外，《力行報》從社長到工友統統被抓。剛才講的那位在東北辦過雜誌的少尉也被抓去。抓這麼多人，可能是想看看我們與師範學院和《力行報》有無組織關係。我被送去陽明山警務招待會疲勞審問。吃飯吃過就開始問，幾個人輪流問到天亮，持續了五、六天，晚上電燈通明，也不讓你睡覺。在疲勞審問期間，警備總部派一上校陪審。我因為幾天未睡極沒有精神，在陽明山旅館看後面的樹，半睡半醒。這位上校從後面拍我，講了一句很怪的話：「你有印度甘地的風格！」然後就講些沒關緊要的事，他手裡拿了一本劉少奇的《組織問題》。過一段時間，我被送去軍法處。有兩個朋友從保密局送到軍法處，與我關在一起。他們問我認不認識姓米的，又說這個人就是陪審的那位上校，米上校和我的兩位朋友一起關在保密局。他託這兩位朋友傳話，遇到我時向我問好，並說他將被槍斃。

　　審問後，發現事實上我只有辦演講、在《力行報》編副刊，並沒有組織關係，過了不久就開始放人，只有《新生報》臺中負責人鍾平山因贊成我寫「和平宣言」，被判十年，我被判 12 年。這個案子由軍事審判，不能請律師，也是祕密的，像古時縣官判刑，隨便問問就判。在場只有一個法官、檢察官、書記官和警衛，如此而已。判完，就送去臺北監獄，等期坐船送去火燒島（綠島）。

轉信事件不了了之

　　有一段時間，我被送到情報處。對面的牢房有人叫我。我一看，原來是在嘉義鐵路局機關庫的火車駕駛員。他告訴我，在二二八期間，火車全都停駛。當時應張志忠[3]之求，他特別開火車要交一封信給我，由我轉交給蔡孝乾。當時他負責攻占嘉義飛機場，由於情勢不利，因此寫信向蔡孝乾呼援，希望從臺中開飛機去嘉義助陣。這個事件，我過去並不知道，也沒有人提出過。這件事非常嚴重，我看是過不了關了。後來，情報處叫我去審問，問到我這個問題，由於證據確切，我不能辯解，因此不予作答。奇怪的是，這件事情普通都會刑求，他卻給我紙和筆，和氣地叫我回去牢中慢慢想，寫出來。我想，我與蔡孝乾的關係，以及代轉信給蔡孝乾的問題，都需要有一個交代，不然是通不了關的。

　　蔡孝乾與我是在文化協會上認識的。不久，他就去大陸，加入共產黨，參加了延安二萬五千里長征，後來派他來臺做臺灣工作委員會負責人。孝乾在臺灣是做地下工作，我不是共產黨員，是公開的，我們互相稍微知道一點點，但並不知道他的實在情形，因為我公開，隨時會被抓，因此他有事也不讓我知道。當時我就寫孝乾與我是在文化協會認識，以後他去大陸我就不知道了；二二八時，他來找我，因為他在大陸從事文化工

---

[3]張志忠，北港人，本名張梗，日治時期就去大陸解放區，後來與蔡孝乾一起為中共派到臺灣發展工作，任職中共中央臺省工作委員會書記，負責武裝工作。二二八事件期間在嘉義負責武裝工作。

作，回臺看到我從事臺灣文化工作，所以找我在文化工作方面合作，搞一個報紙，要我負責，我認爲在動亂中不可能辦日報而拒絕。此外，火車駕駛員遞信，是有其事，不過信的內容是什麼我不知道。我寫好自白書後，審問我的人拿去也不問，就沒事了，最後被送去火燒島。這件事與〈從速組織下鄉工作隊〉一文同樣，我受到保護，我想，那時他們裡面這樣的人很多。

獄卒的特別照顧

再講回 1949 年 4 月 6 號我被抓。由於此案是因爲我寫「和平宣言」，與葉陶沒有關係，所以葉陶先回去。過了三、四個月以後，基隆中學發生「《光明報》事件」[4]。鍾理和的同父異母哥哥鍾浩東[5]是該校的校長，因印《光明報》被抓。同時也抓了林正亨。林正亨被刑求很厲害，亂供葉陶是《光明報》的臺中負責人，於是葉陶再度被捕，也關在軍法處牢中。牢房兩排相對，中間有一塊空地，可以看到對面牢房。一位看守衛兵對我十分客氣，普通喊犯人時是叫號碼的，他卻叫我楊先生。此外犯人每天早上只有一杯水漱口洗臉，前後僅兩、三分鐘，不能洗澡。可是在下午沒有人管時，他會打開門叫我去浴室洗澡半個小時。待我洗完，他就開門讓我去葉陶那邊講話；倘若別人來，他就敲響鑰匙警告，我趕快跑回自己的牢房。我至今仍不了解，爲什麼這位衛兵對我特別好，是不是他上面有人叫他這麼做？

葉陶在軍法處牢裡住了四個月，由於缺乏證據，所以被放。當時老大資崩 17 歲，不只要做工扶養弟妹，而且每隔一兩個星期就要跑臺北一趟，給我送東西。當時很多人都找不到自己親人被關的下落，資崩卻有辦法找到我囚禁的地方，而且還幫別人找到親友囚處。我從臺中換到臺北去關

---

[4]《光明報》是中共在臺的地下報紙，手寫油印本。二二八以後由呂赫若躲在臺北編印。
[5]鍾浩東是蔣渭水的女婿，抗戰期間回到大陸，跟隨丘念台，光復後，隨丘念台回臺，後來被槍斃。

時，是坐火車二等車廂。孩子們為了省錢，只能坐三等車廂。資崩找楊基先幫忙，才得以換成二等車廂，跟我坐在一起，這是資崩有辦法的地方。

　　楊基先是一位律師，在日治時期第一次臺共審判事件中，他義務替臺共辯護。在我入獄後，葉陶種花，初期未有收入，連孩子們的學費都籌不出來，都靠楊基先照顧，為孩子付學費。後來楊基先競選臺中第一屆市長時，葉陶和資崩都去幫忙。在競選宣傳時，警察專找麻煩，助選員都跑掉，只有資崩留下來坐鎮照顧競選事務所。後來楊基先當選第一屆臺中市市長，那時我已去火燒島，遇到市政府剪樹，楊基先就叫資崩去做，對於孩子們極其照顧。我返回本島時，他在經營果園，不久癌症去世。

火燒島的「同學」

　　在火燒島時，政治犯中前前後後大概有十個醫生，像呂水閣、胡金鑫、胡寶珍、王荊樹和「阿斯匹靈」等。他們就在火燒島醫務室替同學看病。「阿斯匹靈」叫什麼名字，我已記不得。當時在火燒島，藥真少。遇到感冒、肚子痛、頭痛時，這位從西螺去的醫生就開阿斯匹靈，反正治什麼都用阿斯匹靈，所以大家就叫他阿斯匹靈。這些醫生，為火燒島的同學貢獻不小。呂水閣出獄，幫了不少人。那時有一個在國防醫學院就讀、尚未畢業就被抓去火燒島的青年，返臺後找不到事做，呂水閣就叫這個青年去他那做醫務。我們剛弄東海花園時沒錢，呂水閣經常寄來三千、五千，資崩創業時，也向他無息貸款五萬元，等到資崩賣掉大地皮，換成小地皮時，才償還這筆借款。

　　幾年後，呂水閣患急性肝炎，病情非常危險，就醫後並未完全治好，來美探望女兒，返臺後診斷得了腸癌。醫生開刀發現，病情已不可收拾，癌腸未割就重新縫上。不久呂水閣即去逝。

──選自《臺灣與世界》，第 21 期，1985 年 5 月

瓦窰寮裡的楊逵

楊逵紀念專輯

◎鍾逸人[*]

　　楊貴兄（楊逵先生的本名為貴）突然去世，令人意外。我住的地方與貴兄別世時的寓所相隔不遠，加以我們相交達 42 年之久，他最近回臺中後，我們經常碰面談早年的過往，視貴兄與我為父執的一位王君，幾日來不斷慫恿我，要把貴兄生涯的部分「空白」補起來，讓大家對這位曾既是小說家，又是文化鬥士的楊逵先生，有更深一層的認識。

　　這種的建議實在很好，但也很傷腦筋。從 1943 年認識楊貴兄開始，一直到 1947 年二二八事件之前為止，貴兄為當時社會做了很多有意義的事，這些事，在貴兄去世後，歷歷在目，不斷浮現在我眼前。如果公諸於世，可以使世人對這位了不起的人物有更深一層的認識，知道他真的是那樣一位獨來獨往，卓而不群，抱負遠大的人物。

　　我將對往事，以選擇方式提出來，讓大家了解文學以外的楊逵。另外，在敘述這些往事時，是以 1945 年二次世界大戰結束前後，到 1947 年二二八事件發生的這一年多的期間為主，並盡量避免重複與已經問世的有關貴兄生涯的著作為原則。

　　第一次見到貴兄，是在「首陽農園」，這個地方，是當時楊貴兄和葉陶及子女的住所。與其稱之為農園，倒不如稱為瓦窰寮恰當一點。這個地方的位置，在現在臺中市中正路與原子街交叉的文正派出所的後面，那時稱為「梅枝町派出所」，很好笑的是，派出所的旁邊，即是朝鮮人經營的妓

[*]發表文章時為北斗克羅列拉公司常董，現已解散公司。二二八事件期間為民軍二七部隊部隊長。本文以筆名「鍾天啓」發表。

館。1943 年 10 月，二次大戰已近尾聲，一般人民生活的情況也很差，到妓館去嫖妓的，卻所在多有，但以兵士爲主。

「首陽農園」的總面積，大約有六百多坪到七百坪之間，種的都是花，葉陶姊也養些雞、鴨。貴兄給我的第一個印象，是身體很差，經常咳嗽，已經得了肺病，他的幾個孩子，也都因爲營養不足，而顯得面黃肌瘦。這即使在戰時，在物質缺乏的情況下，也是比一般人更爲粗劣的生活。他們住的房子，是一個瓦窰寮仔，如果用平面圖來表示，是要從原子街梅枝町派出所與妓館之間的小路走進去，要先經過花圃，最後才是瓦窰寮，既然有瓦窰寮，當然就有瓦窰，瓦窰與原子街的方向平行，窰身有斜度的，裡面當然是燒瓦、燒磚的窰洞。那時已經廢掉，而未使用了，寮仔與寮臺垂直相接，是原來用作堆放瓦、磚坯的地方，他們搭了起來當作屋子，其簡陋是不用說了，即以當時的水準，也是低於一般人的。

我是 1943 年 6 月間返回臺灣的，原因是父親去世，我又是獨子，非回來不可。我在日本讀書時，因爲與幾個朋友一起討論、讀書，竟被視爲有組織的思想犯而被關於當時有名的巢鴨監獄（東京拘留所），回到臺灣以後，由於有這段入獄紀錄，成爲警察署很注意的對象。當時臺中市警察署特高系林文炎君，負有要多監視我的任務。但他因與家叔是臺中一中前後期同學，對我還算相當客氣。我第一次聽到「楊貴」這個名字，即是從他口中來的。記得有一天他突然問我，認不認識「楊貴」這個人。他之所以如此問我，是因爲我返臺前曾在東京外語學校法語科讀文學，且又因思想的問題入獄過。那時我還沒聽過「楊貴」這個名字，但他的問題卻勾起我的好奇心。

有一天傍晚，我即單獨前往拜訪。「首陽農園」離我家不遠，我們同在當時的梅枝町，他在 19 番，我住 8 番，走路大約七分鐘左右，算是很近。

對於我的來訪，他原來還有些保持距離的意思。那時戰爭雖已到了尾聲，但日人對臺人的控制還是相當嚴密，而他又是比一般「思想有問題」的人，更受到注意，在日本統治者的眼裡，楊貴不但是「反對者」而且是

左傾的。日本人標榜反共，左傾分子當然要被視為異端。尤其貴兄把長女取名「秀俄」，長公子取名「資崩」，更是引人注意，那時女子取名多用「娥」，而且上加「秀」字，用意已十分明顯。至於資崩，更是露骨，是指資本主義必然崩潰，次子取名「建」，則是指資本主義崩潰後，再建立新的社會，至於建立的是怎樣的社會，更是毋庸待言了，他在日本留學的時代，就已讀過馬克思的資本論，在他最近的回憶中還表示曾組織過馬克思主義的研究會。後來戰爭結束，有一位日人大學教授送給他一套日文版的《資本論》，他更是如獲至寶。這套書在他從綠島回來後發現還放在家中，他引為異數，他還因此譏笑那些到他家中來搜查書本收回去好多書的特務人員「不識字」，1981 年 3 月 8 日他因病離開東海花園，這套書才為不肖之徒竊走。

第一次見面，我自我介紹曾在日本讀書，又因思想問題入獄，才多少拉近我們的距離，但當時的政治環境以及我後來離開臺中到梅山去，使我隔了大約半年多沒有再跟他見面。

等到我再回到家中，已是 1944 年的 6、7 月間，這時因日人逼我要「志願」入伍甚緊，所以才透過關係供職於當時的一二八〇五部隊。這個部隊是一個後勤部隊，因此物資比較充裕，我則供職於糧秣部，這時我有了軍人身分，再前去瓦窰寮時，就不太覺得如何緊張了，因警察對軍人大多抱著敬而遠之的態度。

從 1944 年 7 月 1 日直到翌年 8 月 15 日，日本天皇宣佈投降為止，貴兄大多是蟄伏著。在這記憶中，他最關心的是時局。1944 年 7 月間再與他見面時，記得曾談到臺北出入於「文山茶行」的事，引起他很大的興趣

「文山茶行」在臺北市當時叫大稻埕永樂町的地方，現在好像叫永樂街了。茶行是由王添灯經營的，經常出入的人有連溫卿、王萬得、林日高、蕭來福、周井田、潘欽信及其他我所不認識的人。

那時我之所以會去「文山茶行」，是因我在澳門的四叔寫信到日本給我，說他在《臺灣新民報》任職時，與王添灯等人私交甚篤，如果回到臺

灣要朋友的幫助，可以找王添灯、《新民報》的吳金練、簡振發等人。我當時由日本搭船回臺，在基隆上岸，到臺北已是夜晚，於是就近到文山茶行住一夜，再於次日回臺中，當時交通不發達，這種旅程的安排是必要的。

在「文山茶行」時，對那些人物一無所知，只知道他們的知識水準以及政治意識十分高，而且一大群人經常躲在「文山茶行」很深的宅院內的內院屋子的二樓房間內偷聽收音機播報時局、臺灣前途，並且加以議論。

我那時的感覺是，貴兄一聽到「文山茶行」四個字，精神為之一振，一連說了幾個人的名字，就是前面所提到的王添灯、連溫卿等人，問我見過沒有？我一一表示見過，於是他就提起和這些人原屬舊識，一同參加過臺灣社會運動，我才知道原來「文山茶行」的人都是一些大人物。

我供職的一二八〇五部隊，有時必需派我北上洽公，貴兄當時多會吩咐我，如果到臺北，最好到「文山茶行」去採一採有無時局的最新消息，後來我到了臺北，與「文山茶行」的人談到貴兄，他們也很關心他的身體，雙方都囑我彼此向對方問好。這實在是一種很寶貴的友誼，使我有很深的感受。

貴兄那時的生活很苦，都是依靠葉陶賣花的收入維持生活。其實若他願意與日人妥協，甚或充當御用文人的話，生活一定可以有很大的改善。

當時的報紙在戰前有《臺灣日日新報》，這是規模最大的御用報紙，日臺同時發行，接下來是林獻堂等人經營原為《臺灣新民報》的《興南新聞》，其他還有後來改為《新生報》的《臺灣新聞》，和改為《中華日報》南版的《臺南日報》，另外還有《高雄日報》。這些報紙在戰爭期間由臺灣總督府文教局命令合而為一，成為《臺灣新報》，命令的理由是節省戰時資源，避免浪費紙張，另外當然要有統一言論的意思，不過未明說而已。

貴兄當時很困擾的一件事就是，日本當局以及「皇民奉公會」有時會要他寫些迎合當時的文章，這違反他的個性，當時有些臺人作家，為生活所逼，而成為御用文人的也不是沒有。

至於御用文人如何為日人所利用呢？這可以舉一個例子來說。當時在

苗栗公館有一個少年因爲生病而去逝。據說，他在斷氣前還唱著〈君之代〉的日本國歌。這樣一個事例，當然是「皇民化」最好的故事題材，而被御用文人拿來當作報章雜誌宣揚再三的新聞。

貴兄生活固然艱困，又有肺病，但一直拒絕這種充當御用文人的要求，真的無法拒絕，也頂多是虛應故事應付一番。

1945 年二次大戰結束，8 月 15 日日本宣布無條件投降。臺灣社會面臨新的變化，從那一天開始，出入瓦窰寮的人大爲增加，後來擔任臺中市長的楊基先、臺中市議長的蔡先於律師，以及地方知名之士都曾爲瓦窰寮的座上客，青年學生更是來去不絕。幾乎每天都有訪客，人多時，十多個人圍在一起，少時也有兩三人。著名的林獻堂也曾到瓦窰寮晤見貴兄。

林獻堂是很著名的民族運動家，他訪晤貴兄，很引起注意，但也爲貴兄帶來些困擾及後遺症。

那時日本天皇雖已宣布投降，但在臺灣的一些日本少壯軍人的心理上仍然無法接受這個事實，報紙上有少壯軍人「臺灣軍未損一兵一卒，豈可輕易投降」的論調，也有幾名少壯軍人以切腹表示拒降。這時傳出了「臺灣會」參謀部的一些少壯軍人與林獻堂，以及與林氏同爲日本貴族院議員的許丙常有接觸，醞釀要以「臺灣軍」的武力爲後盾，由林獻堂爲主導，促成臺灣的獨立。

此事後來並沒有成爲事實，但卻使得林獻堂遭到很多指責。與林獻堂往返晤面三次的貴兄，也被波及。當時以「人民協會」爲主體的謝雪紅、蘇新、簡吉等，對貴兄多有所指責。這事對貴兄的清譽而言，不無有損。至於他們與林氏的會晤內容，對外也未公開，所以引起不少揣測。由於「人民協會」內的原農組幹部簡吉與他之間有個人的原因形成衝突，使貴兄認爲這事是蘇、簡等人借機要打擊他。此事因外人無法得知他與林氏會晤內容，已無法揭穿謎底。但以貴兄對回歸祖國的熱烈反應，可能性應當很小。

這個事件的發生，是他後來不願出任任何團體的安排職務，以免橫生

枝節的原因之一。

　　貴兄在那時所以得到這樣的關切與重視，有幾個原因：1.他在文字上的成就。2.他的社會運動經歷。3.他在生活上堅不爲貧困所移的原則。

　　由於他在知識分子以及地方人士中具有相當高的地位，所以後來在臺中市發生的兩件極有意義的事，都是以他馬首是瞻。

　　8 月 15 日日本投降，日本警察乃至臺人日警，都不再出來維持社會秩序，於是首先造成的問題是髒亂。

　　說來令人感慨汗顏。因爲戰時物資缺乏，自由交易在戰時受到禁止。戰爭一結束，各種交易即刻熱絡的恢復。在現在臺中市中正路後車站一直到中華路段，都是攤販市場，中部四縣市的交易都在這裡進行。各式各樣的生活用品、食品、乃至日人遺留在臺的物品、飲食攤，所在多有。沒有公德心的臺人，任意棄置垃圾，以致垃圾堆積如山，連寬大的中正路都因垃圾堵塞而致車輛無法通行，附近的主要道路也有這種情況，垃圾所發出的臭氣，更是難聞。

　　這種丟人現眼、毫無公德心的事實，實在很令人痛心。有些因爲道路被阻而影響到出入甚至生活的人忿而說，不光復還好，光復了竟然是這種景象，這當然是氣話，但卻也顯出了這件事的嚴重性。

　　這件事在瓦窰寮裡有過討論，貴兄即做成決定，要在第三天成立「新生活促進隊」，負責來清理這些垃圾。之所以選在第三天，是決定在第二天聯絡更多的人來參加這個促進隊。貴兄本人也在第二天出去拜訪當時臺中市的歡迎國民政府籌備主任黃朝清醫師，黃醫師隨即表示樂於協助。

　　第三天的早上八點，「新生活促進隊」即在「瓦窰寮」集合成立。決定取「新生活促進隊」爲名，是因當時的蔣委員長曾號召過「新生活運動」，甫回「祖國」懷抱的臺胞，因與「祖國」隔絕甚久，視蔣委員長爲「民族的救星」，心中仰慕萬分。

　　「新生活促進隊」在瓦窰寮組成時，大約有一百人，後來開始清掃街道時，不斷有各種團體加入，人數大概超過成立時的三倍以上。這個隊剛

組成的成員，有臺中醫院的許青鸞藥劑師、還有全體護士，現在記得人名的有後來因案被捕的護士長張彩雲，還有蔡錦，以及因案已被槍決的賴瓊瑛、蔡鐵城，還有後來在二二八後逃往大陸，聽說在勞改時因病死亡的何集淮，他是原臺灣新民報臺中辦事處主任何集璧之么弟，其他尚有後來涉案但現已出獄的。這個隊伍當初是由關心社會的十分單純的青年男女組成，後來卻有不同的悲慘遭遇，實在是始料所未及的。連當時擔任隊長的我，後來也因二二八事件而有 18 年的牢獄之災。

那天參加「新生活促進隊」的人，都要自備工具，攜帶竹掃畚箕，我大概是體格粗大，比較有幹勁，又熱心地自己掏腰包買了 20 支竹掃，也和貴兄有比較深的關係，而被指定為隊長。

在瓦窯寮整隊後，即整齊地向預定授旗的現在第二信用合作社的舊址出發。我們的隊伍，最醒目的應是一律白色的護士裝，其他多為學生、司機，一路上頗為引起注目，甚至驚疑。

這次，「新生活促進隊」的行動，就表面來看，不過是清潔工作而已，但貴兄在行動前所擬好的兩項立場與原則，是具有深遠的意義的，這兩項原則是：

1.「新生活促進隊」要清掃的，不只是路上垃圾，而是想更進一步掃除臺人的奴隸劣根性，要臺灣人醒覺，不要因為沒有統治者日本人的壓制，而無法自覺無法自理，以致公德敗壞，社會日益混亂。

2.「新生活促進隊」的隊員，絕不可收取分文報酬，才不致使這個有意義的「新生活促進隊」淪為一般「清潔隊」。

貴兄這樣深刻的見解，可說十分明白地呈現了他做為一個指導者應有的卓見。

我們開始清潔的行動時，葉陶的表現更為出色。她負責的是「宣傳」的工作。她總是站在十字路口，隨便拿一張椅子，站在上面，把掃帚舉了起來，然後以她慣有的動作拉了拉她的黑色長裙，這樣的動作，在那時是很引人注目的，於是就有人靠攏過來。

　　葉陶是一位很具群眾性的女性。在戰爭期間，她的工作是賣花，經常穿梭於大街小巷，還有人多的地方，也經常東扯西談話家常，然後再從這樣的談話中灌輸給她的談話對象一些觀念，因此也認識了不少人，有很多人都知道她就是賣花婆。

　　她那時站在椅子上，對著在臨時攤販市場出入的人群，第一句話是先報上自己的名字，接下去說她就是賣花婆，最後才開始演說，她會反問群眾，日本人已經戰敗了，我們也回到「祖國」的懷抱了，我們是否能在沒有日人的統治下，過得更好？過得更有意義？沒有日本人的刺刀頂在背後，我們是否能更為自動、自愛、自發、自覺？

　　她真的是一個很稱職的街頭演說家，也是一個很生動的演說家，聽眾的情緒與熱情，很快的就被帶動起來，沸騰著。參加清潔工作的人愈來愈多，居民也都供應茶水香菸及點心。

　　「新生活促進隊」的工作進行得很順利，也如貴兄所預料的，在當天就因加入的成員別有居心而變質。根據加入的團體中有一個是「壯丁團」。壯丁團相當於現在的義警，在日據時代是幫助日本警察做事的。

　　那天參加的三個壯丁團，分別為林連城、顏春福、賴榮木。他們早先與日人一個鼻孔出氣，就不太受歡迎，加入清潔工作以後，清潔工作做了多少不知道，就傳出賴榮木及林連城二人所帶來的團員向居民索取報酬的事來。

　　這件事不但楊貴很生氣，賣力清潔街道的最早成員，更是忿怒。於是「新生活促進隊」因為量變而產生質變，而產生了內部矛盾。原隊員高喊「還錢」、「逐掉臭氣」。

　　壯丁團的團員，原來仗著日人的威勢，還是很威風，現在日人垮了，在眾怒難犯的情況下，一一把錢還了，才平息了眾怒。這個壯丁團的人員中的賴榮木後來曾任臺中市的省議員，已經去世多年。

　　「新生活促進隊」只在一天中即完成了清潔工作，但第二天報紙都有大幅的報導，使楊貴及葉陶這兩個名字在一般民眾中更具吸引力，以致後

來成立「民生會」時，楊貴也被當時的會員視為指導者。

「民生會」就性質言，是一個過渡時期的治安隊，成員很蕪雜，以致毀譽兼而有之。對一般小市民而言，它確有了治安的功能，使偷、搶的行為減少。但對較大的商賈而言，因隊員以商賈在日據時期與日人通商為由指為漢奸而加以需索，是甚受詬病的。

「民生會」處理治安問題難決時，有時會請教於楊貴，他這時會盡可能公平妥善處理，至於罪證明確的刑案，仍是移由日人擔任法官的法院去審理。

「民生會」產生的流弊，是有些會員借機公報私仇或欺負鄉人耀武揚威。這個流弊在「新生活促進隊」成立時，益形嚴重。

「新生活促進隊」是仿「促進隊」成立的，但與促進隊無關，會長及主要人員吳煌是當地的流氓，要求與「民生會」共同治理臺中市。因為成員素質低劣，兩個團體經常發生摩擦。

在其他縣市，也有類似的團體成立。但也傳出類似的流弊，附近的彰化縣，更傳出這種地方性團體以打擊漢奸為詞、勒索富商的事。在社會秩序變動時，這似乎是無法避免的悲哀。

這個時期，楊貴已開始注意到教育民眾的重要性。「首陽」農園也改為「一陽」，表示從此有一個新的開始，也發行《一陽週報》。

《一陽週報》是油印的，由一些比較熱心的女青年幫助刻寫，較常幫忙的有前面提到的許青鶯、賴瓊英、張金足等人輪流。我那時經濟情況不錯，自己掏錢出來買了一部油印輪轉機，《一陽週報》就這樣開始問世了。

《一陽週報》的內容，以宣揚三民主義為主，三民主義在當時，是很新鮮而吸引人的東西。除了三民主義以外，貴兄自己也發表些作品。因每週出刊，漸漸面臨缺稿的問題。湊巧的是，那時在臺北帝國大學（現臺灣大學）任教的法律哲學教授中井亨、金關丈夫二位教授，因為要離臺，無法把他們所擁有的中文書籍攜回，這些書都是從中國大陸華南攜回來的，其中不乏寶貴的珍本。他們二人表示願意把書送給楊貴兄，貴兄即要我想

辦法去搬回來，我那時即透過日本軍部的關係，借了二部卡車到臺北土城去載回一卡車牛的書，這些書的內容有些載入《一陽週報》，後來除了文學的外，大部分售給臺中圖書館，使臺中圖書館有好長一段時間，是全省中文藏書最多的圖書館。

在辦《一陽週報》期間，有一些團體要請貴兄出來任職，都遭到他的婉拒。比較熟悉的有謝雪紅的「人民協會」赤裸裸的標榜馬克思主義。還有原來是農民組合臺中支部工友的張克敏，後改為張士德，到大陸投考黃埔軍校，四期畢業，以三民主義青年團中央直屬臺灣區團幹事的身分，也去邀過貴兄。還有原農民組合的侯朝宗，這時也改名為劉啓光，參加了在大陸淪陷區的敵後工作，加入了軍統局，而以國民政府軍事委員會臺灣工作團少將團長的身分回臺，官拜新竹縣長，表示要安排他到縣府去當社會科長或民政局長，但貴兄並未應允。著名的連溫卿那時即應邀擔任建設局長，鄭明祿擔任教育科長。連溫卿後來因為農會工會組職發展的問題，與劉啓光鬧翻離職。足見貴兄當時不去做官，是正確的。劉啓光後來被安排為華南銀行董事長。

要貴兄去當官是不可能的，貴兄當時只同意擔任《和平日報》編輯工作，而不願加入政治團體，所持的理由是，要做事情不一定要做官，也不一定要上臺吆喝。這可能與他的個性有關。加以他當時有自己的工作計畫，這個計畫很理想化，即是：由全省各地每一個村莊，去挑選一至三名的基層幹部到瓦窯寮來加以訓練。訓練的工作有兩大部分，一部分是勞動，即向市政府包辦全市水肥的處理，由學員挑運肥料，換取生活必需的經費。另外則是政治教育，充實思想及精神方面的教育。

在他的想法，挑水肥是一般認為最為低賤的工作，能適應這個工作考驗的必然具有一定程度的耐心與毅力，這樣的訓練完成以後，全省各地的每一個角落，就會有一些最基層、最實幹，又有政治意識的好幹部，可以來配合整個社會的建設。

他並且計畫把瓦窯寮改為可以住下 40 人的宿舍，分批分梯次來訓練這

些基層幹部。

　　這個想法是否可行，則因為社會政治環境急遽變化，臺人與外省同胞發生衝突導致演發二二八事件而無法實行，所以無法使後人論斷其功過是非了。

——選自《自立晚報》，1985 年 3 月，10 版

日據時期的楊逵
他的日本經驗與影響

◎葉石濤[*]

　　楊逵 1905 年生於離府城臺南不遠的大目降街。大目降街（新化）儘管是一個典型的鄉下街鎮，可是文化程度卻不會太低；因爲它離府城不遠，直接或間接地受到從荷蘭時代、明鄭時代以至於滿清時代約將近三百年的文化和教化的影響。在這種深厚的傳統文化的薰陶之下，楊逵從幼有強韌的民族精神殆無疑義。然而這種傳統文化卻是封建性濃厚的，具有迷信、愚昧、落後等負的層面。革除這些非近代性的落後思想，獲得近代性進步的思潮，才能使楊逵能進而從世界的、中國的巨視性觀點來注視殖民地臺灣悲慘的現實。給楊逵帶來心靈開眼的機會是受教育，而這教育卻是經過明治維新以後的大正民主時代的較前進的日本自由主義教育。楊逵的第一次日本經驗來自公學校教育。

　　從 1915 年到 1921 年楊逵完成了殖民地公學校六年的初等教育。楊逵是個身體孱弱卻思考銳敏的孩子。他在公學校六年級遇到一位沼川老師，不但諄諄善誘且在課外教給他英文、數學等學科奠定楊逵的學問基礎，同時提供他閱讀許多文學書籍，塑造他將來成爲作家的性格。他的二哥楊趁也後來指導他讀了托爾斯泰的《戰爭與和平》、《安娜‧卡列妮娜》等經典之作。使他發現更廣闊的人類心靈領域。他的第一次日本經驗可以說是完美的、溫煦的。從明治到大正時代的日本知識分子跟後來長大於昭和軍國主義教育下的日本人不同。他們的大和民族主義依舊，但是較富於濃郁的

[*]葉石濤（1925～2008）散文家、小說家、翻譯家、文學評論家。臺南人。發表文章時爲高雄縣甲圍國小教師。

人道主義關懷，而且懂得自由、民主的世界潮流。可能楊逵的恩師沼川先生是屬於此類的溫和的進步分子，很少有種族歧視的傾向，對殖民地的小孩子也很疼愛。這證之於我的經驗也大約如此，我也從沒受過日本人教師非理性的迫害。不過，這也不能一概而論，像先輩作家張深切就遭遇到ugly 日本教師的摧殘，喚起他心底裡的民族仇恨。

　　楊逵後來不流於教條主義者，始終反對以暴力來對付殖民統治者，以理性和和平的方式去展開農民運動，這跟他在幼小時代有美好的日本經驗有關。此外，可以指出的是這種溫和性格來自楊逵聰穎的人性觀照，這是他的天資之一，他洞悉人類脆弱易碎的心靈結構，從不以二分法來粗糙地把人歸類於善人和惡人。

　　然而在這幼小時代，楊逵也看到了冷酷、無情的日本人的殘暴性格。他在九歲時發生了噍吧哖事件，目睹日本人屠殺無辜老弱同胞的暴行。他曾經在噍吧哖被夷爲平地的村莊裡親眼看到除婦女和嬰孩之外，無一壯丁劫後餘生的慘狀。這擴充了他美好的日本經驗領域，使他深刻地認識美麗和醜惡原本是一個盾的兩面，他的日本經驗從此進入了更複雜、曲折的階段。當然這對於他的民族思想也帶來了更堅定的信念。在州立臺南二中時代的楊逵，除更進一步地踏入文學世界之外，也注意到日本無政府主義者大杉榮的被殺。大杉榮本是他所敬仰的對象之一，他從這事件裡看到，在日本本土裡也有思想的對立，壓迫和被壓迫階級的存在，只是日本的被壓迫階級，不像臺人那樣是道地的奴隸，還享有某種反抗、抗議的餘地。然而，這時候的楊逵還不十分明白社會演變的歷史，無法去把民族主義和反抗意念、人道主義統合在一起，形成完整的理論體系架構，確立明晰富有批判性的世界觀。

　　1924 年，楊逵 19 歲。他在州立臺南二中已讀了三年書。可是由於不願與童養媳送作堆，所以自動由州立臺南二中退學東渡赴日。按，這是楊逵第一次到日本，直到 1927 年他響應文化協會的召喚束裝回國爲止，共在日本待了三年；這是他在日本逗留最長的一次紀錄。楊逵總共到過日本三

次，其第二次是 1937 年 6 月，只逗留了三個月，9 月回到臺灣。最後一次訪日是 1983 年 8 月，應愛荷華大學之邀請，參加一項研究計畫，在美國逗留了約兩個月後回臺路程中去訪問日本。從 11 月 1 日到 11 月 15 日共待了兩個星期之多。

　　第一次到日本去以前，楊逵已讀了夏目漱石、芥川龍之介、白樺派的作品。透過英文譯本他已讀了托爾斯泰、屠格涅夫、果戈里、杜斯妥也夫斯基、雨果、迭更斯以及巴枯寧和克魯泡特金的著作。所以 19 歲的楊逵，已經是具有世界性規模教養的頂尖的知識分子。

　　1920 年代中期是日本資本主義社會的發展遭到挫折的年代。世界性的經濟恐慌，使得日本社會幾乎癱瘓，左翼勞農黨的運動如火如荼地展開。楊逵在日本半工半讀，除取得專檢資格進入日本大學文學藝術科夜間部就讀之外，他直接參加無產階級的勞動運動，住在勞動組合評議會的一個支部裡。由於普羅列塔利亞文學蓬勃起步，楊逵認識了當時日本最著名的作家秋田雨雀、島木健作、窪川稻子、葉山嘉樹、前田川廣一郎、德咏直、貴司山治、中野重治、宮本百合子及武田麟太郎。特別是宮本百合子送給他十圓生活費，這是楊逵印象最深刻的事情。楊逵的第一篇報導文學也就是 1927 年寫成約六千字的〈自由勞動者的生活斷面〉，發表於《號外》。楊逵這三年的日本經驗仍是美好的。他認識了許多位著名日本作家以及善良的日本勞工，參加臺灣留學生的讀書會，在思想和生活的結合中確立及接受了科學的社會主義。這是楊逵終其一生信守不渝的世界觀，他站在這世界觀上，透徹地了解，要獲取臺灣民眾的民族的、民權的、民生的解放，必須聯合日本及世界弱小民族的勞工、農民階層做理性的、和平的鬥爭。楊逵這一次的日本經驗後來成為他的傑作〈送報伕〉的思想背景，而楊逵的整個世界觀和歷史觀也在這部作品裡表露無遺，使這部作品在臺灣新文學史上跟吳濁流的《亞細亞的孤兒》並駕齊驅成為不朽的經典之作。楊逵曾經說過，臺灣資產階級的民族解放運動，民族意識過分濃厚，忽略了社會意識。楊逵進一步地闡釋，所謂社會意識便是階級意識。楊逵這一次的

日本經驗給他帶來的是不斷的學習產生堅定的思想。而唯有在實際生活中
去實踐思想，才能使臺灣民眾普遍覺醒。這也許和我們的修身、齊家、治
國、平天下的傳統思想有些類似的行動模式。楊逵的日本經驗使他吸收了
科學的社會主義，而這種社會主義在實踐的過程中呈現民族性格的複雜面
貌，因此楊逵所學到的所謂科學的社會主義，其實是日本化的傾向很濃
厚，不能與蘇俄布爾雪維克的暴力革命相提並論。

　　1927 年，楊逵結束了日本的生活，回臺參加農民組合運動，成爲農組
的中央委員和常務委員，又認識終身伴侶葉陶女士。直到 1932 年，他的小
說〈送報伕〉經賴和先生之手刊載於《臺灣新民報》爲止，他和葉陶結爲
夫妻，攜手奮鬥爲臺灣農民的解放而奔走。1930 年 10 月的霧社事件，使
得日本殖民統治者加強彈壓的措施，農民組合、文化協會、總工會等反日
民族解放運動瀕臨瓦解。楊逵從 1931 年開始，逐漸脫離解放運動，轉向於
文學活動。其實文學活動也是楊逵實踐思想的一種方式，他透過小說世界
啓示來帶動臺灣民眾的覺醒與參與。在日據時期的新文學作家中始終努力
於跟民眾打成一片，摒棄知識分子優裕的生活，腳踏實地的靠勞動來養活
自己的，這只有楊逵一個人辦得到，而且貫徹始終，從不改其樂。

　　1934 年，由於楊逵的〈送報伕〉入選東京「文學評論」第二獎，聲譽
日隆，所以在 11 月《臺灣文藝》創刊時被邀請擔任日文編輯。1935 年 11
月，楊逵跟《臺灣文藝》同仁鬧意見，自己在臺中創刊中、日文併用的文
學雜誌《臺灣新文學》。楊逵一生特立獨行，始終堅持他的世界觀，常與夥
伴發生齟齬，這一次是較明顯而激烈的一次。當然在 1928 年 6 月因竹林爭
議事件的方針跟簡吉針鋒相對而被剝奪農民組合一切職務，也是基於楊逵
對簡吉有濃厚的知識分子優越感的批判而發生的。不幸，1936 年臺灣文藝
同盟被強制解散，自然機關雜誌的《臺灣文藝》也就停刊了。然而，《臺灣
新文學》的命運也好不了多少。1937 年日本政府下令禁止漢文，《臺灣新
文學》，由於中文創作占有重要的分量，也就不得不停刊了。《臺灣新文
學》有兩期特別值得注意；其一是悼魯迅去世的 1936 年 11 月號。這期雜

誌有兩篇文章引人注目；其一是黃得時所寫的〈大文豪魯迅去世！〉，另外一篇是無署名的卷頭言〈悼魯迅〉，這篇感人至深的短文卻不是由楊逵所執筆，而是當時代理編輯事務的王詩琅所寫的。原來，楊逵和葉陶夫婦雙雙病倒，不得不央請王詩琅代為照管《臺灣新文學》。同時同年的 9、10 月合併號的「高爾基特輯」也是由王詩琅企畫編成。

　　《臺灣新文學》的停刊給楊逵帶來沉重的打擊，於是有第二次的日本之行。這次的日本之行，楊逵企圖打開臺灣文學沉悶的局面，在日本覓取一塊供臺灣作家發表作品的園地。因此，他到東京以後跟《文藝首都》、《日本學藝新聞》、《星座》等刊物的主編分別面晤，於是向他們訴苦臺灣作家的窘境，請他們開放園地。商量有了些眉目的時候，恰巧發生了七七蘆溝橋事件，接著日本實施戰時體制，以強壓的手段箝制言論，這一切又如此地泡湯了。懷著一顆落寞的心，楊逵回到臺灣，但楊逵的第二次日本本土經驗跟第一次一樣，是美好的。他所遇見的作家保高德藏和石川達三等人都對臺灣作家表示莫大的同情心和關懷，這多少慰撫了楊逵的失望。

　　回到臺灣的楊逵貧病交迫，咯血數月，由於欠了米店 20 圓而被告到法院。這時候，適時出現了一位日本警官入田春彥，周濟他 100 圓，楊逵才得以償還欠債，進而以餘款租用 200 坪土地，開闢「首陽農場」，過其獨立自主的園丁生活。入田後來因左傾遭殖民地當局驅逐出境，憤而自殺，楊逵代為料理後事。從入田的藏書中楊逵才讀到完整的魯迅全集。後來光復時楊逵刊行了〈阿 Q 正傳〉中、日文對照本時，這入田所遺留的魯迅全集發揮了莫大功用。當 1983 年隔了幾乎五十年的時間，楊逵第三次訪日時，的確努力去打聽入田在日本的親族和熟人的消息，想把奉祀在臺灣的入田的骨灰交還給其親人，可是遍找無效，終於失望而歸。

　　這是最重要的一次日本經驗，使楊逵堅信超越國界、膚色和信仰的友誼的確存在；同時這種友情也證實了科學的社會主義的世界觀是經得起考驗的一種實踐哲學。

　　從 1939 年到 1945 年的臺灣光復，楊逵在皇民化運動的狂飆中屹立不

倒，孜孜不倦地寫作不輟，而他的著作作品〈鵝媽媽出嫁〉卻是刊登在官方刊物《臺灣時報》上的。可見楊逵並非頑固的教條主義者，他極有柔軟的思想模式，懂得妥協並非屈服的道理。再說，如入田春彥此類原該是殖民地統治者的鷹犬，其實是個可以肝膽相照的義人，這難道不是一個活的教訓，深刻的日本經驗嗎？

1945 年臺灣光復，楊逵重歸祖國懷抱。日本統治的陰影一掃而空，楊逵爲民族解放而犧牲奮鬥的 40 年前半世也就告了一段落。當然楊逵的各種日本經驗也不再是他底生活的重心和夢魘，嶄新的歷史已開始起步，楊逵的中國經驗也邁入了新階段。

回顧楊逵前半世紀的日本經驗，溫情多於摧殘。他在敵人的陣營裡所獲得的喝采和敬仰證明了他是個出類拔萃的漢民族的卓越戰士，同時他也不是個什麼主義者，卻是個代表民眾真實心聲的堅忍不拔的代言者。他一生的行動模式倒很接近舊俄的「到民間去」的民粹主義作家，他的誠實簡樸的寫實主義風格的確令人憶起民粹主義作家的一些作品。

——選自《聯合文學》第 8 期，1985 年 6 月

楊逵訪問記
我要再出發

◎梁景峰*

一、71 年是怎麼過的？

夏潮編輯部（以下簡稱夏）：今年（1976 年）10 月 18 日是楊先生 71 歲的生日，你認爲如何慶祝才最有意義？

楊逵（以下簡稱楊）：我們臺灣有 50、70 做大生日的風俗，親戚朋友來熱鬧慶祝一下。我不喜歡熱鬧，但是 71 歲生日也是一個階段，所以我想對我在過去的年代中所做的各種事做一次檢討和整理，同時準備再出發。我認爲這樣才是最好的慶祝。雖然我的時間和心力有限，但我將努力整理我的作品和別人對我的評論文字。

夏：爲了多了解別人對你的看法，以什麼方式最好？

楊：人總有自以爲是的傾向，但多聽人家的意見與批評，再自我檢討一下，總是好的。過去別人對我作品的評論往往挑他們合意的作品，所以他們的了解可能不夠全面，不夠深入。人人都有缺點，我的作品當然也有。如果能公開討論，大家一起批評我的缺點，提醒我的錯誤以及我沒有反省到的地方。這樣也可以澄清很多混淆的傳言，同時可刺激我以後的反省和工作。

夏：你剛剛說過要再出發，那你是否也認爲「人生七十才開始」？

楊：是的。在過去那一段很長的時間裡，我受到很大的挫折、生活的

困難，使我幾乎沒有寫作。我很遺憾，很慚愧我沒有努力，沒有寫作。這一點也反映在我們對臺灣史、臺灣文化的認識上了，我們對我們的苦難歷史只是零星的接觸，而很少可觀的研究成果。所以我們找不到東西可以認同，我們的文化意識是多麼混亂，因此文化上也找不到偉大的成就。我們必須更加努力。我 71 歲的時候，也有千千萬萬的人在不同的年齡，二、三十歲的在走路，71 歲的我也在走路，步子應該力求趨於一致的，老氣橫秋與盲目的衝擊都應該避免，善意的批評風氣應該加以鼓勵。

夏：如果把你的 71 年分幾個大階段，你將如何區分？

楊：第一個階段是我的少年時代，從 1905 年出生到 1924 年去日本。第二個階段是在日本的幾年。第三階段是返臺後一直到光復。第四階段是光復到現在。

夏：請你大略說明一下這些階段的發展。

楊：第一個階段可以說是少年摸索的時期。當時我已經覺察到日本殖民統治下的很多問題，迫切想要了解。到了日本後，隨著年齡和知識的成長，慢慢對事物有了認識。第一次世界大戰後，世界各地民族自決和自由民生的呼聲日高，幾乎所有被殖民者都有這種企求。所以我也有了堅決反抗異族統治的基本覺悟，要自己決定自己民族的命運。這個基本覺悟就是我返臺後所有寫作和參加民族運動的動力。這個動力使我活到今天還是絲毫不改、信心不移，雖然受到很多困難和冤屈。

夏：那麼照你看來，你哪一個時期最活躍、最有成就？

楊：就是從日本返臺後到 1932 年的一段期間，那時鬥志很好，不管是寫作或反日的實際行動都是勇往直前。被捕入獄與作品被禁與雜誌被停刊都嚇不倒我。真的，那時真有一點走在時代尖端的決心，我曾用大字寫一首詩貼在案前牆上——「揚帆出大海，風浪日常事。順風雖爽快，逆風也不懼。」

夏：那你一生中最成功最快樂的事是什麼？

楊：我一生中實在也沒有什麼最成功與最快樂的事，但人能按照自己

的志願勇敢地去做，就是快樂的。對了，被捕坐牢十多次中間，竟有一次「坐得非常愉快」的經驗，也許可以提一提，我從日本回臺參加農民運動的第二年（1927 年），在梅山召開了一次盛大的農民大會，大會決議通過一件抗議文，由我執筆寄給日本總理大臣和臺灣總督而被捕了。經過三審在臺南高等法院開庭，法官唸起訴書時，竟把抗議文中的一句話「日本政府是土匪」也唸出來，引起了熱烈的掌聲。結局，雖被判決拘留七天，但坐滿刑期出獄時，監獄看守卻向獄友們，把我的所作所為大大的捧了一場，說我是替臺灣農民犧牲的義士，還教訓他們好好學我，不要再做盜雞換狗的小偷。這是我們的抗日宣傳活動竟然也在獄卒中發生了影響的實據，也許可以說是一次小小的成功。

夏：你最失意、最潦倒的時期是什麼時候？

楊：1932 年前後臺灣抗日民族運動的各種組織都被破壞，好多人被捕，雜誌被禁停刊，一切公開活動都被迫停止，也許就是我最失意和潦倒的時候。但是生活上最潦倒的時候，卻是我寫作熱情的盛季，生活環境的困難並不表示精神的潦倒，〈送報伕〉就是在這種環境下寫出來的。

夏：在你一生中做過什麼職業？

楊：做過很多職業，如送報伕、清道夫、挑土工、小販、園藝、苦力、工人、編輯，其中以園藝為最久，可以說大半生都是園丁。

夏：哪一種最適合你，最能表現你的志願？

楊：應該說是園丁。晴耕雨讀，靈感來時寫寫文章。「放膽文章拚命酒」是我們的口號。

夏：那寫作呢？

楊：在開始時，我也曾想過，要把寫作當作職業，但後來發覺，我所寫的，竟十篇九禁，真正要講的話都不能發表，而我又不能違背自己的心意寫東西，因此我放棄了為吃飯而寫作的念頭。所以寫作不能稱為我的正式職業。

夏：園丁和寫作這兩種工作，能不能配合呢？

楊：能夠配合最好，但是種花的工作很繁雜，費時又長，不像一般人所想像的那麼羅曼蒂克。我是勞動慣了，花園工作雖然不覺得辛苦，但時間所餘不多作品也少。曾經有學生和作家慕東海花園之名而來，但是曬兩下太陽、動動鋤頭，不到一、兩天就沒興致而溜走了。這是因為沒有工作的耐心。

夏：你這一生有沒有做過令你後悔的差錯？

楊：我犯過的錯誤可能很多，但令我後悔大錯可以說沒有。雖然我因為我的信念和行動吃盡了苦頭，受人誤解，但我並不因為我的信念和行動而後悔。

二、寫了些什麼？

夏：你最早發現自己的文學願望是什麼時候？

楊：在小學時代我經常在一位老師那裡看小說，對小說有了濃厚的興趣。上了中學後，功課也算輕鬆，所以更加沉迷於文學作品，經常上圖書館和舊書攤。這個時候差不多已經立志要走這條路了。

夏：你念過的作品中，對哪些印象比較深刻？

楊：我是喜歡變革期的法國和俄國作家的小說。比方雨果的《悲慘世界》、《暴君焚城錄》，屠格涅夫的《處女地》，還有普希金和果戈里的小說。大都是反映那個時代的作品，比較有衝激力，表現對新時代的理想和追求。

夏：哪一部作品對你最有影響力呢？

楊：這很難講。可能以上的作家對我都有一點影響。

夏：你跟中國文學作品的接觸如何？

楊：那時比較喜歡的是《水滸傳》、《西遊記》、《三國誌》等小說。30歲以前很少接觸到中國新文學作品。

夏：你的主要作品是什麼？在何時何地發表？

楊：我的第一篇小說題為〈自由勞動者的生活〉，1927 年日本東京記

者聯盟機關雜誌《號外》發表。回臺參加抗日實際運動時期到處奔走，沒有時間寫作。實際運動停止後 1932 年才寫〈送報伕〉。1934 年臺灣文藝聯盟結成後，《臺灣文藝》與《臺灣新文學》創刊，可以說是臺灣文學的盛季，寫作也比較多一點。

夏：你的作品哪一類比較多，題材如何？

楊：有小說、詩、劇本、和評論文章。其中小說數量比較多，也可以說比較成功。這些小說是從我的生活和勞動出發的，同時也塑造了我所看到的各種社會現象。

夏：你比較滿意那些作品？

楊：我自己認為〈送報伕〉、〈鵝媽媽出嫁〉和〈模範村〉在內容意義和寫作技巧上較成功。劇本則〈牛犁分家〉較滿意。

夏：你作品中語言和內容的特點如何？

楊：我認為文學作品除了反映時代之外，還要進一步帶動時代。作家應該敏感，應該是在時代的前頭。我要走的路就是這個路。像自然主義的記載式作品，像臺灣歌仔戲的哭調，只是記錄和反映時代表面現象，但哭哭啼啼是不能了解現象的根源的。我們要認識現象的根源，並要進一步在悽慘的現狀中找出路子。而要找出路子，就先要徹底了解社會實況，並發展方向，帶動時代，停留在「藝術王國」裡是行不通的。我們必須寫出人們的生活以及他對出路的找尋。因此我作品中所使用的語言也就要適合這種生活的描寫，要符合作品中人物的生活語言。

夏：但你寫的作品會不會太理想化，而變成唯心主義？因為你的故事主角大都意識清楚，意志堅定，而且還不會失敗。但實際的人生卻不是如此。

楊：當然，實際的人生非常複雜，有重重的困難。就像我種花一樣，受著各種困難的限制，比方土地、雜草、蟲害和缺水等等。但這些困難必須一步一步克服，人生要走向更美好的境地，和平的境地，就必須努力，克服人的缺點和外在的困難。作家的任務就是要塑造這種不斷打拚、不斷

追求光明的動力形象。我認爲,我不是唯心主義,我也不要過分理想化。作品中主角的意識清楚,意志堅定,但並不是不會失敗,只是在失敗中不喪志。

夏:那你的作品能不能說是寫實主義的作品?

楊:我認爲可以稱爲理想的寫實主義。意思是說:不迷失在黑夜中,做一些準備工作來迎接將要到來的早晨。

夏:你同一代的作家是不是和你有類似的作風呢?

楊:我和以前的臺灣作家大都有接觸。尤其我在辦《臺灣新文學》雜誌時,經常要找他們寫稿和幫忙。依我的了解,大部分作家和我的基本精神相近。走不同方向的,當然也有。

夏:這些作家中,你和誰最親近,文風最相似?

楊:是賴和。

夏:你和這些作家有些什麼文學活動?

楊:臺灣作家有文藝聯盟的組織,內部經常對作品和臺灣文藝雜誌的編輯工作展開辯論。但思想路線的爭論則是針對以西川滿爲代表的日本作家群。日本作家的《文藝臺灣》雜誌,是支持日本的殖民政策,反對寫實主義的。

夏:你們的文學活動對當時的臺灣民族運動有什麼積極的作用?

楊:對於啓發民族思想,鼓勵自主、自立、自強的精神,我認爲績效是相當大的。

三、女權運動?新女性主義?

夏:你是怎麼認識葉陶女士的?

楊:1927 年從日本回臺參加農民運動的時候,在鳳山的農民組合認識的,當時她辭掉了教員,比我早一點已經在那裡工作。我 22 歲,而她大我一歲。

夏:那你們相接近是因爲什麼?

楊：總歸一句是志同道合。雖然性格不見得很相近，但是，志趣相同和共同工作使我們連在一起，成為好夥伴。我們的結合並不單是基於男女間的相互吸引而已。

夏：那你們何時開始住在一起？

楊：我們隨著農民運動的需要到處奔走，同進退、共患難。到了 1928 年在彰化組織讀者會時才租房子同居。1929 年 4 月準備正式結婚那一天早晨，在臺南文化協會支部雙雙被捕，由臺南警察局經臺南監獄至臺中監獄，在行程中有如婚前官費蜜月旅行。足鐐手扣被扣在一起，是一次最親密的旅行。當然結婚典禮也因而出獄後才補辦。

夏：這樣說來，你和葉陶對那個時候的固有性道德觀念和婚姻制度並不重視了？

楊：葉陶小時候也被裹小腳，但長大後就解放掉，表示她對舊婦女的三從四德不接受了。所以我們都是很成熟，有自己的主張，知道自己要什麼。我們只問是否相愛，是不是好夥伴，並不在乎別人如何看法。我們未結婚而同居，在我們看來，是理所當然的事。

夏：那你們的父母如何看法？

楊：他們當然反對，我父親說這個四處亂跑的「鱸鰻查某」不好，而她的父親也說我這個鱸鰻男子，既沒職業，亦無家產。但既然我們要，而且也同居了一段時間，他們看無力反對，也就接受了。

夏：那你們在這方面的經驗也很特別。

楊：我們對制度和形式並不重視。人的結婚，最要緊就是雙方談話會投機，興趣相同，志同道合。這樣結婚儀式就不重要了。

夏：你們的婚姻生活和今天流行的新女性主義是否相似？

楊：新女性主義者也曾跟我談過這個問題。但我們以前的種種比現在的新女性主義更前進一步，因為我們的生活並不是談好條件，劃分好權利義務，而是積極走同一條路，不計較得失，不分內外。而她比較健談，在辦雜誌時，常常是她去跑路接洽事情。而我要寫稿，辦編務等，在家的時

候多，所以有時煮飯、洗衣、看顧小孩的事由我來做，我也認為這是當然的。所以有朋友開玩笑，叫我們「葉陶兄」、「楊貴嫂」。在這種困難的生活中，實在需要這種合作，共同承擔一切。重要的是，我們的基本思想相同，所做的事業相同。她的女權主張和我的活動相配合，目標是一致的。這種女權運動是針對整個社會，並不僅是在家庭裡向丈夫爭平等、爭利益而已。

夏：你們如何合作面對你們的各種困難呢？

楊：我們除了生活的困難外，有時也有其他的困難。這種困難使我們的家庭生活看起來不太正常。我們經常一起去參加各種活動，所以有時也會兩人同時被捕。但是這些遭遇更加證明我們是不可分的夥伴。

夏：你們之間會不會有衝突？

楊：朋友們常講我們的婚姻非常理想，非常美滿。但這並不是說，我們之間就沒有磨擦，事實上有時也會有磨擦和衝突，這是免不了的，因為人的性格和看法是不會完全一致的。只要衝突過後，不再鬧脾氣就好了。

四、小伙子，大家來賽跑！

夏：你的性格和思想 30 年來有沒有大變化？

楊：我的思想和精神 30 年來，整個講起來是一致的。不過所差的就是年輕時代衝力大，元氣盛，比較不受外在因素的限制。現在年紀大了，體力比以前差，還要擔負生活，一切受了很大的限制，所以人的心力退化了很多，不再像以前能說幹就幹了。

夏：這樣你會不會覺得你的時代已經過去了？

楊：我覺得我的意志和想法還是很年輕，跟現在求進步的年輕人並不差得太遠。雖然我衝力沒有他們大，跑路沒有他們快，但是仍然跟他們一起跑路。能夠跑到什麼時候，就跑到什麼時候。我曾經對年輕人說過：「小伙子，大家來賽跑。」我對新事物有我的觀察力，跟年輕人也能溝通思想。所以我的時代還沒有過去。

夏：你認爲你們前輩作家對現在的文化界能有什麼作用？

楊：可能起不了多大的作用。

夏：爲什麼？

楊：現存的沒幾個人，活動能力也差勁了。不過，找蒐集資料的線索等，譬如說要編臺灣歷史、文化史、文藝運動史等的工作時，也許可以幫上一點忙。

夏：我們應該用什麼角度來看以前的藝術？

楊：臺灣十年來工商業日漸發達，很多人受到日本和西方金錢主義和個人享受主義的感染，好像什麼都不關心，所以我認爲，現在的年輕人需要溫習回顧我們青年時代的作風和生活方式：要有理想、要有目標，要爲理想和目標打拚。目前的知識界對過去的歷史採取兩種態度。一部分的人認爲，過去灰暗的歷史不值得去追究。因爲一追究，就會重見太多難堪的瘡疤，太多新仇舊恨。他們急於忘記過去，丟掉這個不光采的包袱。另外一部分人又過分懷念過去的奮鬥精神，變成一種感傷的懷舊病，想藉它來安慰自己。他們對過去的人物不能以科學的態度來研究。這兩種態度都有偏差。

夏：那麼當如何才對呢？

楊：傳統有健康的傳統和頹廢的傳統，有好傳統和壞傳統。比方說，中國的文化傳統裡，有司馬遷《史記》的不屈服的精神，這是健全的傳統，好傳統。另外還有一種士大夫「萬般皆下品，唯有讀書高」的錯誤理論。他們認爲，讀書就是要做人上人，要榮華富貴，這就是帝王統治下的士大夫傳統。歷史可以說，就是這兩種力量不斷的糾纏。有時好傳統較強，有時又是士大夫的頹廢派得勢。目前似乎士大夫遺風還很興盛，而追求真實的《史記》傳統力量有點孤單。所以，我們要對過去的時代再認識。臺灣過去在日本統治的 50 年裡，雖說有悲觀的哭調仔，有投附日人的漢奸，但多數人不願接受日人的統治，要爭取自決。我們必須去研究這種好壞傳統相抗衡的歷史事實，並了解自己的缺點，改進缺點而振作起來。

夏：你認為你們的作品和今天年輕作家的作品有哪些明顯的區別？

楊：以前的作品大都意義清楚，意向明朗，似乎都有一個目標。而目前不少學西方一些沉迷沒落的玩意，描寫奇奇怪怪的東西，是無根的、迷失的，讀者看不懂的。這些也等於是哭調仔，沒出路的麻醉品。我們應當爭取主流，使頹廢的東西不再泛濫。因此應當去探索以前積極的文學精神，找尋我們的基點。很可喜的，經過一段迷失絕望的時期，大家感傷得透不過氣來後，這幾年，漸漸有人走向新的出路，同時舊時代的好作品也漸漸重見天日。從這些看來，一切都在進步，這是自然的趨勢。

夏：哪些作家在進步呢？

楊：目前好多位作家很有潛力，也有相當好的表現。比如楊青矗用小說描寫趨向工業化的社會，各種工廠內的勞工生活。這還是一個開端而已。黃春明描寫社會激烈變化中，落破的農村所呈現的各形各色的人物。此外還有幾位同樣有希望，正在努力的作家。我們不要被很多什麼主義所迷惑，這些主義往往是空洞的，閉門造車的，就是有理想，也是很虛玄的、不著地的。所以作家要生活在大眾之中，從實際生活中去發掘資料，從失望中創造出建設性的，有前途的東西來。

夏：你是說，你對年輕一代很有信心嗎？

楊：我認為我們的文化雖然受著狹小地域和苦難包袱的限制，受著宿命論的阻力。但是世上的一切都在演進，我們的文化也會走向更加美好的未來，只是可能演進的速度慢一點而已。我並沒有灰心，也希望大家不要灰心。

夏：你今後有否具體的生活上和文學上的計畫？

楊：我一生的生活波折很多，所經歷的事物也可說不少，這些經歷，又和我們的歷史有一點關係，所以我認為可以記述下來，起碼可以做為歷史資料來看待，只是我目前有點力不從心，很多題材想要寫，但因為腦神經有些毛病還未能動筆。不過人活著一天，就應做一天事，所以我將努力做下去。

夏：楊先生，謝謝你的談話。

──選自《夏潮》第 1 卷第 7 期，1976 年 8 月

楊逵憶述不凡的歲月
陪內村剛介先生訪談楊逵於日本東京

◎戴國煇[*]

時間：1982 年 11 月 10 日

地點：日本東京

與會：楊逵（作家）

　　　內村剛介（上智大學教授）

　　　戴國煇（立教大學教授）

內村剛介教授，本名內藤操，1920 年出生於日本栃木縣，畢業於僞滿哈爾濱學院，日本戰敗後被蘇聯軍逮捕，坐了 12 年的史達林監獄。1956 年釋放歸國。現任教於上智大學。著作甚豐，爲研究蘇聯現代文學及思潮的日本人權威。亦是著者多年來的知音。

楊逵先生以一位臺灣近現史的見證人，傑出的臺灣作家及「良心犯」，50 年來，光復後首次重踏他青年時代遊學之地日本。在此，他追憶少年時代的往事，青年時代的心路歷程，與日本左翼文壇的關係，以及他的文學活動、社會及農民運動，和生命中的逸事。他以精確的記憶，平靜地娓娓而談，雖歷經千古的不平，卻沒有半點怨尤。

我們看到了這位不食周粟的堅貞之士，爲民族氣節所遭受的挫折及委屈，他的人類愛，帶給他的苦難，以及他對理想、原則及真理的追求。在在爲臺灣的歷史，做出了見證，充滿耀眼的淚和光，照亮了我們未來該走的大方向。

---

[*]戴國煇（1931～2001）史學家。桃園平鎮人。發表文章時爲日本立教大學史學系教授。

按：這個訪問紀錄是由著者戴國煇安排，並請日本河出書房新社出版的《文藝》雜誌社代為主持（於 1982 年 11 月 10 日晚，於東京一個著名西餐館），禮聘上智大學的內村剛介教授，由時任立教大學教授的戴國煇作陪，採座談會方式進行並錄音、編輯而成。全文刊登在 1983 年 1 月號日本《文藝》雜誌。

日本統治下的少年時代

內村剛介（以下簡稱內村）：楊逵先生這次是別後 50 年，首次重來日本訪問的吧？你是應美國愛荷華大學的邀請，訪問美國，歸途順道來日本的，聽說臺灣的國民政府這次終於批准你的出國申請，並發給你護照，是真的嗎？

楊逵（以下簡稱楊）：是的，這次愛荷華大學的企畫是邀請了以第三世界為主的 28 個國家的作家來參加集會，日本也去了一些朋友。我是在 8 月 22 日從臺灣出發，到美國約逗留了兩個月，去各地打個轉，到達日本是 11 月 1 日，我準備在 15 日，也就是星期天，回到臺灣去。

內村：楊逵先生的名字在日本，就是所謂「知道的人才知道」，也就是，除了少數人，其他的不知道楊先生的存在，並且，看來好像只限於「戰中派」[1]以前的那些上了一點年紀的人才知道你的大名。這是因為日本戰敗後，已歷經了 37 個年頭了，那麼現在 37 歲的人，可以說是屬於對戰爭茫然無知的人，因此之故，現在日本看文學雜誌，二十多歲、三十多歲的人，他們對楊先生的名字之了無所知，實在是莫可奈何之事。現在，假如是有關中國大陸的事情，我們多多少少還有些知識、有些接觸訊息的機會，但是，對有關臺灣的事情，則在學校也無法學到，報導機構除了政治上的重大事件之外，向來對臺灣不留意，為此，對於有關臺灣的事物，就

---

[1]指第二次世界大戰中已成年的人士。

愈來愈不清楚了，日本目前的情形，我想就是變成這個樣子。

就拿我個人來說吧！對楊先生的事，也僅僅知道一點點皮毛而已，比方說，我知道楊先生的小說〈送報伕〉在戰前左翼文藝雜誌《文學評論》1934 年 10 月號，是以入選第二名刊載出來的。依此，楊先生也是最早登上日本左翼文壇的臺灣作家。此外，日本戰敗之後，在回到祖國懷抱的臺灣，在 1949 年，楊先生卻被國民黨政府逮捕，在監獄中渡過了漫長的 12 年之久。我所知道的僅是這個程度。只知道這些事情。

總之，我認為今天真是一個千載難逢的大好機會，想藉此機會，來充分地向楊先生請教。希望借助你的發言、你的指教，給予日本文壇有關人士，尤其是那些「戰後派」人士，充分了解你的文學、你的時代、你這 77 年的歲月。臺灣出身的戴國煇先生將以不同的角度來提問題，他同時也會對有關臺灣的風俗、習慣、歷史、人物，那些我們日本人不懂的，而在楊先生的談話中出現的，由戴博士來加以分析，加以說明和補充。

戴國煇（以下簡稱戴）：好的，我將試一試。我個人對於楊先生的大名，很早以前就知道了，而初次見面卻是先生這次赴美回程來了日本以後的事。

內村：根據我現在手頭上的年譜[2]，楊逵先生是 1905 年 10 月出生在臺灣南部臺南州的新化，也就是出生在所謂締造了臺灣殖民統治基礎的兒玉源太郎總督及民政長官後藤新平的時代。在那整整十年以前的 1895 年，是臺灣割讓給日本的頭一年。《馬關條約》以後，日本調動了五個師團的兵力，把臺灣全島的抗日武裝力量瓦解掉，軍事占領了全島，這就是日本在臺灣 50 年殖民史的開端。有關當時的情形，你是不是曾經從你父母那裡聽到過些什麼？

楊：是的，從我父親那裡，我聽到過。那時的日本軍是從基隆那邊登

---

[2]河原功，〈楊逵──他的文學活動〉，《臺灣近現代史研究》創刊號（1978 年 4 月），東京：臺灣近現代史研究彙編。

陸的，先占領臺北，然後才逐漸南下，到我的故鄉來的是北白川宮[3]率領的近衛師團，當年日本軍來的時候，我的父母都跑到山中隱藏起來，我家前面有一家望族，是個地主，他的莊園，聽說北白川宮住過，然後他南下到了臺南，在那裡，他終於死掉。

　　內村：楊逵先生您家過去也是地主嗎？

體弱多病的阿片仙

　　楊：不、不是地主，我父親是一個錫匠。用錫做成燭臺、食器，還有別的用具。我排行老三，長兄在糖廠的試驗場做事，老二給別人做養子，當了醫生，後來因事自殺了⋯⋯。我是最小的，成為這樣（參與各種社會運動）的一個人。總之，我父親的手藝就沒有人承接下來。現在，在我的家鄉新化，我們連一個親族都沒有，我們楊家在那裡本來就不是一個大家族或望族。

　　戴：楊先生，聽說你小時候體弱多病，是嗎？

　　楊：是的，我老是生病，就是體弱多病，公學校我上得比別人都晚，普通七歲上學，我卻拖到九歲才上。那時候，朋友給我取了一個外號，叫「阿片仙」，日本話就是「懦弱鬼」的意思。在新化街的郊外，有一個虎頭山，山下有一個清澈的湖，小時候，我經常在那裡釣魚啊、游泳。

　　內村：公學校是什麼？

　　楊：臺灣人的小孩子上的叫公學校，日本人上的才叫做小學校。

　　戴：這個需要稍微說明一下，在當時的臺灣，是被強迫使用日本話的，為了學習日語的必要，日本當局給臺灣人的孩子們另外設立了公學校。

　　楊：在我小時候，有一種說書的賣藝人，常常跑來講《三國志》啊！《水滸傳》啊！（所謂的「講古」）他們常在街上的廟宇旁邊賣藝，我很喜

---

[3]皇族出身之將軍。

歡，常常去聽。還有鄉村戲、木偶戲，或布袋戲。

　　戴：我在這裡又得說明一下，臺灣總督府以後，連那種中國傳統民間雜技都禁掉，這是怕與回歸祖國運動發生關係的緣故，因此我說，在楊先生的少年時代，日本人對臺灣的控制還沒有那麼緊，相對的還算是比較自由的。

讀了《臺灣匪誌》有所醒悟

　　楊：我進公學校的那一年，發生了西來庵事件，那年我只有九歲，所以，詳細的情形，我不清楚。只記得有許多許多日本軍隊，用車拉著大砲，由我們家門口的大路上通過，那時誰都怕惹上麻煩，家家戶戶都把自己的大門緊緊地關上，躲藏在自己的家裡，我卻用手抓住門閂的橫木，從門縫中，屏氣凝神，偷看日本兵的行軍。

　　戴：所謂西來庵事件，發生在 1915 年 8 月，可以說是臺灣的漢人在日據時期最後一次的武裝抗日起義，領導人余清芳、江定等人，聚集在虎頭上，據險而守，奮而頑抗。總督府因為僅靠警察力量，無法鎮壓下去，竟出動了擁有砲兵的軍隊，進行全村性屠殺，才總算把起義鎮壓下去。楊先生小時候所親眼看到的那一幕，我想就是派去攻擊虎頭山的日本砲兵隊。西來庵是臺南市內的一間廟，相傳余清芳是在這一家廟裡策劃起義的，等到這個武裝抗日起義被鎮壓之後，日本採取了殘酷嚴峻的制裁、報復，當時，被逮捕的有 2,000 人之多，其中 800 人在特別設立的臨時法庭被判處死刑。

　　楊：那時我的哥哥被徵調去當軍伕，幫日本兵搬運彈藥糧食，他回家以後，把事件的種種情形告訴我。日本軍把抓到的臺灣人拿來審問，如果承認自己與事件有關的，就交給警察，送到臨時法庭；如果是否認與事件有關的，則就地把眼睛蒙起來，排成隊，日本人事先挖了一個大坑，一個一個用日本武士刀砍頭，然後用腳踢到那大坑裡頭去。這事件，我家附近有人參加，許多可怕的話，我都聽到過，印象特別深刻，至今也還留在腦

海中。

以後我上了中學，成爲中學生，看了許許多多小說和讀了各色各樣的書，其中有一本，是日本人秋澤烏川寫的，書名叫《臺灣匪誌》，他把西來庵事件寫成「討伐匪賊」的紀錄，那明明是對迫害的一種反抗，爲何竟是「討伐匪賊」？誰才是真正的「匪賊」？我由衷產生了強烈的疑問。

戴：秋澤烏川在臺灣是吃警察飯的，搞這一行的。《臺灣匪誌》這本書在 1923 年 4 月 5 日，由臺北的杉田書店出版的。

楊：1896 年，也就是日本人統治臺灣的第二年，他們制訂了所謂《六三法》，依據這一個法，臺灣總督可以不受《明治憲法》的約束，隨其意，可在臺灣公布與法律同等效力的律令（相當於臺灣總督之命令）命令，也是依據這個《六三法》，再頒布嚴厲的《匪徒刑罰令》，凡是集會結社，甚或對於日本的統治表示有所異議的，統統可以任意以「反逆罪」論處，判以死刑。總之，我看過這本《臺灣匪誌》之後，產生極大的疑問，我認爲那種歪曲的歷史應該予以矯正，真實的事情，想通過小說，把它寫出來，我產生這種想法。

內村：根據年譜，你 14 歲時，親眼看見一個曾經受到你父親的照顧的小販，在新化街上，因爲芝麻小事，給日本警察當場打死，年譜說，你當時受到了極大的刺激，是這樣嗎？

楊：是的，這個人叫楊傅，是個單身漢。警察正在取締站在路上擺攤兒做買賣的小販，而楊傅是個流動小販，正好有客人喊他，他便站著賣東西，惹火了這個警察，動手就把他打死。現在想來，那個警察當時未必真要置他於死地，可是那時我是個小孩子，我是非常悲痛難過的。

戴：在公學校時，有一個日本人老師，對楊先生特別愛護過的吧！

晚上猛讀書，上課打瞌睡

楊：是的，他是我五年級以後的老師，叫做沼川定雄，他剛剛從學校畢業不久，大約才只有二十一、二歲，當時還沒有結婚。他對我很好，常

對我說，到我家來吧！我就常常到他家去玩去。到了沼川先生的家，又可以在那裡吃飯，他書很多，又可以讓我隨便看。我也常常在先生那裡過夜，不僅這樣，他還教我代數、幾何、英語，還有別的，凡是基本學業，他什麼都教我。沼川先生後來當了臺北一中（今建國中學）的老師，這是我後來聽說的。

內村：你就像得到了一位特別的家庭教師，對不對？

楊：真是這樣啊！託他的福，我進了中學以後，幾乎沒有什麼可學的，我每天通宵看書，上課時，我就打瞌睡。碰到沼川先生，使我對日本人的看法，大有改變。日本的某一些特定的人，比方說警察、那些人有欺負臺灣人的，但是，也有在我少年時代，這麼樣愛護過我的人。沼川先生是對臺灣人沒有絲毫優越感的人。

內村：你進了中學以後，應該是和日本同學一起念書吧？

楊：是的，但事情並不完全如此。臺灣以前有臺北一中、臺南一中等中學，而這些學校是以收日本學生為主的，臺灣人是很難進去的。在我公學校畢業時，在各地新設了二中，我當時考進的學校，就是這時新設的臺南二中，由於殖民教育之歧視政策為因，臺南二中的學生多是臺灣人，在一個學年 100 個學生之中，日本學生只有六、七名。相反的，在臺南一中，幾乎全是日本人，當時，臺灣人的「共學生」[4]，我想大約只有二、三名吧！

戴：楊先生就這樣開始過著，白天打瞌睡而晚上拚命亂看書的生活啦？

楊：是的，是的。我白天都在打瞌睡，學校當局大概是諒解我的性格，對我不曾干涉過。有一次代數老師笑著這樣說：「這個班上有個英雄好漢。你們上代數課有人打瞌睡，我不足為奇，但是，有人在輪到校長上修身（公民）課時，也一點都不在乎，照樣悠然見周公去，他不是英雄好漢

---

[4] 在日本人為主體的小、中學，與日本人同窗的臺灣人學生叫做「共學生」。

是什麼？」這就是指著我說的。

　　內村：你讀些什麼書呢？

　　楊：日本的舊小說我沒讀過，夏目漱石、芥川龍之介、白樺派作家群的作品，我全讀過。還有，當時日本對外國文學的翻譯，盛極一時，對於外國文學，我最初是靠查字典，看英文本，但是，看日文譯本來得快，又方便，所以……。俄國文學我是喜歡的，主要我看的是 19 世紀的東西，托爾斯泰（Leo Tolstoy）、屠格涅夫（I. S. Turgenev）、果戈里（Nikolay Vosilievich Gogol）、杜斯妥也夫斯基（F. M. Dostoevsky）。法國文學，我看的是大革命前後的東西。英國是狄更斯（Charles Dickens），而最受感動的是法國雨果（Victor Hugo）的《悲慘世界》（*Les misérables*）。總而言之，那些揭發舊社會的黑暗，描寫人們對老套習俗的抗議與反抗；同情在那種社會矛盾以及下層社會裡，過著悲慘生活的小人物們，那樣的作品，我特別以感動的心情來讀它。

逃避童養媳赴日留學

　　內村：這就是所謂文學青年楊達誕生的過程吧！我想你讀過俄國文學作品，這點和日本的文學青年相彷彿。但你連狄更斯也讀過，這確是我沒料到的事，這點是與日本人大異其趣的。比方說，杜斯妥也夫斯基最愛讀狄更斯的小說，但是，日本文學青年即使讀杜斯妥也夫斯基，也很少涉讀至狄更斯的書。

　　楊：那時候我是碰到什麼，就讀什麼，並不是有一個系統的讀法，覺得有趣，我就讀，沒意思的，就丟在一邊，並不是所謂的研究，而是為樂趣而讀下去的。

　　內村：就那樣到了 1924 年，19 歲那一年，楊先生從臺南二中中途退學，來到日本的。那時候，你是因為在思想上有著某種矛盾，同時，也對日本那樣一個陌生的廣大世界，存在著內心的嚮往吧？

　　楊：不錯，是那樣子的。在那前一年，也就是大正 12 年（1923 年）9

月，發生了關東大地震。另外有一件事，那時正是大杉榮[5]一家人，被一個姓甘粕（正彥）的憲兵上尉殺死，屍體被投到井裡去。我那時讀到新聞的報導，給我內心的衝擊，至今還都清晰地留在我的記憶中。從那時候開始，我在思想上不得不思考到一些似乎是「多餘」的事物上去。大杉榮的書，那時我大概已經看過一本或兩本，我到東京以後，最先讀的書也是大杉榮的著作，那以後是巴枯寧（Mikhail Bakunin），以後才是克魯泡特金（Pietro Kropotkin）。當時，馬克思主義逐漸盛行起來，那種所謂流行，也就是一種時髦，我很自然的像被捲進漩渦那樣，傾向於閱讀起那一方面的書了。

然而，我之想要到日本去，另外有一個理由，我家本來就有一位童養媳的姑娘，這使我精神非常痛苦。

戴：這裡我要稍微說明一下，所謂童養媳，簡單用一句話來說，就是父母給兒子在未成年以前，就決定下來的婚姻對象，也就是「新娘候補小姐」，昔日在中國，要娶成年的新娘子，要花很多錢，為了省錢，又先收多一個勞動力，一個有兒子的父母，在自己的兒子很小的時候，就從別人家裡要一個小女孩兒來當養女，到他（她）們長大以後，就逼他們結為夫婦（所謂的「送作堆」）。這個小女孩兒就叫做童養媳。在朝鮮也有這種風俗，魯迅、郭沫若也為童養媳的事非常痛恨過，楊先生就是為了逃開那童養媳的婚姻，逃到日本來的。楊先生，你當初來日本，是瞞著父母，逃走的嗎？

楊：不，不是。我決定要來日本的事，曾經使我母親非常悲傷過，但因為我父親已經答應了，她便什麼也沒有說。我的鄰居有一個男的是臺北工業學校畢業之後，考入東京高等工業（學校）的，剛巧他暑假回家度假，我從他那裡聽到種種的話，突然心血來潮，決定要到日本去。到了東京以後，沒費什麼心，因為那位東京高等工業的老兄已經給我安排好好

---

[5]日本著名的無政府主義者。

的。那時從基隆搭船經過九州的門司，到神戶登陸，由神戶再改乘火車到東京。時間好像是九月間，到了東京，首先見到的是那個大地震後的痕跡斑斑的慘況，嚇了一大跳，建築物大部分都倒塌了，從火車站放眼看去，大樓只留下「丸之內大樓」[6]和帝國飯店是完整的，其他的大型建築，全都不見了。

內村：原來如此，楊先生你到東京來之時，正是普羅文學勃興之際。現在，讓我們把歷史、時間稍微整理一下來看。楊先生來日本前一年，大杉榮被殺，再前一年，日本共產黨創立，更前一年的 1921 年，中國共產黨誕生。所以，楊先生可以說是趕上風雨欲來、百事俱備的情形之下，來到日本的。

楊：大概就是這樣的情形吧！我對當時的雜誌，像《文藝戰線》、《戰旗》[7]，就像這個戰字一樣，狠狠、拚命讀下去。

戴：你家裡完全沒有給你寄生活費嗎？

楊：有，有一點接濟，我自己抱著自力更生的意志，沒有向家裡要求什麼，雖然如此，在父母看來，還是放不下心的。最先我租民房住的地方，在荏原（現東京都品川區）的碑文谷，那個時候，那邊全是鄉下景色。反正不做工就沒飯吃，我來日後，馬上就開始做土木零工，或是送報。第二年，因為我的學歷是中學肄業，就參加檢定考試，考取了，然後再進入日本大學文學藝術科，當時的日大是只有夜間部的專門學校。那以後我白天做工，晚上上學，過的是苦學生生活，當時我已搬到目黑區去住。

「專檢」考試合格・加入前衛劇會

內村：原來你是檢定考試及格的，你是「專檢」[8]吧？

---

[6]當年東京火車站前的第一大樓。
[7]此雜誌另名「全日本無產者藝術聯盟機關誌」，出版者為東京：全日本無產者藝術聯盟本部。
[8]專門學校入學資格檢定考試。

楊：不錯，是「專檢」，考場在小石川（現文京區）的學校裡。

內村：真是了不起啊！所謂專檢是非常難考的一種檢定考試，連專檢你都可以通過，那你必也可以考取全日本最難考的學校，例如一高或東京帝大。

戴：特別是臺灣人在日語方面，具有語言方面的困難，這就更難上加難。

楊：我不過是運氣好，然而語學方面，我那時是有自信的。

戴：日大上課的情形，你還有沒有留下特別的印象？

楊：昇曙夢教俄國文學史，他的課，我從不缺席。日大的老師在我腦筋裡面留有印象的，僅此一人。

內村：那你和日本作家之間的往來，是怎樣開始的呢？

楊：剛到東京時，我沒有和他們往來過。和同是來自臺灣的留學生，也僅止於進行組織讀書會，讀些左派的書，然後大家一起討論而已。大約是在日大入學以後一兩年的時候，佐佐木孝丸[9]在他家裡主持「前衛演劇研究會」，我也參加了。千田是也[10]剛剛從留學德國回來，教給我一些演劇的基本訓練。

戴：楊先生你也當了演員。

楊：不，我演的只不過是一些無關緊要的小角色，像演路上的行人啊！一些最起碼的角色，而多半我是擔任舞臺布景，後臺方面的工作。在那裡，我才和日本作家相識起來。秋田雨雀、島木健作、窪川（佐多）稻子、葉山嘉樹、前田河廣一郎、德永直、貴司山治，這些所謂普羅文學的作家們。那時，我也向雜誌投稿，東京記者聯盟辦的雜誌《號外》（《号外》），1927 年 9 月號登了我的〈自由勞動者的生活斷面〉，當時不是用筆名楊逵，而是用原名楊貴，是用稿紙 15 張的短文（約為六千字），領到稿費 7 圓 5 角，這是我有生以來第一次弄到手的稿費，真是高興極了。

---

[9]日本著名戲劇運動的領導人。
[10]日本著名劇作家。

戴：那是小說嗎？

楊：詳細內容我已經忘記了，是對自己生活經驗的平易直述，可以說是一種報導文學的吧！

內村：中野重治你會過沒有？

楊：會過，我在 1937 年又再來一次日本，所以，在時間上，我搞混了！是我第一次來留學時會過的呢？還是以後那一次的呢？詳細時間我忘了。中野重治主要是問我臺灣的種種情形，是他對我提出質問的，我們有過很長的一段談話。他是一位誠懇、沉默寡言，又給人有信賴感的人，但德永直就不然，他和我見面時，緊張兮兮的，他的膽子太小了。

內村：中條（宮本）百合子[11]你會過嗎？

楊：會過，中條百合子也是一位堅定可靠的人，和我碰面時，大概是因病從牢裡保釋出來的，當我去拜訪她時，我記得談到的也是臺灣的情形，當我告別時，她送我十塊錢。《星座》的總編輯也送過我十塊錢，我很感激。此外，我至今還留有印象的是武田麟太郎，他那時非常走紅，因為紅的發紫，連載的文章很多。我到他那裡去的時候，許多報社的人，守著他等他的稿子，在那種情形之下，武田麟太郎卻開口對我說「我們，上銀座去！」就把等稿子的編輯們丟在一邊，我們上銀座散步去了。喝了啤酒，坐了地下電車，又到別的地方去喝酒。武田麟太郎真的是一個豪爽的鐵漢子。

內村：你參加勞動運動的情形呢？

楊：那是什麼契機我已經忘了，可能是參加了五一勞動節以後，就開始有了多方面的接觸了，我因為自己做工，參加了工會，評議會也參加過。

---

[11] 為戰後頭號日共領導人宮本顯治的妻子。

在東京的一段羅曼史

戴：你在分租民房時和那家姑娘發生的羅曼故事，以及在國會大廈建築工地差點送掉老命的事，也發生在這一段時間嗎？

楊：不，那姑娘的事，是在以前住在碑文谷發生的，那家姑娘在森永糖果工廠[12]工作，大概是她的同事，一個朝鮮人對她有意思，常常送些巧克力糖給那姑娘，而她卻把這些東西全都轉送給我。每天，她從工廠回到家裡，就跑到我的房間來，纏著我，寸步不離。然而，也僅僅是這個程度的，淡淡的交往。不久，我就搬到目黑（現目黑區）去了。她的芳名，至今我還記得，她叫做井上馨。也就是在差不多同時，我到調布的深大寺的時候，卻出了一次大洋相。有一天，我到附近的多摩川去游泳，游罷上岸一看，不得了，放在岸上的上衣、褲子和錢，全都給小偷偷走，我毫無辦法，穿著那條僅有的兜襠（腰纏布），一步一步，走回我住的地方去。

到國會議事堂的建築工地去做工的事，我想是在日大念書的時候。那一次，我在很高的建築架上搬運東西時，風很大，把水泥吹到我眼睛裡去，沒想到我腳踩錯了地方，搖搖欲墜，正在那千鈞一髮之際，同事用他的身子支撐著我，不讓我掉下去，這才把我救了。當時，如果我掉下去的話，肯定這條老命立刻報銷。當年，在日本留學時，因為太窮，痛苦的事不勝枚舉，太多了。可是，那時我只有 19 至 22 歲，是個年輕小伙子，現在，即使那時的所有辛酸回憶，都變成那麼甜美，帶給我無限的懷念。

內村：1927 年，楊先生是接受臺灣農民組合的邀請回去的，在那以前，你在日本受到首次逮捕，是不是你參加了朝鮮人集會的關係？那次逮捕，會不會也是你回臺灣去的一個理由。

參加農民大會被抓

楊：不，這和朝鮮人集會事件毫無關係，那一段時間的事情說起來是

---

[12]日本最大糖果食品公司的工廠。

這樣的，我當時住在勞動農民黨的牛込（現新宿區）支部裡，在那裡一邊找掙錢的工作機會，一邊替他貼傳單等，幫點忙。在牛込支部時，鹿地亘[13]常常來。朝鮮人集會事件是因為有一件大事發生在朝鮮，逮捕了許多人，為了抗議日帝抓人，朝鮮人就在東京集會，地點是在本鄉（今文京區）東大附近的佛教會館。在那裡集會抗議時，牛込支部的勞動農民黨黨員的日本人說要去支援他們，我也一起去參加了。當時，在開會之前已經「預備檢束」抓人，全體參加的人被本鄉（東京大學的所在地）的本富士警察署的警察抓去，我受到三天的拘留，卻沒有刑訊，朝鮮人卻都給警察抓到武道場去，用竹劍被狠狠打了一頓。

次日，我被照了相，在肩頭掛著姓名牌，正面側面各照一張。我騙他們我叫楊健，他們就把那相片轉到各警察署去，目黑署的「特高」[14]不久就發現我說了謊。第三天，本富士警察署長對我說，你的事情我很清楚，你參加文化活動的人，為什麼要參加這種集會？我說：沒有工作，去找打工機會時，常有些會，我覺得很有意思，就跑去看罷了。署長對我所說的，大概頗能理解，調查完了以後，署長對我說：「你如果再找不到工作，我會照顧你，你再和我聯絡吧！」然後我叨擾他一頓炸蝦飯，平安無事被釋放了。

內村：臺灣的農民運動有何特色呢？

楊：日本的普遍情形是，大地主與佃農之間有糾紛，臺灣也一樣，但比較少，其他形式的糾紛多些。問題之一就是日本占據臺灣之後，在平地搞過土地調查，其所有權確定了，但山地和部分山麓地並沒有經過調查，統統就被強制編入為日本之國有地了，然後就把這些山地拍賣給日本的製糖公司，三井或三菱財團。買主當然要趕走原來的居民，並把土地接收，因而產生了種種糾紛。在我回臺灣前兩年，「農民組合」運動才急速地發展起來，形成了欠缺領導人才，由而農民組合的領導層一而再地邀我回臺灣

---

[13]日本普羅作家之一，中日戰爭時期投進重慶日本人反戰組織。
[14]日本特務警察「特別高等刑事課」的簡稱。

幫忙。

戴：臺灣農民運動中，以同志的身分和你一起活動，以後成為你的夫人——葉陶女士，那時是和你在一起搞運動的嗎？

楊：嗯，是這樣的。葉陶比我早參加了農民運動，我擔任「臺灣農民組合」的教育部長、組織部長時，葉陶擔任婦女部長。我是一個內向型的人，葉陶比較外向，很愛說話，演講也比我強得多，兩人的性格不一樣，反而有緣分。那時參加農民運動的女性，除了葉陶之外，只有四、五個人，所以說葉陶是臺灣近代女性中的先知先覺者之一是不過分的。我只做了兩年農民運動，一共被捕八次，葉陶也同樣被抓。後來，農民運動的領導人簡吉與我的意見不合，我就離開農民運動，從此，我就到臺灣文化協會參加相關的活動了。

坐牢渡蜜月

戴：1929 年你和葉陶女士結婚，在舉行婚禮之前，兩人雙雙被捕，是嗎？

楊：是的。那事情發生在一月，就在那前幾天晚上，臺南市總工會—日本叫做勞動組合，開大會，我和內人去參加，並且兩人都登臺演講。不，那時還沒有結婚，不該叫內人才對。……（笑）當天晚上住在文化協會的支部，準備第二天一早就回新化的家去舉行結婚典禮。家裡也很慎重其事，都給準備好了，等著我們回去。不料天一亮，我們兩人都被捕，給上了手銬腳鐐，從臺南街上被帶走，我和葉陶，一男一女被拉在一起，街上的人看到這光景，都說這兩個男女該是私奔被逮到的吧！我們後來才聽到這種笑話一樣的傳說。

這時是由當地警察署送到臺南監獄，然後又送到臺中監獄，共被拘留17 天。因為當時背後有臺共的問題（斯時，日本當局正在大搜查、大逮捕有關臺共人員），所以搜查網遍及全島，凡是黑名單上有名字的人物，統統一起被逮捕。我是給扯上了這個問題，才被抓去。釋放之後，我才與葉陶

舉行結婚典禮。這造成婚禮延期的那 17 天的扣留，我當時對葉陶開玩笑說，那是政府給的「官辦蜜月」啊！葉陶已經向我告別了，1969 年，66 歲時謝世的。

〈送報伕〉後半部被禁

內村：那以後，1931 年九一八所謂的「滿洲事變」發生，臺灣的左翼運動也處於崩潰的狀態，在那一段時間，楊先生才再度從事文學活動的。是嗎？

楊：是的，第二年的 1932 年，我寫了〈送報伕〉登在《臺灣新民報》上，只登了上半部，後半部卻被禁了。

內村：那篇〈送報伕〉後來送到《文學評論》（《文学評論》）來，楊先生才正式登上日本的文壇。1934 年這個時期，日本左翼文藝也在逆境中，可以說《文學評論》卻是扮演一個強者殿軍（後衛）的角色。

戴：楊先生在前面稍微提了一下《六三法》帶給臺灣政治的特殊狀況，為了使讀者有一個清楚的認識，我在這裡稍加說明。在臺灣禁止刊登的文章，在日本卻可以登，這個例子，說明了臺灣與日本所適用的法律不同。在日本本國，不管好壞，當年至少還有《明治憲法》被適用。在一定限度以內出版自由是有的，因此之故，〈送報伕〉全文——包括在臺灣被禁掉的後半部分，可以在日本的《文學評論》刊登出來。然而臺灣總督府握有絕對性權力，當時楊先生的作品被視為眼中釘，無論如何，日帝都不讓它在臺灣出版。

創刊《臺灣新文學》

內村：〈送報伕〉都是楊先生根據你的親身經驗，原原本本把它寫出來的嗎？

楊：是的。報紙分銷所的描寫，是我實際的經驗。主人翁的母親自殺的事，那是我參加農民運動目睹的事實，我把它寫出來了。

內村：1936 年，這篇〈送報伕〉經由胡風[15]之手，譯成中文讓中國大陸的人也都可以讀到，是嗎？

楊：嗯，不料譯成中文這件事，以後對我發生了很大的作用。日本戰敗後，有許多新從大陸來臺灣的中國人尤其是文化人，都來看我，他們都是透過胡風譯的〈送報伕〉知道我的名字，才對我些許的有了解。

內村：1937 年 6 月，蘆溝橋事變爆發前一個月，楊先生第二次到日本來，這個時候，楊先生在臺灣的文學活動，已經不可能繼續搞下去，所以，你想到日本來，尋找一個可能的突破口，我這樣推測你的想法不知對不對？

楊：正是如此。我離開最先擔任編輯的《臺灣文藝》之後，在 1935 年底創刊了《臺灣新文學》，費盡了氣力，1937 年還是被迫停刊了。我是 6 月到東京的，見了《文藝首都》、《日本學藝新聞》[16]、《星座》等雜誌的編輯負責人，我對他們說明我們臺灣作家希望獲得一個發言的園地，我的話終於被他們接受時，七七事變卻同時爆發了，什麼都搞不成了。

內村：那時你見過《文藝首都》的主要負責人保高德藏沒有？

楊：我在《文藝首都》的編輯室內與保高先生會晤，我還記得就在那裡碰到石川達三。七七事變之後，我被捕，所幸很快就獲釋。之後，我把在《臺灣新文學》上登了一半被禁的〈田園小景〉一文改編，以「模範村」為名的小說，送給保高先生看，他替我介紹給改造社的《文藝》（為登載本文的《文藝》的前身）。9 月我便回臺灣去。可是，10 月 20 日，這個稿子卻退還給我。

內村：楊先生為了臺灣文學活動的生存之路策劃奔走，到日本來，受到非言語可以表達的苦楚時，中日間的戰火由華北燎原到上海，終於擴大成為全面性戰爭。日本也進入了戰時體制，思想控制的繩子勒得愈來愈緊，一步一步地走向蠻幹的路線。那年 11 月，中井正一、久野收他們辦

---

[15]大陸的名作家，為魯迅門弟之一。
[16]出版者為東京：日本學藝新聞社。

《世界文化》那一批人，給逮捕了。11 月，發生了人民戰線事件，在日本
要發表楊先生的文章，變成完全不可能了。雖然如此，《文藝》的編輯卻不
能把你的文章「石沉大海」，良心上他應該把稿子退還，可是，進一步看，
這退回原稿，也正表示楊先生的稿子放在東京是會有危險的，「退稿」這個
行為不外是呈現了這個紅燈信號。

楊：對的，沒有錯。所以，我一直把這個 10 月 20 日的日期記得清清
楚楚。

內村：看來，楊先生和那《文藝》編輯彼此之間在意思層面，基本上
是構築有默契了。我這樣了解，不會錯的吧？

楊：是這樣，沒錯。

戴：楊先生因為在日本太辛苦，回到臺灣以後，肺病加重，不斷咯
血，是嗎？

關於魯迅的追悼文

楊：嗯，那時真是在困境中，《臺灣新文學》發行時，工作過度，我和
葉陶從事於包括編輯的一切雜務，裡裡外外，全部由兩人包辦，咬著牙勉
強在支撐，把我自己弄出肺病來，葉陶也病了。

內村：楊先生親手創刊的《臺灣新文學》，1936 年 11 月號有一篇沒有
署名的「悼魯迅」是排在「卷頭語」，我們先來看一下這篇文章。

不久之前，吾人因失去高爾基，悲痛猶新，今聞魯迅，痛於10
月 19 日，因心臟性哮喘病，辭別人間，文學工作者，在此三個
月之間，何其不幸，喪失兩位吾人尊敬之巨人……（中略）遙
遠的黃浦江上，定是悲雲深鎖，表示深沉之哀悼。

　　這篇沒有署名的悼魯迅文，現在大家都已經知道是楊先生的手筆[17]，我想請教，你與魯迅之間，不管是直接或間接，有沒有什麼關係，或是來往？

　　楊：直接關係完全沒有，我和魯迅也沒有見過面。

　　內村：1927 年，魯迅在廣東，目睹第一次國共合作破裂之後的白色恐怖，後來避難到上海。那次以後，他到死都沒有離開過他住的上海之日本租界。這只是我個人的看法：就是，在上海那樣的環境之下，魯迅當時的立場，和他與日本的關係，想肯定並且站在臺灣老百姓的立場來發言，將會引起相當微妙的問題的。

　　因此，對有關當時仍是日本殖民地的臺灣，其發言必會有所自我節制的，如果直接用口述，我相信他會很慎重才對。況且，魯迅對臺灣的種種問題尤其是有關臺灣文學的問題，我不認為他會不關心。為什麼我這樣說呢？因為魯迅在還不到 1920 年代來到日本留學時，就和他弟弟周作人，共同自費出版兩卷翻譯的書，書名叫《域外小說集》，而這一小說集的特色是，用周作人的話來說，收輯選擇的作品概是偏重「被壓迫民族」的作家：魯迅本人，以後也對所謂「被壓迫民族」的文字，繼續寄予強烈關心，這是普遍為人所知的事實。

　　楊：確實如此。

〈送報伕〉首度譯成中文

　　內村：把你的〈送報伕〉譯成中文的胡風，你見過嗎？

　　楊：我沒有見過胡風，以後才聽說，胡風當時是在慶應大學留學，他好像看過登我小說的《文學評論》。

　　戴：胡風所譯的〈送報伕〉，頭一次是 1936 年 5 月登在上海，生活書店出版的，世界知識叢書之二《弱小民族小說選》裡面。

---

[17]文本刊出後，臺、日兩地有數位文友示教，該文為王詩琅先生執筆，謹追記於此。

內村：胡風是魯迅的得意門生，特別是晚年的魯迅，胡風是他身邊很親近的一位青年作家。我們剛才說到的《弱小民族小說選》中，蒐集了楊逵先生的文章，其背後一定是受到了魯迅的影響的吧？我另有一個想像，就是魯迅的《域外小說集》與胡風的《弱小民族小說選》之間，似乎感覺到有某種「紐帶」存在似的。

戴：讀魯迅的日記，可以發現一些臺灣人的名字，但這些魯迅見過的臺灣人，與楊先生毫無關係，因為那些人，都是所謂的書齋派人物，如果他們不喜歡住在臺灣，他們就可以溜到大陸去，在那邊，偶爾去見一下魯迅自慰自慰的。而楊先生卻是一位徹頭徹尾的實踐派人物，絕不離開臺灣並對日帝抵抗到底的。

楊：但是，戰時想要離開臺灣，我也沒有機會啊！我是一個被官方盯得緊緊的黑名單人物嘛。

還有，我不知道這件事與魯迅有沒有間接的關係，對他，我有難忘的一段話，要插在這裡留下來：當我第二次由日本返臺時，雜誌沒有再出版了，我又有肺病。平常我是在文化活動的工作沒有的時候，我可以改行搞體力勞動的工作。現在卻因肺病，激烈的體力勞動我沒法幹，這時，朋友就說，不如種花出售，又可以靜養身體，比較上，又可以有自己的自由時間。但是，借土地的錢又無著落，那時，陷入毫無辦法的困境中，連米店都欠了 20 圓的帳，因為無錢可還，被告到法院去，被傳訊了好幾次。

入田春彥伸出援手

在這樣的困境中，竟有一個人向我伸出溫暖的手，這個人就是名叫入田春彥的日本警察。

有一天，《臺灣新聞社》學藝部員（副刊編輯）田中保男陪著一個陌生的日本青年，到我家來。我和田中保男以前就很熟，原來那個陌生的青年是個警察，他讀過我的〈送報伕〉，很受感動，一定要見一見作者，就託《臺灣新聞社》學藝部員與我聯繫。他們兩人特地帶來了酒菜。那天晚

上，我們喝了酒，談得很愉快。夜深後，他們兩人才回去。在臨別時，那位陌生的青年對我說：「這個，你拿著用吧！」居然交給我 100 圓大款子。

我用那 100 圓，還了 20 圓米店的舊欠，把剩下的錢，去租了 200 坪土地，我的農園就這樣開始的。這位對於我，就像救主一樣，他僅是我初次見面的青年，他就是入田春彥，是一位日本警察。菜園子開始了，我取名為「首陽農園」。

內村：原來如此，「至死不食周粟」，是嗎？你以首陽山上，至死不吃周朝的糧食，吃蕨菜的野草而餓死的伯夷、叔齊的史例來勉勵自己。以他們的抵抗精神為自己的精神，自己在中日戰爭中，堅守著民族的氣節。

楊：是的，假託這個典故，沒錯。然而，畢竟我不是聖人，我並沒有餓死。

不久，這位入田春彥不幹警察了，常常來我家玩。那是 1938 年的事，入田春彥突然被警察抓去，給扣留了四、五天。以後，又命令他離開臺灣返回日本，驅逐他不允許他住在臺灣。他出獄不到幾天，我收到入田的便條子，一看，草草寫著「今晚七時，請來我處」。我準時到達他所住的地方，從外面聽到他房裡發出苦楚的呼吸聲，我馬上發覺不對，飛奔衝到他房間去，房門上了鎖，從女管理人那裡找來鑰匙，奔進房內，只見他已氣息奄奄，人事不省。他好像正在作夢，一再喊我的大兒子「資崩」的名字。他是吃了大量的安眠藥，有計畫的自殺。抬到醫院時，已經太遲了，第三天或第四天，入田先生與世長辭。

他留下遺書兩封，分別給我和我內人，給我的只寫道：我的心情，你能了解我吧！給內人的，是託她料理身後的事，他寫著：「自己的遺體火化成為骨灰，請當作養花的肥料用吧！」不料，在入田先生的遺物之中，我發現他留有改造社版的《魯迅全集》[18]。我靠他遺留下來的書，才開始認真閱讀魯迅的著作。

---

[18] 1937 年 2～8 月發行，全 7 卷。

　　內村：話題雖然曲折，你與魯迅之間的間接關係，我大致了解了。在你楊先生這方面，是靠著日本那位警察，魯迅才進入了你的精神世界。我現在突然回想起，當我在哈爾濱學院上學時，教我們法政有關學科的老師是東大法科畢業的。這位先生在當上大學老師之前，曾在臺灣當過警察中最低位階的巡查。是因爲九一八事變以前，日本在經濟恐慌的大不景氣中，就業非常困難，即使第一流大學畢業，找事也非常困難。甚至當時有一部電影取名「大學畢業了，但是……？」因爲這樣，當時就是在臺灣當巡查，也可算是一份方便糊口的好工作。

　　戴：在殖民地，官吏的薪水是另加 60%而支薪的，待遇要比日本國內好的很多。

　　內村：那位日本警察，入田春彥先生，大約有多少歲？

　　楊：大學剛畢業的樣子，二十四、五歲吧，很沉靜的好漢，不過，我對他的經歷，什麼都不知道。他對自己私人的事，什麼都沒有說過。問他的警察同事，他們也都不告訴我。

　　內村：他可能是一位有好教養的青年。他對日本的現狀，完全絕望了。抱著一種理想，卻在日本國內吃不飽飯，跑到臺灣去當巡查。然而到了殖民地的臺灣，他所目睹的，使他更加絕望。碰巧讀到楊逵先生的〈送報伕〉，想要看望作者，造訪作者後，他的心情就壓制不住了，刹車便失靈了。我想如此來了解……，不知高見如何……。

　　楊：入田先生每月訂了美國的《新民眾》（*New Masses*）雜誌，英語版的《莫斯科新聞》（*Moscow News*）也每期必讀。

　　內村：這更可以做爲推理的線索，那時，在日本從事左翼運動的人們，互相之間，是不問對方的經歷的。探尋別人出身是絕對的禁忌。不但問是禁忌，聽也是禁忌。這是爲了被抓之後，防備刑訊，爲了保護自己的組織，不准許互相之間知悉各自的出身及經歷。由於他徹底遵守了這一條鐵律，我們可以找到一個輪廓。他雖然把自己的後事託給楊先生夫婦，卻對自己的來歷，隻字不提。由這件事推測，他大概是個有特殊來歷的人，

我好像尋出有關他的一點蛛絲馬跡了……。

　　楊：我也是這樣想的。

　　戴：楊先生，關於你所讀的改造社《魯迅全集》，大約在蘆溝橋事變發生稍後，先兄因爲收藏有這部書，竟給東京・中野憲兵隊抓去。對於臺灣的留學生來說，《魯迅全集》在東京仍是禁書。因此，要帶到臺灣來，那就更難了。入田春彥因爲是日本人，所以能在臺灣擁有《魯迅全集》。這難道不也是日本人在殖民地的一種特權嗎？

　　內村：這樣的話，入田春彥這個人更加是一個特異的存在了。

　　楊：在我的「首陽農園」前面就有一個火葬場，入田先生的遺體，就在那裡我們把他火化，我去撿了骨灰，這個骨灰罐子，一直由我親自保存著。1949 年，我被自己祖國的政府逮捕，送到孤島──火燒島，一關 12年。我在牢房裡，我的家人爲了慎重，就送到臺中寶覺寺妥爲保管。因此，他的骨灰，到現在也還在那間寺裡。只因一點線索都沒有，否則，如果能找到他在日本的遺族，我很想把骨灰交還給他們。入田先生是九州人，我好像聽說過他出身於熊本縣。

日本話與臺灣話等……

　　內村：關於楊先生的〈送報伕〉，我有一個問題想請教，就是，那文章當初在日本《文學評論》發表時，是用日文寫的，不過，最初在臺灣的報紙發表時，是用中文？還是日文寫的呢？

　　楊：是用日文寫的。

　　內村：那麼，這裡就有一個疑問。如果是寫評論文章，楊先生用外國語文的日文來寫，我想當然你可以寫言論性文章的。但要寫文學作品，而且是用日本文字來表達自己的感性的話，那時的心情到底是怎樣的呢？我想你是很難受的吧？真能用日文來寫出好的文學作品嗎？

　　楊：是啊！我過去完全沒有漢文的素養，還有，由小學一年級開始，一直就被用日語來教育長大的嘛！因此之故，日語文的表達能力，我想已

經相當可以了。

　　內村：那是用日文寫就好了呢？還是曾經想過到底用自己的母語來寫文學作品，比較好呢？……但是，在殖民地的臺灣，用中國文字寫文學作品是有其局限性的。

　　戴：這裡我想稍就日語與臺語，臺灣話與中國話，更正確地說，是臺灣話與北京官話之間的問題，說明一下。

　　居住在臺灣的民族有兩個，其一是先住民，土著的所謂「高山族」，其二是由大陸遷居來的漢民族。而後者的漢民族又分別使用兩種語言，多數人所用者在臺灣稱爲「福佬話」，另一種是我們客家人日常用的客家話。

　　說「福佬話」的人，占人口的 80％強，如今一般以「福佬話」簡稱爲臺灣話。但臺灣話與中國話（北京官話）之差距，並非如同東京腔與關西腔之所異，用東京腔與關西腔，兩人仍然可以完全通話，幾近完全了解。但用臺灣話與北京官話，則幾乎全然不通。因此之故，臺灣話與北京官話間的差異頗大。

　　再者，在臺灣使用的語言，無論福佬話或客家話，好多是有音而無字，至少可以說，有音而很少有字。用臺灣語言從事文學的表現，在文字學上看，尚不很成熟，因爲此一語言當作書寫的文字是尚未完成的。

　　1917 年（大正 6 年）中國大陸發生了文學革命運動，提倡了白話文運動，文字改革，提倡口語，所謂活的文字，活的文學運動。經過了文學革命運動以後，中國「標準」語也就是北京官話慢慢地演變成了可以表現當代文學的口語。但是，大陸上的文學革命發生之時，日本已統治了臺灣 20 年以上，固然中國大陸的口語運動，在臺灣亦產生了影響，但總督府爲了切斷其與祖國回歸運動的關係，禁止了這一運動在臺蔓延和發展。此外，「臺灣話」尤其是福佬話自身也有過口語運動，因爲當時在日本殖民統治之下，故未結出預期的果實。

　　總之，在強制使用日語的臺灣，除具有特殊條件的少數臺灣人能學會北京官話之外，要想從事文學創作，除了選擇日語之外，別無他途可循。

實則，楊逵先生寫〈送報伕〉之時，並未學會北京官話，並且，用閩南語也就是福佬話來表現文學作品，幾乎不可能，楊先生除了用日文來創作之外，別無他法。日本殖民統治 50 年間之文化上的影響，我以爲從此一語言問題來思索，最能明瞭。

內村：原來如此，現在我明白了。

戴：平常在 20 歲以後學到的語文，要用來直接從事文學創作，似無可能。我已是 50 歲出頭的人，用中文來寫社會科學論文，已感吃力。漢族系臺灣人裡頭，真正已能掌握住近代中國語的辭彙來寫出文學作品的，可以說是以陳若曦她們這一代人爲開始。也就是說從小學就學北京官話而長大的，大概，當今在四十二、三歲以下的人們才能以中文寫出較好的文學作品。我個人的推測，我想留日中國人作家陳舜臣大概無法以中文來寫小說。又留日朝鮮人作家李恢成，也同樣無法用朝鮮文寫出小說的。

在火燒島學中文

內村：我想他們寫不來。

我讀「年譜」知道，1945 年從殖民地解放以後，臺灣的使用語言，從日語換到中國話，那時楊先生深爲所苦。我看了大惑不解，現在才明白過來。楊先生是從臺灣回歸中國以後，才開始正式學習北京官話的嗎？

楊：是的。我是被關在火燒島 12 年，在牢房中學的中文，後來又向我的孫子學。還有，光復後（回歸祖國後），我出版了用中文、日文印的《阿Q正傳》，就是爲了學習中國國語的。

內村：這種書對日本人學習中文也適用的，那時臺灣人卻只用來學中文，而且是用日文做媒介，楊先生你當時出版的《阿 Q 正傳》，一定要在日本重印。

楊：用閩南話我也試寫過文章，在戰前，《臺灣新民報》把文章登出來了。可是，自家的造語太多，以後我自己看了，也搞不清楚我自己究竟寫了些什麼。

戴：所謂造語就是，楊先生所要說的話，閩南話中沒有字的，用同音的漢字來填上。但造語用多了，別人讀起來，完全不知其在說什麼，楊先生當年雖然用民族精神來挑戰，但沒有成功。

內村：日本戰敗，對我來說並不等同於戰爭的結束，因為我是在戰敗之同時，被蘇聯抓到西伯利亞去的。所以說戰爭當時對我來說仍然沒有結束。楊先生你是怎麼樣的？日本的戰敗投降，對你來說是不是戰爭就結束的呢？我對臺灣的事情不明白，卻對這些有關深層心理的問題頗感興趣。

楊：日本一投降我最先想到的是沼川定雄和入田春彥兩位日本恩人。如果沒有這兩個人，也就沒有當今的我。

戴：你聽到日本戰敗的消息，是不是和別人一樣，來自於天皇的「玉音」廣播的。

楊：我在家裡聽到的，我有收音機。前一天，報上登了：「明天天皇有重要廣播」，讀到這個，我馬上明白過來。如果不是日本戰敗，天皇是不可能親自廣播的。那時我已 40 歲了，種種資訊我也聽到一些，自從日本偷襲珍珠港，引起所謂太平洋戰爭，我就認為日本註定要敗的。

戴：對楊先生來說，日本戰敗就是回歸祖國，你那時必定是興高采烈的吧！

楊：是的，所以我就把「首陽農園」的招牌拿下，換成「一陽農園」。

戴：首陽山變成「一陽來復」的一陽，是吧！

楊：於是，臺灣總督府向國民政府正式投降的日期是 10 月 25 日，在這以前，我組織了解放委員會。目的是要總督府的統治權停止，我們的要求，特高課長（臺中州警務部內的特別高等警察課課長）不得已，只好用默認的方式接受了。但，當他向上面呈報時，上面卻不許可，因此我才改從文化方面著手，做點事。也就是我剛才說的，出版了《阿 Q 正傳》。

內村：對楊先生來說，1947 年 2 月 28 日，可以說是命運的決定性事件，是嗎？那個事件的起因原本是一件很小的事，鬧大起來的。在臺北街頭，有一個賣私煙的婦人被專賣局取締私煙的官員打傷了。群眾紛紛起來

抗議，事件以此為導因擴大，後來波及全島。結果，國府當局動員了軍隊，造成了血腥的鎮壓，死者達近萬人。我對二二八事件的情形不太清楚，只知道主要是日本戰敗後，從大陸到臺灣來的國民黨一夥人，氣勢凌人，用高壓手段，

　　來對付臺灣的住民，引起了很大的失望與反感。為此，大陸來的外省人和本省人（指 1945 年 8 月 15 日日本投降時，已住在臺灣的全體住民）發生了尖銳的感情裂痕。本省民眾日久累積的不滿，是那件事件的遠因，是這樣的吧？

你是臺灣人，「捏死臺灣人」

　　楊：最先，臺灣住民是非常歡迎大陸來臺的人們的，能夠回到祖國懷抱，我們大家都歡欣鼓舞。可是那些官員，官僚得厲害，接收的事，舞弊亂搞。還有，來臺軍隊也亂來，有些駐在學校裡的，把教室玻璃打破，把課堂的桌椅搗毀當柴燒。孫文的《三民主義》那本書印了很多，大家開始都搶先去買的。但是，逐漸地發現來臺灣的國民黨人，胡作非為，他們對《三民主義》的民族、民權、民生，完全背道而馳。最後，大家都失望了。

　　最明顯的表現在當時的老百姓的言說裡。他們都這麼說：那不是什麼三民主義，而是他媽的三眠主義。老百姓又這麼說：教科書上所寫的「你是臺灣人，我是臺灣人，他是臺灣人」這樣的句子，發音稍微改成閩南話來讀，將變成意思完全不一樣的話。也就是變為「捏死臺灣人，餓死臺灣人，踏死臺灣人」這樣的淘氣話。

　　這樣的說法，在老百姓之間，掛在嘴上，貼在牆壁上，到處可見，而且逐漸擴大。抗議私煙事件一出了人命，後來就一發不可收拾了。

　　內村：二二八事件發生時，楊先生被逮捕過沒有？

　　楊：我和葉陶都被捕。是四月被抓去，八月才釋放。那時對我是懸賞通緝的。

內村：多少錢呢？

楊：五萬圓，葉陶也是五萬圓。

戴：真是「時代不同了，男女在這一點上倒是平等的」。

〈和平宣言〉換來 12 年牢獄災

楊：是啊！那是因為我和葉陶無論何時，都是並肩作戰的。

我被釋放以後，想到，外省人和本省人之間的鴻溝非早一天填平不可，於是在 1949 年，我寫了〈和平宣言〉，內容是：建議把二二八事件被捕的人，全體釋放，以及國共內戰之和平解決。我主張這樣。連這種主張，當局都認為不行，我又被捕，這次，被判了 12 年徒刑。

戴：那時你有何感想呢？

楊：我認為，我自己的看法誤了自己，是這種心境。唉！我有什麼辦法！自己的判斷，誤了自己，只好自己認了。但，我絕不絕望，在任何困境中，我確信有超越及克服困難之方法的，我一貫地確信如此。

戴：楊先生在監獄中寫了下〈壓不扁的玫瑰花〉，現在被收入臺灣的國語教科書內。是可以佐證楊先生的上述信念。

內村：我很驚奇，在監獄中，你卻可以寫東西，在史達林時代的監獄中，這種事簡直不能想像的。在日本特高狂暴橫行的時候，也不可能，在臺灣怎麼有這種可能呢？

楊：那我也不太清楚，大概當時的監獄所長，對我頗愛護的緣故吧。

內村：楊先生你真是幸運，你碰上了第二個入田春彥。

戴：楊逵先生的情況可能是很特殊的，楊先生對臺灣民眾尤其是臺灣知識界，當時已經具有聲望及影響力。

內村：剛才所舉的國語教科書是什麼內容的？

戴：是臺灣的國民中學教科書。它卻很有意思，第一課是蔣介石的文章，〈孔孟學說與中國文化復興之發揚〉，第二課是孟子的文章，第三課是楊逵先生的作品，但把作者的名字換成本名的楊貴。我感覺好像其中有些

什麼文章似的。然後跳到第八課，是現任總統蔣經國的文章，楊先生到底還是很偉大的。

內村：楊先生你今後的抱負是什麼？

楊：是啊，小小的抱負是有的。我從臺灣出發之前的 5 月 7 日，臺北的輔仁大學請我去演講，那時我談到日本殖民統治下的種種。我的演講紀錄，被登在該校出版的雜誌上。在那文章上我加了一點，寫道：日本戰敗那一年我是 40 歲。我現在已經是 77 歲，再三年以後，另一個 40 歲又要來了。在這後面 40 歲，如有機會，我想要說一說。現在想來，二二八事件以來的種種事情，漏掉沒有寫的，還有許多許多。我既然特意搞的是文學，通過文學，我想把我要說的話統統說出來。諸如，40 歲到 80 歲之間的甚多事情，我想一定要把它的一切寫出來。

附註

本文首次收入《臺灣史研究》時，採用了陳中原的譯文。本次則由戴國煇重新審譯，並加部分新註。

——本文原刊於《文藝》第 22 卷第 1 號，東京：河出書房新社，1983
　　年 1 月，頁 296～311。原題「台湾作家の七十七年—五十年ぶり
　　うの来日を機に語る」

——選自戴國煇《戴國煇全集・臺灣史對話錄》
臺北：遠流出版社，2002 年

楊逵瑣憶

◎葉石濤*

　　在日據時代末期，太平洋戰爭快要接近尾聲，光復在望的那時期，我才有機會認識楊逵。屈指算來已經斷斷續續的交往了四十多年。我之所以說斷斷續續是因為聚少離多的關係。光復以後我生活極不安定，為了餬口，東奔西走，很少在同一個地方定居。楊逵也好不了多少，他雖然定居在臺中，可是一會兒要忙著坐牢，一會兒又要參加文學活動，有時又貧病交迫，這樣一來，除非是「天賜良機」否則就不容易得到碰面的機會了。

　　我是臺南府城人，楊逵是離府城不遠的大目降人（新化），而且一樣在臺南州立二中（省立臺南一中）念書，他是我老學長，雖然年紀相隔 20 歲，但一碰面話匣子一打開就有講不完的話；因為生長在同一個生活環境，所以有較多的共同記憶。同楊逵聊天卻不是「如沐春風」式的，他向來是木訥寡辭的人，他願意靜靜地聽你滔滔不絕、口沫四飛地蓋個不停，他卻不動聲色地暗中評估你的想法和做法，簡單一、兩句話就指出事實的真相。他中年時的一針見血似的針砭，有時使得我一下子從天堂跌落到谷底，不得不停下來沉思。他也有眉飛色舞地慷慨陳詞的時候，那是講到他從事農民運動跟日本人特高周旋的時候。他好像也沒有仇視特高這一類的日本鷹犬，他似乎透徹地了解人性，總是在這些敵人身上發現了人性的弱點；這並不是妥協，更不是鄉愿，這只是表示楊逵待人處世的極高智慧，他豐富的生活經驗和鬥爭經驗使他深刻地了解人性複雜的各層面，不以醜陋的二分法把人分類為某一種範疇。因此在日據時代的文壇裡，許多在臺

---

*葉石濤（1925～2008）散文家、小說家、翻譯家、文學評論家。臺南人。發表文章時為高雄縣甲圍國小教師。

的日本文化人都敬仰他，他在統治者陣營裡反而有更多的友人，這種趨勢在戰後也並沒有改變。戰後日本年輕一代的臺灣文學研究者之一的成蹊大學修士河原功是最初立誓研究楊逵的人，可見楊逵的文學生涯具有某種魅力足夠吸引人去跟他認同。在國內，也發生同樣情形，許多年輕人喜歡圍在他周圍，聽他講述往昔光榮的反日抵抗運動的歷史，心嚮往那英雄的奮鬥故事。

顯然楊逵的資質裡有某些因素，越過了時光之流，跳過了年齡懸殊的差距，打動了年輕人的心弦，那麼這因素又是些什麼呢？

我以為楊逵的資質裡值得大書特書的因素是他底罕見的「韌性」。當民國 13 年他 19 歲時，不願與童養媳送作堆，東渡日本在日本大學就讀時，他接觸了科學的社會主義，這種思想使得他能夠冷靜地剖析殖民地臺灣的現實，認識臺灣的窮苦大眾必須與日本的勞工大眾及全世界被壓迫的弱小民族聯合在一起奮鬥才有燦爛的遠景。在 1920 年代的世界性經濟大恐慌中擁有此種見解和理想的人並不少，可是生活的重壓容易壓碎人的意志，許多那時代的年輕人都背叛了他們的思想，出賣了理想而變節。唯有楊逵卻一輩子信奉不渝，貫徹始終，從不改變他的世界觀。當然在漫長的 80 年生涯中，他有時也不得不韜晦、隱居、迴避、或假裝，可是這只是策略，不是出自於他的本色，時代一轉變，他仍清新一如往昔，踽踽獨行，不怕艱辛地走起老路來。他這種始終和被欺凌的勤勞大眾站在一起的堅定信念，使他曾遭受到各種摧殘和苦楚，可是他從沒有低頭或屈服過。在晚年的日子裡，臺灣社會業已走上消費為主導的工商業社會時，他的這種世界觀也未曾改變。曾經寫過《沒有人寫過的臺灣》正續兩本暢銷書的日本著名的報導文學作家鈴木明認為楊逵的這種「韌性」換句話說也就是「純粹」。他舉例子說，像日本的著名基督教社會運動家內山完造，一輩子奉行福音，在太平洋戰爭激烈的時代也敢於舉起「反戰」的大旗，主張和平，這種為自己奉行的主義或世界觀義無反顧地付之實踐的態度，也就是所謂「純粹」。這樣一說，像日本作家川端康成一輩子追求日本特有的「枯寂」之

美,晚年寫出 《睡眠的美女》等極端耽美的作品,也可以說一輩子奉行
「純粹」的美學的吧!

　　楊逵的另一個偉大的資質是寬容吧!他儘管是科學的社會主義的實踐
者,可是他極端厭惡訴之於暴力,或者不擇手段去追求目的的卑鄙態度。
他的戰鬥是冷靜而理性的,我從沒有聽見他旦旦人物或批評別人的意識形
態或行為,但他並非犬儒主義者,他有一套評估社會、人物的尺繩,有時
願意在公開的場合裡以溫和的聲調娓娓道來也常常令人為之動容。年歲將
近八十歲的時候,他似乎失去控制說話能力,常反覆的說些同一個事件,
即令在這樣的時候,這位和平主義者也從不提高他的聲量,仍然笑容滿面
的說完話且心裡充滿了對大眾的誠摯的關懷。他也會訓戒我,不可尖銳的
批評人家,但這並不是說要你放棄立場,而是要你用和平、理性、關懷的
心情委婉地表達意見。楊逵這種對人寬容的態度也換來別人對他的寬容,
常化險為安,輕易越過大風波。

　　楊逵的第三個鮮明資質大約是旺盛的學習情神吧!作家本來就是較常
人具有濃厚好奇心的人。從這好奇心會產生幻想,幻想又釋出創造的原動
力,所以大多數作家都對百般事物懷有一探究竟的好奇心。楊逵也是好奇
心特強的人,可是在人生路途上許多事件卻不是每一樣都可以直接經驗到
的。這就要賴作家博覽群書,從孜孜不倦的學習中間接獲得經驗以獲取事
物的真相或追求真理。學習是一種「心底冒險」,經過多次的「心底冒險」
作家能獲得不遜於直接的真實體驗所致的效果,楊逵閱讀之廣令人驚奇,
而且他有辦法把瑣屑事物記憶下來重現。他很注意文壇上出現的新作家,
他對他們的作品如數家珍,可以給一針見血的針砭。風燭殘年時的楊逵每
天早晨靠一副放大鏡仔細讀完各種報刊,包括 *Time* 等美國雜誌。我有一次
聽過他講述 *Time* 某一段報導時,覺得非常驚奇。他日、英文都可以暢讀,
只是英文能讀卻不會說也不會寫;這和日據時代多數臺灣作家一樣。日本
的英文教育只注重閱讀以便吸收新知識,這是不爭的事實。他對臺灣作家
的動態瞭如指掌,可是很少在公開場面談論,但是私底下他也有所好惡,

所好惡，我請教他時，他也常直言無諱。

　　他還有一個最重要的資質，可能是庶民性吧！他從不以爲自己是作家而覺得高人一等。他很少露出知識分子氣揚跋扈的習氣，他的這種庶民性，當然是他認爲作家也是一種行業，跟木匠、泥水匠、農民、工人一樣是勞動者沒有什麼不同而來的。這種見解使得他平易近人很容易和勞動者打成一片。他本來就是出身於一個錫匠的家庭，身體裡流的是在社會底層默默工作的庶民深紅的血液。楊逵不挑剔吃、穿，即令是一碟豆腐乳他也照樣把飯吃得很香。有一次他和洪醒夫來找過我，因爲是不速之客，所以請他們倆隨便吃一餐。實際上臨時要張羅菜餚也來不及，所以只是青菜湯，一尾隔夜的煎魚，一點兒醬蘿蔔而已。還好我有一瓶法國白蘭地，這就容易叫洪醒夫興高采烈起來，但他壓根兒不吃菜。我用慚愧的眼光看著楊逵，可是看他吃得嘖嘖有聲時也就放下了心裡一塊愧疚的石頭。不過楊逵也是喜歡美食的人，只是他有根深柢固的庶民性能隨遇而安罷了。

　　楊逵無疾而終的一幕也正反映了他一輩子的這種資質和處世態度。他是早起的，一清早起來一定做體操或慢跑，運動過後是學習的時間，他仔細閱讀隔夜的《自立晚報》，報紙沒讀完絕不進食，我不知道他有沒有喝完一杯熱牛奶，可是我確信，他在學習當中和平地走完了他一生布滿荊棘之路，而沒有一點遺憾。我們必須相信他是世上最快樂的人；因爲他隨心所欲，按一己堅守的世界觀走完這 80 年漫長的世路。

　　　　　　　　　　　　　　　　　——選自《自立晚報》，1985 年 3 月 29 日

臺灣文學的兩種精神
楊逵與鍾理和之比較（節錄）

◎林載爵[*]

一、

　　楊逵生於民國前 6 年（1905 年），在困苦的環境中長大、求學，在一次私人的訪問裡，他曾提到噍吧哖事件對他個人的影響（他現在正在東海大學前經營「東海花園」）：

> 我 9 歲時，發生噍吧哖事件，因為我家在新化，就是由臺南到噍吧哖之間，那時日本的砲車經過我家門前，隆隆而過，我躲在門邊偷看，受到很大的打擊。12 歲時，我父親一位在做小生意的朋友，無緣無故被警察打死，又加深了對我的衝激。因為如此，我進入中學便想了好多問題，去蒐集各種書籍來讀，在日本統治下有很多不合理的情形，為求其解答，我中學只讀兩年多，便到日本去，經過入學檢定，入日本大學文學藝術科就讀，我那時是半工半讀，泥水工、送報紙等等各種工作我都做過，因為如此，越發現這個時代各種不合理的事情，更加激發了我追求真理的熱情。

　　楊逵的作品甚多，包括小說、散文、戲劇、評論、歌謠。小說中，以中文發表或已翻譯成中文的有〈送報伕〉、〈模範村〉、〈鵝媽媽出嫁〉、〈無

[*]發表文章時為東海大學歷史學系博士生，現為聯經出版公司發行人兼總編輯。

醫村〉、〈萌芽〉、〈春光關不住〉等，恰巧這幾篇小說已足夠讓我們探討楊
逵作品中的精神。（楊逵的小說在臺灣一直得不到出版的機會，這或許也是
屬於時代的悲哀的一種吧！）

　　從這幾篇小說來看，楊逵均將小說背景落實於當時社會的不公、政治
的不義上面，做為一個作家，又是日據時代下的社會改革者，楊逵的這種
表現是可以了解的，當時的社會結構仍然建築在農業經濟的基礎上，而農
業經濟受到土地封建性的影響，農民不能保障自己的權利，同時小農占大
多數，農民生活益顯窮乏，日本占領臺灣後，製糖會社與日本帝國主義的
財閥資本家強奪土地，占全耕地之一成半，農民因此失去耕作機會，貧窮
只能夠做製糖會社或日本人農場的傭工；糖業的經濟利益，90%以上屬於
日本財閥，香蕉之消費市場被日本青果商人所壟斷[1]，如此在帝國主義的財
閥資本家壓榨與剝削下的農民，可以說是臺灣人中最困苦的一群。在這種
環境下成長的楊逵，當然是要將帝國主義的橫霸、社會的不公筆之於書
了。〈送報伕〉的動人故事，就是在日本財閥侵占土地的不幸事件中展開
的：父親氣憤而死，弟弟妹妹相繼夭折，母親的信上這樣寫著：「鄉裡人的
悲慘處境，說不盡。自你去東京以後，跳到池子裡淹死的已經有好幾個，
也有用繩子吊在樑子上死的。最慘的是阿添叔、阿添嬸和他們三個兒子，
全家死在火窟裡。」甚至到了最後，母親也上吊自殺了，就像這位母親說
的：「這裡好像是地獄，沒有出路。」在〈模範村〉、〈無醫村〉裡也有同樣
的表現，〈模範村〉裡靠做短工度日的戀金福，被逼得走投無路，只好跳河
自殺，了結痛苦。〈無醫村〉裡，那位得不到醫藥治療而奄奄一息的病人，
最後斷了氣；除了這種日本財閥剝削下的社會不公，還有帝國主義在政治
上的高壓迫害，除〈無醫村〉沒有正面的描寫外，其他各篇，我們都能看
到政治迫害的痕跡。

　　社會的不公，尚來自另一面，即日本統治下人際關係利害中的層層壓

---

[1]見葉榮鐘，《臺灣近代民族運動史》，臺北：自立晚報社，1971 年。

迫，殖民地的人群關係，本來就是一種被扭曲了的狀態，以一個地方基層而言，日警、走狗、地主、佃農構成層層壓迫的關係：

　　日警→地主→走狗→佃農

　　日警代表統治者，他們橫霸無理，隨處可見，走狗是一群趨炎附勢的無恥之輩，如〈送報伕〉裡的村長、陳訓導、林巡查，〈鵝媽媽出嫁〉的王專務（或是吳濁流筆下的陳大人——〈陳大人〉），在這個被扭曲了面貌、層層壓迫的社會裡，地主可以再壓迫佃農，也可以不壓迫，他的角色可以由他個人的信念來決定，所以有〈模範村〉裡抽著鴉片的阮老頭，（或是吳濁流筆下的沈天來——〈泥濘〉），也有〈鵝媽媽出嫁〉裡慷慨好施的林翁（實際的例子有林獻堂的抗日）然而這樣一位不逼繳佃租、擔負貧農子弟學費、捐助文化活動的地主，最後還是被整垮了，而佃農依舊是被榨取的一群。

　　結合了日本財閥的壓榨、剝削，帝國主義的政治迫害、層層壓迫的人群關係的社會裡，反抗日本統治的力量、社會改革的動力來自何處？希望又在那裡？除了本身付諸行動外，楊逵在作品中為當時做了什麼見證？提供了什麼精神支柱，以何種方式表達他的理想及社會光明的希望？

　　〈送報伕〉寫的是一個由於日本財閥侵奪土地，遭致家破人亡的留學東京的青年，在東京當送報伕的經歷。〈模範村〉則寫日警為了使治下的村莊獲得〈模範村〉的榮譽，因而訂定了苛刻荒唐的命令，以及日警、地主的勾結、村民間的利害關係、農民的樸實、痛苦等組合而成的故事。〈鵝媽媽出嫁〉是藉著主角在日本留學時的同學林文欽君之一家的遭遇，反映社會的醜惡，以後主角自身因賣花而親身親身經歷社會的黑暗，導致他的覺醒。〈萌芽〉是一封寫給獄中丈夫的信，敘述種花之經過。〈無醫村〉描寫貧民在無醫情況下的無智與無助。〈春光關不住〉寫的是太平洋戰爭後，日本動員小學生擴建工事，在一個教員和學生間發生的具有象徵性的故事。

　　從這六篇小說來看,我們很容易就可以發現在每一篇小說裡都有知識分子這個角色,〈送報伕〉裡的「我」;〈模範村〉裡的陳文治和阮老頭的兒子阮新發;〈鵝媽媽出嫁〉裡的「我」和林文欽;〈萌芽〉裡那位獄中的丈夫;〈無醫村〉裡的那位醫生;〈春光關不住〉裡的數學教員,這些人物在小說中均以主要地位承轉著故事的進展和結束。在臺灣文學史上我們很少能看到像楊逵這樣,將知識分子置於如此重要的地位,我們能夠推測,在楊逵看來,知識分子的覺醒就是社會光明的希望,知識分子的力量就是社會改革的動力,知識分子堅定的信念、威武不屈的抗議精神,正是使社會合理化、公平化的精神支柱,徵諸於歷史,儘管臺灣知識分子的抗議行動,最後仍然被日本帝國主義的警察力量所壓制,但在臺灣的文化啓蒙運動上,社會、政治的改革上,確有其光榮的成績,楊逵替那個時代的知識分子做了最好的見證。

　　楊逵是透過醜陋的現實,反襯出知識分子的心路歷程,由於知識分子目睹、經歷了這種醜陋的社會,因而導致他的覺醒以及行動的決心。〈送報伕〉裡的「我」,承受著家破人亡的痛苦,帶著堅定的決心回到臺灣來;〈模範村〉裡留學回來的阮新發看到日警的橫暴,父親的不義,毅然離家出走,另一個知識分子陳文治得到他的鼓勵,也興起了改革的決心;〈鵝媽媽出嫁〉裡的主角看到朋友所受的災難,而緊跟著自己又嘗到了社會不公的苦果,終於也有了覺醒,這些人物都是與社會結合在一起,生活於民眾之間的,也因為如此,才使他們認清了社會的不合理,最後促使他們覺醒,在這方面,楊逵又描出了知識分子的社會良心的形象――一個不脫離社會的改革者。

　　楊逵筆下的知識分子是堅決的、剛毅的、具有理想的,這與吳濁流筆下一些徬徨、無定著、蒼白的知識分子大異其趣。〈水月〉裡的文吉,在日本統治的差別待遇下感到沒有出路,而此種社會壓力和生活重擔又逐漸磨除了他的理想和意志,年輕時的美夢終於――消失於黑暗之中,〈亞細亞的孤兒〉裡的胡太明也是同樣的一個例子,他沒有確切而堅定的信念,他有

理想，但又一一幻滅，在現實界裡他所看到的、遭遇到的是悲慘的圖象和一連串的失望，他又只承受內在、外在的種種挫折，而無能昇華爲高超、堅決的反抗行動，最後胡太明發瘋了，也只有在發瘋中，他才敢公開寫出憤慨的抗議之詩。像文吉、胡太明這些人，都是在默默承受存在的挫折，沒有奮鬥的意識，任由現實吞噬著他們，最後淹滅於歷史的洪流中，相反於此，楊逵這六篇小說中的知識分子都掌握了明確且具體的理想，或者通過覺醒，產生行動的決心，〈鵝媽媽出嫁〉裡的林文欽至死仍不忘完成均富的經濟學體系，〈萌芽〉裡那位獄中的丈夫就更不必說了。從〈送報伕〉、〈模範村〉、〈鵝媽媽出嫁〉三篇小說的結尾來看，更可觀察出這種現象：

〈送報伕〉

改天，我要出發回鄉時，雖然沒有「衣錦」，穿的還是那一套天天穿著的工作服，很多既知未知的朋友卻把我送到東京火車站的月臺上握別——大家振奮著，沒有惜別的氣氛。——這幾個月的學習才真是對於母親遺囑最切實際的了！

我滿懷著信心，從巨輪蓬萊號的甲板上凝視著臺灣的春天——這寶島，在日本帝國主義統治之下，表面上雖然裝得富麗肥滿，但只要插進一針，就會看到惡臭逼人的血膿的逆流！

〈模範村〉

他們摸索著走，互拉互牽著，每個人的心都激動得很厲害，陳文治手裡拿著書，站在門口，望著在黑暗中逝去的背影出神。

「喔喔喔！」一陣雞啼，打破了黑夜的寂靜，他才急忙回到房裡，在竹床上躺下。剛閤上眼，雞已啼了二遍，太陽光已經把黑夜征服，他又匆忙地爬起來，揉了揉眼，又去翻讀那堆得高高的書。很久很久，他在靈魂的空虛中發悶，今天有一種不可知的力量，注入他的周身，他感到快樂，感到生活還是有意義的。

「他們在我困難的時候，拯救了我，我也得拿出我最大的力量，為他們……」

他自言自語地站了起來，山後一道霞光，透過窗口射了進來。

〈鵝媽媽出嫁〉

我決心要承繼林文欽君的遺著，把「共榮經濟的理念」完成，為了彌補自己的罪過，這是不可不做的。

缺乏經濟知識的我，這也許是不太容易的事情，但是除非如此，美麗的明天就無可希求。

「不求任何人的犧牲而互相幫助，大家繁榮，這才真正是……」

我用手帕拭著因流淚而發花的眼睛時，忽然覺得林文欽君這最後一句話正像一隻巨手在搖撼著我的心。

我們很容易了解，在楊逵心目中，這些洞察社會之醜惡、懷抱熱情與理想的知識分子都是社會的中堅，通過知識分子的覺悟和義無反顧、不屈不撓的奮鬥，社會的光明前途才得以實現，在〈春光關不住〉、〈萌芽〉這兩篇小說裡，他運用了兩個甚具意義的象徵：被水泥塊壓在低下的一棵玫瑰花，「被壓得密密的，竟從小小的縫間抽出一條芽，還長著一個拇指大的花苞。」（〈春光關不住〉），以及看到了發芽的喜悅（〈萌芽〉）。萌芽與開花，正強烈的暗示無論在如何惡劣的環境下，知識分子的良心即社會光明的希望。

楊逵的小說有這種表現，並非偶然，根本上，他就認為文學即是通過作者感情的傳達，把讀者的感情發展為意志——統一的意志。「憐憫與傷感是膚淺的，消極的，不能把讀者的感情變化方為意志或是行動。」（〈實在的故事〉問答）在主編報紙的文藝版時，他曾開闢「實在的故事」特輯，在一篇名為〈〈實在的故事〉問答〉的文章裡，他藉著批評兩篇應徵的稿件，表達出他的看法：

問：那麼你說怎樣寫才是深入的、積極的呢？

答：這不僅是「寫」的問題，根本就是在生活的態度。〈扁頭那裡去？〉的作者是很同情扁頭的，而〈兩個世界〉的作者更是同情囚人們的，但在這兩篇文章裡，我們可以看到兩位作者對這些作中人物（扁頭和囚人們）所取的態度都是觀望的，他們與作者沒絲毫的關係，作者與社會也沒絲毫的關係，這些作品裡的人們（扁頭與囚人們）更不能看到與社會有何等的關係。在這兩篇作品裡所能看到的人們都是孤立的，作者與態度也是第三者。問題就是作者站在「第三者」或是「旁觀者」的地位，因而，作者的傷感不能脫出感傷，自然給讀者的印象也不能脫出感傷。假使作者們進一步去考察這些作品裡的人們（扁頭與囚人們）的來歷，他們與社會的關係，而使他們踏到這地步的因素，那麼作者與作中人物就會發生血緣關係，憐憫就會發展到悲憤，感傷就發展到熱情，為他們的明天，也即是為大家的明天就不能僅僅發洩些傷感了事，這樣一來，作品才會有力量地把讀者的感情發展為意志──統一的意志。

有這種看法，所以有這種作品，而楊逵的抗議精神原來就是紮根在如此厚實、堅定的觀念、態度上。

以社會學的觀點看，殖民地的社會變遷，是來自被統治者在心理上、態度上的自主性改變，是一種由內而外，由下而上的變革，殖民政府的強迫和壓制只能在行政上、制度上見其效果，而在全體社會的變遷上知識分子具有領導的地位。臺灣的情形正是如此，日本帝國主義的壓榨，導致民眾的反抗，知識分子掀起反殖民、反壓迫、反黑暗和新文化運動，此等觀念上、心理上、經濟上的改變，促成民眾改變態度，接受新文化，因而引起顯著的社會變遷，楊逵的小說很適切地表達了那個時代知識分子所扮演的角色，並且寄予熱烈的期望。作品中企求合理化的抗議精神和本身的抗議行動，在前代的臺灣文學史上是很值得紀念的。

在楊逵的小說裡，我們看到塞西佛斯憤怒的一面，在鍾理和的小說

裡，我們看到塞西佛斯沉靜剛毅的一面，當我們不斷擺盪、迷茫於歷史之中，當我們在這人世上日復一日，遭遇愈來愈多的無理時，我們從抗議和隱忍的精神裡，找到了我們的母體、歷史的泉源、歷史的泉源，因此，我們不再感覺被威嚇，不再感覺孤寂，因為我們取得了尊嚴。

二、

不管是楊逵的抗議，或者鍾理和的隱忍，他們都是紮根於鄉土之上，他們的血肉裡奔瀉著這塊泥土上的人民的歡樂和痛苦。

過去批評到臺灣文學時，幾乎均以文字上的拙劣技巧來顯示臺灣文學的幼稚，這種批評是不智的，不能同情日據時代下臺灣的客觀環境，復不能了解像賴和、楊逵、吳濁流、張深切、鍾理和等作家在苦難中的不屈意志及孜孜不倦的努力。抽棄了臺灣文學中所透現出來的精神，而只注意於文字、形式的技巧，豈非只見秋毫，不見輿薪。

歷史流轉，這一代的青年已遺忘了前代臺灣作家的成就和表現，更多的時候，他的雙眼不再注視他的同胞，當尊嚴能夠堅強心志、擔當苦難時，我們是不是漸漸喪失了我們的尊嚴？是不是要再不斷的擺盪，在歷史的瀝瀝洗練中，歸於烏有？

——選自《中外文學》，第 2 卷第 7 期，1973 年 12 月

臺灣新文學運動的展開
日本統治下在臺灣的文學運動（節錄）

◎河原功*
◎葉石濤譯**

《臺灣新文學》的發刊

　　《臺灣新文學》在 1935 年 12 月 28 日創刊。如前所述，對臺灣文藝聯盟與機關雜誌《臺灣文藝》的經營和體質，表示不滿的楊逵（貴）等人，為了克服不滿求發展，而在臺中新設立臺灣新文學社創刊的中、日文併刊的文藝雜誌。而且，《臺灣新文學》相對於《臺灣文藝》為臺灣文藝聯盟的機關誌，只是做為同仁雜誌創刊的。「創刊的話」（創刊號），把《臺灣新文學》創刊的趣旨記載如下。

> 我做了各種思考。於是得到的結論是，為了臺灣的作家，為了讀書家，反映臺灣現實的文學機關是緊急必要的。可惜，看起來沒有人會提供這些。作家和讀者到了這地步只好「積少成多……」的方法，集合各人的零碎的錢去建設一個舞臺，有必要務以培育。各人互相鼓勵，有必要大大地活躍起來。是為「臺灣新文學社」的創成記。

　　執筆這「創刊的話」的並非創刊號的編輯及發行人廖漢臣，大約是楊逵吧。雖然沒有觸及到任何臺灣文藝聯盟的內部問題，但可以察知《臺灣新文學》為了對抗《臺灣文藝》而發刊的動機。

*發表文章時為日本成蹊大學大學院修士，現為東京大學文學部暨日本大學文理學部兼任教授。
**翻譯文章時已自高雄縣橋頭鄉甲圍國小退休。

於是《臺灣新文學》在刊行次號第 1 卷第 2 號（1936 年 3 月）之際，在其「卷頭言」發表了同仁人數已達 218 人、詩友 315 人的概況。這個數字說明了對該雜誌發刊的文藝愛好家、文藝工作者關心之深。這「關心之深」有創刊號上吳兆行、郭水潭〈對臺灣新文學社的希望〉一文可當作代言。

> 我們過去有數次的集會去討論新文學的定義。其結果我們達到一個結論則所謂新文學是使現實的社會生活更上一層提升的文學也就是進步的文學。因此，自認為這新文學運動的一翼而欲活動的「臺灣新文學社」的誕生，我們找不出反對的理由。只要是新文學運動哪一個人、哪一個團體去做，我們不吝支持。我們之所以支持「臺灣新文學社」的理論根據實在於此。其次我們很明白只有「臺灣文聯」的《臺灣文藝》不足以應付我們的文學發展。我們的很多夥伴——他們是既熱情又精力旺盛的詩人，但已痛感活動舞臺的貧困。某兩、三個可憐的詩人把他們悲哀的詩稿提供給報紙做填空白之用而滿足，我們與其懷疑他們的藝術良心，倒不如說為其卑賤而顰蹙。我們為了這一事也應該支持「臺灣新文學社」。則，除了《臺灣文藝》以外，盡可能出刊眾多兄弟雜誌。此外，因《臺灣新文學》的發行而《臺灣文藝》會受到什麼影響，這完全由《臺灣文藝》本身的做法如何去取決。譬如基礎很穩固，也許變成良好的競爭對象，又若基礎不穩固，《臺灣新文學》的發刊倒變成刺激，這有反應性的作用促進其發展。然而，倘若萬一因《臺灣新文學》的發行而《臺灣文藝》慘遭不得發行，那麼這不穩固的刊物寧可說早日消滅才好。

結果，這《臺灣新文學》直到 1937 年 6 月的第 2 卷第 5 號為止繼續刊出約一年半，在這中間發刊兩期《新文學日報》，做為與《臺灣文藝》共同致力於臺灣新文學發展的文藝雜誌而在臺灣文學史上留下紀錄。

創刊當時的臺灣新文學社的陣容如下：

編輯部　賴和　楊守愚（松茂）　黃病夫（朝東）　吳新榮　郭水潭

王登山　賴明弘（銘煌）　賴慶　李禎祥　高橋正雄　葉榮鐘　田中保

男　楊逵（貴）

營業部　莊明當　林越峰（海成）　莊松林　徐玉書　謝賴登　葉陶

　　此外，從第 2 號開始，藤原泉三郎、藤野雄士、陳瑞榮三人參加爲編輯部員。然而，編輯部、營業部實際上的業務幾乎由楊逵、葉陶夫妻所運作。

　　看《臺灣新文學》執筆者的陣容除張深切、張星建、劉捷以外跟《臺灣文藝》無甚分別。不過，在作品的內容上比起《臺灣文藝》不可否認有熾烈的意識用寫實主義的手法去描寫臺灣的現實或歷史。這事情從如下兩事可以證實。

　　第一，《臺灣新文學》雖然產自於對《臺灣文藝》的對抗意識，但它多少承繼了普羅列塔利亞文化運動的潮流，帶有努力和日本內地的普羅列塔利亞作家聯繫的姿態。此事由對抗日本語的問題而言是不能相容的，但從階級文學理論而言，倒有共通性的整體感。因此，臺灣新文學社先於創刊就給日本內地和臺灣島內的左翼作家寄出了質詢表，徵求回答。寄回的回答，從日本內地來了 17 人，臺灣島內 23 人，都刊在創刊號。從日本內地回答的 17 人分別是德永直、新居格、橋本英吉、葉山嘉樹、矢崎彈、前田河廣一郎、石川達三、張赫宙、中西伊之助、藤森成吉、貴司山治、細田民樹、平田小六、豐田三郎、植本楠郎、征不二夫、平林泰子等人。臺灣新文學社斗膽向這些在日左翼作家寄出質詢表徵求回答，這表示了臺灣新文學」將走的方向。此外臺灣人有所回答的 23 人分別是鄭定國、林快青、徐瓊二（淵琛）、谷孫吉、賴明弘（銘煌）、別所孝二、賴緣塈、江燦林、杜茂堅、林克夫（金田）、董祐峰、連溫卿、黃氏寶桃、英文天、陳瑞榮、李禎祥、林國風、新垣宏一、葉清水、廖毓文（漢臣）、王錦江（詩琅）、何春喜、李張瑞。這中間未必都是文藝工作者，但大多數是在普羅列塔利

亞文化運動中活動的人。

　　從另一方面來說，追隨日本內地的普羅列塔利亞文學運動，以求臺灣新文學運動發展的方向性姿態，具體的結果是變成那烏卡社的《文學評論》，文學案內社的《文學案內》的臺灣支部的角色。《文學評論》是由渡邊順三和德永直等人所計畫，1934 年 3 月作為那烏卡社發行的營業雜誌而創刊（1936 年 8 月發刊）的合法的普羅列塔利亞文藝雜誌。楊逵與《文學評論》的關係因楊逵的小說〈送報伕〉被登在《文學評論》第 1 卷第 8 號（1934 年 10 月）成為直接契機，之後關係加深，投稿給《文學評論》或《社會評論》以論評和隨筆。由於，《文學評論》又發表了《臺灣新文學》同仁呂赫若的小說〈牛車〉（第 2 卷第 1 號，1935 年 1 月），因此臺灣新文學的發展和《文學評論》有很大的關係。例如，《臺灣新文學》第 1 卷第 8 號（1936 年 9 月）的「高爾基特輯」，明顯地追隨了《文學評論》第 3 卷第 8 號（1936 年 8 月，終刊號）的「高爾基哀悼」號。另一方面，《文學案內》是由貴司山治、藤森成吉、廣津和郎、德永直、德田秋聲、木村毅、細田民樹、大宅壯一、青野季吉等人在 1935 年 7 月創刊的，同樣是一種普羅列塔利亞文藝雜誌。臺灣新文學社用徵求詩友的方法來做財政的基礎是仿效文學案內社。楊逵也在這《文學案內》發表了數篇小說和評論，更在第 2 卷第 1 號（1936 年 1 月）的「朝鮮臺灣中國新銳作家集」欄曾翻譯為日文刊登 1932 年新年號刊在《臺灣新民報》甫三（賴和）的小說〈豐作〉。因此寄給《臺灣新文學》的 17 人的回答，大體上是這些以《文學評論》、《文學案內》為園地的作家，同時這些左翼作家也就是楊逵所開拓的人脈。於是，臺灣新文學社扮演了這些那烏卡社、文學案內社以及週刊《時局新聞》、《實錄文學》、《勞働雜誌》等左翼報刊臺灣代理店的角色。

　　做為第二個特徵可以指出的是比起《臺灣文藝》把中文欄的減少當作自然的趨勢而採取旁觀的態度，《臺灣新文學》倒對中文欄的捲土重來懷有積極的熱情。這事直截了當地表現出來的是在第 1 卷第 10 號（1936 年 12 月號）大規模地編輯了「漢文創作特輯」。這兒收錄了賴賢穎（滄洧）〈稻

熱病〉、尚未央〈老雞母〉、馬木歷〈西北雨〉、朱點人（石峰）〈脫穎〉、洋
（本名不詳）〈鴛鴦〉、廢人（本名不詳）〈三更半暝〉、王錦江（詩琅）〈十
字路〉、一吼（周定山）〈旋風〉八篇，以特輯而言是劃時代性的。這是以
「眾喊漢文凋落之久，隔了很久，執筆者諸氏以嶄新的意氣與誠摯，打破
沉默，捲土重來以顯示其力量」的氣魄所企劃的。然而不幸這特輯號觸到
當局的禁忌，排版完成時遭到查禁。以當局而言，正當皇民化聲浪中，政
策上不能允許關係到鼓吹臺灣人民族性的企劃的吧。如上述，臺灣新文學
社有努力於鼓吹中文創作的姿態。跟此事有關的是李獻璋編《臺灣民間文
學集》（1936 年 6 月，臺灣文藝協會發行），由臺灣新文學社員負責銷售，
這可以令人看到臺灣新文學社對新文學運動的發展，民族文化的保存的熱
情。

　　由於《臺灣新文學》具有相當多的普羅列塔利亞文藝雜誌的性格，屢
次被迫刪除也被查禁。但從客觀而言，跟日本內地的左翼作家和普羅列塔
利亞文藝雜誌加深了聯繫，為臺灣新文學發展而展開及強化了運動，這直
逼臺灣文藝聯盟的機關誌《臺灣文藝》。留在《臺灣文藝》的作家，覺得
《臺灣新文學》的活動狀況令人不耐煩的吧，正當《臺灣新文學》發行第
3 號之際，在《臺灣文藝》第 3 卷第 4、5 合併號（1936 年 4 月）的「二
言、三言」欄寫下如下的話。

　　　《臺灣新文學》的進出發展真的是光彩之極。不愧是楊貴氏有本領。先
　　　送個掌聲吧。不過，要發刊《臺灣新文學》以前楊貴氏應該先退出文
　　　聯，否則，應該超越一切個人的感情，把現時投注於《臺灣新文學》的
　　　熱情和才幹表現在《臺灣文藝》才是。《臺灣新文學》的工作不是生意，
　　　現在也不嫌遲。迅速回歸原隊服從在軍旗下。不說弄碎《臺灣新文學》，
　　　何況是大眾乎！

　　這個記事可以接受為為了處理《臺灣文藝》衰退的狀況，針對楊逵明

示收拾如此狀況及陷入這種狀況的責任所在。然而《臺灣新文學》的發刊起因於臺灣文藝聯盟的內部問題，以楊逵爲首的《臺灣新文學》派並不理睬。因此，臺灣文藝聯盟一點也沒有好轉的徵兆，越見弱體化。臺灣文藝聯盟在同年 6 月 7 日舉開「臺灣文學者面對的諸問題」爲題的討論會，但缺乏任何根本性的打開策，發刊了第 3 卷第 7、8 號（8 月）終於自然消滅。

在臺灣文藝聯盟自然消滅前後，向來在臺中楊逵手裡編輯發行的《臺灣新文學》，從第 1 卷第 8 號（8 月）到第 2 卷第 3 號（1937 年 3 月）的一個時期，由住在臺北的王詩琅手裡編輯發行。這是事實上擔負編輯發行責任的楊逵、葉陶夫妻雙雙臥牀的關係。

於是《臺灣新文學》再回到臺中的楊逵手裡是第 2 卷第 4 號（5 月）開始。然而，這個時期的臺灣新文學社的經營狀況，由於第 1 卷第 10 號的「漢文創作特輯」遭到查禁的關係，已相當惡化，瀕臨倒閉了。不但是經營狀況惡化，這個時期正當面臨中、日全面戰爭的前夕，中、日關係極緊張，臺灣也受到不少的影響。臺灣總督府判斷有必要緊急強化皇民化的政策，圖謀及徹底，以 4 月 1 日爲期，一舉廢止了全島新聞的「漢文欄」。接著，針對在呈現末期性症狀的《臺灣新文學》命令禁止刊登漢文作品。第 2 卷第 4 號（5 月）的「編輯後記」有如下的記事。

由於時代的潮流本雜誌遭到不得不逐漸縮少漢文或不久要全廢的命運。只用漢文寫作的作家以及只讀其作品的讀者是很抱歉的，但請你諒解這事情。大家重新從阿伊烏也奧開始吧！（楊逵）

更在第 2 卷第 5 號（6 月）的「編輯後記」有如下的記事。

漢文欄以此號爲止不得不廢止。對於只用漢文寫作的人和只讀漢文的人毋寧是悲哀，但我們也感慨無量。然而漢文作家諸君也不必因而退縮。

跟以前一樣投稿的話，我們會找到適當的譯者予以翻譯之後發表，希望更進一步專心寫作吧！

話雖這麼說，究竟《臺灣新文學》躲不過經營困難與中文作品不得刊登的雙重事情惡化，結果，以這第 2 卷第 5 號（6 月）為止不得不廢刊。除查禁號之外，發行了通卷 14 號。

在這期間，《臺灣新文學》雜誌上活動的作家，有名的如下。日文創作以楊逵（〈水牛〉、〈田園小景〉、〈知哥仔伯〉）為首，張文環（〈過重〉、〈豬的生產〉），呂赫若（〈行末之記〉、〈逃去的男人〉），吳濁流（〈泥溝裡的緋鯉〉、〈返回自然〉），賴明弘（〈夏〉、〈魔力〉、〈結了婚的男人〉），翁鬧（〈羅漢腳〉、〈黎明前的戀愛故事〉），藍紅綠（〈向紳士之道〉、〈慈善家〉），黃有才（〈淒慘譜〉、〈斷崖下〉），陳華培（〈王萬之妻〉、〈豚祭〉），還有日本人佐賀久男的（〈鞋〉、〈盲目〉、〈出奔〉）等。中文創作有朱石峰（〈秋信〉、〈長壽會〉），賴堂郎（〈女鬼〉、〈姊妹〉），張慶堂（〈年關〉、〈老與死〉、〈他是流眼淚了〉），楊柳塘（〈有一天〉、〈轉途〉），周定山（〈乳母〉、〈王仔英〉），莊松林（〈鴨母王〉、〈林道乾〉）等。除創作以外值得一提的是尚未央會見了來臺灣訪問的郁達夫寫了〈會郁達夫記〉（第 2 卷第 2 號），毓文（廖漢臣）寫〈同好者的面影〉（第 1 卷第 2、4、5、8 號）努力於介紹臺灣人作家，連溫卿雖是短期間開了「世界語講座」（第 1 卷第 3 號、4 號）於《臺灣新文學》。更為表示對魯迅去世的哀悼，在第 1 卷第 9 號刊登〈悼魯迅〉的卷頭言，又登了黃得時〈大文豪魯迅去世〉。

——原以日文載於〈台湾新文学の展開〉，《成蹊論叢》第 17 號，
1978 年 12 月

——選自《文學臺灣》，第 3 期，1992 年 6 月

放膽文章拼命酒
論楊逵作品中的反殖民精神

◎陳芳明[*]

一位歷史性的人物

　　楊逵的一生，跨越了兩個時代。在 40 歲以前，他受到日本帝國主義的高壓統治；40 歲以後，他又遭到國民黨政權的統治。楊逵生命中的崎嶇與坎坷，正是一部近代臺灣人民歷史的寫照。

　　要了解楊逵的作品，則不能不先認識他的時代。而通過對他的作品的了解，我們也可體會到近代臺灣人民所遭遇的痛苦。楊逵作品的可貴，不在於他僅對日本殖民政權的控訴，而在於對監禁他、迫害他的所有統治者提出直接的抗議。

　　具體地說，楊逵作品的精神是超越時代的。只要什麼地方有壓迫，他的作品就在什麼地方放出光芒。楊逵的小說，在今天的臺灣普受歡迎和尊敬，這種現象就不僅止於他個人的事情而已，而是整個社會潮流的具體浮現。

　　今年將近八十歲的楊逵，仍然挺著不妥協、不屈服的精神。歷史將會告訴我們：楊逵的反抗精神，最後一定勝利。這不是預言，這是歷史的定論。

　　楊逵，原名楊貴，臺南人，生於 1905 年。他的筆名是取自《水滸傳》裡好打不平的「黑旋風」李逵。據說，這是臺灣抗日小說家賴和向他建議

[*]發表文章時為西雅圖《臺灣文化》雙月刊主編，現為政治大學講座教授兼臺灣文學研究所所長。本文以筆名「宋冬陽」發表於《臺灣文藝》。

取名的。楊逵的重要作品有二：一是《鵝媽媽出嫁》（臺北，香草山出版社，1976 年），另一是《羊頭集》（臺北，輝煌出版社，1976 年）。有關楊逵作品的評論，目前彙集成書者，則有楊素絹主編的《壓不扁的玫瑰花》（臺北，輝煌出版社，1976 年）。按，楊素絹係楊逵的次女。另外，一冊關於楊逵生平傳記的書也已出版。

在他的作品中，《鵝媽媽出嫁》與《羊頭集》，正好界定了他生命中的兩個階段；前者是總結他反抗日本殖民政權的經驗，後者則反映了他在國民黨政權下的不妥協精神。《羊頭集》中，有許多文章寫於綠島監獄的拘禁時期，字裡行間充滿了微言大義。楊逵的傲骨與風範，都在這本書中徹底表現出來。

農民運動的主將

楊逵之所以成為歷史性的人物，不僅在於他記錄了歷史，而且也在於他創造了歷史。

在他一生中，對他的政治思想和文學生活衝擊最大者，莫過於 1915 年在臺南西來庵由余清芳、江定、羅俊等人所領導的革命運動，此即日據時代臺灣人發動的最後一次武裝鬥爭。楊逵在以後，便常常提及這場悲壯的噍吧哖事件。他說：「我十歲時，噍吧哖抗日事件發生，我親眼從我家的門縫裡窺見了日軍從臺南開往噍吧哖的砲車轟隆而過。」待他長大以後，讀了一冊日本人編寫的《臺灣匪誌》，其中記錄的十餘次「匪亂」中，噍吧哖事件也包括在裡面。統治者對於臺灣歷史的扭曲醜化，使楊逵內心產生很大的震盪。他自己承認：「我決心走上文學道路，就是想以小說的形式來糾正被編造的『歷史』，歷來的抗日事件自然對於我的文學發生了很大的影響。至於描寫臺灣人民的辛酸血淚生活，而對殖民殘酷統治型態抗議，自然就成為我所最關心的主題。」

他要糾正的，便是要把暴政和義民的地位顛倒過來。這種努力，即使在 1980 年代的今天，仍有其正面的、積極的意義。

　　出身於中產知識階級的楊逵，在他從事小說創作之前，就以實際的行動參加了農民運動。這種實際的抗爭經驗，豐富了他日後所致力的文學內容。無可否認的，不了解楊逵的農民運動的經驗，讀者就難以理解他整個文學思想的基礎。更進一步來說，他的農民運動的經驗，不僅決定了他在日據時代的生活方式，而且也影響了他在國民黨統治時期的坎坷遭遇。

　　日本殖民者開始推行「工業日本，農業臺灣」的政策時，正是楊逵開始接觸世界思潮之際。根據林梵的《楊逵畫像》說：「影響楊逵的首先是日本的社會主義運動，其次是，臺灣本島文協的「左右傾辯」，再者是中國大陸南方國民黨的新興力量。」很清楚的，楊逵所信奉的便是社會主義；其中所說的「中國南方國民黨的新興力量」，正是國共合作時期所宣揚的共產主義，時在 1927 年。

　　1925 年楊逵到達日本，1927 年即加入了臺灣留日學生的政治組織「社會科學研究部」。這個研究會成立時，還發表了一篇檄文。其中提到成立組織的宗旨：「了解這個渾沌社會的所有問題，把握一切現象的根源，是為對付它的先決條件。我們面對的民族問題和殖民地問題，臺灣總督獨裁政治的內幕等的究明，以及我們對策的深入探究，正是本研究部的使命，我們應該對與它有密切關係的所有問題，用科學的方法加以分析研究。」

　　顯然，楊逵在介入政治運動之初，就立刻採取一個極其不同的角度。他所參與的組織認為，要解決問題之前，必須要先認識問題的所在。楊逵從這個出發點來看臺灣的問題，自然就透視了所謂「工業日本，農業臺灣」的政策，乃是整個殖民地的癥結所在。

　　1930 年代開始，日本殖民者加強它在臺灣的土地掠奪，以便擴充農業力量，支援它本土的工業發展以加速資本主義的成長。

　　在土地掠奪中最顯著的，便是製糖資本家和臺灣人買辦資本家的攜手合作，聯合對臺灣蔗農採取高度的壓迫剝削。像「林本源製糖會社」和「陳中和物產株式會社」，就是典型的與殖民者合作壓榨的臺灣人資本家。

　　1927 年回到臺灣的楊逵，立即參加了臺灣文化協會所舉辦的巡迴民眾

演講。也就在這一年，文化協會因左、右派的爭執分裂，亦即右派主張議會運動，左派強調工農運動。楊逵乃毫不遲疑地加入「臺灣農民組合」，這一點成爲他一生的重要分水嶺。

楊逵參加農民運動，首先認識了臺中的趙港，後來又認識鳳山農民組合的簡吉和葉陶。1928 年便當選了臺灣農民組合的中央委員。同時也參加該組合的「特別行動隊」，隊員還包括簡吉、趙港、陳德興、葉陶等 13 人，楊逵負責了政治、組織、教育等工作。

行動中的楊逵，參與了實際的鬥爭，他們組織臺灣農民，向日本統治者要求無償收回土地、反對土地與竹林的掠奪、確立耕作權、確立生產物管理權。凡此種種高潮，楊逵都奮不顧身地介入，這也說明楊逵在 1928 年分別於竹山、梅山、朴子、麻豆、新化、中壢等地被捕的原因。

農民運動的主要任務，在積極方面是保護農民的權益，在消極方面則是反對資本主義的剝削。楊逵參加農民運動雖只有一年餘的時間，但這些經驗對他以後的文學創作是極其寶貴的。1928 年，楊逵與簡吉的意見不合，因而所有的職務完全被剝奪。（臺灣農民組合在 1931 年結束。）

楊逵雖然沒有繼續參加農民運動，但是他仍當選新文化協會的中央委員，並進一步加入工人運動，組織讀書會。無疑的，這個階段中，楊逵對社會主義的信仰日益加深。從他給第一個孩子所取的名字：「資崩」，就可了解他的用心。資崩者，資本主義崩潰也。楊逵對日本殖民者的反抗，亦由此略見一二。

人道的社會主義者

1981 年 4 月，楊逵接受臺灣新生代的訪問，當記者問他信仰什麼思想時，楊逵很簡單地回答：「人道的社會主義者。」[1]

以他這句話來印證他的小說，誠然是顛撲不破的。

---

[1] 見林進坤，〈楊逵訪問記〉，《進步雜誌》創刊號，1981 年 4 月。

　　楊逵之走向文學的道路，肇因於 1929 年與抗日作家賴和的認識。從此，他跨入了文學界，成爲臺灣文學史上重要的一部分。

　　楊逵小說中的精神便是：不妥協、不屈服。《鵝媽媽出嫁》一書，最先成書出版是日文，亦即《鵝鳥の嫁入》（臺北：三省堂，1946 年）。經過了 30 年的光陰，此書才以漢文的面貌出現。其間他經過國民黨的折磨、監禁、迫害。由於 1970 年代以後，臺灣本土文化崛起，因此日據時代臺籍作家的作品，也隨著受到重視。楊逵乃是第一位受到注意的抗日作家，研究臺灣文學甚力的張良澤，在 1973 年便努力譯介他的作品，終於造成很大的衝擊。

　　1976 年，《鵝媽媽出嫁》成書出版，共計收集七篇重要的短篇小說，包括〈鵝媽媽出嫁〉、〈種地瓜〉、〈無醫村〉、〈萌芽〉、〈送報伕〉、〈模範村〉、〈春光關不住〉，最後一篇是在戰後寫的。

〈送報伕〉的社會基礎

　　楊逵小說的動人之處，在於緊密結合了他所介入的農民運動的經驗。無可否認的，楊逵的作品牢牢建立在當時的現實基礎上，通過他的小說，我們可以清楚認識到 1930 年代臺灣農民運動的背景。當然，楊逵並非是日據時代第一位把農民運動寫入小說的臺籍作家；在他之前，賴和就寫過一篇題爲〈豐作〉的短篇小說，強烈地指控日本帝國主義者對臺灣蔗農的壓榨。

　　基本上，楊逵的創作深受賴和作品的啓示；但是，楊逵的觀察與筆觸，較諸賴和還要深刻尖銳。以他的第一篇小說〈送報伕〉爲例，楊逵便描寫了一位出身於農民階級的留日學生，在痛苦與被剝削的過程中，產生了積極的反抗意識。其中詳細揭露日本資本家是如何蠶食臺灣農民的最後一個據點——土地。因此，以〈送報伕〉做爲了解楊逵反殖民思想的起點，可以說是非常恰當的。

　　〈送報伕〉是以一位名叫楊君的臺籍青年爲中心，反映臺灣一個農民

家庭在層層剝削之下，而無可避免地走向衰敗的途徑。

楊君的父親是一位自耕農，生活一直沒有困難。「到幾年前，我們家鄉的××製糖公司說是要開辦直營農場，為了收買土地，大大地活動起來了。」這簡單的幾句話，便清楚地交代了整篇小說的背景。矢內原忠雄在其《帝國主義下之臺灣》就直接指出：「甘蔗糖業的歷史就是殖民地的歷史。」日本政府既然是為了鞏固它的殖民統治，並加速其帝國主義的擴張，那麼它在臺灣積極發展糖業，乃是必然的措施。日本殖民者在臺灣瘋狂發展糖業的主要手段，便是進行土地掠奪和勞力壓榨。

楊逵的〈送報伕〉，對於土地掠奪的殘忍過程，有著極其生動的描述。小說中楊君的父親，在某一天接到警察的通知，必須隨身攜帶圖章出席家長會議。到了開會那天，數百位農民馴服地聚集在一起，聆聽製糖公司代表的動聽演講。演講者要求出席的農民在土地讓渡的紙上蓋章，否則便是有「陰謀」。經過一番威迫利誘之後，一名日本警察又登臺演講。日本統治者的真正嘴臉就在這時暴露出來了：

> ……糖業公司這次的計畫全是為了本鄉的利益著想的。想想看，現在你們把土地賣給公司……而且賣得好價錢，很多很多的錢便流到這鄉裡來。同時公司在這裡建設規模宏大的示範農場以後，本鄉便名揚四方，很多人會到這裡來參觀，因此，本村一定會日益進步，一天一天地發展。你們應該把這當作光榮的事情，大家好好地感謝糖業公司才是道理。然而，有些人正在「陰謀」反對土地收買，這是如何道理！這個計畫既是本鄉的利益，又是「國策」，反對國策便是「非國民」，是絕不寬恕的！

無疑的，這種苦口婆心的勸誘，正代表統治者的殘酷無情，它一方面盡情搜刮土地，一方面又要受害者表示感激。一夜之間，數百戶農家都被趕離了耕地，有的出外做零工，有的則經營小買賣，也有人留下來在糖廠

的示範農場賣力，直接受大資本家的剝削。誠然，整個農村經濟改變了，鄉村也跟著繁榮了；但是，受益者乃是進行土地集中的資本家，並不是被迫出售土地的農民。楊逵小說中的糖廠農民，實際上只不過是農奴罷了。在土地集中以前，蔗農與製糖者的利害關係是相通的，因為一方是提供原料，另一方則提供資金與生產工具，在某種程度上，他們地位是對等的。土地集中以後，蔗農變成糖廠的僱農，任由廠方予取予求。〈送報伕〉有更真切的描寫：「……因為公司擁有大資本，土地又集中在一塊，犁地他們用的是機器，連牛都失業了。他們要的只是很少很少的打雜工人而已，優先被雇用的也是一做一停，大家都得靠出賣這個，出賣那個來補貼生活，只是賣的速度有分別而已。等賣地的錢用完了，可以賣的東西也賣光了，就只好冒險遠走了。」於是所謂「鄉的發展」的美麗謊話，就變成名副其實的「鄉的離散」了。

受到這種環境的驅使，楊君不得不離鄉背井，到日本半工半讀，以期待有改變命運的一天。但是到了日本，又為環境所迫，不得不去擔任送報員。他的送報經驗，使得他更進一步認清資本家的真面目。

一個歷史的方向

楊君在東京為了謀生，甚至夢想資助臺灣的家人，終於成為街頭的送報員。但是，報社的日本僱主，用盡心機剝削他的勞力，使他不但一無所獲，他的求職保證金也一併被吞沒。楊君陷於生活的絕境時，幸運地獲得援手，那是來自同樣是送報伕的日本勞工田中君。

田中君和楊君都是被壓榨勞力的工人，但田中的處境較楊君好些，所以常常幫助他，使他度過困境。這使得楊君體會到現實的殘酷和溫情，他開始思索：「至於田中，他比親兄弟還要好，……不，想到我那當過巡查的哥哥，什麼是親兄弟，拿他來做比較都覺得對不起田中。」他更進一步得到結論：「如此看來，和臺灣人裡面有好壞人一樣，日本人裡面竟也如此。」

顯然，這時楊君所面對的事實並不是國籍的問題，而是階級的問題了。田中不僅在生活上幫助他，也介紹他參加各種集會。小說中並未交代這是什麼集會，但很清楚的，那是日本工人運動的重要一環。楊君參加日本工人運動以後，認識了一位叫伊藤的日本人，他代楊君找工作，使他的生活安頓下來。這位日本工人，向楊君揭露日本統治者的本質，他說：

> 不錯，日本的工人，大多數就像田中君一樣，待人很客氣，沒有什麼優越感。日本的工人也反對日本政府壓迫臺灣人，糟蹋臺灣人。使臺灣人吃苦的是那些有特權的人，就像騙了你的保證金之後又把你趕出來的那個派報所老闆一樣的人。臺灣去的日本人，多數就是這一類的人。他們不僅對於你們臺灣人如此，就是在日本內地，也是叫我們吃苦頭的人呢……。

伊藤所說的話，畢竟是臺灣人所面臨的歷史方向的問題。受壓迫的臺灣人，是不是應該與受壓迫的日本人聯合起來呢？

以楊君的立場來看，他自己有位親兄弟，竟然變成日本統治者的工具——警察；而他在東京遇到的日本工人，則想盡辦法幫助他。那麼楊君應該選擇哪一方呢？無疑的，他必然站在工人的一邊，因為他想到：「家鄉的鄉長雖然是一個臺灣人，我的哥哥也是臺灣人，可是，為了個人的利益，他們便依附了他們，做了他們的走狗來欺騙、壓迫鄉人。叫我們吃了如此的苦頭。」從這段告白看來，這時楊君的階級意識自然是強過他的臺灣意識。

但是，楊逵所寫的〈送報伕〉，並未把故事寫到這裡就結束。他進一步描述楊君參加日本的工人運動，而且他的努力又獲得勝利。例如，從前把他趕出來的報社就爆發了罷工；在各方壓力下，報社老闆不得不改善工人生活的條件，並且不敢再招搖撞騙，剝削新來的勞工。

楊君的階級意識畢竟是覺醒了。但是，小說並沒有安排楊君被這種意

識沖昏了頭，因為，楊君仍然記得苦難中的臺灣，他必須回臺奮鬥，完成歷史的使命。〈送報伕〉的最後一段是這樣寫的：「我滿懷著信心，從巨輪蓬萊號的甲板凝視著臺灣的春天——這寶島，在日本帝國主義的統治之下，表面雖然裝得富麗肥滿，但只要插進一針，就會看到惡臭逼人的血膿的迸流！」

楊逵在撰寫這篇小說時，多少有些自況的意味；而且他能夠在高壓統治下，寫出這樣具有強烈抗議精神的作品，其膽識一定有過人之處。更值得注意的，楊逵的這篇小說也指出了臺灣的一個歷史方向，那就是要推翻外來的殖民政權絕對不可依賴別人的力量，而必須靠自己的努力奮鬥才有實現的可能。

〈送報伕〉中的楊君，雖然很感激日本工人的協助，並且也參與了日本工人運動的集會；但是他並不因此而認同了日本人。他在東京參加各種運動，其實是抱著學習的心情。歸根究柢，他的理想與抱負必須要回到臺灣才能實現。日本工人的處境，畢竟是和臺灣人不一樣：日本工人只受到資產階級的壓制，臺灣工人則受到資產階級與殖民統治的雙重壓榨。僅此一點，楊君就不可能認同日本人。在將近半世紀以後的今天，捧讀〈送報伕〉時，我們似乎是攬鏡自照，彷彿看到了一個活生生的歷史事實。

決裂與結合

楊逵的另一篇小說〈模範村〉，基本上是〈送報伕〉的延續。

所謂模範村，從字義上看，自然是示範的村莊，它的建設與規畫值得其他村子效法；但是，在這篇小說中則具有反諷的意味，模範村其實就是日本人與臺灣買辦階級攜手壓迫臺灣人的典型村莊。例如：在官方的勒令下，鄉民建起了整齊的道路，結果鄉民的牛車居然不能通行。又如：「農人們種了甘蔗，糖業公司要七除八扣，因低價收買，農人們自然是不甘心的，就想盡辦法來避免種甘蔗。所以糖業公司便要交結地主，共同來壓迫農民。」

在這樣的模範村裡，由於錯綜複雜的利害關係，於是便形成壓迫者和被壓迫者的對立。在雙方的對峙中，楊逵安排了兩位知識分子的角色，他們都面對了階級的認同問題。

第一位是陳文治，他出身於沒落的漢學家庭。雖然他也接受日文教育，但是通過文官的資格考試之後，竟然找不到工作。陳文治只好留在家裡胡亂種些農作物度日，閒暇時，則義務教導村中的青年識字。在生活的壓力下，陳文治變得毫無鬥志，再加上前途的無望，他的沒落似乎是無可避免的了。

第二位是阮新民，他的父親是村中的大地主。他父親每年都向佃戶收回墾熟的荒地，而轉租給糖業公司。阮新民則是留日學生，在東京接受了新的世界思潮，而且也交結了許多抗日志士。所以，回鄉後，第一個和他發生衝突的，自然是他的父親。

阮新民與他父親雖有骨肉之情，但是他不能坐視種種壓迫剝削的事實。阮新民就明白告訴他的鄉人：「日本人奴役我們幾十年，但他們的野心愈來愈大，手段愈來愈辣，近年來滿洲又被它占領了，整個大陸也許都免不了同樣的命運。這不是個人的問題，是整個民族的問題。我父親這種作風確是忘祖了。他不該站到日本人那邊去，這是不對的。我們應該協力把日本人趕出去，這樣才能開拓我們的命運！」

阮新民的每句話，可以說是針對當時的現實環境而發的。第一、他指出日本人奴役臺灣人的事實；第二、他承認他父親對鄉人的剝削；第三、他強調這不是「個人問題」，而是「整個民族的問題」。阮新民顯然認清臺灣前途的癥結所在；值得注意的，他知道自己如果要拯救臺灣，第一件事情必須做的，就是背叛自己的階級。那麼，阮新民與他父親的決裂，乃是勢必所趨。

以阮新民來對照陳文治，就看出日據時代臺灣知識分子的兩條不同路線。陳文治代表的是苦悶的一面，他抱殘守缺地活在他的漢學傳統裡。他只知道自己是被壓迫者，但是他並不知道壓迫的根源在哪裡，更不知道所

謂改革的希望在哪裡。在舉債和避債的日子中，陳文治的衰敗與沒落是可想而知的了。相形之下，阮新民的路線就完全背道而馳。他雖出身於暴發戶的地主家庭，但並不因此而蒙蔽了對現實問題的認識。阮新民與他父親衝突之後，便離家出走了。他往何處去？小說中並未明確交代，不過楊逵似乎在暗示他潛往中國抗日去了；因為，阮新民「本想在城裡準備當律師，為窮苦同胞爭取一點權益的。但是，炮聲在蘆溝橋響了。他說，做律師是無濟於事的……」。

阮新民無疑是比陳文治還更具戰鬥性。然而，他與家庭決裂之後，並沒有留下來和鄉民結合在一起。他在「祖國之夢」的指導下，跑到中國抗日去了。究竟這條路是正確的，還是偏差的？許多史實已有詳細的旁證，在此暫且置而不論。

楊逵小說的重點，乃在於敘述模範村的居民如何受到日本殖民者的欺壓和凌辱。表面上，駐在當地的日本警察似乎要改善村中的環境，諸如修築道路、保守村容整潔等等；事實上，他們只是為了向上級邀功而已，而完全不顧村民的實際生活情況。

官員與地主的剝削與歧視，才是這篇小說所要揭露的。農民遭到悉數壓榨之後，他們所賴以生存的村莊終於被選為「模範村」了。在慶祝會上，「照例是先懸掛日本國旗，接著由郡守和警察局長、糖廠廠長各發表一篇演說。無非是祝賀得獎和讚譽本村的一切的話。最後由阮老頭代表本村致詞。他一躬到地感謝來賀的美意，勉本村的農人當更加努力。末了又說，正擬設一個『部落振興會』來推展本村的興建事務。」

全村農民經過終年的辛苦之後，結果榮譽都歸於統治階級。至於所謂的「部落振興會」，正是下一步繼續剝削農民的行動計畫。這種情景，在半世紀以後的今天，不也是對臺灣人民相當熟悉嗎？楊逵小說之偉大，乃在於它超越了時空的限制，對於一切的壓迫者，提供了一面擦亮的鏡子。

「模範村」中，另一值得注意的人物是陳文治。他原是一個無可救藥的墮落的知識分子；但是，他和農民日夜相處，終於也為他們的活力與朝

氣所感動。當然，陳文治也閱讀了阮新民所留下的書籍，包括《報紙的讀法》、《農村更生策》等書。其中有一段很生動的描寫：

> 忽然，他翻到了一紮報紙，是日本農民組合的機關，叫「土地與自由」。
> 他一張張翻著，裡面卻有一段寫著「千葉農民對於收回耕地的鬥爭」。好像抓到癢處似的，他仔細地讀了一遍，興奮地用臺灣話翻譯給大家聽。
> 「千葉是什麼地方呀？」
> 「在日本哪……，哦，在日本竟也有這回事！這好像是……天下的烏鴉到處一樣黑啦！」
> 「這是真的事情嗎？」

這段描述可以說是對全世界的壓迫階級提出控訴。在臺灣壓迫臺灣人民的日本殖民者，即使是對於本土的人民，也是千方百計地進行土地掠奪。陳文治受到這些書籍的衝擊，同時也受到村民的幫助，他終於也覺醒了，因為「他們在我困苦的時候，拯救了我。我也得拿出我最大的力量，為他們……」，顯然，這篇小說結束時，充滿了無限的暗示。

勇敢的臺灣人

楊逵在另一篇〈鵝媽媽出嫁〉中，更加針對日本壓迫的事實，予以嘲諷、揶揄。

首先，楊逵在小說中塑造了兩個人物，一是實際參與行動的「我」，一是主張和平改革的林文欽。楊逵交代了小說中的思想背景：「那時正是馬克思經濟學說的全盛時代，血氣方剛的學友們都著了迷一樣，叫喊著階級鬥爭，跑上實踐運動去了。」但是，書中的林文欽則主張，透過「協調」和「非鬥爭」的方法，就可達到改革的目的。「因此，他以全體利益為目標，考察出一個共榮經濟的理想，從各方面找資料來設計一個龐大的經濟計畫。對於原始人的經濟生活研究盡詳的他，總以為『要是資本家都取回了

良心，回到原始人一般的樸實純真，共榮經濟計畫的切實實施一定可以避免血腥的階級鬥爭。』」

這位林文欽無疑是日據時代的「革新保臺」者，在他的主觀願望裡，只要資本家回心轉意，歸向「樸實純真」的境界，世界上便沒有所謂的剝削與掠奪，而階級鬥爭就可避免了。然而，林文欽是註定要失敗的，因爲他假想中的資本家，並沒有他預期的那樣理想。以他的父親爲例，雖然繼承千餘石的祖業，最後也不免在殖民經濟的擴張中崩潰。當時，「抗日風起，民族文化與要求民主自由的民眾運動開展，而文化工作者需要錢用時」，他父親更是有求必應。

誠然，林文欽與他父親都是站在臺灣人的立場，卻因爲世界觀的不同，而導致無可挽回的悲慘命運。林家的財產終於都落在一家公司的手裡了。而剛過 30 歲的林文欽，就在蒼白與幻想的日子中結束了生命。他死時，還留下一疊厚厚的原稿，題目是：「共榮經濟的理想」。無疑的，在他剩下最後一絲氣息時，還沒放棄他自築的象牙塔世界。

如果從文學結構的眼光來看，林文欽的這段記載，事實上和〈鵝媽媽出嫁〉整個情節的發展，很難拉上關係。如果有的話，我們只能這樣解釋：林文欽之死，是殖民地時代和平改革者的縮影，他忽視壓迫的事實，終於自身也被壓迫致死。和平改革者死了，殖民地的壓迫仍繼續存在，而且還變本加厲。

小說中的「我」，是以種植花卉維生。當地醫院的日本人院長，來訂購樹木，講好價錢時，卻又看中他所蓄養的母鵝。因此，他去醫院收帳時，院長顧左右而言他。最後，言明要他附贈已看中的母鵝後，才悉數付帳。

在這篇小說裡，沒有醜化的字眼，也沒有激動的口號。他寫出「我」的遭遇，「我」的頓挫，便反映了統治者的嘴臉。

其他如〈無醫村〉和〈種地瓜〉，都具體刻畫了帝國主義下的臺灣，是極其痛苦、艱難地生存著。

然而，我們從小說中的人物，都認識了並體會到臺灣人的勇敢精神。

在一篇題為〈萌芽〉的小說中，楊逵模擬一位臺灣女性的語氣，以書信體
表現出臺灣人堅毅不屈的精神。

　　小說中的寫信者是一位煙花女子，她寫信給一位在獄中的臺灣文藝青
年。她的男人因「思想問題」而坐牢，她並不懊悔，反而感到無比的驕
傲。她對當時的皇民化文學也提出抗議。她說：「臺灣的文藝界，最近墮落
了，有許多真實地擎著日本侵略主義的提燈在露頭角。」她在信中勉勵
「為了臺灣民族運動」而入獄的青年，要他把「目前的一種民眾運動的潛
力印在心上」。楊逵在這篇短文中，既一方面諷刺了為日本侵略者「提燈」
的文藝家，一方面又不忘與民眾站在一起。這正表現了他當時撰稿的心情
與思想狀態。

　　閱讀這些小說時，我們不能忘記，楊逵是生活在高壓的帝國主義統治
下。他所發表的文章，以及主編的文學刊物，都必須受到日本當局的檢
查。在那麼困難的環境中，楊逵仍持續不斷地表達他的反抗思想。這種行
動實實在在地呈露了一股不可搖撼的勇氣。誠然，楊逵的小說中沒有科學
的分析。但是，做為一個實際的農民運動者，做為一個行動中的小說家，
他並不必分析整個社會的結構；因為，他已準備地看清了問題的所在，而
且他所提出的問題，正是當時知識分子所應深思熟慮的。

　　更值得一提的，楊逵是一個社會主義者，他沒有為了傳播他的思想而
吶喊一些口號，更不會處處玩弄了一些名詞遊戲。閱讀他的小說，我們只
看到他以循循善誘的態度，使讀者了解問題的所在。自稱是「人道的社會
主義者」的楊逵，可能是臺灣的第一位社會主義思想的文學家，而且也是
第一位寫社會主義的作品，而能夠在臺灣公開流傳。像他這樣堅持信念，
而又毫不屈服的文學作家，已為臺灣文壇留下可以效法的典範。

一場新的鬥爭

　　楊逵常常說的一句話是：「我領過世界上最高的稿費，我只寫了一篇數
百字的文章，就可吃十餘年免費的飯。」

　　這句話含有無限的辛酸，也有無限的抗議。楊逵在日據時代參加農民運動和文學活動，前後加起來只坐過十餘天的牢獄。但是，國民黨來臺以後，他和朋友撰寫一篇「和平宣言」，主張「大陸人」和「臺灣人」應融洽相處；結果竟因此而被判 12 年的徒刑。楊逵在偏遠的綠島度過十年的歲月，與家人完全隔絕。在此期間，他並未停止思想，也未停止創作。他在獄中撰寫的部分文章與信箋，都收在 1976 年的《羊頭集》裡。

　　胡秋原為楊逵的《羊頭集》寫序時，曾說：「看了楊逵小說——雖是短短的幾篇，我毋寧有『先進的臺灣，落後的大陸』之感。」胡秋原的話主要在於指出，楊逵小說中的鄉土性，較諸 1930 年代的中國小說還來得真切。胡秋原說：「他以一顆誠實的心，一支樸實的筆，描寫他身受的或目擊的人生，也就是一般平民的生活。」

　　以「先進的臺灣，落後的大陸」來概括臺灣與中國文學之間的差異，或許失諸粗疏；但是，以「誠實」、「樸質」、「平民生活」來界定楊逵作品風格，則是相當持平的。

　　《羊頭集》裡面所收的文章，除了〈首陽園雜記〉、〈泥娃娃〉寫於日據時代之外，其餘都完成於綠島監獄和釋放以後。為什麼這本書叫做《羊頭集》呢？他說：

> 這集子，我想把它題為「羊頭集」。
> 這集子，不一定要出版，自然沒有掛羊頭的必要。
> 其實，近來狗肉很吃香，據說它能補強不補弱的，所有賣狗肉的都稱為香肉舖子，「掛羊頭賣狗肉」這句話似已不合時了。不久的將來也許會有「掛羊頭賣狗肉」的舖子出現也說不定。

　　那麼，楊逵有沒有在這本書中「掛羊頭賣狗肉」呢？讀過這本書的人，自然是寸心了然。我們在字裡行間體會到他的用心，他的精神，以及他的鼓勵。

在〈園丁日記〉中，有一篇文字是記載他們在牢外做牢役的情形。文中提到砍樹的過程中，曾與螞蟻奮戰。日記的最後是這樣寫的：

> 我們都有一點得意忘形，在睡覺前的一段時間，我向同學們誇耀了今天與螞蟻作戰的經過，讓他們看了滿身紅點斑斑的記號。
>
> 「啊，你們帝國主義……」
>
> 老吳把指頭戳到我額頭說。
>
> 「帝國主義？！……」
>
> 「可不是嗎？螞蟻們在山上過著和平安靜生活，你們都把它搞得巢破蟻亡，難怪他們要反抗，打游擊以保衛自己……」

這篇並不醒目的日記，可以說發揮了文字上巨大的象徵作用。楊逵以「帝國主義者」自況，又以螞蟻影射「弱小民族」。他寫這段文字沒有其他目的，而只在強調一句話：「有壓迫，就有反抗。」坐在牢中的楊逵，流露出的不屈精神，到現在仍使人感到熱騰騰的。

不僅如此，他還寫信給他的孩子，勉勵他堅強起來。他在獄中以信件勸勉他的孩子說：「宇宙間雖然還有許多未解決的問題與矛盾，但人類的努力不斷在打開智慧之門，使我們能夠把複雜的問題一項一項得到了合理的解決。科學的精神是實事求是的，今天解決不了的可以等待明天，這一代解決不了的可以讓下一代來繼承、來完成。在這裡不容有迷信和幻想。」

這段話指的「人類」似乎顯得空泛，但是落實一點來說，豈不指的就是「臺灣人」。他提示了一個反抗的原則，即「實現與行動」，而且是「不斷的」行動。那麼，以這個觀點來看牢獄中的楊逵，國民黨並沒有擊敗他。真正的失敗者才是施用枷鎖的統治者，因為他們充滿了「迷信與幻想」，誤以為監禁一個人，就可以連帶監禁他的思想。但是，事實證明這只是統治者的錯覺。楊逵並沒有從此就息旗偃鼓，卻反而成了一名「不朽的老兵」。

讀《羊頭集》時，我們可以細心體會他的一字一句。具體地說，他的每個字可以說都是經驗的結晶，雖然他的文字看來是如許樸素、平淡。

結語

只要不公平的體制繼續存在臺灣一天，楊逵作品中的反抗精神就繼續發揮它的力量。

從純文學的眼光來看，楊逵並不玩弄文字技巧，也不崇奉華麗的詞藻。在臺灣，仍然有些文評者，嫌其作品過於粗糙。但是，文學之所以成爲文學，並不是給予感官上的滿足，而在於思想上的說服。

楊逵之所以要用文學形式來表達他的思想狀態，是因爲了解文學的感動力量。不錯，他的文學仍很粗糙。然而，粗糙也是一種風俗。楊逵一篇粗糙的小說，竟能使人過目不忘，更使人傳誦再三，那麼他的思想說服力必然是極其強烈的。既然有說服力，又有何他求？

果真如此，大家都應該虛心捧讀楊逵的小說了。

——本文原以筆名「溫萬華」發表於《美麗島》
第 53～55 期，1981 年 8～10 月

——選自《臺灣文藝》第 94 期，1985 年 5 月

楊逵作品〈新聞配達夫〉、〈送報伕〉的版本之謎

◎塚本照和[*]
◎向陽譯[**]

一、

　　楊逵氏於昭和九年（1934 年，民國 23 年）在ナウカ社發行的《文學評論》（10 月號，頁 199～233）上，發表了他獲得佳評的〈新聞配達夫〉，而在臺灣新文學史寫下了值得紀念的一頁。

　　這篇作品原發表於《臺灣新民報》（昭和 7 年 5 月 19 日至 5 月 27 日），卻於連載中遭查禁處分，僅刊登「前篇」即告中斷。此即越二年後「全篇」重行在《文學評論》發表的原委。或許緣於如此，這篇作品就其版本來看，咸認爲其段落表達上有頗大差異。

　　然而，過去討論楊逵氏此一作品的文論雖有相當之數，卻迄無針對其版本之間顯見的段落表達之差異，來加以探討的篇章。作品研究本須基於可信的版本從事，此乃無庸贅述。

　　〈新聞配達夫〉問世以來，迄今 50 年間，何以竟會出現多種不同的版本呢？我想，這與當年日據下思想言論的控制、光復後出版、表達恢復自由之複雜的發表過程，有其背景上必然的關係。此一推測如果不差，則我們應可根據發表背景，對一個日據下的臺灣人知識分子、及其複雜的屈辱感與反抗性——也就是被統治時期的作品如何表達他的遭遇、思想、省

[*]發表文章時爲日本天理大學外國語學部教授，現已退休。
[**]本名林淇瀁。翻譯文章時爲《自立晚報》藝文組主任兼副刊主編，現爲臺北教育大學臺灣文化研究所副教授兼所長。

視；而在光復後又如何改寫了哪些部分？甚至加以添增？——從而獲得相當明晰的了解才是。

二、

　　據我所見到的，使用日文發表的版本，除了作者的「原稿」（後篇）「參見附圖」之外，計有：

　　（1）《臺灣新民報》所載部分（前篇），昭和 7 年 5 月 19～27 日。

　　（2）《文學評論》所收部分（全篇），昭和 9 年 10 月，ナウカ社。

　　（3）《中日對照・楊逵小說集》（新聞配達夫（送報伕））日文部分，民國 35 年 7 月 1 版，8 月 2 版，臺灣評論社。

　　（4）《中日對照・送報伕》（中國文藝叢書）日文部分，民國 36 年 10 月，東華書局。

　　（5）《中國》雜誌重刊部分，1972 年 5 月，中國の會編。

　　等五種；中譯版本部分，計有：

　　（6）《山靈》（朝鮮臺灣小說集）所收部分，民國 25 年 4 月，開明書店，胡風譯。

　　（7）《中日對照・楊逵小說集》（新聞配達夫（送報伕））中文部分，同（3）。

　　（8）《中日對照・送報伕》中文部分，同（4）。

　　（9）《幼獅文藝》所收部分，第 40 卷第 3 期，總 249 期，民國 63 年 9 月。

　　（10）《鵝媽媽出嫁》（大行出版社）所收部分，民國 64 年 5 月，張良澤編。

　　（11）《鵝媽媽出嫁》（民眾日報出版社）所收部分，民國 68 年 10 月。

　　（12）《臺灣作家選集》所收部分，1977 年 7 月再版，臺灣作家選集編委會。

（13）《臺灣鄉土作家選集》所收部分，1978 年 11 月 3 版，臺灣鄉土作家選集編委會。

（14）《光復前臺灣文學全集六》所收部分，民國 68 年 7 月，遠景出版社，鍾肇政、葉石濤主編。

（15）《臺灣小說選》所收部分，1979 年 12 月，人民文學出版社。

（16）《臺灣作家小說選集一》所收部分，1981 年 11 月，中國社會科學出版社，張葆華編。

以及《世界知識》所收部分（未見），《弱小民族小說選》所收部分等 13 種。

就這些版本在表達的相異面與共同面來分，又可大別於二種系統。即其一，自胡風以至《世界知識》、乃至《弱小民族小說選》等譯載本（後二者筆者雖未能見到而無法確認，但推測係為《山靈》本之轉載）為同一系統，則（1）（2）（3）（4）（5）（6）（7）（8）（9）（12）（13）（15）（16）等相近之版本屬之；另一系統，則為已添加甚多前一系統未見段落的（10）（11）（14）等。

又，再就「譯者」來看，則除了「胡風」譯本外，不知何故而署以「譯者不詳」及未署名之中譯本也所在多有（或係光復後，作者自行以中文重寫，亦未可知），此一作品在「版本」及「譯者」上的疑點，應屬此後值得探討的課題。

限於篇幅，本文僅就前述版本中若干段落之異同加以比較，並指陳其中顯而易見的不同表達，至於譯者的疑點只好略而不論。

三、

以下謹舉具體實例，藉以確認這些版本的相異之處。

用例一

（甲）「楊明……」……どうなるんだらら！……と私は思はず立ち上つて、カタズを呑んでぢつと父が出て行くのを見た。父は村長の前に出

て、「私は売ることが出来ませんから印を持って来ません……」ときっぱり言つた。「何に？お前は保正ぢゃないか！皆の模範となるべきなのに陰謀の首魁となってゐるんだね？……」と警部補がつめよった。父は默つた儘じっと立つゐいた。

作者原稿

（乙）「楊明……」と言ふ父の名前を聞いた時、——どうなるだらう？……——と私は氣が氣でなくなっこ、カタズを呑んで思なず拳を握って立ち上った。　父は落付いて出て行った。村長の前に出ると破鐘を打つやうな聲で、「私は売ることが出来ませんかう、印章を持って来ません！」とキッパリ言ひ切った。「何？お前は保正ぢやないか！皆の模範たるべき保正が陰謀の首魁となるなんて、けしかうん！」と威猛高になって、傍に立ってゐた……補がつめよった。

——（2）218頁、（3）75・77頁、（4）46頁、（5）65頁

（丙）「楊明……」一聽到父親底名字、我就著急得不知所措、屏著氣息、不自覺地捏緊拳頭站了起來。——會發生什麼事呢？……父親鎮靜地走上前去。一走到村長底面前就用了破鑼一樣的聲音、斬釘截鐵地說：「我不願賣，所以沒有帶圖章來！」「什麼？你不是保正麼？應該做大家底模範保正，卻成了陰謀首領，這才怪！」站在旁邊的警部補、咆哮地發怒了，逼住父親。父親默默地站著。

——（6）204～205頁、（7）74・76頁、（8）46頁、
（9）69頁、（12）29～30頁、（13）29～30頁、
（16）393頁

（丁）「楊明……」一聽到父親的名字，我就緊張得不知所措，屏著氣息，不自覺的捏緊拳頭站起來觀望。——會發生什麼事呢？父親卻鎮靜地走上前去，一走到鄉長面前就用了破鑼似的聲音，斬釘截鐵地說：「我

的土地、我要自己耕種才能生活、因此不能賣，沒有帶圖章來。」

十一

「什麼？你不是保正嗎？當了保正就應該順應國策，做大家的模範，你卻做了陰謀的首領，這才怪！」站在旁邊的警部補，發怒地咆哮起來了。他逼住了父親，睨視著父親，父親卻默默地站著，毫不動搖。

——（10）107頁、（11）109頁

（戊）「楊明……」一聽到父親的名字，我就緊張得不知所措，屏著氣息，不自覺的捏緊拳頭站起來觀望。——會發生什麼事呢？父親卻鎮靜地走上前去，一走到鄉長面前就用了打鑼似的聲音，斬釘截鐵地說：「我的土地、我要自己耕種才能生活，因此不能賣，沒有帶章來。」整個廟裡的空氣都緊張起來了。

十一

「什麼？你不是保正嗎？當了保正就應該順應國策，做大家的模範，你卻做了陰謀的首領，這才怪！」站在旁邊的警部補，發怒地咆哮起來了。他逼住了父親，睨視著父親，父親卻默默地站著，毫不動搖。

——（14）37頁

　　（丁）（戊）兩則引文中出現的「我的土地，我要自己耕種才能生活」、「睨視著父親」、「毫不動搖」等語（譯按，如劃＿＿＿部分），並未見於（甲）（乙）（丙）三例。而（戊）例更添加了「整個廟裡的空氣都緊張起來了」句（譯按，如劃＿＿＿部分）。光復後出版的版本，除了前舉（4）（5）兩種版本以外，尚有如前所見的《楊逵小說集》、《幼獅文藝》所收部分及《送報伕》（中國文藝叢書）等，但在這些版本中，並未如（丁）（戊）兩則一樣加以增添，也沒有使用「十一」的符號來分別章節（只有在本文第二節所舉的（10）（11）（14）等版本，才把全篇分成 17 小節）。如此增添並加以分節，如果把它視為係光復後作者藉以表現某種明確意圖

的結果，則對於理解此一作品的刊登過程與作者態度，確是極其可貴的。

用例二

（甲）それかう私は<u>食ふ為めの仕事を探し</u>ながう、<u>日本勞働合評議會</u><u>のこの人達と行き來し、ストライキの應援にも幾度か顔を出し、會議</u><u>にも參加し、演說會にさへ立った。</u>數個月后には私を追ひ出した<u>紅顔</u><u>で氣とり屋の新聞舖の主人</u>が、新聞配達夫の團結の前に青ざめた顔をうなだれゐるのを見て私は胸を躍らした。

作者原稿

（乙）この會見が濟んで三日后、私は伊藤君の紹介で、<u>淺草の或る玩</u><u>具工場に働く</u>ことが出來た。そして、私は規則正しく閑の時間を利用して……。こうして數ケ月後、私を追ひ出した<u>ＸＸ新聞舖</u>に於て、ストライキが捲き起された。紅顔で、氣どり屋の<u>ＸＸ新聞舖主人</u>が、新聞配達夫の團結の前に、青ざめに顔をうなだれてゐるのを見た時、私の胸は躍った。

—— （2）232頁、（5）76頁

（丙）この會見が濟んで三日后、私は<u>伊藤君の世話</u>で、<u>淺草の或る玩</u><u>具工場に働く</u>ことが出來た。そして、私は規則正しく閑の時間を利用して（<u>日本勞働組合評議會のこの人達と行き來し、ストライキの應援</u><u>にも顔を出し、會議に參加し、終には演說會にさへ出て、吾吾台湾人</u><u>が如何に苦しめられているかを喋ったりした</u>）。
<u>こうして、數ケ月後には、私を追ひ出したＸＸ新聞舖に於てストライ</u><u>キが捲き起された。</u>紅顔で氣どり屋の<u>ＸＸ新聞舖主人</u>が、新聞配達夫の團結の前に、青ざめた顔をうなだれてゐるのを見た時、私の胸は躍った。

—— （3）129・131頁、（4）79・80頁

（丁）這個會見的三天後，我因為<u>佐藤君</u>底介紹能夠到淺草底一家玩具工廠去做工。我很規則地利用閒空的時間……（原文刪去。）幾個月以後，把我趕出來了那個派報所裡勃發了罷工。看到面孔紅潤的擺架子的×× 派報所老闆在送報伕底團結前面低下了蒼白的臉，那時候我底心跳起來了。

——（6）225頁、（3）128・130頁、（4）79・80頁

（戊）我同<u>伊藤</u>會見的第三天，我由他的介紹，到了淺草區的一家玩具工廠去做工，<u>生活才稍微安定了一下。其後，每有空，我就去找他請教各種疑問和難題，他總是解答得非常切當。我漸漸地堅定了生活的信心，不再彷徨了。</u>每有機會，他又給我介紹了很多的朋友，有時候還約我去參加各種的會議，去聽演講會，有一次我竟被拉到講臺上去向幾千的聽眾報告我們家鄉發生的那次事件了。幾個月之後，把我趕出來的那個派報所裡暴發了罷工。看到這個面孔紅潤，而喜歡擺架子的<u>大崎派報所</u>老闆在送報伕團結之前，竟不得不低下了蒼白的臉，那時候我的心躍動起來了。

——（10）132頁、（11）133～134頁、（14）62頁

（甲）引文中寫的是「食ふ爲の仕事を探し」（譯按，找個可以餬口的工作），在（乙）（丙）兩則引文中卻是「淺草の或る玩具工場に働」（譯按，在淺草的某個玩具工廠做事，以上見引文＿＿＿部分）。「佐藤君」或者「伊藤君」，在（甲）引中尙未登場，但在（乙）（丙）兩引中則一開頭就上了場，可是在此是「伊藤君」，到了（丁）引中卻搖身變爲「佐藤君」，到了（戊）例又成爲「伊藤君」（譯按，見引文＿＿＿部分）。何以會產生如此的差異呢？

又，（戊）引中從「生活才稍微安定了一下」到「他又給我介紹了很多的朋友」爲止的段落，（甲）（乙）（丙）（丁）四引皆付諸闕如（譯按，見

引文＿＿＿部分），顯見是光復後新添的。

另外，（甲）引從「日本勞働組合評議會」到「紅顏で氣どり屋」為止的段落，與（丙）引從「（　）」到「氣どり屋」為止的段落，表達上大抵相近，但（丁）引的「（原文刪去。）」、（乙）引的「……」，如把（甲）引上述部分，及（丙）引「（　）」部分代入，想必錯不了才是。果然如此，則（甲）引「日本勞働組合評議會」到「演講會にさへ立った」為止的段落，正是作者原稿上所想表達的，由此可想而知，作者向《文學評論》投稿時，寫的也是這些。然而，居然事實上發表出來的作品卻缺了這一段，恐怕只好把它解釋做，是在入選到發表的過程中，因編著依當時政治、社會狀況，個人認為該部分表達上欠妥而將之刪除了。

楊達氏曾如此表示：

> 於是我把〈送報伕〉前半部與後半部合起來抄寫一下，隨即寄到東京去。想不到很快的，當年十月，〈送報伕〉的全文在《文學評論》雜誌上登出來。（中略）
> 〈送報伕〉這篇小說是由他（賴和氏を指す―筆者注―）經手寄到《臺灣新民報》的，他好像是〈送報伕〉的助產士，但卻只給接生了一半，一直為尾巴生不出來而遺憾。等了將近兩年，突然看到〈送報伕〉全文出現在東京的雜誌上，他幾乎比我還要興奮。尤其是他最關切的糖業公司逼害農民的那一段描述都沒有剷除，他似乎感到有一點意外。
>
> ——〈日本殖民統治下的孩子〉，（《聯合報》，民國 71 年 8 月 10 日）

依楊氏之言，他所謂「全文」，應係單指「前半部」與「後半部」集合起來被「刊登」的意思，而稿子未被「剷除」，也不一定表示是絲毫未損——完全之文——地發表吧。又，「糖業公司逼害農民的那一段描述都沒有剷除」（譯按，如＿＿＿部分），依文氣來看，其他部分可能也有「剷除」部分，在此則僅限此一段落未遭「剷除」才是。

　　而（乙）（丙）兩引的「××新聞舖主人」、（丁）引的「××派報所老闆」，到了（戊）引中則具體寫出「大崎派報所老闆」（譯按，見引文劃__部分），「大崎」可能是真正的名稱吧。

用例三

　　（甲）——この數ケ月の勉強こそ、母の遺言に對す最も忠實なやり方だ……と私は確信に滿ちて巨船××丸上から表こそ美くしく肥滿しているが、一針當てれば惡臭プンプンたる血膿の奔流を見るであらう台湾の春を見つめた。

——1932.6.1

作者原稿

　　（乙）私は、そのエビス顔に、一つ拳骨を喰らはして、そのべりをかく處を見たい欲望に驅られたが、我慢した。併し、彼をして承諾せしめた配達夫の諸要求は私の鬱憤晴しより、更に有意義であつた。考へても見給へ！失業者を釣る「配達伕募集」の貼紙は剝がされたのだ！寝部屋は一人に付疊兩疊、フトン一枚の割に定められ、新たに鄰りの家が借りられて、皆の宿舍に當てられ、疊の表も取換へられた。勝手氣儘な規定は剝がされたのだ！ノミ退治の方法が講ぜられたのだ！讀者勸誘一人當拾錢に値上げされたのだ。どうだ！これでも勞働者は……！——この數ケ月の勉強こそ！母の遺言に對する最も忠實なやり方だ——と、私は確信に滿ちて、巨船蓬萊丸の甲板から、表こそ美々しく肥滿して居るが、一針當てれば、惡臭プンプンたる血膿の迸りを見るであらう台湾の春を見つめた。

——1934.5.1

——（2）232頁、（3）131・133頁、（4）80・81頁、（5）76頁

　　（丙）對那胖臉一拳，使他流出鼻涕眼淚來——這種欲望推著我，但我

忍住了。使他承認了送報伕底那些要求,要比我發洩積憤更有意義。想
一想看,勾引失業者的「募集送報伕」的紙條子拉掉了!寢室每個人要
占兩張蓆子,決定了每個人一床被頭,租下了隔壁的房子做大家底宿
舍,蓆子底宿舍,蓆子底表皮也換了!任意制定的規則取消了!消除跳
虱的方法實行了!推銷一份報紙工錢加到十錢了!怎樣?還說勞働
者⋯⋯!「這幾個月的用功才是對於母親底遺囑的最忠實的辦法。」我
滿懷著確信,從巨船蓬萊丸底甲板上凝視著臺灣底春天,那兒表面上雖
然美麗肥滿、但只要插進一針,就會看到惡臭逼人的血膿底迸出。

―― (6) 225～226頁、(3) 130・132頁、

(4) 80・81頁、(9) 80頁、

(12) (13) 44頁、(15) 50頁、

(16) 408・409頁

(丁)給那胖臉一拳,使他流出鼻涕眼淚來――這種欲望推動著我,但
我忍住了。使他承認了送報伕的那些要求,要比我發洩積憤是更有意義
的。想一想看;勾引失業者的「徵募送報伕」的紙條子被撕掉了。任意
製訂的規定取消了!推銷報紙一份的工錢改為十錢了!寢室每個人要占
兩張蓆子,每個人一床被頭,租下了隔壁的房子做大家的宿舍,蓆子都
換新了。消除跳虱馬上實行了!怎樣?誰說工人沒有志氣?誰說工人沒
有力量?誰敢說工人一定就要過著豬不如的生活?在慶祝勝利的集會
上,我又一次站到演講臺上去向大家報告了家鄉的情形,同時也披露了
我已決定馬上回到家鄉去奮鬥的使命。我越說越激昂,聽眾更是火一般
的激烈。在我說出最後一句話而將要下臺時,我便聽到掌聲齊鳴及
「幹!幹到底!」的高呼。這個會竟一變而成為我的歡送會、壯行會,
就像把一個戰士送上戰場的氣氛瀰滿了會場。隔天,我要出發回鄉時,
雖然沒有「衣錦」,穿的還是那一套天天穿著的工作服,很多既知未知的
朋友卻把我送到東京火車站的月臺上握別――大家振奮著、沒有惜別的

氣氛。——這幾個月的學習，才是對於母親遺囑最切實際了！我滿懷著
信心，從巨輪蓬萊號的甲板凝視著臺灣的春天——這寶島，在日本帝國
主義的統治之下，表面雖然裝得富麗肥滿，但只要插進一針，就會看到
惡臭逼人的血膿的迸流。

——（10）132～134頁、（11）134～135頁、（14）62～64頁

　　用例三正是〈新聞配達夫〉〈送報伕〉版本的癥結所在。不僅（甲）與
（乙）兩引有相當大的差異，即使根據（乙）引而來的中譯（丙）引、甚
至按理係根據（乙）（丙）兩引的（丁）引之間，顯而易見都有極大的差
異。

　　例如，註明「1932.6.1」寫作日期的「作者原稿」之（甲）引，與註
明「1934.5.1」寫作日期發表於《文學評論》及其他收錄日文本之（乙）
引，如將兩引寫作時間早晚及其精確粗疏加以比較，即可了解兩者之間的
表達傾向及其差異了。巧的是（丁）引「怎樣？誰說工人沒有志氣？」到
「沒有惜別的氣氛」為止，與「這寶島，在日本帝國主義統治之下」（譯
按，如劃＿＿部分）都是（甲）（乙）（丙）引完全沒有出現過的表達。此
與前述用例二的情況雷同，姑認為作者向《文學評論》投稿時並非沒有寫
出來，但果然真是如此嗎？而（乙）引的「（　）れでも勞働者は……！」
中的「……」（譯按，如劃＿＿部分），與前述用例二（丁）引所見「原文
刪去」的處置結果大概一樣，又何以如此呢？凡此疑點不在少數。

　　因此，目前我們仍無法言之確鑿地加以論定，但我想，就迄今所能看
到的部分而言，此一增添的篇幅，殆為光復後重新發表之際，作者（或譯
者）所添加的才是。果如是，則今天應為讀者所使用的用例三（丁）引的
「全文」，並非前引楊達氏所述（「日本殖民統治下的孩子」，民國71年
（1982年8月10日）《文學評論》上「全文」「昭和9年（1934年）」，一
字未易而完整的中譯本了，此為不可不知者。

四、

　　以上所述，係對現有〈新聞配達夫〉(〈送報伕〉)版本間顯見的表達差異，舉其若干相異之例，試加以比較檢討。當然我如上所述從用例來探討，並未針對此一作品的整體，但僅經由此一探討，我們已能理解，相對於日據時期及光復初期發表作品在表達上的簡單，其後出版的同一作品顯得詳盡而冗長。何以會出現如此的差異呢？

　　理由之一，我這樣認為，即作者楊達氏一開始在《臺灣新民報》發表此一作品（僅前篇），但因日本統治下的臺灣不許可這篇小說全文刊完，乃逆而發表於日本「內地」的《文學評論》雜誌，又因該雜誌禁止在臺發售流通，要讓臺灣的讀者讀到也非易事，縱使可能也只限於少數人或機關。此一時期過去後，隨著光復，臺灣的經濟景氣復甦，加上出版業的活潑化、中文教育取代日本教育而更形普及、向上，逐漸到達一個境界，日據下文學作品的編輯、出版隨之湧動而起。此時老作家之中，將昔日作品內未能表達的當時自己的心情，趁此機會置於新版本中者，所在多有，絕非不可思議。楊達也不是唯一的一個，此可想而知。楊氏特別在關係到〈新聞配達夫〉（送報伕）中，對於被統治採取反抗的姿勢，或者在牽涉到「我」的「思想」與「行動」的罷工與集會，加以更具體的渲染，自亦難免。

　　在面對嚴酷的「日本帝國主義」統治之下的當時，做為「臺灣人」如果不能對死有所覺悟的話，大概是不可能做出諸如「日本帝國主義」等一類的言辭或表達吧。如此一來，作者實在無法將自己的理念加以具體化，也許只能默然不語，否則就只好更加複雜地在屈辱中去表達；除此以外，唯一還未喪失的辦法就是想像了。此所以光復後，站在「青天白日」之下的時候，乃就開始把鬱積已久的「腹中的想法」，拿來在其上添加表達的原因吧！作者說過「把部分曾被刪除的地方，努力加以增添補字」，正可證明此一推測的可能。

作者憶惜思今，在《鵞鳥の嫁入》（鵝媽媽出嫁）後記中如此述懷：

> 收在這集子中的零碎作品，是這以前刊登於報社雜誌的一部分，為了避開嚴重的檢閱的注意，曾費了一番慘澹的苦心，這是唯一可取的。從青天白日的今天的眼光來看，或仍有相當顯著而不可靠的地方，但為了獲得免於餓死的食糧，只好由人慈愍，厚著臉皮出版了。回想到八月十五日以前，連刊行本書也不被許可的日子，真是感慨之極。
>
> ——《楊逵小說集・鵞鳥の嫁入》後記（民國 35 年 3 月 5 日）

由此可見，為了「避開嚴重的檢閱的注意」，只好在被容許範圍內做最大限度的突破的表達，而這種表達在某種程度上的妥協之不得不然，就可想而知了。同時，也就關聯到了戰後增添文字的想法。此所以楊逵氏談到〈新聞配達夫〉時如此說道：

> 〈新聞配達夫〉在 1932 年寫成後，經由賴和先生之手在《臺灣新民報》連載，但後半依官憲而被禁止。1934 年全文刊載於東京的《文學評論》，然而在臺灣還是遭到禁止。1936 年胡風氏之譯揭載於上海的《世界知識》，接著又被收入《世界弱小民族小說集》及《朝鮮臺灣短篇集》等書，然而這些書也還是被禁止運入臺灣。在這樣的情況下，我想這些作品，島內同胞應該都尚未看過。如今因光復而能與讀者諸君見面，是作者最為高興的。（中略）把部分曾被刪除的地方，努力加以增添補寫，但譯文的方面則未著手。
>
> ——1946.7——楊逵（3）（4）「序」

雖然重覆，但正如前所既見，〈新聞配達夫〉是在《臺灣新聞報》發表的「前篇」與未發表的「後篇」全文合刊於《文學評論》的作品，胡風氏之譯本〈送報伕〉，即係根據於此，但今天應為流傳的〈送報伕〉，則已與

原版本大爲不同，且有多處付加部分。由上引「序文」作者所述「把部分
曾被刪除的地方，努力加以增添補寫，但譯文的方面則未著手」來看，則
其後出版的《鵝媽媽出嫁》與《光復前臺灣文學全集六》所收的〈送報
伕〉，與附有「序」文的〈送報伕〉是不一樣的。這種事情，作者（又譯
者）以及出版社想必都知之甚詳。可是，在重新出版之際，不管「出版說
明」或「序」文乃至於「後記」，對此爲何均無任何說明？有此疑問者，想
必非僅我一人吧！

　　——原以日文載於《台湾文学研究會會報》（奈良）第 3～4 合併號
　　　1983 年 11 月

　　　　　　　　　　　　——選自《臺灣文藝》第 94 期，1985 年 5 月

楊逵的文學生涯

◎葉石濤[*]

　　楊逵的文學活動開始得並不算早；他的處女作〈送報伕〉獲得日本
《文學評論》雜誌徵文第二獎（第一獎缺）是民國 23 年 10 月間的事情，
當時他已經 29 歲，同時他與葉陶女士的結婚生活已邁進了第七個年頭。在
文學藝術的世界裡在弱冠之年就獲得顯赫聲名的作家很多，因此他算是個
異數，是個晚熟的作家。他的長達 50 年的作家生涯富有異常的韌性，貫徹
始終，始終不放棄文學工作，這多少和他成年之後才踏進文學世界有關
係。這時候他的思想已圓熟，世界觀已確立，豐富的人生經驗使得他足夠
清楚地認識殖民地臺灣的悲慘現實。楊逵的一生始終把思想與生活結合起
來，在實際生活中去實踐，而他的創作活動正是他實踐的一種方式。學習
和實踐始終是楊逵的行動模式，而他把思想付諸實踐的階段中所遭受到的
各種經驗反映在他的作品裡。因此，他的創作活動，也是和臺灣廣大貧苦
民眾互相結合的一種實踐。屬於第三世界的作家大多數是主張「參與」的
文學（committed literature）的，他們的文學是一種實踐，跟民眾打成一
片，從政治的、經濟的、文化的侵略，解放民族是他們的共同目標。由此
點來看，楊逵可以說是參與文學的先驅。

　　那麼在 29 歲發表處女作以前，楊逵到底看了些什麼？想了些什麼？以
及做了些什麼？楊逵，光緒 31 年（1905 年）生於臺南縣大目降（新化）
的古老手工藝錫店。父母都是文盲，祖父母埋葬於臺南市喜樹。他的幼少

[*]葉石濤（1925～2008）散文家、小說家、翻譯家、文學評論家。臺南人。發表文章時為高雄縣甲
圍國小教師。

年時代跟人文薈萃的臺南府城有密切的關係。他是個體弱多病的孩子,儘管缺少激烈的反叛性,可是獨立思考的傾向很強,這可能塑造了他堅強的批判精神,逆來順受,卻永不屈服的個性。在幼、少年時代的楊逵生活上特別值得一提的事並不多,但是顯然在決定楊逵的一生方向上,這幼、少年時代的生活扮演了重要的角色。

由於楊逵的家庭是靠手工藝為生的匠人,所以在古老的農業社會裡,他們家的生活較赤貧的農民為優,同時他們家也因工作的關係常出入於地主階級的家,因此幼年的楊逵接觸的範圍很廣。他既熟悉廣大窮苦農民的日常生活,同時亦有機會看到地方士紳的精緻的生活層面。後來楊逵所寫的以農民為主題的〈無醫村〉或〈模範村〉等小說,能以透徹、清晰的眼光剖析殖民統治下臺灣農村的現實,大半與這家庭的位置剛好介在士紳階層與農民之間有關。這也使得他獲得吸收文化氣息的機會。在日據時代三餐不繼的農民中是產生不了作家的。他們壓根兒缺乏了受教育的機會。日據時代的知識分子大多來自較富裕的家庭這也是無可諱言的事實。幼、少年時代對窮苦民眾的朦朧的同情心,如果缺乏了堅強的理論體系為背景,那麼這種同情心充其量只是在塑造一個人在善良人性上有其效用而已。使楊逵進一步地具有人道主義思想,必須要靠有力的啟示與認真的學習。楊逵進臺南二中(省立臺南一中)念書以後,他的二哥楊趁指導他讀了西方的文學經典。在這以前他已多少讀了些《水滸傳》等中國白話小說,對於人性的光明面與黑暗面已有認識。二哥啟蒙他讀雨果的《悲慘世界》、托爾斯泰的《戰爭與和平》及《安娜·卡列尼娜》,使他底本能的同情心升高為層次更高的人道主義思想。然而這種 19 世紀末的人道主義較富於自由、浪漫的色彩,缺少科學性系統的架構。儘管如此,對少年的楊逵而言,這造成了他文學的肥沃土壤,同時有助於確立同情弱者,抵抗強者的悲天憫人的胸懷。

楊逵在幼、少年時代所學習的另一個主宰他一生目標的思想是強韌的民族思想。日據時代的臺灣民眾一直過著民族的傳統生活,日本統治者的

各種「皇民化」的高壓措施，無法摧毀臺灣民眾根深柢固的民族意識。臺灣民眾只是無可奈何地承認「日本天年」，忍辱負重地過其被欺凌的生活而已。儘管臺灣民眾也接受了日本帝國主義在臺灣推動的近代化步驟，但總帶有民族性的批判意識去認識近代化措施後面所隱藏的壓榨和剝削的企圖。因此，耳濡目染，楊逵從小就有濃厚的民族思想殆無疑義。然而，給楊逵帶來更明確的民族意識是他九歲時發生的噍吧哖事件的大屠殺。楊逵親眼目睹日本軍隊拖著砲車前往噍吧哖鎮壓的情景。少年時代他也曾到過現場看到噍吧哖的村落裡成年漢子一掃而空，只剩下老弱婦孺的慘狀。從日據時代到光復以後，他坐過日本人的牢也坐過中國人的牢而始終不改其民族意識，這紮根於他孩提時深刻的體認。

把楊逵的民族意識和人道主義思想統合在一起的是科學的社會主義。這也使得楊逵能從巨視性的觀點來注視臺灣、中國和整個世界窮苦民眾的現實。科學的社會主義教育他認識整個人類社會演變的歷史。依靠這系統性的思考，他才得以明白帝國主義生成的過程以及帝國主義如何地使中國淪為次殖民地，使臺灣墮為殖民地，成為統治者的一塊肥肉的流程。這對於楊逵而言，是找到了一把抵抗殖民地統治的武器，以思想把自己武裝起來。文化協會瓦解以後的臺灣知識分子大多和楊逵有共同傾向，譬如龍瑛宗和呂赫若。然而楊逵有別於上述的這些作家而獨樹一幟，卻是紮根於他的草根性。楊逵是唯一選擇務農為生，一輩子靠園藝謀生活的人。在日據時代的臺灣，楊逵是為數不多的菁英和知識分子之一，他要謀一份足夠溫飽的工作似乎並不困難。然而他並不想依靠日本人的施捨而過活。他擺脫了一切與殖民地統治有關，跟特殊權力機構不得不發生關係的行業，寧願發揮「首陽」精神不食異民族的祿，這充分表示他是徹底地把思想與生活結合且付諸實踐的鞠躬盡瘁而後已的力行者。這給他帶來一輩子不為任何人際關係所羈絆，為正義和真實敢於發言的超然立場。

楊逵主要思想的形成來自不易。它是透過艱辛的學習過程所得來的，民國 13 年楊逵還沒念完臺南二中就東渡日本，通過專檢（學歷認定考試）

後就讀於日本大學文學藝術科夜間部。由於家裡的經濟來源斷絕，他不得不靠勞動來賺取學費和生活費。當時的日本也是人浮於事，經濟蕭條的時期。也是日本普羅列塔利亞文學運動如火如荼地展開的時期。因此，勞動者的楊逵也就自然參加組合運動，同時也在勞動組合評議會出入。楊逵因住在勞動農民黨的支部裡的關係，被認為參加過朝鮮人的集會而被捕。楊逵也看到日本的大地主和佃農間的糾紛同臺灣如出一轍。此外，他結識了秋田雨雀、島木健作、葉山嘉樹、前田河廣一郎、德永直、貴司山治、中野重治、宮本百合子、武田麟太郎等日本著名作家。這對於他後來的作家活動有莫大的幫助。楊逵的另一個嗜好演劇，也是在這時期養成的。以演劇活動來打入民間，獲取與民眾的情感溝通，展開啟蒙運動的方式也是在這個時代學到的。日據時代楊逵演出了「怒吼吧！中國」、「剿天狗」，光復後演出了「牛犁分家」，這也是他把思想與生活的結合透過實踐去證實的一種方式。

　　楊逵在東京的生活是困苦的，找不到打工的機會時「早上喝開水，中午用蕃薯打發一餐，晚上空肚子」是常有的事情，然而他毫不氣餒，積極地參加社會運動，同時研讀社會科學，最後也讀了馬克思的《資本論》。他後來自述當時的思想傾向而說：「工業革命的成功，使得資本主義興起，資本主義又以帝國主義為武器，攫取殖民地的經濟資源，再製成商品向殖民地傾銷，造成殖民地大量失業人口；然而又因商品無法推銷，造成了帝國主義自食惡果，產生失業人口。」後來他給大兒子取名為「資崩」，強烈地表示了他堅強的信念。同時他也很清楚地看到臺灣的留學生都屬於富裕的資產階級，「民族意識高於社會意識」，他更明白的說：「民族意識高於階級意識。」

　　在東京的生活，使楊逵學到以科學的社會主義來統合民族意識，反帝、反封建意識以及人道主義胸懷的方法，而且在生活的實踐中印證了思想的正確性。在東京的三年生活使楊逵變成前進的知識分子，直到 80 歲他瞑目為止，我看不出他曾經修正過他的思想，或改變了他的對完美社會的

烏托邦式的理想。縱令在對付殖民者的戰術上他也曾經採取過迂迴、妥協、沉默、抗議等低潮的姿態，但那只是被壓迫民族的術策而已，他內心裡從來沒有屈服過，但是楊達也有不同於激進的社會主義者的地方；那便是他是徹底的和平主義者，從不以暴力來對付敵人。他的這種溫和、柔軟、理性的行動模式使他常贏得統治階級的默認；日據時代在臺的有良心的日本知識分子大多是他的好朋友且非常敬仰他，戰後這種傾向也並沒有改變，他在國內也獲得開明知識分子的友誼。

　　民國 16 年他應臺灣文化協會的聘請而束裝回國。同年當選為臺灣農民組合的中央委員。他負責文宣工作，而後來成為他妻子的葉陶負責婦運。直到民國 23 年就任《臺灣文藝》日文編輯為止，大約前後有七年之久，他從事農民解放運動。他跟蘇新一樣是厭惡空談的人，正如蘇新在臺灣北部煤礦工人中建立了許多有效的組織一樣，他也實地跟農民生活在一起，直接參加了竹山、二水等激烈的農民運動。然而隨著統治者的強力彈壓，文化協會及農民組合逐漸瓦解，楊達也找到了實踐的另一種方式——創作，使他的人生展開了另一個層面。楊達的漫長 80 年生涯裡，約有 50 年的時間是透過文學作品去表達他思想的。今天回顧他的一生，我們只能說他是一個作家，他的社會運動家的生涯，只是為了準備作家生涯的，人生經驗的累積罷了，可是如果缺乏了這些豐富的生活經驗，作家的楊達也就未能誕生。

　　楊達這一生中的壓卷大作當推處女作〈送報伕〉。楊達一生寫了不少作品，但是沒有一篇作品有〈送報伕〉這樣的富於文學氣息，透徹的觀察和理想主義的發揚。〈送報伕〉是民國 20 年楊達在內惟打柴維持生活的困頓生活中產生的作品。前半部曾刊載於《臺灣新民報》，後半部因揭發日本帝國主義在臺灣的土地豪奪而被禁腰斬。第二年獲得日本《文學評論》的第二獎。

　　在日據時代的臺灣文學日文作品中，這部作品和吳濁流的〈亞細亞的孤兒〉同為影響力廣泛而深遠的作品。吳濁流的作品較傾向於從民族主義

的立場來凝視臺灣人的命運，而楊逵的〈送報伕〉卻是社會意識堅強，站在階級的立場來描寫日據時代臺灣農民的悲慘命運，這部作品透過胡風的翻譯在中國大陸也擁有爲數不少的讀者，相反地吳濁流的作品由於在日本刊行的結果，有不少的日本讀者。

〈送報伕〉的主題在於暴露日本資本家殘暴、貪婪、虛僞的嘴臉。日本資本家在日本本土上透過各種搾取機構，剝削日本的工人和農民，同時在殖民地臺灣也靠封建而暴虐的統治機構來掠奪臺灣的資源和土地，使得臺灣民眾家破人亡，淪爲三餐不繼的一群襤褸飢民。在小說裡楊逵指出日本人中也有好人和壞人，而在臺灣也有甘願做統治者的鷹犬來壓迫自己兄弟姊妹的人。他對於人性深刻的了解使得他能以客觀的態度來評估了敵人和自家人。人性的善良是不分國籍、膚色和種族的，全世界被欺凌的兄弟姊妹應攜手合作爲求公平合理的自由民主的生活而奮鬥努力，這是他這部作品的主要呼籲。

楊逵是臺灣文學史上值得紀念的傑出作家，同時他一生爲正義與平等，站在窮苦人民同一戰線上孜孜不倦地奮鬥不已的強烈實踐精神也足爲青年的楷模。他是個思想家，更是一位腳踏實地的實踐者，而把思想和生活結合起來在實踐中求進步的行爲模式是他獨樹一幟的特有的資質吧！

——選自《臺灣時報》，1985 年 3 月 28 日

不離島的離島文學
試論楊逵「綠島家書」

◎楊翠*

一、前言

　　1947 年二二八事件之後，政治氣壓低抑，省籍衝突嚴重，一群跨省籍的文化界人士擬共同發表一份宣言，呼籲政治改革，維持省籍和平。日治時期以來中部地區的意見領袖之一楊逵，在這群以「編輯人」為主的文友的推舉下，草擬了六百餘字的〈和平宣言〉，其內容據楊逵所言主要有兩點：

> 1.二二八事件責任在政府，不在人民，要求釋放政治犯。
> 2.開放言論、出版、結社等自由，因為臺島並無共產黨的勢力。[1]

　　楊逵草擬〈和平宣言〉之後，油印 20 份分送共同籌劃的朋友，請他們斟酌修正；其時，上海《大公報》特派員在《新生報》「橋副刊」主編歌雷處見到一份宣言草稿，將其轉載於 1949 年 1 月 21 日的上海《大公報》[2]。當時，由南京來臺赴任的臺灣省主席陳誠路經上海，在回答記者關於〈和平宣言〉的問題時指出：「臺中有共產黨的第五縱隊」，並說「要把這種人送去填海」[3]。1949 年 4 月 6 日，楊逵以〈和平宣言〉一案被捕[4]，在臺北

---

*楊逵孫女。發表文章時為成功大學臺灣文學系助理教授，現為東華大學華文文學系副教授。

[1]王麗華，〈關於楊逵回憶錄筆記〉，收於陳芳明主編，《楊逵的文學生涯》，頁 279。〈和平宣言〉全文，收錄於陳芳明主編，《楊逵的文學生涯》（臺北：前衛出版社，1988 年 9 月），頁 321～322。
[2]同上註，頁 279。
[3]關於〈和平宣言〉一案始末，除了前引王麗華之〈關於楊逵回憶錄筆記〉之外，亦參見楊逵口述；何眴錄音整理，〈二二八事件前後〉，收於陳芳明主編，《楊逵的文學生涯》，頁 168～171。同

保安司令部、臺北監獄、警務處招待所等處轉來轉去，由幾個軍警單位輪流疲勞偵訊多時，其後轉送軍法處判決 12 年定讞，囚於臺北監獄等候移監綠島。1951 年，「三、五人一批、一批的，共集一百多人後，搭一艘貨運船到火燒島。」[5]成為第一批移送綠島的政治犯，楊逵從此展開十年的綠島監獄生涯。其間，唯有在 1958 年，當局一度想以剩餘刑期交換，派他前往日本進行特務工作，以對付「大統領」廖文毅，而被押解返臺兩個多月[6]。除此之外，楊逵服刑整整 12 年，1961 年 4 月 6 日歸臺。其間，除了幾次探監之外，楊逵與家人透過頻繁的書信維持通聯：

> 當時，爸爸在綠島一星期可以通信一次，一次限制 300 字以內，當時家
> 中因為種種因素，七個人住六個地方，所以爸爸寫給家人的對象都要輪
> 流，每個家人幾乎都要五、六個禮拜才會收到爸爸寫來的信。[7]

文亦收於葉芸芸編寫，《證言2‧28》（臺北：人間出版社，1990 年 2 月），頁 14～22。

[4]關於 1949 年 4 月 6 日楊逵被捕，一般認為除了〈和平宣言〉一案之外，亦與臺大、師院「四六事件」及其他緣由有關，非單一因素。楊逵在回憶中亦提及「四六事件」，並說：「同一天，我就被抓」，「我們也常去師範學院座談演講。我猜他們認為，師範學院發生此事，可能與我有關，所以就在同一天逮捕了我。」參見楊逵口述；何晌錄音整理，〈二二八事件前後〉，同上註，頁 169。同時，「四六事件」相關人物中，有不少是「銀鈴會」成員，如朱實，而楊逵當時則是「銀鈴會」顧問，彼此往來密切，當局必然認為楊逵與事件多少有關。關於楊逵於當日被捕的情況，「銀鈴會」成員林亨泰有第一手的目擊資料；當日他曾前往楊逵住處，目擊楊逵被捕後楊家遭搜查的情況，稍後又在火車站見到楊逵雙手綑遭挾持的畫面。參見呂興昌，〈林亨泰四○年代新詩研究——跨越語言一代的詩人研究之二〉，收於呂興昌主編，《林亨泰研究資料彙編（下）》（彰化：彰化縣立文化中心，1994 年 6 月），頁 392。關於「四六事件」，參見吳文星採編，《臺灣省立師範學院「四六事件」》（臺北：臺灣省文獻委員會，2001 年 12 月）。藍博洲，《天未亮——追憶一九四九年四六事件（師院部分）》（臺中：晨星出版社，2000 年 4 月）。當然，在當時的政治環境底下，一個案件的成立未必因果分明，張恆豪即質疑〈和平宣言〉並非楊逵唯一獲罪理由；參見張恆豪，〈關於〈和平宣言〉及其他〉，收於陳芳明主編，《楊逵的文學生涯》，頁 313～315。

[5]同註 1，頁 277。

[6]同上註，頁 277～278。王麗華的筆記中，記為「1959 年」，此記年有誤，應是 1958 年。據楊逵次子楊建的回憶，應是 1958 年 1 月底借提至臺北，同年 5 月間被押送綠島，事由是為了派楊逵到廖文毅的「臺灣共和國」（「臺灣共和國臨時政府」成立於 1956 年 1 月，東京）臥底，但楊逵堅持妻子兒女一起同行而未談妥，事見〈楊建先生訪談記錄〉，收於黃富三採編，《戒嚴時期臺灣政治事件檔案與口述歷史》（臺北：臺灣省文獻委員會，2001 年 12 月），頁 25。證之於《綠島家書》，則以楊建的記憶正確；楊逵於 1958 年 7 月 12 日發出的信函有言：「離開你們快要兩個月了」，見楊逵，〈爬起來迎接黎明〉，《綠島家書》（臺中：晨星出版社，1987 年 3 月），頁 67，以及該信後面的註釋 1，頁 70～71。

[7]黃富三編，〈楊建先生訪談記錄〉，頁 24。

這些當年楊逵由綠島寄回臺灣的家書，詢之楊逵家屬，由於楊家歷經多次離散遷徙，幾乎盡皆散佚[8]。1986 年，楊逵辭世後一年，四冊書寫在「新生筆記簿」中的家書手稿戲劇性出土[9]，楊逵沉埋多年的綠島心聲終於得以被聆聽。由於字數限制，這些家書泰半未曾寄出，楊建指出：

> 這批家書所涵括的時間斷限是從民國 46 年到 49 年，內容則一應是對留身在臺灣本島、而處在窘困的生活環境中的家人予以勸慰和激勵。這些家書絕大部分未曾寄發，我乍一接到，當晚挑燈夜讀，前景舊事紛紛湧來，可以想見父親在當時嚴格的通信字數限制下，不能如願地將這些關愛寄達家人手中的悲憤之情，二來也可以知道，父親是想利用書信體的形式，來記下他飄離海外的所思所感……[10]

考之家書內容，楊逵綠島時期家書（以下簡稱「綠島家書」）的確具有相當清楚的對話、通聯、傳達父愛、參與家庭成員生命圖景的意涵。本文即以這批「綠島家書」為研究主體，析論家書內容，衍論其間所隱含的親子關係、夫妻關係；以及楊逵如何透過書信，積極扮演父親角色、傳達父親情愛；同時，也冀望透過這些討論，彰顯一個被忽視甚久的臺灣歷史斷面：政治犯家屬的歷史經驗；一個更庶民的、更日常性的、更具體可感的歷史圖景[11]。最後，也期望能由此開啟一個較能脫逸出意識形態魔咒的臺灣

---

[8] 筆者對楊建之訪談，2003 年 10 月 30 日，臺中縣龍井鄉楊建住處。

[9] 關於這四冊筆記本的出土，乃是在 1986 年初，筆者就讀於東海大學歷史所時，透過一位游姓同學及其陳姓友人的牽線，從一位不知名的人士手中取回。據陳姓友人轉告，這批手稿是在 1981 年楊逵因病離開東海花園之後，前往花園拜訪未果的人士從楊逵鐵櫃中取走的，據他轉告，「不只他手中有楊逵手稿」。這批手稿計有四本筆記本，內容即是家書的草稿，手稿原稿目前藏於臺南之臺灣國家文學館，而家屬則存有光碟壓縮檔及光碟紙本影印版。

[10] 楊建，〈一個支離破碎的家〉收於《綠島家書》，頁 1。

[11] 英國社會史教授、致力於「口述歷史」的保羅·湯普遜（Paul Thompson）即反覆辯證學術研究的「客觀性」迷思，他指出，那經常可能只是一種「學術形式的虛構」，而歷史應該能「更豐富、更生動和更令人傷心，而且更真實」。見保羅·湯普遜著，覃方明等譯，《過去的聲音——口述歷史》（原題：*The Voice of the Past. Oral History* ）（香港：香港牛津大學出版社，1999 年），頁 90。

文學論述場域。

二、臺灣文學史的「離島」——「綠島家書」的封箱與出土

1986 年，楊逵「綠島家書」出土：

> 楊逵先生的「綠島家書」，原來寫在 25k 橫條筆記本上，從 1957 年 10 月
> 12 日寫起，至 1960 年 11 月 18 日止，前後逾三年，總計寫了 104 封。從
> 泛黃的筆記本來看，這些「家書」推測是楊逵先生所寫的草稿，字跡時
> 或整齊、時或零亂，有增有刪、也有劃了增補線卻未補入之處；有「退
> 回」字樣、也有「不發」的註明；每封信有專門寫給的對象（如「親愛
> 的陶」、「親愛的絹」……），並有寫給非特定對象的（如「親愛的孩
> 子」、「陶、絹、碧」……）；每封信都註明寫信月日，有不署題目的，也
> 有特別寫上標題的（如「人生的意義是什麼？」）——凡此種種，跟隨著
> 時序的推衍、心緒的起伏、事件的切入、字跡的急緩，都讓人感到，在
> 薄薄的筆記本中翻騰著的，是一個父親在有家歸不得的情況中，急切地
> 發出了對受傷的家庭的禱祝，卻又無力而徬徨。[12]

「綠島家書」出土之後，由楊建作註，魏貽君整理落題，透過向陽相
助，發表於《自立晚報》副刊（1986 年 10 月 18 日～12 月 24 日），再於
1987 年 3 月由臺中晨星出版社結集出版[13]。由這批家書的呈現型態觀之，
楊逵是以特定的筆記本，有系統地草擬家書草稿，這個特質也彰顯出楊逵

---

[12] 向陽，〈陽光一樣的熱——讀楊逵先生「綠島家書」〉，收於《綠島家書》，頁 9。向陽所指出的所
謂「104」封之數目具模糊性，若比對於書中有下標題的「封次」，則是 107 封。但《綠島家書》
的編輯方式原則上是以「寫信時間」為區分單位，同一天算一「封」，有時同一「封」包含幾封
短信，給不同的收信者；另一方面，某些信件也是同一天內寫給不同人，卻分別下標題，以複數
「封次」計算，這個部分有八天。因此，其「封次」的計算方式並不統一。但由其呈現型態觀
之，更可驗證楊逵「綠島家書」的私語性意涵，因為，同一天寫給不同的對象，經常是每封都超
過 300 字，事實上根本無法寄出。

[13] 關於綠島家書的刊載及出版經緯，參見向陽，前引文，頁 13～14。

對書寫家書一事的重視。如前所述,「綠島家書」中泰半未能寄出,而由於寄出的信件盡皆散佚,加以事隔多年,收信者的記憶均已模糊,難以比對何者曾寄出、何者未曾寄出,其中只有少數幾封楊逵在草稿末尾註明「退回」、「不發」等字樣,然而,考之內容、字數,可以論證未曾寄出的數量必遠超過有註記的篇量。由此可見,即使意識到可能無法寄出,楊逵仍然不放棄書寫家信,尋找對外通聯網絡,畢竟這是他與家人維持緊密情感連帶關係的重要管道,甚至是除了少數幾次綠島面會之外的唯一通聯管道。

另一方面,從楊逵個人的角度觀之,書寫家信也是他梳理自我情感的策略;就此而言,「綠島家書」既具有書信的對話性,又具有日記的私語性。另一方面,楊逵即連寫家書都要打草稿,有些草稿甚至有好幾個版本,可見他寫了又改,這也彰現出楊逵謹慎細膩的性格特質;這種謹慎細膩,除了表現在擔心刺激已有情緒困擾的家人、作家對文字的「潔癖」之外,當然,也與其政治警覺心有關。與楊逵同屬第一批綠島政治犯的胡鑫麟(前臺大醫院眼科主任、知名小提琴家胡乃元之父)即表示:

> 楊逵在火燒島繼續寫作,聽說後來還把書信結集出書,書名叫「綠島家書」。至於我,記得有一次,某年的 8 月 15 日,我寫信給我太太,說「看到月亮,想到你們」。只這一句話,就被一個政治幹事叫去說教,說:「你想家?為什麼想家?好像我們這裡生活很壞待遇很差,我們真的這麼壞嗎?」反正什麼話都隨便他們說。種種限制下,書信要結集出版,其實沒什麼意思。我是有事才寫,其它就談不上了。而且在那裡也不能隨寫隨寄,貼張郵票就寄出去,還要看他們檢查通不通過。那種信會是什麼信,你想也知道。楊逵可能是老經驗,在那麼惡劣的環境下,他也是要寫,非寫不可。連做壁報,他也是寫得很帶勁。也許他有高度的技巧,能在嚴厲的檢查制度下寫下他的內心。[14]

---

[14] 胡鑫麟口述;胡慧玲撰文,〈醫者之路〉,收於胡慧玲,《島嶼愛戀》(臺北:玉山社出版公司,1995 年 10 月),頁 133～134。

胡鑫麟所謂：「在那麼惡劣的環境下，他也是要寫，非寫不可」，一語中的，彰顯出楊達人格特質中頗為堅毅的一面；因此，胡鑫麟指出：「楊達的意志很強」[15]。另一方面，由此亦可觀知楊達對「書寫」的信仰與執著；事實上，他也明知未必能夠寄出，但書寫，是他唯一能做的。因此，這批「綠島家書」不僅具有文學上的意義，還具有作家個人生命史、家族史的意義，它的私語性、對話性、通聯性特質，彰顯出一個作家在「惡劣的環境下」，如何奮力尋求通建自我的內／外通聯網絡，透過各種對話策略，爬梳自我、辯證自我，以確認自我主體並未在監獄的身體管理與規訓體系中崩解潰散。

然而，既經披露、出版的「綠島家書」，卻並未得到學術界以學術研究方法給予多少關注。2001 年 12 月，歷時多年的《楊達全集》（以下簡稱《全集》）由中研院文哲所彭小妍主編出版，「綠島家書」被納入第 12 卷・書信卷之「綠島時期家書」之部，其內容除了前述筆記簿的草稿之外，亦蒐集發表在綠島《新生月刊》等刊物中之數篇家書，但仍以前者為主體，全數為 111 封。《全集》的〈《書信卷》版本說明〉指出：

> 三、綠島時期家書包括綠島時期之三本筆記本、以及發表於《新生月刊》等刊物上之書信：收錄 1954 年 10 月 15 日至 1960 年 11 月 18 日之家信。
>
> 四、綠島時期家書有部分曾發表於《自立晚報》（1986 年 10 月 18 日至 12 月 24 日），以及《綠島家書》」（臺中：晨星出版社，1987 年）兩者均僅收錄 1957 年 10 月 12 日至 1960 年 11 月 18 日之家信。[16]

---

[15]同上註，頁 134。

[16]〈《書信卷》版本說明〉，彭小妍主編，《楊達全集第十二卷・書信卷》，頁 XV～XVI，國立文化資產保存研究中心籌備處，2001 年 12 月。本文將四本筆記本誤植為「三本」，而在同卷的圖片頁第 2 頁中，則以圖說指出「這樣的筆記簿共有四本」。此外，關於「綠島家書」的「封次」問題，《全集》與晨星版《綠島家書》的狀況相同，有時同一日所寫計算為複數封次，有時同一日所寫計算為單次封次。

前文提及，《自立晚報》副刊與晨星版《綠島家書》同出一源，數量是104封，而《全集》則是111封次，亦即《全集》僅增加七封，但由於計算封次問題，比對之下，事實上僅增加自1954年10月15日至1957年10月12日，三年間的家書六封[17]。而這六封則或者早經整理，發表於綠島《新生活壁報》、《新生月刊》，或者最初即以「生活雜記」的形式書寫於筆記簿中，並已落上標題，表示楊逵書寫這幾封「家書」，既具家書的意義，又具有公開論題的隨筆意義，與前述在特定的家書筆記簿中以零亂字跡書寫的草稿，在呈現方式與意義方面均大異其趣。

另一方面，正由於晨星版所收錄者爲目前所見「綠島家書」的最主要內容，〈《書信卷》版本說明〉中所謂「部分曾發表」、「僅收錄」之語並不精確，頗易引起誤解，更難以反應楊逵綠島時期家書的整體性特質。再者，《自立晚報》及晨星版的《綠島家書》均有楊逵次子楊建的註解，進一步展現出前述「綠島家書」的私語性、對話性、通聯性特質，而《全集》則將之盡數刪除，改以「版本說明」爲主的註解，這或者是緣於學術上所謂「編輯體例」之考量，然而，卻使閱讀者及研究者難以深入探析家書的前後連貫性，以及家書中的人物、事件、時間、空間等複雜關係，殊爲可惜。基於前述思考，本文在材料使用方面，1957年10月12日至1960年11月18日之家書以晨星版爲主，而其外則使用《全集》的版本，徵引出處均會在註釋中詳明。

這批家書之所以一度遺落，是由於1981年楊逵因病離開東海花園，移居臺中縣外埔鄉，由次子楊建照顧生活起居[18]，移居過程是漸進的，由楊建分批陸續將東海花園的書籍資料搬至外埔，因此，雖然楊逵自送醫當天即

---

[17]關於「綠島家書」的「封次」問題，《全集》與晨星版《綠島家書》的狀況相同，有時同一日所寫計算爲複數封次，有時同一日所寫計算爲單次封次，二者次數計算略有參差，但數量上，所差者其實是1957年10月12日以前的六封。

[18]楊逵曾於1981年3月8日因服用感冒藥物而併發類氣喘的痰阻塞症，入臺中順天綜合醫院加護病房急救四天，脫險並康復後，在次子楊建的堅持下，移居外埔。見楊建，〈泥土的回歸懷念先父楊逵先生〉，《聯合文學》第8期（1985年6月），頁22～23。

開始「怕草寮裡的資料被偷竊」[19]，然而，資料終究是遺失散佚了，至於有
多少，由於楊逵已作古多年，至今已無法估算。關於原本封鎖在東海花園
鐵櫃內的這批家書手稿之存在，據楊建表示，楊逵本人從未提起，家屬也
一無所知。楊逵復出臺灣文壇早在 1972 年，作品首度結集也在 1975 年，
至 1981 年搬離東海花園時，包括小說、散文選集，以及由林梵所寫的傳記
《楊逵畫像》均已陸續出版，但未見評論者與研究者提及這批家書的存
在。

「綠島家書」與其他楊逵文稿的封箱，至少表徵了三個面向的問題：1.
治威權主義的文化操控機制對文學自由空間的禁錮；2.政治閉鎖時代裡臺
灣作家的謹慎與警覺；3.跨政權的語言交替時代裡，跨語書寫的臺灣作家
的探索與慎重。事實上，文壇對於楊逵究竟還有多少不為人知的資料頗多
揣測，鍾肇政即曾指出，文壇風聞楊逵還有「一大箱」舊稿，不輕易示
人：

> 多年以來，我就風聞楊逵遺物裡還有一大箱舊稿，…心中一直也還有著
> 一番好奇，逵老一生文業，看來看去，還印來印去，就是那幾篇東西，
> 如果他真的還有「一大箱」的遺稿，豈不是我們文壇一件大事？
> ……
> 我還有一個印象，林君（筆者案：指林梵）告訴我這個消息時，好像也
> 透露了一點口風，即楊逵所珍藏的這「一大箱」東西，他自己不肯輕易
> 示人。果真如此，那麼這件事本身可以說即已隱藏了幾許玄機了。證諸
> 以後揚言要為楊逵整理舊稿的幾位年輕朋友，在前詣東海花園之後，除
> 了有一些訪問記之類紀錄出來之外，在這方面莫不空手而返，是頗耐人
> 尋味的。[20]

---

[19]楊建，同上註，頁 22。
[20]鍾肇政，〈勞動者之歌──讀楊逵戲劇集〉，收於楊逵，《睜眼的瞎子》（臺北：合森文化公司，
  1990 年 3 月），頁 5～6。

　　鍾肇政所謂的「幾許玄機」、「耐人尋味」，當是指楊逵這批舊稿所可能隱含的內容豐富性、聳動性或爭議性。以楊逵在戰後連續因二二八事件、〈和平宣言〉案件繫獄的歷史經驗，一般的推論當是這批舊稿中或有不少與其政治主張相關者；舊稿中或許有對國民黨當局的嚴詞批判，可能使其再度獲罪者；也或者是相反，有可以證明楊逵的理想與立場曾經偏移、傾斜乃至妥協者，否則，楊逵何以「不輕易示人」？這些猜疑揣測多少存在於臺灣文壇之中，特別是晚近許多研究者致力於爬梳、挖掘、演繹殖民時代（以及國民黨時期）臺灣作家的「傾斜」、「妥協」或「轉向」[21]，一向有著鮮明的「抵抗」形象的楊逵，如果有足以證明其「傾斜」或「妥協」的相關資料，相信將引發熱烈討論。

　　不過，至今，當年的「風聞」絕大多數俱已「出土」，其中占較大數量的是一批中、日文的街頭劇本手稿、不少未完成的殘稿，以及家書手稿，還有一些剪報；亦即對楊逵而言，這些大部分是尚待修改的草稿。楊逵的政治立場與理想堅持通過「出土」的檢證，而所謂不輕易示人的「玄機」，推論起來，泰半是由於楊逵認為這些作品的成熟度不足，或時代性待琢磨[22]。以楊逵自陳作家有權不斷修改自己作品的看法[23]，以及他冷靜、謹慎的

---

[21]舉 2003 年 10 月在「國家臺灣文學館」所舉辦的兩場研討會為例，包括 4、5 日由中山大學主辦之「臺日研究生臺灣文學學術研討會」，18、19 日由靜宜大學主辦的「張文環及其同時代作家國際學術研討會」，會中即有多篇論文討論張文環的文學「轉向」問題。當然，眾所周知，臺灣文學研究史的 30 年歷史，以抵抗、傾斜、轉向、皇民、非皇民的概念性思維來檢證殖民時代作家的論述不知凡幾。

[22]筆者於 1984 年 7 月至 1985 年 2 月間與楊逵同住於桃園縣鵝歌時，楊逵曾拿出一些舊稿，以筆記本或稿紙（印有「首陽農園」或「楊逵用箋」）書寫，戰後從未在任何刊物及選集中刊載，與筆者討論內容及文字，準備修訂，可見楊逵心中一直希望能將這些舊稿修訂，並公開刊載。

[23]關於楊逵或因時代、或因翻譯、或因文字使用等諸種原因，一再修改其作品的習慣，研究者眾所周知，彭小妍便指出：「他不斷修改作品的習慣，也展現出作家追求完美的特性。」，見彭小妍，《全集》之編者序，各卷均有。證諸家書亦然，家書中也有不少書信是收信者、相關事件重複的，亦即連書信他都會一再修改。楊逵曾自言：「1.在未死之前，我有權修改自己的作品，因為我的思想一直在成長。2.為了發表，如果當時說得較激烈些，根本無發表的機會。3.為了使現代的讀者更加了解我作品的精神，所以有必要修改。」參見王麗華，同註 1，頁 281。這是楊逵自己的見解，他認為他有權改寫自己的作品，但相對的，他亦從未想過要毀棄已刊載之版本，因此，此種想法類近於許多世界文學作品之被以各種版本改寫，他認為是為了適應時代性與不同讀者群之需求。

性格觀之，1970、1980 年代，他在長期沉埋於歷史塵土之後，初被臺灣社會重新認識，欲以最成熟的作品自我呈現，因此，未完成的、待修改的、不滿意的作品未敢輕易示人的心理是可以充分了解的。

　　事實上，楊逵歷經了日治、戰後兩個世代，並且都選擇與當權者站在對立面，其言談話語之嚴謹慎重，不僅從前引鍾肇政的文字中可以得見，許多與他接觸過的朋友都有共感，如葉石濤即指出，他與楊逵相交甚深，「當然談話的問題無所不包，我們是沒有什麼好顧忌的。……然而，他一生中最重要的一點，即是他與臺共的關係如何，卻是始終他不提的，是永遠解不開的謎。他帶著這個謎題，帶著臺灣思想運動史的重要部分永遠走掉了。」[24]無論這個謎題的答案如何，楊逵的冷靜、理智與謹慎可見一斑。在那個時代裡，楊逵的謹慎自有其絕對必要性；據楊建回憶，戰後楊逵家中多次遭到情治、軍、警單位的搜查，二二八事件時、1949 年被逮捕時皆然，其後一直到 1951 年判刑定讞，二年內家中仍遭數度搜查，每次都翻箱倒櫃，帶走大批書籍資料，但均未寫清單，數量不明，唯有一次他恰好在家，要求清點，確認被帶走 999 本書及相關資料一批、外加楊家唯一的一支派克鋼筆：

> 大概在 1951 年的春天，又有兩個便衣來搜查，所有的書櫃、皮箱都翻遍。我印象很深的是，他們所搜的一口皮箱，是大陸作家楊風寄放的，因為那是別人的，所以我們都不敢打開。便衣的一打開，發現裡面都是大陸作家郭沫若、郁達夫、魯迅的書，沒有其他的東西。除了這些之外，爸爸的書籍幾乎都被搬空，那天他們所帶走的書，經過點收，總共

---

[24]葉石濤，〈楊逵與臺共的關係〉，收於氏著，《走向臺灣文學》（臺北：自立晚報社，1990 年 3月），頁 92、94。許多研究者都曾質疑楊逵與共黨組織的關係。關於是否參與共黨組織，楊逵生前並未明確談論，在接受王麗華訪問時表示，當年他因〈和平宣言〉一文被捕，「是否參與共黨外圍組織」這個問題也是當局的偵訊焦點：「不管怎麼誘逼，我堅不承認參加任何共黨組織，只承認承擔草擬『和平宣言』，後來簽下自白書。」「當年，要是承認參加共黨外圍組織，簽下自白書，就是槍斃。」王麗華，同註 1，頁 276。

是 999 本，這次沒有抓人。……這些便衣並不曾出示身分證明，一進門就說他們是情報局的，奉上面的命令來搜查。那個年代根本不需要搜索票，楊逵從日據時期留下來的原稿啦、書啦、傳單啦，都被一箱一箱的搬走，根本也沒留什麼簽單收據的，唯獨帶走 999 本那次有在我面前清點而已。[25]

　　因此，楊逵那「一大箱」手稿的封箱意涵，大致可以說是反映了戰後臺灣的社會氛圍與楊逵對文學的謹慎。在這樣的時代情境底下，楊逵的冷靜與謹慎，一方面是緣自他的人格特質，另一方面則是他在堅持理想之餘的唯一自保法則。迭經變故、搜索、搬運，楊逵好不容易才能留下「一大箱」，散佚的部分則難以想像與估算，這也說明了那「一大箱」為何是以綠島時期（1951 年～1961 年）為主，因為先前的早經搜索搬運一空，難以留存；特別是有關單位判斷與政治敏感性有關之書籍資料。然而，「綠島家書」之所以自楊逵 1961 年歸臺之後，封櫃 25 年，不只未曾輕易示人，楊逵本人甚至絕少提及，至 1986 年他辭世後方才出土，其「封錮」原因顯然與前述原因稍有不同。一般作家未必能認同「私文書」的意義，而觀諸楊逵以社會性、外向性議題為關注焦點的文學理念，身為作家的楊逵，與身為丈夫、父親、祖父的楊逵，對這批文件的意義解讀必然不同；身為作家的楊逵，著重於公共性議題的呈現，以發表在綠島《新生月刊》的家書形式之隨筆觀之，在結構、文字、內容、觀點各方面，均見經心營造，與「私文書」的性格不同。至於從筆記本手稿整理出來的「綠島家書」，則大多數充份具備「私文書」的性格，呈顯出零亂、無序、隨興、重複、翻覆、急緩不一、起伏不定等書寫特質，這是身為丈夫、父親、祖父的楊逵的「真實的聲音」。

　　1970 年代以來，為可辨識的人文空間的「臺灣」首度在戰後「在場」

---

[25]楊建 1936 年出生，當年是 15 歲。見〈楊建先生訪談記錄〉，同註 6，頁 20。

了，「臺灣」開始成為一個論述場域，成為各種意識形態符號插入的容器[26]，方當其時，楊逵以日治時期文壇前輩的身分重新被臺灣社會認識，各方所關注的，是他的文學作品與生命經驗中所含攝的臺灣歷史經驗。重新出發的楊逵，以及亟欲透過楊逵重構臺灣歷史記憶的臺灣社會，關注的焦點自然都是外向性的、公共性的、歷史性的論題，而深具「私文書」意涵的這批家書，則以內向性的、私領域的、家族性的因素而被忽略了，而成為臺灣文學與歷史論述中的雙重「離島」。

　　楊逵寫於離島的這批「綠島家書」，在臺灣文學／史的論述中，因而具備了「離島」的邊緣性格。它的封箱與戲劇性的出土，乃至出土之後回音沉寂，都可以看出它之「被離島化」。「綠島家書」之「被離島化」，其所反應的，不僅是書信體私文書的意義尚未得到正面認同，更由於它的說話對象是家人、而非文壇乃至政壇或社會知名人士；這是意義建構與價值詮釋系統「權力化」的表徵。從另一個方面來看，這也反映了臺灣社會（包括文壇）對前輩作家的想像貧瘠、認知僵固與論述偏執；畢竟文學論述不僅是歷史「再現」而已，它同時也反映了後世代研究者如何選擇性拼貼其歷史想像與文化認知圖象。

　　舉賴和〈獄中日記〉為例，〈獄中日記〉中所流露的軟弱、悲觀、消極、惶惑、茫然，也考驗著一向關於賴和「臺灣新文學之父」的神聖性、權威性論述。但這樣的撞擊是必要的，評論界與研究者必須面對臺灣歷史本身的複雜、矛盾與糾結，才能更精確地「再現」紛呈的臺灣歷史圖景，也才能彰顯這些前輩作家立體多元的豐富歷史面貌。如曾以至少十年時間投入「賴和研究」的林瑞明，其〈賴和「獄中日記」及其晚年情境〉一文，即透過賴和在 1941 年 12 月 8 日「縲紲獄中五十餘日」而書就的〈獄

---

[26]關於「臺灣」做為可辨識的人文空間，1970 年代以前如何「不在場」，1970 年代以來又如何「在場」，「臺灣」之「在場」，又是何種紛呈的姿態出現，筆者在博士論文中曾試圖衍論；參見楊翠，《鄉土與記憶：七〇年代以來臺灣女性小說的時間意識與空間語境》，國立臺灣大學歷史學研究所博士論文，2003 年 7 月。

中日記〉39 篇記事[27]，以嚴謹而辯證的史料查考、豪情而委婉的敘述筆觸，向我們勾勒了「臺灣新文學之父」人性最真實的一面，他如此指出：

> 從這份在獄中寫於粗紙上的手記，可以窺看賴和在強大壓力下生命受威脅時的彷徨、無告、苦於家庭經濟，甚至整體反映出被壓迫者的殖民地心聲。[28]

　　楊逵「綠島家書」與賴和「獄中日記」，雖以不同方式呈現，然而，其內蘊意涵實有相近之處，皆展現出作家及其家人「在強大壓力下生命受威脅時的彷徨、無告、苦於家庭經濟」。特別是楊逵「綠島家書」手稿是書寫在「新生筆記簿」上，超過 300 字限制者極多，大多數未能寄發，因此，就某種面向觀之，其雖具有書信體之「對話性」，亦與「日記」之私語性相近。至於長期封箱隱蔽的「綠島家書」，在臺灣文學史論述中成為一座「離島」，也反映了時代的特質與文學史論述的價值傾斜。透過對「綠島家書」的深入解讀，相信不僅得以建構出更繁複多元的臺灣文學圖景，同時，透過家書所構織出來的故事網絡，更可以探見政治犯家庭煎熬的歷史經驗，及其苦難的生存姿態，從而托襯出臺灣精神史的重要圖象之某個斷面。

---

[27] 林瑞明，〈賴和「獄中日記」及其晚年情境〉，《臺灣文學與時代精神——賴和研究論集》（臺北：允晨文化出版公司，1993 年 8 月初版），頁 267。略以日本發動太平洋戰爭，亦即珍珠港事變的 1941 年 12 月 8 日當天，時年 48 歲的賴和突遭「日本官憲拘禁在彰化警察署留置場」，迄自「隔年的 1 月 15 日」，賴和「在獄中寫於粗紙上的手記……總共留下 39 天的記事」；林瑞明查考指出，〈獄中日記〉並非賴和親自定名，而是戰後初期由友人楊守愚整理遺稿，發表於蘇新主編的《政經報》（第 1 卷第 2 號～第 5 號）冠上題名，始見於世。賴和的〈獄中日記〉，另收錄於李南衡主編《日據下臺灣新文學明集 1——賴和先生全集》（臺北：明潭出版社，1979 年 3 月），頁 268～302；林瑞明編《賴和全集三‧雜卷》（臺北：前衛出版社，2000 年 6 月初版第一刷），頁 6～49。

[28] 林瑞明，〈賴和〈獄中日記〉及其晚年情境〉，頁 267。

三‧禁錮的雙島──「綠島家書」的時／空背景

（一）綠島監獄的封閉性空間語境

　　前文述及，楊達因〈和平宣言〉一案入獄 12 年，從 1949 年到 1961 年，其中十年在綠島，而目前所見的「綠島家書」手稿則集中於 1957 年 10 月到 1960 年 11 月的三年間，以「綠島家書」數量之多，每封信相隔時間之緊密，吾人可以合理推論，必有這三年之外的其他家書手稿筆記簿的存在，可惜目前尚未尋獲。

　　前文關於「封箱與出土」的論述，取徑「時間性」的向度，而本節則欲從「空間性」的面向來衍論「綠島家書」的寫作背景及其相關議題。首先，關於楊達在綠島監獄的生活情境，從整體性的空間語境觀之，它當然是一種典型的監獄空間，監獄管理者執行當權者的權力操控，在這個閉鎖空間中運作著層級性監視、規範性管理、身體馴化、精神異化、集體性、隔絕化等權力技術。傅科（Michel Foucault）論及監獄空間的建構及其運作技術時指出，當權的管理者可以占居「全景敞視」的位置，凝視、監看每一個人：

> 每個人都被牢靠地關於一間囚室裡，監督者可以從前面看到他。而兩面的牆壁則使他不能與其他人接觸。他能被觀看，但他不能觀看。他是被探查的對象，而絕不是進行交流的主體。
>
> ……
>
> 從監督者的角度看，它是被一種可以計算和監視的繁複狀態所取代。從被囚禁者的角度看，它是被一種被隔絕和被觀察的孤獨狀態所取代。[29]

　　此種監獄空間的管理特質與封閉性空間語境，在特別為政治犯／思想

---

[29] 傅科（Michel　Foucault）著，劉北成、楊遠嬰譯，《規訓與懲罰──監獄的誕生》（臺北：桂冠圖書公司，1992 年 12 月），頁 200～201。

犯所規畫的監獄空間中尤其鮮明。綠島政治犯監獄當年稱為「新生訓導處」，管理者稱呼政治犯為「新生」，此即具有清楚的檢查、監控、馴化、再造等意涵。「新生」處於「多重隔絕」的空間語境：與臺灣本島隔絕、與親友隔絕，與其他政治犯隔絕、與過去的生活情境隔絕，同時必須與過去的自我、乃至現在的自我隔絕。與楊逵同屬第一批綠島政治犯的胡鑫麟即如此回憶綠島「新生營」的生活：

> 火燒島的生活，有悠閒處，也有緊張處，緊張處已接近人類神經的忍受極限。一般的監獄，關的是普通犯人，你犯了罪，捉去關，刑期到了，放你出去。火燒島的新生訓導處不是這樣，關在裡面，可以說一天 24 小時還在鬥爭。他們不是把政治犯關進去就沒事了，他們有很多人想要升官，大家集中在那裡，日夜生活在一起，我監視你，你監視我，要搶功，要製造事件，才可能升官。[30]

　　這段敘述清楚呈顯出綠島政治犯監獄的封閉性空間語境，以及其間的內／外關係網絡如何以「監視」為基礎而層疊建構，監管者立身「全景敞視」的監看位置，嚴厲看管政治犯的身／心／靈，而被監管者則處於集體性與隔絕性的弔詭情境中；一方面被集體管理，缺乏個體自由，二方面集體中的個人卻是相互隔絕的。而這個表徵著「權力技術演練場」的監獄空間之誕生，卻存在著一個巨大的荒謬性；據與楊逵同期的畫家歐陽文回憶，他們是第一批移監綠島的政治犯，當時綠島尚未有一座適於禁閉囚犯、同時也適於監管者「全景敞視」監看囚犯的空間建築，因此「我們必須自己蓋自己的牢房」[31]。

　　「新生訓導處」中，政治犯的身體被局限在特定的、隨時被監視的封閉空間中，而他們的生活時間則被序列化、管制化，按表操課及管理；關

---

[30]胡鑫麟口述，同註 14，頁 129～130。
[31]歐陽文口述；胡慧玲撰文，〈火燒島傳奇〉，收於胡慧玲，《島嶼愛戀》，頁 170。

於此，楊逵的回憶是：

> 白天，三天做工，三天上政治課，晚上沒事，有時集合唱軍歌。最討
> 厭這唱軍歌，政治課上的小組討論，沒有不說話的自由。[32]

　　綠島監獄的管理方式是以軍營的管理方式爲模本而加以嚴厲化，「在這
裡，權力應極其強大，但也應極其周密、極其有效、極其警覺」[33]，它確保
了監獄結構對於受刑人肉體、行爲、態度的支配、操控甚至改造。格式化
的身體規訓，使政治犯的身體自然被迫進入一種管理化（被管理／自我管
理）的情境，同時，他們的身體也自然成爲一個被凝視、被分類、被檢測
乃至自我檢測的客體。同時，在監獄的按表操課、有固定教本的政治課程
中[34]，身體進入一種「教化性」的時空語境，監獄不僅在「空間」上具有教
化與規訓的意涵，在「時間」上也由一種序列化的教化內容來安排。在監
獄裡，透過對身體的規訓化與身體時間之序列化，達到管理受刑人身體、
並進而操控其思想的目的。因此，監獄空間的權力管理技術最成功之處，
便是使受刑人身體「監獄空間化」，受刑人的身體本身成爲一個內建的小型
監獄空間，被動地以管理者的眼睛自我凝視、檢測，從而再現了外造的大
型監獄空間的封閉性空間語境。

（二）楊逵獄中文學創作的「開放性」空間語境

　　不過，另一方面，我們似乎有理由相信，1950 年代在綠島服刑的楊
逵，處身相對開放性的監獄空間語境，或甚至曾受到比其他人稍好的待
遇。楊逵曾表示，他被移送綠島後，當時綠島「新生訓導處」處長對他抱
持同情的了解與善意：「綠島的新生訓導處處長唐湯銘將軍，問我怎麼被送
來。我把經過事情說了，他搖著頭說：『現在太亂了，太亂了，你忍耐一下

---

[32] 王麗華，同註 1，頁 278。
[33] 傅科，同註 29。
[34] 如楊逵當時讀的是蔣介石言行錄、蔣介石演講詞、蘇俄在中國、新生活運動相關政令文章等等，
企圖造成政治催眠的效果。見〈楊建先生訪談記錄〉，同註 6，頁 24。

吧！』」[35]或許由於唐處長的自由作風，這段時期的綠島監獄有某種程度的相對開放性；也或許因爲唐處長的特別關照，使楊逵在綠島受到稍好的待遇。目前雖因資料有限，無法以交叉比對的方式得到驗證，但從楊逵的敘述中，對於 1950 年代綠島監獄的管理狀況，可以略窺一二：

> 那時，管理比較開朗。囚犯家屬可以在寬敞的地方自由會見，囚犯只須登記，就可以整天與家屬相聚，也在那兒用餐。
>
> 葉陶曾攜二女兒來探監，晚上借宿民家，白天過來相聚，可以一呆半個月。現在火燒島嚴屬多了，家屬會面還得隔著一道玻璃，用對講機，又有人監視，又限制時間。[36]

這段話呈顯出「時間性」的比較，但並未見個別差異，不知楊逵是否受到特殊待遇。另外，據楊逵次子楊建回憶他在 1954 年夏天，一時興起到綠島見父親的往事，充滿愉快的經驗：

> 到了綠島，爸爸見到我很意外，把我抱得緊緊的。等面會手續辦完，他就帶我去參觀他的寢室，那跟一般的營房一樣，長長一排的上下舖，中間一個通道，統統都沒有桌子，每個人只有一個舖位，很多人見到我之後，都圍了過來，爸爸向他們介紹我之後，他們就一直問臺灣現在的情

---

[35] 楊逵，〈我的卅年〉，《楊逵全集第十卷・詩文卷（下）》，頁 437。本文是楊逵以寫給讀者惠娜女士的書信形式呈現，共有四個版本；其一是手稿，1981 年 6 月 30 日，楊逵給在異國的讀者惠娜女士寫信，使用印有「東海花園」的光面薄稿紙，以藍色原子筆書寫；其二收在《鵝媽媽出嫁》（臺北：前衛出版社，1985 年 3 月）；其三是《聯合文學》第 8 期（1985 年 6 月）的楊逵紀念專輯；其四則是《全集》（2001 年 12 月）。前衛版《鵝媽媽出嫁》較《聯合文學》早出版三個月，二者存在著「臺灣人民」、「在臺灣的中國人」之用詞差異，《全集》編輯期間，未見手稿，《全集》編者卻逕自採用《聯合文學》版，且未在註解中說明之所以採擇時間較後的版本之原因。遍尋楊逵散落各處遺物，終於有幸尋獲手稿，比對之下，手稿明確寫明：「臺灣人民」。由於「臺灣人民」、「在臺灣的中國人」用詞差異雖小，意義性卻大不相同，在意涵上直接碰觸了長久以來「中國」與「臺灣」兩個敘事體的論辯，也直接影響到楊逵理念的見證，茲事體大。在此必須嚴肅指出《聯合文學》任意竄改已故作家文稿，以及《全集》編者學術判斷之粗糙與任意性。

[36] 王麗華，同註 32，頁 281。

況怎麼樣？當時，楊逵負責照顧菜園子，白天在菜園，晚上回寢室睡，我在綠島 15 天都住在菜園裡的房間。爸爸每天都陪我在綠島的山上、海邊遊玩，都沒有人監視，父子都很快樂。[37]

楊建的回憶一方面印證了楊逵所言，當年綠島監獄「管理比較開朗」的普遍性現象，家屬甚至可以直接進入受刑人寢室，與其他受刑人交談，而且還住了 15 天之久。另一方面，回憶中也可看出當年楊逵「負責照顧菜園子」，在時間與空間的被禁錮與被管理方面，顯然較其他受刑人略見寬鬆，他甚至可以 15 天內整天陪著兒子上山下海，而不必接受監視。不僅如此，關於楊逵所謂「葉陶曾攜二女兒來探監」一事，楊建回憶說：

大概是 1960 年過完農曆年的寒假，媽媽帶著二妹素絹、小妹楊碧去綠島看看爸爸，可能因為過年的關係，綠島的氣氛比較放鬆，並且舉辦一個晚會，媽媽跟兩個妹妹也上臺唱了一首〈甜蜜的家庭〉，受到臺下很大的喝采。[38]

楊建也認為，當年綠島「新生訓導處」處長唐湯銘，是讓綠島監獄的封閉性空間語境稍見鬆釋，使楊逵處身較具開放的空間中，得以繼續寫作的主要原因：

唐湯銘對爸爸很尊重，也給他很多自由。……在綠島與楊逵相處的時候，因為了解了他的為人和思想，因此產生一種尊敬或是同情的心理，而在爸爸出獄之後，兩人成為很好的朋友。[39]

---

[37] 〈楊建先生訪談記錄〉，同註 6，頁 24。
[38] 同上註。證之於「綠島家書」，葉陶與二女是在 1960 年 2 月 5 日前往綠島，同年 2 月 13 日返臺。見楊逵，《綠島家書》，頁 196～198。
[39] 同註 37，頁 26。

確實，出獄後楊逵與唐湯銘一直保持密切來往，他辭世前一天前往臺北找兩位老朋友敘舊，一位是日據時期農民組合的老戰友謝神財，一位即是唐湯銘[40]。唐湯銘的開放式管理方式，不僅讓楊逵個人得到更多創作與思考的自由空間，同時，也得到不少政治犯的敬愛，但也由於他對政治犯的同情，調回臺北之後，據楊逵回憶，是處於「被軟禁」的處境：

1. 火燒島回來的「同學」十幾位，打算為處長慶「70 大壽」，在臺北訂了酒席。
2. 當晚，餐館門口站了兩位「衛兵」。先到的「同學」見情勢不妙，又獲知處長被軟禁在家，就在巷口招呼告知，聚了十幾位，換了個地方「痛」飲。
3. 隔日，我走訪處長，他說及此事，老淚縱橫。我瞥見壁上掛了壽軸，都是讚他「耿直不屈」的。我想：執政者內也有一派像他這般耿直的人，敢公然彼此標榜「耿直不屈」。
4. 到臺北來，我常打電話問候他，他總約我在外頭吃飯。有一回，用餐中，他說：有些同事，夜裡不敢走黑路……。
5. 他回臺後，曾爭取設置一政治犯職業困難諮詢機構，他當主任。[41]

由楊逵的口述可以得見，1950 年代到 1960 年代初的綠島監獄，其管理之鬆與嚴，有時間上與「人治」上的差異，不同的主管人員有不同的策略；歐陽文的回憶更清楚呈顯出此種「人治」的差異性：

剛去時，根本不准我們講話，如果兩三個人在一起說話，政治處的人就說：「你想造反嗎？」……這隊和那隊略略可以說話了，生活輕鬆多了，壓力不那麼重。結果，彭孟緝去「巡視」了一次，情況又改變了。彭孟

---

[40] 同註 37，頁 25。楊逵出獄後，與唐湯銘聯繫不斷，筆者手邊亦存有唐氏寄予楊逵的書信。
[41] 王麗華，同註 36，頁 280。這段回憶的時點不明。

緝一去，把大家全部集合在一起。政治犯、兵仔、政治處、警衛連的
人，通通集合起來聽他講話。他站在臺上，手指著我們：說「他們如果
不聽話，一個一個都殺掉。」一邊說，一邊還做出殺人的姿勢。[42]

　　由前述幾段關於綠島監獄的管理情境之回憶可以得見，楊逵在綠島時
期，由於唐處長的自由作風，得到較多的創作空間，他的作品不止經常發
表在綠島的《新生活壁報》上[43]，同時也曾擔任綠島《新生月刊》編輯[44]。
當然，這一方面也與楊逵的意志力與耐性有關，胡鑫麟指出：

人家叫楊逵去做菜園，他就乖乖去做菜園。做工時，有人不甘願做，叨
叨念念，喧喧嘩嘩，也得做，有人即使不甘願，卻靜靜的做。[45]

　　由此可見，楊逵有其獨特的耐力與冷靜，他在家書中亦不斷自言：「我
是雷公打不死的」[46]、「我是多勇壯的」[47]、「天天跑五千，骨硬皮肉堅，不
怕寒流凍，不怕烈日煎——這是我的生活信條。」[48]、「衝動是不能持久
的，耐久力最重要」[49]等等，可見楊逵即使在離島的監獄管理空間中，尚能
以主體參與勞動，成功地將勞動、操練、身體規訓等挪用作為自己強健體
魄的策略。目前所見的楊逵作品，大致可以區分為四個重要的創作時點，
日治時期、戰後初期，綠島時期及出獄以後，其中，綠島時期的楊逵作
品，不僅在數量上很可觀，在議題上也呈現出相當鮮明的豐富性與多元
性。在綠島監獄持續創作不輟的楊逵，1961 年返臺之後，創作量反倒劇

[42]歐陽文，同註 31，頁 171～172。
[43]關於「新生活壁報」，歐陽文回憶當時在綠島成立了「壁報社」，「調楊逵去寫文章，叫我去畫壁
　　報」，見歐陽文，同註 31，頁 173。
[44]楊逵，〈貧血的「新生月刊」〉，彭小妍主編，《楊逵全集第十三卷‧未定稿》，頁 699。
[45]胡鑫麟，同註 14，頁 277。
[46]楊逵，《綠島家書》，頁 33。
[47]同註 46，頁 36。寫於 1957 年 12 月 7 日。
[48]同註 46，頁 42。寫於 1957 年 12 月 20 日。
[49]同註 46，頁 48。寫於 1958 年 1 月 4 日。

減，其間的緣由耐人尋味。由此亦可見，綠島時期，楊逵處身監獄的封閉性空間語境，但由於「新生訓導處」唐湯銘處長的自由作風，以及他個人的生活信念與性格特質，在生活上與創作上都開展出相當程度的開放空間。

（三）臺灣本島的「封閉性」空間語境

另一方面，楊逵繫獄的 12 年之間，臺灣本島的政治氣候仍然幽閉凝重。事實上，二二八事件之後，臺灣即進入全面「動（凍）員」的歷史階段，早在 1948 年 4 月 18 日，國民大會即通過「動員戡亂時期臨時條款」的憲法修訂案；4 月 30 日，國民大會通過「全國動員戡亂案」；5 月 10 日，國民政府正式公布施行「動員戡亂時期臨時條款」，臺灣正式進入動員戡亂時期體制。

動員戡亂時期所表徵的，不僅只是軍事體制與國共的對峙，同時也是內部威權體制的深密化。1949 年 5 月 19 日，臺灣警備總司令部宣告自 20 日起，全省戒嚴，基、高兩港宵禁，其後並陸續制定輔助性相關法令，例如 1949 年 5 月 24 日，立法院通過「懲治叛亂罪犯條例」。1950 年 4 月 14 日，立法院通過修正「懲治叛亂罪犯條例」，加重其刑但鼓勵自首。1950 年 5 月 23 日，立法院通過「戡亂時期檢肅匪諜條例」。1955 年 4 月，國防部公布實施「戡亂時期檢肅匪諜給獎辦法」等[50]。所有這些法令，在在揭示著一個威權體制的成立，一個向內動員、戒嚴、肅清，向外戡亂、反攻的年代的無限延長。歷史研究者賴澤涵指出，國民黨是一個典型的威權統治政權，其統治特色是：製造不可冒犯的領袖；嚴密的情治網絡；不准組黨、辦報、集會、結社等自由；鼓勵人民互相檢舉；思想控制；人民出入境行動自由受嚴格管制等[51]。

在「動員戡亂」、「戒嚴」情境全面籠罩之下，臺灣本島陷入「類監

---

[50] 相關史事資料，參見李永熾監修，薛化元主編，《臺灣歷史年表‧終戰篇 I（1945～1965）》（臺北：國家政策研究資料中心，1990 年 11 月）。

[51] 賴澤涵，〈總論〉，收於黃富三採編，《戒嚴時期臺灣政治事件檔案與口述歷史》，頁 13～14。

獄」的封閉性社會空間語境，整個社會除了強烈的封閉性之外，更充斥著嚴密的內部控管與懷疑主義，因此，這段時期的政治案件極多：

> 其被牽連的人數除非情治單位毫不保留的公布，否則將永遠是一個無法
> 可解的謎。當然其中有些是有事實根據而被囚捕或槍決的，但無疑的，
> 絕大部分的人是冤枉的，有的甚至自己莫名而被逮捕監禁，銀鐺入獄
> 者，這些人很多當時都還在青年時期，一旦入監，虛耗人生寶貴時間於
> 獄中者，大有人在。[52]

在這樣的社會氛圍中，臺灣本島形構成一個嚴密的「監獄網絡」，在此一監獄封閉空間中，被統治者處於被凝視、被監視、被檢測、被懲罰的情境，他的內／外視景均是封閉的，不僅被統治者之間相互隔絕、相互監看，單一的被統治者也被迫與自我內在隔絕，不能說自己想說的話。所謂「人人心中有個小警總」，便是前述被管理者個人身／心「監獄空間化」之最佳寫照，而當權的管理者則占居「全景敞視」的位置，監看並懲誡每一個人[53]。

長達 40 年的戒嚴時期，國民黨政府從監督者的「全景敞視」觀看位置，將臺灣造就成一座「監獄之島」。因此，當楊逵被囚禁於綠島政治犯監獄之際，他的家人也正被囚禁於臺灣島監獄之中，臨受同一個時代的政治氣候；從前述楊建回憶中軍、警、情治人員動輒搜家的舉動可以窺見其貌。論者嘗謂：

> 強權政治的魔手並非單單伸向楊逵，孩子們總是活在恐懼之中，家裡經
> 常闖入眼神毫無善意、蠻橫粗暴的盤問者、搜查者、掠奪者、拘捕者，

---

[52] 同上註，頁 12。
[53] 事實上，早在日治時期的被殖民經驗中，臺灣已陷入「監獄」的情境，因此，賴和在其〈飲酒〉一詩中即如此寫：「我生不幸為俘囚，豈關種族他人優」；賴和生於日本領臺前一年（1894 年）他自言生而為囚犯，意指整個大環境猶如監獄一般。

尤其是在終戰之後那段驚恐、詭譎的時局裡，……當作家楊逵挺直頸脖與威權對抗時，楊逵的第二代子女卻必須瑟縮身體，忍受威權的爪牙隨心所欲的騷擾、親友走避的孤漠寂涼、經濟困頓的肚腹飢寒……。[54]

此段話語清楚彰顯出前述被監視者所身處之封閉、隔絕、檢查、監控等生活情境，以及統治者無所不在的全視之眼。除了政治恐懼之外，他們還必須忍受社會整體對政治犯家庭的歧視，以及經濟上的困頓：

我們政治犯的家屬，社會人際關係也受到不少影響。……而出社會找工作，也有兩次因為爸爸的問題而碰壁的經驗。我當兵是在高雄的兵工廠，退伍後想留在該部門工作，我的單位主管很歡迎，但是安全室不肯，結果讓我失業，在高雄流浪一年。[55]

我有時會這麼想，爸爸雖然被抓進去關，沒有了行動自由，但是他在綠島不愁吃不愁穿的，還受到裡面難友及管理員的尊敬，反而他的妻兒時時要為吃的穿的問題四處奔波，在外還處處受到人的歧視欺侮。我才放棄念文科，改念理工，我是因為父親的文字工作帶給他自己與他的家人太大、太深的傷害。[56]

楊建提到非常重要的幾點：其一，楊逵不必經驗經濟困窘與社會排擠；其二，政治犯彼此間有著強烈的「共感」，容易建構深刻的情感連帶關係；其三，楊逵在綠島受到各方尊敬，比身處臺灣島內還有尊嚴。楊建這段話深刻地彰顯出一個現象：就某種層度而言，政治犯家屬比起政治犯本人處身更封閉、更孤絕、更恐懼、更沒有自由的「類監獄」社會空間語境。確然，比對 1950 年代楊逵在綠島監獄的生活情境，共時性存在的楊逵

---

[54]董芳蘭，〈父祖身影中找自己的臉——楊逵與他的「愚公世代」〉，收於張堂錡、欒梅建主編，《現代文學名家的第二代》（臺北，業強出版社，1998 年 8 月），頁 27。
[55]同註 37，頁 22〜23。
[56]同註 37，頁 28。

家人在臺灣本島所身受之空間封閉性，不僅不比綠島監獄來得鬆釋，甚至還更形禁錮。他們被整體社會差異化、排擠、污名化，被賦予「政治犯家屬」此一近乎「本質化」的屬性；對臺灣社會而言，「政治犯家屬」是一群邊緣「他者」；對政治犯家屬而言，整體社會內部存在著無形的獄牆，令其一生難以脫困。

　　綜合前述論證，我們可以說，1950 年代，楊逵與家人分居兩座封閉性島嶼，此種封閉性是雙重的，一方面是島與島之間的封閉，二方面是島嶼內部的相互隔絕。相對於其家人，楊逵在綠島處身相對開放的空間語境，而家人則一方面無法自逃於臺灣整體的封閉性政治社會情境，更由於政治犯家屬的特殊身分，精神上被迫進入各自孤絕、彼此封閉的狀態，他們每個人都猶如一座「自囚的孤島」。而楊逵「綠島家書」則可視為楊逵企圖以其相對開放的空間感、綿長的時間意識，尋找兩座島嶼、以及每一座精神孤島之間的對話線索，建構一個密實的家庭通聯網絡。

四、「父親」的缺席與在場──以書信參與子女的成長

　　細究「綠島家書」的內容，可知楊逵一方面企圖在幾座禁錮封閉的島嶼之間建構通聯網絡，另一方面也希望透過此種密切貼近的通聯與對話，確認自己做為父親的家庭角色扮演、相助處理家庭問題、參與子女生命成長、甚至藉以爬梳自我存在的價值感與意義感。無論能否寄出，楊逵勤於書寫家書，透過家書的親密對話形式，透過一個實際或虛擬的對話線圖之開展，讓身為父親的他，雖未出席卻能「在場」。家書可以視為一面雙面鏡，家人透過鏡像的這一面，確認父親的存在與關愛；而楊逵則透過鏡像的另一端，確認自己的存在座標、角色扮演及存在意義；此即前文所述，「綠島家書」具有對話性與私語性的雙重特質。

（一）召喚徘徊於憂傷海域的孩子──「綠島家書」中的楊逵與資崩

　　「綠島家書」的說話對象包括妻子葉陶、五個兒女，以及三個孫子，而以兒女為主體，葉陶僅占極少部分。事實上，「綠島家書」可以視為一個

無法出席的父親，以書信的方式讓自己在場，陪伴子女的生命成長歷程，為他們排難解紛、分析事理、提供意見、諮商心事，少數則談及自己的狀況，兼及討論學問、知識與生命哲學。

在「綠島家書」所含括的時間裡，長女秀俄、長子資崩、次女素絹都分別遭遇生命歷程中的重大事件，而次子楊建與幼女楊碧也都各有困挫的生命經驗[57]。1949 年 4 月 6 日楊逵被捕時，葉陶與幼女楊碧（當時六歲）也同時被帶走，直到同年 4 月 20 日，葉陶才帶著女兒返家。父母失蹤的這段期間，秀俄與資崩一方面到處探尋，一方面家中已經斷糧，兩人只好「辦理退學，去做工賺錢，沒辦法再念書了。」[58]而楊建在媽媽返家後，亦因經濟情況極糟，無心讀書，一度休學，一年後才在葉陶的堅持下復學[59]。輟學的秀俄與資崩，幫母親承擔最多生活重擔。「綠島家書」中，楊逵對資崩為家庭的付出，一再表達感激；1954 年 10 月 15 日的家書中，他這樣寫：

> 自我離開你們快要七年了。那個時候，你還是在初中念書的十幾歲少年，自那天起，你就讓自己輟學，替爸爸負起了家庭責任，幫媽把家維持得這麼美滿，使弟妹們繼續升學，實在是難能可貴的。
>
> 最近來信你說：萬事不如意，很覺憂鬱，不知何以解愁──你這樣的心情我都可以了解的。[60]

在「綠島家書」中，可以得見資崩的情緒一直處於憂鬱低抑、焦躁不

---

[57]秀俄生於 1930 年、資崩生於 1932 年、建生於 1936 年、素絹生於 1940 年、碧生於 1943 年。

[58]秀俄與資崩成長於跨世代臺灣，求學經驗坎坷，他們倆在日治時期讀完國民學校之後，就無法念書了，戰後仍失學，1947 年二二八事件之後，9 月，兩人才同時進入臺中二中初中部一年級就讀。1949 年，兩人都是初中二年級，也都同時因父親的被捕而失學，人生從此改觀。筆者對楊建之訪談，2003 年 10 月 30 日，臺中縣龍井鄉楊建住處。

[59]楊建當時念初中一年級，勉強讀完下半學期，一直想休學，他表示，當時「家裡變故這麼大，又都沒有錢，想到要去念書就懶了。」同時，眼見大哥、大姊失學做工養家，也使他無法安心讀書。〈楊建先生訪談記錄〉，頁 18。

[60]彭小妍主編，《楊逵全集第 12 卷·書信卷》，頁 2。這封信曾於同日刊於綠島「新生活壁報」。

穩的狀態,而處理資崩的情緒問題,幫助資崩走過生命的低潮,讓他找到生命的力量與價值感,則是楊逵「綠島家書」的重點,資崩成爲「綠島家書」最主要的受信人。從家書中亦可見楊逵的心情經常受到資崩情緒波動的影響;1956 年 7 月,楊逵如此回覆資崩寫於 7 月 10 日的信函:

> 親愛的孩子:7 月 10 日你寄來的信,給我帶來了很大的鼓勵;我很高興。……半年來,你的信一直充滿著憂悒與悲觀的氣氛,你是我們家的總經理,十年來替我把這個家經營得這麼美滿。
>
> 好孩子!在你這樣堅強的經歷途中,發現了你半年來的憂悒與悲觀情緒,怎能叫我不擔心?我很明白:你這樣不健全的情緒是由太多的困難與過分的辛勞累積而來的,但今天,你面對著更大的困難,竟能振奮起來了,你說:破壞之後,才有新的建設,以不撓不屈的精神重新建設,重建得更好,更完美……。這句話很合我的意思。
>
> ……
>
> 你說:「我們租用的田地,在 8 月中將要被收回」,……而你們被趕出之後,終竟是有家不可歸的了。這比颱風帶給我們的艱難,真是小巫見大巫了。但你面對現實,竟能克服過去的憂悒悲觀情緒,把握住與任何艱難困苦碰到底的決心與毅力,真叫我感動。[61]

這封信的背景,所謂「我們租用的田地,在 8 月中將要被收回」,乃是指楊家租用六年,位於當時臺中市大同路 53 號的電力公司所屬土地將被收回,楊家將失去安身立命之所[62]。楊逵對資崩在沉鬱半年之後,能夠面對困

---

[61] 彭小妍主編,《楊逵全集第 12 卷‧書信卷》,頁 4。

[62] 1949 年楊逵尙未被捕之前,全家住在臺中市存益巷 12 號,當時臺中電力公司經理葉可根敬重楊逵,曾和他簽字,要將位於現在臺中一中後面(三民路中友百貨附近)一塊大約一甲大的土地闢爲電力公司的福利農場,並交給楊逵經營,但該地的竹管厝尙未蓋妥,楊逵即被捕,楊家於次年即 1950 年搬入,蓋造屋舍,種花維生。至 1956 年,電力公司決定收回該地,楊家面臨再度流離失所的命運,後經葉陶奔走籌措,終於在臺中市淡溝里(今科博館一帶)貸款購置一塊約二百多坪的土地。事見〈楊建先生訪談記錄〉,同註 6,頁 19。另參考筆者對楊建的訪談,2003 年 10

挫現實，克服悲觀情緒，大為嘉許，鼓勵他「帶領將被趕出溫暖之家的弟妹們，好好地把我們的家重新建設起來吧！」[63]

　　楊逵對資崩的感激、信賴、鼓舞、期待溢於言表，他亦自責：「我未能盡到做一個爸爸應盡的責任，才讓你們兄弟姊妹，特別是你，吃得太多的苦了。過去我時常告訴你們，吃苦就是磨練，碰到困難正是試練的機會。」[64]然而，資崩的苦悶一直無法得到抒解，而楊逵也一直維持高度耐心，為資崩分析事理、諮商心理，希望能幫他走出陰鬱的生命語境。1957年4月，楊逵以感性的關懷、理智地分析，為資崩提供願景：

　　　　向來你是向學心很強，意志也堅的孩子。十年來替我挑上了這麼重的擔子，做牛做馬把一個家維持得這麼美滿，這是我很感激，也很抱歉的。你當不會有什麼於心有愧的！但也就因為你一直為家計奔波，無法計較自己的興趣所在，自15歲輟學至今已經十多年了，總免不了要為浪費這許多寶貴的青春而煩悶。這是任何有向學心，有志氣的孩子所不能免的。
　　　　……
　　　　樂觀而輝煌的路在那裡呢？
　　　　第一要把興趣與職業結合，這樣你便不會再為工作而煩惱。……
　　　　你說你唯一的興趣是旅行，但沒有時間，經濟上也不允許，將來我們可以辦一種農業雜誌，這樣你便可以到各地去採訪農業新聞，推售刊物，種苗農具，那不是可以把旅行當作職業了嗎？
　　　　明年，弟妹們畢業了，你擔子可就輕了，你便可以為將來的工作做學問上與事業上的準備，等我回去馬上可以開辦。[65]

　　月30日，臺中縣龍井鄉楊建住處。
[63]同註60，頁5。
[64]同註46，頁58。寫於1958年1月12日。
[65]同註60，頁5。

對於資崩的悲觀，楊逵既透過家書為他抒解，也透過其他兒女，希望
親族之間的親密網絡能助資崩走出陰霾：

> 因為他輟學以來一直在做苦工，免不了有一點自卑感，害怕人家會看不
> 起他的。其實，大哥在家讀的書已經不少了，他的學識與大學畢業生比
> 較，並沒有遜色的。因此，我們也應想辦法先來打消他的自卑感。
> 我當面叫他找時間翻譯寫些兒童故事與園藝技術投稿，他已經答應了。
> 等明年，你與二哥都畢業了，家計由你們二人負擔，讓大哥進臺大或者
> 師大夜間部就學；他也點頭了。他自己的學費由他自己想辦法半工半讀
> 是沒有問題的。這計畫你可以公開宣布出來，以糾正有些人對他的錯誤
> 看法，進而鼓勵他。這樣一來，他便可以打消自卑感，提高樂觀積極的
> 情緒，加以小媒婆的熱誠，我相信一定會成功的。[66]

　　楊逵這封信的主旨是請女兒素絹充當「小媒婆」，為資崩與友人林錫三
的外甥女牽紅線，希望透過感情的支持，讓資崩掃除自卑，積極樂觀地重
建自我認同。楊逵做為父親，被迫在現實上缺席，但他對兒女的關切、理
解、耐性與細心，卻以更貼近的親情在場、並出席了兒女的成長歷程。由
於自己的入獄，孩子們的生命都被迫脫軌演出，他深感愧疚，因而積極鼓
勵資崩從事文學創作與文化工作，希望藉此激勵他產生自我的正面認同。
當資崩表示他將編纂一部「臺灣抗日史」時，他歡喜地祝賀：

> 新年又到了，正在這個時候你提高了文藝工作的興趣，想要著手編纂臺
> 灣抗日史，我很高興。為祝你有意義的工作的開始，我贈給你名「萌」。
> 對於播過十多年的種子，種植過上百萬棵花木的你，這個字的意義是不
> 必贅言的。那是多麼蓬勃有力啊！春天又到了，你理想之芽也該萌了。[67]

---

[66] 楊逵，《綠島家書》，頁 27。寫於 1957 年 10 月 26 日。
[67] 同上註，頁 40。寫於 1957 年 12 月 20 日。

　　一直在顛仆道路中摸索的兒子，終於找到自己的春天，楊逵再度發揮其樂觀精神，贈予筆名「萌」，期許資崩從此開春萌芽。但島內幽閉的社會空間，特別是經濟上的巨大負擔，使資崩仍然持續活在憂悶之中，無法脫離悲抑的生命語境，難以由「崩」而「萌」。因此，楊逵擔心資崩是病了，他認為不能安眠、胡思亂想、頭腦紛亂即是罹患神經衰弱的徵狀，勸告資崩吃一帖漢方，或者打男性荷爾蒙，更為他擬了一個務實的生涯規畫表[68]，力圖幫助他走出悲悒，他說：「具體的步驟不是 300 字的信可以寫得清楚的，但你有問題儘管詳細寫來，我將利用《新生月刊》同你討論。」[69]他應允：「我一定會把你殷切期望的笑聲帶回去的」[70]，他更將資崩之所以如此悲觀、自卑、消極，歸咎於自己：

> 你才十幾歲的時候，就讓你帶著幼小的弟妹們在冷酷的環境裡奔波，就是鋼鐵做的心也會痛的。這是我生活歷程中唯一的遺撼。
> ……在你們正需要溫暖的時候，我的翅膀離得這麼遠，無法把你們抱在懷裡，使你們免致凍僵。在你們正在迷途上徬徨的時候，也未能帶頭指點你們，使你們避免踏上這許多陷阱與險崖。[71]

　　信中字語充滿深沉的自我罪責，以及深厚的父親情愛，可以想見被囚禁於綠島的楊逵，對於自己無法相助孩子們度過生命難關，是如何的焦慮與無奈。這封信在手稿中，楊逵已落了題：「人生的意義是什麼？」署名給「親愛的孩子」，內文是以對資崩談話的語氣，附帶告訴所有兒女的話[72]。全信近 4000 字，在當時「一週 300 字」的字限之下，應無寄出的可能，目前亦無在《新生活壁報》或《新生月刊》發表的紀錄，在家書出土之前，

---

[68]同註 37，頁 45～54。這是從 1957 年歲暮到 1958 年初之間的連續四封信中的主要內容。
[69]同註 37，頁 45。寫於 1957 年 12 月 8 日。
[70]同註 37，頁 50。寫於 1958 年 1 月 4 日。
[71]同註 37，頁 59。寫於 1958 年 1 月 12 日。
[72]同註 37，頁 66，楊建之註釋。寫於 1958 年 1 月 12 日。

這封信中所流露的父親心聲，從未被孩子們閱讀感知。

　　1950 年代，楊逵奉派經營綠島監獄的菜園，對比於島內家人，生活相對輕鬆，的確如楊建所言「不愁吃不愁穿」。而楊逵最深切的關心與擔慮，是孩子們的心情，希望他們能以樂觀的精神等待他期滿歸來。資崩的情緒持續波動，他在寄得出、寄不出的家書中不斷與資崩對話，認真想處理資崩的情緒問題。在家書中，我們可以閱知楊逵的父親角色極具母性、寬納、耐心等陰柔特質，全無父親角色的威權話語，他坦陳孩子的快樂將是自己的救贖：

> 對於我自己，我一直是很樂觀的。但每次接到你陷在憂悒苦悶的消息，我這一面樂觀的鏡子便會帶上了陰影，只有你們歡樂的音信，才能把它拭得乾淨明亮。[73]

　　然而，前事未決，資崩又因婚姻問題與母親葉陶發生嚴重爭執，家庭風波再起，從 1959 年 5 月初開始的「綠島家書」，楊逵的重點即在幫資崩調解因婚姻問題而激生的母子衝突，他一再透過給資崩、資崩的未婚妻蕭素梅、葉陶、楊建，乃至女兒素絹等的書信，希望可以獲致解決，但問題一直延續，直到資崩長子天進出生，楊逵又寫信給孫子天進，以迂迴曲折的方式，想要化解他們的衝突，更提出他出獄後全家人一起在高雄經營農場的夢想，期盼能夠鎮定兒子浮躁的心緒。然而，一直到 1960 年 3 月，資崩仍然無法平靜，楊逵首度在家書中表達他對資崩的失望：

> 13 日的信叫我整夜不眠想不通。我的身體已經支持不了，沒有氣力再囉唆。你沒有信心，不必勉強。要是三月兩月又鬧情緒，出走，經濟上的損失之大不必說了，精神上的打擊是受不了的。一家將因而毀滅，我們

---

[73]同註 37，頁 59。寫於 1958 年 1 月 12 日。

也將無再見面的日子。不如未開始前就乾脆打消。我的樂觀精神和天進給我的高興都被一筆勾消了。[74]

在給媳婦蕭素梅的信則說：

你要好好控制他的脾氣，為你自己、也為下一代。我的心是破碎了，沒有希望了。[75]

「心是破碎了」的楊逵，畢竟未曾將這些惱怒喪氣的信寄出。可見即使書寫家信，楊逵也展現了一貫的自省、冷靜、耐性與理智，面對資崩多年來的不安定與浮躁，他雖已深感憤怒失望，卻依然能夠自我沉潛。寫完前信的次日，他整理心緒，又重新給每個家人寫信，目前無法得知究竟哪些信曾經寄出，但審度當天各封家信的內容，皆與前日截然不同。署名「親愛的陶、親愛的孩子們！」的信中如此寫：

我寫完這封信，覺得非常快樂。前天寫了一封擱置了，昨天寫了一封又擱置了。因為好幾天來，連夜失眠，情緒非常惡劣，第一封可能教你們跳起來，第二封可能叫你們痛苦一場，現在不寄了。只可留作後日，為「有一次爸爸發瘋了」的故事當笑料。[76]

他除了調侃自己「發瘋」了，說他正在修養心性之外，另修書一封給資崩：

你的信叫我氣昏了，損傷健康不少，論罪也該打屁股。因你為天進洗尿

---

[74]同註 37，頁 214。寫於 1960 年 3 月 19 日。
[75]同註 37，頁 215。寫於 1960 年 3 月 19 日。
[76]同註 37，頁 219～220。寫於 1960 年 3 月 20 日。

布、洗澡，服務周到（這是梅為你說情的）茲將功補罪。打屁股免了，
但要罰你親手生產的葡萄酒和水果各 20 斤。[77]

楊逵的冷靜、理智、自省的性格特質，即連在面對親人、扮演父親角
色時，也都清楚展現，為了把一直徘徊在暗黑的生命語境中的長子資崩召
喚回來，用盡心力，這也成為「綠島家書」最重要、最鮮明的主題。他用
盡說話策略，以溫言軟語、以理智義理、以幽默佻皮，到了最後，甚至不
惜以哀兵姿態向孩子示弱：

我是神經質的，多操煩的，要是給我太多的擔心，把身體毀了，那就一
切都完了，還有話說嗎？現在的我正站在深淵崖上，安否全要看你們
了。[78]

事實上，楊逵自 1937 年罹患肺結核以來，一直處於病弱狀態，時常咯
血不止，一直到監禁於綠島期間，都還時而痼疾發作，必須服用藥物，在
1950 年代末期，還曾併發肝衰弱，身體面臨警訊，但他卻一直以關切兒女
為其生活重心，家書中亦充分流露出樂觀、冷靜、理智、深情、寬納、體
諒精神。他對資崩確實懷有深厚的感激與愧疚，他了解資崩為家庭的付
出：

當時老大資崩 17 歲，不只要做工扶養弟妹，而且每隔一兩個星期就要跑
臺北一趟，給我送東西。當時很多人都找不到自己親人被關的下落，資
崩卻有辦法找到我囚禁的地方，而且還幫別人找到親友囚處。[79]

---

[77]同註 37，頁 217。寫於 1960 年 3 月 20 日。
[78]同註 37，頁 222。寫於 1960 年 3 月 26 日。
[79]楊逵口述；何晌錄音整理，〈二二八事件前後〉，收於陳芳明主編，《楊逵的文學生涯》，同註 3，
頁 172。

　　基於深厚的了解與感念，楊逵從未放棄對資崩的期望與信念，直到出獄以後，仍一再鼓勵他發揮藝文長才與興趣，希望他因而創造成就感與自我認同。然而，從資崩在 1977 年給父親的一封信中，可以得見他的一生被自我生命陰影籠罩之深：「爸：謝謝您的教訓，……文化事業我不感興趣了。請原諒我。」信末具名「不孝子資崩」[80]。論者嘗言：

> 資崩除了顛沛的生命歷程之外，還似乎懷抱著永難平息的不甘和不平，由於第一代標高的無限上綱理想，他的生活從無幸福，他的心靈恆常痛苦，他雖承襲父親楊逵的營生方式，賣花維生，但是卻將花園取名為「資生花園」；經濟的困境，使他不得不顛覆父親的理想，楊逵一廂情願的社會進程，在第二代身上呈顯出最強烈的「理想／現實」之間的矛盾。[81]

　　資崩自承是「不孝子」，他了解父親的期許，但他始終缺乏實踐的信念與動力。資崩一生的挫敗，究其根由，皆因 1949 年楊逵被捕入獄 12 年，他因而失學，無法實踐理想，一生都被經濟困窘壓得不能喘氣，社會的排擠、政治犯家屬之被污名化與邊緣化，都使他無法脫出挫敗經驗與失敗主義的魔咒。

（二）向迷途的兒女伸出援手——「綠島家書」中的楊逵與其他兒女們

　　與資崩一起在 1949 年初二被迫輟學的秀俄，一生的乖舛經歷不下於弟弟資崩，「綠島家書」中，楊逵也不斷給予鼓勵與慰藉。

---

[80] 楊資崩於 1977 年 10 月 29 日從桃園大溪寄給楊逵的一封明信片。
[81] 董芳蘭，同註 54，頁 28。所謂「楊逵一廂情願的社會進程」，指的是楊逵為孩子們取名的意涵，秀俄是讚詠「秀麗的俄國」（歌詠俄國 1917 年社會主義革命成功），資崩則是「資本主義崩潰」，楊建是「建立新社會秩序」，素絹是指新社會如「素潔的絹布」一般，楊碧則表示新社會將會如「碧綠植物」一般，充滿生機。參考筆者對楊建的訪談，2003 年 10 月 30 日，臺中縣龍井鄉楊建住處。

　　1949 年，秀俄初中二年級，輟學在家幫忙家計，此時葉陶娘家的遠房親戚葉金得（稱葉陶為姑姑）來訪；葉金得曾留學日本修習化工，1949 年前後正值潦倒無業，葉陶留他在家，葉金得有化工專長，教導楊家孩子製造肥皂、面霜、洗髮粉、醬油出售，幫助家計甚多。當時除了兩個小女兒之外，秀俄與兩個弟弟都休學在家，秀俄因此與葉金得日久生情，自忖未能得到母親認同，遂離家出走[82]。自 1949 年離家，秀俄顛沛流離九年，完全失聯，直到 1958 年才在弟弟們四方探尋下得知她流浪到花蓮的消息[83]。1958 年 9 月 6 日，秀俄的名字首度出現在「綠島家書」中，當時秀俄已經育有一男三女，楊逵難掩歡喜之情，對秀俄說：

> 很久很久都在想念著你們，今天突然收到來信，得悉你們都還好，又養了四個孩子了，我很高興。過去的事情，我是可以諒解的，可不要再難過了。保重身體，把小孩養得好好的，這是你們的責任。
> 好多年來一家人都吃盡了離散的苦頭，可是我離家之期快到了，不久我們就可以重聚，也可以給你們帶來歡樂的。弟妹們一樣很想念你們，你媽雖然嘴硬心也是軟的，你可以時常同他們通信，也常把你們的生活情形寫來告訴我。[84]

　　同一天，他也給從未見過面的外孫女嬋娟寫信，稱讚她很乖[85]。對於秀俄的婚姻與出走，楊逵表達寬諒與支持，不斷地勸她「過去的事情讓它過去，不必再為它難過了，好好保重身體，教育孩子，未來是光明的。」[86]楊

---

[82]據楊建回憶，1949 年 9 月，母親葉陶因被認為涉及基隆中學「《光明日報》事件」（《光明報》，中共在臺的地下刊物，二二八事件後由呂赫若於臺北編印）再度被捕，繫獄三個月，由資崩奔走，多至當天將母親保釋出來，而秀俄因害怕母親責備其戀情，前日即離家。見楊逵口述；何昀錄音整理，〈二二八事件前後〉，收於陳芳明主編，《楊逵的文學生涯》，同註 3，頁 172。

[83]關於秀俄的婚姻及失聯等事，參見楊逵，《綠島家書》相關信件的註釋。另參考筆者對楊建的訪談，2003 年 10 月 30 日，臺中縣龍井鄉楊建住處。另葉金得又名葉俊岩。

[84]同註 46，頁 79。寫於 1958 年 9 月 6 日。

[85]同註 46，頁 222。寫於 1958 年 9 月 6 日。

[86]同註 46，頁 110。寫於 1959 年 2 月 1 日。

達以他特有的綿長的時間觀、向陽的樂觀精神，鼓舞著八年來孤獨離散在外的秀俄。對於孫子，他無法出席扮演祖父的角色，也以其幽默的人格特質，希望感染離散、貧窮、孤苦的女兒與孫子重拾歡笑：

> 爸爸好久沒有給你們信了，這並不是爸爸懶，也不是忘了你們，因為每週只能寄一封 300 字的信，弟妹們既離散，問題又多，實在應付不了。春節又到了，爸不能給孫子們壓歲錢，讓他們高興一下，覺得很遺憾。你就把往年我們在園裡過年的快樂故事講給他們聽聽吧。這樣，他們便會覺得有個好玩的公公多有趣，自然會發生樂觀的期望。這是爸唯一能夠給你們的禮物。[87]

他也居中牽引，寫信給妻子葉陶，勸她原諒秀俄：

> 秀俄已經搬到臺北了，我想她們的生活一定很不安定，趁這機會應赦免她過去的錯誤，叫她回家團聚，讓她參加我們的農園建設。為了孫子們的安全健康和進步，你應該這樣做。孫子們是無罪的，不是嗎？[88]

三個月之後，臺灣傳來葉陶已經諒解秀俄的消息，楊逵心喜之餘，給葉陶寫了這樣一封信：

> 秀俄和外孫們來信說，你們到臺北同他們住了三、四天，高興得不得了。十年多了，這女孩子吃的苦也夠了，一向我都很擔心。你這次做得很好，你原諒了她，叫我很感激。[89]

---

[87]同註 46，頁 110。寫於 1960 年 1 月 17 日。
[88]同註 46，頁 218。寫於 1960 年 3 月 20 日。
[89]同註 46，頁 240。寫於 1960 年 6 月 10 日。

　　同時，楊逵在一個禮拜後寫信給秀俄和外孫們，讓他們知道葉陶的關心和他的欣慰。楊逵用心撫平妻女之間的誤解與傷口，他用最多的話語關照情緒比較浮動的長子資崩，對於一直孤獨流浪，缺乏關愛，卻又默然不語、不會爲自己辯護的秀俄，在書信中也同樣流露出疼惜與擔慮。他對葉陶說：「你原諒了她，叫我很感激」，一語道出他對秀俄長期以來的默默關注，也表達出他的歉疚之情。楊逵很清楚，臺灣島內子女們的生命悲劇，絕大多數都是時代造就而成，他認爲由於「我自己對當時的情勢判斷錯誤」[90]而入獄 12 年，使得五個子女的人生完全改觀，秀俄身爲長女，承擔更多，他無法彌補她所承受的苦難，因此，對於葉陶終於能夠原諒女兒，覺得「很感激」。即使秀俄已經結婚、生了四個孩子，但生活一直顛沛流離、貧窮困窘，他希望女兒、女婿、四個孫子們都能夠回到家庭的羽翼之下，以彌補他對秀俄的歉疚感：

> 金得的生意是不是做得順利？能夠勉強維持一下就好。再 15 個月，爸就可以回去，計畫將來開一個較大的農場，大家可以團聚。你們對種植農產加工都有經驗，工作是不必愁慮。孫子們的教育更沒有問題。[91]

　　失職、缺席不在場的父親的歉疚感，一直縈繞著楊逵，因此，他對於孩子們的情緒特別敏感，若子女們的信中略見愁悶，或即使只是不常來信、信中話語較少，他必定追問清楚，想辦法替他們化解苦悶。如 1959 年，素絹開始面臨情感問題，他一開始即嗅出不對勁的氣氛，寫信探問：

---

[90]王麗華，同註 1，頁 280。楊逵口述時自省「和平宣言」一案，如此說：「因『和平』招來牢獄之災，對我是很大的諷刺。剛入獄時，我曾檢省這件事。……只怪我自己對當時的情勢判斷錯誤。」楊逵有很長的抵抗運動經驗，二二八事件也一度入獄並曾獲判死罪，雖幸運逃過一劫，但以他的冷靜與理智，對於 1949 年臺灣局勢仍然詭譎態勢，不應沒有準確判斷的能力，可以推知當時不僅是他，許多跨省籍朋友也都不能準確判斷局勢之因，乃是緣於他們對國民黨政權的體質及手段都還很陌生。

[91]同註 46，頁 240。寫於 1960 年 1 月 17 日。

好久沒有來信，很念。昨天我從你給大哥的信裡看出你苦悶的影兒，卻弄不明白其原因，心裡很著急。因大哥正碰上了困難，你不願意加添他的負擔是對的，但總應該把你的心事告訴我呀！[92]

這年 7 月，楊逵努力尋求與女兒的對話通聯，寫給素絹的幾封信都超過 300 字限制，也都一一遭到新生訓導處的退回或不發，但他仍然持續寫，希望有機會向素絹傳達來自父親的希望之聲，並且鼓勵素絹到綠島一趟，「我們可以徹底談談你的困難，解消你的苦悶。」[93]他鼓舞素絹從痛苦中站起，責她：

半年來你不給我寫信，叫我亂猜一通，這不僅你一個人悶在心裡多受了苦，也加添了爸不少愁悶。我的心肝孩子們的痛苦便是爸的痛苦，唯有你們都真正快樂了，爸才是快樂的。[94]
我把你的信反覆看過十幾次，字背之音都聽得見了。[95]

他並透過媳婦素梅，拜託她以同是女性的心理與處境，幫助素絹擺脫苦惱[96]，但所有這些信件都被退回，楊逵焦灼的希望之聲畢竟未能發出[97]。不僅如此，由於這段時期他的信件一再超過 300 字限制，自 1959 年 8 月 1 日起被罰停止通信三個月，到 11 月 1 日方才解除禁令[98]。即使在禁令下達的當天，他都還想試著闖關，告知資崩與楊建他將有三個月不能通信，請

---

[92]同註 46，頁 131。寫於 1959 年 5 月 16 日。
[93]同註 46，頁 104。寫於 1959 年 7 月 25 日。
[94]同註 46，頁 155。寫於 1959 年 7 月 11 日。
[95]同註 46，頁 159。寫於 1959 年 7 月 25 日。
[96]同註 46，頁 157～158。寫於 1959 年 7 月 18 日。
[97]這段時間單是在筆記本手稿中有註明的，即有五封是退回與不發（是指被訓導處壓下不發，而非楊逵自己不發信）。
[98]同住 46，頁 171。寫於 1959 年 11 月 1 日。解禁後第一封信是寫給資崩與素梅，信中有言：「家人四散，四週才能輪到一次給你們」，楊建的註解中指出，當時秀俄在花蓮、資崩在羅東、楊建在高雄，葉陶與素絹和楊碧在臺中。見該書頁 172。

他們幫助妹妹：

> 建：來信與 100 元都收到，你回家看了情形如何？看絹的信她情緒非常
> 惡劣、苦悶、想不開，這是很危險的，你應時常寫信幫她解決問題。她
> 如能來一趟更好。因給她的信超過規定 300 字，我這次被罰停止通信三
> 個月，暫時不接到我的信也不必掛慮，我的身體與生活都是很好的。
> 萌、梅：……關於停止通信事，是因為顧念你們兄妹的艱難心切，無意
> 中所犯，正想寫報告請求寬大處分，放心好了。妹妹你們可以就近幫助
> 她，叫她婚姻問題慎重考慮，不要太早答應，我就可以放心的。[99]

　　然而，這封信仍然被退回，10 月中，他嘗試再寫，還是無法寄發。這
其間，楊建曾因父親音信全無，納悶擔心，再度到綠島辦面會，感受到當
時綠島監獄的緊張氣氛：「這一次跟上次完全不一樣，我是 10 月份去的，
綠島的 10 月不知為什麼很緊張。」[100]11 月終於解禁之後，他又每週發信為
素絹分析勸解，直到隔年 1960 年 2 月 5 至 13 日，葉陶攜素絹及楊碧前往
綠島之後，素絹的問題才似乎告一個段落。

　　透過楊逵寫給素絹的家信，再度見證了「綠島家書」的陰性書寫特
質，充滿了繁瑣的、零細的、重複的、家常的。楊逵甚至連媳婦素梅要在
哪裡生產、怎麼生產都關心，在多封信函中提供意見[101]，並且再度發揮他
喜以象徵意義命名的特質，為孫子取了象徵「求新、求進、求真」的名
字：

---

[99]同註 46，頁 164～165。寫於 1959 年 8 月 1 日。
[100]同註 55，頁 24。1959 年，楊逵劇本〈牛犁分家〉在綠島演出，隔年，劇本〈豬八戒做和尚〉被
　禁演，楊逵提過此事是由於綠島新生訓導處處長唐湯銘一度被調返臺灣，換另一個人代理，政
　策緊縮，被禁通信三個月，當是這個時期。亦參見河原功著；楊鏡汀譯，〈楊逵生平寫作年
　表〉，收於張恆豪主編，《楊逵集》（臺北：前衛出版社，1991 年 2 月初版第一刷），頁 372。
[101]素梅預產期為 1960 年 3 月中旬，從 1959 年底開始，楊逵就在家書中討論生產地點及方式。

將出世的嬰兒，我希望他（她）日日新又日新，天天進步，這樣保持求
真的精神便能有美與善的表現，男的「又新」、「天進」。女的「真」。[102]

這些瑣碎的家庭日常性的拼貼，其所展現的，是楊逵這位缺席的父
親，以不同於一般父親角色的嚴肅、威權、管束、訓誡等特質，而以具有
母性的溫柔、耐性、零瑣、敏銳、細膩等感性特質，貼近關照每個子女。
他的瑣細、敏感，幾近於叨叨絮絮，不僅是資崩的情緒、工作與婚姻、秀
俄的婚姻、素絹的愛情與工作、楊碧的學業、孫子的健康快樂等等，無一
不關切。

「綠島家書」時期，狀況相對穩定的是楊建，「建的信充滿樂觀氣息，
『笑口常開』是可以想像得到的」[103]，「你做事向來認真、性格冷靜，自我
們談過之後，更加強了我的信心，覺得輕鬆多了。」[104]然而，當楊建因工
作忙碌而減少音訊，他仍然焦急探問：「你的新職務、工作情形如何？會不
會太吃力，快快寫來告訴我，不要讓我擔心。」[105]「你遲延寫信的理由我
覺得並不充分。心裡有什麼苦惱，都可以照實寫來，這樣心情才能輕鬆一
下，也不致讓爸亂猜一場，心裡不痛快。」[106]「綠島家書」中，類此幾近
於神經質的文字極多，如資崩情緒不穩，他懷疑生病，家人失聯，他就擔
心出大事：

媽、妹們自 15 日到高雄以後，至今廿多天了，也完全沒有消息，是否平
安回家了，真叫我擔心。如此叫我坐立不安，晚上睡不著覺，寄來再好
的補藥也補償不得身體的消耗。快快把詳情寫來吧！[107]

---

[102]同註 46，頁 201。寫於 1960 年 2 月 20 日。
[103]同註 46，頁 148。寫於 1959 年 6 月 27 日。
[104]同註 46，頁 173。寫於 1959 年 11 月 7 日。
[105]同註 46，頁 206。寫於 1960 年 3 月 5 日。
[106]同註 46，頁 208。寫於 1960 年 3 月 12 日。
[107]同註 104。

媽、妹們回去一個月了，至今還沒有來信，是不是出了什麼事？或是大哥給你們什麼難題？無論什麼天大的事，我都有勇氣面對事實的，可能也有辦法幫你們解決的。[108]

絹：八日的信收到，回臺中後，費二毛錢五分鐘寫一張明信片就可以讓我安心快樂的，你們偏偏不做，害我擔心整月連夜睡不著覺，瘦了幾公斤肉，實在費解。[109]

　　楊逵的神經質，或與其性格有關，但與當時臺灣社會的大環境必然無法脫離關係。楊逵與家人身處兩座離島，他對於臺灣島內的情形，包括政治氣候、社會氛圍，以及家人所處的封閉孤絕之空間語境等，透過頻繁的書信多少能夠感受，相較之下，綠島監獄反而不如臺灣島內那樣詭譎不定，因此，他對家人的安定與安全長期擔慮的心情是可以想見的。觀之「綠島家書」中楊逵的情緒流動線圖，楊逵一方面極具樂觀精神、幽默氣質，但一方面卻又極其神經質，經常流露出擔慮、操煩的情緒。然而，正由於他所擔慮操煩的是子女們而非自己，因此，他煩慮的情緒通常僅止於浮動在「綠島家書」草稿的零亂字跡中，草稿經常有多種版本，顯示他立即能夠自我沉潛，未讓情緒往島內倒流；如前一封給素絹的信，他就未曾寄出，次日重寫，文脈當中的語氣截然不同：

陶、絹、碧：只要花兩毛錢，五分鐘一張明信片就可以讓我安心快樂的，你們卻不做，害我擔心整月，連夜睡不著覺，瘦了幾公斤肉，論罪該打屁股。好得天進早幾天帶來了歡樂，不然的話我是決意辭職的了。茲宣布特報，辭意取消，打屁股也免了。但瘦了的肉非補償是不行的。罰你們親手生產的火雞兩隻，羊奶二升，雞鴨蛋 20 枚，明年四月我要帶天進爬山玩樂時野餐用，你們可以陪天進來，但吃喝都要得到天進的特

---

[108] 同註 105。
[109] 同註 46，頁 210。寫於 1960 年 3 月 19 日。

准。想吃個痛快，就先要巴結巴結天進的呀！[110]

　　掩藏在這些幽默輕鬆的逗笑話語之後的，是楊逵一個月無法入眠的擔憂、想像、恐懼和身體的折磨，但他並未讓家人知道。流動著敏感性與神經質的「綠島家書」，揭露出一個荒謬時代裡的庶民掙扎史，那些默默無名的、人生緣於一個政治案件而完全脫軌的楊家子女，只有在家書中才能成為主角，他們的憂悶、消沉，以及父親的樂觀、積極，在海的兩端巡迴往復，互相對話通聯傳遞，以當時綠島的信檢制度，楊逵究竟能將這些來自綠島的希望之聲傳送幾分，我們難以全數掌握，但 12 年間，楊逵畢竟以他唯一能夠的方式，以文字分身，出席了子女的生命成長歷程。

五、解除貧窮魔咒‧構築「新樂園」

　　觀諸「綠島家書」，「貧窮」是楊逵家人所面臨的核心課題，他們絕大多數的苦悶情緒都因貧窮與家計而生。楊逵了解家人們之所以陷身閉鎖、孤絕、苦悶的生命語境，是因為臺灣整體是一個「冷酷的環境」，政治恐懼、社會歧視與經濟困境的多重擠壓，使家人的生活變調。同時，楊逵自 1937 年前後罹患肺結核以來，身體一直處於病弱的狀態，時而復發，經常必須服用昂貴的藥物。1958 年楊逵被押解回臺兩個月之後重返綠島，舊疾復發，頻頻向綠島獄友借藥服用，也一直籲請家人寄來清還，卻未得回音，顯然是家人已經山窮水盡。楊逵只得請當時正在服兵役的楊建向高雄友人借錢寄來：

　　我知道家裡的經濟情形是很苦的，自然不會怪他們，不過我曾叫他們整理一些不用的書拿到古書舖去換錢買藥，他們也置之不理，實在叫我難以諒解。也許是顧慮面目吧？我不知道把不用的書賣掉會傷害他們面子

的。這樣拖下去，假如人都沒有了，留那些爛書有什麼用？

話雖這麼說，你哥哥現在已經夠苦惱的了，我又不敢加添他的煩惱。我曾鞭策自己疲乏的腦筋，想寫些故事向外投稿，這是我唯一可能弄到錢的辦法，我們指導員也答應可以替我辦理了，不過要向外投稿的手續煩難得很⋯⋯所要的藥錢不多，你能夠請假的話，就去高雄找許叔叔、褚叔叔借一點寄來好嗎？[111]

這是楊逵一百多封「綠島家書」中，唯一一封因為「錢」的問題而表達對家人「無法諒解」者；因為這場病拖延許久，「四個月來吃的都是向朋友借的」[112]，使楊逵因虧欠獄友而深感焦慮。事實上，楊逵並不知道，他被捕後當局陸續前來搜家，書籍泰半都已搬空，並沒有多少「不用的古書」可賣了。事實上，除了藥物之外，楊逵在綠島時期的花費檢省，都是一般日用所需：

我吸煙已減了一半，只因天天吃饅頭，沒有糖水，吞不下去，每星期要買一斤糖，和其他攤報刊費、郵票、草紙、肥皂、牙膏、筆記本等零用，每月百元就夠了。但你的收支如不能平衡，就不必勉強。[113]

楊逵生活一向刻苦，「綠島家書」中特意請家人寄來的，也大都是藥品或買藥的錢。除了 1958 年這一場舊疾復發嚴重之外，1960 年初，由於擔慮過多，楊逵身體再度敲響警鐘，先是嚴重失眠、體重下降、感冒不斷，而後則併發「肝機能衰弱」，需要服用大量藥物補品，彼時楊建已在就業，幾乎都是由他負責接濟父親所需，一個月一百兩百的，但臺灣家中的經濟需求也不小，楊建有時難以承擔，楊逵委婉地請兒子去借錢：

---

[111]同註 46，頁 91～92。寫於 1958 年 10 月 11 日。
[112]同註 46，頁 96。寫於 1958 年 10 月 25 日。
[113]同註 46，頁 254。寫於 1960 年 7 月 22 日。

近來你不能按月寄錢，個半月才寄一次，我可以猜想你的收支情形是不理想的。但是，我是可以想辦法的。只剩了七個月，再勉強一下快很就到了，多一點負債也是有限的，只要保持健康回去的話，再多的負債也是沒有問題的。[114]

　　這場病拖延許久，楊建努力為父親籌措醫藥及生活費用，楊逵也在信中向兒子抱歉：「這兩三個月來，給你的負擔太重了，已花掉你整月的薪水，你的生活恐怕要受到嚴重的影響吧！看經過這樣的好，以後可能不要再買藥了吧！」[115]

　　然而，即使經濟如此困窘，「綠島家書」中不斷看到「負債」、「借錢」等字語，但其間出現最多的話語，仍是楊逵以樂觀精神不斷給予子女們慰藉，鼓勵他們走出貧窮魔咒：

向大的看，向遠處看，生活刻苦一點是沒有關係的，那一點點負債也算不了什麼，不要為眼前的小事情迷惑了，絆住足不能向前。[116]

樂觀在人生是最要緊的，只要能夠樂觀，物質上、工作上多吃一點苦也可以從安慰中得到補償。[117]

我們雖然窮於物質，精神生活卻是富有的，今後一定能更富，終成巨富。這就是說：設使陷在萬丈深坑，我們還可以保持樂觀與信心，明智耐心打開出路。把快樂分給別人。[118]

只要不致窮到不能保持健康，或者因自卑感而心灰意冷，窮是不必畏懼的。我們的窮不是因為無能、偷懶，也不是浪費，其實是可以心安理得

---

[114] 同註 46，頁 264。寫於 1960 年 8 月 20 日。
[115] 同註 46，頁 279。寫於 1960 年 10 月 1 日。
[116] 同註 46，頁 88。寫於 1958 年 10 月 5 日。寫給資崩。
[117] 同註 46，頁 102。寫於 1960 年 12 月 6 日。寫給資崩。
[118] 同註 46，頁 149。寫於 1959 年 7 月 4 日。寫給資崩與素梅。

的。[119]

　　楊逵不僅鼓舞家人以樂觀和信心走出貧窮魔咒，另一方面，他也積極務實地尋找對策。在「新生筆記簿」中的「生活雜記」裡，有一篇未定稿，題為〈怎樣才能把一個家弄得好？〉，由於資崩的苦悶，楊逵苦思五點對策，包括如何開源節流、減輕經濟負擔、如何讓他找到興趣、如何讓葉陶尊重資崩的意見等等。在開源方面，他說：「我也應該在寫作方面加緊努力，想辦法請准投稿」[120]，並且安慰資崩：

> 煙我不吸了，從此不要寄錢，經濟問題是用不著你煩惱的。負債現在不能還就讓它拖下去，等我回家後，只要出兩本舊作，不是就可以還得清清楚楚了？天天來要錢的人我相信不會很多，可以把藏書賣來清理一下。[121]

　　他甚至還往科學發明方面動腦筋，設計了一種「原動機器設計圖」，指示資崩與弟弟楊建一起研究，取得發明專利，未來大有可為：

> 幾天前在夜裡和朋友聊天中得到了靈感，考索一種不需燃料的原動機器，在這裡要做實驗，時間、工具、材料都很不方便，同封寄去一張略圖，你可以同弟弟研究一下，褚叔叔和森哥一定也會有好意見。這比英人發明的蒸氣機更重要，因為它的「能」的來源是地球引力，是永遠不會缺乏的。
> ⋯⋯
> 不過你要注意一點，因為它的效能太大，製作和原理都很簡單，容易給

---

[119]同註 108，頁 283。寫於 1960 年 10 月 28 日。寫給楊建。

[120]楊逵，〈怎樣才能把一個家弄得好？〉，彭小妍主編，《楊逵全集第十三卷・未定稿》，頁 696～697。

[121]同註 46，頁 73。寫於 1958 年 7 月 19。

大資本的人搶走，一定要設法取得專利（特許）權。無論本國或外國[122]

　　楊逵究竟發明了什麼原動機器？楊建在註釋中解釋說：「這是一個利用地心引力與槓桿原理合成的、免能源的原動機設計圖，楊逵雖實驗過好幾次，但礙於財源，尚有許多阻力需加以克服。」[123]楊逵自己則指出，這個設計圖的原始構想，「關聯到哲學上的認識問題」[124]。然而，在臺灣本島家中，孩子們仍然苦於為基本的生活所需打拚，以楊建所言，雖然父親的設計圖看來很有意思，但他們根本連做實驗的錢都不足[125]，楊逵的科學發明專利之夢終於成空。

　　楊逵挑戰貧窮魔咒，想將家人從對貧窮的恐懼與苦悶中帶領出來，用盡心力。他不斷提示一個未來的美麗新世界，而他的「出獄歸家」則是一個具體可見的時間指標，至於空間圖景則是他被逮捕前的舊業——「農場」——楊逵仍然認為，紮根泥土的耕讀生活最為自在美滿。1957 年，他就對資崩宣稱：「我有一項遠大的計畫，回家之期也不遠了，很快就可以實施，其中也有一份你高興的工作。」[126]所謂「遠大的計畫」即是在南臺灣開闢一個理想的農場：「多種果樹，庭木、草花不必太多，南部樹薯渣便宜，鵝鴨、奶羊可以多餵一些，以求自給，頭一年要透支是沒有關係的。」[127]楊逵要將所有兒女、媳婦、女婿、孫子乃至媳婦的老祖母，都接到農場來住，他對流離近十年的秀俄承諾：「等我回去一定能夠建立一個比首陽農園更美好的環境，讓孫子們得到更美滿的養育，媽對你的成見也會改變的，放心好了。」[128]

[122]同註 46，頁 106～107。寫於 1959 年 1 月 17 日。
[123]同註 46，頁 107～108。寫於 1959 年 1 月 17 日。
[124]同註 46，頁 114。當時楊逵正在閱讀日文版的田邊著的《哲學入門——科學哲學的認識》，他對資崩與楊建均力極推介，表示這是一本從「力學」發展過程來說明科學哲學的好書。
[125]同註 8。
[126]同註 46，頁 45。1957 年 12 月 28 日。
[127]同註 46，《綠島家書》，頁 211。1960 年 3 月 19 日。
[128]同註 120，《綠島家書》，頁 231。1960 年 4 月 29 日。

　　終於，楊逵以其特有的樂觀精神與堅強意志力，鼓舞著子女們解除貧窮魔咒，朝向遠大的計畫與理想的農園邁進。他出獄後立即付諸實踐，在高雄買了一塊地，「但是後來因為地上物的產權糾紛而放棄」[129]，賠掉所有家產，來到東海大學附近租了一間鐵皮豬舍[130]，一大家子人暫住，仍然無法解除貧窮魔咒；楊素絹說：

　　12 年，我們數著日曆，守著時辰，分分秒秒的等待，日日夜夜的思念，我們在最苦的時候，在沒得吃的時候，我們說：「爸爸回來，一切都會變好了。」但事實是殘酷的，情況並沒有變得太好，苦日子一樣要撐下去。現實情況和理想有相當大的距離，爸初回來時，社會並不十分接納他。開墾荒山變成花園，投下相當的人力與財力，借貸變成常事。[131]

　　1961 年，楊逵從綠島返臺，脫離了綠島監獄封閉空間，又進入另一個更嚴實的封閉空間，「社會並不十分接納他」，他終於能夠體會孩子們長期以來的被排擠、被污名化的心境。最後，貧窮仍然一輩子跟隨著他們，孩子們只好出去找更多工作機會，而楊逵的新樂園之夢，最終只有葉陶能陪他構築：

　　母親苦撐著，兒女為了下一代的教育，都離巢而各自謀生，母親仍為了陪伴堅持理想的父親而苦撐。終於多年苦難的日子，從根蛀蝕了她的身體，在 59 年 8 月 1 日凌晨，她撐不下去而撒手人寰了。[132]

　　然而，為了陪伴楊逵的理想夢景而苦撐一世的葉陶，在「綠島家書」

---

[129]同註 37，頁 26。
[130]同註 8。
[131]楊素絹，〈心襟上的白花──父親與我、兼記母親葉陶女士〉，《聯合文學》第 8 期（1985 年 6 月），頁 27。
[132]同註 46，頁 27。

中卻是一個沒有故事的妻子。

六、代結論：「綠島家書」中沒有故事的葉陶

　　楊逵在「綠島家書」中給妻子葉陶的信件僅有十封，其中兩封是與孩子為共同收信人，另兩封則是篇幅極短的短箋，楊逵真正與葉陶直接對話的信函，比例上極少，葉陶的身影卻不間斷地出現在給子女的書信中，成為子女故事中的背景。寫給葉陶的幾封信，楊逵談論的內容都是子女的情緒問題，沒有一封是夫妻私語。在「綠島家書」中，我們清楚地看到了資崩、秀俄、素絹、楊建、楊碧，甚至孫子天進的生命史，楊逵對於他們的一切，描寫得細膩而生動，然而，楊逵繫獄綠島之時，妻子葉陶的生活、心情、身體究竟如何？從家書中卻難以探知，「綠島家書」中，葉陶的身影極為模糊，只是一個被兒女們的苦悶反襯出來的側影，這個側影充滿負面性，如喜歡發號施令、固執己見、觀念陳腐保守、難以理智溝通、思想不民主、威權作風等等。在楊逵以溫暖的父親情愛，在家書中扮演父親／母親的雙重角色，為子女們諮商心事的同時，葉陶卻成為一個反面的形象。如以下的描述：

> 你向來就有喜歡發號施令的老毛病，經常說著「你要這樣、你要那樣！」這是不對的，一定要改過來。我們都要尊重別人的意見，就是兒女們的意見也不能忽視，太固執成見是不成的。[133]
> 在孤單寂寞的環境裡，你媽染上了許多庸俗成見，把過去那蓬勃進取的氣象都丟了。我們可以同情她，好言安慰她，但絕不能被她這種觀念纏住而踟躕不前。[134]
> 你過去因冒失犯了幾次大錯，幾乎把我們家帶到破滅的路上，如果再來

---

[133]同註 46，頁 24。1957 年 10 月 12 日。寫給葉陶。
[134]同註 46，頁 55～56。1958 年 1 月 11 日。寫給資崩。

一次，你的過失是不能原諒的。[135]

梅的祖母和你媽那些古老觀念，固然是不合時代的，必須要改的，卻也不是一朝一夕可以改過來的。他們的固執與迷信與環境很有關係，是你們應該同情原諒的。……這是教育你媽的唯一辦法，同她爭論是沒有用的，這也反對，那也反對，是會鬧發她的脾氣而愈鬧愈僵。[136]

老人家阻礙年青人求進步、求發展的辦法有二：一是像你們母親的哭鬧、另一是較斯文如你們祖母的洒淚陳訴，結果都是一樣把你們牢牢牽在自己身邊，以求享受。[137]

我擔心的是怕你媽不會處理事情，越弄越糟。[138]

楊逵「綠島家書」中的葉陶形象，似乎已經不再是當年他口中積極從事社會運動、為理想奔走的「土匪婆」、「鱸鰻查某」，而是一個執守古老觀念、頑固威權、不通情理的母親。在楊逵以樂觀、冷靜、耐性的話語為兒女疏通情緒的同時，他也以「家父長」的仲裁者角色，評價並介入「母親」角色，雖然他也以「同情的了解」詮釋了葉陶的頑固威權之環境因素，但葉陶在「綠島家書」中相對靜默的現象，是一個值得再深入探論的課題。

一般而言，楊逵在離島的受刑人角色，具有公領域中的陰性特質，空間感封閉、時間感凝滯；反之，在臺灣本島中、私領域的家庭場域裡，由於楊逵父親角色的缺席，葉陶必須同時扮演母親與父親雙重身分，角色特質更進一步向陽剛性、外向性挪移，與其基本性格中陽剛性的部分共構，前此朋友們戲稱的「葉陶兄、楊逵嫂」中夫妻性別角色相互越界的現象，

---

[135]同註 46，頁 135。1958 年 5 月 18 日。寫給葉陶。所謂以前的「大錯」，或指收留葉金得而使秀俄一生改變之事，而信中所寫的這一次，則是指葉陶收留一個朋友的孩子，楊逵認為他有太多不良行徑，力勸葉陶將他送走。見同信末楊建之註釋 2、3。

[136]同註 46，頁 140。1959 年 6 月 5 日。寫給資崩。

[137]同註 46，頁 168。1959 年 10 月中。寫給資崩與素梅。

[138]同註 46，頁 177。1959 年 11 月 21 日。寫給資崩與素梅。

在楊逵身繫綠島監獄之際，得到更多的發展。從這個角度來看，綠島時期似乎是楊逵的性格角色陰性化、葉陶的性別角色陽性化的重要階段。

然而，逆向觀之，卻又未必全然如此。1950 年代，楊逵與他的家人身處兩座封閉性島嶼，相對於綠島監獄的空間封閉性，楊逵卻似乎因為受到獄友與管理者相當程度的敬重，而能夠有相對開放自由的寫作空間；然而，置身臺灣本島的家人，卻反而無法從社會整體的封閉性空間語境中脫逸而出，深刻感受到被排擠、被污名化，以及貧窮的擠壓。楊逵透過頻繁的書信，仍然掌握某種程度的「父親」發言權，他與子女保持緊密的精神通聯網絡，以充滿樂觀精神的話語，鼓舞子女走出生命陰影，解除貧窮魔咒，想像美麗新世界。「綠島家書」含蘊著一個被迫缺席的父親的在場的努力，它所具有的瑣細、家常、重複、翻覆、零亂、斷裂的特質，與線性的、邏輯的、外向性的男性書寫大異其趣，卻又不全然是陰性的、悲鬱的、壓抑的風格。甚至可以這麼說，楊逵在綠島監獄雖然有相對自由度，但受刑人的陰性角色揮棄不去，楊逵透過家書，扮演了父親的陽性角色，補足了在公領域中被陰性化的缺憾。這樣的綠島家書，以複雜的肌理，呈現出一個 1950 年代臺灣政治犯家族史的鮮明斷面。

從另一個層面觀之，「綠島家書」中兒女的形象清晰，而葉陶的身影模糊，也反襯出一幅性別權力政治的圖景，以及葉陶歷史面目的糢糊性。關於葉陶的歷史面目之重構，我們可以掌握的資料甚少，其中還有不少是出自楊逵的敘述觀點；楊逵的「葉陶敘事」成為葉陶歷史面目的基本輪廓，而其間所隱含的性別觀點值得析辨。「綠島家書」中，楊逵以一個父親、進步男性、馬克思主義者的觀點，評價葉陶的人格特質與母親形象，其中究竟有多少真實與虛構，耐人尋味[139]。不過，可以確認的是，在楊逵透過樂

---

[139] 楊建與楊素絹回憶中的母親，則是另外一個形象，她對外堅毅，對內奉獻，而自我則吞忍，楊建說：「經常看到媽一個人躲在花園的一角暗彈辛酸淚」；楊素絹則說，母親留給父親的最後一句話，還是關切父親：「你要好好照顧自己」。見楊建，〈泥土的回歸——懷念先父楊逵先生〉，《聯合文學》第 8 期（1985 年 6 月），頁 23；楊素絹，〈心襟上的白花——父親與我、兼記母親葉陶女士〉，《聯合文學》第 8 期（1985 年 6 月），頁 27。

觀、溫暖、細膩的「綠島家書」，爲自己與子女這些生命孤島之間尋找通聯網絡時，葉陶仍然是孤島中的孤島，沒有故事，沒有說話。楊素絹曾說：

> 母親的故事很多，很有趣味。但她從來不提，都是從姨媽那兒，媽媽的朋友那兒，東聽一點西聽一點，但也隨聽隨忘。因爲母親爲人，不喜宣揚自己的好處。於是，我安慰永福伯及玉鳳姨：「葉陶是爲了楊逵而出生的。」[140]

　　有很多故事而從不說自己故事的葉陶，她的歷史面目究竟如何？她有哪些故事？她的話語是什麼？由於葉陶是個運動型、而非文字論述型的人物，目前所見的相關文字史料極其缺乏，必須透過更廣層的口述訪談與史料重建，才能精確掌握其梗概，這是筆者未來將繼續深究的課題。

——選自東海大學中文系編《戰後初期臺灣文學與思潮論文集》
臺北：文津出版社，2005 年

---

[140]楊素絹，同註 131，頁 28。文中所提及的「永福伯」是指作家巫永福。

楊逵與戰後初期臺灣新文學的重建

以《臺灣文學叢刊》為中心的歷史考察

◎黃惠禎*

前言

　　楊逵是行動派的文學家，總是在高舉理論的同時展現實踐的能力。

　　1935 年，肇因於選稿意見和文學理念相左，時任《臺灣文藝》日文編輯的楊逵與張深切、張星建等人進行論戰，結果他毅然決然脫離臺灣文藝聯盟，創辦《臺灣新文學》雜誌。1943 年 4 月，糞現實主義文學論爭引爆[1]，濱田隼雄與西川滿聯手打擊《臺灣文學》陣營，將臺籍作家慣用的現實主義手法冠之以「糞」字。楊逵於 7 月間發表〈擁護糞現實主義〉（〈糞リアリズムの擁護〉）[2]，以沒有糞便稻子就不會結穗，蔬菜也長不出來，巧妙地說明了現實主義從現實的黑暗面中找到希望的正面意義。他並將自己的論辯化為文學，創作了極短篇寓言故事〈插秧比賽〉（〈田植競爭〉）[3]，以插秧競賽中被牛糞飛濺眼瞼的臺灣農民不顧惡臭，繼續埋頭工作，對照指導人以嫌惡的神色面對噴濺自身的牛糞，終究只能站在一旁高喊空洞的口號。暗指西川滿與濱田隼雄擔任「皇民文學」的重要推手，既然不敢正

*聯合大學臺灣語文與傳播學系副教授。

[1] 論爭的緣起、經過與楊逵積極介入論爭的原因，請參考拙文〈楊逵與糞現實主義文學論爭〉，《臺灣文學學報》第 5 期（2003 年 12 月），頁 187～224。

[2] 以「伊東亮」筆名發表於《臺灣文學》第 3 卷第 3 號（1943 年 7 月）。

[3] 楊逵在手稿上標明本篇為「辻小說」，「極短篇」之意。日文原文及中文翻譯收於彭小妍主編《楊逵全集》「未定稿卷」（臺南：國立文化資產保存研究中心籌備處，2001 年），頁 601～604。

視醜惡的現實，又如何能身體力行增產報國的日本國策，對西川與濱田兩人進行有力的反擊，並爲楊逵植根現實的文學主張做了最好的註腳。

　　1948 年間，以《臺灣新生報》（以下簡稱《新生報》）「橋」副刊爲中心，省內外作家針對二二八事件後噤聲緘默的臺灣文壇，以訴求臺灣新文學的重建熱烈展開對話。楊逵不僅在「橋」副刊指名邀請下參與座談[4]，並陸續發表〈如何建立臺灣新文學〉、〈「臺灣文學」問答〉、〈現實教我們需要一次嚷〉[5]等篇章，積極介入論爭。論議如火如荼進行期間，楊逵創辦以「臺灣文學」爲題的《臺灣文學叢刊》，並在第 1 輯清楚交代創辦這份刊物的動機說：

> 本刊的立場採取無黨無派，而同人等最討厭度量狹小的宗派主義。雖是這樣說，本刊的立場也絕不是無原則的馬虎主義。最近的論爭所得到的「認識臺灣現實，反映臺灣現實，表現臺灣人民的生活感情思想動向」這原則，本刊認爲建立臺灣文學當前的需要，而且是最堅強的基礎。所以凡合這原則的作品我們都歡迎，不僅是未發表過的，已發表的作品也希望大家推薦出來，以便收錄，介紹。[6]

　　所謂「最近的論爭」即是於《新生報》「橋」副刊展開，有關臺灣文學路向的眾多討論。由此可見在親身經歷論爭之後，叢刊是作爲楊逵理念的履行而創辦。本文即以《臺灣文學叢刊》爲中心進行研究，探討楊逵如何藉著這份雜誌來重建戰後初期的臺灣新文學。

---

[4]主編歌雷在「橋」副刊的〈編者・讀者・作者〉中預告，將於下期刊出楊逵的〈如何建立臺灣新文學〉，並提出有好幾位作者盼望楊逵參加第一次作者茶會的願望。見《臺灣新生報》「橋」第 95 期，1948 年 3 月 26 日。

[5]〈如何建立臺灣新文學〉，孫達人譯，發表於《臺灣新生報》「橋」第 96 期（1948 年 3 月 29 日）；〈「臺灣文學」問答〉發表於《臺灣新生報》「橋」第 131 期（1948 年 6 月 25 日）；〈現實教我們需要一次嚷〉發表於《中華日報》「海風」副刊（1948 年 6 月 27 日）。

[6]引自《臺灣文學叢刊》第 1 輯（1948 年 8 月 10 日），頁 26。

一、《臺灣文學叢刊》發行始末

　　《臺灣文學叢刊》（以下簡稱爲「叢刊」）創刊於 1948 年 8 月 10 日，封面以「臺灣文學」爲題，版權頁則書之以「臺灣文學叢刊」。封面有版畫插圖，從第 2 輯開始註明其設計人爲「石鐵臣」，應是日本知名版畫家「立石鐵臣」。雜誌發行人由張歐坤[7]掛名，發行所爲臺灣文學社，平民出版社擔任總經售的業務，編輯人處標明爲臺灣文學編輯部。根據楊逵的回憶，平民出版社爲他本人所創立，目的在於「推廣平民文學，提升大眾知識水平。」[8]從版權頁的臺灣文學社與平民出版社地址同爲臺中市自由路 85 號，即可發現創立平民出版社的楊逵不僅是臺灣文學社，同時也是臺灣文學編輯部的實際負責人。因此《臺灣文學叢刊》可以說是由楊逵一人包辦主編、發行與經銷的各項業務。至於資金的來源方面，楊逵宣稱是由臺北的一位朋友全額支付。[9]不過雜誌內附多則廣告，顯示廣告收入對於籌措經費不無貢獻。這些廣告中的華南銀行董事長爲楊逵昔日農民組合的戰友劉啓光（原名侯朝宗）[10]，可見家貧的楊逵得以開創其文學事業，背後有來自

---

[7] 張歐坤生平不詳，筆者從報載得知他曾參與 1946 年 5 月 12 日的「臺灣省旅外同鄉互助會」成立大會，並擔任該會的理事暨常務理事。1946 年 5 月 22 日，張歐坤又在該會第一次理監事會議決議分擔工作時負責連絡股。1947 年至 1948 年間，楊逵爲臺北東華書局策劃的「中國文藝叢書」亦由其擔任發行人。見〈省旅外同鄉互助會　きのふ省都で成立大會〉及〈籌款救濟旅外臺胞擬舉行音樂美展會〉之報導，《臺灣新生報》，1946 年 5 月 13、24 日；魯迅《阿 Q 正傳》（楊逵譯）之版權頁（臺北：東華書局，1947 年）。

[8] 見楊逵口述；許惠碧紀錄，〈臺灣新文學的精神所在──談我的一些經驗和看法〉，原載於《文季》第 1 卷第 1 期（1983 年 4 月）；引自《楊逵全集》「資料卷」（臺南：國立文化資產保存研究中心籌備處，2001 年），頁 37。平民出版社經銷的書籍除了《臺灣文學叢刊》之外，從該雜誌販書廣告可知另外還有楊逵企劃的「中國文藝叢書」（由臺北的東華書局從 1947 年 1 月起陸續出版，分成《阿 Q 正傳》、《大鼻子的故事》、《微雪的早晨》、《龍朱》、《黃公俊的最後》、《送報伕》六輯，其中《黃公俊的最後》疑未曾出版）。回憶中楊逵提到出版社成立之目的時說：「不過還未實施就因事被捕」，可見他對於經營成效並不滿意。

[9] 楊逵口中這位臺北的朋友很可能即是掛名發行人的張歐坤，相關回憶見楊逵口述；何昀錄音整理〈二二八事件前後〉，原載於《臺灣與世界》第 21 期（1985 年 5 月）；收於《楊逵全集》「資料卷」，頁 92。

[10] 劉啓光（1905～1991）原名侯朝宗，生於嘉義縣六腳鄉，1923 年臺南師範學校結業。1926 年被解除在蒜頭公學校的教職後，專心投入農民運動。1930 年潛往廈門，1945 年協助中國接收臺灣的工作，衣錦返鄉。1946 年，劉啓光負責籌備日治時期的華南銀行與臺灣信託公司合併改組爲華南商業銀行，次年被選爲董事長。參見韓嘉玲編著，《播種集：日據時期臺灣農民運動人物誌》（臺北：簡吉陳何文教基金會，1997 年），頁 107～113。

舊識的贊助與支持。

　　叢刊執筆人有楊逵、守愚（楊松茂）、王錦江（王詩琅）、俞若欽、鄭重、廖漢臣、葉石濤、章仕開、洪野、鴻賡、歐坦生、陳濤、呂訴上、楊啓東、林曙光、愁桐（蔡秋桐）、朱實（朱商彝）、張紅夢（張彥勳）、揚風（楊靜明）、黃榮燦、史民（吳新榮），以及譯者蕭荻等 22 位作家。收錄作品多係轉載而來，原發表出處包括《中華日報》「海風」、《臺灣新生報》「橋」、《臺灣力行報》「新文藝」、《創作》、《公論報》「臺灣風土」與「日月潭」，以及上海《文藝春秋》。第一、二輯版權頁內清楚記述刊載原則為：

> 本刊歡迎反映臺灣現實的稿子，尤其歡迎：表現臺灣人民的生活感情思想動向的創作，報告文學，生活紀錄等。
>
> 歌功頌德，無病呻吟，空洞夢幻的美文不用。

　　收錄作品內容或者表現臺灣歷史，或者描寫臺灣各階層的現實生活，確實合乎揭示的原則；總計收錄小說九篇、評論兩篇、新詩四首，以及歌謠（含漫畫題詞）八首，共 23 篇。另外，第二輯特設「文藝通訊」專欄，刊載短評、文化消息，與生活報告之類的短文。[11]從欄末歡迎投稿的文字看來，楊逵顯然有意藉此聯繫藝文界人士，促進彼此間的交流與合作。

　　《臺灣文學叢刊》正式出刊前夕，楊逵在臺中圖書館主持《臺灣力行報》的第一次新文藝座談會上提供創刊號給來賓參閱，並以「有生命有靈魂」來介紹收錄其中的作品，還慎重其事地邀請與會人員閱讀完畢之後撰寫評論，[12]顯示他有持久發刊的企圖心。然而原先每月出版一至兩本的計畫，[13]最終仍採不定期出刊的方式，前後也僅刊行三輯。[14]第二、三輯分別

---

[11] 《臺灣文學叢刊》刊登作品及其轉載出處，請見後附「《臺灣文學叢刊》刊載作品一覽表」。

[12] 〈第一次新文藝座談會記錄——八月十四日下午二時假臺中圖書館舉行〉，原載於《臺灣力行報》「新文藝」第 3 期，1948 年 8 月 16 日；收於《楊逵全集》「資料卷」，頁 154。

[13] 《臺灣文學叢刊》第一輯版權頁「歡迎訂戶」下曰：「本刊預定每月出一本至兩本」。

於同年 9 月 15 日、12 月 15 日出刊。第一輯共 32 頁，第二、三輯則均為 40 頁。32 開本的叢刊售價每期不同，第一輯 150 元，一個多月後的第二輯即漲至 200 元，短短三個月後發行的第三輯又暴漲至 1,000 元。售價的節節攀升以及稿酬用「千字斗米」來計算，具體反映當時物質生活之貧乏與痛苦。[15]停刊的原因雖然至今不明，但第一、二兩輯中均提示下一輯刊載篇目，第三輯則完全沒有任何預告，顯示雜誌的停辦也並非毫無預警。若再從第二輯中因面臨經濟問題而徵求贊助讀者來看，臺灣社會源於統治不當所引起的通貨膨脹，使得財務困難而無以為繼，極有可能就是導致停刊的罪魁禍首。

二、不同省籍與世代的左翼作家群

《臺灣文學叢刊》本省籍作家含楊逵在內共 12 位，蔡秋桐（1900～1984）、楊守愚（1905～1959）、吳新榮（1907～1967）、王詩琅（1908～1984）、廖漢臣（1912～1980）、楊啓東（1906～2003）六位，都是 1920、1930 年代臺灣社會運動與新文學運動健將，作品同以揭露臺灣人在殖民統治下被壓榨與剝削為主軸，戰後初期依然寫作不輟。另外，呂訴上（1915～1961）出身於彰化的戲劇世家，曾經在《臺灣文化》與《公論報》發表多篇對臺灣本地戲劇的介紹與評論。葉石濤（1925～2008）崛起於《文藝臺灣》雜誌，戰爭末期由於和西川滿之間發生磨擦，並開始反省與批判浪漫主義文學觀而離開《文藝臺灣》。1948 年起逐漸轉型為中文作家，家道中落亦促使其文學創作走向現實主義之路。[16]林曙光（1926～2000）1946 年秋進入師範學院史地系就讀，1947 年因二二八事件被警總追捕逃亡。二

---

[14]朱實曾經在銀鈴會刊物《潮流》「編輯後記」中提到楊逵主編之《臺灣文學》（即《臺灣文學叢刊》）預定收錄的篇章，第三輯有淡星（蕭翔文）的〈死影〉與紅夢（張彥勳）的〈葬列〉，第四輯有楊逵的〈模範村〉與淡星的〈吞蝕〉，然後來第四輯未見出版，第三輯收錄篇章亦有不同之處。參見《潮流》秋季號（1948 年 10 月 15 日），頁 36。

[15]林梵（林瑞明），《楊逵畫像》（臺北：筆架山出版社，1978 年），頁 148～152。

[16]葉石濤，《文學回憶錄》（臺北：遠景出版公司，1983 年），頁 34～39、頁 55～56；彭瑞金，《葉石濤評傳》（高雄：春暉出版社，1999 年），頁 115～124。

二八事件後結識歌雷，開始在「橋」副刊發表文章，並負責翻譯本省作家的日文創作。[17]朱實（1926～）和張彥勳（1925～1995）則是銀鈴會新生代作家，兩人的思想與現實主義的文風都深受銀鈴會顧問楊逵的薰陶。

　　叢刊的其他十位作家，俞若欽、章仕開、洪野、鴻賚、陳濤五人生平仍不可考，從作品敘述風格推測應屬外省籍。鄭重可能是本名楊玉璋（1926～）的劇作家楊揚，另有筆名鄭重，河北省香河縣人，北平中國大學歷史系肄業。[18]1948 年 9 月 1 日，《新生報》「記者節特刊」上有《閩臺日報》記者「楊揚」發表的感言，筆者因與劇作家楊玉璋先生始終聯繫不上，目前還無法確定他與《閩臺日報》的記者楊揚，以及〈摸索〉的作者鄭重是否爲同一人。

　　歐坦生（1923～）爲福建省福州市人，畢業於國立暨南大學福建建陽分校。1947 年 2 月下旬隻身渡海來臺，3 月至 10 月間任教於基隆中學，其後轉往臺南縣烏樹林糖廠附屬小學擔任校長。由於鄉下地方報刊缺乏，歐坦生對「橋」副刊的臺灣新文學重建論爭毫無所悉，發表於上海的〈沉醉〉因緣際會被素昧平生的楊逵推崇爲臺灣文學的「好樣本」[19]。因白色恐怖的陰影，1950 年代開始歐坦生捨棄本名，改以「丁樹南」發表作品。[20]

　　蕭荻、黃榮燦與揚風則是在當時與楊逵有密切來往的三位外省作家。蕭荻原籍江蘇，1939 年昆明西南聯大就學期間受業於朱自清、沈從文、聞

---

[17]綜合參考林曙光下列作品：〈楊逵與高雄〉，收於陳芳明編，《楊逵的文學生涯》（臺北：前衛出版社，1988 年），頁 245～256；〈相逢何必曾相識——回憶投稿上海《文藝春秋》〉，《文學臺灣》第 2 期（1992 年 3 月），頁 17～19；〈烽火彰化邂逅楊逵〉，《文學臺灣》第 5 期（1993 年 1 月），頁 20～22；〈一逢永訣呂赫若〉，《文學臺灣》第 6 期（1993 年 4 月），頁 17～21；〈難忘的回憶——記臺語劇運先驅蔡德本〉，《文學臺灣》第 9 期（1994 年 1 月），頁 15～24；〈感念奇緣弔歌雷〉，《文學臺灣》第 11 期（1994 年 7 月），頁 20～33。

[18]國家圖書館參考組編，《臺灣文學作家年表與作品總錄（1945～2000）》（臺北：國家圖書館，2000 年），頁 770。

[19]楊逵，〈「臺灣文學」問答〉，《楊逵全集》「詩文卷」（下）（臺南：國立文化資產保存研究中心籌備處，2001 年），頁 247。

[20]丁樹南，〈歐坦生不是藍明谷——讀范泉遺作〈哭臺灣作家藍明谷〉〉，《聯合報》，2000 年 6 月 13日；許南村〈掌燈——訪問歐坦生先生〉，收於曾健民主編《復現的星圖》（臺北：人間出版社，2000 年），頁 203～215；楊美紅〈來自現實人生的吶喊——丁樹南（歐坦生）訪談錄〉，《文訊》第 222 期（2004 年 4 月），頁 119～123。

一多等教授。1947 年 5 月任職編輯的《文匯報》（上海）遭國民黨查封，8
月應聘到臺灣花蓮港中學教書。1948 年 2 月轉到彰化女中任教後，由朱實
介紹認識楊逵，並經常在星期日前往臺中拜訪。1949 年 5 月離開臺灣。[21]

　　黃榮燦（1916～1952）為四川重慶人士，畢業於雲南昆明國立藝專。
1945 年冬以報社記者身分來臺，隨即在報刊介紹西方美術，宣揚魯迅木刻
思想，並與本地藝文界緊密合作。1947 年 4 月 28 日，在上海《文匯報》
發表記錄臺灣二二八事件的〈恐怖的檢查——臺灣二二八〉木刻版畫。黃
榮燦與楊逵的結緣始於 1946 年初，他並為楊逵的小說集《鵝媽媽出嫁》
（《鵞鳥の嫁入》），以及楊逵策劃翻譯的中日文對照版《阿Ｑ正傳》、《大鼻
子的故事》等封面作畫。兩人間的交往持續到 1949 年楊逵被捕為止。[22]

　　揚風本名楊靜明（1924～？），原籍四川，又有筆名「楊風」。中國對
日抗戰期間加入青年軍的行列，1946 年 6 月間來到臺灣，時任南京《新中
華日報》記者。二二八事件前夕，因政治壓力致使文化工作的夢想破碎，
並有被逮捕的危險而不得不離開。3 月 4 日起連著兩天在上海《文匯報》
發表〈臺灣歸來〉，痛斥陳儀政府壓制言論自由，並沿用日本高壓統治的殖
民體制榨取臺灣資源。[23]同年間他又冒險來臺，經朋友介紹，擔任臺灣省立

---

[21]蕭荻，〈回憶和反芻〉，收於曾健民主編，《那些年，我們在臺灣……》（臺北：人間出版社，2001
年），頁 9～22。

[22]有關楊逵與黃榮燦間來往的情形，詳見橫地剛著；陸平舟譯，《南天之虹——把二二八事件刻在
版畫上的人》（臺北：人間出版社，2002 年）。附帶一提的是該書初步勾勒戰後初期楊逵與外省
來臺左翼文人間的合作交流，對於楊逵研究頗有值得參考之處。另外，筆者此處有關黃榮燦生平
之敘述亦參考梅丁衍，〈黃榮燦疑雲——臺灣美術運動的禁區〉，《現代美術》第 67～69 期（1996
年 8～12 月）；黃英哲，〈黃榮燦與戰後臺灣的魯迅傳播（1945～1952）〉，《臺灣文學學報》第 2
期（2001 年 2 月），頁 92～111。

[23]筆者參與編輯《楊逵全集》期間，從楊逵遺物中發現一批手稿，作者署名雖有「揚風」、「楊
風」、「楊靜明」三種之不同，然出自同一人之手無疑，再從附於《南天之虹》第 60 頁之臺北市
外勤記者簽名影本中「楊靜明」之筆跡，以及吳克泰回憶錄的片段介紹：「南京《新中華報》記
者楊靜明，筆名揚風，愛好文藝，發表的詩集《投鎗集》是針對社會問題有感而發的。」還有楊
風日記裡提到自己已出版《投鎗集》，終於得到揚風即是臺北市外勤記者「楊靜明」，又有筆名
「楊風」的結論。不過，揚風在 1948 年 3 月 17 日的日記中提到他自己更改了名字，目前無法確
定「楊靜明」是更改前或更改後的姓名。再者，吳克泰的回憶有些許錯誤，筆者從母校國立政治
大學國際關係研究中心圖書館找到 1947 年 1 月出版的「投鎗集」原件，正確書名為《投鎗集》；
根據《民報》的報導，揚風任職的報社為南京《新中華日報》。另外，筆者係根據《投鎗集》作
於 1936 年 11 月 25 日的〈後記〉中說：「至於我出版這本集子並沒有多大的企圖，只想紀念我過

宜蘭農業職業學校（今國立宜蘭大學前身）國文教師，約在 1948 年 7 月 17 日遭校方解聘。揚風曾出版《投鎗集》，收錄批判中國政情的雜文，風格明顯模仿魯迅。日記中透露平日閱讀的書籍包含馬克思主義政治經濟學著作，因為思想左傾而成為警備總部調查注意的對象。1948 年 8 月北平之行後音訊全無。[24]約在 1950 年左右，楊逵因〈和平宣言〉服刑期間，家中遭到警備總部搜查，計有九百多本書被帶走，其中大多是從揚風寄放的皮箱中搜出，有魯迅、郁達夫等人的新文學著作。[25]將厚重的書籍與文稿專程寄放楊逵家，揚風與楊逵密切友好的情誼不難想見。

　　1948 年 3 月 28 日，揚風參加《新生報》「橋」副刊主辦的第一次作者茶會遇見了楊逵，並因楊逵是進步的本省作家而主動邀約再見。[26]3 月 30

去了的 23 個年頭一串年輕的日子」，以及日記 1948 年 3 月 1 日的記載：「回顧了我過去了的那 23 個年頭的寂寞日子」，3 月 24 日的日記說自己「已是一個 23 歲的青年」，推斷揚風生年以 1924 年最為可能。又，《投鎗集》中的〈投鎗輯〉一文開頭說：「在我們家鄉四川」，由此推測他應是四川籍人士。關於揚風來臺時間，則由他在 1947 年 2 月 28 日撰寫的〈臺灣歸來〉中，提到自己「到臺灣整整八個半月」，推算他首度來臺時間為 1946 年 6 月間。以上參考《吳克泰回憶錄》（臺北：人間出版社，2002 年），頁 176；《民報》「臺北市外勤記者聯誼會成立大會特刊」，1946 年 10 月 4 日；《民報》〈臺北市外勤記者聯誼會開成立大會〉，1946 年 10 月 5 日；揚風，〈臺灣歸來〉，《文匯報》「筆會」（上海）第 185、186 期，1947 年 3 月 4、5 日；楊風，《投鎗集》（出版地不詳：文烽出版社，1947 年），頁 7、55；楊逵日記手稿〈壓〉，由楊逵家屬提供的楊逵遺物中發現，未刊稿，始記於 1947 年 12 月 20 日，止於 1948 年 6 月 5 日，並非天天記述，日記原件已隨楊逵手稿資料入藏國家臺灣文學館。

[24]從揚風使用的稿紙有「臺灣省立宜蘭農業職業學校」字樣，及其日記中提到在宜蘭擔任教職的諸多感言，確定他曾經在省立宜蘭農校擔任國文教師。筆者向該校洽詢調閱人事資料時，雖有人事室蔡金珀小姐及圖書館兩位不知名館員熱心協助，惜因該校早年校址遷移時曾經丟棄過期的檔案，終究無法尋獲相關史料。由於 1948 年 9 月 6 日的《臺灣力行報》「新文藝」第 6 期刊出揚風的〈北平通訊〉說他 16 日到北平，依刊出時間推算，揚風抵達北平的時間可能是 8 月 16 日。9 月 15 日發行的《臺灣文學叢刊》第二輯「文藝通訊」欄，揚風說：「我於 17 日去臺北，暫住在一個朋友家裡，學校因人事上的變動，我已解聘了。現正準備另找工作中。」（頁 13）由此推測他可能在 7 月 17 日遭校方解聘。

[25]根據筆者 2003 年 4 月 7 日在東海花園訪問楊建先生的談話紀錄，亦見於楊翠〈不離島的離島文學──試論楊逵〈綠島家書〉〉，但與筆者訪談結果略有不同，例如警總搜查並帶走揚風的書籍一事，楊翠對楊建的訪談紀錄是發生於 1951 年。參見筆者整理〈楊建先生訪談紀錄〉，附錄於拙論〈左翼批判精神的鍛接：四〇年代楊逵文學與思想的歷史研究〉，頁 399；上述楊翠論文，收於《戰後初期臺灣文學與思潮學術研討會論文集》，東海大學，2003 年 11 月 29、30 日，頁 217。

[26]茶會中首度遇見楊逵一事，揚風記載於 1948 年 3 月 29 日的日記。由於日記中附註說明從 3 月 28 至 30 日的日記為事後補記，依據《臺灣新生報》「橋」副刊「編者・作者・讀者」欄內歌雷的啟事（「橋」第 95 期，1948 年 3 月 26 日），第一次作者茶會是 3 月 28 日（星期日）下午六時半於臺北中山堂舉行，可見揚風與楊逵首度見面時間為 1948 年 3 月 28 日。

日的日記裡，揚風也詳細記述兩人在 29 日二度會面的情形說[27]：

> 我去看了楊逵，可惜的是：我們言語不通，否則可以交換更多的意見。我們用筆談，談到當前的臺灣文藝界，和今後展開和推動臺灣的文藝活動。我們都迫切的感覺我們需要一個自己底自由的園地，我們在新生報投稿，第一被束縛了，不能大膽的寫，第二，我們反做了官報的啦啦隊，這實在是不必要，而且顯得無聊的事。但在目前我們沒有自己的園地前，可以借新生報這個小副刊做一種文藝的啟發運動，可以造成文藝的空氣，然後，再從這許多作者中去分別我們的敵人和友人，聯合一些進步的文藝作者，組成一個堅強的陣線，再來自己辛苦的耕耘自己的園地，這樣去展開和推動臺灣的文藝運動，才有一條正確的路線。楊逵說有一個東華出版社的經理是他的朋友，現正在出文藝小叢書，可以設法出文藝刊物。我約他下次茶會時，我們一同去看這位朋友。同時我還想我這幾篇短篇小說，可以加入這個文藝叢書之內的。但我只提起了我有幾篇小說，和我那已出版了的「投鎗集」。

由此可知 1948 年 3 月底，楊逵和揚風對於利用《新生報》「橋」副刊啟發文藝風氣，藉以發掘並聯合左翼作家有共同的期待，兩人也已經商討進一步合辦雜誌來推行文學運動的可行性，並為此積極尋求經濟上的奧援。

1948 年 8 月間《臺灣文學叢刊》創刊，楊逵與揚風的計畫終於得到落實的機會，揚風原投稿《新生報》「橋」副刊卻未獲刊登的〈小東西〉，[28]以首篇的位置刊載，並在第二輯的「文藝通訊」欄中以簡短文字報告生活近

---

[27] 二度會面在茶會次日，正確日期應是 3 月 29 日，揚風補記於 3 月 30 日的日記裡。

[28] 根據揚風日記的記載，1948 年 1 月 16 日，揚風託宜蘭農校的同事把〈小東西〉完稿帶到臺北給歌雷，並去信請他在月內刊出。1 月 28 日仍未獲刊出時，揚風去信催還稿件。2 月 21 日，原稿退回，揚風重讀，自覺缺點太多。4 月 12 日開始修改，7 月 7 日改寫完畢。參見揚風日記，以及叢刊第一輯所收〈小東西〉後註完稿時間，頁 11。

況。然而除此之外，不僅揚風日記裡找不到他實際參與編輯的記述，創刊號發行不久揚風又已身在北平，[29]他為叢刊出過多少力頗值得懷疑。再者，揚風曾以阻礙語文的統一進展，以及臺灣語言的語彙不夠等理由，公開反對建立臺灣的方言文學，[30]叢刊卻收錄多篇楊逵的臺灣話文歌謠創作，楊逵將個人意志貫串到編輯方針一事無庸置疑。揚風的合作方式應僅止於提供稿件，叢刊編輯事務仍是由楊逵獨自辦理。

1946 年 5 月 4 日，國民黨臺灣省黨部文化運動委員會成立臺灣文藝社，由黨部宣傳處處長林紫貴就任會長。會中通過決議向國民政府蔣介石主席致敬，並說明臺灣文藝社成立之目的乃為倡導民族文藝運動，促進三民主義文化建設。[31]數日後楊逵發表〈文學重建的前提〉（〈文學再建の前提〉）[32]，公開批評官方文藝團體包辦式的浮華不實，難以寄予厚望，並呼籲展開真正踏實的文學運動，開拓重建臺灣文學的道路。楊逵藉叢刊集合不同省籍與世代的左翼作家，並將發行所定名為「臺灣文學社」，可見他亟思以此結合文學工作者，組織他所謂的「自主、民主的」[33]文學社團，對抗官方團體包辦式的華而不實，並以集團的力量推展戰後的臺灣新文學運動。當時本省籍作家面臨政治干擾和語言問題，從事文學運動極為不利，

---

[29]1948 年 9 月 6 日，楊逵主編的《臺灣力行報》「新文藝」第 6 期刊出揚風的〈北平通訊〉說：「是 16 日到的北平，看了看一些朋友們，近日內，就準備回家了。」依刊出時間推算，揚風是 8 月 16 日抵達北平，而《臺灣文學叢刊》創刊號是 8 月 10 日發行，揚風當時應當已經離開臺灣。揚風日記中屢次提及若能出版小說集，到臺北工作，甚至借薪水或賣掉衣物行李，只要一湊齊錢就到北平，走向北方廣大的天地，離開窒人的環境。筆者懷疑北平之行後揚風從此遠離臺灣，未再回來。參見揚風日記，1948 年 3 月 8、22、24 日，4 月 10、13、14、20、24、25、26 日，5 月 8、11 日等的記載。

[30]揚風，〈新時代，新課題──臺湾新文藝運動應走的路向〉，《臺灣新生報》「橋」第 95 期，1948 年 3 月 26 日。

[31]橫地剛的論文指出林紫貴時任國民黨部宣傳處處長。有關臺灣文藝社成立之經過，參考〈國際聯誼社成立 陳長官當選名譽社長／臺灣文藝社昨開成立大會〉，《臺灣新生報》，1946 年 5 月 5 日；橫地剛著；金培懿譯〈一九四七年的「五四」文藝節──「緘默」如何被打破？──〉，「光復初期的臺灣（1945～1949）」學術研討會論文，臺灣大學東亞文明研究中心，2003 年 12 月 6 日，頁 4。

[32]原以日文發表於《和平日報》「新文學」第 2 期，1946 年 5 月？日；原文及中譯收於《楊逵全集》「詩文卷」（下），頁 213～216。

[33]楊逵，〈臺灣新文學停頓的檢討〉，原以〈臺灣新文學停頓の檢討〉為題發表於《和平日報》「新文學」第 3 期，1946 年 5 月 24 日；收於《楊逵全集》「詩文卷」（下），頁 225。

因此楊逵曾經感慨「老先輩已經老了，沒有元氣，沒有熱情」，和「40 歲以上的人過於消極」之類的話，而對新世代作家表現出較大的期待。楊逵還特別提出希望臺灣的年輕人若還不能使用中文，也不要受限於工具而中斷文學創作，要彼此共勉共勵，努力開拓《臺灣文學叢刊》的道路，擔負推展臺灣新文學運動的任務。[34]據此觀察叢刊本省籍作家的年齡，12 位中超過 40 歲的仍有六人，恰好占了一半的比例。除了楊逵之外尚有蔡秋桐、楊守愚、吳新榮、楊啓東、王詩琅，不過因具有修習漢文的經驗，語言的轉換對這五位作家並未造成困擾，持續發表新作也足以證明他們對文藝創作尚未熄滅的熱情。而張彥勳當時雖還只能以日文寫作，楊逵認爲年輕人必能跨越語言的鴻溝，以銀鈴會團體互勉的力量進行文學運動有其堅實的基礎，因此全力支持和提攜張彥勳、朱實等銀鈴會的成員。

　　至於叢刊第二輯的「文藝通訊」在未預告之下設立，執筆的葉石濤、呂訴上、楊啓東、張彥勳、黃榮燦、吳新榮、林曙光、揚風、蔡秋桐等人，還有將作品首次發表於叢刊上的楊守愚和王詩琅，[35]以及〈模範村〉的譯者蕭荻，應該都是楊逵主動邀稿的對象。這些人與楊逵的文學理念雖然不盡相同，但均是當時一同站在左翼陣線上的文藝工作者，也是他推行戰後臺灣新文學運動的重要班底，由此亦可了解省內外當時與楊逵有密切關係的文學網絡。

三、重構臺灣歷史，反駁奴化的指控

　　脫離日本殖民統治之後，臺灣人無可避免要回頭省視過去，以徹底擺脫殖民主義的糾纏。臺灣歷史與中國最大的不同在於帝國主義的直接統

---

[34]〈第一次新文藝座談會記錄——八月十四日下午二時假臺中圖書館舉行〉，《楊逵全集》「資料卷」，頁 150～152。〈銀鈴會第一次聯誼會〉，原載於《銀鈴會第一次聯誼會特刊》（臺中：銀鈴會，1948 年）；收於《楊逵全集》「資料卷」，頁 158。

[35]王詩琅的〈歷史〉篇末自註完稿時間爲 1948 年 7 月 10 日，距離刊出的該期 1948 年 8 月 10 日發刊時間極爲接近；楊守愚〈同樣是一個太陽〉則註明「久旱的一個夏晨」，寫作時間極可能是在 1948 年的 7 月或 8 月，就目前所知這兩篇的首度發表均是在《臺灣文學叢刊》上。

治，以及長達 50 年的被殖民經驗。叢刊以收錄作品編綴出臺灣迭遭外來政權壓迫，以及臺灣人民爭取自由解放的歷史。例如葉石濤的〈復讎〉，敘述臺灣一位農夫砍殺荷蘭收稅官後不幸犧牲，卻因而激發波瀾壯闊的郭懷一反抗運動。廖漢臣介紹的〈臺灣民主歌〉從清廷甲午戰爭失敗，李鴻章簽字將臺灣讓予日本，臺灣民眾成立民主國抗拒割讓，直到日軍進入臺北城為止。楊逵的〈黃虎旗（民謠）〉歌詠臺灣民主國的藍地黃虎旗是東亞民主的第一面旗幟，代表臺灣人反滿抗日的意志。〈模範村〉[36]以日本殖民統治時代為背景，講述曾經在東京參加社會科學研究會的阮新民，在目睹父親與殖民政府、糖業資本家勾結，壓榨佃農之後，毅然與自己出身的地主階級相決裂，由理論走向社會改造的實踐之路。後來阮新民並特地派人轉交書刊啟蒙私塾教師陳文治，往解放普羅大眾的目標邁進。蔡秋桐的〈春日豬三郎搖身三變〉則是縱觀臺灣歷史，以一位先後參加過社會運動、皇民化運動、國民政府籌備會的鄉下保正「春日豬三郎」，露骨嘲諷少數臺灣人之厚顏無恥，以及攀附國民政府權貴的奴隸性格。

1946 年間，陳儀政府以臺灣人接受日本奴化教育為口實，剝奪臺灣人自治與參政的權利，引爆官民立場彼此敵對的奴化論戰。[37]1948 年「橋」副刊論爭中，再次發生雷石榆以〈女人〉[38]指控臺灣社會存在日本遺毒的插曲，連帶引發文化高低的爭辯。楊逵在〈「臺灣文學」問答〉中指出日本帝國主義者基於希望永久殖民臺灣的想法，自然以奴化教育作為重要國策之一，但是臺灣人奴化了沒有是另一個問題。他說：

　　部分的臺灣人是奴化了，他們因為自私自利，願做奴才來升官發財，或

---

[36]楊逵手稿完稿末尾附註「民國二十六年口溝橋事件直後、東京近郊鶴見溫泉にて」，說明本篇是 1937 年蘆溝橋事變後不久作於日本鶴見溫泉。由於日治時期不可能使用民國年號，附註應是戰後所補。本篇日文原作戰前未能面世，《臺灣文學叢刊》上的蕭荻譯文是這篇小說的第一次公開發表，內容與楊逵手稿略有不同。由於版本比較不是本文撰述之目的，此處予以省略。

[37]詳情請參考陳翠蓮，〈去殖民與再殖民的對抗：以 1946 年「臺人奴化」論戰為焦點〉，《臺灣史研究》第 9 卷第 2 期（2002 年 12 月），頁 145～201。

[38]《臺灣新生報》「橋」第 109 期（1948 年 5 月 3 日）。

者求一頓飽。但這種人，在今日原是一批的奴才，他們的奴才根性，說
因教育來，寧可說是因為環境。在帝國主義與封建主義控制下的這個孤
島上，自私自利的人都得做奴隸才得發其財。託管派、拜美派當然也是
這一類的人。但大多數的人民，我想未曾奴化。臺灣的三年小反五年大
反，反日反封建鬥爭得到絕大多數人民的支持就是明證。[39]

　　叢刊收錄的歷史故事以人民的觀點建構歷史，呈現臺灣人在異族鐵蹄
之下的勇敢反抗，對於戰後初期外省人士動輒指控臺灣人接受日本奴化教
育一事，無疑是最為有力的反駁。尤其〈復讎〉以「官逼民反」重新詮釋
歷史，在人民起義反抗陳儀政府的二二八事變後發表，特別具有「借古喻
今」的現實意義。[40]叢刊中還收錄了張彥勳的〈葬列〉，以出殯行列的浮誇
與做作嘲諷中國文化拘泥於虛榮的儀式，側面回擊外省作家以其優越感貶
低臺灣文化的刻板印象。楊逵對中國與日本先後兩種統治政權與文化兼採
批判性的立場，呈現以臺灣人為主體重構臺灣歷史文化的思考模式。

　　另一方面，戰後初期來臺外省文人對臺灣新文學成就幾近無知，構築
賴和以降的臺灣新文學運動史也成為重要課題。1947 年 1 月 15 日《文化
交流》雜誌創刊時，楊逵即在創刊號製作「紀念林幼春先生・賴和先生—
—臺灣新文學二開拓者」專輯，刊登賴和作品與應社同仁的紀念詩篇，並
親自書寫賴和傳略與〈幼春不死！賴和猶在！〉一文，強調賴和對於臺灣
新文學運動的貢獻。同年還負責主編並發行賴和的《善訟的人的故事》，楊
逵在結尾加上「但這也是人民自主團結纔得爭取來的」一句，以倡議團結

---

[39]楊逵，〈「臺灣文學」問答〉，《楊逵全集》「詩文卷」（下），頁 248〜249。

[40]陳顯庭指出葉石濤創作的 17 世紀臺灣人反抗荷蘭人的故事，是「作者想要藉此表現臺灣人的特
有的性格及象徵臺灣的過去的社會將予以對現社會給予一種暗示」。彭瑞金認為：「〈復讎〉從人民
的觀點去反省，要不是統治者多行不義，逼得人民無法再存活下去了，何來不畏死地抗暴？」並
且指出陳顯庭的評論充分顯示出葉石濤「『藉古喻今』的寫作企圖」，「表達了一個同為『本省作
者』的，對臺灣作家的惺惺相惜，和某些心照不宣的，對時局、對臺灣作家處境的特別感受」。
參見陳顯庭〈我對葉石濤作品的印象〉，《臺灣新生報》「橋」第 146 期（1948 年 7 月 30 日）；彭
瑞金，《葉石濤評傳》，頁 125〜126、頁 141〜142。

抗爭賦予賴和作品新的意義。[41]1948 年，楊逵又在叢刊中刊載了史民（吳新榮）的〈賴和在臺灣是革命傳統〉說：

> 賴和在臺灣，正如魯迅在中國，高爾基在蘇聯，任何權威都不能漠視其存在。賴和路線可說是臺灣文學的革命傳統，談臺灣文學，如無視此一歷史上的事實便不足了解臺灣文學。有人說臺灣的過去沒有文學，其認識不足才是笑話呢。[42]

清楚表達了臺籍作家對外省作家在深入了解臺灣新文學歷史之前，動輒放言妄論臺灣文學的不滿。而標舉賴和以降的新文學傳統，將賴和與中國的魯迅、蘇俄的高爾基兩位左翼作家置於同一位階並舉，說明臺灣新文學作爲世界左翼文學之一環獨立性的存在，無疑是臺灣文學也擁有其主體性的重大宣示。[43]

再者，魯迅是五四新文化運動時期的重要作家，曾以雜文作品批判國民黨威權。以賴和爲系譜的臺灣新文學則是作爲抗議殖民體制的文化運動而展開，引魯迅來強調賴和文學的革命性格，就成爲臺灣文化遭到強權壓制時的精神武裝。1943 年賴和逝世，楊逵發表〈憶賴和先生〉（〈賴和先生を憶ふ〉），發抒其悼念與感傷，並說透過照片回憶起賴和往日的容顏，就會浮起魯迅一樣的印象。[44]1947 年楊逵又在〈幼春不死！賴和猶在！〉裡寫下：「我曾說過魯迅不死，現在我還要以萬分的確信再說，幼春不死，賴

---

[41]有關楊逵在戰後介紹賴和文學的情形，請參考拙文〈楊逵與賴和的文學因緣〉，《臺灣文學學報》第 3 期（2002 年 12 月），頁 162～165。

[42]史民，〈賴和在臺灣是革命傳統〉，《臺灣文學叢刊》第 2 輯「文藝通訊」（1948 年 9 月 15 日），頁 12。

[43]誠如林瑞明教授所說：「每個作家所處的環境不一樣，所反映的問題也不一樣。吳新榮的說法宜將這三位文學健將等量齊觀」，「如果不這樣看，就忽視了作家的主體性。」見《臺灣文學與時代精神──賴和研究論集》（臺北：允晨文化公司，1994 年），頁 315。

[44]楊逵，〈憶賴和先生〉：「現在，一想起先生往日的容顏──當然是透過照片──就會浮現出魯迅給我的印象。」原載於《臺灣文學》第 3 卷第 2 號（1943 年 4 月）；收於《楊逵全集》「詩文卷」（下），頁 87。

和猶在！」[45]再度將賴和與魯迅並列。楊逵因為好友入田春彥自盡留下的遺物《大魯迅全集》[46]而深入魯迅的文學世界，[47]入田春彥的讀書札記手稿中抄寫著：

> 魯迅晚年在蔣介石政權的嚴密追捕下，以他的話來形容就是：與其說是過著執筆書寫的日子，倒不如說是過著忙於拔腿逃命的日子來得恰當。[48]

戰後楊逵在中日文對照版的《阿Q正傳》前附〈魯迅先生〉中寫下：

> 一直到 1936 年 10 月 19 日上午 5 時 25 分，結束 56 年的生涯為止，他經常作為受害者與被壓迫階級的朋友，重複血淋淋的戰鬥生活，固然忙於用手筆耕，有時更是忙於用腳逃命。說是逃命，也許會令人覺得卑怯，

---

[45]《文化交流》第一輯，1947 年 1 月 15 日，頁 18。

[46]黃英哲指出這套日本版的《大魯迅全集》是改造社從 1936 年 4 月～1937 年 7 月陸續刊行，共有 7 卷，分別由增田涉、佐藤春夫、井上紅梅、鹿地亙等人所翻譯，較中國最早的《魯迅全集》（20 卷，復社，1938 年 6 月出版）還早一年刊行。見黃英哲〈楊逵與魯迅〉，《聯合報》，2001 年 12 月 13 日。

[47]大約在 1928 年左右，楊逵因為領導社會運動而經常出入賴和家自由閱讀書報，應該就已接觸過魯迅文學。楊逵晚年接受林瑞明訪問時，仍清楚記得賴和診療室旁的客廳中擺有中國文藝雜誌。筆者曾經查閱賴和紀念館藏書目錄，發現其中有許多魯迅編輯的文學刊物。賴和對魯迅的崇拜眾所皆知，因此楊逵經由賴和而接觸到魯迅文學是可以想見的。1936 年 10 月 19 日魯迅去世之後，楊逵主動請王詩琅在《臺灣新文學》雜誌撰寫卷頭語表示悼念，也足以證明楊逵在此之前已經對魯迅的文學成就略有所悉。參考下村作次郎編；蔡易達譯，〈王詩琅先生口述回憶錄〉，收於張炎憲、翁佳音編，《陋巷清士──王詩琅選集》（臺北：弘文館出版社，1986 年），頁 221～222；林瑞明，《臺灣文學與時代精神：賴和研究論集》，頁 59；以及拙文〈楊逵與賴和的文學因緣〉，《臺灣文學學報》第 3 期，頁 158～159。

[48]譯自入田春彥日文手稿。類似的文句也經常出現在臺灣作家筆下，例如 1936 年 11 月分楊逵創辦的《臺灣新文學》雜誌上，王詩琅撰寫的〈悼魯迅〉（〈魯迅を悼む〉）與黃得時的〈大文豪魯迅逝世──回顧其生涯與作品〉（〈大文豪魯迅逝く──その生涯と作品を顧みて〉）兩篇紀念魯迅的文章。王詩琅認為魯迅在「逃避徘徊的腳比執筆的手更忙碌」的時候，更能顯出他真理的存在，又說：「在蔣介石統治之下，他和他所領導的一群進步作家，處在今日永無止息的壓迫下，要走過苦難的荊棘道路，其中之艱辛程度，也是我們可以預料得到的。」黃得時說：「有一次林守仁（把《阿Q正傳》譯為日文的人），問了魯迅為什麼最近作品很少時，魯迅回答說：『比之用手去寫，倒不如用腳逃亡來得忙』。由此一句話可以窺見魯迅晚年過著怎樣的生活。」見王詩琅〈悼魯迅〉，張炎憲譯，《陋巷清士──王詩琅選集》，頁 148；黃得時著；葉石濤譯，〈大文豪魯迅逝世──回顧其生涯與作品〉，改題為〈回顧魯迅的生涯與作品〉，收於《臺灣文學集 2：日文作品選集》（高雄：春暉出版社，1999 年），頁 114。

但是，筆與鐵砲戰鬥，作家與軍警戰鬥，最後，大部份還是不得不採取
逃命的游擊戰法。

如此，先生通過這種不屈不撓的戰鬥生涯，戰鬥意志更加強韌，戰鬥組
織也更加團結鞏固。[49]

　　雖未提及「蔣介石」，強調魯迅對抗國民黨政權戰鬥精神的旨意已豁然
顯露。1947 年，當楊逵以〈阿Q畫圓圈〉[50]諷刺陳儀政府失信於民，魯迅
文學即已化身為對抗封建官僚的圖騰。二二八事件參與武裝反抗失敗後，
楊逵與國民黨政權繼續周旋時，以魯迅說明賴和的文學地位，必然有助於
外省左翼文人對臺灣新文學運動的認識與認同，加速促進省內外作家的合
作與交流。[51]接續魯迅與賴和左翼文學批判性的傳統，也成為楊逵與新世代
作家的共同使命。

四、再現臺灣社會，批判腐敗政權

　　1946 年 5 月，楊逵在〈文學重建的前提〉中提到，正確的文學運動要
「經常與踏實的人民的現實生活密切地結合」[52]。1948 年 3 月，針對二二
八之後「臺灣文藝界不哭不叫，陷於死樣的靜寂」，楊逵復發表〈如何建立
臺灣新文學〉，他說：「文學雖然不是療治百症的萬應靈藥，但它如得切切
實實的表現人民的真實心情，其吶喊聲終會把這迷昏若死的國家叫醒過來
的。」又說：「文學不是『萬應靈藥』，但，歷史告訴我們，只要切實地表
現人民的真實的心聲，文學有其促使人民奮起，刺激民族解放與國家建設

---

[49]原以日文發表於《阿Q正傳》（中國文藝叢書第一輯）（臺北：東華書局，1947 年）；引自黃英哲
　　譯文，收於《楊逵全集》「翻譯卷」（臺南：國立文化資產保存研究中心籌備處，1998 年），頁
　　31。
[50]原載於《文化交流》第 1 輯（1947 年 1 月 15 日）；收於《楊逵全集》「詩文卷」（下），頁 231～
　　232。
[51]有關楊逵對於魯迅精神的理解與轉化，以及楊逵如何在戰後介紹魯迅文學，又是如何藉魯迅文學
　　詮釋臺灣新文學傳統，詳情請參考拙文〈楊逵與日本警察入田春彥——兼及入田春彥仲介魯迅文
　　學的相關問題〉，《臺灣文學評論》第 4 卷第 4 期，2004 年 10 月，頁 107～116。
[52]楊逵，〈文學重建的前提〉，《楊逵全集》「詩文卷」（下），頁 215。

的偉大力量！」[53]楊逵頻頻呼籲重建臺灣新文學之目的，其實就是要遵循革命的左翼文學傳統，以筆尖對抗統治階級，藉文學創作反映民眾心聲，揭發不公不義的社會現象，以追求臺灣的民主與解放，《臺灣文學叢刊》就是他為此而開闢的場域。

　　戰後初期臺灣人民普遍生計困難，叢刊以作品深入傳達低下階層民眾的痛苦與悲哀。例如鴻賡〈鹿港的漁夫〉描述漁民趁著漲潮時冒險在泥漿遍地的海邊布網，退潮後背著魚簍撿拾網內的漁獲，世世代代努力，仍舊養不活饑饉的家人。楊逵的〈卻糞掃〉敘述家世清寒的兒童無力就學，由於百業蕭條，只能淪落到撿拾垃圾維生的命運。〈營養學〉以細瘦如白鷺鷥的老師教導一群乾瘪的學生，諷刺黑板上寫著的「營養」二字不得充飢。〈不如豬〉感歎生養子女不如養豬賣錢，充分反映民生的凋敝。〈生活〉則是無米可食的瘦弱車伕使盡力氣拉車到市場口，車內手抱愛犬的有錢太太買肉來餵狗，生動地刻畫出貧富差距的懸殊。〈農村曲〉描繪農民的勞苦，以及終年辛勤猶得借債度日的窘境。揚風〈小東西〉裡的臺灣少女在逆境中奮力掙扎，最後仍然不幸淪落風塵。楊守愚〈同樣是一個太陽〉敘述田地因久旱無雨而秧苗不長，農民只能詛咒同樣帶來光明的太陽而望天興歎。以太陽象徵青天白日旗，影射國民政府接收後的臺灣民不聊生。

　　楊逵說過一篇作品要反映現實，作者必須確切地認識現實，並且「須要放大眼光綜觀整個世界，透視整個歷史的轉變」[54]。叢刊揭示了戰後造成臺灣民眾苦難與壓迫的根本原因，來自於第二次世界大戰結束後政權遞嬗之際，中國接收官員的貪污舞弊。章仕開的〈X 區長〉就是描述對窮苦百姓視若無睹的外省來臺官員，利用職權私吞日本僑民與公家財物而致富。為了消滅貪污的任何證據，甚至藉故將屬下官員撤職或調職，改為安插自家鄉親。陳濤的〈簽呈〉敘述政府機關某局裡明顯勞役不均，局長的親信

---

[53]楊逵，〈如何建立臺灣新文學〉，《楊逵全集》「詩文卷」（下），頁 242、244。
[54]楊逵，〈論「反映現實」〉，原載於《臺灣力行報》「新文藝」第 19 期（1948 年 11 月 11 日）；收於《楊逵全集》「詩文卷」（下），頁 264。

得以「津貼」之名公然揩油，外勤人員藉由職務撈取油水。而事務最繁
忙，待遇也最差的第二科全員要求加薪，結果負責草擬簽呈者遭密告而被
免職，原有薪津轉以補助該科同仁。還有，洪野的〈學店〉痛斥一所中學
爲了「教官」介紹來的外省籍轉學生不能不收，便藉口功課趕不上，把已
繳納學費的本地學生開除。楊逵的〈上任〉描繪才學不稱其位者走後門，
以謀求公職的怪現象。〈勤〉諷刺不肖商人聯合貪官污吏，以囤積物資爲生
財之道。這些篇章足以讓人窺見中國官員素質之低劣，對於結黨營私、攀
親引戚、假公濟私、官商勾結等官場文化有極爲細緻的刻畫。

　　歐坦生的〈沉醉〉則以二二八事件爲背景，事件中被本省人打得遍體
鱗傷的楊姓外省知識分子，由於本省籍年輕女傭阿錦的細心看護而迅速痊
癒，忘恩負義的他卻對墜入情網的阿錦始亂終棄。小說中還有來臺接收官
員謊稱尚未娶妻以欺騙少女的感情，以及無辜少女因被傳染梅毒而淪爲妓
女的情節。阿錦的不幸是作者借住的農林廳宿舍女傭的真實遭遇，[55]1947
年首刊於上海《文藝春秋》時，編輯范泉認爲這篇小說：「揭露了我們某一
部分的祖國的同胞正在如何地把輕佻與污辱拋給了這塊新生的土地」[56]，楊
逵轉載這篇時必然讀過范泉的評論，〈沉醉〉無疑是控訴中國接收（劫收）
對臺灣掠奪與蹂躪的有力證據。

　　俞若欽的〈裁員〉則敘述一名公務人員因擔心新生兒的來臨將導致家
計更形艱難，遂決定將太太腹中孕育的第四個孩子拿掉，甚至把非法的人
工流產美其名爲「裁員」。對於扼殺尚未出世的生命是否違反道德時，他爲
自己辯解道：

---

[55]楊美紅，〈來自現實人生的吶喊——丁樹南（歐坦生）訪談錄〉中說歐坦生：「來到臺灣後，剛好
　遭逢二二八事件，當時他住在農林廳的宿舍，便以那間宿舍下女的遭遇，寫出〈沉醉〉，描繪一
　位外省知識分子，如何逢場作戲，欺騙那位下女感情的故事。」見《文訊》第 222 期（2004 年 4
　月），頁 121。
[56]原載於《文藝春秋》（上海）第 5 卷第 5 期，1947 年 11 月；轉引自橫地剛〈范泉的臺灣認識——
　四十年代後期臺灣的文學狀況〉，陳映真主編《告別革命文學？——兩岸文論史的反思》（臺北：
　人間出版社，2003 年），頁 89。

我們做父母的罪孽當由社會來替我們負責，因為我們的痛苦，已無法向社會控訴了；然而我們要生存要生活。在這缺少生存條件的生活中，我們就被迫使犯罪。[57]

當兄弟倆為墮胎的道德性與合理性爭論時，他又說：

你應該知道罪惡是產生於不健全的社會中，產生於畸形的環境中，生活普遍的困阨，促成罪惡的普遍性。有多少與我同身分的，與我同病的人，他們全都在惶惑中暗自摸索著。假使說，你能明瞭像我這種動機，不僅是我一人所有，那麼你就應該把你的努力從家庭中移到社會上去。祉（「至」之誤）少，你在思想上應該有這個準備……。[58]

〈裁員〉把公務員知法犯法歸咎於社會，不過是冰山之一角。從 1948 年 7 月初讀者投書《中華日報》，提到當前的公教人員犯了「窮」、「餓」、「臨死」等病，若待遇不速調整，恐有工作效率減低、舞弊之風日熾，以及餒現實而走險等弊端發生，[59]就可了解這篇小說的公務員為求生存不惜作姦犯科，的確是當時臺灣社會的真實寫照。

鄭重的〈摸索〉則描述在礦山工作的 20 歲外省青年，一心想幫助名叫高笑的十歲女工，卻被誤以為想娶她為妻。在當地警長也會錯意，積極遊說高笑和主角湊成對，使得高笑憤而辭職之後，羞愧萬分的主角覺悟地對自己說：

到民間去，大概並非是時髦的事；可憐的大智識分子軟殼虫，卻偏要先

---

[57] 俞若欽，〈裁員〉，《臺灣文學叢刊》第 1 輯，頁 15。
[58] 同上註，頁 18。
[59] 蕭錫茂，〈待遇亟待調整　物價如洪水猛獸的今日　多少人喘息生活難維持〉，《中華日報》第 5 版「讀者的話」，（1948 年 7 月 2 日）。

打好烏托邦的美麗圖樣來；你底大爺式底布施，你底白西裝和紅領帶，你底微妙的占有法，你底昂然的散步，民間是吃不消的，除非是宣告敬謝不敏，我或者當真需要修理一番了。[60]

當時所謂「到民間去」或「文章下鄉」，正是臺灣新文學重建論爭中揮舞的旗幟。這篇小說在「橋」副刊發表之後，田兵投稿評論故事中主角有意識地到民間去實踐，卻仍然遭遇失敗的主要原因在於遊戲式的心態，說他只不過是個張著嘴的純粹招牌主義者；並指出「到民間去」的理論固然重要，但更重要的是如何配合理論與實踐，首先在實踐的過程中改進自己。[61]換句話說，外省作家必須揚棄高高在上的心態，真正深入了解臺灣基層社會的風土人情，才能描繪出民眾內心的思想與情感。故事除了藉由主角與礦場女工審美觀的不同，反映省內外文化差異之外；[62]主角住在職員宿舍，當地民眾則被「工友莫入」的牌子阻隔在外，還有外省青年一廂情願地想把本省少女教育成「高尚」的人，以及他的關心被誤以為出自共結連理的私欲，都深刻地暴露了省籍和社會階級、文化位階之間的密切關係。

楊逵曾經感慨外省來的文藝工作者大多深居書房裡搾搾腦汁，跟臺灣社會與民眾間的距離太遠，希望他們能夠在臺灣社會生根，深刻了解臺灣的現實與民眾的情感需求。[63]叢刊中無論省內外作家的創作都是根據臺灣社會實況而來，究其實即是楊逵所提倡的「寫實的報告文學」[64]。表面上這些作品不直接批評當局的施政措施，對於官僚之腐敗與民生之困頓則有極為生動的刻畫與紀錄，自然呈現統治階級利用權勢以劫掠資源，被統治階級勤奮努力卻只能處於痛苦深淵的兩極對照，已經準確投射出臺灣社會問題

---

[60]鄭重，〈摸索〉，《臺灣文學叢刊》第1輯，頁26。

[61]田兵，〈評鄭重的『摸索』〉，《臺灣新生報》「橋」第145期，(1948年7月28日)。

[62]許俊雅認為鄭重的〈摸索〉：「敘述外省人和臺灣人對事物的不同看法及習俗的差異」，見其著〈補白歷史──《創作》月刊再現〉，《中國現代文學理論季刊》第8期（1997年12月），頁637。

[63]楊逵，〈現實叫我們需要一次嚷〉，《楊逵全集》「詩文卷」（下），頁252。

[64]楊逵，〈如何建立臺灣新文學〉，《楊逵全集》「詩文卷」（下），頁244～245。

肇因於國民黨封建政權的洞見。

五、言文一致與階級立場

除了北京話文之外，叢刊兼收臺灣話文與日文翻譯成中文的作品，勾勒出臺灣地區多音交響的特殊現象。臺灣話文方面有收集自民間的〈農村曲〉、廖漢臣〈臺灣民主歌〉中羅列的詩句，以及楊逵新作的歌謠與漫畫題詞；張紅夢的〈葬列〉和楊逵的〈模範村〉原作則是以日文為創作工具。民間歌謠和民謠體制的臺灣話文創作，甚至包括獨特的地方用語及所承載的生活經驗，明顯標記出臺灣社會底層的族群文化。

叢刊所收楊逵的歌謠與漫畫題詞，清一色是前不久才發表於各報刊的成果。目前所知楊逵戰後最早的臺灣話文歌謠作品，始刊於 1948 年 8 月 2 日。[65] 由於 7 月中旬，《新生報》「橋」副刊才以陳大禹交雜使用臺灣閩南語、國語（北京話）、日語的劇本〈臺北酒家〉為首，引發臺灣文學語言問題的諸多討論，[66] 楊逵對此的反應可說極為迅速。事實上，1930 年代臺灣話文論戰時期，楊逵就曾經投稿發抒己見。雖然相關意見被埋沒於報社字紙簍裡，不能一窺究竟，[67] 但臺灣話文寫作的〈剁柴囝仔〉與〈貧農的變死〉等作品，證明楊逵在以〈送報伕〉（日文原題〈新聞配達夫〉）[68] 成名之

---

[65] 詩題為〈臺灣民謠〉，敘述李鴻章簽約割讓臺灣給日本，以及臺灣人成立臺灣民主國以反抗的相關歷史。原載於《臺灣力行報》「新文藝」第 1 期（1948 年 8 月 2 日）；收於《楊逵全集》「詩文卷」（上），頁 22～23。

[66] 陳大禹在《臺灣新生報》「橋」第 139 期發表〈臺北酒家——一個劇本的序幕〉，希望藉由自己創作的劇本〈臺北酒家〉拋磚引玉，使大家關心臺灣文學語言的相關問題。緊接著在「橋」次一期的「編者、讀者、作者」欄裡，編輯歌雷公開徵求批評與意見，隨後引發沙小風、林曙光、麥芳嫻、朱實等人的討論。許詩萱認為：「在『橋』上率先使用臺灣特殊方言創作的是外省作者而非本省作者，此一現象正代表熟悉臺灣文學環境、知曉方言複雜性的本省作者，在運用方言創作文學作品的態度上，較外省作者來得謹慎。」詩萱，〈戰後初期（1945.8～1949.12）臺灣文學的重建——以《臺灣新生報》「橋」副刊為主要探討對象〉（中興大學中國文學系碩士論文，1999 年 7 月），頁 77～80。

[67] 黃石輝的〈答負人〉中提到臺灣新聞社有楊貴（楊逵本名）的一篇埋沒在字紙簍裡，可以證明楊逵曾經投稿參與臺灣話文論戰。見中島利郎編《1930 年代臺灣鄉土文學論戰資料彙編》（高雄：春暉出版社，2003 年），頁 299。

[68] 第一次發表於《臺灣新民報》，1932 年 5 月 19～27 日，僅刊前篇；第二次發表於東京《文學評論》第 1 卷第 8 號（1934 年 10 月），全文刊出。

前，嘗試過以母語爲工具進軍臺灣文壇。[69]只是由於許多字無法用漢文表達，導致造語太多而效果不佳，重讀時連自己都搞不清楚意義，而不得不改用熟練的日文從事創作。[70]有了這樣的經驗之後，1948 年 8 月間楊逵再回到母語創作時，以簡短的歌謠入手，確實比較容易克服文字運用還不夠純熟的毛病。然而部分歌謠因爲使用假借字的關係，必須附加註釋標明讀音或相通的國語詞彙，讀者才知道正確字音也看得懂意義，例如〈卻糞掃〉一詩後註：「卻糞掃即拾垃圾」[71]，〈不如豬〉的「怎得想到後代」末註：「代讀地」[72]，顯然楊逵回到臺灣話文創作時，在遣詞用字方面依然存在無法克服的困境。

　　語言的歧異是臺灣移民社會的特徵，重視普羅大眾心聲，從日治時期以來即不斷提倡爲大眾而寫的楊逵，戰後的 1946 年也曾公開呼籲以人民自身的語言來創作。有鑑於日本統治造成臺灣語言的混亂，使得務求語言和文字一致的白話文將會是漫長而艱鉅的工作，他建議過渡時期立刻成立強而有力的翻譯機構，負責譯介各自以方便語言所寫的作品。[73]叢刊作品語言的多樣性，就是這一個構想的付諸行動。

　　鮮爲人知的是楊逵進行臺灣話文創作的同時，也已經開始構思符合文、言一致，而且真正便利書寫的系統。蔡德本[74]接受訪問時，提及自己於1947 年 8 月創設臺語戲劇社後，亦研究臺語表現的相關問題，楊逵即曾爲此遠赴臺北參加座談會，和眾人討論用羅馬字或漢字摻雜羅馬字較爲恰

---

[69]詳情請參見拙文〈楊逵與賴和的文學因緣〉，《臺灣文學學報》第 3 期，頁 154～159。

[70]〈壓不扁的玫瑰花——楊逵先生演講會記錄〉，《臺灣文藝》第 80 期（1983 年 1 月），頁 171；及戴國煇、內村剛介訪問；陳中原譯，〈楊逵的七十七年歲月——一九八二年楊逵先生訪問日本的談話記錄〉，《文季》第 1 卷第 4 期（1983 年 11 月），頁 27。

[71]楊逵，〈卻糞掃〉，《臺灣文學叢刊》第 2 輯，頁 1。

[72]引自《臺灣文學叢刊》第 3 輯之封面內頁。

[73]楊逵，〈臺灣新文學停頓的檢討〉，《楊逵全集》「詩文卷」（下），頁 224。

[74]蔡德本（1925～），嘉義朴子人。少年時代曾負笈東京求學，師範學院英語系求學期間組織學生社——臺語戲劇社及龍安文藝社，並曾擔任學生自治會康樂部長。1950 年 6 月畢業後擔任教職，1953 年 9 月公費留美。1954 年 9 月回國，10 月 3 日任教東石中學時被捕，判處「無罪感訓」，1955 年 11 月 2 日釋放。參考林曙光，〈難忘的回憶——記臺語劇運先驅蔡德本〉，《文學臺灣》第 9 期，頁 15～24；藍博洲，〈一刑下去沒有也變有——蔡德本訪談錄〉，《天未亮：追憶一九四九年四六事件（師院部分）》（臺中：晨星出版公司，2000 年），頁 253。

當。[75]楊建（楊逵次子）的回憶也證實二二八事件之後，楊逵即致力於臺語
的羅馬字化，以模仿日文羅馬拼音的方式自創臺語書寫系統。它能夠完全
避開筆劃繁複的漢字；或者部分用漢字，漢字不知如何書寫者用羅馬拼音
代替。楊逵並教導楊建把它應用到日語和國語，使他順利跨越過語言轉換
的障礙。[76]叢刊所收楊逵的臺灣話文歌謠尚未見到羅馬字，不過隨後拘繫綠
島監獄期間，他就實地將之運用以記錄收集到的各地俗諺。[77]當然，楊逵並
不是臺灣史上第一位倡議以羅馬字書寫者，基督教會使用羅馬拼音來傳教
早已有相當長的歷史，蔡培火也曾經嘗試推行廈門音為準的羅馬字。楊逵
使用的這套拼音方式究竟是根據前人而來，或自己全新的創製，目前還是
不可解的謎團。

　　戰後初期楊逵認真研究臺語書寫系統的背後，存在著主客觀的各種因
素。例如楊逵在與歌雷、黃永玉[78]等文友聊起臺灣文藝運動時說過：

　　　文藝運動是應該用鬥爭方式來展開的，若果叫臺灣人放開日文而重新學
　　　習方塊字來閱讀新的文藝作品幾乎是不可能的事，除非以一種新的文字
　　　來代替它，易學，易懂。[79]

　　　二二八事件之後面對貪污腐敗的封建官僚，楊逵沿用日治時期的方

---

[75]《天未亮：追憶一九四九年四六事件（師院部分）》，頁 256～261。

[76]〈楊建先生訪談記錄〉，拙論〈左翼批判精神的鍛接：四○年代楊逵文學與思想的歷史研究〉，頁
399。

[77]例如楊逵寫「gina 人有耳無嘴」，「gina」為羅馬拼音，閩南話指「小孩子」，今寫成「囝仔」。見
《楊逵全集》「謠諺卷」（臺南：國立文化資產保存研究中心籌備處，2000 年 12 月初版），頁
57。

[78]黃永玉（1924～），湖南鳳凰人，詩人與畫家。年輕時曾經流浪中國東南各省，於福建接受過不
完整的中學教育。曾任工人、教師、記者、編輯、中國中央美術學院教授、中國美術家協會副主
席。參見天津人民出版部、百川書局出版部主編《中國文學大辭典》第 7 卷（臺北：百川書局，
1994 年），頁 4994。

[79]引自黃永玉〈記楊逵〉，收於司馬文森編《作家印象記》（香港：智源書局，1949 年），1950 年 11
月再版，頁 81。黃永玉文中提到與會人物中有「普庚式」鬍子者，是某副刊編輯，從外貌特徵
與相關介紹看來，即是《臺灣新生報》「橋」副刊編輯歌雷。

式，以文學從事社會改造運動。雖然楊逵用漢文書寫的臺灣話文歌謠形式短小，便於民眾了解、記憶與傳播，也往往能夠成為啓蒙民眾的利器，但是若考量到重新學習漢字曠日費時，鬥爭的進行又必須快速而有效率，即刻建立口語和書面一致的文字絕對有其必要性。

此外，1949 年 1 月，浙江籍的師院學生宋承治[80]在「橋」副刊發表〈發展本島方言文學的文字問題〉，公開表示為發展本島文學與大眾文藝而廢棄漢字，改採羅馬字拼音的地方語來寫作有其正當性。他並直接批判在臺灣推行國語運動的幾位負責人，以「妨害全國語言，即國語普及化的推行」為由，反對提倡羅馬字化方言運動。文中明白指出這個運動的正當性為：

> 在教育群眾時，雖然暫時要促進文化的帶有地方性的分歧，但是這種文字卻會消滅語言與文字的隔閡，可以很快的拿來教育群眾，很快的提高群眾的文化水準，只要我們在運用時不去加強這地方性，隨時隨地注意配合統一語的需要，這正是促進全國語言與文字的真正統一的先決條件。國語拼音強用北平方言去統一全國的語言與文字，在方言差別很大的臺灣，弄□格格不入，倒反阻礙了大眾文化的發展，倒反阻礙了全國文字的統一。[81]

由此可知把大眾語言文字化，從而推動本地口頭語的文學創作，不僅與楊逵身為社會主義者的階級立場有極大的關係，也可以說是一片建立大眾文藝呼聲中的時代產物。另一方面，此時已開始學習國語的楊逵，不但

---

[80]宋承治原為師範學院英語系學生，籍貫浙江紹興，1949 年 4 月 6 日被捕當天割腕自殺未遂。四六事件之後師院奉令整頓學風，並要求學生重新登記學籍，宋承治因未重新登記而被除名。參見《天未亮：追憶一九四九年四六事件（師院部分）》，頁 63～69、頁 333～344；張光直，《蕃薯人的故事》（臺北：聯經出版公司，1998 年），頁 77。

[81]宋承治，〈發展本島方言文學的文字問題〉，《臺灣新生報》「橋」第 203 期（1949 年 1 月 22 日）。□為字跡模糊，無法辨識者。

不打算放棄臺灣話文創作，反而更積極於建立臺語的書面系統，這何嘗不是對於國語運動推行過程中壓抑本土語言，導致外來北京話文成為霸權文化的極力抗拒。

結語

回顧戰後初期楊逵的文學活動，戰爭甫結束的 1945 年 9 月間創刊《一陽週報》，熱情介紹中國政情與三民主義，並轉載五四文學和自己的創作；1946 年主編《和平日報》「新文學」欄；1947 年與王思翔共同編輯《文化交流》雜誌，策劃東華書局版「中國文藝叢書」；二二八事件後積極參與《新生報》「橋」副刊的論爭，主編《力行報》「新文藝」欄，創辦《臺灣文學叢刊》等，都是積極推動戰後臺灣文學復甦的實際行動。而《臺灣文學叢刊》吸納不同世代與省籍的文學工作者，上接日治時期賴和的左翼新文學傳統，下啟銀鈴會等新世代作家發表現實主義創作之門；刊載作品或以臺灣人民抗暴事件為中心重構臺灣歷史，或者再現戰後初期臺灣社會現實以抗議統治政權，在在顯示楊逵的批判精神與旺盛的戰鬥能量。

《臺灣文學叢刊》將重建臺灣新文學空泛的文藝理念落實到行動上，究其本質即是楊逵個人有關「臺灣文學」定義與內涵的具體展現。從收錄的作品即可了解──文學與其所賴以生存的社會終究無法分開，所謂臺灣文學必然是以臺灣經驗為題材，能夠表現臺灣社會狀況的作品。而執筆人固不必論其省籍，只要關心臺灣社會，深入民間了解臺灣人的思想情感，以臺灣為書寫對象者都可以被接受。同情並理解臺灣社會底層的外省來臺作家，當然也在這個條件下被納入臺灣文學的範疇。語言方面，楊逵追求與大眾口頭語相符的書寫工具，並因此致力於臺灣話的羅馬字化。然而有鑑於臺灣是個移民社會，並有長期被殖民的歷史，因此臺灣人的日常用語、日本殖民時代或國民政府的官方語言，都可以在建立言文一致的書寫工具前使用。透過編輯叢刊，楊逵的左翼文學史觀也清楚傳遞──日治時期臺灣新文學主要反對帝國主義的殖民體制，戰後初期則是反對國民黨腐

敗官僚。從對抗日本殖民政府到對抗國民黨封建政權，臺灣新文學雖然有
其階段性的歷史任務，但在反歧視、反壓迫、反剝削方面則是始終如一。

　　值得注意的是 1948 年「橋」副刊論爭期間，「臺灣文學」的名稱一再
遭到質疑之際，楊逵不僅堅持引爲刊物的標題，還進一步重構臺灣新文學
史。叢刊中收錄創作包含荷蘭與日本統治等異於中國的歷史經驗，以及植
根於臺灣鄉土的臺灣話文歌謠，印證了他所說的臺灣文學與中國文學之
間，存在著深得很的「澎湖溝」（臺灣海峽）。[82]在當局強力推行國語運動，
沃灌中華民族主義，亟欲將臺灣全盤「中國化」時，此舉顯然與戰後中國
文學收編臺灣文學的方針背道而馳。楊逵的逆勢而行愈發凸顯臺灣文學的
主體性與特殊性格，映照出他心中堅強的臺灣意識，以及對於母土的強烈
認同，無怪乎在當時招來「楊逵有意脫離祖國，正圖放棄祖國本位文化，
別有居心」[83]的撻伐。

　　據此觀察楊逵呼喊過「臺灣文學是中國文學的一環」之口號，其背後
的動機實有釐清之必要。[84]1946 年 5 月，楊逵發表〈臺灣新文學停頓的檢
討〉，以展望未來的方式，首度宣稱要將臺灣新文學發展爲中國文學的一
環，點出中國與臺灣兩地文學在過去分別發展，在未來則要積極結合的工
作目標。文中並以臺灣文學工作者大團結，和全國性的左翼組織「文聯」
匯合作爲重大工作，要求同志們思考相關問題。後來他又在〈如何建立臺
灣新文學〉中，呼籲省內外「愛國憂民」的文學工作者消滅隔閡，共同再
建爲中國新文學運動之一環的臺灣新文學。上述楊逵所思匯流的組織「文

---

[82] 〈「臺灣文學」問答〉裡，楊逵說「臺灣文學是中國文學的一環，當然不能對立。存在的只是一
　　條未得填完的溝。」同一篇文章中也提到：「這條澎湖溝（臺灣海峽）深得很」。見《楊逵全集》
　　「詩文卷」（下），頁 247～248。
[83] 黃永玉，〈記楊逵〉，《作家印象記》，頁 81。
[84] 無論將戰後初期「臺灣文學是中國文學的一環」之口號，解讀爲出自「臺灣新文學要自覺地相應
　　於政治上的回歸而力爭在文學上的回歸這樣一個熱意」，或者認爲楊逵強烈的臺灣意識「是從力
　　爭臺灣的特殊向中國的一般轉化；爲了向一般轉化而強調臺灣特殊性的辯證法的思維」，都是用
　　今日統獨的立場回過頭去詮釋楊逵當時的思想，其中缺乏論證的過程。從下文筆者即將進行的分
　　析來看，上述說法也絕對不是楊逵呼喊「臺灣文學是中國文學的一環」之動機或目的。兩段引文
　　見編輯部〈馬克思主義文論在臺灣的中挫〉，以及許南村〈「臺灣文學」是增進兩岸民族團結的渠
　　道——讀楊逵〈臺灣文學問答〉〉，《噤啞的論爭》，頁 1、38。

聯」全稱爲「中華全國文藝界協會」[85]，其前身「中華全國文藝界抗敵協會」曾經在對日抗戰期間，提出「文章下鄉，文章入伍」的口號，派遣作家赴戰區慰勞與宣傳；抗戰後期並曾發起包括魯迅、高爾基等知名作家的紀念活動，其中往往帶有鬥爭國民黨專制統治的現實意義。1945 年 3 月該會決定把 5 月 4 日定爲文藝節，要求政府保障作家人身與創作自由。[86]1946年 5 月，楊逵在自己主編的《和平日報》「新文學」欄第一期中，轉載了〈中華全國文藝協會上海分會成立宣言〉，文中說：

> 文藝工作者常常被稱為「時代的先驅者」，「靈魂的工程師」，更使我們感到責任的艱鉅，然而，我們決不逃避這責任。我們願在這「人民的世紀」裡，追隨著各先進國家的民主戰士，為中國人民的自由，幸福而奮鬥。為了更充分的完成我們的任務，我們願以至誠督促政府開放言論，出版的自由。過去八年，我們曾為抗戰而不惜犧牲一切，今後，我們更要為民主，建設而貢獻出所有的力量。

　　楊逵談及新文學運動時一再提到民主、科學的精神，談當前的臺灣文學重建強調作家要「到人民中間去」[87]，和確切認識臺灣現實，甚至了解整個中國，乃至全世界的重要，[88]叢刊收錄有關戰後臺灣現實的創作，無論出自省內外作家，都是以揭發社會的黑暗面間接批判統治階級的左翼文學，

---

[85]當時並沒有稱爲「文聯」的全國性文藝組織，僅有 1946 年 1 月 5 日創刊於上海的《文聯》雜誌，1946 年 6 月 10 日停刊。楊逵在主編的《和平日報》「新文學」第 1 期刊出〈中華全國文藝協會上海分會成立宣言〉，第 2 期又刊登其前身中華全國文藝界抗敵協會總會的〈慰問上海文藝界書〉與上海文藝界的〈覆書〉，可見他所指應是簡稱「文協」的「中華全國文藝界協會」。該會 1938 年 3 月成立於武漢，原名「中華全國文藝界抗敵協會」，後轉至重慶，爲團結文藝界抗日力量的全國性組織。1945 年 10 月 10 日更名爲「中華全國文藝界協會」，亦統稱爲「中華全國文藝協會」。參考《中國文學大辭典》第 3 卷，頁 987〜988。
[86]同上註。
[87]見〈橋的路——第一次作者茶會總報告〉中楊逵的發言紀錄，《楊逵全集》「資料卷」，頁 145。
[88]參考楊逵〈臺灣新文學停頓的檢討〉、〈如何建立臺灣新文學〉、〈「實在的故事」問答〉、〈論反映現實〉各篇，《楊逵全集》「詩文卷」（下），頁 223、245、259〜261、263〜265。

其精神和文協「文章下鄉」，反對國民黨專政，以及為自由民主而奮鬥的路線一致。楊逵說過：「臺灣文學與日本帝國主義文學對立，但與它們的人民文學沒有對立。」[89]因此日治時期創辦《臺灣新文學》雜誌時，與日本左翼文壇可以展開密切的合作關係。同樣的道理，所謂建設臺灣文學為中國文學之一環，無疑也是只選擇與站在人民這邊的中國文學相結合，聯合省內外反對國民黨專政的進步力量，以科學精神了解社會問題之根本，從事社會改造以爭取臺灣的自由民主。在世界文學內環節相扣的臺灣文學與中國文學，基於反壓迫的人民的立場共同對抗統治者的壓迫，這正是〈送報伕〉以來團結被壓迫階級反抗壓迫階級的一貫思考。從楊逵在〈「臺灣文學」問答〉中公開反對託管派與拜美派，[90]再配合先前二二八事件中的言論來看，[91]楊逵努力臺灣新文學重建以推動左翼精神的昂揚，最終之目的無非在於爭取臺灣人自治之權利，這一點充分證明楊逵未曾偏離社會主義者的階級立場。

　　1948 年 12 月，實踐楊逵理念的《臺灣文學叢刊》在發行第三輯之後停刊。1949 年國民黨政府為加緊控制言論，大規模逮捕學生與文化界人士的四六事件發生，楊逵被捕，朱實逃亡大陸，蕭荻離開臺灣，揚風行蹤成謎。1950 年代，黃榮燦以匪諜罪名槍決身亡，張彥勳、葉石濤、吳新榮、蔡秋桐又先後被送入監獄整肅。楊逵所領導對抗專制獨裁的現實主義文學運動，終於在白色恐怖的狂潮裡覆沒。

附註

　　本文初稿發表於楊逵文學國際學術研討會（靜宜大學，2004 年 6 月 20日），後並收錄於筆者博士論文〈左翼批判精神的鍛接：四○年代楊逵文學

---

[89]楊逵，〈「臺灣文學」問答〉，《楊逵全集》「詩文卷」（下），頁248。
[90]同上註，頁247。
[91]例如二二八事件中楊逵發表〈從速編成下鄉工作隊〉，提到工作目標是「爭取以自由無限制普選而產生自治政權」，原載於《自由日報》，1947 年 3 月 9 日；收於《楊逵全集》「詩文卷」（下），頁239。

與思想的歷史研究〉（李豐楙教授指導，國立政治大學中國文學系，2005
年7月），本文係由前述兩版修訂而成。文中論述所用史料部分來自各界人
士之收藏，謹向提供或與筆者交換研究資料的楊建先生、葉石濤先生、河
原功先生、林瑞明教授、陳芳明教授、王之相先生、曾健民先生、橫地剛
先生、徐秀慧小姐等人致謝。

附錄：《臺灣文學叢刊》刊載作品一覽表

輯數 （出版時間）	篇名	作品類別	作者	叢刊附註 轉載出處	實際轉載出處
第一輯 （1948.8.10）	小東西	小說	揚風		
	同樣是一個太陽	新詩	守愚		
	歷史	新詩	王錦江		
	裁員	小說	俞若欽	《新生報》「橋」第126～128期	《臺灣新生報》「橋」第126～128期，1948年6月14、16、18日。
	摸索	小說	鄭重	《新生報》「橋」第135期	《臺灣新生報》「橋」第135期，1948年7月5日。
	臺灣民主歌	評論	廖漢臣	《公論報》「臺灣風土」第5期	《公論報》「臺灣風土」第5期，1948年6月7日。
	復讎	小說	葉石濤	《中華日報》「海風」第312期	《中華日報》「海風」第312期，1948年6月24日。
	黃虎旗（民謠）	歌謠	楊逵		

第二輯 （1948.9. 15）	失學之日 （木刻）		版畫	邱陵	《中華日報》「海 風」	《中華日報》「海 風」第 324 期，1948 年 7 月 20 日。
	卻糞掃（童 謠）		歌謠	楊逵	《新生報》「橋」 第 156 期	《臺灣新生報》 「橋」第 156 期， 1948 年 8 月 23 日。
	X 區長		小說	章仕開	《創作》第 1 卷 第 2 期	《創作》第 1 卷第 2 期，1948 年 5 月 1 日。
	學店		小說	洪野	《公論報》「日月 潭」第 151 期	《公論報》「日月 潭」第 150 期，1948 年 4 月 22 日。
	鹿港的漁夫		新詩	鴻賽	《中華日報》「海 風」第 305 期	《中華日報》「海 風」第 305 期，1948 年 6 月 3 日。
	文藝通訊	作家的生 命在於創 作		葉石濤		
		提高臺灣 的戲劇文 化		呂訴上		
		怎樣看現 實才是問 題		楊啓東		
		「做」才 有進步批 判是養料		張紅夢		
		到生活中 去拿出作 品來		黃榮燦		

	賴和在臺灣是革命傳統		史民		
	翻譯工作我要幫忙		林曙光		
	我已解聘了另找工作中		揚風		
	春日猪三郎搖身三變		愁桐		
	沉醉	小說	歐坦生		《文藝春秋》（上海）第5卷第5期，1947年11月。
漫畫二題	上任	歌謠	楊逵	《力行報》「新文藝」第2期	《臺灣力行報》「新文藝」第2期，1948年8月9日。（原題〈上任（民謠）〉）
		漫畫	張麟書	《公論報》8月5日「日月潭」	《公論報》「日月潭」第197期，1948年8月4日。
	生活	歌謠	楊逵	《力行報》「新文藝」第2期	《臺灣力行報》「新文藝」第2期，1948年8月9日。（原題〈童謠〉）
		漫畫	阿鸞	《新生報》7月18日「臺灣婦女」	《臺灣新生報》「臺灣婦女」第49期，1948年7月18日。（原題〈兩種生活〉）

	簽呈	小說	陳濤	《公論報》「日月潭」第 118 期	《公論報》「日月潭」第 118 期，1948 年 7 月 6 日。
第三輯（1948.12.15）	農村曲	歌謠			收錄自民間歌謠；根據吳國禎的說法，楊逵曾以〈農民謠〉為題發表於報端。
	漫畫三題	不如豬	歌謠	楊逵		1.《臺灣力行報》「新文藝」第 7 期，1948 年 9 月 13 日。（原題〈民謠〉）2.《潮流》秋季號，1948 年 10 月 15 日。（原題〈民謠〉）
		漫畫	阿鸞		
		勤	歌謠	楊逵		
		漫畫	張麟書		
		營養學	歌謠	楊逵		《臺灣力行報》「新文藝」第 3 期，1948 年 8 月 16 日。
		漫畫	張麟書		
	民謠小論	評論	朱實		1.《潮流》秋季號，1948 年 10 月 15 日。2.《臺灣力行報》「新文藝」第 12 期，1948 年 10 月 19 日。
	葬列	新詩	張紅夢	《新生報》「橋」第 160 期	蕭荻譯，《臺灣新生報》「橋」第 160 期，1948 年 9 月 3 日。

	模範村 附：蕭荻 〈跋楊逵的 模範村〉	小說	楊逵		

說明：

《臺灣文學叢刊》收錄作品部分未註明轉載出處或出處錯誤，凡筆者已確實查明轉載出處者，皆附上原刊載書刊名、卷期與發表時間；標題與原出處不同者亦皆附上原題名以供查考。

〈農村曲〉與陳達儒作詞、蘇桐作曲同名流行歌謠，以及《播種集：日據時期臺灣農民運動人物誌》中收錄之〈農民謠〉內容相近，應是民間歌謠記錄而成。參見韓嘉玲編著《播種集：日據時期臺灣農民運動人物誌》（臺北：簡吉陳何文教基金會，1997 年），頁 69。

——選自《臺灣風物》第 55 卷第 4 期，2005 年 12 月

輯五◎
研究評論資料目錄

作家生平、作品評論專書與學位論文

專書

1. 楊素絹　　壓不扁的玫瑰花──楊逵的人與作品　臺北　輝煌出版社　1976 年 10 月　261 頁

本書收錄評論楊逵生平及其作品的文章。全書共 27 篇：楊素絹〈老園丁──代序〉、王氏琴〈送報伕──女性這樣看〉、龍瑛宗〈血與淚的歷史〉、王白淵〈讀楊逵氏的送報伕〉、吳阿文〈論楊逵〈萌芽〉中的幾個問題〉、尾崎秀樹〈臺灣出身作家文學的抵抗──談楊逵〉、坂口𥚃子〈楊逵與葉陶〉、顏元叔〈臺灣小說裡的日本經驗〉、林載爵〈臺灣文學的兩種精神──楊逵與鍾理和之比較〉、胡錦媛〈鵝媽媽的另一個新婚──讀楊逵〈鵝媽媽出嫁〉〉、陳嘉宗〈臺灣的昨日──品讀〈鵝媽媽出嫁〉〉、廖翔〈這記吶喊──楊逵訪問稿〉、林尹文〈耕耘者楊逵〉、徐復觀〈由一個座談會記錄所引起的一番懷念〉、朱西甯〈謁老園丁〉、葉石濤〈楊逵的《鵝媽媽出嫁》〉、葉石濤〈從〈送報伕〉、〈牛車〉到〈植有木瓜的街鎮〉〉、寒爵〈〈鵝媽媽出嫁〉讀後〉、溫美鈴〈鐵肩擔道義的楊逵〉、基聰〈碩果僅存的抗日作家──楊逵〉、廖偉竣〈不朽的老兵〉、彭海瑩〈一位用鋤頭在大地上寫作的作家〉、張良澤〈不屈的文學魂──論楊逵兼談日據時代的臺灣文藝〉、高準〈南瀛之行〉、何思萍〈除非種子死了──探討楊逵小說的精神〉、梁景峰〈春光關不住──論楊逵的小說〉、楊素絹〈後記〉。

2. 楊素絹　　楊逵的人與作品　臺北　民眾日報社　1979 年 10 月　262 頁

本書目次同輝煌出版社出版《壓不扁的玫瑰花──楊逵的人與作品》。

3. 林瑞明〔林梵〕　　楊逵畫像　臺北　筆架山出版社　1978 年 9 月　295 頁

本書作者貼近觀察楊逵生活一年多，詳述楊逵生平、早年參加的各種社會運動，及光復後文壇上的地位。全書共 8 章：1.一個老作家再臨文壇；2.家世及青少年時代；3.日本的工讀生活；4.社會運動時期；5.放膽文章拼命酒；6.光復初期的活動；7.創建新樂園；8.美麗新世界。正文前有王詩琅〈好漢剖腹來相見──《楊逵畫像》序〉、林問耕〈歷史的篝火──《楊逵畫像》序〉，正文後附錄梁景峰〈春光關不住──論楊逵的小說〉、〈楊逵對照年譜〉、〈後記〉。

4. 陳芳明編　　楊逵的文學生涯　臺北　前衛出版社　1988 年 9 月　325 頁

本書敘述楊逵的文學生涯。全書共 19 篇，分為 3 部分：1.楊逵的文學：收有楊逵 5 篇小說；2.楊逵的生涯：收有楊逵〈我的太太葉陶〉、王世勛記〈楊逵回憶錄〉、何

晌整理〈二二八事件前後〉、戴國煇及內村剛介訪問，葉石濤譯〈一個臺灣作家的
七十七年〉、宋澤萊訪問〈不朽的老兵〉；3.楊逵的文學生涯：收有坂口䙸子〈楊
逵和葉陶〉、謝聰敏〈楊逵與他的同志〉、林曙光〈楊逵與高雄〉、葉石濤〈楊逵
先生與我〉、葉石濤〈楊逵的文學生涯〉、王麗華〈關於楊逵回憶錄的筆記〉、鍾
天啓〈瓦窰寮裡的楊逵〉、張恆豪〈關於〈和平宣言〉及其他〉、附錄〈〈和平宣
言〉全文〉。正文前有〈遠行的玫瑰（代序）〉，正文後有〈編後〉。

5. **陳春玲，黃滿里，邱鴻翔編　楊逵影集　臺北　滿里文化工作室　1992 年 9
月　239 頁**

本書收錄楊逵生前照片手稿，圖說部分節錄自楊逵的創作與他人對楊逵及其作品的
評論。

6. **黃惠禎　楊逵及其作品研究　臺北　麥田出版公司　1994 年 7 月　242 頁**

本書爲學位論文出版，探討楊逵其人及其創作作品。全書共 6 章：1.楊逵的家世及其
生平；2.楊逵的社會運動；3.楊逵的文學生涯；4.楊逵的散文與詩歌；5.楊逵的小說
創作；6.楊逵的戲劇作品。正文前有〈緒論〉，正文後有〈結論〉，附錄河原功編
〈楊逵生平寫作年表〉、河原功編〈楊逵氏〈著作目錄〉〉、續補河原功編〈楊逵
氏〈著作目錄〉〉。

7. **彭小妍主編　楊逵全集・書信卷　臺南　國立文化資產保存研究中心籌備處
2001 年 12 月　290 頁**

本書收錄楊逵所寫之書信。全書共 7 部分：1.綠島時期家書；2.楊逵致鍾肇政書信；
3.楊逵致春蘭女士書信；4.楊逵致張良澤書信；5.楊逵致河原功書信；6.楊逵致林瑞
明書信；7.楊逵致下村作次郎書信。

8. **彭小妍主編　楊逵全集・資料卷　臺南　國立文化資產保存研究中心籌備處
2001 年 12 月　290 頁**

本書由河原功、黃惠禎編錄楊逵演講、訪談及其相關文章。全書共 7 部分：1.回憶
錄、演講及口述作品；2.訪談、筆談、座談會紀錄；3.其他；4.補遺；5.年表；6.楊逵
作品目錄；7.楊逵研究資料目錄。

9. **吳素芬　楊逵及其小說作品研究　臺南　臺南縣政府　2005 年 12 月　210 頁**

本書爲學位論文出版，以「文獻資料分析法」、「文本分析法」閱讀《楊逵全
集》，針對其小說作品，做主題意識與形式的探究。全書共 6 章：1.緒論；2.壓不扁
的玫瑰；3.小說的主題意識；4.小說的創作形式；5.作者背景與小說場景之關聯探

討；6.結論。正文有蘇煥智序〈提高南瀛文學的能見度〉、葉澤山序〈文學與藝術之蝕心刻骨〉、〈自序〉、〈作者簡介〉，正文後附錄〈楊逵生平事蹟與文學運動的對照表〉等 26 篇。

10. 樊洛平　　冰山底下綻放的玫瑰——楊逵和他的文學世界　北京　作家出版社　2006 年 7 月　379 頁

本書敘述楊逵早年身爲社會主義的青年，與反抗殖民的革命戰士，後半生則因政治與信仰遭受迫害，轉爲低調的情況，以及楊逵與文學同好們的交流與文藝編輯的生活。全書共 8 章：1.風雨人生：世紀臺灣的長跑者（上）；2.風雨人生：世紀臺灣的長跑者（下）；3.時代剪影：楊逵與文學同好；4.文壇園丁：楊逵的編輯生涯；5.文藝批評：楊逵的理論戰場；6.小說世界：以文學見證歷史；7.戲劇天地：以舞臺演繹人生；8.綠島言說：以生命傾訴心語。正文前有陳映真〈中華文化和臺灣文學——代總序〉、〈引言〉，正文後有〈結語〉、〈後記〉，附錄〈楊逵文學活動年表〉。

11. 黃惠禎　　左翼批判精神的鍛接：四○年代楊逵文學與思想的歷史研究　臺北　秀威資訊科技公司　2009 年 7 月　538 頁

本書爲學位論文修訂出版，研究 1940 年代楊逵文學與思想，以了解臺灣知識菁英面臨政權更迭時的困頓與掙扎，及其社會參與和文化抗爭等諸多面向。全書共 6 章：1.緒論；2.三○年代楊逵圖像：從社會運動到文學活動；3.迂迴前進：文壇奉公與楊逵的抵抗；4.跨越與再出發：戰後初期楊逵活動概況；5.承先與啓後：楊逵與戰後初期臺灣新文學的重建；6.結論。正文前有李豐楙序〈從抉擇到自立：記一位臺灣文學者的成長之路〉、陳芳明序〈拒絕離開歷史現場的楊逵〉、楊翠序〈安靜的研究者〉，正文後有〈後記〉，附錄〈楊逵文學活動年表〉、〈《和平日報》「新文學」刊載作品一覽表〉、〈《臺灣力行報》「新文藝」刊載作品一覽表〉、〈《臺灣文學叢刊》刊載作品一覽表〉、〈〈楊逵作品目錄〉補遺〉、〈楊建先生訪談紀錄〉。

12. 鄧慧恩　　日治時期外來思潮的譯介研究：以賴和、楊逵、張我軍爲中心　臺南　臺南市立圖書館　2009 年 12 月　327 頁

本書爲學位論文出版，以新知識分子與留學生理解外來思潮，及翻譯活動作爲研究的對象，探討日據時期知識分子如何面對外來新思潮的翻譯活動。全書共 6 章：1.緒論；2.日據時期報刊雜誌的翻譯概況；3.賴和的翻譯：與尼釆的接觸；4.文化的擺渡：楊逵譯作的意義與詮釋；5.三地橋樑：張我軍的翻譯事業；6.結論。正文前

有許添財序〈邁向文化大城〉、劉怡蘋序〈在府城，文學的果實纍纍〉、龔顯宗編輯序〈搖曳的稻穗〉、陳萬益序〈打開一扇窗〉、作者自序〈閱讀一種花季的可能〉，正文後有呂興昌總評〈繼續創造文學的歷史〉，附錄〈日據時期重要報刊翻譯文章列表（初稿）〉、〈賴和尼采譯稿與原著的對照（初稿）〉、〈張我軍譯著、譯書列表〉。

學位論文

13. 吳翰祺 日本割拠時代の台湾新文学——一九二〇年以降の文学、主に楊逵の文学活動を中心に 東吳大學日本文化研究所 碩士論文 蜂矢宣朗教授指導 1984 年 6 月 190 頁

本論文從一個中國人的立場，以楊逵為當時的代表作家，對 1920 年代後的臺灣文學提出看法。全文共 6 章：1.導論；2.臺灣新文學史的意義與背景；3.「五四運動」與臺灣新文學運動的關係；4.楊逵的文學觀から作家精神を考察する；5.日本プロレタリア文學と臺灣新文學との關係；6.結論。

14. 張簡昭慧 臺灣殖民文學的社會背景研究——以吳濁流文學、楊逵文學為研究中心 中國文化大學日本研究所 碩士論文 蔡華山教授指導 1988 年 6 月 221 頁

本論文以臺灣新文學的兩位代表作家——吳濁流、楊逵的作品，探析殖民體制下的社會真況。全文共 5 章：1.緒論；2.日本統治下的臺灣新文學；3.吳濁流文學之研究；4.楊逵文學之研究；5.結論。正文後附錄〈吳濁流年譜〉、〈楊逵年譜〉、〈臺灣文學史年表（一八九五——一九四五）〉。

15. 陳明娟 日治時期文學作品所呈現的臺灣社會——賴和、楊逵、吳濁流的作品分析 東吳大學社會學系 碩士論文 張炎憲教授指導 1989 年 6 月 117 頁

本論文藉由賴和、楊逵、吳濁流三位日據時代的文學家作品內容，探討日據時期的臺灣社會狀況。全文共 5 章：1.緒論；2.歷史背景；3.作家與作品；4.小說中所反映的臺灣社會；5.結論。

16. 黃惠禎 楊逵及其作品研究 政治大學中國文學系 碩士論文 李豐楙教授指導 1992 年 6 月 264 頁

本論文探討楊逵其人及其創作作品。全文共 6 章：1.楊逵的家世及其生平；2.楊逵

的社會運動；3.楊逵的文學生涯；4.楊逵的散文與詩歌；5.楊逵的小說創作；6.楊逵的戲劇作品。正文前有〈緒論〉，正文後有〈結論〉，附錄河原功編〈楊逵生平寫作年表〉、河原功編〈楊逵氏〈著作目錄〉〉、續補河原功編〈楊逵氏〈著作目錄〉〉。

17. 大藪久枝　戰前日本文壇重視的三篇臺灣小說研究　東吳大學中國文學系碩士論文　林明德教授指導　1997 年 6 月　102 頁

本論文析論楊逵〈送報伕〉、呂赫若〈牛車〉、龍瑛宗〈植有木瓜樹的小鎮〉3 篇以日文創作的小說，探討日據時代臺灣文學的全貌。正文前有〈緒論〉，全文共 5 章：1.日治後期日本語文學的發達；2.楊逵和他的〈送報伕〉；3.呂赫若和他的〈牛車〉；4.龍瑛宗和他的〈植有木瓜樹的小鎮〉；5.結論。

18. 林安英　楊逵戲劇作品研究　成功大學中國文學系　碩士論文　馬森，石光生教授指導　1998 年 6 月　217 頁

本論文以臺灣為殖民地的時代背景，論析楊逵的日文與中文劇作。全文共 5 章：1.緒論；2.壓不扁的玫瑰崛起；3.櫻花遍野的悲歌——日文劇作評析；4.多刺玫瑰的再生——中文劇作研究；5.春光關不住——結論。正文後附錄〈楊逵年表大事記一覽〉、〈戲劇作品〉、〈楊逵戲劇演出狀況〉、〈楊逵參與文學編輯狀況〉、〈楊逵中文創作資料目錄〉、〈兩部日文劇作中譯〈父與子〉、〈撲滅天狗熱〉〉。

19. 張台瓊　From Nationalism to Internationalism: A Structuralist Reading of Yang K'uei's "Paperboy" and "Mother Goose Gets Married"（國族主義到國際主義：楊逵〈送報伕〉與〈鵝媽媽要出嫁〉之結構主義式閱讀）　淡江大學西洋語文研究所　碩士論文　簡南妮教授指導 2000 年 6 月　120 頁

本論文以詹明信（F. Jameson）「國族寓言」理論（national allegory）與奎馬思（A.J. Greimas）「符號方塊」理論（semiotic squares）證明楊逵作品〈送報伕〉與〈鵝媽媽要出嫁〉中不僅呈現了楊逵的漢民族意識，且馬克思主義之國際主義精神亦展露無遺。全文共 5 章：1.Introduction；2.A Third-World Paperboy；3.A Third-World "Scape goose"；4.From Nationalism to Internationalism；5.Conclusion。

20. 吳曉芬　楊逵劇本研究　臺灣大學戲劇學系　碩士論文　呂正惠，居振容教授指導　2001 年 6 月　243 頁

本論文以作品內部的精神與研究者閱讀／解讀的角度，分析楊逵劇本。全文共 5

章：1.緒論；2.人道的社會主義劇作家；3.劇本主題分析；4.打造民眾劇場；5.結論。正文後附錄〈楊逵劇作表列〉、〈生平與社會記事參照表〉、〈關於〈牛犁分家〉演出〉。

21. 張季琳　　台湾プロレタリア文学の誕生——楊逵と「大日本帝国」　東京大学大学院人文社会系研究科　博士論文　2001 年 7 月　263 頁

本論文從楊逵的生平、文學創作與思想析論臺灣無產階級文學的誕生。全文共 9 章：1.楊逵研究の概観；2.楊逵の生涯と本論文の主題；3.楊逵と沼川定雄——台湾人プロレタリア作家と台湾公学校日本人教師；4.〈新聞配達夫〉とその受賞；5.楊逵と《臺灣新文學》；6.《臺灣新文學》時代の楊逵の文学；7.一九三七年楊逵の挫折；8.楊逵の魯迅受容——台湾プロレタリア作家と台湾総督府日本人警察官；9.本論文の総括と楊逵研究の今後の展望。正文後有〈補論——日本と台湾におけるプロレタリア文学の展開〉、〈註〉，附錄〈楊逵作品目録（1927—49）〉、〈台湾における楊逵関係文献録〉、〈中国における楊逵関係文獻目録〉。

22. 張惟智　　戰後初期（1945—1949）臺灣文學活動研究——以楊逵爲論述主軸　靜宜大學中國文學系　碩士論文　趙天儀教授指導　2003 年 7 月　130 頁

本論文探討第二次世界大戰結束後 4 年，臺灣文學的活動情形，並以作家楊逵的文學活動爲主要的論述對象，兼論同一時期臺灣省籍作家楊雲萍、龍瑛宗、呂赫若、葉石濤、張彥勳、詹冰等作家及其相關活動。全文共 5 章：1.緒論；2.戰爭結束前楊逵的文學活動；3.戰後初期楊逵的文學活動；4.戰後初期其他臺灣文學作家及其相關活動；5.總結。正文後附錄〈戰後初期（1945～1949）臺灣文學活動大事記〉、〈楊逵〈和平宣言〉全文〉、〈銀鈴會成員作品編目〉。

23. 鍾元祥　　楊逵紀念館　東海大學建築學系　碩士論文　阮偉明，洪文雄教授指導　2004 年 5 月　68 頁

本論文是藉由一個紀念性的空間／地景，表現楊逵的文學理想及生活哲理，以此紀念這位臺灣文壇不朽的老園丁。全文共 4 章：1.緒論；2.相關問題研討；3.基地調查分析；4.設計課題與要點。

24. 戶田一康　　日本領臺時代的臺灣人作家所描寫的公學校教師形象　東吳大學日本語文學系　碩士論文　蔡茂豐教授指導　2004 年 6 月　118 頁

本論文以日本語教育史的觀點分析楊逵〈公學校〉、龍瑛宗〈宵月〉、呂赫若〈青い服の少女〉及陳火泉〈張先生〉4 篇作品，進而探討作品裡所描繪的教師形象，以及作品裡所呈現的問題。全文共 6 章：1.序論；2.公学校教師像Ⅰ；3.公学校教師像Ⅱ；4.公学校教師像Ⅲ；5.公学校教師像Ⅳ；6.結論。

25. 吳素芬　**楊逵及其小說作品研究**　臺南大學教育經營與管理研究所國語文教學碩士班　碩士論文　王琅教授指導　2005 年 5 月　188 頁

本論文以「文獻資料分析法」、「文本分析法」閱讀《楊逵全集》，針對其小說作品，做主題意識與形式的探究。全文共 6 章：1.緒論；2.壓不扁的玫瑰；3.小說的主題意識；4.小說的創作形式；5.作者背景與小說場景之關聯探討；6.結論。正文後附錄〈楊逵生平事蹟與文學運動的對照表〉等 26 篇。

26. 黃惠禎　**左翼批判精神的鍛接：四〇年代楊逵文學與思想的歷史研究**　政治大學中國文學系　博士論文　李豐楙教授指導　2005 年 7 月　419 頁

本論文研究 1940 年代楊逵文學與思想，以了解臺灣知識菁英面臨政權更迭時的困頓與掙扎，及其社會參與和文化抗爭等諸多面向。全文共 6 章：1.緒論；2.三〇年代楊逵圖像：從社會運動到文學活動；3.迂迴前進：文壇奉公與楊逵的抵抗；4.跨越與再出發：戰後初期楊逵活動概況；5.承先與啟後：楊逵與戰後初期臺灣新文學的重建；6.結論。正文後附錄〈楊逵文學活動年表〉、〈《和平日報》「新文學」刊載作品一覽表〉、〈《臺灣力行報》「新文藝」刊載作品一覽表〉、〈《臺灣文學叢刊》刊載作品一覽表〉、〈〈楊逵作品目錄〉補遺〉、〈楊建先生訪談紀錄〉。

27. 徐俊益　**楊逵普羅小說研究——以日據時期為範疇（1927—1945）**　靜宜大學中國文學系　碩士論文　陳建忠教授指導　2005 年 7 月　197 頁

本論文探討日據時期楊逵普羅小說（1927—1945）創作軌跡，進一步考察楊逵普羅小說在不同階段的書寫特色與變化。全文共 6 章：1.緒論；2.由社會運動到文學創作；3.楊逵普羅小說的特殊性——民族與階級意識的結合（1932—1933）；4.由普羅文學到殖民地文學——獲獎後楊逵普羅文學的理論建構與實踐（1934—1937）；5.戰爭期楊逵普羅小說的轉化與再出發（1941—1945）；6.結論。正文後附錄〈楊逵，〈致《南音》責任者之書〉〉、〈〈貧農的變死〉臺灣話文對照表〉、〈〈剁柴囝仔〉臺灣話文對照表〉、〈楊逵作品一覽表（日據時期 1927—1945）〉。

28. 李昀陽　**文學行動、左翼臺灣——戰後初期（1945—1949）楊逵文學論述及**

其思想研究　靜宜大學中國文學系　碩士論文　陳建忠教授指導
2006 年 1 月　185 頁

本論文主要以楊逵在臺灣戰後初期（1945—1949）的文學論述作爲分析對象，探究
其所呈現的現實意涵及影響，並與同時期由中國來到臺灣的左翼知識分子有關重建
臺灣文學的發言進行比較，以凸顯楊逵文學論述的特殊意義。全文共 6 章：1.緒
論；2.二二八事件前（1945—1947）的文化語境及楊逵的文學活動；3.二二八事件
前（1945—1947）楊逵的文學論述及其思想；4.二二八事件後（1947—1949）的文
化語境及楊逵的文學活動；5.二二八事件後（1947—1949）楊逵的文學論述及其思
想；6.結論。正文後附錄〈戰後初期（1945—1949）楊逵紀事年表〉、〈《和平日
報》「新世紀」副刊編目〉、〈《和平日報》「新文學」副刊編目〉、〈《力行
報》「新文藝」副刊編目〉。

29. 鄧慧恩　日據時期外來思潮的譯介研究：以賴和、楊逵、張我軍爲中心　清
　　　　華大學臺灣文學研究所　碩士論文　陳萬益教授指導　2006 年 6 月
　　　　245 頁

本論文以新知識分子與留學生理解外來思潮，及翻譯活動作爲研究的對象，探討日
據時期知識分子是如何面對外來新思潮的翻譯活動。全文共 6 章：1.緒論；2.日據
時期報刊雜誌的翻譯概況；3.賴和的翻譯：與尼釆的接觸；4.文化的擺渡：楊逵譯
作的意義與詮釋；5.三地橋樑：張我軍的翻譯事業；6.結論。正文後附錄〈日據時
期重要報刊翻譯文章列表（初稿）〉、〈賴和尼釆譯稿與原著的對照（初稿）〉、
〈張我軍譯著、譯書列表〉。

30. 徐一仙　海峽兩岸關於楊逵之評論　中山大學政治學研究所　碩士論文　曾
　　　　怡仁教授指導　2006 年 6 月　167 頁

本論文主要從海峽兩岸對楊逵的學術評論，研究「楊逵」是否成爲「臺灣」、「中
國」意識形態或是文學臺獨論者各自詮釋或利用的政治符號。全文共 6 章：1.導
論；2.楊逵生平與思想之概述；3.中國中心論述的楊逵評論；4.臺灣中心論述的楊
逵評論；5.中國大陸學者的楊逵評論；6.結論。

31. 王鈺琇　楊逵文學作品之研究——以〈送報伕〉、〈泥娃娃〉、〈鵝媽媽出嫁〉
　　　　爲中心　中國文化大學日本研究所　碩士論文　劉崇稜教授指導
　　　　2008 年 6 月　104 頁

本論文就〈送報伕〉、〈泥娃娃〉、〈鵝媽媽出嫁〉的日文原文版本與戰後重新發

表的版本來研究楊逵文學作品的風格，及其中所隱含的時代意義。全文共 5 章：1.
緒論；2.楊逵生平；3.關於〈送報伕〉；4.關於〈泥娃娃〉；5.關於〈鵝媽媽出
嫁〉。正文後有〈結論〉，附錄〈楊逵年表〉。

32. 張朝慶　　楊逵及其小說、戲劇、《綠島家書》之研究　臺南大學臺灣文化研
　　　　究所教學碩士班　碩士論文　張惠貞教授指導　**2009** 年 6 月　**204**
　　　　頁

本論文選定國立文化資產保存研究中心籌備處出版的《楊逵全集》中楊逵的小說、
戲劇及《綠島家書》為範疇，探討其內容與背後意涵。全文共 7 章：1.緒論；2.兩
個太陽下的楊逵；3.楊逵小說作品的抗議意識；4.楊逵戲劇作品的草根意識；5.
《綠島家書》的內斂意識；6.文學特色；7.結論。

33. 謝美娟　　日治時期小說裡的農工書寫──以賴和、楊逵和楊守愚為中心　中
　　　　興大學臺灣文學研究所　碩士論文　朱惠足教授指導　**2009** 年 7 月
　　　　65 頁

本論文藉探討日治時期農工小說，了解當時多數臺灣人民的生活實況。全文共 5
章：1.緒論；2.從賴和的農工小說談「民族」壓迫；3.從楊逵的農工小說談「階
級」壓迫；4.從楊守愚的小說談「女性」農工的多重壓迫；5.結論。

34. 戴惠津　　楊逵文學的流變伶伊的意義　成功大學臺灣文學研究所在職專班母
　　　　語組　碩士論文　廖淑芳教授指導　**2009** 年 7 月　**133** 頁

本論文以楊逵為中心的歷史語境，分析戰前戰後臺灣的文學場域，再以 Hans-
Georg Gadamer 哲學詮釋學的觀點解剖楊逵文學的流變，以確實理解楊逵版本文字
不斷改變的現象和意義。全文共 5 章：1.緒論；2.楊逵的文學 kah 社會運動；3.日
本建構帝國主義過程中的批判；4. Tò-khau 大東亞共榮圈的騙局；5.結論。

35. 郭勝宗　　楊逵小說作品研究　彰化師範大學國文學系　碩士論文　林明德教
　　　　授指導　**2009** 年 7 月　**147** 頁

本論文以楊逵小說作品為文本，解析各篇小說的情節結構，比對、歸納及演繹。全
文共 7 章：1.緒論；2.楊逵的思想及文學觀；3.苦難時代的觀察與書寫；4.反芻現代
化的渣滓；5.戰時體制的文學安頓；6.喚起光明希望的力量；7.結論。正文後附錄
〈楊逵年表〉、〈楊逵小說作品目錄〉。

36. 歐薇蘋　　楊逵研究──植民地時代における楊逵の「転向」を中心に　熊本

大学大学院社会文化科学研究科　博士論文　**2010 年 3 月　98** 頁

本論文分析楊逵在日治時期的小說作品，並探討其文學觀的變遷。全文共 5 章：1.
楊逵の文学観の変遷；2.〈自由労働者の生活断面〉と〈新聞配達夫〉；3.〈田園
小景〉；4.〈無医村〉、〈泥人形〉と〈鶯鳥の嫁入り〉；5.〈増產の蔭に──呑
気な爺さんの話〉。正文前有〈はじめに〉，正文後有〈おわりに〉，附錄〈楊逵
の研究文献目録〉。

作家生平資料篇目

自述

37. 楊　　逵　　編輯後記[1]　臺灣文藝　第 2 卷第 7 期　1935 年 7 月　頁 217

38. 楊　　逵　　編輯後記　楊逵全集·資料卷　臺南　國立文化資產保存研究中心
籌備處　2001 年 12 月　頁 300

39. 楊逵著；陳培豐譯　　編輯後記　楊逵全集·資料卷　臺南　國立文化資產保
存研究中心籌備處　2001 年 12 月　頁 301

40. 楊　　逵　　編輯後記[2]　臺灣新文學　第 2 卷第 4 期　1937 年 5 月　頁 70

41. 楊　　逵　　編輯後記　楊逵全集·資料卷　臺南　國立文化資產保存研究中心
籌備處　2001 年 12 月　頁 302

42. 楊逵著；陳培豐譯　　編輯後記　楊逵全集·資料卷　臺南　國立文化資產保
存研究中心籌備處　2001 年 12 月　頁 303

43. 楊　　逵　　派遣作家の感想──勤勞禮讚[3]　臺灣文藝　第 1 卷第 4 期　1944
年 8 月　頁 78—79

44. 楊　　逵　　派遣作家の感想──勤勞禮讚　日本統治期台湾文学文芸評論集·
第五卷　東京　綠蔭書房　2001 年 4 月　頁 290

45. 楊逵著；邱香凝譯　　派遣作家的感想──勤勞禮讚　日治時期臺灣文藝評論
集·雜誌篇 4　臺南　國家臺灣文學館籌備處　2006 年 10 月　頁
503—505

---

[1]本文後由陳培豐中譯。
[2]本文後由陳培豐中譯。
[3]本文後由邱香凝中譯爲〈派遣作家的感想──勤勞禮讚〉。

46. 楊　　逵　　あとがき[4]　鵞鳥の嫁入　臺北　三省堂　1946 年 3 月　頁 105

47. 楊　　逵　　あとがき　楊逵全集・資料卷　臺南　國立文化資產保存研究中心籌備處　2001 年 12 月　頁 306

48. 楊逵著；涂翠花譯　　後記　楊逵全集・資料卷　臺南　國立文化資產保存研究中心籌備處　2001 年 12 月　頁 307

49. 楊　　逵　　序[5]　新聞配達夫　臺北　臺灣評論社　1946 年 8 月　〔1〕頁

50. 楊　　逵　　序　送報伕　臺北　東華書局　1947 年 10 月　〔1〕頁

51. 楊　　逵　　序　楊逵全集・資料卷　臺南　國立文化資產保存研究中心籌備處　2001 年 12 月　頁 308

52. 楊逵著；清水賢一郎，彭小妍譯　　序　楊逵全集・資料卷　臺南　國立文化資產保存研究中心籌備處　2001 年 12 月　頁 309

53. 楊　　逵　　〈鵝媽媽出嫁〉後記　中外文學　第 2 卷第 8 期　1974 年 1 月　頁 48—49

54. 楊　　逵　　後記　鵝媽媽出嫁　臺北　香草山出版社　1976 年 5 月　頁 215—217

55. 楊　　逵　　〈鵝媽媽出嫁〉後記　大家文學選・小說卷　臺中　梅華文化出版社　1981 年 10 月　頁 40—41

56. 楊　　逵　　後記　楊逵全集・資料卷　臺南　國立文化資產保存研究中心籌備處　2001 年 12 月　頁 318

57. 楊　　逵　　一個日據時期文學工作者的感想　中華雜誌　第 157 期　1976 年 8 月　頁 20

58. 楊　　逵　　一個日據時期文學工作者的感想　羊頭集　臺北　輝煌出版社　1976 年 10 月　頁 233—235

59. 楊　　逵　　首陽園雜記　夏潮　第 1 卷第 7 期　1976 年 10 月　頁 61—62

60. 楊　　逵　　三個臭皮匠（代自序）　羊頭集　臺北　輝煌出版社　1976 年 10

---

[4]本文後由涂翠花中譯為〈後記〉。
[5]本文後由清水賢一郎、彭小妍中譯。

月 頁 13—15

61. 王氏琴〔楊逵〕 〈送報伕〉——女性這樣看 壓不扁的玫瑰花——楊逵的
人與作品 臺北 輝煌出版社 1976 年 10 月 頁 7—15

62. 王氏琴 〈送報伕〉——女性這樣看 楊逵的人與作品 臺北 民眾日報出
版社 1979 年 10 月 頁 7—15

63. 楊 逵 坎坷與燦爛的回顧 中國現代文學的回顧 臺北 龍田出版社
1978 年 12 月 頁 112—119

64. 楊 逵 坎坷與燦爛的回顧 中國現代文學的回顧 臺北 文鏡文化公司
1986 年 11 月 頁 115—122

65. 楊逵等[6] 永不熄滅的爐火——光復前臺灣文學中的民族意識與抗日精神
（下）——爲了抗日，結婚之夜都是在牢裡過的 聯合報 1980 年
7 月 8 日 8 版

66. 楊逵講；楊素絹記 光復前後 聯合報 1980 年 10 月 24 日 8 版

67. 楊逵講；楊素絹記 光復前後 寶刀集——光復前臺灣作家作品集 臺北
聯合報社 1981 年 10 月 頁 1—14

68. 楊 逵 《牛與犁》演出有感 時報雜誌 第 51 期 1980 年 11 月 頁 31

69. 楊 逵 日本殖民統治下的孩子 聯合報 1982 年 8 月 10 日 8 版

70. 楊 逵 日本殖民統治下的孩子 楊逵全集・資料卷 臺南 國立文化資產
保存研究中心籌備處 2001 年 12 月 頁 20—30

71. 楊 逵 壓不扁的玫瑰花——楊逵先生演講會紀錄 臺灣文藝 第 80 期
1983 年 1 月 頁 165—172

72. 楊逵講；彭小妍記 壓不扁的玫瑰花——楊逵先生演講會紀錄 楊逵全集・
資料卷 臺南 國立文化資產保存研究中心籌備處 2001 年 12 月
頁 234—265

73. 楊逵講；方梓記 沉思、振作、微笑 自立晚報 1983 年 4 月 30 日 10 版

---

[6]與會者：王詩琅、王昶雄、郭水潭、黃得時、廖漢臣、劉榮宗、楊逵（書面）；紀錄者：李泳泉、
吳繼文；編者：瘂弦。

74. 楊逵講；方梓記　　沉思、振作、微笑　人生金言（下）　臺北　自立晚報社　1983 年 9 月　頁 159—161

75. 楊逵講；方梓記　　沉思、振作、微笑　楊逵全集・資料卷　臺南　國立文化資產保存研究中心籌備處　2001 年 12 月　頁 42—43

76. 楊逵講；許惠碧記　　臺灣新文學的精神所在——談我的一些經驗和看法　文季　第 1 期　1983 年 4 月　頁 30—36

77. 楊逵講；許惠碧記　　臺灣新文學的精神所在——談我的一些經驗和看法　文學的道路　臺北　新地出版社　1985 年 5 月　頁 197—211

78. 楊逵講；許惠碧記　　臺灣新文學的精神所在——談我的一些經驗和看法　楊逵全集・資料卷　臺南　國立文化資產保存研究中心籌備處　2001 年 12 月　頁 31—41

79. 楊　逵　　懷念東海花園——那段把詩寫在大地上的日子　中國時報　1983 年 11 月 8 日　8 版

80. 楊逵講；劉依萍記　　談抗日時期的臺灣新文學　文訊雜誌　第 7、8 期合刊　1984 年 2 月　頁 156—162

81. 楊　逵　　希望有更多的平反　中華雜誌　第 248 期　1984 年 3 月　頁 24

82. 楊　逵　　希望有更多的平反　楊逵全集・資料卷　臺南　國立文化資產保存研究中心籌備處　2001 年 12 月　頁 44—46

83. 楊　逵　　殖民地人民的抗日經驗　中華雜誌　第 252 期　1984 年 7 月　頁 27

84. 楊　逵　　殖民地人民的抗日經驗　楊逵全集・資料卷　臺南　國立文化資產保存研究中心籌備處　2001 年 12 月　頁 47—48

85. 楊逵講；王世勛記　　我的回憶（上、中、下）[7]　中國時報　1985 年 3 月 13—15 日　8 版

86. 楊逵講；王世勛記　　楊逵回憶錄　壓不扁的玫瑰　臺北　前衛出版社　1985

---

[7]本文為楊逵回憶自幼年時期至東京留學時期的經歷。全文共 3 小節：1.童年的生活；2.中學時期；3.東京歲月。後改篇名為〈楊逵回憶錄〉。

年 3 月　頁 217—239

87. 楊逵講；王世勛記　　楊逵回憶錄　楊逵的文學生涯　臺北　前衛出版社
　　1988 年 9 月　頁 143—162

88. 楊逵講；王世勛記　　我的回憶　楊逵全集‧資料卷　臺南　國立文化資產保
　　存研究中心籌備處　2001 年 12 月　頁 49—65

89. 楊逵講；楊翠記　　我的心聲——楊逵先生追思專輯　自立晚報　1985 年 3 月
　　29 日　10 版

90. 楊逵講；楊翠記　　我的心聲　楊逵全集‧資料卷　臺南　國立文化資產保存
　　研究中心籌備處　2001 年 12 月　頁 66—67

91. 王曉波　　楊逵先生的最後演說　自立晚報　1985 年 4 月 11 日　10 版

92. 王曉波　　記楊逵先生的最後演說　被顛倒的臺灣歷史　臺北　帕米爾書局
　　1986 年 12 月　頁 329—331

93. 楊逵講；王曉波記　　楊逵先生的最後演說　楊逵全集‧資料卷　臺南　國立
　　文化資產保存研究中心籌備處　2001 年 12 月　頁 68—69

94. 楊逵講；何昫記　　楊逵口述：二二八事件前後　臺灣與世界　第 21 期
　　1985 年 5 月　頁 27—31

95. 楊逵講；何昫記　　二二八事件前後　楊逵全集‧資料卷　臺南　國立文化資
　　產保存研究中心籌備處　2001 年 12 月　頁 89—99

96. 楊逵著；廖清秀譯　　我的書齋　臺灣文藝　第 94 期　1985 年 5 月　頁 104
　　—105

97. 楊　逵　　我的三十年　聯合文學　第 8 期　1985 年 6 月　頁 14—17

98. 楊逵講；何昫記　　和平‧奮鬥‧到綠島——楊逵口述「和平宣言」事件始末
　　夏潮論壇　第 53 期　1986 年 4 月　頁 18—23

他述

99. 黃永玉　　記楊逵　作家印象記　香港　智源書局　1949 年 11 月　頁 82—85

100.〔鍾肇政編〕　　楊逵　本省籍作家作品選集 1　臺北　文壇社　1965 年 10
　　月　頁 106

101. 坂口䙝子　　楊逵と葉陶のこと──ある夫妻の戰中・戰後[8]　アヅア　第 6 卷第 10 號　1971 年 11 月　頁 104─109

102. 坂口䙝子　　楊逵與葉陶[9]　壓不扁的玫瑰花──楊逵的人與作品　臺北　輝煌出版社　1976 年 10 月　頁 39─53

103. 坂口䙝子　　楊逵與葉陶　楊逵的人與作品　臺北　民眾日報出版社　1979 年 10 月　頁 39─53

104. 坂口䙝子　　楊逵和葉陶　楊逵的文學生涯　臺北　前衛出版社　1988 年 9 月 15 日　頁 219─232

105. 坂口䙝子　　楊逵與葉陶　土匪婆 V.S. 模範母親：楊逵的牽手葉陶　臺南　楊逵文學紀念館　2007 年 8 月　頁 26─33

106. 尾崎秀樹　　台灣出身作家の文學的抵抗──楊逵のにと[10]　中國　第 102 期　1972 年 4 月　頁 42─45

107. 尾崎秀樹　　臺灣出身作家文學的抵抗──談楊逵　壓不扁的玫瑰花──楊逵的人與作品　臺北　輝煌出版社　1976 年 10 月　頁 31─37

108. 尾崎秀樹　　臺灣出身作家文學的抵抗──談楊逵　楊逵的人與作品　臺北　民眾日報出版社　1979 年 10 月　頁 31─37

109. 彭海瑩　　一位用鋤頭在大地上寫作的作家　中國花卉　第 22 期　1974 年 4 月　頁 99─100

110. 彭海瑩　　一位用鋤頭在大地上寫作的作家　壓不扁的玫瑰花──楊逵的人與作品　臺北　輝煌出版社　1976 年 10 月　頁 201─207

111. 彭海瑩　　一位用鋤頭在大地上寫作的作家　楊逵的人與作品　臺北　民眾日報出版社　1979 年 10 月　頁 201─207

---

[8]本文介紹楊逵和葉陶的成長背景、參與的社會運動，及作者回憶與楊逵夫妻的交往。全文共 7 小節：1.思い出の葉陶；2.花婿のいない結婚式；3.作家楊逵の登場；4.たび重なる運動の挫折；5.楊逵と私の最初の出会い；6.逮捕三回の「模範母親」；7.平和な落着きのなかで。後中譯爲〈楊逵與葉陶〉。

[9]本文共 7 小節：1.回憶中的葉陶；2.官費婚前蜜月旅行；3.作家楊逵登場；4.民族文藝層層的挫敗；5.與楊逵的初見面；6.「模範母親」葉陶；7.在和平紮實之中。

[10]本文後中譯爲〈臺灣出身作家文學的抵抗──談楊逵〉。

112. 方培敬　作家歸隱山林，心血灌輸花圃——楊逵希望別人投資合作，修建別墅藝館與人共享　自立晚報　1974 年 9 月 27 日　2 版

113. 林尹文　耕耘者楊逵　大學雜誌　第 79 期　1974 年 11 月　頁 34—35

114. 林尹文　耕耘者楊逵　壓不扁的玫瑰花——楊逵的人與作品　臺北　輝煌出版社　1976 年 10 月　頁 127—131

115. 林尹文　耕耘者楊逵　楊逵的人與作品　臺北　民眾日報出版社　1979 年 10 月　頁 127—131

116. 徐復觀　由一個座談會紀錄所引起的一番懷念　大學雜誌　第 81 期　1975 年 1 月　頁 54—55

117. 徐復觀　由一個座談會紀錄所引起的一番懷念　壓不扁的玫瑰花——楊逵的人與作品　臺北　輝煌出版社　1976 年 10 月　頁 133—136

118. 徐復觀　由一個座談會紀錄所引起的一番懷念　楊逵的人與作品　臺北　民眾日報出版社　1979 年 10 月　頁 133—136

119. 朱西甯　謁老園丁　中外文學　第 3 卷第 8 期　1975 年 1 月　頁 18—21

120. 朱西甯　謁老園丁　鵝媽媽出嫁　臺北　香草山出版社　1976 年 5 月　〔5〕頁

121. 朱西甯　謁老園丁　壓不扁的玫瑰花——楊逵的人與作品　臺北　輝煌出版社　1976 年 10 月　頁 137—142

122. 朱西甯　謁老園丁　楊逵的人與作品　臺北　民眾日報出版社　1979 年 10 月　頁 137—142

123. 高　準　南瀛之行　出版家　第 50 期　1976 年 9 月　頁 80—81

124. 高　準　南瀛之行　壓不扁的玫瑰花——楊逵的人與作品　臺北　輝煌出版社　1976 年 10 月　頁 227—228

125. 高　準　南瀛之行　楊逵的人與作品　臺北　民眾日報出版社　1979 年 10 月　頁 227—228

126. 楊素絹　老園丁——代序　中國時報　1976 年 10 月 24 日　18 版

127. 楊素絹　老園丁——代序　壓不扁的玫瑰花——楊逵的人與作品　臺北

輝煌出版社　1976 年 10 月　頁 1—6

128.　楊素絹　　老園丁——代序　楊逵的人與作品　臺北　民眾日報出版社
　　　1979 年 10 月　頁 1—6

129.　溫美鈴　　鐵肩擔道義的楊逵[11]　壓不扁的玫瑰花——楊逵的人與作品　臺北
　　　輝煌出版社　1976 年 10 月　頁 169—179

130.　溫美鈴　　鐵肩擔道義的楊逵　楊逵的人與作品　臺北　民眾日報出版社
　　　1979 年 10 月　頁 169—178

131.　基　聰　　碩果僅存的抗日作家——楊逵　壓不扁的玫瑰花——楊逵的人與
　　　作品　臺北　輝煌出版社　1976 年 10 月　頁 179—185

132.　基　聰　　碩果僅存的抗日作家——楊逵　楊逵的人與作品　臺北　民眾日
　　　報出版社　1979 年 10 月　頁 179—185

133.　〔編輯部〕　　楊逵先生簡介　羊頭集　臺北　輝煌出版社　1976 年 10 月
　　　頁 1—2

134.　〔編輯部〕　　楊逵先生簡介　羊頭集　臺北　民眾日報出版社　1979 年 10
　　　月　頁 1—2

135.　唐　思　　撐起花園的那株鳳凰——走東海訪楊逵先生　出版家　第 52 期
　　　1976 年 11 月　頁 63

136.　楊　翠　　可愛的拓荒者（上、下）　臺灣日報　1976 年 12 月 12，19 日
　　　12 版

137.　林　梵　　《楊逵畫像》[12]　仙人掌雜誌　第 1 卷第 3 期　1977 年 5 月　頁
　　　235—265

138.　林　梵　　《楊逵畫像》　民眾日報　2002 年 3 月 12 日　22 版

139.　林雪梅　　不朽的園丁　宜園　第 16 期　1977 年 6 月　頁 102—104

140.　林邊〔林載爵〕　　楊逵早年畫像　夏潮　第 3 卷第 1 期　1977 年 7 月　頁

---

[11]本文介紹楊逵從日治時期至臺灣光復後的經歷，包含成長背景、參與的社會運動及文學創作。
[12]本文為節錄專書《楊逵畫像》的第一章〈一個老作家再臨文壇〉，描述 1960 年代臺灣文壇興起評
　論楊逵的文學作品，沉寂多年的楊逵再度受到文壇的關注。全文共 7 小節：1.臺灣文學的回顧；
　2.日據時代臺灣文學的再探討；3.一陣旋風；4.耕耘者楊逵；5.小說中文結集出版；6.又來的掌
　聲；7.複雜的心情。

67—71

141. 曾心儀　大家一起來開墾——楊逵福利殘障的構想　雄獅　第 85 期　1978
年 3 月　頁 124—129

142. 劉不揚　信心、耕耘及花朵　中華文藝　第 86 期　1978 年 4 月　頁 141—
146

143. 河原功　楊逵——その文学的活動[13]　台湾近現代史研究　第 1 期　1978 年
4 月　頁 137—158

144. 河原功著；楊鏡汀譯　楊逵的文學活動（上、下）[14]　臺灣文藝　第 94—95
期　1985 年 5 月　頁 182—199，194—213

145. 河原功著；楊鏡汀譯　楊逵的文學活動　文季　第 11 期　1985 年 6 月　頁
43—67

146. 林問耕〔林載爵〕　歷史的籌火——序《楊逵畫像》　夏潮　第 5 卷第 2
期　1978 年 8 月　頁 60

147. 林問耕　歷史的籌火——《楊逵畫像》序　楊逵畫像　臺北　筆架山出版
社　1978 年 9 月　頁 1—3

148. 王詩琅　好漢剖腹來相見——《楊逵畫像》序　夏潮　第 5 卷第 3 期
1978 年 9 月　頁 74—75

149. 王詩琅　好漢剖腹來相見——《楊逵畫像》序　楊逵畫像　臺北　筆架山
出版社　1978 年 9 月　頁 1—7

150. 王詩琅　好漢剖腹來相見——《楊逵畫像》序　王詩琅全集·文學創作與
批評——夜雨　高雄　德馨室出版社　1979 年 12 月　頁 184—
190

151. 王詩琅　好漢剖腹來相見——《楊逵畫像》序　王詩琅選集·三年小叛五
年大亂——臺灣社會變遷　臺北　海峽學術出版社　2003 年 4 月
頁 219—224

---

[13] 本文介紹楊逵生平及研究楊逵的文獻。全文共 4 小節：1.人物介紹；2.略年譜；3.著作目錄；4.參
考文獻。後由楊鏡汀中譯爲〈楊逵的文學活動〉。
[14] 本文共 4 小節：1.人物介紹；2.簡略年譜；3.著作目錄；4.參考文獻。

152. 林　梵　　熱血奔騰的青年——楊逵在日本的工讀生涯　夏潮　第 5 卷第 4 期　1978 年 10 月　頁 57—61

153. 王鶴群　　楊逵——壓不扁的玫瑰花　臺灣日報　1978 年 12 月 28 日　12 版

154. 康　原　　壓不扁的玫瑰花——向楊逵致敬　民聲日報　1979 年 6 月 19 日　11 版

155. 葉石濤　　府城之星‧舊城之月——楊逵先生與我（上、下）　民眾日報　1979 年 9 月 9—10 日　12 版

156. 葉石濤　　楊逵先生與我　臺灣文學的回顧　臺北　九歌出版社　1983 年 4 月　頁 59—66

157. 葉石濤　　楊逵先生與我　楊逵的文學生涯　臺北　前衛出版社　1988 年 9 月　頁 257—264

158. 葉石濤　　楊逵先生與我　葉石濤全集‧隨筆卷一　臺南，高雄　國立臺灣文學館，高雄市文化局　2008 年 3 月　頁 157—164

159. 邊　卒　　串串花朵笑開滿架——記吳德明教授臺中來去〔楊逵部分〕　臺灣日報　1979 年 9 月 13 日　12 版

160. 田　野　　回憶臺灣老作家楊逵　藝叢　1980 年第 1 期　1980 年 6 月　頁 54—55

161. 田　野　　憶臺灣老作家楊逵　海記行　武昌　長江文藝出版社　1982 年 10 月　頁 165—171

162. 路寒袖　　花園手稿　幼獅文藝　第 319 期　1980 年 7 月　頁 171—175

163. 路寒袖　　花園手稿　憂鬱三千公尺　臺北　時報文化出版公司　1992 年 7 月　頁 66—76

164. 黃武忠　　壓不扁的玫瑰花——楊逵　日據時代臺灣新文學作家小傳　臺北　時報文化出版公司　1980 年 8 月　頁 71—75

165. 吳懷英　　長跑者楊逵　聯合報　1980 年 10 月 24 日　8 版

166. 吳懷英　　長跑者楊逵　寶刀集——光復前臺灣作家作品集　臺北　聯合報社　1981 年 10 月　頁 15—23

167. 艾青山　　《牛與犁》不可分──記高雄大榮工專在臺中的演出　時報雜誌　第 51 期　1980 年 11 月　頁 30─31

168. 張　禹　　憶楊逵　清明　1980 年第 3 期　1980 年　頁 195─197

169. 黃武忠　　痛失《臺灣新文學雜誌》的楊逵　臺灣日報　1981 年 1 月 9 日　8 版

170. 黃武忠　　痛失《臺灣新文學雜誌》的楊逵　臺灣作家印象記　臺北　眾文圖書公司　1984 年 5 月　頁 21─25

171. 斯　欽　　愛國作家楊逵晚景淒涼　人民日報　1981 年 4 月 20 日　3 版

172. 〔鍾肇政，葉石濤主編〕　　楊逵　送報伕（光復前臺灣文學全集）　臺北　遠景出版公司　1981 年 9 月　頁 1─3

173. 夏　鍾　　一支壓不扁的玫瑰花　廈門日報　1981 年 10 月 16 日　3 版

174. 韓　韓　　歷史中的寂寞　臺灣日報　1982 年 6 月 24 日　8 版

175. 李雲林　　老園丁出國門　自立晚報　1982 年 8 月 27 日　10 版

176. 溫萬華〔陳芳明〕　　文學對談論楊逵　美麗島　第 105 期　1982 年 9 月 18 日　頁 7

177. 呂　昱　　在分裂的年代裡──試論臺灣文學的自主性〔楊逵部分〕　臺灣文藝　第 79 期　1982 年 12 月　頁 211

178. 朱　瑾　　風範與典型〔楊逵部分〕　臺灣文藝　第 81 期　1983 年 3 月　頁 27─28

179. 楊樹清　　漁翁島散記──東海花園的老農夫──楊逵　臺灣新聞報　1983 年 4 月 14 日　9 版

180. 中村哲著；張良澤譯　　憶臺灣人作家〔楊逵部分〕　臺灣文藝　第 83 期　1983 年 7 月　頁 144

181. 林　梵　　創建新樂園──楊逵畫像　今生之旅（四）──歸根時候　臺北　故鄉出版社　1983 年 9 月　頁 68─85

182. 王晉民，鄺白曼　　楊逵　臺灣與海外華人作家小傳　福州　福建人民出版社　1983 年 9 月　頁 20─22

183. 獨孤隼　　壓不扁的玫瑰——楊逵　自立晚報　1983 年 11 月 8 日　10 版

184. 胡子丹　　楊逵的長跑精神　自立晚報　1983 年 11 月 17 日　10 版

185. 韋　名　　中國的童心與良心：楊逵與陳映真　七十年代　第 166 期　1983
　　　　　　　年 11 月　頁 86—88

186. 葉石濤　　日據時期的楊逵[15]　文季　第 4 期　1983 年 11 月　頁 18—21

187. 葉石濤　　日據時期的楊逵——他的日本經驗與影響　聯合文學　第 8 期
　　　　　　　1985 年 6 月　頁 18—21

188. 葉石濤　　楊逵的日本經驗　女朋友　臺中　晨星出版社　1986 年 9 月　頁
　　　　　　　137—146

189. 葉石濤　　植民地時代の楊逵——その日本経験と影響　咿啞　第 24、25 期
　　　　　　　合刊　1989 年 7 月　頁 48—52

190. 葉石濤　　殖民地時代的楊逵——他的日本經驗及其影響　民眾日報　1989
　　　　　　　年 10 月 1 日　15 版

191. 葉石濤　　殖民地時代的楊逵　臺灣文學的悲情　高雄　派色文化出版社
　　　　　　　1990 年 1 月　頁 65—75

192. 葉石濤　　日據時期的楊逵——他的日本經驗與影響　葉石濤全集・隨筆卷
　　　　　　　二　臺南，高雄　國立臺灣文學館，高雄市文化局　2008 年 3 月
　　　　　　　頁 159—166

193. 葉石濤　　殖民地時代的楊逵　葉石濤全集・評論卷四　臺南，高雄　國立
　　　　　　　臺灣文學館，高雄市文化局　2008 年 3 月　頁 199—208

194. 楊　建　　泥土的回歸——懷念先父楊逵先生　文季　第 4 期　1983 年 11 月
　　　　　　　頁 22—25

195. 楊　建　　泥土的回歸——懷念先父楊逵先生　聯合文學　第 8 期　1985 年
　　　　　　　6 月　頁 22—25

196. 楊素絹　　心襟上的白花——父親與我、兼記母親葉陶女士　文季　第 4 期

---

[15] 本文後改篇名為〈日據時期的楊逵——他的日本經驗與影響〉、〈楊逵的日本經驗〉、〈殖民地時代
的楊逵——他的日本經驗及其影響〉、〈殖民地時代的楊逵〉。後日譯為〈植民地時代の楊逵——
その日本経験と影響〉。

1983 年 11 月　頁 26—33

197. 楊素絹　心襟上的白花——父親與我、兼記母親葉陶女士　聯合文學　第 8
期　1985 年 6 月　頁 26—34

198. 蕭素梅　安息吧！敬愛的父親　文季　第 4 期　1983 年 11 月　頁 33—34

199. 蕭素梅　安息吧！親愛的父親　聯合文學　第 8 期　1985 年 6 月　頁 33—
34

200. 施　淑　楊逵　中國現代短篇小說選析 2　臺北　長安出版社　1984 年 2
月　頁 983—984

201. 鍾肇政　艱困孤寂的足跡——簡述四十年代本省鄉土文學——溝通困難，
文運遭受挫折——楊逵　文訊雜誌　第 9 期　1984 年 3 月　頁
124—125

202. 楊　翠　但做人間識字農　臺灣文藝　第 87 期　1984 年 3 月　頁 184—
190

203. 楊　翠　但做人間識字農　紅塵煙火　高雄　敦理出版社　1985 年 2 月
頁 141—149

204. 葉石濤　七〇年代臺灣文學的回顧〔楊逵部分〕　民眾日報　1984 年 4 月
16 日　8 版

205. 葉石濤　七〇年代臺灣文學的回顧〔楊逵部分〕　葉石濤全集・隨筆卷二
臺南，高雄　國立臺灣文學館，高雄市文化局　2008 年 3 月　頁
37—38

206. 彭瑞金　記一九四八年前的一場臺灣文學論戰〔楊逵部分〕　文學界　第
10 期　1984 年 5 月　頁 2—9

207. 古蒙仁　楊逵[16]　作家之旅　臺北　爾雅出版社　1984 年 7 月　頁 4—37

208. 陳白塵　壓不扁的玫瑰——楊逵先生印象記　文匯月刊　1984 年第 8 期
1984 年 8 月　頁 65—66

---

[16]本文為作者至東海花園拍攝楊逵多幀生活照片，並以文字敘述楊逵生平經歷。全文共 6 小節：1.
七十六年生涯隱於山房；2.要以小說糾正日編歷史；3.異國苦學的送報伕淚血；4.從〈模範村〉
到〈無醫村〉；5.田園中的詩人；6.玫瑰壓不扁，花園永盛開。

209. 葉石濤　　光復初期的臺灣文學（上、下）〔楊逵部分〕　民眾日報　1984
　　　　　　　年 10 月 25—26 日　12 版

210. 葉石濤　　光復初期的臺灣文學〔楊逵部分〕　葉石濤全集・評論卷三　臺
　　　　　　　南，高雄　國立臺灣文學館，高雄市文化局　2008 年 3 月　頁
　　　　　　　213—214

211. 戴國煇　　最後的見證　中國時報　1985 年 3 月 13 日　8 版

212. 江　凡　　園丁老去存微笑——楊逵先生的文學精神　自立晚報　1985 年 3
　　　　　　　月 13 日　10 版

213. 柏　谷　　畢生與文學爲伍的人——耕耘者楊逵紀念小輯　聯合報　1985 年
　　　　　　　3 月 13 日　8 版

214. 王震邦　　抗日作家楊逵昨晨遽逝　民生報　1985 年 3 月 13 日　9 版

215. 王震邦　　對人生充滿虔誠與熱愛展望——楊逵走了，留下歷史評價　民生
　　　　　　　報　1985 年 3 月 13 日　9 版

216. 羊子喬　　風雲欲捲人才盡——楊逵的文學運動與社會運動　自立晚報
　　　　　　　1985 年 3 月 14 日　10 版

217. 羊子喬　　風雲欲捲人才盡——楊逵　神秘的觸鬚　臺北　臺笠出版社
　　　　　　　1996 年 6 月　頁 174—179

218. 羊子喬　　風雲欲捲人才盡——楊逵　神秘的觸鬚　臺南　臺南縣立文化中
　　　　　　　心　1998 年 12 月　頁 174—179

219.〔人民日報〕　臺灣著名老作家楊逵病逝　人民日報　1985 年 3 月 15 日
　　　　　　　4 版

220. 張　放　　缺憾還諸天地——悼念老作家楊逵　薪火週刊　第 35 期　1985 年
　　　　　　　3 月 16 日　頁 45—48

221. 陳映真　　楊逵先生永垂不朽——楊逵的一生[17]　前進時代　第 102 期　1985
　　　　　　　年 3 月 16 日　頁 32—33

222. 陳映真　　楊逵的一生　壓不扁的玫瑰　臺北　前衛出版社　1985 年 3 月

---

[17]本文後改篇名爲〈楊逵的一生〉、〈歷史的寂寞：楊逵先生永垂不朽〉。

〔4〕頁

223. 陳映真　歷史的寂寞：楊逵先生永垂不朽　中華雜誌　第 261 期　1985 年 4 月　頁 51—52

224. 莊英村　在苦難前展露微笑——楊逵晚年的起居生活　前進時代　第 102 期　1985 年 3 月 16 日　頁 34—37

225. 〔前進時代〕　大家的老園丁——巫永福、葉石濤、李南衡、蔣勳談楊逵　前進時代　第 102 期　1985 年 3 月 16 日　頁 38—39

226. 〔前進時代〕　楊逵的最後一程　前進時代　第 102 期　1985 年 3 月 16 日　頁 39

227. 彭瑞金　老園丁未了的心願　民眾日報　1985 年 3 月 18 日　8 版

228. 林文義　冷雨三月——懷念楊逵老先生　民眾日報　1985 年 3 月 18 日　8 版

229. 詩　隱　哀悼楊逵　民眾日報　1985 年 3 月 18 日　8 版

230. 鍾肇政　影中憶故人——悼逵老　民眾日報　1985 年 3 月 18 日　8 版

231. 鍾肇政　影中憶故人——悼逵老　鍾肇政全集·隨筆集 2　桃園　桃園縣文化局　2000 年 12 月　頁 490—494

232. 葉石濤　楊逵先生瑣憶[18]　民眾日報　1985 年 3 月 18 日　8 版

233. 葉石濤　我與楊逵　女朋友　臺中　晨星出版社　1986 年 9 月　頁 161—168

234. 葉石濤　楊逵先生瑣憶　葉石濤全集·隨筆卷二　臺南，高雄　國立臺灣文學館，高雄市文化局　2008 年 3 月　頁 133—138

235. 葉　風　老人逐漸凋零、歷史由誰承續？——悼楊逵先生　蓬萊島　第 38 期　1985 年 3 月 19 日　頁 54—56

236. 王曉波　冰山下的臺灣良心——我所知道的楊逵先生　薪火週刊　第 36 期　1985 年 3 月 23 日　頁 52—58

237. 王曉波　冰山下的臺灣良心——我所知道的楊逵先生　被顛倒的臺灣歷史

---

[18]本文後改篇名為〈我與楊逵〉。

臺北　帕米爾書局　1986 年 12 月　頁 273—287

238. 鄒土方　何時一樽酒重與細論文——胡風和周鴻賡懷念臺灣作家楊逵　深圳特區報　1985 年 3 月 24 日　4 版

239. 周文彬　壓不扁的玫瑰花——談臺灣作家楊逵　文學報　1985 年 3 月 28 日　3 版

240. 江　濃　臺灣新文學運動「不朽的老兵」——楊逵　光明日報　1985 年 3 月 29 日　3 版

241. 楊　翠　永遠相陪伴——楊逵先生公祭紀念專輯　中國時報　1985 年 3 月 29 日　8 版

242. 蔣　勳　活出二種生命的風範——楊逵先生公祭紀念專輯　中國時報　1985 年 3 月 29 日　8 版

243. 陳永興　楊逵先生你是來道別的嗎？——楊逵先生公祭紀念專輯　中國時報　1985 年 3 月 29 日　8 版

244. 陳永興　楊逵先生你是來道別的嗎？　臺灣文藝　第 94 期　1985 年 5 月　頁 205—208

245. 陳若曦　楊逵精神不朽——楊逵先生公祭紀念專輯[19]　中國時報　1985 年 3 月 29 日　8 版

246. 陳若曦　楊逵精神不死　臺聲　1985 年第 2、3 期合刊　1985 年 4 月　頁 6—7

247. 陳若曦　楊逵精神不朽　草原行　臺北　時報文化出版公司　1988 年 7 月　頁 112—115

248. 陳若曦　楊逵精神不朽　我們那一代臺大人　臺北　臺北縣立文化中心　1996 年 7 月　頁 101—104

249. 葉石濤　楊逵瑣憶——楊逵先生追思專輯[20]　自立晚報　1985 年 3 月 29 日　10 版

---

[19]本文後改篇名為〈楊逵精神不死〉。
[20]本文後改篇名為〈楊逵的風格〉。

250. 葉石濤　　楊逵瑣憶　臺港文學選刊　1985 年第 4 期　1985 年 4 月　頁 74—75

251. 葉石濤　　楊逵的風格　女朋友　臺中　晨星出版社　1986 年 9 月　頁 179—185

252. 葉石濤　　楊逵瑣憶　葉石濤全集・隨筆卷二　臺南，高雄　國立臺灣文學館，高雄市文化局　2008 年 3 月　頁 147—151

253. 鍾天啓〔鍾逸人〕　　瓦窰寮裡的楊逵（上、下）——楊逵紀念專輯　自立晚報　1985 年 3 月 29—30 日　10 版

254. 鍾天啓　　瓦窰寮裡的楊逵　楊逵的文學生涯　臺北　前衛出版社　1988 年 9 月　頁 257—264

255. 王世勛　　最後的永遠的期望——臺灣抗日作家楊逵的最後兩天　自立晚報　1985 年 3 月 30 日　10 版

256. 〔文訊增刊〕　　老園丁楊逵病逝臺中　文訊增刊　第 1 號　1985 年 3 月　2 版

257. 陳逸雄　　陳虛谷生平雜憶〔楊逵部分〕　臺灣文藝　第 93 期　1985 年 3 月　頁 188—189

258. 〔編輯部〕　　楊逵先生簡介　壓不扁的玫瑰　臺北　前衛出版社　1985 年 3 月　〔2〕頁

259. 〔編輯部〕　　楊逵先生簡介　鵝媽媽出嫁　臺北　前衛出版社　1985 年 4 月　頁 1—2

260. 馮　牧　　懷楊逵先生　人民日報　1985 年 4 月 1 日　8 版

261. 馮　牧　　懷楊逵先生　臺聲　1985 年第 2、3 期合刊　1985 年 4 月　頁 17—18

262. 呂　昱　　走進歷史，留下公案——左、右、統、獨、爭相擁抱楊逵　亞洲人　第 61 期　1985 年 4 月 5 日　頁 58—59

263. 周　青　　「壓不扁的玫瑰花」：紀念傑出的臺灣作家楊逵先生　團結報　1985 年 4 月 6 日　5 版

264. 王水水　苦難時代的真君子——記楊逵紀念會　前進時代　第 105 期
　　　1985 年 4 月 6 日　頁 52—55

265. 沈　襄　走向百花齊放的新樂園——記楊逵葬禮　前進時代　第 105 期
　　　1985 年 4 月 6 日　頁 56—57

266. 莊英村　記一支悼念楊逵的神祕隊伍「綠島大學男女同學會」　前進時代
　　　第 105 期　1985 年 4 月 6 日　頁 58—62

267. 莊英村　走出坎坷崎嶇的新道路——訪「綠島大學」校長談楊逵　前進時
　　　代　第 105 期　1985 年 4 月 6 日　頁 62—64

268. 戴國煇　猶記當年擁抱時——戴國煇談楊逵　前進時代　第 106 期　1985
　　　年 4 月 10 日　頁 54—55

269. 王曉波　有關楊逵先生的一個「歷史之謎」——兼論林獻堂先生的民族立
　　　場　薪火週刊　第 39 期　1985 年 4 月 13 日　頁 49—54

270. 王曉波　有關楊逵先生的一個「歷史之謎」——兼論林獻堂先生的民族立
　　　場　被顛倒的臺灣歷史　臺北　帕米爾書局　1986 年 12 月　頁
　　　289—301

271. 楊　翠　萬年青・百合花與瑪格麗特——永遠長青永遠豐盛的阿公　前進
　　　時代　第 107 期　1985 年 4 月 20 日　頁 50—51

272. 丘秀芷　未動筆的篇章　文訊雜誌　第 17 期　1985 年 4 月　頁 246—247

273. 古蒙仁　一個擁有多面風範的前輩　文訊雜誌　第 17 期　1985 年 4 月　頁
　　　248—249

274. 司啓元　永恆的精神座標　文訊雜誌　第 17 期　1985 年 4 月　頁 250—
　　　251

275. 劉靜娟　健談可愛的楊逵　文訊雜誌　第 17 期　1985 年 4 月　頁 251—
　　　253

276. 龍瑛宗　懷念楊逵兄　文訊雜誌　第 17 期　1985 年 4 月　頁 253—255

277. 龍瑛宗　懷念楊逵兄　龍瑛宗全集・隨筆集 2　臺南　國家臺灣文學館籌備
　　　處　2006 年 11 月　頁 110—111

278. 謝春德　　我焦距裏抹不掉的影像　文訊雜誌　第 17 期　1985 年 4 月　頁
　　　　　　　255—257

279. 鍾肇政　　酒逢知己飲　文訊雜誌　第 17 期　1985 年 4 月　頁 257—258

280. 呂　昱　　永昭人間的文學魂——獻給楊逵先生　文訊雜誌　第 17 期　1985
　　　　　　　年 4 月　頁 259—264

281. 艾　青　　在臺灣著名作家楊逵先生紀念會上的開會詞　臺聲　1985 年第
　　　　　　　2、3 期合刊　1985 年 4 月　頁 5—6

282. 林麗韞　　緬懷先輩激勵後進——在臺灣著名老作家楊逵先生紀念會上的講
　　　　　　　話　臺聲　1985 年第 2、3 期合刊　1985 年 4 月　頁 8

283. 劉再復　　楊逵先生永遠屹立在我們心中——悼念臺灣傑出的老作家楊逵先
　　　　　　　生　臺聲　1985 年第 2、3 期合刊　1985 年 4 月　頁 10—11

284. 胡　風　　悼楊逵先生　臺聲　1985 年第 2、3 期合刊　1985 年 4 月　頁 12

285. 胡　風　　悼楊逵先生　學習楊逵精神　臺北　人間出版社　2007 年 6 月
　　　　　　　頁 48—49

286. 劉賓雁　　在著名臺灣老作家楊逵先生紀念會上的發言　臺聲　1985 年第
　　　　　　　2、3 期合刊　1985 年 4 月　頁 13—15

287. 王萬得　　深切懷念老朋友楊逵同志　臺聲　1985 年第 2、3 期合刊　1985
　　　　　　　年 4 月　頁 19

288. 吳國禎　　楊逵精神鼓舞我們　臺聲　1985 年第 2、3 期合刊　1985 年 4 月
　　　　　　　頁 20

289. 張懷瑾　　憶臺灣良師　臺聲　1985 年第 2、3 期合刊　1985 年 4 月　頁 21

290. 范寶慈　　依阿華的回憶　臺聲　1985 年第 2、3 期合刊　1985 年 4 月　頁
　　　　　　　22

291. 周鴻賡　　憶臺灣著名作家楊逵　人民政協報　1985 年 5 月 7 日　4 版

292. 呂　昱　　「臺灣文藝聯盟」分裂史話——巫永福現身說法　生根週刊　第 9
　　　　　　　期　1985 年 5 月 19 日　頁 54—55

293. 吉　翔　　「不朽的老兵」——紀念楊逵先生　文藝報　1985 年第 5 期

　　　　　　　1985 年 5 月　頁 33—35

294. 秦賢次　　臺灣老作家楊逵坎坷的一生　傳記文學　第 276 期　1985 年 5 月
　　　　　　　頁 69—71

295. 秦賢次　　臺灣老作家楊逵坎坷的一生　評論集　臺北　臺北縣立文化中心
　　　　　　　1993 年 6 月　頁 14—21

296. 胡子丹　　楊逵綠島十二年　傳記文學　第 276 期　1985 年 5 月　頁 72—75

297. 周合源　　悼老友楊逵先生——楊逵先生逝世紀念會演講錄　中華雜誌　第
　　　　　　　262 期　1985 年 5 月　頁 29—30

298. 周合源　　楊逵先生逝世紀念會演講錄——悼老友楊逵先生　被顛倒的臺灣
　　　　　　　歷史　臺北　帕米爾書局　1986 年 12 月　頁 337—340

299. 戴國煇　　請將楊逵先生回歸文學和歷史——楊逵先生逝世紀念會演講錄
　　　　　　　中華雜誌　第 262 期　1985 年 5 月　頁 30—31

300. 戴國煇　　楊逵先生逝世紀念會演講錄——請將楊逵先生回歸文學和歷史
　　　　　　　被顛倒的臺灣歷史　臺北　帕米爾書局　1986 年 12 月　頁 341—
　　　　　　　344

301. 巫永福　　日據時代臺灣新文學運動和楊逵——楊逵先生逝世紀念會演講錄
　　　　　　　中華雜誌　第 262 期　1985 年 5 月　頁 31—33

302. 巫永福　　楊逵先生逝世紀念會演講錄——日據時代臺灣新文學運動和楊逵
　　　　　　　被顛倒的臺灣歷史　臺北　帕米爾書局　1986 年 12 月　頁 344—
　　　　　　　350

303. 巫永福　　日據時代臺灣新文學運動與楊逵　巫永福全集・評論卷 1　臺北
　　　　　　　傳神福音文化公司　1996 年 5 月　頁 218—229

304. 尹章義　　臺灣的農民運動與楊逵——楊逵先生逝世紀念會演講錄　中華雜
　　　　　　　誌　第 262 期　1985 年 5 月　頁 35—38

305. 尹章義　　楊逵先生逝世紀念會演講錄——臺灣的農民運動與楊逵　被顛倒
　　　　　　　的臺灣歷史　臺北　帕米爾書局　1986 年 12 月　頁 358—367

306. 鍾逸人　　楊逵先生的最後二天——楊逵先生逝世紀念會演講錄　中華雜誌

第 262 期　1985 年 5 月　頁 38—39

307. 鍾逸人　楊逵先生逝世紀念會演講錄——楊逵先生的最後二天　被顛倒的臺灣歷史　臺北　帕米爾書局　1986 年 12 月　頁 367—370

308. 陳永興　我所認識的楊逵——楊逵先生逝世紀念會演講錄　中華雜誌　第 262 期　1985 年 5 月　頁 39—40

309. 陳永興　楊逵先生逝世紀念會演講錄——我所認識的楊逵　被顛倒的臺灣歷史　臺北　帕米爾書局　1986 年 12 月　頁 370—374

310. 胡秋原　民族大苦難時代一位堅持理想的作家——楊逵先生逝世紀念會演講錄　中華雜誌　第 262 期　1985 年 5 月　頁 41—44

311. 胡秋原　楊逵先生逝世紀念會演講錄——民族大苦難時代一位堅持理想的作家　被顛倒的臺灣歷史　臺北　帕米爾書局　1986 年 12 月　頁 378—386

312. 楊　翠　想念和祈願——楊逵先生逝世紀念會演講錄　中華雜誌　第 262 期　1985 年 5 月　頁 44

313. 楊　翠　楊逵先生逝世紀念會演講錄——想念和祈願　被顛倒的臺灣歷史　臺北　帕米爾書局　1986 年 12 月　頁 386—389

314. 叢　甦　仁者楊逵——楊逵先生逝世紀念會演講錄　中華雜誌　第 262 期　1985 年 5 月　頁 45

315. 叢　甦　仁者楊逵（代序）　楊逵選集　九龍　文藝風出版社　1986 年 12 月　頁 1—3

316. 林曙光　楊逵與高雄　文學界　第 14 期　1985 年 5 月　頁 123—131

317. 林曙光　楊逵與高雄　楊逵的文學生涯　臺北　前衛出版社　1988 年 9 月　頁 245—256

318. 林曙光　楊逵（夫婦）與高雄　土匪婆 V.S. 模範母親：楊逵的牽手葉陶　臺南　楊逵文學紀念館　2007 年 8 月　頁 34—40

319. 林清文　老兵精神不死——悼念逵老　文學界　第 14 期　1985 年 5 月　頁 138—140

320. 陳秋奇　凍不僵的種子、壓不扁的玫瑰——記紐約九個團體追悼老園丁楊
　　　逵　臺灣與世界　第 21 期　1985 年 5 月　頁 11—12

321. 謝里法　追憶楊逵——紐約楊逵追悼會主持人的致詞　臺灣與世界　第 21
　　　期　1985 年 5 月　頁 13—14

322. 謝聰敏　我所認識的楊逵　臺灣與世界　第 21 期　1985 年 5 月　頁 21—
　　　23

323. 蘇慶黎　楊逵對七十年代以後臺灣社會運動的影響　臺灣與世界　第 21 期
　　　1985 年 5 月　頁 24—26

324. 洪素麗　楊逵畫像　臺灣與世界　第 21 期　1985 年 5 月　頁 35

325. 洪素麗　楊逵畫像　臺灣文藝　第 94 期　1985 年 5 月　頁 203—204

326. 姜　蘭　誰來接棒？　臺灣與世界　第 21 期　1985 年 5 月　頁 36

327. 許達然　楊逵先生和他的帽子　臺灣文藝　第 94 期　1985 年 5 月　頁 200
　　　—201

328. 陳芳明　遠行的玫瑰——有人問起這朵花的來歷　臺灣文藝　第 94 期
　　　1985 年 5 月　頁 209—213

329. 陳嘉農〔陳芳明〕　遠行的玫瑰　受傷的蘆葦　臺北　林白出版社　1988
　　　年 1 月　頁 149—155

330. 陳芳明　遠行的玫瑰　風中蘆葦　臺北　聯合文學出版社　1998 年 9 月
　　　頁 162—167

331. 陳芳明　遠行的玫瑰　風中蘆葦　臺北　聯合文學出版社　2008 年 5 月
　　　頁 162—167

332. 張恆豪　楊逵回憶錄的感想——編者後記　臺灣文藝　第 94 期　1985 年 5
　　　月　頁 217—219

333. 聶華苓　尋傢司，補破網——悼念楊逵先生[21]　九十年代　第 184 期　1985
　　　年 5 月　頁 13—14

334. 聶華苓　尋家補破網——悼念楊逵先生　臺灣散文鑑賞辭典　山西　北岳

---

[21] 本文後改篇名為〈尋家補破網——悼念楊逵先生〉。

文藝出版社　1991 年 12 月　頁 368—374

335. 王曉波　楊逵是「什麼都不是」的混混嗎？——兼論他晚年的思想立場
　　　薪火週刊　第 45 期　1985 年 6 月 22 日　頁 37—43

336. 王曉波　楊逵是「什麼都不是」的混混嗎？兼論他晚年的思想立場　被顛
　　　倒的臺灣歷史　臺北　帕米爾書局　1986 年 12 月　頁 303—318

337. 許達然　從東海花園到臺北街路：紀念楊逵先生　文季　第 11 期　1985 年
　　　6 月　頁 68—70

338. 何　欣　悼念兩位平凡的巨人〔楊逵部分〕　文季　第 11 期　1985 年 6 月
　　　頁 71—73

339. 何　欣　悼念兩位平凡的巨人〔楊逵部分〕　松窗隨筆　臺北　新地出版
　　　社　1986 年 11 月　頁 237—240

340. 陳鼓應　北京各界紀念臺灣作家楊逵　中國建設　1985 年 6 期　1985 年 6
　　　月　頁 55—58

341. 許達然等[22]　海外紀念楊逵座談會　文季　第 11 期　1985 年 6 月　頁 79—
　　　93

342. 柯旗化　追悼・楊逵先生　臺灣文學研會會報　第 10 期　1985 年 7 月
　　　〔2〕頁

343. 李祖琛　楊逵印象記　鹽鄉印象　臺北　自立晚報社文化出版部　1985 年
　　　7 月　頁 27—29

344. 王麗華　楊逵的「留學」生涯　八十年代　1985 年第 1 期　1985 年 8 月
　　　頁 60—63

345. 河原功　抵抗の台灣作家——楊逵　東方　第 58 號　1986 年 1 月　頁 16
　　　—18

346. 林衡哲　臺灣文學史上的楊逵（上、下）　自立晚報　1986 年 3 月 12—13
　　　日　10 版

---

[22]主持人：許達然；與會者：張系國、非馬、呂嘉行、蔡德因、林孝信、丘延亮；書面報告：李歐
　梵、高信疆、聶華苓；紀錄者：王寶珠。

347. 林錫嘉　　楊逵先生簡介　七十四年散文選　臺北　九歌出版社　1986 年 3
　　　　　　　月　頁 303—304

348. 何　欣　　悼楊逵老先生　七十四年散文選　臺北　九歌出版社　1986 年 3
　　　　　　　月　頁 305—307

349. 謝聰敏　　楊逵和他的同志　新臺政論　第 7 期　1986 年 8 月　頁 45—49

350. 謝聰敏　　楊逵與他的同志　楊逵的文學生涯　臺北　前衛出版社　1988 年
　　　　　　　9 月　頁 233—244

351. 張恆豪　　超越民族情結・重回文學本位——楊逵何時卸下「首陽農園」?
　　　　　　　文星　第 99 期　1986 年 9 月　頁 120—124

352. 陳秀喜　　楊逵先生與大鄧伯花　臺灣文藝　第 102 期　1986 年 9 月　頁 78
　　　　　　　—80

353. 陳秀喜　　楊逵先生與大鄧伯花　玉蘭花　高雄　春暉出版社　1989 年 3 月
　　　　　　　頁 87—89

354. 陳秀喜　　楊逵先生與大鄧伯花　陳秀喜全集・詩集　新竹　新竹市立文化
　　　　　　　中心　1997 年 5 月　頁 102—106

355. 曾心儀　　楊逵吹皺《文星》一池靜水　民眾日報　1986 年 10 月 8 日　11
　　　　　　　版

356. 吳　鳴　　那一棚蒼老的大鄧伯花　自立晚報　1986 年 10 月 17 日　10 版

357. 張冰文　　關不住的春天壓不扁的玫瑰——臺灣文壇老園丁楊逵　語文學習
　　　　　　　1986 年第 10 期　1986 年 10 月　頁 38—43

358. 張恆豪　　楊逵有沒有接受特務工作　南方　第 2 期　1986 年 11 月　頁 122
　　　　　　　—125

359.〔編輯部〕　　楊逵小傳　楊逵選集　九龍　文藝風出版社　1986 年 12 月
　　　　　　　頁 215—216

360. 蔣　勳　　悼楊逵先生　大度・山　臺北　爾雅出版社　1987 年 1 月　頁 7
　　　　　　　—11

361. 田　野　　壓不扁的玫瑰花——楊逵先生二三事　隨筆　1987 年第 6 期

1987 年 12 月　頁 22

362. 許素蘭　普羅文學作家——楊逵[23]　臺灣近代名人誌 3　臺北　自立晚報出
版社　1987 年 12 月　頁 275—296

363. 包恆新　壓不扁的玫瑰花——楊逵（一）　臺灣現代文學簡述　上海　上
海社會科學院出版社　1988 年 3 月　頁 101—106

364. 包恆新　壓不扁的玫瑰花——楊逵（二）　臺灣現代文學簡述　上海　上
海社會科學院出版社　1988 年 3 月　頁 129—131

365. 巫永福　臺灣文學與中央書局〔楊逵部分〕　臺灣文藝　第 111 期　1988
年 6 月　頁 86

366. 陳芳明　《楊逵的文學生涯》編後　楊逵的文學生涯　臺北　前衛出版社
1988 年 9 月　頁 323—325

367. 林雙不　和平宣言十二年——楊逵　大聲講出愛臺灣　臺北　前衛出版社
1989 年 2 月　頁 115—119

368. 葉石濤　楊逵與臺共的關係　走向臺灣文學　臺北　自立晚報社文化出版
部　1990 年 3 月　頁 92—97

369. 葉石濤　楊逵與臺共的關係　葉石濤全集・隨筆卷三　臺南，高雄　國立
臺灣文學館，高雄市文化局　2008 年 3 月　頁 95—99

370. 路寒袖　寂寞[24]　自立早報　1990 年 8 月 29 日　19 版

371. 路寒袖　晚景　憂鬱三千公尺　臺北　時報文化　1992 年 7 月　頁 81—83

372. 路寒袖　花園之夏　中國時報　1990 年 10 月 11 日　31 版

373. 路寒袖　花園之夏　憂鬱三千公尺　臺北　時報文化出版公司　1992 年 7
月　頁 77—80

374. 葉石濤　我的先輩作家們〔楊逵部分〕　臺灣新生報　1991 年 4 月 8 日
18 版

---

[23]本文介紹楊逵一生的經歷。全文共 8 小節：1.臺灣知識分子的宿命；2.和平抗議思想的萌芽；3.社
會主義思想的形成；4.參加臺灣農民運動；5.《送報伕》問世；6.經營「首陽農園」；7.因〈和平
宣言〉被關十二年；8.用鋤頭在大地寫詩。正文後附錄〈楊逵年表〉。
[24]本文後改篇名爲〈晚景〉。

375. 葉石濤　我的先輩作家們〔楊逵部分〕　府城瑣憶　高雄　派色文化出版
　　　社　1996 年 2 月　頁 46—48

376. 葉石濤　我的先輩作家們〔楊逵部分〕　葉石濤全集・隨筆卷三　臺南，
　　　高雄　國立臺灣文學館，高雄市文化局　2008 年 3 月　頁 373—
　　　375

377. 何笑梅　昂揚民族意識和抗爭精神的文學鬥士楊逵　臺灣文學史（上）
　　　福州　海峽文藝出版社　1991 年 6 月　頁 482—494

378. 葉石濤　臺灣新文學與魯迅〔楊逵部分〕　自由時報　1991 年 9 月 2 日
　　　18 版

379. 葉石濤　臺灣新文學與魯迅〔楊逵部分〕　葉石濤全集・隨筆卷三　臺
　　　南，高雄　國立臺灣文學館，高雄市文化局　2008 年 3 月　頁
　　　427—428

380. 葉石濤　臺灣新文學運動的開展——成熟期〔楊逵部分〕　臺灣文學史綱
　　　高雄　文學界雜誌社　1991 年 9 月　頁 40—52

381. 葉石濤　臺灣新文學運動的展開——成熟期〔楊逵部分〕　葉石濤全集・
　　　評論卷五　臺南，高雄　國立臺灣文學館，高雄市文化局　2008
　　　年 3 月　頁 43—57

382. 龍瑛宗　楊逵與《臺灣新文學》：一個老作家的回憶　文學臺灣　第 1 期
　　　1991 年 12 月　頁 20—23

383. 巫永福　憶逵兄與陶姊　文學臺灣　第 2 期　1992 年 3 月　頁 13—16

384. 丘榮襄　壓不扁的玫瑰花——前輩作家楊逵素描　南瀛文學選・評論卷
　　　（二）　臺南　臺南縣文化中心　1992 年 6 月　頁 367—376

385. 蘇惠昭　兩位最偉大的臺灣人——楊逵、鍾理和　臺灣時報　1992 年 9 月
　　　23 日　12 版

386. 古蒙仁　老園丁　臺灣時報　1992 年 10 月 2 日　22 版

387. 古蒙仁　老園丁——楊逵　風範：文壇前輩素描　臺北　正中書局　1996
　　　年 10 月　頁 60—67

388. 林曙光　烽火彰化邂逅楊逵　文學臺灣　第 5 期　1993 年 1 月　頁 18—22

389. 王景山　魯迅和臺灣新文學〔楊逵部分〕　臺灣香港澳門暨海外華文文學論文選　福州　海峽文藝出版社　1993 年 3 月　頁 102—105

390. 楊　建　我有一塊磚——籌建「楊逵紀念館」的點滴心酸　中國時報　1993 年 4 月 22 日　27 版

391. 楊倉亭　楊逵為臺灣文學發聲　民眾日報　1993 年 10 月 17 日　25 版

392. 黃　娟　凍不僵的種子——悼念楊逵先生　心懷故鄉　臺北　前衛出版社　1994 年 5 月　頁 29—33

393. 許建崑　楊逵「鬧」情緒　牛車上的舞臺　臺中　臺中市立文化中心　1994 年 6 月　頁 183—185

394. 葉石濤　日治時代新文學作家的文學教育〔楊逵部分〕　中外文學　第 23 卷第 8 期　1995 年 1 月　頁 41

395. 葉石濤　日治時代新文學作家的文學教育〔楊逵部分〕　葉石濤全集・隨筆卷四　臺南，高雄　國立臺灣文學館，高雄市文化局　2008 年 3 月　頁 285

396. 林亨泰　銀鈴會文學觀點的探討——前輩作家的指導與影響　臺灣詩史「銀鈴會」論文集　彰化　臺灣磺溪文化學會　1995 年 6 月　頁 37—42

397. 〔臺港與海外華文文學評論和研究〕　賴和、楊逵代表作　臺港與海外華文文學評論和研究　1995 年 3 期　1995 年 9 月　頁 3

398. 王昶雄　還我當初美少年——樂天豁達的「益壯」一群人——點將錄（退隱）〔楊逵部分〕　阮若打開心內的門窗　臺北　草根出版公司　1996 年 3 月　頁 245

399. 王昶雄　還我當初美少年——樂天豁達的「益壯」一群人——點將錄（退隱）〔楊逵部分〕　阮若打開心內的門窗　臺北　前衛出版社　1998 年 4 月　頁 245

400. 王昶雄　還我當初美少年——樂天豁達的「益壯」一群人——點將錄（退

隱）〔楊逵部分〕　王昶雄全集・散文卷 2　臺北　臺北縣文化局　2002 年 10 月　頁 259

401. 黃韻如　　人間楊逵　臺灣文藝　第 154 期　1996 年 4 月　頁 96—99

402. 巫永福　　祭楊逵　巫永福全集・評論卷 3　臺北　傳神福音文化公司　1996 年 5 月　頁 140—142

403. 向　陽〔林淇瀁〕　　秋夜懷楊逵——並爲籌建楊逵紀念館而呼籲　喧嘩、吟哦與嘆息：臺灣文學散論　臺北　駱駝出版社　1996 年 11 月　頁 176—184

404. 向　陽　　禁錮不住的泉聲——監獄書房〔楊逵部分〕　喧嘩、吟哦與嘆息：臺灣文學散論　臺北　駱駝出版社　1996 年 11 月　頁 186—187

405. 董芳蘭　　父祖身影中找自己的臉——楊逵與他的「愚公世代」（上、下）　中央日報　1997 年 3 月 22—23 日　19 版

406. 董芳蘭　　父祖身影中找自己的臉——楊逵與他的「愚公世代」　現代文學名家的第二代　高雄　業強出版社　1998 年 8 月　頁 23—32

407. 張良澤　　楊逵書簡（1—7）　民眾日報　1997 年 3 月 26 日—4 月 1 日　27 版

408. 施懿琳，楊翠　　政治風暴摧折，文學花果零落（1945—1949）〔楊逵部分〕　彰化縣文學發展史（下）　彰化　彰化縣立文化中心　1997 年 5 月　頁 292—298

409. 孔範今　　楊逵、吳濁流　二十世紀中國文學史（下）　濟南　山東文藝出版社　1997 年 6 月　頁 983—990

410. 潘榮禮　　敬悼楊逵先生　大鬍子：潘榮禮自選集　彰化　彰化縣立文化中心　1997 年 7 月　頁 2

411. 楊　建　　萬水千山，見父一面——一九五四年楊逵、楊建的綠島父子會　臺灣日報　1997 年 8 月 11 日　27 版

412. 楊　建　　拒絕出賣兒女的楊逵　自由時報　1997 年 8 月 29 日　37 版

413. 陳芳明　　想念楊逵　自由時報　1997 年 9 月 11 日　37 版

414. 陳芳明　　想念楊逵　時間長巷　臺北　聯合文學出版社　1998 年 9 月　頁
131—133

415. 陳芳明　　想念楊逵　時間長巷　臺北　聯合文學出版社　2008 年 7 月　頁
131—133

416. 林載爵　　呈現楊逵　聯合報　1997 年 11 月 7 日　41 版

417. 楊　翠　　我們還在追日的旅程中——聞《楊逵紀錄片》發片有感　臺灣日
報　1997 年 11 月 14 日　27 版

418. 陳萬益　　眾聲喧嘩話楊逵　臺灣日報　1997 年 11 月 14 日　27 版

419. 向　陽　　懷念楊逵　自由時報　1997 年 11 月 25 日　41 版

420. 向　陽　　懷念楊逵　日與月相推　臺北　聯合文學出版社　2001 年 3 月
頁 100—102

421. 石秀娟　　不該被遺忘的的歷史　自立晚報　1997 年 12 月 9 日　3 版

422. 賴澤涵　　為下層民眾爭取福利的作家——楊逵　兒童日報　1997 年 12 月
12 日　2 版

423. 邱國禎　　楊逵為〈和平宣言〉坐牢十二年　民眾報　1998 年 1 月 12 日
16 版

424. 游常山　　從臺灣觀點，寫臺灣命運——楊逵　天下雜誌　第 200 期　1998
年 1 月　頁 256

425. 沈信呈　　異數楊逵——悲涼世局下的歡喜者　臺灣文藝　第 160 期　1998
年 1 月　頁 8—10

426. 賴禎祿　　有一個叫做楊逵的　臺灣文藝　第 160 期　1998 年 1 月　頁 11—
13

427. 彭怡雲　　發現臺灣・發現楊逵　臺灣文藝　第 160 期　1998 年 1 月　頁 14
—16

428. 楊淨如　　一把鋤頭，一個方向——耕耘永恆的夢田　臺灣文藝　第 160 期
1998 年 1 月　頁 17—19

429. 王梅珊　　將生命埋在土地裡深耕　臺灣文藝　第 160 期　1998 年 1 月　頁
　　　　　　　20—22

430. 蘇毅軒　　鄧伯藤的生命種籽　臺灣文藝　第 160 期　1998 年 1 月　頁 23

431. 范惠卿　　絕望谷底，燃起生命之火　臺灣文藝　第 160 期　1998 年 1 月
　　　　　　　頁 24—25

432. 吉田莊人著；彤雲譯　　知識分子的苦惱——一身傲骨的社會思想家‧楊逵[25]
　　　　　　　從人物看臺灣百年史　臺北　武陵　1998 年 2 月　頁 218—247

433. 彭瑞金　　不一定站在左邊才偉大〔楊逵部分〕　臺灣日報　1998 年 3 月 8
　　　　　　　日　27 版

434. 雷　驤　　再見楊逵　青年日報　1998 年 4 月 12 日　15 版

435. 楊　建　　楊逵　臺灣日報　1998 年 6 月 5 日　27 版

436. 彭瑞金　　創作與閱讀〔楊逵部分〕　臺灣日報　1998 年 6 月 14 日　27 版

437. 彭瑞金　　楊逵——信仰社會主義的小說家　臺灣文學步道　高雄　高雄縣
　　　　　　　立文化中心　1998 年 7 月　頁 80—83

438. 彭瑞金　　楊逵——信仰社會主義的小說家　臺灣新聞報　1998 年 8 月 11 日
　　　　　　　13 版

439. 彭瑞金　　楊逵——信仰社會主義的小說家　臺灣文學 50 家　臺北　玉山社
　　　　　　　出版公司　2005 年 7 月　頁 154—159

440. 許俊雅　　〈送報伕〉作者登場　日據時期臺灣小說選讀　臺北　萬卷樓圖
　　　　　　　書公司　1998 年 11 月　頁 91—92

441. 高雪卿　　從楊逵看臺灣現代史　中央圖書館臺灣分館館刊　第 5 卷第 2 期
　　　　　　　1998 年 12 月　頁 102—108

442. 傅光明　　楊逵　中國文學通典‧小說通典　北京　解放軍文藝出版社
　　　　　　　1999 年 1 月　頁 801

443. 羅　遠　　專訪賴和文學獎得主路寒袖——我還夢想……在楊逵的東海花園

---

[25]本文介紹楊逵的生平及思想。全文共 7 小節：1.知識人的宿命；2.非共產黨的共產主義者；3.創作
　活動；4.首陽農園；5.〈和平宣言〉；6.離島的生活；7.晚年。

民眾日報　1999 年 5 月 23 日　19 版

444. 張季琳　　楊逵と入田春彦——台湾人プロレタリア作家と総督府警察官の
交友をめぐって[26]　日本台湾学会報　第 1 號　1999 年 5 月　頁
76—91

445. 張季琳　　楊逵和入田春彦——臺灣作家和總督府日本警察[27]　中國文哲研究
集刊　第 22 期　2003 年 3 月　頁 1—33

446. 彭小妍　　楊逵與〈和平宣言〉——一生陪臺灣長跑的楊逵　自由時報
1999 年 7 月 25 日　41 版

447. 〔自由時報〕　楊逵簡介　自由時報　1999 年 7 月 25 日　41 版

448. 楊　翠　　回到素樸的思念——回憶與楊逵生活二三事　自由時報　1999 年
7 月 25 日　41 版

449. 楊　翠　　楊逵食譜　臺灣日報　1999 年 9 月 14 日　35 版

450. 孫達人　　「橋」和它的同伴們〔楊逵部分〕　噤啞的論爭　臺北　人間出
版社　1999 年 9 月　頁 11—12

451. 曾心儀　　被迫害的心靈呼聲——楊逵的代表作——壓不扁的玫瑰　臺灣時
報　1999 年 10 月 29 日　25 版

452. 彭瑞金　　楊逵的行動派文學　臺灣新聞報　1999 年 12 月 8 日　13 版

453. 彭瑞金　　戰後初期臺灣作家的兩種類型〔楊逵部分〕　臺灣新聞報　1999
年 12 月 11 日　13 版

454. 鍾逸人　　我所認識的楊逵　臺中縣作家與作品論文集　臺北　行政院文建
會　2000 年 2 月　頁 517—522

455. 范　泉　　記楊逵　遙念臺灣　臺北　人間出版社　2000 年 2 月　頁 51—53

456. 范　泉　　記楊逵　學習楊逵精神　臺北　人間出版社　2007 年 6 月　頁 41

---

[26]本文作者蒐集尚未公開的入田春彥與楊逵交往資料並析論之，藉此探討入田春彥對楊逵的影響比
前人研究所知更深。全文共 7 小節：1.はじめに；2.楊逵と入田春彥との出会い；3.宮崎県から
東京・台湾へ；4.「赤化」警察官の自殺；5.転向者の文芸；6.楊逵に魯迅を伝えた人；7.まと
め。中文篇名爲〈楊逵和入田春彥——臺灣作家和總督府日本警察〉。

[27]本文共 7 小節：1.前言；2.楊逵和入田春彥的結識；3.從宮崎到東京、臺灣；4.「赤化」警察的自
殺；5.「轉向者」的文藝；6.楊逵和魯迅文學；7.楊逵和入田春彥交往的意義。

　　　　　　　　　　—43

457. 雷　驤　　關於楊逵　文學漂鳥——雷驤的日本追蹤　臺北　遠流出版公司
　　　　　　　　2000 年 2 月　頁 132—155

458. 黃美玲　　永不屈服的民主鬥士——楊逵　漢家雜誌　第 64 期　2000 年 4 月
　　　　　　　　頁 49—52

459. 謝建明　　楊逵の文学的抵抗——小説〈新聞配達夫〉とその周辺　東瀛求
　　　　　　　　索　第 11 号　2000 年 4 月　頁 30—37

460. 張季琳　　楊逵と沼川定雄——台湾人プロレタリア作家と台湾公学校日本
　　　　　　　　人教師[28]　東京大学中国語中国文学研究室紀要　第 3 号　2000 年
　　　　　　　　4 月　頁 93—126

461. 張季琳　　楊逵和沼川定雄——臺灣人作家和臺灣公學校日本教師[29]　張文環
　　　　　　　　及其同時代作家學術研討會　臺南　國家臺灣文學館，國立文化
　　　　　　　　資產保存研究中心籌備處主辦　2003 年 10 月 18—19 日　頁 162
　　　　　　　　—182

462. 張季琳　　楊逵和沼川定雄——臺灣作家和公學校日本教師　中國文哲研究
　　　　　　　　集刊　第 24 期　2004 年 3 月　頁 155—182

463. 楊　翠　　綠花園與紫精靈　中國時報　2000 年 5 月 3 日　37 版

464. 鍾逸人　　楊逵擇偶　臺灣新文學　第 16 期　2000 年 6 月　頁 97—102

465. 鍾逸人　　楊逵擇偶　火的刻痕——鍾逸人後 228 滄桑奮鬥史　臺北　前衛
　　　　　　　　出版社　2009 年 12 月　頁 129—139

466. 方　生　　楊逵與臺大麥浪歌詠隊[30]　臺灣新文學思潮（1947—1949）研討會
　　　　　　　　南寧　中國作家協會主辦　2000 年 8 月 16—18 日

467. 方　生　　楊逵與臺大麥浪歌詠隊　文藝理論與批評　2001 年第 1 期　2001

[28]本文作者蒐集沼川定雄的資料，對其與楊逵的關係作考察及探討。全文共 6 小節：1.はじめに；2.
　　沼川定雄の生涯；3.台湾における沼川定雄；4.沼川定雄の文芸と台湾観；5.楊逵と沼川定雄；6.
　　むすび。
[29]本文共 6 小節：1.前言；2.沼川定雄的生平；3.在臺灣的沼川定雄；4.沼川定雄的文藝與臺灣觀；
　　5.楊逵和沼川定雄；6.結語。
[30]本文描述楊逵對臺大麥浪歌詠隊的協助與關心，肯定其對《新文藝》的支持。

年 1 月　頁 96—99

468. 尹子玉　日據時期留日臺籍作家——楊逵　文訊雜誌　第 179 期　2000 年
　　　9 月　頁 32

469. 巫永福　楊逵事略　臺灣文藝　第 172 期　2000 年 10 月　頁 17—21

470. 巫永福　楊逵事略　巫永福全集・文集卷 2　臺北　傳神福音文化　2003
　　　年 8 月　頁 46—56

471. 郭　楓　不朽的玫瑰與送報伕　臺灣時報　2000 年 11 月 27 日　29 版

472. 鍾肇政　楊逵　臺灣文學十講　臺北　前衛出版社　2000 年 11 月　.頁 126
　　　—134

473. 〔路寒袖主編〕　　作家簡介——楊逵　臺中縣作家與作品論文集　臺中
　　　臺中縣立文化中心　2000 年 12 月　頁 525

474. 方　生　楊逵與臺灣學生民主運動　臺聲　2001 年第 1 期　2001 年 1 月
　　　頁 37—39

475. 方　生　楊逵與臺灣學生民主運動　新文學史料　2001 年第 1 期　2001 年
　　　2 月　頁 68—71

476. 陳芳明　臺灣新文學史——二二八事件後的文學認同與論戰〔楊逵部分〕
　　　聯合文學　第 198 期　2001 年 4 月　頁 163—175

477. 鍾肇政　談本省的鄉土文學〔楊逵部分〕　鍾肇政全集・隨筆集 3　桃園
　　　桃園縣文化局　2001 年 4 月　頁 615—616

478. 林衡哲　行動文學家——楊逵　廿世紀臺灣代表性人物（上）　臺北　望
　　　春風文化公司　2001 年 4 月　頁 78—79

479. 王蜀桂　尋找楊逵——重回東海花園的楊建兄妹（上、下）　臺灣新聞報
　　　2001 年 8 月 6—7 日　18，20 版

480. 王家誠　楊逵的長子楊資崩（下）[31]　聯合報　2001 年 10 月 3 日　37 版

481. 莊永明　東海花園中的文學園丁——楊逵　文學臺灣人　臺北　遠流出版

---

[31]本文分（上）、（下）兩篇連載於 2001 年 10 月 3 至 4 日的《聯合報》37 版，僅（下）篇論及楊
　逵。

公司　2001 年 10 月　頁 80—87

482. 盧玲穎　臺灣作家——楊逵：他的十大能力　人本教育札記　第 152 期
2002 年 2 月　頁 90—92

483. 謝柳枝　女兒讀楊逵　國語日報　2002 年 3 月 12 日　12 版

484. 林政華　臺灣本土小說名家與名作——楊逵　臺灣文學汲探　臺北　文史
哲出版社　2002 年 3 月　頁 135—136

485. 林政華　壓不扁的玫瑰高貴的人道鬥士——楊逵　臺灣新聞報　2002 年 9
月 26 日　9 版

486. 趙勳達　意氣之爭？路線之爭？——論臺灣文藝聯盟的分裂〔楊逵部分〕
第八屆府城文學獎得獎作品專集　臺南　臺南市立圖書館　2002
年 12 月　頁 370—443

487. 林　鷺　孤挺花——大地詩人楊逵　自由時報　2003 年 3 月 27 日　43 版

488. 陳芳明　投向壯麗的青春浪潮　聯合報　2003 年 4 月 19 日　E7 版

489. 趙勳達　楊逵「惡意分化臺灣文藝聯盟」的罪名成立嗎？　《臺灣新文學》
（1935—1937）的定位及其抵殖民精神研究　成功大學臺灣文學
系　碩士論文　林瑞明教授指導　2003 年 4 月　頁 7—13

490. 王景山　楊逵　臺港澳暨海外華文作家辭典　北京　人民文學出版社
2003 年 7 月　頁 706—709

491. 鍾逸人　楊逵回首之姿——與楊逵的最後會面[32]　臺灣文學評論　第 3 卷第
3 期　2003 年 7 月　頁 214—227

492. 鍾逸人　楊逵回首之姿——與楊逵的最後會面（1—6）　臺灣日報　2003
年 12 月 7—12 日　19，23，25 版

493. 楊　翠　帶你到水沙連　臺灣日報　2003 年 9 月 15 日　23 版

494. 徐俊益　臺灣文學的園丁——身體力行的楊逵　臺灣文學館通訊　第 1 期
2003 年 9 月　頁 58—65

495. 蔡哲仁　我始終是純潔的——從「一九四七——一九四九如何建立臺灣新文

---

[32] 本文為作者回憶與楊逵拜訪文友的經過與談話，藉此可知楊逵的思想。

學」的論議中看楊逵[33]　臺灣文學評論　第 3 卷第 4 期　2003 年
10 月　頁 158—176

496. 丁文玲　　我們的房間，自己的角落──楊逵、楊翠通舖上，臨窗各據一方
中國時報　2003 年 11 月 9 日　B3 版

497. 須文蔚　　臺灣文學史上最早的報導文學作品　中央日報　2003 年 11 月 13
日　17 版

498. 楊　翠　　孤島　臺灣日報　2003 年 11 月 18 日　25 版

499. 張克輝　　在「楊逵作品研討會」上的講話　楊逵作品研討會　南寧　中國
作家協會主辦　2004 年 2 月 2—3 日　〔4〕頁

500. 張克輝　　在「楊逵作品研討會」上的講話　世界華文文學論壇　2004 年第
2 期　2004 年 6 月　頁 3—4

501. 張克輝　　在「楊逵作品研討會」上的書面講話　楊逵──壓不扁的玫瑰花
北京　臺海出版社　2004 年 9 月　頁 8—10

502. 吳克泰　　楊逵與「二‧二八」[34]　楊逵作品研討會　南寧　中國作家協會主
辦　2004 年 2 月 2—3 日　〔3〕頁

503. 吳克泰　　楊逵與「二‧二八」　楊逵──壓不扁的玫瑰花　北京　臺海出
版社　2004 年 9 月　頁 352—358

504. 林載爵　　晚年的楊逵（1961—1985）[35]　楊逵作品研討會　南寧　中國作家
協會主辦　2004 年 2 月 2—3 日　〔4〕頁

505. 林載爵　　晚年的楊逵　南方文壇　2004 年第 2 期　2004 年 2 月　頁 68—70

506. 林載爵　　「楊逵作品研討會」論點摘編──晚年的楊逵（1961—1985）
世界華文文學論壇　2004 年第 2 期　2004 年 6 月　頁 19—20

---

[33]本文以《臺灣新生報》副刊「橋」的臺灣文學論戰爲主，將楊逵在論戰中的發言分類，爬梳楊逵
對爭議的看法。全文共 5 小節：1.前言；2.「橋」下的政治與「橋」上的文學；3.楊逵的看法；4.
我始終是純潔的；5.結論。

[34]本文探討 2 篇〈告台灣同胞書〉的內容及楊逵與蔡孝乾共同撰寫、散發此篇文章的經過，並說明
二二八事件發生時蔡孝乾與楊逵夫婦的宣傳行動。

[35]本文描述楊逵晚年的創作、活動與思想。全文共 3 小節：1.默默的園丁；歷史的媒介；3.一生的
堅持。

507. 林載爵　　晚年的楊逵（1961—1985）　楊逵——壓不扁的玫瑰花　北京
　　　　　臺海出版社　2004 年 9 月　頁 69—75

508. 藍博洲　　楊逵與臺灣地下黨關係的初探[36]　楊逵作品研討會　南寧　中國作
　　　　　家協會主辦　2004 年 2 月 2—3 日　〔16〕頁

509. 藍博洲　　「楊逵作品研討會」論點摘編——楊逵與臺灣地下黨關係的初探
　　　　　世界華文文學論壇　2004 年第 2 期　2004 年 6 月　頁 20

510. 藍博洲　　楊逵與臺灣地下黨關係的初探　楊逵——壓不扁的玫瑰花　北京
　　　　　臺海出版社　2004 年 9 月　頁 247—278

511. 曾健民　　光復初期的楊逵[37]　楊逵作品研討會　南寧　中國作家協會主辦
　　　　　2004 年 2 月 2—3 日　〔6〕頁

512. 楊　翠　　楊逵也來了　臺灣日報　2004 年 6 月 15 日　17 版

513. 林彩美　　楊逵與戴國煇　臺灣文學館通訊　第 4 期　2004 年 6 月　頁 69

514. 季　季　　楊逵的資生花園　中國時報　2004 年 7 月 8 日　E7 版

515. 〔彭瑞金選編〕　　作者　國民文選・小說卷 1　臺北　玉山社出版公司
　　　　　2004 年 7 月　頁 172—173

516. 〔許俊雅，應鳳凰，鍾宗憲編〕　　作者簡介　現代小說讀本　臺北　揚智
　　　　　文化公司　2004 年 8 月　頁 94—95

517. 〔陳萬益選編〕　　楊逵　國民文選・散文卷 1　臺北　玉山社出版公司
　　　　　2004 年 8 月　頁 172

518. 陳千武　　楊逵的文學與生活　文學臺灣　第 52 期　2004 年 10 月　頁 34—
　　　　　36

---

[36]本文根據辜金良口述〈和平宣言〉爲臺灣地下黨領導者之一張志忠推動而集體完成的作品爲發端，探討此說法的可信度，及楊逵與地下黨成員的關係和活動。全文共 11 小節：1.前言；2.口述證人與地下黨及楊逵的關係；3.張志忠、蔡孝乾與臺灣地下黨；4.二・二八前的楊逵及其身邊的年輕人；5.楊逵、《臺灣評論》與李純青；6.二・二八期間楊逵與蔡孝乾的接觸；7.二・二八期間的楊逵與張志忠；8.1948 年的臺灣地下黨與楊逵；9.關於〈和平宣言〉的起草；10.〈和平宣言〉內容與臺灣地下黨政策的比較；11.結語。

[37]本文共 4 小節：1.宣揚孫文思想，追求人民的自主解放（1945 年 8 月 15 日—）；2.〈送報伕〉的復歸與後雜的淚水（1946 年 8 月 15 日—）；3.尋找臺灣文學之路（1948 年—）；4.〈和平宣言〉（1949 年 1 月 2 日）。附錄《一陽週報》第 9 期（1945 年 11 月 17 日）目錄〉、〈「一陽週報社」出版書目〉、〈臺灣光復後最早創刊的報刊雜誌〉、〈楊逵在光復初期出版活動書目〉。

519. 王開平　　母親土地上，茂綠的園林〔楊逵部分〕　吾土吾民：「臺灣文學地
　　　　　　　　圖」報導與「故鄉的文學記憶」徵文合集　臺南　國家臺灣文學
　　　　　　　　館　2004 年 12 月　頁 8—11

520. 向　陽　　綠島新生〔楊逵部分〕　我們其實不需要住所　臺北　聯合文學
　　　　　　　　出版社　2004 年 12 月　頁 103—105

521. 季　季　　胡風與楊逵的鏡子　中國時報　2005 年 1 月 12 日

522. 李宗信　　硬骨頭──楊逵　臺灣百年人物誌 2　臺北　玉山社出版公司
　　　　　　　　2005 年 3 月　頁 72—81

523. 李勤岸　　臺灣人理想主義ê典範──大目降作家楊逵ê一生　臺灣文學評論
　　　　　　　　第 5 卷第 2 期　2005 年 4 月　頁 253—256

524. 許俊雅　　總序　鵝媽媽要出嫁　臺北　遠流出版公司　2005 年 7 月　頁 5
　　　　　　　　—7

525. 楊建講；黃惠禎記　　楊建先生訪談紀錄　左翼批判精神的鍛接：四〇年代
　　　　　　　　楊逵文學與思想的歷史研究　政治大學中國文學系　博士論文
　　　　　　　　李豐楙教授指導　2005 年 7 月　頁 397—405

526. 楊建講；黃惠禎記　　楊建先生訪談紀錄　土匪婆 V.S. 模範母親：楊逵的牽
　　　　　　　　手葉陶　臺南　楊逵文學紀念館　2007 年 8 月　頁 177—183

527. 楊建講；黃惠禎記　　楊建先生訪談紀錄　左翼批判精神的鍛接：四〇年代
　　　　　　　　楊逵文學與思想的歷史研究　臺北　秀威資訊科技公司　2009 年
　　　　　　　　7 月　頁 504—513

528. 王　豐　　用鐵鍬寫作的辛勤園丁──記臺灣文學家楊逵的往事　臺聲
　　　　　　　　2005 年第 11 期　2005 年 11 月　頁 36—37

529. 陳映真　　中華文化和臺灣文學〔楊逵部分〕　世界華文文學論壇　2005 年
　　　　　　　　第 4 期　2005 年 12 月　頁 5

530. 〔編輯部〕　　楊逵　高雄文學小百科　高雄　高雄市文化局　2006 年 7 月
　　　　　　　　頁 98—99

531. 鄭鴻生　　臺灣思想轉型的年代──從〈送報伕〉到《臺灣社會力分析》

〔楊逵部分〕　南風窗　2006 年第 15 期　2006 年 8 月　頁 40—
41

532. 微　知　關於楊逵　隨風而去　臺北　秀威資訊科技公司　2006 年 9 月
頁 397

533. 賴香吟　從一九七四年說起　中國時報　2006 年 12 月 30 日　E7 版

534. 尉天驄　土地的守護者——憶楊逵　印刻文學生活誌　第 44 期　2007 年 4
月　頁 184—189

535. 樊洛平　楊逵與大陸文壇——「魯迅情結」「胡風緣」[38]　學習楊逵精神
臺北　人間出版社　2007 年 6 月　頁 137—150

536. 曉　風　神交五十年相見在九泉　學習楊逵精神　臺北　人間出版社
2007 年 6 月　頁 347—352

537. 〔編輯部〕　楊逵　文學家　臺北　東和鋼鐵公司，大觀視覺顧問公司
2007 年 12 月　頁 17—24

538. 〔封德屏主編〕　楊逵　2007 臺灣作家作品目錄　臺南　國立臺灣文學館
2008 年 7 月　頁 1105

539. 高有智　社運鴛鴦婚前被捕，子孫名築夢　中國時報　2008 年 11 月 23 日
A8 版

540. 高有智，何榮幸，郭石城　楊翠的救贖：藉文史與楊逵對話　中國時報
2008 年 11 月 23 日　A8 版

541. 〔路寒袖編〕　作者介紹／楊逵　青少年臺灣文庫 2——散文讀本 2：狂歌
正年少　臺北　國立編譯館　2008 年 12 月　頁 1

542. 林承璜　「臺灣文學」與「臺灣意識」芻議〔楊逵部分〕　臺灣文學評論
第 9 卷第 1 期　2009 年 1 月　頁 233

543. 垂水千惠　作家楊逵の抱える矛盾と葛藤について　國文學：解釈と教材
の研究　第 779 号　2009 年 1 月　頁 40—50

544. 陳國群　大目降的大地詩人——楊逵　高雄縣醫師會誌　第 27 期　2009 年

---

[38]本文析論魯迅文學對楊逵創作的影響，並敘述楊逵與胡風的文學因緣。

2 月　頁 80—86

545. 陳芳明　拒絕離開歷史現場的楊逵　左翼批判精神的鍛接：四〇年代楊逵
文學與思想的歷史研究　臺北　秀威資訊科技公司　2009 年 7 月
〔3〕頁

546. 陳芳明　拒絕離開歷史現場的楊逵　楓香夜讀　臺北　聯合文學出版社
2009 年 9 月　頁 138—141

547. 楊傑銘　一九三〇年代臺灣左翼運動與文化刊物情形〔楊逵部分〕　魯迅
思想在臺傳播與辯證（1923—1949）——一個精神史的側面　中
興大學臺灣文學研究所　碩士論文　廖振富教授指導　2009 年 8
月　頁 82—87

548. 楊傑銘　私人性文本的魯迅思想傳播接受——楊逵　魯迅思想在臺傳播與
辯證（1923—1949）——一個精神史的側面　中興大學臺灣文學
研究所　碩士論文　廖振富教授指導　2009 年 8 月　頁 117—119

549. 黃英哲　戰後？個初步的反思〔楊逵部分〕　文訊雜誌　第 295 期
2010 年 5 月　頁 14—15

550. 〔編輯部〕　楊逵　我在我不在的地方：文學現場踏查記　臺南　國立臺
灣文學館　2010 年 12 月　頁 37

551. 馬翊航　生與死，落與成——楊逵的東海花園[39]　我在我不在的地方：文學
現場踏查記　臺南　國立臺灣文學館　2010 年 12 月　頁 40—55

訪談、對談

552. 廖偉竣〔宋澤萊〕　不朽的老兵——與楊逵論文學　師鐸　第 4 期　1976
年 1 月　頁 35—40

553. 廖偉竣　不朽的老兵　壓不扁的玫瑰花——楊逵的人與作品　臺北　輝煌
出版社　1976 年 10 月　頁 187—200

554. 廖偉竣　不朽的老兵　楊逵的人與作品　臺北　民眾日報出版社　1979 年

---

[39]本文描寫楊逵生平經歷，引述多篇楊逵及其他作家所寫的相關文章。全文共 3 小節：1.橫逆與花
朵：首陽農園；2.兩地書：一陽農園與綠島；3.東海花園，以及繼續繁生的。

10 月　頁 187—200

555. 宋澤萊　　不朽的老兵　楊逵的文學生涯　臺北　前衛出版社　1988 年 9 月
　　　　　　　頁 203—216

556. 廖偉竣　　不朽的老兵——與楊逵論文學　楊逵全集・資料卷　臺南　國立
　　　　　　　文化資產保存研究中心籌備處　2001 年 12 月　頁 176—186

557. 廖　翔　　這記吶喊——楊逵訪問稿　壓不扁的玫瑰花——楊逵的人與作品
　　　　　　　臺北　輝煌出版社　1976 年 10 月　頁 119—125

558. 廖　翔　　這記吶喊——楊逵訪問稿　楊逵的人與作品　臺北　民眾日報出
　　　　　　　版社　1979 年 10 月　頁 119—125

559. 梁景峰　　楊逵訪問記——我要再出發　夏潮　第 1 卷第 7 期　1976 年 10 月
　　　　　　　頁 49—54

560. 梁景峰　　我要再出發——楊逵訪問記　鄉土與現代・臺灣文學的片段　臺
　　　　　　　北　臺北縣立文化中心　1995 年 6 月　頁 35—50

561. 梁景峰　　我要再出發——楊逵訪問記　楊逵全集・資料卷　臺南　國立文
　　　　　　　化資產保存研究中心籌備處　2001 年 12 月　頁 160—172

562. 〔文　野〕　訪楊逵——七十再出發的老兵　文野　第 1 期　1978 年 6 月
　　　　　　　頁 33—35

563. 楊　逵等[40]　傳下這把香火——「光復前的臺灣文學」座談會（上、下）
　　　　　　　聯合報　1978 年 10 月 22—23 日　12 版

564. 陳嘉宗　　磨滅不了的記憶——與楊逵老先生半下午談　自立晚報　1979 年
　　　　　　　3 月 18 日　3 版

565. 〔臺灣日報〕　訪東海花園主人——楊逵，談如何恢復文化城美譽　臺灣
　　　　　　　日報　1979 年 9 月 1 日　3 版

566. 楊逵等[41]　日據時期詩人談詩　臺灣日報　1981 年 3 月 17 日　8 版

---

[40]與會者：王詩琅、王昶雄、巫永福、杜聰明、郭秋生、郭水潭、黃得時、陳火泉、陳逢源、葉石
　　濤、楊雲萍、楊逵、廖漢臣、劉捷、劉榮宗；紀錄者：黃武忠。
[41]主持人：林亨泰；與會者：楊雲萍、邱淳洸、楊啓東、林精鏐、楊逵、周伯陽、江燦琳、巫永
　　福、郭啓賢、龍瑛宗、王昶雄、郭水潭、李魁賢、陳金連、趙天儀、杜國清、康原、廖莫白、李

567. 楊逵等　　日治時期詩人談詩　陳千武詩走廊散步　臺中　臺中市文化局
　　　　　　　2003 年 8 月　頁 71—87

568. 林進坤　　一路跑上去，跑向新樂園——訪楊逵先生　進步雜誌　第 1 卷第 1
　　　　　　　期　1981 年 4 月　頁 24—25

569. 劉靜娟　　拿鋤頭在地上寫作——訪永遠不老的楊逵先生　文運與文心——
　　　　　　　訪文藝先進作家　臺北　中央月刊社　1982 年 2 月　頁 16—18

570. 劉靜娟　　拿鋤頭在地上寫作——訪永遠不老的楊逵先生　中央月刊　第 14
　　　　　　　卷第 7 期　1982 年 5 月　頁 65—67

571. 劉靜娟　　以鋤頭在地上寫作——訪永遠不老的楊逵先生　老鼠走路　彰化
　　　　　　　彰化縣立文化局　1996 年 7 月　頁 176—180

572. 陳俊雄　　壓不扁的玫瑰花——楊逵訪談錄　美麗島　第 111 期　1982 年 10
　　　　　　　月 30 日　頁 6—7

573. 陳俊雄　　壓不扁的玫瑰花——楊逵訪談錄　楊逵全集・資料卷　臺南　國
　　　　　　　立文化資產保存研究中心籌備處　2001 年 12 月　頁 219—225

574. 李怡訪；譚嘉記　　訪臺灣老作家楊逵　七十年代　第 154 期　1982 年 11 月
　　　　　　　頁 66—68

575. 李怡訪；譚嘉記　　訪臺灣老作家楊逵　縱橫　第 4 卷第 4 期　1983 年 1 月
　　　　　　　頁 74—76

576. 李怡訪；譚嘉記　　訪臺灣老作家楊逵　楊逵全集・資料卷　臺南　國立文
　　　　　　　化資產保存研究中心籌備處　2001 年 12 月　頁 226—233

577. 戴国輝，内村剛介　　一台湾作家の七十七年——五十年ぶりの来日を機に
　　　　　　　語る[42]　文芸　第 22 卷第 1 号　1983 年 1 月　頁 296—311

578. 戴國輝，內村剛介訪；葉石濤譯　　一個臺灣作家的 77 年——楊逵（上、
　　　　　　　下）　臺灣時報　1983 年 3 月 2—3 日　12 版

敏勇、黃勁連；紀錄者：陳千武。
[42]本文由葉石濤中譯爲〈一個臺灣作家的 77 年——楊逵〉；另有陳中原中譯版。後改篇名爲〈作家
楊逵的七十七年歲月——五十年後重訪日本的談話記錄〉、〈楊逵的七十七年歲月——1982 年楊
逵先生訪問日本的談話記錄〉、〈楊逵憶述不凡的歲月——陪內村剛介訪談楊逵於東京〉。

579. 戴國煇，內村剛介訪；葉石濤譯　　一個臺灣作家的七十七年　小說筆記
　　　　臺北　前衛出版社　1983 年 9 月　頁 15—40

580. 內村剛介，戴國煇訪；陳中原譯　　作家楊逵的七十七年歲月——五十年後
　　　　重訪日本的談話記錄（上、下）　臺灣與世界　第 4—5 期　1983
　　　　年 9，10 月　頁 36—43，30—39

581. 戴國煇，內村剛介訪；陳中原譯　　楊逵的七十七年歲月——1982 年楊逵先
　　　　生訪問日本的談話記錄　文季　第 4 期　1983 年 11 月　頁 8—30

582. 戴國煇　　楊逵憶述不凡的歲月——陪內村剛介訪談楊逵於東京　臺灣史研
　　　　究——回顧與探索　臺北　遠流出版社　1987 年 4 月　頁 202—
　　　　237

583. 戴國煇，內村剛介訪；葉石濤譯　　一個臺灣作家的 77 年　楊逵的文學生涯
　　　　臺北　前衛出版社　1988 年 9 月　頁 175—202

584. 戴國煇，內村剛介訪；葉石濤譯　　一個臺灣作家的七十七年　楊逵全集‧
　　　　資料卷　臺南　國立文化資產保存研究中心籌備處　2001 年 12 月
　　　　頁 242—265

585. 戴國煇　　楊逵憶述不凡的歲月——陪內村剛介訪談楊逵於日本‧東京　戴
　　　　國煇文集‧臺灣史對話錄　臺北　遠流出版公司　2002 年 04 月
　　　　頁 64—97

586. 戴國煇，內村剛介訪；葉石濤譯　　一個臺灣作家的七十七年　葉石濤全
　　　　集‧翻譯卷一　臺南，高雄　國立臺灣文學館，高雄市文化局
　　　　2009 年 11 月　頁 101—127

587. 鍾　喬　　「送報伕」五十年訪楊逵　夏潮論壇　第 1 卷第 1 期　1983 年 2
　　　　月　頁 49—51

588. 〔益　世〕　　老園丁楊逵　益世　第 31 期　1983 年 4 月　頁 78—80

589. 陳春美　　追求一個沒有壓迫，沒有剝削的社會——訪人道的社會主義者楊
　　　　逵　前進廣場　第 15 期　1983 年 11 月　頁 4—7

590. 陳春美　　追求一個沒有壓迫，沒有剝削的社會——訪人道的社會主義者楊

逵　楊逵全集・資料卷　臺南　國立文化資產保存研究中心籌備
處　2001 年 12 月　頁 266—271

591. 楊祖珺　　楊逵談二二八——心願未了，老兵不死！　前進時代　第 7 期
　　　　　　1984 年 3 月 3 日　頁 20—21

592. 戴國煇，若林正丈　　台湾老社会運動家の思い出と展望——日本・台湾・
　　　　　　中国大陸をめぐる光景[43] 台湾近現代史研究　第 5 號　1984 年
　　　　　　12 月　頁 193—206

593. 戴國煇，若林正丈　　臺灣老社會運動家的回憶與展望——楊逵關於日本、
　　　　　　臺灣、中國大陸的談話記錄　臺灣與世界　第 21 期　1985 年 5 月
　　　　　　頁 37—44

594. 戴國煇，若林正丈　　臺灣老社會運動家的回憶與展望——楊逵關於日本、
　　　　　　臺灣、中國大陸的談話記錄　文季　第 11 期　1985 年 6 月　頁
　　　　　　26—42

595. 戴國煇，若林正丈　　臺灣老社會運動家的回憶與展望：楊逵關於日本、臺
　　　　　　灣、中國大陸的談話紀錄　楊逵全集・資料卷　臺南　國立文化
　　　　　　資產保存研究中心籌備處　2001 年 12 月　頁 272—290

596. 王麗華　　關於楊逵回憶錄筆記　文學界　第 14 期　1985 年 5 月　頁 141—
　　　　　　155

597. 王麗華　　關於楊逵回憶錄筆記　楊逵的文學生涯　臺北　前衛出版社
　　　　　　1988 年 9 月　頁 273—294

598. 王麗華　　關於楊逵回憶錄筆記　楊逵全集・資料卷　臺南　國立文化資產
　　　　　　保存研究中心籌備處　2001 年 12 月　頁 70—88

599. 楊逵等[44]　　美人心事——「文人與藝旦」座談會　美人心事　臺北　號角出
　　　　　　版社　1987 年 8 月　頁 91—104

---

[43] 本文後中譯爲〈臺灣老社會運動家的回憶與展望——楊逵關於日本、臺灣、中國大陸的談話記
錄〉。
[44] 與會者：王昶雄、巫永福、林芳年、郭水潭、黃得時、楊逵、劉捷、龍瑛宗、瘂弦；整理：黃武
忠。

600. 林載爵　　訪問楊逵先生——東海花園的主人　臺灣文學的兩種精神　臺南　臺南市立文化中心　1996 年 5 月　頁 26—46

601. 林載爵　　訪問楊逵先生——東海花園的主人　楊逵全集・資料卷　臺南　國立文化資產保存研究中心籌備處　2001 年 12 月　頁 291—299

年表

602. 林　梵　　楊逵對照年譜　楊逵畫像　臺北　筆架山出版社　1978 年 9 月　頁 245—294

603. 〔編輯部〕　　楊逵年表[45]　楊逵選集　九龍　文藝風出版社　1986 年 12 月　頁 217—230

604. 李　瑞　　楊逵生平大事及重要作品年表　中國時報　1985 年 3 月 13 日　8 版

605. 王　拓　　楊逵先生生平大事及重要作品年表[46]　前進時代　第 102 期　1985 年 3 月 16 日　頁 40—41

606. 王　拓　　楊逵年表　鵝媽媽出嫁　臺北　前衛出版社　1985 年 4 月　頁 262—269

607. 〔聯合文學〕　　楊逵生平及重要作品年表　聯合文學　第 8 期　1985 年 6 月　頁 36—39

608. 〔編輯部〕　　楊逵年表　綠島家書　臺中　晨星出版社　1987 年 3 月　頁 287—296

609. 張簡昭慧　　楊逵年譜[47]　臺灣殖民文學的社會背景研究——以吳濁流文學、楊逵文學爲研究中心　中國文化大學日本研究所　碩士論文　蔡華山教授指導　1988 年 6 月　頁 128—139

610. 河原功編；楊鏡汀譯　　楊逵生平寫作年表[48]　楊逵集（臺灣作家全集）　臺北　前衛出版社　1991 年 2 月　頁 363—375

---

[45]本文係根據《楊逵畫像》中的〈楊逵對照年譜〉加以整理而成。
[46]本文後改篇名爲〈楊逵年表〉。
[47]本文根據《臺灣文藝》第 94 期河原功作〈楊逵的文學活動〉一文中所附年譜製作。
[48]河原功寫至 1976 年，以後爲譯者楊鏡汀增補。

611. 河原功編；楊鏡汀譯　　楊逵生平寫作年表　楊逵及其作品研究　政治大學中國文學系　碩士論文　李豐楙教授指導　1992 年 6 月　頁 208—225

612. 河原功編；楊鏡汀譯　　楊逵生平寫作年表　楊逵及其作品研究　臺北　麥田出版公司　1994 年 7 月　頁 192—208

613. 河原功，黃惠禎編　　楊逵年表　楊逵全集・戲劇卷（上）　臺南　國立文化資產保存研究中心籌備處　1998 年 6 月　頁 1—8

614. 河原功　　楊逵略歷　日本統治期台湾文学台湾人作家作品集・第一卷　東京　綠蔭書房　1999 年 6 月　頁 411—424

615. 林安英　　楊逵年表大事記一覽　楊逵戲劇作品研究　成功大學中國文學系碩士論文　馬森，石光生教授指導　1998 年 6 月　頁 187—189

616. 吳曉芬　　生平與社會記事參照表　楊逵劇本研究　臺灣大學戲劇學系　碩士論文　呂正惠，居振容教授指導　2001 年 6 月　頁 207—230

617. 李昀陽，申惠豐，歐陽瑜卿　　楊逵年表　臺灣文學館通訊　第 1 期　2003 年 9 月　頁 66—79

618. 李昀陽　　戰後初期（1945—1949）楊逵紀事年表　文學行動、左翼臺灣——戰後初期（1945—1949）楊逵文學論述及其思想研究　靜宜大學中國文學系　碩士論文　陳建忠教授指導　2005 年 1 月　頁 152—160

619. 吳素芬　　楊逵生平事蹟與文學運動對照表　楊逵及其小說作品研究　臺南大學教育經營與管理研究所國語文教學碩士班　碩士論文　王琅教授指導　2005 年 5 月　頁 153—161

620. 吳素芬　　楊逵生平事蹟與文學運動對照表　楊逵及其小說作品研究　臺南　臺南縣政府　2005 年 12 月　頁 229—242

621. 黃世欽　　楊逵、龍瑛宗、呂赫若の略歷　日據時期臺灣人作家作品中所見漢民族意識之考察　中國文化大學日本語文學研究所　碩士論文　蔡華山教授指導　2005 年 6 月　頁 114—143

622. 黃惠禎　　楊逵文學活動年表　左翼批判精神的鍛接：四〇年代楊逵文學與
　　　　　　思想的歷史研究　政治大學中國文學系　博士論文　李豐楙教授
　　　　　　指導　2005 年 7 月　頁 353—383

623. 黃惠禎　　楊逵文學活動年表　左翼批判精神的鍛接：四〇年代楊逵文學與
　　　　　　思想的歷史研究　臺北　秀威資訊科技公司　2009 年 7 月　頁
　　　　　　437—482

624.〔許俊雅編〕　　楊逵創作大事記　鵝媽媽出嫁　臺北　遠流出版公司
　　　　　　2005 年 7 月　頁 88—89

625.〔胡建國主編〕　　楊逵先生寫作年表　國史館現藏民國人物傳記史料彙
　　　　　　編・第 28 輯　臺北　國史館　2005 年 8 月　頁 424—446

626. 樊洛平　　楊逵文學活動年表　冰山底下綻放的玫瑰——楊逵和他的文學世
　　　　　　界　北京　作家出版社　2006 年 7 月　頁 325—370

627. 王鈺琇　　楊逵年表　楊逵文學作品之研究——以〈送報伕〉、〈泥娃娃〉、
　　　　　　〈鵝媽媽出嫁〉為中心　中國文化大學日本研究所　碩士論文
　　　　　　劉崇稜教授指導　2008 年 6 月　頁 91—97

628. 郭勝宗　　楊逵年表　楊逵小說作品研究　彰化師範大學國文學系　碩士論
　　　　　　文　林明德教授指導　2009 年 7 月　頁 133—137

其他

629. 彭碧玉　　楊逵的心願——捐地三千坪　聯合報　1979 年 12 月 4 日　8 版

630.〔前進時代〕　　楊逵先生治喪、紀念活動　前進時代　第 102 期　1985 年
　　　　　　3 月 16 日　頁 14

631. 傅　鐘　　門戶之爭何時休？——從楊逵追悼會談起　薪火週刊　第 37 期
　　　　　　1985 年 3 月 30 日　頁 55—56

632.〔人民日報〕　　中國作協、文學研究所、全國臺聯、臺盟總部等五單位，
　　　　　　舉行臺灣著名老作家楊逵先生紀念會　人民日報　1985 年 4 月 1
　　　　　　日　4 版

633. 康　橋　　老園丁的祭禮——記三月廿九日楊逵先生公祭典禮　民主政治

第 23 期　1985 年 4 月 2 日　頁 52—53

634. 李可及　凍不僵的種子——紐約「楊逵追悼會」側記　薪火週刊　第 39 期　1985 年 4 月 13 日　頁 55—57

635. 楊　建　整理遺稿，重返東海花園　自立晚報　1989 年 4 月 19 日　14 版

636. 蘇惠昭　來蓋楊逵紀念館　臺灣時報　1992 年 9 月 23 日　12 版

637. 葉石濤　籌建楊逵紀念館　臺灣新聞報　1992 年 9 月 28 日　13 版

638. 葉石濤　籌建楊逵紀念館，不完美的旅程　臺北　皇冠出版社　1993 年 8 月　頁 187—191

639. 葉石濤　籌建楊逵紀念館　葉石濤全集·隨筆卷四　臺南，高雄　國立臺灣文學館，高雄市文化局　2008 年 3 月　頁 165—168

640. 何穎怡　楊逵文學開口唱　中國時報　1993 年 10 月 17 日　21 版

641. 楊凱麟　楊逵紀念館開始籌建　中國時報　1993 年 10 月 22 日　29 版

642. 江中明　楊逵手稿中研院將整理出版　聯合報　1997 年 5 月 8 日　18 版

643. 〔民生報〕　編譯楊逵全集，總動員　民生報　1997 年 5 月 8 日　34 版

644. 陳安良　楊逵〈送報員〉獲獎　更生日報　1997 年 7 月 16 日　22 版

645. 楊建口述；編輯部記錄整理　兩個十二年——《楊逵全集》編輯與楊逵紀念館籌建現況　臺灣文藝　第 160 期　1998 年 1 月　頁 26—29

646. 李奭學　三代臺灣情——記《作家身影》本土系列開播　聯合報　2000 年 1 月 8 日　37 版

647. 陳文芬　楊逵手稿移藏文資中心　中國時報　2001 年 5 月 22 日　21 版

648. 雷顯威　楊逵手稿捐臺灣文學館　聯合報　2001 年 5 月 24 日　14 版

649. 〔臺灣日報〕　「壓不扁的玫瑰」——楊逵全集編譯研究展暨楊逵文學文物捐贈儀式　臺灣日報　2001 年 5 月 24 日　31 版

650. 黃文記　楊逵故居籌設文學花園——文學遺稿捐贈臺灣文學館　民生報　2001 年 5 月 25 日　A7 版

651. 鄭雅文　楊逵精神！楊逵文學史料捐贈　臺灣日報　2001 年 5 月 25 日　14 版

作品評論篇目

綜論

663. 角行兵衛　　真實追求の身悶え——楊逵論[49]　臺灣時報　第 278 期　1943
　　　　年 2 月　頁 84—87

664. 角行兵衛　　真實追求の身悶え——楊逵論　日本統治期台湾文学文芸評論
　　　　集・第四卷　東京　綠蔭書房　2001 年 4 月　頁 393—396

665. 角行兵衛著；邱香凝譯　　追求真實的困境——楊逵論　日治時期臺灣文藝
　　　　評論集・雜誌篇 4　臺南　國家臺灣文學館籌備處　2006 年 10 月
　　　　頁 87—92

666. 葉石濤　　臺灣的鄉土文學〔楊逵部分〕　葉石濤評論集　臺北　蘭開書局
　　　　1968 年 9 月　頁 3—6

667. 林載爵　　臺灣文學的兩種精神——楊逵與鍾理和之比較[50]　中外文學　第 2
　　　　卷第 7 期　1973 年 12 月　頁 4—20

668. 林載爵　　臺灣文學的兩種精神——楊逵與鍾理和之比較　壓不扁的玫瑰花
　　　　——楊逵的人與作品　臺北　輝煌出版社　1976 年 10 月　頁 85
　　　　—109

669. 林載爵　　臺灣文學的兩種精神——楊逵與鍾理和之比較　楊逵的人與作品
　　　　臺北　民眾日報出版社　1979 年 10 月　頁 85—109

670. 林載爵　　臺灣文學的兩種精神——楊逵與鍾理和之比較　中華現代文學大
　　　　系（臺灣 1970—1989）評論卷（壹）　臺北　九歌出版社　1989
　　　　年 5 月　頁 267—288

671. 林載爵　　臺灣文學的兩種精神——楊逵與鍾理和之比較　鍾理和論述 1960
　　　　—2000　高雄　春暉出版社　2004 年 4 月　頁 169—187

672. 葉石濤　　楊逵的文學生涯　臺灣時報　1974 年 3 月 28 日　8 版

673. 葉石濤　　楊逵的文學生涯——前衛版《楊逵全集》序　鵝媽媽出嫁　臺北
　　　　前衛出版社　1985 年 4 月　頁 1—9

674. 葉石濤　　楊逵的文學生涯——楊逵先生逝世紀念會演講錄　中華雜誌　第

---

[49]本文後由邱香凝中譯、涂翠花校譯爲〈追求真實的困境——楊逵論〉。
[50]本文分述楊逵在文學作品裡表達的抗議，與鍾理和在文學作品中呈現的隱忍，作爲臺灣文學中兩
　種精神發展的極致，全文共 4 小節。

262 期　1985 年 5 月　頁 33—35

675. 葉石濤　　楊逵的文學生涯　文學界　第 14 期　1985 年 5 月　頁 132—137

676. 葉石濤　　楊逵先生逝世紀念會演講錄——楊逵的文學生涯　被顛倒的臺灣
　　　　　　　歷史　臺北　帕米爾書局　1986 年 12 月　頁 350—358

677. 葉石濤　　楊逵的文學生涯　楊逵的文學生涯　臺北　前衛出版社　1988 年
　　　　　　　9 月　頁 265—272

678. 葉石濤　　楊逵的文學生涯　葉石濤全集·隨筆卷二　臺南，高雄　國立臺
　　　　　　　灣文學館，高雄市文化局　2008 年 3 月　頁 139—145

679. 柳映堤　　徬徨·覺醒·希望　幼獅文藝　第 250 期　1974 年 10 月　頁 108
　　　　　　　—112

680. 張良澤　　不屈的文學魂——論楊逵兼談日據時代的臺灣文藝（1—4）[51]　中
　　　　　　　央日報　1975 年 10 月 22—25 日　10 版

681. 張良澤　　不屈的文學魂——論楊逵兼談日據時代的臺灣文藝　壓不扁的玫
　　　　　　　瑰花——楊逵的人與作品　臺北　輝煌出版社　1976 年 10 月　頁
　　　　　　　209—226

682. 張良澤　　不屈的文學魂——論楊逵兼談日據時代的臺灣文藝　楊逵的人與
　　　　　　　作品　臺北　民眾日報出版社　1979 年 10 月　頁 209—226

683. 張良澤　　不屈的文學魂——論楊逵兼談日據時代的臺灣文藝　前進廣場
　　　　　　　第 15 期　1983 年 11 月　頁 8—15

684. 梁景峰　　春光關不住——論楊逵的小說　大學雜誌　第 100 期　1976 年 9
　　　　　　　月　頁 64—70

685. 梁景峰　　春光關不住——論楊逵的小說　壓不扁的玫瑰花——楊逵的人與
　　　　　　　作品　臺北　輝煌出版社　1976 年 10 月　頁 239—260

686. 梁景峰　　春光關不住——論楊逵的小說　楊逵畫像　臺北　筆架山出版社
　　　　　　　1978 年 9 月　頁 223—244

---

[51]本文探討楊逵小說中的反抗特色，並介紹楊逵生平。正文前有〈緒說〉，全文共 4 小節：1.楊逵的
　　反抗性格；2.行動派的文學家；3.反抗的文學魂；4.結語。

687. 梁景峰　春光關不住——論楊逵的小說　楊逵的人與作品　臺北　民眾日報出版社　1979 年 10 月　頁 229—238

688. 何思萍　除非種子死了——探討楊逵小說的精神　夏潮　第 1 卷第 7 期　1976 年 10 月　頁 62—64

689. 何思萍　除非種子死了——探討楊逵小說的精神　壓不扁的玫瑰花——楊逵的人與作品　臺北　輝煌出版社　1976 年 10 月　頁 129—237

690. 何思萍　除非種子死了——探討楊逵小說的精神　楊逵的人與作品　臺北　民眾日報出版社　1979 年 10 月　頁 229—237

691. 胡秋原　談楊逵先生及其作品（胡序）[52]　羊頭集　臺北　輝煌出版社　1976 年 10 月　頁 3—12

692. 胡秋原　論楊逵先生及其作品　中華雜誌　第 160 期　1976 年 11 月　頁 42—44

693. 胡秋原　胡序——談楊逵先生及其作品　羊頭集　臺北　民眾日報出版社　1979 年 10 月　頁 3—12

694. 胡秋原　論楊逵先生及其作品　文學藝術論集（下）　臺北　學術出版社　1979 年 11 月　頁 1225—1232

695. 隱　青　讀楊逵的小說　出版家　第 52 期　1976 年 11 月　頁 61—62

696. 葉石濤　臺灣新文藝誕生之背景〔楊逵部分〕　中國現代文學的回顧　臺北　龍田出版社　1978 年 12 月　頁 93—94

697. 葉石濤　臺灣新文藝誕生之背景〔楊逵部分〕　中國現代文學的回顧　臺北　文鏡文化公司　1986 年 11 月　頁 96

698. 葉石濤　臺灣新文藝誕生之背景〔楊逵部分〕　葉石濤全集・翻譯／資料卷　臺南，高雄　國立臺灣文學館，高雄市文化局　2009 年 11 月　頁 141—143

699. 武治純，梁翔蹤　臺灣老作家楊逵及其作品　讀書　1980 年第 3 期　1980 年 3 月　頁 89—90

---

[52]本文後改篇名爲〈論楊逵先生及其作品〉。

700. 白素英　　從文學作品看日據時代的民族心理——楊逵、吳濁流作品之探討[53]
　　　　　　　史苑　第 33 期　1980 年 5 月　頁 26—34

701. 小野四平　　台湾の作家，楊逵氏のこと　朝日新聞（夕刊）　1981 年 2 月
　　　　　　　6 日　5 版

702. 溫萬華〔陳芳明〕　　放膽文章拼命酒——論楊逵作品中的反殖民精神
　　　　　　　（上）、（中）、（下）[54]　美麗島　第 52，54—55 期　1981 年 8 月
　　　　　　　29 日，9 月 12—19 日　頁 6—7，8，8—9

703. 宋冬陽〔陳芳明〕　　放膽文章拼命酒——論楊逵作品中的反殖民精神　臺
　　　　　　　灣文藝　第 94 期　1985 年 5 月　頁 144—164

704. 宋冬陽　　放膽文章拚命酒——論楊逵作品的反殖民精神　放膽文章拚命酒
　　　　　　　臺北　林白出版社　1988 年 1 月　頁 35—60

705. 陳芳明　　放膽文章拚命酒——論楊逵作品的反殖民精神　楊逵集（臺灣作
　　　　　　　家全集）　臺北　前衛出版社　1991 年 2 月　頁 321—345

706. 陳凱音〔陳芳明〕　　放膽文章拚命酒——論楊逵作品的反殖民精神　臺灣
　　　　　　　文藝　第 154 期　1996 年 4 月　頁 99—101

707. 陳芳明　　楊逵的反殖民精神　左翼臺灣：殖民地文學運動史論　臺北　麥
　　　　　　　田出版公司　1998 年 10 月　頁 75—98

708. 陳芳明　　楊逵的反殖民精神　左翼臺灣：殖民地文學運動史論　臺北　麥
　　　　　　　田出版公司　2007 年 6 月　頁 75—98

709. 潘翠菁　　汲汲「首陽」志、惓惓「園丁」情——評臺灣省作家楊逵　首屆
　　　　　　　臺灣香港文學學術討論會　廣州　中國當代文學學會臺港文學研
　　　　　　　究會，廈門大學臺灣研究所，福建省社會科學院文學研究所，福
　　　　　　　建人民出版社，中山大學中文系，華南師院中文系，暨南大學中

---

[53]本文藉探討楊逵與吳濁流的小說作品得知日據時期臺灣社會的情況與思潮。全文共 5 小節：1.導論；2.春光關不住——楊逵作品的探討；3.亞細亞的孤兒——吳濁流作品探討；4.楊逵與吳濁流之比較；5.結論。

[54]本文描述楊逵生平經歷，析論其小說創作的內容與特點。全文共 9 小節：1.一位歷史性的人物；2.農民運動的主將；3.人道的社會主義者；4.〈送報伕〉的社會基礎；5.一個歷史的方向；6.決裂與結合；7.勇敢的臺灣人；8.一場新的鬥爭；9.結語。後改篇名為〈楊逵的反殖民精神〉。

文系主辦　1982 年 6 月 10—16 日

710. 曾敏之　楊逵與「草根文學」　文學報　1983 年 1 月 20 日　2 版

711. 武治純　臺灣文壇老兵——楊逵及其創作　海峽　1983 年第 1 期　1983 年 1 月　頁 221—233

712. 武治純　臺灣文壇老兵——楊逵　壓不扁的玫瑰花——臺灣鄉土文學初探　北京　中國廣播電視出版社　1985 年 7 月　頁 154—178

713. 葉石濤　我看臺灣小說界〔楊逵部分〕　自立晚報　1983 年 8 月 22 日　10 版

714. 葉石濤　我看臺灣小說界〔楊逵部分〕　葉石濤全集・隨筆卷一　臺南，高雄　國立臺灣文學館，高雄市文化局　2008 年 3 月　頁 376—377

715. 封祖盛　日據時期鄉土小說概貌——賴和、楊逵、吳濁流等的創作　臺灣小說主要流派初探　福州　福建人民出版社　1983 年 10 月　頁 2—36

716. 汪景壽　楊逵　臺灣小說作家論　北京　北京大學出版社　1984 年 3 月　頁 48—70

717. 朱　南　試論三十年代臺灣小說〔楊逵部分〕　臺灣研究集刊　1984 年第 2 期　1984 年 5 月　頁 30

718. 松浦恆雄　日本統治期の老作家たち——楊逵　中国研究月報　第 436 期　1984 年 6 月　頁 8—9

719. 武治純　臺灣的著名老作家楊逵　人民日報　1985 年 3 月 28 日　8 版

720. 周　青　偉大的臺灣作家——紀念楊逵作家　臺聲　1985 年第 2、3 期合刊　1985 年 4 月　頁 16—17

721. 周　青　偉大的臺灣作家——紀念楊逵先生　文史論集　臺北　海峽學術出版社　2004 年 12 月　頁 219—221

722.〔笠〕　向楊逵先生致敬　笠　第 126 期　1985 年 4 月　頁 117

723. 王　渝　楊逵的文格與人格　臺灣與世界　第 21 期　1985 年 5 月　頁 18

—20

724. 陳映真　　楊逵文學對戰後臺灣文學的啓示——楊逵先生逝世紀念會演講錄
　　　　　　　中華雜誌　第 262 期　1985 年 5 月　頁 40—41

725. 陳映真　　楊逵先生逝世紀念會演講錄——楊逵文學對戰後臺灣文學的啓示
　　　　　　　被顛倒的臺灣歷史　臺北　帕米爾書局　1986 年 12 月　頁 374—
　　　　　　　378

726. 葉石濤　　走過紛爭歲月・邁向多元年代——臺灣文學的回顧與前瞻（上、
　　　　　　　中、下）〔楊逵部分〕　自立晚報　1985 年 10 月 29—31 日　10
　　　　　　　版

727. 葉石濤　　走過紛爭歲月，邁向多元世代——臺灣文學的回顧與前瞻〔楊逵
　　　　　　　部分〕　葉石濤全集・評論卷三　臺南，高雄　國立臺灣文學
　　　　　　　館，高雄市文化局　2008 年 3 月　頁 290

728. 馮　牧　　編後記　楊逵作品選集　北京　人民文學出版社出版　1985 年 12
　　　　　　　月　頁 235—237

729. 陸士清　　論臺灣作家楊逵小說創作的歷史地位[55]　中國新文學研究　上海
　　　　　　　復旦大學出版社　1986 年 8 月　頁 456—477

730. 陸士清　　論楊逵小說創作的歷史地位　臺灣文學新論　上海　復旦大學出
　　　　　　　版社　1993 年 6 月　頁 152—173

731. 王曉波　　把抵抗深藏在底層——論楊逵的〈「首陽」解除記〉和「皇民文
　　　　　　　學」　文星　第 101 期　1986 年 11 月　頁 124—131

732. 葉石濤　　四〇年代的臺灣文學〔楊逵部分〕　文學界　第 20 期　1986 年
　　　　　　　11 月　頁 90

733. 葉石濤　　四十年代的臺灣文學〔楊逵部分〕　中央日報　1996 年 7 月 29 日
　　　　　　　19 版

734. 葉石濤　　四〇年代的臺灣文學〔楊逵部分〕　葉石濤全集・評論卷五　臺
　　　　　　　南，高雄　國立臺灣文學館，高雄市文化局　2008 年 3 月　頁

---
[55]本文從歷史發展的角度，探討楊逵小說的歷史地位，全文共 4 小節。

353

735. 許水綠　　筆尖指向現實——臺灣文學作品與社會生命〔楊逵部分〕　臺灣
　　　　　　　新文化　第 13 期　1987 年 10 月　頁 55—56

736. 包恆新　　淺論楊逵及魯迅　學習月刊　1987 年第 12 期　1987 年 12 月　頁
　　　　　　　22

737. 于　寒　　楊逵[56]　現代臺灣文學史　瀋陽　遼寧大學出版社　1987 年 12 月
　　　　　　　頁 128—148

738. 張毓茂　　楊逵　二十世紀中國兩岸文學史　瀋陽　遼寧大學出版社　1988
　　　　　　　年 8 月　頁 516—522

739. 楊　義　　楊逵：壓不扁的玫瑰花——楊逵小說及其顯示的民族正氣　中國
　　　　　　　現代小說史（第二卷）　北京　人民文學出版社　1988 年 10 月
　　　　　　　頁 721—732

740. 葉石濤　　臺灣鄉土文學史導論〔楊逵部分〕　中華現代文學大系（臺灣
　　　　　　　1970—1989）評論卷（壹）　臺北　九歌出版社　1989 年 5 月
　　　　　　　頁 90

741. 葉石濤　　臺灣鄉土文學史導論〔楊逵部分〕　葉石濤全集・評論卷二　臺
　　　　　　　南，高雄　國立臺灣文學館，高雄市文化局　2008 年 3 月　頁 29

742. 古繼堂　　臺灣文學的脊骨——楊逵[57]　臺灣小說發展史　臺北　文史哲出版
　　　　　　　社　1989 年 7 月　頁 82—91

743. 古繼堂　　臺灣文學的脊骨楊逵　臺灣小說發展史　瀋陽　春風文藝出版
　　　　　　　社，遼寧教育出版社　1989 年 11 月　頁 62—68

744. 古繼堂　　中國人的「脊樑」——楊逵　臺灣文學的母體依戀　北京　九州
　　　　　　　出版社　2002 年 9 月　頁 256—262

745. 公仲，汪義生　　臺灣新文學的成熟期（1920—1937）——不朽的老兵楊逵
　　　　　　　臺灣新文學史初編　南昌　江西人民出版社　1989 年 8 月　頁 21

---

[56]本文介紹楊逵的個人經歷及重要小說作品。全文共 3 小節：1.生平和創作；2.〈送報伕〉等前期
　小說；3.〈春光關不住〉等後期作品。
[57]本文後改篇名為〈中國人的「脊樑」——楊逵〉。

　　　　　　　　—28

746. 林衡哲　　臺灣現代文學史上不朽的老兵——楊逵[58]　先人之血・土地之花

　　　　　　　　臺北　前衛出版社　1989 年 8 月　頁 35—48

747. 林衡哲　　臺灣現代文學史上不朽的老兵——楊逵　復活的群像　臺北　前

　　　　　　　　衛出版社　1994 年 6 月　頁 47—61

748. 林衡哲　　臺灣現代文學史上不朽的老兵　廿世紀臺灣代表性人物（上）

　　　　　　　　臺北　望春風文化公司　2001 年 4 月　頁 80—94

749. 鍾肇政　　勞動者之歌——讀楊逵劇作集（上、中、下）[59]　中國時報　1990

　　　　　　　　年 1 月 20—22 日　27，31 版

750. 鍾肇政　　勞動者之歌——讀楊逵戲劇集　睜眼的瞎子　臺北　合森文化公

　　　　　　　　司　1990 年 3 月　頁 5—20

751. 鍾肇政　　勞動者之歌——談楊逵和他的戲劇集　鍾肇政回憶錄（二）　臺

　　　　　　　　北　前衛出版社　1998 年 4 月　頁 119—134

752. 葉石濤　　四〇年代的臺灣日文文學〔楊逵部分〕　臺灣文學的悲情　高雄

　　　　　　　　派色文化出版社　1990 年 1 月　頁 55—56

753. 葉石濤　　接續祖國的臍帶之後〔楊逵部分〕　走向臺灣文學　臺北　自立

　　　　　　　　晚報文化出版部　1990 年 3 月　頁 8—31

754. 葉石濤　　接續祖國臍帶之後——從四〇年代臺灣文學來看「中國意識」和

　　　　　　　　「臺灣意識」的消長〔楊逵部分〕　葉石濤全集・評論卷四　臺

　　　　　　　　南，高雄　國立臺灣文學館，高雄市文化局　2008 年 3 月　頁 56

　　　　　　　　—74

755. 焦　桐　　烏托邦戲劇——論楊逵的戲劇創作[60]　自立早報　1990 年 6 月 14

---

[58]本文介紹楊逵的文學創作歷程、活動與小說特色。全文共 5 小節：1.與賴和等人共同開創了臺灣三十年代文學；2.〈送報伕〉——臺灣文學史上不朽的中篇小說；3.臺灣現代抗議文學傳統的開創者；4.文化運動與政治社會運動底完美融合者；5.永恆的行動底文學家。

[59]本文描述楊逵自日治時期至光復後的劇本寫作經歷、特色，及作者與楊逵的相識、交往情形。全文共 7 小節：1.一大箱遺稿出土；2.日據時期的劇作活動；3.綠島黑牢裡的劇作活動；4.與楊逵的初逢；5.戰後臺灣劇運概觀；6.臺灣農村的「勞動者之歌」；7.期待更多的遺著出土。後改篇名為〈勞動者之歌——談楊逵和他的戲劇集〉。

[60]本文介紹楊逵劇本作品的內容及特色。全文共 3 小節：1.不屈不撓的園丁性格；2.強烈的民族意

　　　　　　　　　　—17 日　19 版

756. 焦　桐　　本地劇作家楊逵　臺灣戰後初期的戲劇　臺北　臺原出版社
　　　　　　　　1990 年 6 月　頁 71—108

757. 呂正惠　　論楊逵小說　第二屆當代中國文學國際學術會議——一九四九年
　　　　　　　　以前之兩岸小說[61]　新竹　清華大學中研所中語系，新地文學基金
　　　　　　　　會主辦　1990 年 6 月 24—26 日

758. 呂正惠　　論楊逵的小說藝術　新地文學　第 1 卷第 3 期　1990 年 8 月　頁
　　　　　　　　17—31

759. 呂正惠　　論楊逵的小說藝術　殖民地的傷痕：臺灣文學問題　臺北　人間
　　　　　　　　出版社　2002 年 6 月　頁 243—256

760. 張恆豪　　不屈的死魂靈——《楊逵集》序　楊逵集（臺灣作家全集）　臺
　　　　　　　　北　前衛出版社　1991 年 2 月　頁 9—13

761. 張恆豪　　不屈的死魂靈——《楊逵集》序　短篇小說卷別冊（臺灣作家全
　　　　　　　　集）　臺北　前衛出版社　1993 年 4 月　頁 45—49

762. 彭瑞金　　戰後初期的重建運動〔楊逵部分〕　臺灣新文學運動 40 年　臺北
　　　　　　　　自立晚報社　1991 年 3 月　頁 33—64

763. 黃重添，莊明萱，闕豐齡　　「壓不扁的玫瑰花」楊逵　臺灣新文學概觀
　　　　　　　　（上）　廈門　鷺江出版社　1991 年 6 月　頁 38—49

764. 黃重添，莊明萱，闕豐齡　　「壓不扁的玫瑰花」楊逵　臺灣新文學概觀
　　　　　　　　臺北　稻禾出版社　1992 年 3 月　頁 39—50

765. 粟多桂　　不屈的中華民族魂——楊逵　臺灣抗日作家作品論　重慶　西南
　　　　　　　　師範大學出版社　1991 年 6 月　頁 115—142

766. 朱雙一　　臺灣新文學運動的重挫——散文與戲劇創作〔楊逵部分〕　臺灣
　　　　　　　　文學史（上）　福州　海峽文藝出版社　1991 年 6 月　頁 606—

　　識；3.熱情的理想主義者。後改篇名為〈本地劇作家楊逵〉。
[61]本文析論楊逵小說創作的藝術內涵與寫作技巧，全文共 3 小節。後改篇名為〈論楊逵的小說藝
　　術〉。

607

767. 尾崎秀樹　　決戰下的臺灣文學（1—30）〔楊逵部分〕　臺灣新聞報　1992
　　　年 1 月 29—31 日，2 月 1—2，9—10，12—29 日，3 月 1—5 日
　　　14，9，28，13 版

768. 尾崎秀樹著；葉石濤譯　　決戰下的臺灣文學〔楊逵部分〕　葉石濤全集・
　　　資料卷　臺南，高雄　國立臺灣文學館，高雄市文化局　2008 年
　　　3 月　頁 512—514

769. 河原功著；葉石濤譯　　臺灣新文學運動的展開——日本統治下在臺灣的文
　　　學運動（下）[62] 文學臺灣　第 3 期　1992 年 6 月　頁 245—258

770. 河原功著；莫素微譯　　臺灣新文學運動的展開〔楊逵部分〕　臺灣新文學
　　　運動的展開：與日本文學的接點　臺北　全華科技圖書公司
　　　2004 年 3 月　頁 199—214

771. 河原功著；葉石濤譯　　臺灣新文學運動的展開——日本統治下在臺灣的文
　　　學運動〔楊逵部分〕　葉石濤全集・翻譯卷一　臺南，高雄　國
　　　立臺灣文學館，高雄市文化局　2009 年 11 月　頁 477—493

772. 黃惠禎　　融注社會意識於文學——楊逵早期的小說風格　中央日報　1992
　　　年 8 月 8 日　19 版

773. 山口守　　仮面の言語が照射するもの——台湾作家楊逵の日本語作品につ
　　　いて[63] 昭和文学研究　第 25 集　1992 年 9 月　頁 129—141

774. 黎湘萍　　陳映真與三代臺灣作家——兼論臺灣小說敍事模式之演變（上）
　　　〔楊逵部分〕　臺灣研究集刊　1992 年第 4 期　1992 年 11 月
　　　頁 91—92

775. 楊　義　　光復前臺灣小說的文化歸屬〔楊逵部分〕　二十世紀中國小說與
　　　文化　臺北　業強出版社　1993 年 1 月　頁 235—251

776. 包恆新　　楊逵、吳濁流等在光復後的文學活動與創作　臺灣文學史（下）

---

[62]本文僅部分論及楊逵。另有莫素微中譯版。
[63]本文概述楊逵生平，探討其文學作品，引述學者對其作品的評論，全文共 4 小節。

福州　海峽文藝出版社　1993 年 1 月　頁 20—21

777. 林　梵　　人間楊逵[64]　當代臺灣俠客誌　臺北　東宗出版社　1993 年 5 月　頁 69—87

778. 林瑞明　　人間楊逵　臺灣文學的本土觀察　臺北　允晨文化公司　1996 年 7 月　頁 45—60

779. 古繼堂　　臺灣左翼文藝思潮的勃興〔楊逵部分〕　臺灣新文學理論批評史　瀋陽　春風文藝出版社　1993 年 6 月　頁 47—48

780. 古繼堂　　臺灣左翼文藝思潮的勃興〔楊逵部分〕　臺灣新文學理論批評史　臺北　秀威資訊科技公司　2009 年 3 月　頁 77—78

781. 古繼堂　　臺灣新文學與日本「皇民化」文學的鬥爭〔楊逵部分〕　臺灣新文學理論批評史　瀋陽　春風文藝出版社　1993 年 6 月　頁 54—58

782. 古繼堂　　臺灣新文學與日本「皇民化」文學的鬥爭〔楊逵部分〕　臺灣新文學理論批評史　臺北　秀威資訊科技公司　2009 年 3 月　頁 83—87

783. 柳書琴　　八面碰壁——事變前臺灣新文學運動的危機〔楊逵部分〕　戰爭與文壇：日據末期臺灣的文學活動（1937 年 7 月—1945 年 8 月）　臺灣大學歷史學系　碩士論文　吳密察教授指導　1994 年 6 月　頁 25—26

784. 張文彥　　臺灣話劇的演變歷程及其特點〔楊逵部分〕　走向新世紀：第六屆世界文學國際學術研討會論文集　北京　人民文學出版社　1994 年 11 月　頁 257

785. 阮桃園　　楊逵的作品評析[65]　東海中文學報　第 11 期　1994 年 12 月　頁 91—105

---

[64]本文介紹楊逵生平及其參與的社會和文學運動。全文共 4 小節：1.平常人家的孩子；2.少年楊逵；3.行動派的文學家；4.堅毅不屈的園丁。正文後附錄〈楊逵大事記〉。

[65]本文依小說、散文、戲劇三種體裁，檢視楊逵作品的藝術成就。全文共 3 小節：1.文學背景；2.作品評析——題材與特色；3.結論。

786. 許俊雅　日據時期臺灣小說之作者及其背景分析——小說作者之相關資料
　　　　　　及生平略傳——楊逵　日據時期臺灣小說研究　臺北　文史哲出
　　　　　　版社　1995 年 2 月　頁 236—242

787. 盧大中　楊逵「光復前」小說的悲劇意識探索　臺南師院學生學刊　第 16
　　　　　　期　1995 年 2 月　頁 141—154

788. 張桂華　試探文學俠士楊逵日據時期的理念　臺灣新文學　第 1 期　1995
　　　　　　年 4 月　頁 16—33

789. 施　淑　書齋、城市與鄉村——日據時代的左翼文學運動及小說中的左翼
　　　　　　知識分子〔楊逵部分〕　文學臺灣　第 15 期　1995 年 4 月　頁
　　　　　　91—94

790. 施　淑　書齋、城市與鄉村——日據時代的左翼文學運動及小說中的左翼
　　　　　　知識分子〔楊逵部分〕　中華現代文學大系（貳）・臺灣一九八九
　　　　　　—二○○三評論卷（一）　臺北　九歌出版社　2003 年 10 月　頁
　　　　　　125—128

791. 葉石濤　關於楊逵未發表的日文小說　臺灣新聞報　1995 年 6 月 27 日　19
　　　　　　版

792. 葉石濤　關於楊逵未發表的日文小說　臺灣文學入門：臺灣文學五十七問
　　　　　　高雄　春暉出版社　1997 年 6 月　頁 222—228

793. 葉石濤　關於楊逵未發表的日文小說　葉石濤全集・評論卷五　臺南，高
　　　　　　雄　國立臺灣文學館，高雄市文化局　2008 年 3 月　頁 405—410

794. 施懿琳，許俊雅，楊翠　三○年代的新文學結社及文學刊物——臺灣文藝
　　　　　　聯盟和《臺灣文藝》〔楊逵部分〕　臺中縣文學發展史　臺中
　　　　　　臺中縣立文化中心　1995 年 6 月　頁 114

795. 施懿琳，許俊雅，楊翠　銜接終戰後臺灣文學的斷層——「銀鈴會」——
　　　　　　《潮流》復刊與停刊〔楊逵部分〕　臺中縣文學發展史　臺中
　　　　　　臺中縣立文化中心　1995 年 6 月　頁 210—211

796. 蕭翔文　楊逵先生與《力行報》副刊　臺灣詩史「銀鈴會」論文集　彰化

　　　　　　臺灣磺溪文化學會　1995 年 6 月　頁 81—91

797. 梁景峰　　唐吉訶德‧楊逵的文學　鄉土與現代‧臺灣文學的片段　臺北　　　　　　臺北縣立文化中心　1995 年 6 月　頁 51—58

798. 葉石濤　　關於楊逵未發表的四篇日文小說中文譯稿　臺灣新聞報　1995 年　　　　　　8 月 3 日　19 版

799. 葉石濤　　關於楊逵未發表的四篇日文小說中文譯稿　葉石濤全集‧隨筆卷　　　　　　四　臺南，高雄　國立臺灣文學館，高雄市文化局　2008 年 3 月　　　　　　頁 301—303

800. 楊　翠　　楊逵出土遺稿的內容與意義　臺灣史料研究　第 6 期　1995 年 8　　　　　　月　頁 162—165

801. 方　忠　　首陽氣節，鬥士精神——楊逵散文　臺港散文四十家　鄭州　中　　　　　　原農民出版社　1995 年 9 月　頁 46—50

802.〔世界華文文學論壇〕　賴和、楊逵代表作　世界華文文學論壇　1995 年　　　　　　第 3 期　1995 年 9 月　頁 3

803. 王淑秧　　鄉土與尋根〔楊逵部分〕　揚子江與阿里山的對話——海峽兩岸　　　　　　文學比較　上海　上海文藝出版社　1995 年 12 月　頁 162

804. 張默芸　　臺灣抗日作家楊逵及其創作　海峽瞭望　第 76 期　1996 年 1 月　　　　　　頁 41—42

805. 梁明雄　　皇民文學概述〔楊逵部分〕　日據時期臺灣新文學運動研究　臺　　　　　　北　文史哲出版社　1996 年 2 月　頁 279—280

806. 黃惠禎　　楊逵小說中的土地與生活[66]　「臺灣文學與生態環境」研討會　嘉　　　　　　義　中正大學語文與文學研究中心，中國文學系暨研究所合辦　　　　　　1996 年 5 月 11—12 日

807. 黃惠禎　　楊逵小說中的土地與生活　臺灣的文學與環境　高雄　麗文文　　　　　　化　1996 年 6 月　頁 167—184

---

[66]本文通觀楊逵的小說作品，探究其筆下描繪的臺灣土地形貌，並分析楊逵從中揭發的土地問題與
農民生活。全文共 5 小節：1.楊逵小說中的臺灣土地；2.殖民政府對於臺灣土地的掠奪；3.地主
對於佃農的壓榨；4.農民面對壓迫的因應之道；5.戰爭期的土地與生活。

808. 林載爵　　不同的心靈，不同的想像：一九三四——一九三五年間臺灣文藝界
　　　　　　　的複雜心靈——楊逵：黑暗中有希望　臺灣文學的兩種精神　臺
　　　　　　　南　臺南市立文化中心　1996 年 5 月　頁 342—344

809. 張雅惠　　楊逵小說中日據時代的臺灣農村　第六屆全國各大學中文系學生
　　　　　　　學術研討會　臺北　政治大學中國文學系主辦　1997 年 5 月 8—9
　　　　　　　日

810. 施懿琳，楊翠　楊逵與「銀鈴會」　彰化縣文學發展史（下）　彰化　彰
　　　　　　　化縣立文化中心　1997 年 5 月　頁 296—298

811. 許俊雅　　光復後臺灣小說的階段性變化〔楊逵部分〕　臺灣文學論：從現
　　　　　　　代到當代　臺北　南天書局公司　1997 年 10 月　頁 209—220

812. 蔣宗君　　楊逵——走向百花齊放的新樂園　新觀念　第 111 期　1998 年 1
　　　　　　　月　頁 92

813. 清水賢一郎　臺、日、中的交會——談楊逵日文作品的翻譯[67]　中央研究院
　　　　　　　中國文哲研究所籌備會座談會論文　1998 年 3 月 30 日　〔21〕頁

814. 清水賢一郎　臺、日、中的交會——談楊逵日文作品的翻譯　言語文化部
　　　　　　　紀要　第 42 号　2002 年 3 月　頁 171—193

815. 林瑞明　　戰後臺灣文學的再編成〔楊逵部分〕　臺灣文學二十年集 1978—
　　　　　　　1998：評論二十家　臺北　九歌出版社　1998 年 3 月　頁 181—
　　　　　　　182

816. 林安英　　戲劇走道的窄徑——由楊逵的日文劇作看日據下戲劇風格[68]　第二
　　　　　　　十六屆鳳凰樹文學獎得獎作品集　臺南　成功大學中國文學系
　　　　　　　1998 年 6 月　頁 358—427

---

[67]本文從楊逵〈送報伕〉另版翻譯的出土與其對中國的情懷談起，析論〈送報伕〉與〈模範村〉修
改的手稿及不同版本，以〈歸農之日〉的誤譯為例，探討日治時期日文文學作品翻譯的困難。全
文共 3 小節：1.臺、日、中的交會——楊逵文學的歷史環境；2.還文本於歷史時空——楊逵手稿
研究；3.文化的差異與語言的多元性——翻譯工作經驗談。正文前有〈前言〉，正文後有〈結
語〉。

[68]本文從歷史環境與文學批評雙重角度為楊逵的戲劇作品做評判，並探討日本政府派遣楊逵至各地
作報導文學的用意。全文共 2 小節：1.前言；2.主題意識探討——小說作品互較。正文後附錄
〈關於日據時代臺灣雜誌、戲劇創作目錄節錄〉、〈1931—1945 楊逵與文壇之關係〉。

817. 王泰澤　　語文、思想與文學——兼論楊逵文學的臺灣主體性　臺灣文藝
　　　　　　　第 163、164 期合刊　1998 年 8 月　頁 69—71

818. 陳芳明　　賴和與臺灣左翼文學系譜——明朗的楊逵與黯淡的王詩琅　左翼
　　　　　　　臺灣：殖民地文學運動史論　臺北　麥田出版公司　1998 年 10 月
　　　　　　　頁 65—68

819. 陳芳明　　賴和與臺灣左翼文學系譜——明朗的楊逵與黯淡的王詩琅　左翼
　　　　　　　臺灣：殖民地文學運動史論　臺北　麥田出版公司　2007 年 6 月
　　　　　　　頁 65—68

820. 陳建忠　　被詛咒的文學？——戰後初期（1945—1949）臺灣小說的歷史考
　　　　　　　察——「銀鈴會」同仁的小說創作與楊逵　臺灣現代小說史綜論
　　　　　　　臺北　行政院文建會，聯經出版公司　1998 年 12 月　頁 59—63

821. 陳建忠　　被詛咒的文學？：戰後初期臺灣小說的歷史考察——「二二八事
　　　　　　　件」後臺灣小說的歷史考察——「銀鈴會」同仁的小說創作與楊
　　　　　　　逵　被詛咒的文學：戰後初期（1945—1949）臺灣文學論集　臺
　　　　　　　北　五南圖書出版公司　2007 年 1 月　頁 40—43

822. 陳明台　　主要小說，散文，評論作家——楊逵　臺中市文學史初編　臺中
　　　　　　　臺中市立文化中心　1999 年 6 月　頁 57—62

823. 李泰德　　同時期文人比較〔楊逵部分〕　文化變遷下的臺灣傳統文人——
　　　　　　　黃得時評傳　臺灣師範大學國文研究所　碩士論文　莊萬壽教授
　　　　　　　指導　1999 年 6 月　頁 133—143

824. 河原功　　楊逵作品解說　日本統治期台湾文学台湾人作家作品集・第一卷
　　　　　　　東京　緑蔭書房　1999 年 6 月　頁 377—389

825. 川村湊　　「植民地」の憂鬱——埴谷雄高と楊逵　社会文学　第 13 号
　　　　　　　1999 年 6 月　頁 12—16

826. 川村湊　　「植民地」の憂鬱——埴谷雄高と楊逵　作文のかなの大日本帝
　　　　　　　国　東京　岩波書店　2000 年 2 月　頁 209—215

827. 黃惠禎　　抗議作家的皇民文學——楊逵戰爭期小說評述[69]　中華學苑　第 53
　　　　　　　期　1999 年 8 月　頁 167—188

828. 陳幸蕙　　臺灣的良心——作家楊逵[70]　明道文藝　第 281 期　1999 年 8 月
　　　　　　　頁 44—56

829. 趙遐秋　　春光永遠關不住　臺灣鄉土文學八大家　北京　臺海出版社
　　　　　　　1999 年 11 月　頁 53—60

830. 陳　均　　首陽園中放異彩　臺灣鄉土文學八大家　北京　臺海出版社
　　　　　　　1999 年 11 月　頁 61—74

831. 陳芳明　　寫實文學與批判精神的抬頭——楊逵與三○年代的左翼作家　聯
　　　　　　　合文學　第 185 期　2000 年 3 月　頁 139—140

832. 謝崇耀　　論楊逵作品中的關懷思想與表現風格[71]　淡水牛津文藝　第 7 期
　　　　　　　2000 年 4 月　頁 137—148

833. 謝崇耀　　新論楊逵作品中的關懷思想與表現風格　臺灣文學略論　臺南
　　　　　　　臺南縣文化局　2002 年 10 月　頁 214—238

834. 黃惠禎　　楊逵と賴和の文学的絆[72]　日本台湾学會第一回学術大会論文　東
　　　　　　　京　東京大學　2000 年 6 月 3 日　〔19〕頁

835. 黃惠禎　　楊逵與賴和的文學因緣[73]　臺灣文學學報　第 3 期　2002 年 12 月
　　　　　　　頁 143—168

---

[69]本文旨在研究楊逵小說與「皇民文學」的關係，兼論「抗議小說」與「皇民小說」的評價問題，並藉由楊逵文學創作研究提醒學界二分「抗議文學」與「皇民文學」可能產生的矛盾。正文前有〈前言〉，全文共 4 小節：1.歷來對於楊逵小說的重要評論；2.楊逵的皇民小說；3.決戰下的楊逵與作品的改寫；4 皇民文學的評價問題。

[70]本文介紹楊逵生平及文學創作。全文共 3 小節：1.楔子；2.楊逵的一生；3.楊逵的文學生涯與創作成就。正文後附錄〈楊逵的遺聞軼事〉。

[71]本文分析楊逵寫作的技巧與作品風格。全文共 6 小節：1.前言；2.社會關懷思想與強毅堅定的風格；3.作品風格的承襲與成形；4.風格的轉變；5.情節、內容與人物的表現手法；6.結語。

[72]本文從楊逵的作品探討楊逵與賴和在文學史上的關係，除一窺楊逵的文學淵源，也有助於了解賴和在文學史上的地位。全文共 8 小節：1.はじめに；2.楊逵と賴和の交遊；3.賴和と雜誌《台湾新文学》；4.賴和——楊逵の文学の啓蒙者；5.名づけの父と〈新聞配達夫〉；6.楊逵にとる賴和文学の介紹；7.楊逵遺稿〈賴和先生の下駄〉；8.結論。中文篇名爲〈楊逵與賴和的文學因緣〉。

[73]本文共 8 小節：1.前言；2.楊逵和賴和之交遊；3.賴和與《臺灣新文學》雜誌；4.賴和指導楊逵的文學創作；5.命名之父與〈送報伕〉；6.楊逵對於賴和文學的介紹；7.楊逵遺稿〈賴和先生的木屐〉；8.結語。

836. 徐秀慧　　光復初期楊逵的文化活動初探　臺灣新文學思潮（1947—1949）
　　　　　　　研討會　南寧　中國作家協會主辦　2000 年 8 月 16—18 日

837. 張明雄　　社會人道的關懷——楊逵的小說　臺灣現代小說的誕生　臺北
　　　　　　　前衛出版社　2000 年 9 月　頁 94—103

838. 張明雄　　王詩琅與楊逵小說意境的比較　臺灣現代小說的誕生　臺北　前
　　　　　　　衛出版社　2000 年 9 月　頁 185—202

839. 王澄霞　　楊逵——壓不扁的玫瑰花　臺港澳文學教程　上海　漢語大辭典
　　　　　　　出版社　2000 年 10 月　頁 35—36

840. 黃惠禎　　壓不扁的玫瑰花——臺灣新文學家楊逵　國文天地　第 187 期
　　　　　　　2000 年 12 月　頁 68—72

841. 吳小分　　他的另一種聲音——看見劇場裡的楊逵　新觀念　第 148 期
　　　　　　　2001 年 2 月　頁 64—65

842. 葉石濤　　日治時代的小說（上、下）〔楊逵部分〕　臺灣新聞報　2001 年
　　　　　　　3 月 27—28 日　23 版

843. 林　晶　　論臺灣作家楊逵的小說創作　福建建築高等專科學校學報　2001
　　　　　　　年第 1 期　2001 年 3 月　頁 76—80

844. 〔中島利郎，河原功，下村作次郎編〕　　解說　日本統治期台湾文学文芸
　　　　　　　評論集・第五卷　東京　緑蔭書房　2001 年 4 月　頁 315—337

845. 康　原　　土地滋養下的文學花朵〔楊逵部分〕　臺中縣國民中小學臺灣文
　　　　　　　學讀本・兒童文學卷　臺中　臺中縣文化局　2001 年 6 月　頁 2

846. 陳映真　　臺灣報導文學的歷程〔楊逵部分〕　聯合報　2001 年 8 月 18 日
　　　　　　　43 版

847. 林淇瀁　　試論楊逵的文學書寫與社會實踐[74]　二十世紀臺灣歷史與人物——
　　　　　　　中華民國史專題第六屆研討會　臺北　國史館，國家圖書館主辦

---

[74]本文以楊逵在文學書寫與社會實踐兩個面向的奮鬥爲主軸，探究作家在近現代文學史上的位置。
　全文共 5 小節：1.緒言：心中有能源；2.在殖民帝國的表意系統下；3.農民運動過程中的挫敗；4.
　文學書寫的揚帆出海；5.結語：一個自主的人。後改篇名爲〈一個自主的人——論楊逵日治年代
　的社會實踐與文學書寫〉。

2001 年 10 月 23 日

848. 向　陽　　一個自主的人——論楊逵日治年代的社會實踐與文學書寫　自由
時報　2002 年 3 月 10 日　33 版

849. 林淇瀁　　一個自主的人：論楊逵日治年代的社會實踐與文學書寫　20 世紀
臺灣歷史與人物——第六屆中華民國史專題論文集　2002 年 12 月
31 日　頁 461—477

850. 林淇瀁　　一個自主的人——論楊逵日治年代的社會實踐與文學書寫　淡水
牛津臺灣文學研究集刊　第 5 期　2003 年 8 月　頁 115—132

851. 黃英哲　　楊逵與魯迅——喜見《楊逵全集》出版特別製作　聯合報　2001
年 12 月 13 日　37 版

852. 丸川哲史　　光復後の楊逵——台湾文学 1945—49 年への一考察　戦争責任
研究　第 34 号　2001 年 12 月　頁 10—19

853. 丸川哲史　　光復後の楊逵——台湾文学 1945—49 年への一考察　2001 年度
財団法人交流協会日台交流センター歴史研究者交流事業報告書
東京　財団法人交流協会　2002 年 1 月　〔13〕頁

854. 謝靜國　　尋找出路——論楊逵小說中的辛酸的浪漫[75]　臺灣人文　第 6 期
2001 年 12 月　頁 33—51

855. 金良守　　楊逵與金史良　第一屆中國現代文學亞洲學者國際學術會議——
越界與跨國：中國現代文學研究的區域視角與多元探索　新加坡
新加坡國立大學中文系，日本東京大學文學部中文科主辦　2002
年 4 月 20—21 日

856. 黃惠禎　　壓不扁的玫瑰花——楊逵的文學精神　聯合學報　第 19 期　2002
年 5 月　頁 27—38

857. 古繼堂　　偉大的現實主義作家楊逵　簡明臺灣文學史　北京　時事出版社
2002 年 6 月　頁 143—150

---

[75]本文探析楊逵對文學創作及文壇的態度與理想，如何影響其小說內容和特色。全文共 4 小節：1.
前言；2.左翼青年與國際主義友誼；3.偽裝的皇民化謳歌；4.小結：辛酸的浪漫。

858. 古繼堂　　偉大的現實主義作家楊逵　簡明臺灣文學史　臺北　人間出版社
　　　　2003 年 7 月　頁 153—161

859. 鍾肇政　　臺灣文學開花期──楊逵　鍾肇政全集・演講集　桃園　桃園縣
　　　　文化局　2002 年 11 月　頁 108—115

860. 清水賢一郎　　台湾・日本・中国のはざまで──楊逵〈新聞配達夫〉の中
　　　　国語訳その他　アジア遊学　第 48 号　2003 年 2 月　頁 156—
　　　　163

861. 黎湘萍　　從中文到日文：高壓下的文學策略〔楊逵部分〕　文學臺灣──
　　　　臺灣知識者的文化敘事與理論想像　北京　人民文學出版社
　　　　2003 年 3 月　頁 93—94

862. 趙勳達　　重新思考：楊逵的報導文學觀　《臺灣新文學》（1935—1937）的
　　　　定位及其抵殖民精神研究　成功大學臺灣文學系　碩士論文　林
　　　　瑞明教授指導　2003 年 4 月　頁 124—131

863. 趙勳達　　「殖民地文學」與文學風格的轉變：以楊逵的作品為中心　《臺
　　　　灣新文學》（1935—1937）的定位及其抵殖民精神研究　成功大學
　　　　臺灣文學系　碩士論文　林瑞明教授指導　2003 年 4 月　頁 164
　　　　—173

864. 黃惠禎　　楊逵小說中的女性形象[76]　二十世紀臺灣男性書寫的再閱讀──完
　　　　全女性觀點學術研討會　臺北　政治大學中國文學系主辦　2003
　　　　年 10 月 18—19 日　〔21〕頁

865. Faye Yuan Kleeman　　The Nativist Response[77]　Under an Imperial Sun:
　　　　JAPANESE　COLONIAL LITERATURE OF TAIWAN AND THE

---

[76]本文經由分析女性角色對楊逵小說的精神風貌提供不同視角的詮釋，並藉此深入剖析女性形象背後所反映的社會問題與文化現象。全文共 6 小節：1.命運悲慘的女子；2.無知、迷信的女人；3.追求解放的女尼；4.自私嘮叨的婦女；5.符合國策的女性塑像；6.楊逵妻女的投影。正文前有〈前言〉，後有〈結論〉，附錄〈楊逵小說女性角色一覽表〉。

[77]本文分別探討楊逵、呂赫若 2 人於日治時期的活動，及其小說裡殖民者與被殖民者的關係。全文共 3 小節：1.Socialist Idealism and Colonial Realuty: Yang Kui；2.The Colonial Encounter and Memory: Lü Heruo；3.Legacy of the Japanese-Language Generation。後由林ゆう子日譯為〈郷土文学派──楊逵と呂赫若〉；吳佩珍中譯為〈本土作家的回應〉。

　　　　　　　SOUTH　Honolulu　University of Hawaii Press　2003 年　頁 160
　　　　　　　—196

866. フェイ・阮・クリーマン著；林ゆう子譯　　郷土文学派——楊逵と呂赫若[78]
　　　　　　　大日本帝国のクレオール：植民地期台湾の日本語文学　東京
　　　　　　　慶應義塾大学出版会　2007 年 11 月　頁 191—232

867. 阮斐娜（Faye Yuan Kleeman）著；吳佩珍譯　　本土作家的回應[79]　帝國的太
　　　　　　　陽下：日本的臺灣及南方殖民文學　臺北　麥田出版公司　2010
　　　　　　　年 9 月　頁 211—253

868. 楊　翠　　學術剪刀手　臺灣日報　2004 年 1 月 13 日　25 版

869. 蔣小波　　楊逵的文學之鏡與臺灣的現代性[80]　楊逵作品研討會　南寧　中國
　　　　　　　作家協會主辦　2004 年 2 月 2—3 日　〔5〕頁

870. 蔣小波　　楊逵的文學之鏡與臺灣的現代性　楊逵——壓不扁的玫瑰花　北
　　　　　　　京　臺海出版社　2004 年 9 月　頁 298—306

871. 詹　澈　　從楊逵的幾首詩談起[81]　楊逵作品研討會　南寧　中國作家協會主
　　　　　　　辦　2004 年 2 月 2—3 日　〔5〕頁

872. 詹　澈　　從楊逵的幾首詩談起　世界華文文學論壇　2004 年 6 月　頁 11—
　　　　　　　13

873. 詹　澈　　從楊逵的幾首詩談起　楊逵——壓不扁的玫瑰花　北京　臺海出
　　　　　　　版社　2004 年 9 月　頁 345—351

874. 詹　澈　　從楊逵的詩談起　海哭的聲音　臺北　九歌出版社　2004 年 12 月

---

[78]本文共 3 小節：1.楊逵——社会主義的理想と植民地的現実——〈新聞配達夫〉；2.呂赫若——植
　民地との遭遇と記憶——〈牛車〉、〈清秋〉ほか；3.第二世代の日本語作家——呂赫若、龍瑛
　宗、翁鬧。
[79]本文共 7 小節：1.社會主義者的理想和殖民地的現實；2.楊逵和普羅文學運動；3.楊逵的小說；4.
　殖民地的邂逅與記憶：呂赫若；5.〈鄰居〉：友情，母性以及善意的殖民地主義；6.〈玉蘭花〉：
　印象、香氣與殖民地文藝；7.日語世代作家的傳奇。
[80]本文說明楊逵的創作主題在啓蒙意義上與中國現代性大主題相應，且其與魯迅一樣也存在對原鄉
　文化的「疏離」、「批判」、「認同」和「悲憫」的矛盾，並探討日語對其世界觀及作品藝術的影
　響。
[81]本文探討楊逵詩作的背景、內容及其文學觀。全文共 4 小節：1.從一首詩談起；2.筆耕的勞動
　者；3.糞便的現實主義與文章的味道；4.楊逵給予當今的啓示。

頁 221—229

875. 陳映真　　　學習楊逵精神[82]　楊逵作品研討會　南寧　中國作家協會主辦
　　　　　　　　2004 年 2 月 2—3 日　〔6〕頁

876. 陳映真　　　學習楊逵精神　世界華文文學論壇　2004 年第 2 期　2004 年 6 月
　　　　　　　　頁 6—10

877. 陳映真　　　學習楊逵精神　楊逵——壓不扁的玫瑰花　北京　臺海出版社
　　　　　　　　2004 年 9 月　頁 16—25

878. 陳映真　　　學習楊逵精神　學習楊逵精神　臺北　人間出版社　2007 年 6 月
　　　　　　　　頁 123—136

879. 洪銘水　　　楊逵的獄中創作　楊逵作品研討會　南寧　中國作家協會主辦
　　　　　　　　2004 年 2 月 2—3 日

880. 何標〔張光正〕　　「壓不扁精神」永放光芒[83]　楊逵作品研討會　南寧　中
　　　　　　　　國作家協會主辦　2004 年 2 月 2—3 日　〔2〕頁

881. 何　標　　　「壓不扁的玫瑰花」精神永放光芒　楊逵——壓不扁的玫瑰花
　　　　　　　　北京　臺海出版社　2004 年 9 月　頁 26—29

882. 古繼堂　　　中國抗日民族文學思想的高峰——論楊逵作品的主題[84]　楊逵作品
　　　　　　　　研討會　南寧　中國作家協會主辦　2004 年 2 月 2—3 日　〔6〕
　　　　　　　　頁

883. 古繼堂　　　「楊逵作品研討會」論點摘編——中國抗日民族文學思想的高峰
　　　　　　　　——論楊逵作品的主題　世界華文文學論壇　2004 年第 2 期
　　　　　　　　2004 年 6 月　頁 23

884. 古繼堂　　　中國抗日民族文學思想的高峰　楊逵——壓不扁的玫瑰花　北京
　　　　　　　　臺海出版社　2004 年 9 月　頁 30—41

---

[82]本文探討楊逵的文學，與其政治思想和實踐的關係。全文共 2 小節：1.楊逵先生的文學；2.楊逵
　先生的政治思想。正文後有〈結論〉。
[83]本文批判葉石濤對楊逵的評論，並從楊逵的言論闡明其統獨立場。
[84]本文探討楊逵小說的思想主題及特色，全文共 3 小節。

885. 樊洛平　　冰山覆蓋下的民族魂——試論楊逵的文學抗議姿態[85]　楊逵作品研
　　　　　　　討會　南寧　中國作家協會主辦　2004 年 2 月 2—3 日　〔5〕頁

886. 樊洛平　　「楊逵作品研討會」論點摘編——冰山覆蓋下的民族魂——試論
　　　　　　　楊逵的文學抗議姿態　世界華文文學論壇　2004 年第 2 期　2004
　　　　　　　年 6 月　頁 25

887. 樊洛平　　冰山覆蓋下的民族魂　楊逵——壓不扁的玫瑰花　北京　臺海出
　　　　　　　版社　2004 年 9 月　頁 42—49

888. 蕭　成　　楊逵小說的政治抵抗詩學[86]　楊逵作品研討會　南寧　中國作家協
　　　　　　　會主辦　2004 年 2 月 2—3 日　〔9〕頁

889. 蕭　成　　「楊逵作品研討會」論點摘編——楊逵小說的政治抵抗詩學　世
　　　　　　　界華文文學論壇　2004 年第 2 期　2004 年 6 月　頁 24—25

890. 蕭　成　　楊逵小說的政治抵抗詩學　楊逵——壓不扁的玫瑰花　北京　臺
　　　　　　　海出版社　2004 年 9 月　頁 50—68

891. 劉登翰，朱立立　　庶民認同、民族敘事與知識分子形象——論楊逵日據時
　　　　　　　期的文學書寫　楊逵作品研討會[87] 南寧　中國作家協會主辦
　　　　　　　2004 年 2 月 2—3 日　〔12〕頁

892. 劉登翰，朱立立　　「楊逵作品研討會」論點摘編——庶民認同、民族敘事
　　　　　　　與知識分子形象——論楊逵日據時期的文學書寫　世界華文文學
　　　　　　　論壇　2004 年第 2 期　2004 年 6 月　頁 21

893. 劉登翰，朱立立　　庶民認同、民族敘事與知識分子形象　楊逵——壓不扁
　　　　　　　的玫瑰花　北京　臺海出版社　2004 年 9 月　頁 149—173

894. 趙稀方　　楊逵小說與臺灣本土論述[88]　楊逵作品研討會　南寧　中國作家協

---

[85]本文描述楊逵的社會經歷影響其文學創作，探討其小說主題、特色及寫作技巧。
[86]本文以政治層面探究楊逵小說的藝術形態，從歷史及現實兩方面發掘楊逵小說對臺灣及中國文學
　的新意義。全文共 4 小節：1.公開以階級鬥爭理論顛覆殖民霸權；2.挪用「他者」的抵抗策略；3.
　「互文性」的文本建構策略；4.象徵、隱喻、反諷的隱蔽書寫方式。正文後有〈結束語〉。
[87]本文先分析楊逵的身分認同在於庶民，再探討其小說創作的動機、題旨與思想。全文共 3 小節：
　1.引言：庶民認同的身份建構；2.記憶政治：楊逵日據時期的文學書寫；3.結語：跨世紀老兵的
　精神能源。
[88]本文探討楊逵的文學創作特色，藉此批駁陳芳明對楊逵作品的本土論述解讀。全文共 3 小節：1.

　　　　　　會主辦　　2004 年 2 月 2—3 日　〔8〕頁

895. 趙稀方　　「楊逵作品研討會」論點摘編——楊逵小說與臺灣本土論述　世
　　　　　　界華文文學論壇　2004 年第 2 期　2004 年 6 月　頁 27

896. 趙稀方　　楊逵小說與臺灣本土論述　楊逵——壓不扁的玫瑰花　北京　臺
　　　　　　海出版社　2004 年 9 月　頁 215—229

897. 趙稀方　　楊逵小說與臺灣本土論述　學習楊逵精神　臺北　人間出版社
　　　　　　2007 年 6 月　頁 105—122

898. 黎湘萍　　「楊逵問題」：殖民地意識及其起源[89]　楊逵作品研討會　南寧
　　　　　　中國作家協會主辦　2004 年 2 月 2—3 日　〔7〕頁

899. 黎湘萍　　「楊逵問題」：殖民地意識及其起源　華文文學　2004 年第 5 期
　　　　　　2004 年 5 月　頁 11—18

900. 黎湘萍　　「楊逵作品研討會」論點摘編——「楊逵問題」：殖民地意識及其
　　　　　　起源　世界華文文學論壇　2004 年第 2 期　2004 年 6 月　頁 24

901. 黎湘萍　　「楊逵問題」：殖民地意識及其起源　楊逵——壓不扁的玫瑰花
　　　　　　北京　臺海出版社　2004 年 9 月　頁 198—214

902. 朱雙一　　楊逵文學呈現的殖民地苦難和光明憧憬——兼與中國大陸淪陷區
　　　　　　鄉土文學比較[90]　楊逵作品研討會　南寧　中國作家協會主辦
　　　　　　2004 年 2 月 2—3 日　〔9〕頁

903. 朱雙一　　「楊逵作品研討會」論點摘編——楊逵文學呈現的殖民地苦難和
　　　　　　光明憧憬——兼與中國大陸淪陷區鄉土文學比較　世界華文文學
　　　　　　論壇　2004 年第 2 期　2004 年 6 月　頁 23

904. 朱雙一　　楊逵文學呈現的殖民地苦難和光明憧憬　楊逵——壓不扁的玫瑰

　　階級的維度；2.文化觀與民族主義；3.後殖民理論。

[89]本文分析楊逵文學「殖民地意識」萌生和發展的過程，以探討被壓迫民族、階級意識與殖民地特殊「現代性」的關係。全文共 2 小節：1.「楊逵文學」的「非文學」解讀；2.個人時間・政治性時間・殖民地意識。

[90]本文探討楊逵小說內容所展現的理想追求，及其對中國與中國作家的關注所產生的影響。全文共 3 小節：1.融合「浪漫因素」的現實主義文藝觀；2.書寫殖民統治下的深重苦難；3.苦難中的光明憧憬。

花　北京　臺海出版社　2004 年 9 月　頁 181—197

905. 朱雙一　楊逵文學呈現的殖民地苦難和光明憧憬——兼與中國大陸淪陷區

鄉土文學比較　臺灣文學思潮與淵源　福州　海峽學術出版社

2005 年 2 月　頁 73—90

906. 盧斯飛　疾風知勁草，嚴霜識貞木——楊逵筆下的知識分子形象[91]　楊逵作

品研討會　南寧　中國作家協會主辦　2004 年 2 月 2—3 日

〔4〕頁

907. 盧斯飛　疾風知勁草，嚴霜識貞木——楊逵筆下的知識分子形象　閱讀與

寫作　2004 年第 3 期　2004 年 3 月　頁 1—2

908. 盧斯飛　疾風知勁草嚴霜識貞木　楊逵——壓不扁的玫瑰花　北京　臺海

出版社　2004 年 9 月　頁 174—180

909. 石一寧　楊逵的文學品格[92]　楊逵作品研討會　南寧　中國作家協會主辦

2004 年 2 月 2—3 日　〔5〕頁

910. 石一寧　楊逵的文學品格　南方文壇　2004 年第 2 期　2004 年 2 月　頁 70

—73

911. 石一寧　「楊逵作品研討會」論點摘編——楊逵的文學品格　世界華文文

學論壇　2004 年第 2 期　2004 年 6 月　頁 20—21

912. 石一寧　楊逵的文學品格　楊逵——壓不扁的玫瑰花　北京　臺海出版社

2004 年 9 月　頁 114—122

913. 古遠清　楊逵：臺灣左翼文學的開拓先鋒[93]　楊逵作品研討會　南寧　中國

作家協會主辦　2004 年 2 月 2—3 日　〔3〕頁

914. 古遠清　「楊逵作品研討會」論點摘編——楊逵：臺灣左翼文學的開拓先

鋒　世界華文文學論壇　2004 年第 2 期　2004 年 6 月　頁 21—22

915. 古遠清　楊逵：臺灣左翼文學的開拓先鋒　楊逵——壓不扁的玫瑰花　北

京　臺海出版社　2004 年 9 月　頁 96—101

---

[91]本文探討楊逵小說中本土與留學日本兩種知識分子的形象，全文共 3 小節。

[92]本文探討楊逵小說與論述文章所展現的民族意識。

[93]本文描述臺灣左翼文學的發端，探討楊逵小說創作中的左翼思想，介紹楊逵的文學評論內容。

916. 劉紅林　日文寫作的中國屬性——論楊逵小說的文化特質[94]　楊逵作品研討
　　　會　南寧　中國作家協會主辦　2004 年 2 月 2—3 日　〔7〕頁

917. 劉紅林　「楊逵作品研討會」論點摘編——日文寫作的中國屬性——論楊
　　　逵小說的文化特質　世界華文文學論壇　2004 年第 2 期　2004 年
　　　6 月　頁 22

918. 劉紅林　日文寫作的中國屬性　楊逵——壓不扁的玫瑰花　北京　臺海出
　　　版社　2004 年 9 月　頁 102—113

919. 趙遐秋　楊逵的中國文學視野——從《新生報》「橋」的論爭看楊逵的中國
　　　作家身份[95]　楊逵作品研討會　南寧　中國作家協會主辦　2004
　　　年 2 月 2—3 日　〔10〕頁

920. 趙遐秋　「楊逵作品研討會」論點摘編——楊逵的中國文學視野——從
　　　《新生報》「橋」的論爭看楊逵的中國作家身份　世界華文文學論
　　　壇　2004 年第 2 期　2004 年 6 月　頁 26

921. 趙遐秋　楊逵的中國文學視野　楊逵——壓不扁的玫瑰花　北京　臺海出
　　　版社　2004 年 9 月　頁 83—95

922. 范寶慈　楊逵與其《綠島家書》[96]　楊逵作品研討會　南寧　中國作家協會
　　　主辦　2004 年 2 月 2—3 日　〔5〕頁

923. 范寶慈　「楊逵作品研討會」論點摘編——楊逵及其《綠島家書》　世界
　　　華文文學論壇　2004 年第 2 期　2004 年 6 月　頁 19

924. 范寶慈　楊逵及其《綠島家書》　楊逵——壓不扁的玫瑰花　北京　臺海
　　　出版社　2004 年 9 月　頁 76—82

925. 陸卓寧　歷史存在的現實確證——楊逵文學精神的多重透視[97]　楊逵作品研

---

[94] 本文探討楊逵小說的主題與文化立場，析論其小說的「中國屬性」特質。全文共 3 小節：1.控訴日本殖民者和封建地主的惡行；2.揭示殖民地的悲哀；3.鼓舞人民大眾的鬥志。

[95] 本文探討《臺灣新生報》副刊「橋」的臺灣文學論爭共識，及楊逵在此論爭中的主張及看法，批駁游勝冠對此論爭的解讀，全文共 3 小節。

[96] 本文描述作者與楊逵見面的情形，接觸、閱讀《綠島家書》的經過，介紹此書內容。全文共 2 小節：1.有幸見到楊逵先生；2.有幸讀到《綠島家書》。

[97] 本文描述楊逵的經歷，探究其在文學作品中展現的反抗精神，說明賴和對楊逵的影響，全文共 3 小節。

討會　南寧　中國作家協會主辦　2004 年 2 月 2—3 日　〔6〕頁

926. 陸卓寧　「楊逵作品研討會」論點摘編——歷史存在的現實確證——楊逵
文學精神的多重透視　世界華文文學論壇　2004 年第 2 期　2004
年 6 月　頁 20

927. 陸卓寧　歷史的「遺漏」：深入楊逵文學精神　楊逵——壓不扁的玫瑰花
北京　臺海出版社　2004 年 9 月　頁 279—288

928. 胡有清　玫瑰花、園丁及其他——淺談楊逵作品中的象徵意象[98]　楊逵作品
研討會　南寧　中國作家協會主辦　2004 年 2 月 2—3 日　〔5〕
頁

929. 胡有清　「楊逵作品研討會」論點摘編——玫瑰花、園丁及其他——淺談
楊逵作品中的象徵意象　世界華文文學論壇　2004 年第 2 期
2004 年 6 月　頁 26

930. 胡有清　玫瑰花、園丁及其他　楊逵——壓不扁的玫瑰花　北京　臺海出
版社　2004 年 9 月　頁 289—297

931. 吳　笛　男性參照下的臺灣日據時期女性書寫——以楊逵和葉陶以及同期
的作家爲例[99]　楊逵作品研討會　南寧　中國作家協會主辦　2004
年 2 月 2—3 日　〔6〕頁

932. 吳　笛　男性參照下的臺灣日據時期女性書寫　楊逵——壓不扁的玫瑰花
北京　臺海出版社　2004 年 9 月　頁 314—324

933. 曾慶瑞　評「文學臺獨」派的「楊逵遺恨」[100]　楊逵作品研討會　南寧　中
國作家協會主辦　2004 年 2 月 2—3 日　〔9〕頁

934. 曾慶瑞　「楊逵作品研討會」論點摘編——評「文學臺獨」派的「楊逵遺
恨」　世界華文文學論壇　2004 年第 2 期　2004 年 6 月　頁 26—

---

[98]本文探討花草意象在楊逵小說〈鵝媽媽出嫁〉及〈春光關不住〉裡的象徵運用，析論〈園丁日記〉與〈泥娃娃〉中的園丁意象，全文共 4 小節。

[99]本文以葉陶、楊千鶴、辜顏碧霞的小說爲主，楊逵、呂赫若的小說爲例，探討日治時期男性與女性作家對女性形象的描寫。

[100]本文以葉石濤爲主，兼及彭瑞金、陳芳明、林瑞明及游勝冠等學者，批駁他們對楊逵評論文章的解讀與論點。

27

935. 曾慶瑞　　評「文學臺獨」派的「楊逵遺恨」　楊逵——壓不扁的玫瑰花
　　　　　　　北京　臺海出版社　2004 年 9 月　頁 230—241

936. 曹　劍　　楊逵文學中的土地情結[101]　楊逵作品研討會　南寧　中國作家協
　　　　　　　會主辦　2004 年 2 月 2—3 日　〔8〕頁

937. 曹　劍　　楊逵文學中的土地情結　世界華文文學論壇　2004 年第 2 期
　　　　　　　2004 年 6 月　頁 14—18

938. 曹　劍　　楊逵文學中的土地情結　楊逵——壓不扁的玫瑰花　北京　臺海
　　　　　　　出版社　2004 年 9 月　頁 325—339

939. 白舒榮　　錚錚鐵骨寫春秋——日據時代著名作家楊逵[102]　楊逵作品研討會
　　　　　　　南寧　中國作家協會主辦　2004 年 2 月 2—3 日　〔8〕頁

940. 白舒榮　　「楊逵作品研討會」論點摘編——錚錚鐵骨寫春秋——日據時代
　　　　　　　著名作家楊逵　世界華文文學論壇　2004 年第 2 期　2004 年 6 月
　　　　　　　頁 22—23

941. 白舒榮　　錚錚鐵骨寫春秋——日據時代著名作家楊逵　楊逵——壓不扁的
　　　　　　　玫瑰花　北京　臺海出版社　2004 年 9 月　頁 371—385

942. 沈慶利　　小說家的史家情懷——楊逵「以小說糾正歷史」文學思想芻議[103]
　　　　　　　楊逵作品研討會　南寧　中國作家協會主辦　2004 年 2 月 2—3 日
　　　　　　　〔4〕頁

943. 沈慶利　　「楊逵作品研討會」論點摘編——小說家的史家情懷——楊逵
　　　　　　　「以小說糾正歷史」文學思想芻議　世界華文文學論壇　2004 年
　　　　　　　第 2 期　2004 年 6 月　頁 23—24

944. 沈慶利　　小說家的史家情懷　楊逵——壓不扁的玫瑰花　北京　臺海出版
　　　　　　　社　2004 年 9 月　頁 307—313

---

[101]本文以楊逵文學中的「土地」情結爲中心，藉此梳理楊逵思想中的「土地」、「勞動」、「農民」
　　意識。
[102]本文描述楊逵的經歷與思想，探討其文學作品的內容及特點。
[103]本文探析楊逵的歷史意識與文學觀念，及對當前兩岸文藝的啓示，全文共 3 小節。

945. 莊若江　殖民統治下的中國文化的標識——論楊逵小說的文化精神　楊逵
作品研討會　南寧　中國作家協會主辦　2004 年 2 月 2—3 日

946. 莊若江　「楊逵作品研討會」論點摘編——殖民統治下的中國文化的標識
——論楊逵小說的文化精神　世界華文文學論壇　2004 年第 2 期
2004 年 6 月　頁 25

947. 莊若江　殖民統治下的中國文化的標識　楊逵——壓不扁的玫瑰花　北京
臺海出版社　2004 年 9 月　頁 138—148

948. 曾健民　二二八事件中的文學〔楊逵部分〕　聯合報　2004 年 2 月 26 日
E7 版

949. 王美薇　普羅的知音——試論楊逵戰爭期（1942—1945）社會主義色彩作
品中本土意識的偷渡[104]　第一屆全國臺灣文學研究生學術研討會
新竹　國家臺灣文學館主辦　2004 年 5 月 1—2 日

950. 王美薇　普羅的知音——試論楊逵戰爭期（1942—1945）社會主義色彩作
品中本土意識的偷渡　第一屆全國臺灣文學研究生學術研討會論
文集　臺南　國家臺灣文學館　2004 年 7 月　頁 135—149

951. 陳志瑋　日治時期楊逵小說中的疾病書寫[105]　第一屆全國臺灣文學研究生
學術研討會　新竹　國家臺灣文學館主辦　2004 年 5 月 1—2 日

952. 陳志瑋　日治時期楊逵小說中的疾病書寫　第一屆全國臺灣文學研究生學
術研討會論文集　臺南　國家臺灣文學館　2004 年 7 月　頁 151
—168

953. 陳建忠　日治時期臺灣文學（1895—1945）——日治時期代表作家、作品
〔楊逵部分〕　臺灣的文學　臺北　群策會李登輝學校　2004 年
5 月　頁 62—63

---

[104]本文討論楊逵於 1942 至 1945 年發表的小說書寫策略。全文共 5 小節：1.前言；2.楊逵的文學理
念；3.復出之途：楊逵一九四二年小說轉折的風貌；4.在增產背後：一九四四年楊逵的動員異
聲；5.結語：動員中的逆流。
[105]本文探討楊逵日治時期疾病小說書寫的特殊性。全文共 3 小節：1.小說中的疾病書寫分析；2.小
說中疾病書寫的價值；3.結語。

954. 許達然　楊逵小說裡知識分子的疏離[106]　楊逵文學國際學術研討會論文集
臺中　國家臺灣文學館，靜宜大學臺灣文學系主辦　2004 年 6 月
19—20 日　〔25〕頁

955. 陳芳明　楊逵在歷史上的兩次出走——從農民運動分裂到文學運動分裂[107]
楊逵文學國際學術研討會論文集　臺中　國家臺灣文學館，靜宜
大學臺灣文學系主辦　2004 年 6 月 19—20 日　〔12〕頁

956. 陳培豐　大眾的爭奪——〈送報伕〉・《國王》・《水滸傳》[108]　楊逵文學國
際學術研討會論文集　臺中　國家臺灣文學館，靜宜大學臺灣文
學系主辦　2004 年 6 月 19—20 日　〔26〕頁

957. 趙勳達　大東亞戰爭陰影下的「糞寫實主義」論爭——以西川滿與楊逵為
中心[109]　楊逵文學國際學術研討會論文集　臺中　國家臺灣文學
館，靜宜大學臺灣文學系主辦　2004 年 6 月 19—20 日　〔30〕頁

958. 魏貽君　日治時期楊逵的文學批評理論初探[110]　楊逵文學國際學術研討會論
文集　臺中　國家臺灣文學館，靜宜大學臺灣文學系主辦　2004
年 6 月 19—20 日　〔22〕頁

959. 林淇瀁　擊向左外野：論日治時期楊逵的報導文學理論與實踐[111]　楊逵文學

---

[106] 本文簡述馬克思和社會學家 Melvin Seeman 對疏離的闡釋，及疏離反諷敘事模式，探討楊逵〈送
報伕〉、〈難產〉、〈靈籤〉、〈紳士軼話〉、〈無醫村〉、〈鵝媽媽出嫁〉、〈生意不好的醫學士〉、〈田
園小景〉及〈模範村〉這些小說裡知識分子的疏離。全文共 3 小節：1.疏離：概念和反諷；2.楊
逵小說裡知識分子的疏離；3.小結。

[107] 本文藉由探討楊逵 1920 至 1930 年代的政治立場與文學運動上的轉折，來了解其對殖民地抵抗
運動的理解。全文共 4 小節：1.引言；2.農民運動者楊逵；3.左傾化農民運動與楊逵；4.文學運
動者楊逵。

[108] 本文探討楊逵在「大眾化」論爭中的應對與其象徵意義。全文共 6 小節：1.前言；2.《國王》與
日本左翼的藝術大眾化論爭；3.楊逵對於大眾之思辯位置的移動；4.從媒體戰略的角度來看楊逵
的《臺灣新文學》；5.爭奪大眾是教化大眾的前提——抵殖民・反法西斯・反臣民化；6.結論。

[109] 本文分析西川滿提出「糞寫實主義」的動機與策略，並以楊逵等臺灣作家的回應作為參照系
統。全文共 6 小節：1.前言；2.西川滿提出「糞寫實主義」的動機論；3.西川滿一派批評「糞寫
實主義」的過程與策略；4.楊逵等作家對局勢的判斷與對西川滿陣營的回應；5.大東亞戰爭下西
川滿與楊逵文學觀的滑動；6.結論。

[110] 本文透過《楊逵全集》輯錄楊逵於日治時期發表的文學評論作品，論證其為臺灣新文學史上第
一位建構「文學批評理論」的實踐者。全文共 4 小節：1.觀看楊逵的新視窗；2.楊逵「文學批
評」書寫的兩個尖峰時段；3.楊逵對「文學」的辯證定義；4.楊逵對「文學批評」的辯證定義。
正文後有〈結語〉，附錄〈楊逵在日治時期公開發表的文學批評作品表〉。

[111] 本文探討楊逵在報導文學書寫方面的重要貢獻。全文共 4 小節：1.緒言：真實與文學大眾化；2.

國際學術研討會論文集　臺中　國家臺灣文學館，靜宜大學臺灣
文學系主辦　2004 年 6 月 19—20 日　〔17〕頁

960. 林淇瀁　擊向左外野——論日治時期楊逵的報導文學理論與實踐　臺灣史
料研究　第 23 期　2004 年 8 月　頁 134—152

961. 彭瑞金　戰後初期楊逵的臺灣文學發言及其影響[112]　楊逵文學國際學術研
討會論文集　臺中　國家臺灣文學館，靜宜大學臺灣文學系主辦
2004 年 6 月 19—20 日　〔11〕頁

962. 彭瑞金　楊逵戰後的臺灣文學發言及其影響　臺灣文學史論集　高雄　春
暉出版社　2006 年 8 月　頁 219—238

963. 陳建忠　行動主義、左翼美學與臺灣性：戰後初期（1945—1949）楊逵的
文學論述[113]　楊逵文學國際學術研討會論文集　臺中　國家臺灣文
學館，靜宜大學臺灣文學系主辦　2004 年 6 月 19—20 日　〔30〕
頁

964. 陳建忠　行動主義、左翼美學與臺灣性——戰後初期楊逵的文學論述　被
詛咒的文學——戰後初期（1945—1951）臺灣文學論集　臺北
五南圖書出版公司　2007 年 1 月　頁 103—139

965. 彭小妍　文化認同和創作語言〔楊逵部分〕　讀書　2004 年第 6 期　2004
年 6 月　頁 69—70

966. 金炳華　在「楊逵作品研討會」上的開幕詞　世界華文文學論壇　2004 年
第 2 期　2004 年 6 月　頁 4—5

967. 黃惠禎　楊逵與糞現實主義文學論爭[114]　臺灣文學學報　第 5 期　2004 年 6

書寫：從地方和大眾來的「報告文學」；3.踏查：第五輛牛車疊著四具棺材；4.結語：作為志業
或者技藝？。

[112] 本文爬梳楊逵對建構臺灣新文學的發言，及其在文學史上的意義。全文共 4 小節：1.戰爭時期
（一九三七年——一九四五年）楊逵的文學言動；2.戰後初期的楊逵；3.被迫變更文學戰鬥位置的
楊逵；4.戰後初期楊逵文學發言的意義。後改篇名為〈楊逵戰後的臺灣文學發言及其影響〉。

[113] 本文先由楊逵日據時期的論述談起，勾勒其演變及特質，最後論證其依據。全文共 5 小節：1.導
言：戰後初期的楊逵研究；2.日據時期楊逵的文學論述；3.二二八事件前楊逵的文學論述；4.二
二八事件後楊逵的文學論述；5.最後的銀鈴：楊逵文學論述的餘響。

[114] 本文探析楊逵於 1943 年文學論爭中的思想立場。全文共 10 小節：1.前言；2.論爭的引爆與臺

月　頁 187—224

968. 陳芳明　臺灣文壇向左轉：楊逵與三〇年代的文學批評[115]　「二十世紀台灣
　　　　　　文化綜合研究」學術研討會　東京　東京大學文學部，中研院中
　　　　　　國文哲研究所主辦　2004 年 9 月 27—10 月 3 日　〔21〕頁

969. 陳芳明　臺灣文壇向左轉：楊逵與三〇年代的文學批評　臺灣文學學報
　　　　　　第 7 期　2005 年 12 月　頁 99—127

970. 黃惠禎　楊逵與日本警察入田春彥——兼及入田春彥仲介魯迅文學的相關
　　　　　　問題[116]　臺灣文學評論　第 4 卷第 4 期　2004 年 10 月 15 日　頁
　　　　　　101—122

971. 彭瑞金，黃英哲　　「橋」副刊論爭與戰後初期臺灣文學重建〔楊逵部分〕
　　　　　　臺灣新文學發展重大事件論文集　臺南　國家臺灣文學館　2004
　　　　　　年 12 月　頁 48—73

972. 劉紅林　楊逵小說藝術辯　學海　2004 年第 6 期　2004 年 12 月　頁 120—
　　　　　　122

973. 鄧慧恩　文化的擺渡——楊逵翻譯作品的社會意義與詮釋[117]　文學與社會學
　　　　　　術研討會：2004 青年文學會議論文集　臺南　國家臺灣文學館
　　　　　　2004 年 12 月　頁 273—306

974. 鄧慧恩　文化的擺渡——楊逵翻譯作品的社會意義與詮釋　文訊雜誌　第
　　　　　　232 期　2005 年 2 月　頁 58—59

延；3.「世外民」的回應及反響；4.楊逵表態擁護現實主義；5.論爭的緣起；6.西川滿的地方主
義浪漫文學；7.本土文學觀對決外地文學論；8.以翼贊國策為目的之外地文學；9.楊逵反對以文
學協力戰爭；10.結語。

[115]本文探討楊逵的文學批評，從楊逵與「臺灣農民組合」、「臺灣文藝聯盟」的兩次決裂檢驗其
「人道的社會主義」精神。全文共 5 小節：1.前言；2.農民運動者楊逵；3.左翼文學批評路線的
形成；4.楊逵的左翼文學批評；5.結語。

[116]本文補充新史料，探討入田春彥仲介魯迅文學對楊逵的影響。全文共 7 小節：1.前言；2.日本警
官入田春彥的文學生涯；3.入田春彥對殖民地左翼文學的支持；4.戰後初期楊逵對魯迅的介紹；
5.楊逵對魯迅精神的理解與轉化；6.楊逵以魯迅文學詮釋臺灣新文學；7.結語。

[117]本文以楊逵翻譯作品與所處的時代，探討其翻譯的原因和背景，以了解楊逵心中想望的社會藍
圖。全文共 5 小節：1.前言；2..踏上憧憬之途；3.日本的社會主義運動；4.楊逵的翻譯作品；5.
結論。

975. 朱雙一　　當代臺灣鄉土文學的四大類型及其淵源——以五〇年代爲中心
　　　　　　〔楊逵部分〕　臺灣文學思潮與淵源　臺北　海峽學術出版社
　　　　　　2005 年 2 月　頁 199—201

976. 蔣朗朗　　臺灣日據時期小說文本精神內涵的解讀——以受難感爲例〔楊逵
　　　　　　部分〕　海南師範學院學報　2005 年第 1 期　2005 年 3 月　頁 72
　　　　　　—81

977. 黃惠禎　　一九四八年臺灣文學論戰的再檢討——楊逵與《新生報》「橋」上
　　　　　　的論爭[118]　第六屆「中國近代文化的解構與重建」學術研討會——
　　　　　　中華文化與臺灣文化：延續與斷裂　臺北　政治大學文學院主辦
　　　　　　2005 年 5 月 6 日

978. 黃惠禎　　一九四八年臺灣文學論戰的再檢討——楊逵與《新生報》「橋」上
　　　　　　的論爭　第六屆「中國近代文化的解構與重建」學術研討會論文
　　　　　　集——中華文化與臺灣文化：延續與斷裂　臺北　政治大學文學
　　　　　　院　2005 年 12 月　頁 149—182

979. 王德威　　左翼臺灣〔楊逵部分〕　臺灣：從文學看歷史　臺北　麥田出版
　　　　　　公司　2005 年 9 月　頁 160—161

980. 黃萬華　　日佔區文學——楊逵、吳濁流和日據時期臺灣文學　中國現當代
　　　　　　文學·第 1 卷　濟南　山東文藝出版社　2006 年 3 月　頁 360—
　　　　　　361

981. 垂水千惠著；王俊文譯　　爲了臺灣普羅大眾文學的確立——楊逵的一個嘗
　　　　　　試[119]　後殖民的東亞在地化思考：臺灣文學場域　臺南　國家臺灣
　　　　　　文學館籌備處　2006 年 4 月　頁 113—132

---

[118]本文以楊逵在臺灣文學論戰中的發言爲主，重新檢討《臺灣新生報》副刊「橋」論爭的內容與
意義。全文共 7 小節：1.從「文藝」到「橋」的數次論爭；2.〈如何建立臺灣新文學〉的建議與
回響；3.發展臺灣新文學的路向與方法；4.臺灣文學的歷史與性質；5.楊逵獨立自主的文學立
場；6.楊逵挺身對抗鄉土文學論述；7.歌雷扮演的角色之謎。
[119]本文考察楊逵發表〈送報伕〉至《臺灣新文學》創刊期間的言論，探討《臺灣新文學》創刊後
其關心對象的變遷及致力於何種文學的探索。全文共 3 小節：1.〈新文學管見〉中對社會主義現
實主義爭論的批判；2.再論貴司山治的「文學大眾化爭論」；3.楊逵在《臺灣新文學》中的實
踐。正文前有〈前言〉，後有〈結語〉。

982. 徐秀慧　解殖與國族想像——1948 年香港《大眾文藝叢刊》與臺灣「橋」
　　　　　　　副刊爭論的「新中國」、「新文化」想像〔楊逵部分〕　後殖民的
　　　　　　　東亞在地化思考：臺灣文學場域　臺南　國家臺灣文學館籌備處
　　　　　　　2006 年 4 月　頁 156—159

983. 黃惠禎　承先與啓後：楊逵與戰後初期臺灣文學系譜[120]　臺灣文學學報
　　　　　　　第 8 期　2006 年 6 月　頁 1—32

984. 黃文成　國民政府遷台以後（1945—1978）——楊逵論[121]　受刑與書寫—
　　　　　　　—臺灣監獄文學考察（1895—2005）　中國文化大學中國文學系
　　　　　　　博士論文　康來新教授指導　2006 年 6 月　頁 121—144

985. 黃文成　國民政府遷台以後（1945—1978）——楊逵論　關不住的繆思—
　　　　　　　—臺灣監獄文學縱橫論　臺北　秀威資訊科技公司　2008 年 4 月
　　　　　　　頁 129—157

986. 許倍榕　寫實主義路線之爭——左翼階級立場的寫實主義路線——楊逵的
　　　　　　　「真實的寫實主義」　30 年代啓蒙「左翼」論述——以劉捷爲觀
　　　　　　　察對象　成功大學臺灣文學系　碩士論文　游勝冠教授指導
　　　　　　　2006 年 7 月　頁 75—78

987. 許倍榕　文藝大眾化的再考察——何謂大眾？——劉捷與楊逵的辯論　30
　　　　　　　年代啓蒙「左翼」論述——以劉捷爲觀察對象　成功大學臺灣文
　　　　　　　學系　碩士論文　游勝冠教授指導　2006 年 7 月　頁 117—120

988. 周馥儀　楊逵晚年的臺灣思索（1970—1985）[122]　第三屆全國臺灣文學研究
　　　　　　　生學術論文研討會論文集　臺南　國家臺灣文學館籌備處　2006

---

[120] 本文主要藉由戰後初期楊逵的文學活動，探討楊逵如何承先啓後，建構戰後初期臺灣本土文學
系譜。全文共 7 小節：1.前言；2.日治時期文學遺產的重估；3.楊逵對林幼春、賴和文學精神的
詮釋；4.林幼春、賴和作品的重刊與介紹；5.提攜新生代作家進攻文壇；6.指導銀鈴會成員文學
創作；7.結語。

[121] 本文介紹楊逵因〈和平宣言〉入獄後於獄中創作的文學作品，包含雜記、詩歌、小說、家書與
劇本，析論其內容及特色。全文共 3 小節：1.獄中散文雜記／詩歌／小說創作；2.形式／刑室的
書寫——《綠島家書》；3.粉墨登場戲官場。

[122] 本文以《楊逵全集》爲主，建構楊逵晚年對臺灣問題的思考圖像。全文共 6 小節：1.冰山底下的
楊逵晚年；2.變動年代的在場；3.中國結與臺灣結裡的「楊逵」；4.「統一」的指涉；5.「草根
性」的立基；6.追尋「民主」的臺灣思索。

　　　　　　　年 7 月　頁 165—195

989. 黃惠禎　　戰後初期楊逵的社會運動及政治參與[123]　臺灣文學研究學報　第 3
　　　　　　　期　2006 年 10 月　頁 249—286

990. 羅詩雲　　「國語」與《論語》——以楊逵、楊守愚為分析對象[124]　臺灣文學
　　　　　　　評論　第 7 卷第 1 期　2007 年 1 月　頁 5—27

991. 張晉軍　　為苦難農工代言——楊逵與楊青矗鄉土小說比較淺論　太原大學
　　　　　　　教育學院學報　2007 年第 z1 期　2007 年 6 月　頁 62—65

992. 胡文嘉　　臺灣報導文學批評——三〇年代楊逵的提倡　《綜合月刊》報導
　　　　　　　文學作品之敘事分析　東華大學中國語文學系　碩士論文　須文
　　　　　　　蔚教授指導　2007 年 7 月　頁 47—48

993. 〔施　淑編〕　　楊逵　日據時代臺灣小說選　臺北　麥田出版公司　2007
　　　　　　　年 9 月　頁 117—118

994. 黃頌顯　　日治時期臺灣新文學運動——以 1920 年代為中心——楊逵社會主
　　　　　　　義思想　明道日本語教育　第 1 期　2007 年 9 月　頁 177—179

995. 黃美序　　臺風西雨新舞臺（臺灣行）——臺灣「新劇」作家——楊逵　戲
　　　　　　　劇的味／道　臺北　五南圖書出版公司　2007 年 10 月　頁 321

996. 方耀乾　　臺語詩——楊逵的奶水　王城氣度　第 24 期　2008 年 2 月　頁
　　　　　　　90

997. 彭瑞金　　前言：高雄文學史現代篇發展概述〔楊逵部分〕　高雄市文學史
　　　　　　　——現代篇　高雄　高雄市立圖書館　2008 年 5 月　頁 34—48

998. 彭瑞金　　一九三〇、四〇年代高雄文學建構的奠基者群像——社會運動家
　　　　　　　楊逵和葉陶的文學　高雄市文學史——現代篇　高雄　高雄市立

---

[123]本文藉由史料與楊逵親友的回憶，勾勒出楊逵的政治活動，了解其追求臺灣自治、主體性的精
　神。全文共 8 小節：1.前言；2.參與建設臺灣的戰後新生活；3.臺灣革命先烈事蹟調查及遺族的
　救援；4.楊逵與革命先烈遺族救援會等團體；5.投身武裝革命；6.楊逵與人民協會的路線之爭；7.
　楊逵與麥浪歌詠隊；8.結語。
[124]本文透過楊逵及楊守愚之作品，探討日治時期的臺灣文學作家，對於殖民地教育體制的看法。
　全文共 4 小節：1.前言；2.殖民話語下的身體規訓；3.「國語」與《論語》：殖民地教育體制的批
　判；4.結論——集體記憶的轉成。

圖書館　2008 年 5 月　頁 98—105

999. 陳萬益　論臺灣文學的「特殊性」與「自主性」——以黃得時、楊逵和葉石濤的論述爲主[125]　臺灣文學史書寫國際學術研討會論文集・第一集　高雄　春暉出版社　2008 年 6 月　頁 113—128

1000. 簡玉綢　陳達儒響應楊雲萍、楊逵、呂赫若、張文環、龍瑛宗對弱者的關懷　陳達儒臺語歌詞研究　彰化師範大學國文學系　碩士論文　林明德教授指導　2008 年 6 月　頁 101—103

1001. 曾萍萍　後期「文季」在文學史上的定位與意義——縱橫兩岸三代的文學人〔楊逵部分〕　「文季」文學集團研究——以系列刊物爲觀察對象　中央大學中國文學系　博士論文　李瑞騰教授指導　2008 年 7 月　頁 281—283

1002. 林芷琪　臺灣新文學漢字小說中的混語書寫——以臺灣話（文）爲主體的混語書寫——楊逵　日本時代漢字文學中書寫語言的「透濫」現象（1920—1930 年代）　成功大學臺灣文學系　碩士論文　楊翠教授指導　2008 年 9 月　頁 84—87

1003. 范宜如　編織與重繪臺灣圖像——現代臺灣報導文學與散文——楊逵報導文學的理論與實踐　文學@臺灣：11 位新銳臺灣文學研究者帶你認識臺灣文學　臺南　國立臺灣文學館　2008 年 9 月　頁 89—92

1004. 張　劍　論楊逵小說的現實主義及其藝術特徵　世界華文文學論壇　2008 年第 4 期　2008 年 12 月　頁 30—34

1005. 劉小新，朱立立　當代文化臺灣思潮之一——「傳統左翼」的聲音〔楊逵部分〕　福建師範大學學報　2009 年第 1 期　2009 年 1 月　頁 75—82

---

[125] 本文以黃得時、《臺灣新生報》「橋」副刊及葉石濤的論述爲主，辨析臺灣文學的「特殊性」、「自主性」與相關詞彙，全文共 4 小節。

1006. 歐薇蘋　　楊逵の「転向」問題について――1940 年代の作品から[126]　熊本
　　　　　　　大学社会文化研究　第 7 号　2009 年 3 月　頁 99―114

1007. 褚昱志　　是皇民文學？還是抗議文學？（三）――論楊逵日據時代的文學
　　　　　　　[127]　皇民文學與反皇民文學之研究　臺北　秀威資訊科技公司
　　　　　　　2009 年 4 月　頁 129―184

1008. 楊傑銘　　臺灣知識分子的魯迅思想傳播〔楊逵部分〕　魯迅思想在臺傳播
　　　　　　　與辯證（1923―1949）――一個精神史的側面　中興大學臺灣文
　　　　　　　學研究所　碩士論文　廖振富教授指導　2009 年 8 月　頁 198―
　　　　　　　204

1009. 河原功著；林蔚儒譯　　隱藏於臺灣文學中的世界――從檢閱・禁刊所見之
　　　　　　　可能性[128]　臺灣文學的大河：歷史、土地與新文化――第六屆臺
　　　　　　　灣文化國際學術研討會論文集　高雄　春暉出版社　2009 年 12
　　　　　　　月　頁 312―327

分論
◆單部作品
小說
《三國志物語》

1010. 彭小妍　　楊逵的《三國志物語》　中央日報　2000 年 1 月 6 日　22 版

《鵝媽媽出嫁》

1011. 張良澤　　編者序論　鵝媽媽出嫁　臺南　大行出版社　1975 年 5 月
　　　　　　　〔5〕頁

---

[126] 本文探析楊逵的小說由原本鮮明的批判立場於 1940 年後轉為隱諱的批評。正文前有〈はじめ
　　に〉，全文共 3 小節：1.時代背景；2.「大東亜共栄」の批判；3.まとめ。
[127] 本文介紹楊逵生平與文學作品，主要探討楊逵於日治時期發表的聲明〈首陽解除記〉和小說
　　〈增產之背後――老丑角的故事〉是否為皇民文學，及此兩篇文章的背景與意義。全文共 5 小
　　節：1.前言；2.日據時代楊逵的生平與思想概況；3.楊逵會寫出皇民文學嗎？；4.〈首陽解除
　　記〉及〈增產之背後――老丑角的故事〉是皇民文學嗎？；5.小結。
[128] 本文透過佐藤春夫與楊逵被禁刊的作品，探討臺灣的檢閱制度。全文共 5 小節：1.序言；2.佐藤
　　春夫〈殖民地之旅〉的謎題、在臺灣的禁刊問題；3.楊逵〈送報伕〉的禁刊、楊逵的抵抗；4.臺
　　灣檢閱制度的嚴格；5.結語――對於復刻的熱情。

1012. 張良澤　　序論　鵝媽媽出嫁　臺北　香草山出版社　1976 年 5 月　頁 1—5

1013. 葉石濤　　楊逵的《鵝媽媽出嫁》　大學雜誌　第 87 期　1975 年 7 月　頁 33—35

1014. 葉石濤　　楊逵的《鵝媽媽出嫁》　壓不扁的玫瑰花——楊逵的人與作品　臺北　輝煌出版社　1976 年 10 月　頁 143—151

1015. 葉石濤　　楊逵的《鵝媽媽出嫁》　楊逵的人與作品　臺北　民眾日報出版社　1979 年 10 月　頁 143—151

1016. 葉石濤　　楊逵的《鵝媽媽出嫁》　作家的條件　臺北　遠景出版公司　1981 年 6 月　頁 55—61

1017. 葉石濤　　楊逵的《鵝媽媽出嫁》　葉石濤全集・評論卷一　臺南，高雄　國立臺灣文學館，高雄市文化局　2008 年 3 月　頁 377—384

1018. 寒　爵　　《鵝媽媽出嫁》讀後　中國時報　1975 年 9 月 10 日　12 版

1019. 寒　爵　　《鵝媽媽出嫁》讀後　鵝媽媽出嫁　臺北　香草山出版社　1976 年 5 月　〔2〕頁

1020. 寒　爵　　《鵝媽媽出嫁》讀後　壓不扁的玫瑰花——楊逵的人與作品　臺北　輝煌出版社　1976 年 10 月　頁 165—167

1021. 寒　爵　　《鵝媽媽出嫁》讀後　鵝媽媽出嫁　臺北　民眾日報社　1979 年 10 月　頁 165—167

1022. 陳嘉宗　　臺灣的昨日——品讀楊逵《鵝媽媽出嫁》　臺灣日報　1976 年 10 月 13 日　9 版

1023. 陳嘉宗　　臺灣的昨日——品讀楊逵《鵝媽媽出嫁》　壓不扁的玫瑰花——楊逵的人與作品　臺北　輝煌出版社　1976 年 10 月　頁 117—118

1024. 陳嘉宗　　臺灣的昨日——品讀《鵝媽媽出嫁》　楊逵的人與作品　臺北　民眾日報出版社　1979 年 10 月　頁 117—118

1025. 郭廷立　　《鵝媽媽出嫁》書名的商榷問題　愛書人　第 45 期　1977 年 10

月 21 日　2 版

1026. 李漢呈　　《鵝媽媽出嫁》　臺灣時報　1978 年 1 月 9 日　12 版

1027. 逸　峰　　談楊逵與《鵝媽媽出嫁》　民聲日報　1978 年 11 月 20 日　12
版

1028. 李學武　　成長於新世界誕生之初——一九五〇至一九七〇年代少兒讀本中
「成長」模式考察〔《鵝媽媽出嫁》部分〕　二十一世紀網路版
第 13 期　2003 年 4 月

1029. 彭瑞金　　《鵝媽媽出嫁》賞析　國民文選・小說卷 1　臺北　玉山社出版
公司　2004 年 7 月　頁 205—206

1030. 李志銘　　書影人物——銘刻著歷史記憶〔《鵝媽媽出嫁》部分〕　中國時
報　2009 年 3 月 25 日　4 版

《楊逵集》

1031. 〔導讀撰寫小組〕　　《楊逵集》導讀　2008 閱讀臺灣・人文 100 特展成果
專輯　臺南　國立臺灣文學館　2009 年 5 月　頁 58

書信
《綠島家書》

1032. 楊　建　　一個支離破碎的家——寫在先父《綠島家書》刊出之前　自立晚
報　1986 年 10 月 18 日　10 版

1033. 楊　建　　一個支離破碎的家　綠島家書　臺中　晨星出版社　1987 年 3 月
頁 1—5

1034. 向　陽　　陽光一樣的熱——讀楊逵先生《綠島家書》　自立晚報　1987 年
3 月 12 日　10 版

1035. 向　陽　　陽光一樣的熱——讀楊逵先生《綠島家書》　綠島家書　臺中
晨星出版社　1987 年 3 月　頁 6—14

1036. 向　陽　　陽光一樣的熱——楊逵《綠島家書》的人間愛　迎向眾聲：八〇
年代臺灣文化情境觀察　臺北　三民書局　1993 年 11 月　頁 61
—69

1037. 安興本　楊逵和他的《綠島家書》——臺島巨樹　中華英烈　1989 年第 6 期　1989 年 11 月　頁 65—70

1038. 楊　翠　不離島的離島文學——試論楊逵《綠島家書》[129]　戰後初期臺灣文學與思潮國際學術研討會　臺中　東海大學中國文學系主辦 2003 年 11 月 29—30 日

1039. 楊　翠　不離島的離島文學——試論楊逵《綠島家書》　戰後初期臺灣文學與思潮論文集　臺北　文津出版社　2005 年 1 月　頁 420—478

1040. 楊　翠　楊逵的疾病書寫——以《綠島家書》為論述場域[130]　楊逵文學國際學術研討會論文集　臺中　國家臺灣文學館，靜宜大學臺灣文學系主辦　2004 年 6 月 19—20 日　〔18〕頁

合集
《楊逵全集》

1041. 張恆豪　做得好，才重要！——對《楊逵全集》出版的一些建言　自立晚報　1985 年 4 月 1 日　10 版

1042. 周昭翡　彭小妍召集編譯《楊逵全集》　中央日報　1997 年 8 月 22 日 18 版

1043. 彭小妍　《楊逵全集》出版　聯合報　1998 年 6 月 21 日　37 版

1044. 董成瑜　《楊逵全集》完整出爐　中國時報　1998 年 7 月 23 日　43 版

1045. 曹銘宗　《楊逵全集》第一階段　聯合報　1998 年 7 月 25 日　14 版

1046. 彭小妍　楊逵作品的版本、歷史與「國家」——《楊逵全集》版本問題[131]

---

[129]本文以《綠島家書》為研究主體，析論家書內容。全文共 6 小節：1.前言；2.臺灣文學史的「離島」——《綠島家書》的封箱與出土；3.禁錮的雙島——《綠島家書》的時／空背景；4.「父親」的缺席與在場——以書信參與子女的成長；5.解除貧窮魔咒‧構築「新樂園」；6.代結論——《綠島家書》中沒有故事的葉陶。

[130]本文以《綠島家書》為主，探討楊逵的疾病觀、身體觀與生命觀。全文共 5 小節：1.前言；2.疾病是他的本質——楊逵的疾病備忘錄；3.被看管的病體——《綠島家書》中的疾病書寫；4.生病的醫者——楊逵的疾病想像與勞動美學；5.結論：從疾病邁向療癒之路。

[131]本文探討楊逵同篇作品不同版本內容的差異與修改作品的原因，兼論楊逵在小說中使用的臺灣話文。全文共 5 小節：1.戰前與戰後的版本；2.手稿——另一版本；3.二、三〇年代臺灣話文辯論；4.《文藝臺灣》和臺灣民俗；5.政權嬗變與文學中的愛國主義。

聯合文學　第 165 期　1998 年 7 月　頁 146—161

1047. 彭小妍　楊逵作品的版本、歷史與「國家」　「歷史很多漏洞」：從張我
軍到李昂　臺北　中研院中國文哲研究所籌備處　2000 年 12 月
頁 27—50

1048. 彭小妍　楊逵作品的版本、歷史與「國家」　中華現代文學大系（貳）・
臺灣一九八九—二〇〇三評論卷（一）　臺北　九歌出版社
2003 年 10 月　頁 283—674

1049. 林積萍　《楊逵全集》第一階段成果發表　文訊雜誌　第 155 期　1998 年
9 月　頁 61

1050.〔自由時報〕　《楊逵全集》編譯研究展　自由時報　2001 年 5 月 23 日
39 版

1051.〔臺灣日報〕　「壓不扁的玫瑰」——《楊逵全集》編纂研究展暨楊逵文
學文物捐贈儀式　臺灣日報　2001 年 5 月 24 日　31 版

1052. 賴素鈴　《楊逵全集》十四卷完成　民生報　2001 年 12 月 12 日　A10 版

1053. 彭小妍　楊逵與世界文學——喜見《楊逵全集》出版特別製作　聯合報
2001 年 12 月 13 日　37 版

1054. 陳芳明　楊逵這座冰山——喜見《楊逵全集》出版特別製作　聯合報
2001 年 12 月 13 日　37 版

1055. 陳芳明　楊逵這座冰山　孤夜讀書　臺北　麥田出版公司　2005 年 9 月
頁 127—129

1056. 李令儀　《楊逵全集》十四冊出版面世　聯合報　2001 年 12 月 14 日　14
版

1057. 江世芳　《楊逵全集》巨作問世　中國時報　2001 年 12 月 14 日　14 版

1058. 洪士惠　十四卷《楊逵全集》完成問世　文訊雜誌　第 196 期　2002 年 2
月　頁 69

1059. 黃惠禎　《楊逵全集》全套出齊　2001 臺灣文學年鑑　臺北　行政院文建
會　2003 年 4 月　頁 181—182

1060. 邱若山　日治時期臺灣文學的翻譯問題──以《楊逵全集》爲例[132]　楊逵
　　　文學國際學術研討會論文集　臺中　國家臺灣文學館，靜宜大學
　　　臺灣文學系主辦　2004 年 6 月 19─20 日　〔15〕頁

1061. 鍾肇政　《楊逵全集》　鍾肇政全集・隨筆集 1　桃園　桃園縣文化局
　　　2004 年 11 月　頁 378─379

◆單篇作品

1062. 德永直等[133]　〈新聞配達夫〉について[134]　文學評論　第 1 卷第 8 期
　　　1934 年 10 月 1 日　頁 198

1063. 德永直等　〈新聞配達夫〉について　日本統治期台湾文学文芸評論集・
　　　第一卷　東京　緑蔭書房　2001 年 4 月　頁 291

1064. 德永直等著；張文薰譯　關於〈送報伕〉　日治時期臺灣文藝評論集・雜
　　　誌篇 1　臺南　國家臺灣文學館籌備處　2006 年 10 月　頁 104─
　　　105

1065. 德永直　形象化について〔〈送報伕〉〕　臺灣文藝　第 2 卷第 2 期
　　　1935 年 2 月　頁 13─14

1066. 龍瑛宗　血と涙の歷史──楊逵氏の〈新聞配達夫〉[135]　中華日報　1946
　　　年 8 月 29 日　4 版

1067. 龍瑛宗　血與淚的歷史　壓不扁的玫瑰花──楊逵的人與作品　臺北　輝
　　　煌出版社　1976 年 10 月　頁 17─20

1068. 龍瑛宗　血與淚的歷史　楊逵的人與作品　臺北　民眾日報出版社　1979
　　　年 10 月　頁 17─20

1069. 龍瑛宗　血和淚的歷史──楊逵的〈送報伕〉　龍瑛宗全集・中文卷・評
　　　論集　臺南　國家臺灣文學館籌備處　2006 年 11 月　頁 271─
　　　273

---

[132] 本文以《楊逵全集》爲論述主軸，分析日文作品中譯的翻譯問題。全文共 4 小節：1.日治時期臺
　　灣文學的翻譯；2.《楊逵全集》的翻譯問題──以小說卷爲例；3.翻譯的問題；4.結語。
[133] 著者：德永直、中條百合子、武田麟太郎、龜井勝一郎、藤森成吉、窪川稻子。
[134] 本文後由張文薰中譯爲〈關於〈送報伕〉〉。
[135] 本文後由葉笛中譯爲〈血和淚的歷史──楊逵的〈送報伕〉〉。

1070. 龍瑛宗著；葉笛譯　　血和淚的歷史──楊逵的〈送報伕〉　葉笛全集・翻譯卷五　臺南　臺灣國家文學館籌備處　2007 年 5 月　頁 143──145

1071. 龍瑛宗　　血と淚の歷史──楊逵氏の〈新聞配達夫〉　龍瑛宗全集・日本語版・評論集　臺南　國立臺灣文學館　2008 年 4 月　頁 226──227

1072. 冷　視　　論楊逵著〈送報伕〉　潮流　1949 年春季號　1949 年 4 月　頁 4──7

1073. 顏元叔　　臺灣小說裡的日本經驗（上）〔〈送報伕〉部分〕　中華日報　1973 年 10 月 11 日　9 版

1074. 顏元叔　　臺灣小說裡的日本經驗〔〈送報伕〉部分〕　文學的史與評　臺北　四季出版公司　1976 年 7 月　頁 51──57

1075. 顏元叔　　臺灣小說裡的日本經驗〔〈送報伕〉部分〕　壓不扁的玫瑰花──楊逵的人與作品　臺北　輝煌出版社　1976 年 10 月　頁 56──62

1076. 顏元叔　　臺灣小說裡的日本經驗〔〈送報伕〉部分〕　楊逵的人與作品　臺北　民眾日報出版社　1979 年 10 月　頁 56──62

1077. 葉石濤　　從〈送報伕〉、〈牛車〉到〈植有木瓜樹的小鎮〉　大學雜誌　第 90 期　1975 年 10 月　頁 62──65

1078. 葉石濤　　從〈送報伕〉、〈牛車〉到〈植有木瓜樹的小鎮〉　壓不扁的玫瑰花──楊逵的人與作品　臺北　輝煌出版社　1976 年 10 月　頁 153──163

1079. 葉石濤　　從〈送報伕〉、〈牛車〉到〈植有木瓜的小鎮〉　楊逵的人與作品　臺北　民眾日報出版社　1979 年 10 月　頁 153──163

1080. 葉石濤　　從〈送報伕〉、〈牛車〉到〈植有木瓜樹的小鎮〉　作家的條件　臺北　遠景出版公司　1981 年 6 月　頁 63──71

1081. 葉石濤　　從〈送報伕〉、〈牛車〉到〈植有木瓜樹的小鎮〉　中華現代文學

　　　　　　　大系（臺灣 1970—1989）評論卷（壹）　臺北　九歌出版社
　　　　　　　1989 年 5 月　頁 311—319

1082. 王白淵　　讀楊逵氏的〈送報伕〉　壓不扁的玫瑰花——楊逵的人與作品
　　　　　　　臺北　輝煌出版社　1976 年 10 月　頁 21—24

1083. 王白淵　　讀楊逵氏的〈送報伕〉　楊逵的人與作品　臺北　民眾日報社
　　　　　　　1979 年 10 月　頁 21—24

1084. 塚本照和　　小說に描かれた日本と日本人——楊逵的〈新聞配達夫〉を通
　　　　　　　して　日本植民地史 3——台湾・南洋　東京　每日新聞社
　　　　　　　1978 年 10 月　頁 156—157

1085. 塚本照和　　楊逵作〈新聞配達夫〉（〈送報伕〉）のテキストのこと[136]　臺灣
　　　　　　　文學研究會會報　第 3、4 期合刊　1983 年 11 月　〔6〕頁

1086. 塚本照和著；向陽譯　　楊逵作品〈新聞配達夫〉（〈送報伕〉）的版本之謎
　　　　　　　臺灣文藝　第 94 期　1985 年 5 月　頁 165—180

1087. 胡　風　　介紹兩位臺灣作家——楊逵和呂赫若　人民政協報　1984 年 1 月
　　　　　　　18 日　4 版

1088. 胡　風　　介紹兩位臺灣作家——楊逵和呂赫若　學習楊逵精神　臺北　人
　　　　　　　間出版社　2007 年 6 月　頁 44—47

1089. 施　淑　　簡析〈送報伕〉　中國現代短篇小說選析 2　臺北　長安出版社
　　　　　　　1984 年 2 月　頁 1036—1037

1090. 陸士清　　穿過歷史風雨，激發愛國情懷——讀楊逵的〈送報伕〉　小說界
　　　　　　　1984 年第 1 期　1984 年 4 月　頁 212—213

1091. 山田敬三著；葉石濤譯　　臺灣文學之旅〔〈送報伕〉部分〕　臺灣時報
　　　　　　　1984 年 6 月 23 日　8 版

1092. 山田敬三著；葉石濤譯　　臺灣文學之旅〔〈送報伕〉部分〕　葉石濤全
　　　　　　　集・翻譯卷一　臺南，高雄　國立臺灣文學館，高雄市文化局
　　　　　　　2009 年 11 月　頁 191

---

[136] 本文後由向陽中譯爲〈楊逵作品〈新聞配達夫〉（〈送報伕〉）的版本之謎〉。

1093. 汪　舟　　胡風先生與楊逵的〈送報伕〉——懸置半世紀之謎今獲解　華聲報　1984 年 7 月 29 日　3 版

1094. 尾崎秀樹著；葉石濤譯　　臺灣人作家的三篇作品[137]　自立晚報　1985 年 2 月 2 日　10 版

1095. 尾崎秀樹著；葉石濤譯　　臺灣人作家的三篇作品　葉石濤全集‧翻譯卷一　臺南，高雄　國立臺灣文學館，高雄市文化局　2009 年 11 月　頁 267—278

1096. 著　先　　一個未了的心願——關於楊逵先生的〈送報伕〉——楊逵先生公祭紀念專輯　中國時報　1985 年 3 月 29 日　8 版

1097. 封祖盛　　楊逵和他的處女作〈送報伕〉　文學知識　1985 年第 3 期　1985 年 3 月　頁 11—13

1098. 洪銘水　　〈送報伕〉的思想架構　臺灣與世界　第 21 期　1985 年 5 月　頁 15—17

1099. 塚本照和　　楊逵作〈新聞配達夫〉（〈送報伕〉）の「テキスト」について——本文改潤による若干の相違例の比較を通して[138]　天理大學学報　第 148 輯　1986 年 3 月　〔16〕頁

1100. 張恆豪　　存其真貌——談〈送報伕〉譯本及延伸的問題[139]　臺灣文藝　第 102 期　1986 年 9 月　頁 138—149

1101. 張恆豪　　鮮活的歷史存證——談楊逵〈送報伕〉譯本和其延伸的問題　覺醒的島國　臺南　臺南市立文化中心　1995 年 4 月　頁 144—162

1102. 劉林霞　　楊逵和他的代表作〈送報伕〉　大連大學師範學院學報　1986 年

---

[137]本文論述楊逵〈送報伕〉、呂赫若〈牛車〉、龍瑛宗〈植有木瓜樹的小鎮〉等作品中所使用語言的問題。

[138]本文先介紹〈送報伕〉的創作背景，並列出其刊載於不同書刊且修改過的各個版本，再探討其版本間的差異，全文共 5 小節。

[139]本文探討楊逵〈送報伕〉的中文翻譯版本有哪些譯者，及楊逵潤飾中文譯版的情形。全文共 4 小節：1.楊逵未見過胡風譯的〈送報伕〉？；2.楊逵與魯迅的關係；3.現今通行的〈送報伕〉是誰譯的？；4.作者是否有權修改自己發表過的作品？。

　　　　　　第 1 期　1986 年　頁 86

1103. 張　禹　　楊逵、〈送報伕〉、胡風　新文學史料　1987 年第 4 期　1987 年
　　　　　　11 月　頁 84—88

1104. 塚本照和　　台湾人作家の目ぐ通をしてゐた日本の台湾統治——小説〈新
　　　　　　聞配達夫〉を題材として[140]　日本の南方関与と台湾　奈良　天
　　　　　　理教道友社　1988 年 2 月　頁 387—471

1105. 葉石濤　　日據時代的抗議文學〔〈送報伕〉部分〕　聯合文學　第 56 期
　　　　　　1989 年 6 月　頁 166—167

1106. 葉石濤　　日據時代的抗議文學〔〈送報伕〉部分〕　走向臺灣文學　臺北
　　　　　　自立晚報社文化出版部　1990 年 3 月　頁 60—63

1107. 葉石濤　　日據時代的抗議文學——細說四篇抗議文學的代表作〔〈送報
　　　　　　伕〉部分〕　葉石濤全集・評論卷四　臺南，高雄　國立臺灣文
　　　　　　學館，高雄市文化局　2008 年 3 月　頁 185—187

1108. 葉石濤　　日據時代的抗議文學——細說四篇抗議文學的代表作〔〈送報
　　　　　　伕〉部分〕　臺灣新聞報　1989 年 12 月 26 日　10 版

1109. 葉石濤　　日據時代的新文學運動——細說四篇抗議文學的代表作〔〈送報
　　　　　　伕〉部分〕　臺灣文學的困境　高雄　派色文化出版社　1992 年
　　　　　　7 月　頁 73

1110. 葉石濤　　日據時代的抗議文學——細說四篇抗議文學的代表作〔〈送報
　　　　　　伕〉部分〕　葉石濤全集・隨筆卷三　臺南，高雄　國立臺灣文
　　　　　　學館，高雄市文化局　2008 年 3 月　頁 222—223

1111. 林柏燕　　〈送報伕〉與楊逵　民眾日報　1993 年 5 月 16 日　27 版

1112. 林柏燕　　〈送報伕〉與楊逵　咆哮山丘　新竹　新竹縣立文化中心　1997
　　　　　　年 7 月　頁 17—22

---

[140]本文析論〈送報伕〉的流傳情況，比較不同版本，透過這篇小說來探討臺灣人眼中的日本政府
　　統治。全文共 3 小節：1.〈新聞配達夫〉（〈送報伕〉）の流布状況；2.〈新聞配達夫〉（〈送報
　　伕〉）のテキスト；3.〈新聞配達夫〉（〈送報伕〉）のテキスト比較。正文前有〈はじめに〉，後
　　有〈まとめ〉。

1113. 王震亞　　壓不扁的玫瑰花——楊逵與〈送報伕〉　臺灣小說二十家　北京　北京出版社　1993 年 6 月　頁 36—38，41—46

1114. 喻少岩　　〈送報伕〉　臺港小說鑑賞辭典　北京　中央民族學院出版社　1994 年 1 月　頁 63

1115. 許俊雅　　日據時期臺灣小說中的人物形象——女性形象〔〈送報伕〉部分〕　日據時期臺灣小說研究　臺北　文史哲出版社　1995 年 2 月　頁 612

1116. 王美翔　　楊逵第一篇小說〈送報伕〉公開發表　中央日報　1995 年 5 月 19 日　19 版

1117. 林明德　　日據時代臺灣人在日本文壇——以楊逵〈送報伕〉、呂赫若〈牛車〉、龍瑛宗〈植有木瓜樹的小鎮〉為例　聯合文學　第 127 期　1995 年 5 月　頁 142—151

1118. 邱貴芬　　臺灣後殖民小說面貌——壓不扁的玫瑰〔〈送報伕〉部分〕　中國時報　1997 年 2 月 13 日　36 版

1119. 宋田水　　楊逵‧胡風‧左翼文學（上、下）〔〈送報伕〉〕　臺灣日報　1998 年 1 月 7—8 日　27 版

1120. 宋田水　　楊逵‧胡風‧左翼文學〔〈送報伕〉〕　作家當總統　臺北　草根出版公司　2000 年 5 月　頁 130—137

1121. 林岱瑩　　從〈送報伕〉看一生的長跑者——楊逵[141]　臺灣新文學　第 10 期　1998 年 6 月　頁 306—321

1122. 許俊雅　　〈送報伕〉集評　日據時期臺灣小說選讀　臺北　萬卷樓圖書公司　1998 年 11 月　頁 133—135

1123. 傅光明　　〈送報伕〉　中國文學通典‧小說通典　北京　解放軍文藝出版社　1999 年 1 月　頁 801—802

1124. 呂正惠　　臺灣小說一世紀——世紀末的肯定或虛無——民族性〔〈送報

---

[141]本文透過〈送報伕〉所呈現的種種面向和角度，探討楊逵一生，及其在人生與文學上所表現的風範。全文共 4 小節：1.前言；2.關於〈送報伕〉；3.從〈送報伕〉看楊逵精神；4.結論——永恆的精神座標。

伕〉部分〕　文訊雜誌　第168期　1999年10月　頁34

1125. 徐雪蓉　楊逵〈新聞配達夫〉と伊藤永之介〈総督府模範竹林〉の関係再
考[142]　日本語日本文學　第27輯　2002年7月　頁45—61

1126. 李郁蕙　戰前的日本語文學與「重層性」──〈牛車〉與〈送報伕〉中的
殖民地　日本語文學與臺灣　臺北　前衛出版社　2002年7月
頁49—54

1127. 梅家玲，郝譽翔　〈送報伕〉　小說讀本　臺北　二魚文化公司　2002年
8月　頁72—73

1128. 應鳳凰　楊逵的〈送報伕〉　臺灣文學花園　臺北　玉山社出版公司
2003年1月　頁26—29

1129. 王宗法　楊逵的〈送報伕〉　20世紀中國文學通史　上海　東方出版中心
2003年9月　頁607—608

1130. 塚本照和　簡介日本的臺灣文學研究──並論楊逵著〈新聞配達夫（送報
伕）〉的版本[143]　第一屆臺灣文學與語言國際學術研討會　臺北
真理大學主辦　2003年12月26日

1131. 塚本照和　簡介日本的臺灣文學研究──並論楊逵著〈新聞配達夫（送報
伕）〉的版本　臺灣文學評論　第4卷第4期　2004年10月　頁
28—46

1132. 施修蓉　共同的守望──〈送報伕〉和〈四世同堂〉藝術視角比較[144]　楊
逵作品研討會　南寧　中國作家協會主辦　2004年2月2—3日
〔4〕頁

---

[142]本文析論楊逵小說〈送報伕〉與伊藤永之介小說〈総督府模範竹林〉的創作時間與內容，藉此
探討河原功評論〈楊逵〈新聞配達夫〉の成立背景──楊逵的処女作〈自由労働者の生活断
面〉と伊藤永之介の〈総督府模範竹林〉〈平地蕃人〉から〉的觀點是否正確。全文共4小節：
1.はじめに；2.影響関係の検証；3.伊藤の植民地小說について；4.おわりに。
[143]本文先介紹日本的臺灣文學研究，再探討楊逵小說〈送報伕〉的流布與不同版本之比較。正文
前有〈前言〉，全文共4小節：1.我與「臺灣文學」的邂逅；2.「臺灣文學研究會」的設立與活
動；3.楊逵著〈新聞配達夫（送報伕）〉的版本；4.結論。
[144]本文比較楊逵〈送報伕〉及老舍〈四世同堂〉兩篇小說的反抗精神、人物及情節的描寫、主題
的繁簡等，全文共3小節。

1133. 施修蓉　　共同的守望　楊逵──壓不扁的玫瑰花　北京　臺海出版社　2004 年 9 月　頁 359─370

1134. 張季琳　　楊逵〈送報伕〉　第二屆臺灣史學術研討會：歷史視野中的兩岸關係　臺北　夏潮聯合會，臺灣大學東亞文明研究中心主辦　2004 年 2 月 28 日

1135. 吳易叡　　療癒之路〔〈送報伕〉部分〕　臺灣日報　2004 年 4 月 1 日　17 版

1136. 河原功　　12 年間封印されてきた〈新聞配達夫〉──台湾総督府の妨害に敢然と立ち向かつた楊逵[145]　楊逵文學國際學術研討會論文集　臺中　國家臺灣文學館，靜宜大學臺灣文學系主辦　2004 年 6 月 19─20 日　〔13〕頁

1137. 河原功著；張文薰譯　　不見天日十二年的〈送報伕〉──隻身力搏臺灣總督府的楊逵[146]　楊逵文學國際學術研討會論文集　臺中　國家臺灣文學館，靜宜大學臺灣文學系主辦　2004 年 6 月 19─20 日　〔11〕頁

1138. 河原功著；張文薰譯　　不見天日十二年的〈送報伕〉──力搏臺灣總督府言論箝制之楊逵　臺灣文學學報　第 7 期　2005 年 12 月　頁 129─148

1139. 金良守　　李北鳴與楊逵[147]　楊逵文學國際學術研討會論文集　臺中　國家臺灣文學館，靜宜大學臺灣文學系主辦　2004 年 6 月 19─20 日

---

[145]本文考察〈送報伕〉的創作背景、被閱讀與接納的管道。全文共 9 小節：1.はじめに；2.〈新聞配達夫〉発表に至る経緯；3.〈新聞配達夫〉成立の問題点；4.〈新聞配達夫〉と東京記者聯盟機関誌《号外》；5.台湾では発禁だつた〈新聞配達夫〉；6.12 年間封印された〈新聞配達夫〉；7.自己宣伝を通しての抵抗活動；8.徐瓊二との対決を通しとの抵抗意識；9.最後に。後由張文薰中譯爲〈不見天日十二年的〈送報伕〉──隻身力搏臺灣總督府的楊逵〉。

[146]本文共 9 小節：1.序言；2.〈送報伕〉之發表經緯；3.〈送報伕〉創作背景的問題；4.〈送報伕〉與東京記者聯盟機關雜誌《號外》；5.於臺灣被禁的〈送報伕〉；6.不見天日十二年的〈送報伕〉；7.藉由自我宣傳手段的抵抗活動；8.與徐瓊二對抗之際流露的抵抗意識；9.結語。

[147]本文析論李北鳴〈初陣〉及楊逵〈送報伕〉的內容，此 2 篇小說皆描述基層勞工的遭遇，並同時被胡風中譯收錄於《朝鮮臺灣短篇集》。全文共 4 小節：1.透視臺灣文學的視角；2.李北鳴與〈初陣〉；3.楊逵與〈送報伕〉；4.胡風與《朝鮮臺灣短篇集》。

〔10〕頁

1140. 金尙浩　楊逵與張赫宙普羅小說之比較研究——以〈送報伕〉與〈餓鬼道〉爲例[148]　楊逵文學國際學術研討會論文集　臺中　國家臺灣文學館，靜宜大學臺灣文學系主辦　2004 年 6 月 19—20 日〔15〕頁

1141. 梅家玲　身體政治與青春想像：日據時期的臺灣小說〔〈送報伕〉部分〕正典的生成：臺灣文學國際研討會　臺北　中央研究院中國文哲研究所，哥倫比亞蔣經國基金會中國文化及制度史研究中心主辦2004 年 7 月 15—17 日　頁 48—49

1142. 〔許俊雅，應鳳凰，鍾宗憲編〕　〈送報伕〉評析　現代小說讀本　臺北揚智文化公司　2004 年 8 月　頁 130—131

1143. 林黛嫚　〈送報伕〉作品賞析　臺灣現代文選・小說卷　臺北　三民書局2005 年 5 月　頁 50—51

1144. 黃世欽　楊逵の〈新聞配達夫〉について[149]　日據時期臺灣人作家作品中所見漢民族意識之考察　中國文化大學日本語文學研究所　碩士論文　蔡華山教授指導　2005 年 6 月　頁 78—92

1145. 魏奕雄　記國土淪喪之痛，頌臺胞抗爭之魂——讀《臺港文學選刊》紀念抗戰勝利臺灣光復六十週年作品專號〔〈送報伕〉部分〕　臺港文學選刊　第 227 期　2005 年 10 月　頁 52

1146. 黃惠禎　導讀〈送報伕〉　二十世紀臺灣文學金典：小說卷（日治時期）臺北　聯合文學出版社　2006 年 1 月　頁 128—129

1147. 〔編輯部〕　〈送報伕〉　高雄文學小百科　高雄　高雄市文化局　2006年 7 月　頁 171—172

1148. 邱貴芬　政治小說：勾勒願景與希望〔〈送報伕〉〕　臺灣政治小說選

[148]本文比較楊逵〈送報伕〉與張赫宙〈餓鬼道〉兩篇作品的特色、思想、評價與影響。全文共 6 小節：1.前言；2.生平述略；3〈送報伕〉和〈餓鬼道〉的作品特色；4.兩種小說在文壇上的不同影響與評價；5.〈送報伕〉和〈餓鬼道〉的思想比較；6.結語。
[149]本文探討楊逵小說〈送報伕〉的內容、特色及評價。全文共 4 小節：1.楊逵的生い立ち；2.〈新聞配達夫〉のあらすじ；3.評価；4.〈新聞配達夫〉に見られる漢民族意識。

臺北　二魚文化公司　2006 年 8 月　頁 11—12

1149. 戴惠津　楊逵〈送報伕〉版本內容比較研究──以前衛《楊逵集》、《鵝媽媽要出嫁》版爲例　成功大學臺灣文學系第四屆研究生論文發表會　臺南　成功大學臺灣文學系主辦　2007 年 4 月 26 日

1150. 張惠琪　在底層的覺醒──淺析楊逵〈送報伕〉及高爾基《母親》之典型人物[150]　臺灣文學評論　第 7 卷第 2 期　2007 年 4 月　頁 33—45

1151. 李　喬　當代臺灣小說的「解救」表現──「救贖型」主題表現〔〈送報伕〉部分〕　李喬文學文化論集（一）　苗栗　苗栗縣文化局　2007 年 10 月　頁 86

1152. 陳明姿　楊逵的文學作品對日本文學的受容與變容──以〈送報伕〉爲主[151]　臺大日本語文研究　第 14 期　2007 年 12 月　頁 27—46

1153. 黃惠禎　楊逵〈送報伕〉　新活水　第 17 期　2008 年 3 月　頁 46—51

1154. 梁明雄　文學與時代──日據時期臺灣現代文學的發展──臺灣現代文學的開展〔〈送報伕〉部分〕　稻江學報　第 3 卷第 1 期　2008 年 6 月　頁 302—305

1155. 陳建忠　差異的文學現代性經驗──現代臺灣小說──普羅小說與批判現代性〔〈送報伕〉部分〕　文學@臺灣：11 位新銳臺灣文學研究者帶你認識臺灣文學　臺南　國立臺灣文學館　2008 年 9 月　頁 83

1156. 阮溫凌　屹立寶島的不朽雕像──楊逵及其抗日小說〈送報伕〉[152]　世界華文文學論壇　2010 年第 1 期　2010 年 12 月　頁 11—14

---

[150]本文以小說典型人物爲主軸，並以文學社會學觀點切入，對照楊逵〈送報伕〉及高爾基《母親》2 部不同國家與時期而相似的文學文本，以期探索文學作品反映時代的軌跡。全文共 4 小節：1.前言：小說的誕生，源自於作者在底層的生活背景；2.研究動機：文學是社會生活的反映；3.庶民的悲喜劇圖像：談作品中主人公性格之畸變；4.結論。

[151]本文透過〈送報伕〉探討楊逵如何受容於日本無產階級文學，及產生何種變容。全文共 6 小節：1.序；2.社会主義文学作者楊逵の誕生；3.〈新聞配達夫〉の成立；4.〈新聞配達夫〉と〈總督府模範竹林〉；5.〈新聞配達夫〉と〈海に生くる人人〉；6.結び。

[152]本文對楊逵抗日小說的鄉土情愛與抗日戰鬥歷程進行研究。

1157. 林克敏　　臺灣新文學創刊號を讀む[153]　臺灣新文學——新文學月報　第 1
　　　　　　　號　1936 年 2 月　頁 2—3

1158. 林克敏　　臺灣新文學創刊號を讀む　日本統治期台湾文学文芸評論集・第
　　　　　　　二卷　東京　緑蔭書房　2001 年 4 月　頁 3

1159. 林克敏著；涂翠花譯　　《臺灣新文學》創刊號讀後感　日治時期臺灣文藝
　　　　　　　評論集・雜誌篇 1　臺南　國家臺灣文學館籌備處　2006 年 10
　　　　　　　月　頁 389—390

1160. 郭水潭　　文學雜感〔〈水牛〉部分〕　新文學月報　第 2 號　1936 年 3 月
　　　　　　　頁 4

1161. 郭水潭　　文學雜感〔〈水牛〉部分〕　日本統治期台湾文学文芸評論集・
　　　　　　　第二卷　東京　緑蔭書房　2001 年 4 月　頁 313

1162. 郭水潭　　文學雜感——關於楊達的〈水牛〉　日治時期臺灣文藝評論集・
　　　　　　　雜誌篇 1　臺南　國家臺灣文學館籌備處　2006 年 10 月　頁 433
　　　　　　　—434

1163. 徐瓊二　　《臺新》を讀んで[154]　新文學月報　第 2 號　1936 年 3 月　頁 6

1164. 徐瓊二　　《臺新》を讀んで　日本統治期台湾文学文芸評論集・第二卷
　　　　　　　東京　緑蔭書房　2001 年 4 月　頁 314—315

1165. 徐瓊二著；涂翠花譯　　《臺新》讀後感　日治時期臺灣文藝評論集・雜誌
　　　　　　　篇 1　臺南　國家臺灣文學館籌備處　2006 年 10 月　頁 436—
　　　　　　　437

1166. 陳梅溪　　創刊號を讀む[155]　新文學月報　第 2 號　1936 年 3 月　頁 9

1167. 陳梅溪　　創刊號を讀む　日本統治期台湾文学文芸評論集・第二卷　東京
　　　　　　　緑蔭書房　2001 年 4 月　頁 317

1168. 陳梅溪著；涂翠花譯　　創刊號讀後感　日治時期臺灣文藝評論集・雜誌篇
　　　　　　　1　臺南　國家臺灣文學館籌備處　2006 年 10 月　頁 441

---

[153]本文僅部分論及楊達小說〈水牛〉。後由涂翠花中譯爲〈《臺灣新文學》創刊號讀後感〉。
[154]本文僅部分論及楊達小說〈水牛〉。後由涂翠花中譯爲〈《臺新》讀後感〉。
[155]本文僅部分論及楊達小說〈水牛〉。後由涂翠花中譯爲〈創刊號讀後感〉。

1169. 吳濁流　　創刊號讀後感〔〈水牛〉部分〕　新文學月報　第 2 號　1936 年
　　　　　3 月　頁 11

1170. 吳濁流　　創刊號讀後感〔〈水牛〉部分〕　日本統治期台湾文学文芸評論
　　　　　集・第二卷　東京　綠蔭書房　2001 年 4 月　頁 318

1171. 吳濁流著；涂翠花譯　　創刊號讀後感〔〈水牛〉部分〕　日治時期臺灣文
　　　　　藝評論集・雜誌篇 1　臺南　國家臺灣文學館籌備處　2006 年 10
　　　　　月　頁 444—445

1172. 莊培初　　讀んだ小說から——《臺新》創刊號より八月號まで[156]　臺灣新
　　　　　文學　第 1 卷第 8 號　1936 年 9 月　頁 45—46

1173. 莊培初　　讀んだ小說から——《臺新》創刊號より八月號まで　日本統治
　　　　　期台湾文学文芸評論集・第三卷　東京　綠蔭書房　2001 年 4 月
　　　　　頁 75—76

1174. 莊培初著；涂翠花譯　　從讀過的小說談起——《臺新》創刊號到八月號
　　　　　日治時期臺灣文藝評論集・雜誌篇 2　臺南　國家臺灣文學館籌
　　　　　備處　2006 年 10 月　頁 158—159

1175. 藤原泉三郎　　顧慮なく評す——台湾新文學創刊號作品評[157]　臺灣新文學
　　　　　第 1 卷第 2 號　1936 年 3 月　頁 50—51

1176. 藤原泉三郎　　顧慮なく評す——台湾新文學創刊號作品評　日本統治期台
　　　　　湾文学文芸評論集・第二卷　東京　綠蔭書房　2001 年 4 月　頁
　　　　　321—322

1177. 藤原泉三郎著；張文薰譯　　無顧忌的評論——《臺灣新文學》創刊號作品
　　　　　評論　日治時期臺灣文藝評論集・雜誌篇 1　臺南　國家臺灣文
　　　　　學館籌備處　2006 年 10 月　頁 450—451

1178. 曹麗薇　　一曲人生屢遭失意的哀歌——讀臺灣作家楊逵的小說〈水牛〉

---

[156] 本文僅部分論及楊逵小說〈水牛〉。後由涂翠花中譯為〈從讀過的小說談起——《臺新》創刊號
　到八月號〉。
[157] 本文僅部分論及楊逵小說〈水牛〉。後由張文薰中譯為〈無顧忌的評論——《臺灣新文學》創刊
　號作品評論〉。

語文月刊　1990 年第 9 期　1990 年　頁 2—3

1179. 陳維松　〈水牛〉賞析　臺灣散文鑑賞辭典　山西　北岳文藝出版社
1991 年 12 月　頁 60—61

1180. 吳阿文　論楊逵〈萌芽〉中的幾個問題　臺灣新生報　1949 年 1 月 27 日
4 版

1181. 吳阿文　論楊逵〈萌芽〉中的幾個問題　壓不扁的玫瑰花——楊逵的人與
作品　臺北　輝煌出版社　1976 年 10 月　頁 25—30

1182. 吳阿文　論楊逵〈萌芽〉中的幾個問題　楊逵的人與作品　臺北　民眾日
報出版社　1979 年 10 月　頁 25—30

1183. 包恆新　臺灣鄉土作家文藝美學思想初探〔〈萌芽〉部分〕　臺灣香港文
學論文選　福州　海峽文藝出版社　1985 年 9 月　頁 29

1184. 邱雅芳　以母親之名——皇民化時期臺灣男性作家作品的女性呈現（1937
—1945）〔〈萌芽〉部分〕　臺灣文學學報　第 3 期　2002 年
12 月　頁 253—255

1185. 顏元叔　臺灣小說裡的日本經驗〔〈春光關不住〉部分〕　中外文學　第
2 卷第 2 期　1973 年 7 月　頁 108—109

1186. 余思之　評〈春光關不住〉　出版家　第 52 期　1976 年 11 月　頁 61

1187. 張恆豪　〈春光關不住〉的啟示[158]　五十年來臺灣文學研討會　臺中　靜
宜大學中文系主辦　1995 年 12 月 16—17 日

1188. 張恆豪　〈春光關不住〉的啟示　臺灣文學發展現象：五十年來臺灣文學
研討會文集（二）　臺北　行政院文建會　1996 年 6 月　頁 123
—136

1189. 沈　謙　玫瑰、蘭、不死花——論現代文學中的象徵〔〈壓不扁的玫瑰
花〉部分〕　「中國現代文學與教學國際研討會」論文選集　臺
北　國立編譯館　1997 年 4 月　頁 53—71

---

[158] 本文探討〈春光關不住〉的寫作、發表、被選編、討論及收入教材的過程，挖掘其中的歷史意
義，全文共 5 小節。

1190. 胡錦媛　讀楊逵〈鵝媽媽出嫁〉　新潮　第 28 期　1974 年 6 月　頁 37—38

1191. 胡錦媛　讀楊逵〈鵝媽媽出嫁〉　壓不扁的玫瑰花——楊逵的人與作品　臺北　輝煌出版社　1976 年 10 月　頁 111—115

1192. 胡錦媛　鵝媽媽的另一個新婚——讀楊逵〈鵝媽媽出嫁〉　楊逵的人與作品　臺北　民眾日報出版社　1979 年 10 月　頁 111—115

1193. 李漢呈　楊逵〈鵝媽媽出嫁〉評介　臺灣時報　1978 年 1 月 9 日　12 版

1194. 洪醒夫　〈鵝媽媽出嫁〉賞析　大家文學選‧小說卷　臺中　明光出版社　1981 年 10 月　頁 42—43

1195. 洪醒夫　楊逵〈鵝媽媽出嫁〉賞析　洪醒夫全集‧評論卷　彰化　彰化縣文化局　2001 年 6 月　頁 134—137

1196. 喻少岩　〈鵝媽媽出嫁〉　臺港小說鑑賞辭典　北京　中央民族學院出版社　1994 年 1 月　頁 54

1197. 許俊雅　結論：日據時期臺灣小說總評——寫作技巧與文學成就〔〈鵝媽媽出嫁〉部分〕　日據時期臺灣小說研究　臺北　文史哲出版社　1995 年 2 月　頁 710—711

1198. 于　飛　從〈無醫村〉看日據時代的臺灣醫學　夏潮　第 1 卷第 7 期　1976 年 10 月　頁 65—66

1199. 陳銘芳　楊逵〈無醫村〉的藝術特質　臺灣新生報　1998 年 7 月 4 日　13 版

1200. 林燕珠　冰山底下綻放的玫瑰——楊逵的抵抗精神與〈無醫村〉　聯合文學　第 180 期　1999 年 10 月　頁 90—95

1201. 郭侑欣　當聽診器遇見草藥——〈蛇先生〉與〈無醫村〉中的疾病和醫療敘事[159]　臺灣文學研究學報　第 4 期　2007 年 4 月　頁 227—257

---

[159] 本文藉賴和〈蛇先生〉與楊逵〈無醫村〉2 篇小說，探討其疾病書寫及對現代醫學所採取的立場。全文共 4 小節：1.前言；2.日本的殖民醫療政策；3.當西方醫學遇見本土醫學；4.結論。

1202. 葉石濤、彭瑞金講；許素貞記　　在自我挑戰中前進——葉石濤、彭瑞金對
　　　　談（上）——〈犬猴鄰居〉不因年久時遠而失色　民眾日報
　　　　1979 年 9 月 12 日　12 版

1203. 葉石濤、彭瑞金講；許素貞記　　在自我挑戰中前進——葉石濤、彭瑞金眾
　　　　副小說對談評論〔〈犬猴鄰居〉部分〕　葉石濤全集・評論卷六
　　　　臺南，高雄　國立臺灣文學館，高雄市政府文化局　2008 年 3 月
　　　　頁 394—395

1204. 王世勛　　下山專爲〈牛犁分家〉——楊逵新劇演「野臺戲」　臺灣日報
　　　　1980 年 10 月 25 日　7 版

1205. 洪醒夫　　懷念那聲鑼！！——〈牛犁分家〉野臺戲公演盛況啓示　臺灣日
　　　　報　1980 年 11 月 12 日　8 版

1206. 雪　柔　　讓鑼聲響四方〔〈牛犁分家〉〕　臺灣日報　1980 年 11 月 23 日
　　　　8 版

1207. 陳鼓應　　楊逵先生的〈牛犁分家〉　臺聲　1985 年第 2、3 期合刊　1985
　　　　年 4 月　頁 9

1208. 陳偉華　　壓不扁的玫瑰花——臺灣作家楊逵和他的劇作〈牛犁分家〉　福
　　　　建戲劇　1985 年第 5 期　1985 年 5 月　頁 18

1209. 周　青　　〈牛犁分家〉與「臺美族」[160]　楊逵作品研討會　南寧　中國作
　　　　家協會主辦　2004 年 2 月 2—3 日　〔13〕頁

1210. 周　青　　「楊逵作品研討會」論點摘編——〈牛犁分家〉與「臺美族」
　　　　世界華文文學論壇　2004 年第 2 期　2004 年 6 月　頁 25—26

1211. 周　青　　〈牛犁分家〉與「臺美族」　楊逵——壓不扁的玫瑰花　北京
　　　　臺海出版社　2004 年 9 月　頁 123—137

1212. 吉　翔　　楊逵的〈野菜宴〉　書林　第 7 期　1980 年 10 月　頁 49

1213. 趙天儀　　〈即興〉解析　1982 年臺灣詩選　臺北　前衛出版社　1983 年 2

---

[160]本文以楊逵的劇本〈牛犁分家〉比喻、批判在美臺人的臺獨運動，析論楊逵反臺獨的立場。全
　文共 3 小節：1.〈牛犁分家〉；2.「臺美族」；3.簡單結語。

月　頁 184

1214. 張恆豪　關於〈和平宣言〉及其他　臺灣新文化　第 1 期　1986 年 9 月　頁 36—41

1215. 張恆豪　關於〈和平宣言〉及其他　楊逵的文學生涯　臺北　前衛出版社　1988 年 9 月　頁 257—264

1216. 田　野　世界上最貴和最高的稿費——記楊逵先生發表〈和平宣言〉事　人民政協報　1987 年 2 月 28 日　4 版

1217. 陳映真　楊逵〈和平宣言〉的歷史背景（上、中、下）　中國時報　1999 年 4 月 7—9 日　37 版

1218. 鍾逸人　關於楊逵〈和平宣言〉的幾點疑問　臺灣文學館通訊　第 5 期　2004 年 9 月　頁 94—96

1219. 魏貽君　又見祖父遺作〔〈寫作研究〉〕　中國時報　1989 年 4 月 7 日　23 版

1220. 陳維松　〈才八十五歲的女人〉賞析　臺灣散文鑑賞辭典　山西　北岳文藝出版社　1991 年 12 月　頁 72—73

1221. 塚本照和　第七十八回臺灣研究研討會紀錄——談楊逵的〈田園小景〉[161]　臺灣風物　第 41 卷第 4 期　1991 年 12 月　頁 135—152

1222. 塚本照和　楊逵の〈田園小景〉について　天理臺灣研究會年報　第 1 期　1992 年 1 月　頁 30—33

1223. 塚本照和　談楊逵的〈田園小景〉　歷史文化與臺灣（四）——臺灣研究研討會紀錄（76—100 回）　臺北　臺灣風物雜誌社　1996 年 3 月　頁 33—45

1224. 許俊雅　日據時期臺灣小說蘊含的思想內容——楊逵〔〈增產之背後——老丑角的故事〉部分〕　日據時期臺灣小說研究　臺北　文史哲出版社　1995 年 2 月　頁 488—490

1225. 張恆豪　比較楊逵與呂赫若的「決戰小說」——〈增產的背後〉與〈風頭

---

[161] 日文篇名為〈楊逵の〈田園小景〉について〉。

水尾〉[162]　臺灣文學研討會　臺北　淡水工商管理學院主辦
1995 年 11 月 4—5 日　〔16〕頁

1226. 歐薇蘋　「皇民作家」時代の楊逵について[163]　熊本大学社会文化研究
第 15 号　2008 年 3 月　頁 119—133

1227. 蕭幸君　自失した者たちのめざめ——「坑夫」と楊逵〈増産の蔭に——
呑気な爺さんの話〉を中心に　漱石と世界文学　京都　思文閣
出版　2009 年 4 月　頁 33—68

1228. 李麗玲　覺醒與實踐——試論楊逵的〈頑童伐鬼記〉　臺灣文藝　第 148
期　1995 年 4 月　頁 32—35

1229. 星名宏修著；葉石濤譯　楊逵與〈怒吼吧！支那〉　臺灣日報　1997 年 1
月 3 日　23 版

1230. 星名宏修著；葉石濤譯　楊逵與〈怒吼吧！支那〉　葉石濤全集・翻譯／
資料卷　臺南，高雄　國立臺灣文學館，高雄市文化局　2009 年
11 月　頁 95—98

1231. 星名宏修　中国・台湾における〈吼えろ中国〉上演史——反帝国主義の
記憶とその変容[164]　日本東洋文化論集・琉球大学法文学部紀要
第 3 號　1997 年 3 月　頁 48—52

1232. 星名宏修　楊逵改編〈吼えろ支那〉をめぐって[165]　台湾文学研究の現在
東京　緑蔭書房　1999 年 3 月　頁 71—91

1233. 星名宏修　台湾における楊逵研究——〈吼えろ支那〉はどう解釈されて

---

[162]本文省思日本學者尾崎秀樹〈臺灣文學備忘錄〉指出中日全面決戰後，臺灣人作家思想意識已
從抗日逐漸屈從的觀點，並以楊逵與呂赫若爲例，從他們的作品探討臺灣總督府利用文學爲戰
爭協力時，他們如何因應。全文共 7 小節：1.尾崎的觀點合乎歷史真相？；2.決戰小說是「對產
業戰士鼓舞激勵之糧」；3.楊逵式的「陽奉陰違」；4.〈增產之背後〉訊息；5.呂赫若與自我心靈
在「對話」；6.〈風頭水尾〉的寄託；7.臺灣文學之路就是血淚交織的歷史。

[163]本文探討楊逵被日本政府派遣考察而寫成的小說〈增產之背後——老丑角的故事〉是否爲皇民
文學。全文共 2 小節：1.時代と文学；2.〈増産の蔭に〉創作の意味するもの。正文前有〈はじ
めに〉，正文後有〈おわりに〉。

[164]楊逵劇作〈吼えろ支那〉部分。

[165]本文描述楊逵回憶〈怒吼吧！中國〉改編成劇本的經過、如何改編及改編的特點。全文共 4 小
節：1.問題の設定；2.楊逵は〈吼えろ支那〉をどろ回想しているか；3.楊逵編〈吼えろ支那〉
か成立するまで；4.楊逵は〈吼えろ支那〉をいかに改編したか。

きたか[166]　日本台湾学會第一回学術大会論文　東京　東京大学
2000 年 6 月 3 日　〔10〕頁

1234. 洪富連　楊逵〈人生的意義是什麼〉　當代主題散文的研究　高雄　復文
圖書出版社　1998 年 4 月　頁 136—139

1235. 許南村〔陳映真〕　「臺灣文學」是增進兩岸民族團結的渠道——讀楊逵
〈臺灣文學問答〉[167]　噤啞的論爭　臺北　人間出版社　1999 年
9 月　頁 32—44

1236. 許南村　「臺灣文學」是增進兩岸民族團結的渠道——讀楊逵〈臺灣文學
問答〉　文藝理論與批評　2000 年第 3 期　2000 年 5 月　頁 50
—57

1237. 曾健民　評介「狗屎現實主義」爭論——關於日據末期的一場文學爭鬥—
—〈擁護狗屎現實主義〉——伊東亮　噤啞的論爭　臺北　人間
出版社　1999 年 9 月　頁 117—118

1238. 陳幸蕙　少年阿輝的抉擇——關於楊逵小說〈種地瓜〉　明道文藝　第
283 期　1999 年 10 月　頁 40—46

1239. 浦基維，涂玉萍，林聆慈　辭章創作與時代背景——政治背景——對統治
政權的反動〔〈種地瓜〉部分〕　散文・新詩義旨古今談　臺北
萬卷樓圖書公司　2002 年 1 月　頁 37—38

1240. 陳幸蕙　〈種地瓜〉與你一起閱讀　成長的風景　臺北　幼獅文化公司
2002 年 10 月　頁 74—75

1241. 楊佳嫻　楊逵〈種地瓜〉　臺灣成長小說選　臺北　二魚文化公司　2004
年 11 月　頁 34

1242. 〔游喚，張鴻聲，徐華中編〕　〈墾園記〉　現代散文精讀　臺北　五南

---

[166]本文主要探討楊逵劇作〈怒吼吧！中國〉於臺灣的研究。全文共 4 小節：1.はじめに——楊逵研
究に対する「違和感」；2.楊逵は〈吼えろ支那〉をどのように回想しているか——「光復前
後」の問題点；3.台湾における〈吼えろ支那〉研究はどうなつているのか；4.おわりに。
[167]本文探討 1947 年以來楊逵提出的臺灣文學論點。全文共 6 小節：1.臺灣進步文論的三個波次；2.
臺灣文學議論的形式背景；3.「臺灣文學」成立的理由；4.「奴才文學」論；5.關於「奴化教
育」；6.增進兩岸人民的理解與團結。

圖書出版公司　2000 年 9 月　頁 25—32

1243. 楊　翠　　〈墾園記〉賞析　閱讀文學地景・散文卷　臺北　行政院文建會
　　　　　　　2008 年 4 月　頁 236—237

1244. 彭小妍　　關於〈天國與地獄〉　聯合報　2001 年 6 月 6 日　37 版

1245. 林慧婷　　扭曲的模範——試論楊逵小說〈模範村〉塑造的人物性格與其呈
　　　　　　　現的社會背景[168]　第二十九屆鳳凰樹文學獎　臺南　成功大學中
　　　　　　　國文學系　2001 年 6 月　頁 537—555

1246. 賴松輝　　劉捷的「文藝組織生活」——文藝組織生活——楊逵〈模範村〉
　　　　　　　反映的階級意義　日據時期臺灣小說思想與書寫模式之研究　成
　　　　　　　功大學中國文學系　博士論文　呂興昌教授指導　2002 年 7 月
　　　　　　　頁 228—231

1247. 古添洪　　關懷小說：楊逵與鍾理和——愛本能與異化的積極揚棄[169]　認
　　　　　　　同、情慾與語言　臺北　中研院文哲所　2004 年 12 月　頁 45—
　　　　　　　83

1248. 陳春好　　複數的風景——近代都市與農村的改造〔〈模範村〉部分〕　日
　　　　　　　治時期知識分子對殖民現代工程的批評　靜宜大學中國文學研究
　　　　　　　系　碩士論文　王惠珍教授指導　2008 年 6 月　頁 48—49

1249. 胡紫雲　　論楊逵〈泥娃娃〉中泥娃娃之意象表徵[170]　第二十九屆鳳凰樹文
　　　　　　　學獎　臺南　成功大學中國文學系　2001 年 6 月　頁 556—568

1250. 郭強生　　楊逵〈勝利進行曲〉　臺灣現代文學教程：戲劇讀本　臺北　二
　　　　　　　魚文化公司　2003 年 7 月　頁 23—24

---

[168]本文探討楊逵身處的時代背景與精神如何造就他的作品風格，及其如何運用文學創作宣傳自身
理念。全文共 5 小節：1.前言；2.〈模範村〉模範在哪裡？看日人對低下階級的壓迫；3.知識分
子與非知識分子的性格塑造；4.〈模範村〉所提到的國族問題；5.結語。

[169]本文以佛洛伊德「愛本能」、馬克思「異化」、洛德曼「規範功能」以及阿圖塞「多元決定」理
論，探討楊逵與鍾理和小說中的關懷主調。全文共 4 小節：1.關懷的理論基礎：愛本能與未經異
化的主體；2.〈夾竹桃〉、《笠山農場》與鍾理和的社群理念；3.〈模範村〉與「殖民」、「封建」
複合異化架構；4.結語。

[170]本文以〈泥娃娃〉為主，探討其作品特色以及特殊的寫實寫作手法。全文共 2 小節：1.概論楊逵
生平及作品風格；2.〈泥娃娃〉之作品研究。正文前有〈序〉，後附錄〈楊逵之著作〉。

1251. 曾健民　　關於楊逵與〈二二七慘案真因〉　文學二二八　臺北　臺灣社會
　　　　　　　科學出版社　2004 年 2 月　頁 343—345

1252. 陳萬益　　楊逵小說創作的起點——以〈貧農的變死〉為中心的討論　「二
　　　　　　　十世紀台灣文化綜合研究」學術研討會　東京　東京大學文學
　　　　　　　部，中研院中國文哲研究所主辦　2004 年 9 月 27—10 月 3 日

1253. 陳培豐　　由敘事、對話的文體分裂現象來觀察鄉土文學——翻譯、文體與
　　　　　　　近代文學的自主性——一九三〇年代的鄉土／話文運動和挫折—
　　　　　　　—鄉土／話文運動在實踐上的挫折〔〈貧農的變死〉部分〕　臺
　　　　　　　灣文學的東亞思考：臺灣文學藝術與東亞現代性國際學術研討會
　　　　　　　論文集　臺北　行政院文建會　2007 年 7 月　頁 196—197

1254. 尉天驄　　楊逵〈我的小先生〉故事的背後　總是無法忘卻　臺北　圓神出
　　　　　　　版社　2005 年 3 月　頁 143

1255. 橫地剛著；陸平舟譯　　讀〈《第三代》及其他〉——楊逵，一九三七年的
　　　　　　　再次訪日[171]　學習楊逵精神　臺北　人間出版社　2007 年 6 月
　　　　　　　頁 50—86

1256. 張堂錡　　體系化的探索、建構與可能——臺灣報導文學理論研究綜述——
　　　　　　　〈何謂報告文學〉：楊逵的呼喚與理論的萌芽　追想彼岸：現代
　　　　　　　中文文學研究論叢 2　臺北　文史哲出版社　2008 年 10 月　頁
　　　　　　　109—111

1257. 路寒袖　　作品導讀／〈憶賴和先生〉　青少年臺灣文庫 2——散文讀本
　　　　　　　2：狂歌正年少　臺北　國立編譯館　2008 年 12 月　頁 12

◆多篇作品

1258. 春田亮　　私小說に就いて〈泥人形〉の場合と〈無醫村〉の場合　興南新
　　　　　　　聞　1942 年 7 月 6 日　4 版

1259. 王曉波　　論〈和平宣言〉及〈「首陽」解除記〉——《被顛倒的臺灣歷

---

[171]本文從楊逵如何接觸到蕭軍的《第三代》開始，探討其對《第三代》的評論。全文共 6 小節：1.
楊逵的再次訪日；2.與《第三代》的相遇；3.土匪的「真實」；4.「官民一致的美德」；5.「泥
腳」與「黏土之足」；6.隱居首陽。

史》自序[172] 被顛倒的臺灣歷史 臺北 帕米爾書局 1986 年 12
月 頁 1—50

1260. 河原功著；葉笛譯 楊逵〈送報伕〉的成立背景——從楊逵的處女作〈自
由勞動者的生活剖面〉和伊藤永之介的〈總督府模範竹林〉、〈平
埔蕃〉考查[173] 賴和及其同時代的作家：日據時期臺灣文學國際
學術會議 新竹 清華大學主辦 1994 年 11 月 25—27 日

1261. 河原功 楊逵〈新聞配達夫〉の成立背景——楊逵の処女作〈自由労働者
の生活断面〉と伊藤永之介の〈総督府模範竹林〉〈平地蕃人〉
から[174] 成蹊人文研究 第 3 号 1995 年 3 月 頁 35—49

1262. 河原功 楊逵〈新聞配達夫〉の成立背景——楊逵の処女作〈自由労働者
の生活断面〉と伊藤永之介の〈総督府模範竹林〉〈平地蕃人〉
から よみがえる台湾文学——日本統治期の作家と作品 東京
東方書店 1995 年 10 月 頁 287—311

1263. 河原功著；葉笛譯 楊逵〈送報伕〉的成立背景——從楊逵處女作〈自由
勞動者的生活剖面〉和伊藤永之介的〈總督府模範竹林〉、〈平埔
蕃〉考察 葉笛全集・翻譯卷 6 臺南 國家臺灣文學館籌備處
2007 年 5 月 頁 557—585

1264. 歐薇蘋 楊逵〈新聞配達夫〉に見られる資本主義批判——台湾社会に視

---

[172]本文評論楊逵的〈和平宣言〉與 12 年的冤獄，兼及其小說作品。全文共 15 小節：1.以〈和平宣言〉獲罪；2.將先知當罪犯；3.消滅獨立及託管的企圖；4.局部和平及馬克思主義理想者；5.誰將是歷史法庭上的被告；6.臺灣文學者總崛起；7.價值空虛信仰崩潰；8.〈泥娃娃〉和〈鵝媽媽出嫁〉；9.老丑角的故事；10.適應日本國策的姿態；11.〈怒吼吧！中國〉；12.臺灣文學的盲點；13.泣血之作或反面教材；14.與「皇民文學」的對決；15.了卻多年來的心願。

[173]本文藉由比較楊逵與伊藤永之介的作品，考察〈送報伕〉的寫作背景。全文共 5 小節：1.前言；2.處女作〈自由勞動者的生活剖面〉；3.作為〈送報伕〉的原型的〈自由勞動者的生活剖面〉；4.伊藤永之介的〈總督府模範竹林〉和〈平埔蕃〉；5.結語。日文篇名為〈楊逵〈新聞配達夫〉の成立背景——楊逵の処女作〈自由労働者の生活断面〉と伊藤永之介の〈総督府模範竹林〉〈平地蕃人〉から〉。

[174]本文共 4 小節：1.処女作〈自由労働者の生活断面〉；2.〈新聞配達夫〉の原型としての〈自由労働者の生活断面〉；3.〈新聞配達夫〉の反響；4.伊藤永之介〈総督府模範竹林〉と〈平地蕃人〉。正文前有〈はじめに〉，正文後有〈むすびに〉。

点をおいて[175]　熊本大学社会文化研究　第 8 号　2010 年 3 月
頁 97—108

1265. 塚本照和　　談楊逵的〈田園小景〉和〈模範村〉[176]　賴和及其同時代的作
家：日據時期臺灣文學國際學術會議　新竹　清華大學主辦
1994 年 11 月 25—27 日

1266. 塚本照和　　楊逵の〈田園小景〉と〈模範村〉のこと[177]　よみがえる台湾
文学——日本統治期の作家と作品　東京　東方書店　1995 年
10 月　頁 313—344

1267. 施　淑　　書齋、城市與鄉村——日據時代小說中的左翼知識分子〔〈送報
伕〉、〈鵝媽媽出嫁〉部分〕　賴和及其同時代的作家：日據時期
臺灣文學國際學術會議　新竹　清華大學主辦　1994 年 11 月 25
—27 日

1268. 施　淑　　書齋、城市與鄉村——日據時代的左翼文學運動及小說的左翼知
識分子〔〈送報伕〉、〈鵝媽媽出嫁〉部分〕　兩岸文學論集　臺
北　新地文學出版社　1997 年 6 月　頁 77—79

1269. 雷麗欽　　楊逵小說中的成長主題——以〈送報伕〉與〈鵝媽媽出嫁〉爲例
[178]　中國語文　第 100 卷第 6 期　2007 年 6 月　頁 104—115

1270. 許俊雅　　日據時期臺灣小說蘊含的思想內容〔〈無醫村〉、〈模範村〉、〈送
報伕〉部分〕　日據時期臺灣小說研究　臺北　文史哲出版社

---

[175] 本文以〈送報夫〉爲〈自由勞動者的生活剖面〉的延伸爲基礎，進而比較探討這 2 篇小說的相
異點。全文共 2 小節：1.作品成立的背景；2.相違点。正文前有〈はじめに〉，正文後有〈まと
め〉。

[176] 本文探討〈田園小景〉和〈模範村〉的文章結構與版本問題。全文共 4 小節：1.〈田園小景〉之
後半部被禁發了嗎；2.〈模範村〉的譯者與〈田園小景〉、〈模範村〉之結構；3 對「原稿」之後
附「文字」的單純疑問；4.「原稿」與「版本」以及若干文章的校合。日文篇名爲〈楊逵の〈田
園小景〉と〈模範村〉のこと〉。

[177] 本文共 4 小節：1.〈田園小景〉の「後半部」は「禁止された」のか；2.〈模範村〉の訳者と
〈田園小景〉〈模範村〉の構成；3.「原稿」の後に付された「一文」への素朴な疑問；4.「原
稿」と「テキスト」および若干の文章の校合。正文前有〈はじめに〉，正文後有〈むすび
に〉。

[178] 本文析論楊逵的〈送報伕〉及〈鵝媽媽出嫁〉，解讀在日治時代背景下，其小說書寫了哪些與成
長有關的主題。全文共 4 小節：1.前言；2.〈送報伕〉與〈鵝媽媽出嫁〉文本的探討；3.〈送報
伕〉與〈鵝媽媽出嫁〉的成長主題；4.結語。

1995 年 2 月　頁 385—443

1271. 許俊雅　日據時期臺灣小說中知識分子形象〔〈模範村〉、〈送報伕〉、〈鵝媽媽出嫁〉、〈無醫村〉、〈春光關不住〉部分〕　臺灣文學二十年集 1978—1998：評論二十家　臺北　九歌出版社　1998 年 3 月　頁 450—451

1272. 歐宗智　殖民統治的生活困境——日據時代小說中的庶民悲劇〔〈模範村〉、〈送報伕〉、〈水牛〉、〈歸農之日〉部分〕　書評　第 35 期　1998 年 8 月　頁 10—11

1273. 王惠萱　試析楊逵〈送報伕〉與〈模範村〉中的批判意識[179]　中正大學中國文學研究所研究生論文集刊　第 2 期　2000 年 9 月　頁 163—177

1274. 向陽等主編[180]　散文卷——楊逵作品導讀〔〈首陽園雜記〉、〈墾園記〉、〈我有一塊磚〉、〈羊頭集〉、〈智慧之門將要開了〉、〈太太帶來了好消息〉〕　臺中縣國民中小學臺灣文學讀本・導讀卷　臺中　臺中縣文化局　2001 年 6 月　頁 51—56

1275. 向陽等主編　小說卷——楊逵作品導讀〔〈送報〉、〈泥娃娃〉、〈鵝媽媽出嫁〉〕　臺中縣國民中小學臺灣文學讀本・導讀卷　臺中　臺中縣文化局　2001 年 6 月　頁 81—89

1276. 向陽等主編　兒童文學卷——楊逵作品導讀〔〈我的小先生〉、〈自強不息〉、〈賣花的孩子〉、〈賣花婆〉、〈冰山底下過活七十年〉〕　臺中縣國民中小學臺灣文學讀本・導讀卷　臺中　臺中縣文化局　2001 年 6 月　頁 147—153

1277. 趙勳達　抵殖民的文學現象——重構語言的文化空間〔〈水牛〉、〈番仔雞〉部分〕　《臺灣新文學》（1935—1937）的定位及其抵殖民

---

[179]本文析論〈送報伕〉與其延續的作品〈模範村〉，探討在批判意識上有何相承之處，以及表達人民被壓迫的處境上有何異同。全文共 4 小節：1.前言；2.生平簡介；3.〈送報伕〉和〈模範村〉中的批判意識；4.結語。

[180]主編：向陽、路寒袖、楊翠、陳益源、康原。

精神研究　成功大學臺灣文學系　碩士論文　林瑞明教授指導
2003 年 4 月　頁 136—138

1278. 趙勳達　抵殖民的文學現象——揭破富麗堂皇的假象〔〈模範村〉、〈水
牛〉部分〕　《臺灣新文學》（1935—1937）的定位及其抵殖民
精神研究　成功大學臺灣文學系　碩士論文　林瑞明教授指導
2003 年 4 月　頁 162—167

1279. 呂正惠　健康、開朗的寫實藝術[181]　楊逵作品研討會　南寧　中國作家協
會主辦　2004 年 2 月 2—3 日　〔3〕頁

1280. 呂正惠　「楊逵作品研討會」論點摘編——健康、開朗的寫實藝術　世界
華文文學論壇　2004 年第 2 期　2004 年 6 月　頁 24

1281. 呂正惠　健康、開朗的寫實藝術　楊逵——壓不扁的玫瑰花　北京　臺海
出版社　2004 年 9 月　頁 242—246

1282. 塚本照和講；邱若山譯　　楊逵の文学とその歴史的位置——作品〈新聞配
達夫〉、〈田園小景——スケッチブックより〉の版本（テキス
ト）の校合を通して　楊逵文學國際學術研討會論文集　臺中
國家臺灣文學館，靜宜大學臺灣文學系主辦　2004 年 6 月 19—
20 日　〔15〕頁

1283. 〔陳萬益選編〕　　〈我的書齋〉、〈憶賴和先生〉、〈首陽園雜記〉、〈墾園
記〉賞析　國民文選・散文卷 1　臺北　玉山社出版公司　2004
年 8 月　頁 194—195

1284. 羊子喬　導讀：楊逵〈臺灣地震災區勘察慰問記〉、〈墾園記〉　二十世紀
臺灣文學金典：散文卷（第一部）　臺北　聯合文學出版社
2006 年 5 月　頁 96

1285. 施　淑　土匪和馬賊的背後——楊逵・一九三七〔〈對「新日本主義」的
一些質問〉、〈期待於綜合雜誌的地方〉〕　學習楊逵精神　臺北
人間出版社　2007 年 6 月　頁 87—95

---

[181]本文以〈頑童伐鬼記〉及〈才八十五歲的女人〉作為例子，分析楊逵文學作品的藝術性。

1286. 呂美親　　楊逵臺語小說初體驗[182]　日本時代臺語小說研究　清華大學臺灣
　　　　　　　文學研究所　碩士論文　陳萬益，李勤岸教授指導　2007 年 7 月
　　　　　　　頁 109—127

1287. 黃紅春　　日據時期臺灣本土作家小說創作中的「中國情結」〔〈模範
　　　　　　　村〉、〈春光關不住〉部分〕　世界華文文學論壇　2008 年第 4 期
　　　　　　　2008 年 12 月　頁 28

1288. 朱雙一　　光復初期臺灣的「魯迅風潮」〔〈紀念魯迅〉、〈阿 Q 畫圓圈〉部
　　　　　　　分〕　百年臺灣文學散點透視　臺北　海峽學術出版社　2009 年
　　　　　　　3 月　頁 169—170

作品評論目錄、索引

1289.〔編輯部〕　　楊逵作品有關評介簡目　鵝媽媽出嫁　臺北　香草山出版社
　　　　　　　1976 年 5 月　頁 211—214

1290. 施　淑　　重要評論　中國現代短篇小說選析 2　臺北　長安出版社　1984
　　　　　　　年 2 月　頁 1037—1038

1291. 河原功編；楊鏡汀譯　　楊逵小說評論引得[183]　楊逵集（臺灣作家全集）
　　　　　　　臺北　前衛出版社　1991 年 2 月　頁 347—361

1292. 張季琳　　日本的楊逵研究　中國文哲研究通訊　第 23 期　1996 年 9 月
　　　　　　　頁 77—87

1293. 河原功　　楊逵研究文献目録　日本統治期台湾文学台湾人作家作品集・第
　　　　　　　一卷　東京　緑蔭書房　1999 年 6 月　頁 425—436

1294. 張季琳　　台湾における楊逵関係文献録　台湾プロレタリア文学の誕生—
　　　　　　　—楊逵と「大日本帝国」　東京大學大學院人文社會系研究科
　　　　　　　博士論文　2001 年 7 月　頁 47—69

1295. 張季琳　　中国における楊逵関係文獻目録　台湾プロレタリア文学の誕生
　　　　　　　——楊逵と「大日本帝国」　東京大學大學院人文社會系研究科

---

[182]本文析論楊逵使用臺灣話文創作的小說。全文共 3 小節：1.臺灣話文小說「起行」ê選擇意義；2.
　　「立志」未完成：〈貧農的變死〉；3.「夭壽」ê〈剁柴団仔〉。
[183]河原功寫至 1978 年 3 月，之後為方美芬增補。

　　　　　　　博士論文　2001 年 7 月　頁 70—72

1296.〔編輯部〕　楊逵研究資料目錄　楊逵全集・資料卷　臺南　國立文化資
　　　　　　　產保存研究中心籌備處　2001 年 12 月　頁 449—482

1297. 歐薇蘋　楊逵の研究文献目録　楊逵研究──植民地時代における楊逵の
　　　　　　　「転向」を中心に　熊本大学大学院社会文化科学研究科　博士
　　　　　　　論文　2010 年 3 月　〔16〕頁

其他

1298. 黑木謳子　創刊號を手にして[184]　新文學月報　第 2 號　1936 年 3 月　頁
　　　　　　　8—9

1299. 黑木謳子　創刊號を手にして〔《臺灣新文學》〕　日本統治期台湾文学
　　　　　　　文芸評論集・第二卷　東京　緑蔭書房　2001 年 4 月　頁 316

1300. 黑木謳子著；張文薫譯　拿起創刊號〔《臺灣新文學》〕　日治時期臺灣
　　　　　　　文藝評論集・雜誌篇 1　臺南　國家臺灣文學館籌備處　2006 年
　　　　　　　10 月　頁 439—440

1301. 中島利郎　雑誌《台湾新文学》中の魯迅の追悼文について　臺灣文學研
　　　　　　　究會會報　第 2 號　1982 年 12 月　〔2〕頁

1302. 葉石濤　楊逵的《臺灣新文學》　民眾日報　1986 年 12 月 16 日　11 版

1303. 葉石濤　楊逵的《臺灣新文學》　臺灣文學的悲情　高雄　派色文化出版
　　　　　　　社　1990 年 1 月　頁 77—79

1304. 葉石濤　楊逵的《臺灣新文學》　葉石濤全集・隨筆卷二　臺南，高雄
　　　　　　　國立臺灣文學館，高雄市文化局　2008 年 3 月　頁 395—396

1305. 葉石濤　《臺灣新文學》與楊逵　走向臺灣文學　臺北　自立晚報社文化
　　　　　　　出版部　1990 年 3 月　頁 87—91

1306. 葉石濤　《臺灣新文學》與楊逵　葉石濤全集・隨筆卷二　臺南，高雄
　　　　　　　國立臺灣文學館，高雄市文化局　2008 年 3 月　頁 391—394

1307. 葉石濤　楊逵與《臺灣新文學》　臺灣新聞報　1995 年 12 月 14 日　18

---

[184]本文為《臺灣新文學》的讀後感及期許。後由張文薫中譯為〈拿起創刊號〉。

版

1308. 葉石濤　　楊逵與《臺灣新文學》　臺灣文學入門：臺灣文學五十七問　高
　　　　　　　　雄　春暉出版社　1997 年 6 月　頁 67—70

1309. 葉石濤　　臺灣文學入門——臺灣文學五十七問——楊逵與《臺灣新文學》
　　　　　　　　葉石濤全集・評論卷五　臺南，高雄　國立臺灣文學館，高雄市
　　　　　　　　文化局　2008 年 3 月　頁 248—250

1310. 河原功　　《台湾新文学》の発刊　台湾新文学運動の展開——日本文学と
　　　　　　　　の接点　東京　研文出版　1997 年 11 月　頁 222—230

1311. 趙勳達　　禁用漢文的前奏曲——談《臺灣新文學》一卷十號被禁的「漢文
　　　　　　　　創作特輯」[185]　文學臺灣　第 41 期　2002 年 1 月　頁 162—194

1312. 王詩琅　　《臺灣新文學》雜誌始末　王詩琅選集・臺灣文學重建的問題
　　　　　　　　臺北　海峽學術出版社　2003 年 4 月　頁 82—85

1313. 趙勳達　　帝國觀點與左派思考的衝突——論《臺灣新文學》（1935—
　　　　　　　　1937）上臺、日籍作家對「殖民地文學的歧見」[186]　張文環及其
　　　　　　　　同時代作家學術研討會論文　臺南　國家臺灣文學館主辦　2003
　　　　　　　　年 10 月 18—19 日　頁 110—132

1314. 尹子玉　　楊逵《臺灣新文學》與無產階級文學運動[187]　第一屆全國臺灣文
　　　　　　　　學研究生學術研討會　新竹　國家臺灣文學館主辦　2004 年 5 月
　　　　　　　　1—2 日

---

[185]本文探討《臺灣新文學》第 1 卷第 10 號「漢文創作特輯」被禁的原因，除了當時離漢文被禁的
　　時間相近外，可能更與其刊載的賴堂郎〈稻熱病〉、莊松林〈老雞母〉、趙啓明〈西北雨〉、朱點
　　人〈脫穎〉、楊守愚〈鴛鴦〉、鄭明〈三更半暝〉、王詩琅〈十字路〉及周定山〈旋風〉8 篇小說
　　內容有關。全文共 5 小節：1.前言；2.《臺灣新文學》與《臺灣文藝》；3.三〇年代新文學刊物日
　　文作品的偏重情形；4.「漢文創作特輯」中的八篇漢文小說；5.結論。
[186]本文探討《臺灣新文學》裡日本作家「對臺灣的新文學的期望」專題與臺灣作家「反省與志
　　向」專題，位處日本中央文壇的左翼作家其「左翼觀點」與臺灣作家的異同處，其對殖民地文
　　學帶有多少的建設性論點，是否夾進了「帝國觀點」。全文共 4 小節：1.前言；2.臺日籍作家雙
　　方相同的看法；3.殖民者與被殖民者截然不同的視角；4.結論。
[187]本文從《臺灣新文學》專題、廣告進行分析，探討其與當時世界性無產階級文化運動的關聯。
　　全文共 5 小節：1.前言：《臺灣新文學》雜誌的經營；2.楊逵與臺、日無產階級文學運動；3.從專
　　題看《臺灣新文學》與無產階級文學運動；4.從廣告看《臺灣新文學》與無產階級文學運動；5.
　　結論。正文後附錄〈《臺灣新文學》雜誌廣告一覽表〉。

1315. 尹子玉　　楊逵《臺灣新文學》與無產階級文學運動　第一屆全國臺灣文學研究生學術研討會論文集　臺南　國家臺灣文學館　2004 年 7 月　頁 171—192

1316. 蔡佳潾　　臺灣的左翼運動與左翼文學的傳播──《臺灣新文學》　1930 年代臺灣與中國大陸的「文藝大眾化」論述探討　臺灣文學研究所碩士論文　徐秀慧教授指導　2009 年 1 月　頁 34—35

1317. 橫路啓子　鄉土文學論戰中的鄉土──論戰後漢語文化圈之發展與演變──楊逵與《臺灣新文學》　文學的流離與回歸──三○年代鄉土文學論戰　臺北　聯合文學出版社　2009 年 10 月　頁 262—266

1318. 許俊雅　　為客觀論述奠下堅實基礎──「日治時期臺灣文學期刊史編纂」總論〔《臺灣新文學》部分〕　文訊雜誌　第 304 期　2011 年 2 月　頁 45

1319. 趙勳達　　濃厚社會主義傾向──《臺灣新文學》簡介　文訊雜誌　2011 年 2 月　頁 74—75

1320. 趙勳達　　開同仁與誌友制度之先河──《新文學月報》簡介　文訊雜誌　2011 年 2 月　頁 76—77

1321. 葉石濤　　誰寫了〈悼魯迅〉？　自立晚報　1983 年 9 月 27 日　10 版

1322. 葉石濤　　誰寫了〈悼魯迅〉？　臺灣文學研究會會報　第 3、4 號合刊　1983 年 11 月　〔1〕頁

1323. 葉石濤　　誰寫了〈悼魯迅〉？　沒有土地，哪有文學　臺北　遠景出版公司　1985 年 6 月　頁 17—22

1324. 下村作次郎　茅盾の《大鼻子的故事》──台湾発行楊逵訳《(中国文対照中国文芸叢書) 大鼻子的故事》を中心として[188]　咿啞　第 18、19 號合刊　1984 年 12 月　頁 88—93

---

[188] 本文回顧楊逵翻譯《大鼻子的故事》時的文學活動，探討作品內容，析論楊逵選譯這部作品的因由。全文共 2 小節：1.「中日文対照中国文芸叢書」のこと；2.作品世界と楊逵訳《大鼻の話》のこと。後改篇名為〈台湾作家と中国新文学──楊逵訳《(中日文対照中国文芸叢書) 大鼻子的故事》〉。由葉石濤中譯為〈臺灣作家與中國新文學──楊逵譯《大鼻子的故事》〉；另有邱振瑞中譯版。

1325. 下村作次郎　　台湾作家と中国新文学——楊逵訳《（中日文対照中国文芸
　　　　　　　叢書）大鼻子的故事》　文学で読む台湾——支配者・言語・作
　　　　　　　家たち　東京　田畑書店　1994 年 1 月　頁 132—142

1326. 下村作次郎著；葉石濤譯　　臺灣作家與中國新文學——楊逵譯《大鼻子的
　　　　　　　故事（中日文對照中國文藝叢書）》[189]　民眾日報　1994 年 4 月
　　　　　　　23 日　24 版

1327. 下村作次郎著；邱振瑞譯　　臺灣作家與中國新文學——楊逵譯《大鼻子的
　　　　　　　故事（中日文對照中國文藝叢書）》　從文學讀臺灣　臺北　前
　　　　　　　衛出版社　1997 年 2 月　頁 128—129

1328. 下村作次郎　　台湾の作家・賴和の〈豊作〉について——一九三六年一月
　　　　　　　号《文学案內》の「朝鮮・台湾・中国新鋭作家集」より　天理
　　　　　　　大学学報　第 148 號　1986 年 3 月　〔21〕頁

1329. 下村作次郎　　（資料）「中日文対照——中国文芸叢書」　臺灣文學研究
　　　　　　　會會報　第 13、14 合併號　1988 年 12 月　〔2〕頁

1330. 黃惠禎　　臺灣文化的主體追求：楊逵主編「中國文藝叢書」的選輯策略[190]
　　　　　　　臺灣文學學報　第 15 期　2009 年 12 月 1 日　頁 135—164

1331. 黃惠禎　　楊逵與戰後初期臺灣新文學的重建——以《臺灣文學叢刊》為中
　　　　　　　心的歷史考察[191]　楊逵文學國際學術研討會論文集　臺中　國家
　　　　　　　臺灣文學館，靜宜大學臺灣文學系主辦　2004 年 6 月 19—20 日
　　　　　　　〔25〕頁

1332. 黃惠禎　　楊逵與戰後初期臺灣新文學的重建——以《臺灣文學叢刊》為中

---

[189] 本文共 2 小節：1.關於「中日文對照中國文藝叢書」；2.作品世界與楊逵譯《大鼻子的故事》。

[190] 本文以正式出版的 5 輯「中國文藝叢書」，配合楊逵遺物中相關的手稿資料，針對楊逵的選輯策略進行研究，並與同樣由其主編的《臺灣文學叢刊》互相比較。全文共 6 小節：1.前言；2.入選的作家與作品；3.語言與翻譯問題；4.策劃、出版與行銷；5.「中國文藝叢書」與《臺灣文學叢刊》之比較；6.小結。

[191] 本文探討楊逵如何藉由《臺灣文學叢刊》來重建戰後的臺灣新文學。全文共 6 小節：1.《臺灣文學叢刊》發行始末；2.不同省籍與世代的左翼作家群；3.重構臺灣歷史，反奴化的指控；4.再現臺灣社會，批評腐敗政權；5.言文一致與階級立場；6.楊逵與歌雷的合作計畫。正文前有〈前言〉，正文後有〈結語〉，附錄〈《臺灣文學叢刊》刊載作品一覽表〉。

心的歷史考察　臺灣風物　第 55 卷第 4 期　2005 年 12 月　頁
105—143

1333. 徐秀慧　二二八事件後楊逵的文化活動與《力行報》副刊研究[192]　2005 臺
中學研討會論文集　臺中　臺中市文化局　2005 年 12 月　頁 79
—107

---

[192]本文從楊逵擔任《臺灣力行報》副刊編輯後在副刊上呈現的文學風格，探討其社會主義思想。
全文共 4 小節：1.前言；2.《臺灣力行報》的發行背景；3.楊逵與《力行報》的副刊；4.國共內
戰下楊逵的「新文化」想像。正文後有〈結語〉。

國家圖書館出版品預行編目資料

臺灣現當代作家研究資料彙編. 4, 楊逵／黃惠禎編
選. -- 初版. -- 臺南市：臺灣文學館，2011.03
面；　公分.

ISBN 978-986-02-7254-3（平裝）

1.楊逵　2.傳記　3.文學評論

863.4　　　　　　　　　　　　　　100003435

【臺灣現當代作家研究資料彙編】04

楊逵

發 行 人／　　李瑞騰
指導單位／　　行政院文化建設委員會
出版單位／　　國立台灣文學館
　　　　　　　地址／70041 台南市中西區中正路 1 號
　　　　　　　電話／06-2217201　　　　　傳真／06-2218952
　　　　　　　網址／www.nmtl.gov.tw　　電子信箱／pba@nmtl.gov.tw

總 策 畫／　　封德屏
顧　　問／　　林淇瀁　張恆豪　許俊雅　陳信元　陳建忠　陳義芝　須文蔚　應鳳凰
工作小組／　　王雅嫻　杜秀卿　林端貝　周宣吟　張桓瑋
　　　　　　　黃子倫　黃寁婷　詹宇霈　羅巧琳
編　　選／　　黃惠禎
責任編輯／　　黃寁婷
校　　對／　　周宣吟　林肇豐　詹宇霈　趙慶華　蘇峰楠
計畫團隊／　　財團法人台灣文學發展基金會
美術設計／　　翁國鈞・不倒翁視覺創意
印　　刷／　　松霖彩色印刷事業有限公司

經銷展售／　　國家書店松江門市（02-25180207）
　　　　　　　國立台灣文學館—雪芙瑞文學咖啡坊（06-2214632）
　　　　　　　五南文化廣場（04-22260330）
　　　　　　　文建會員工消費合作社（02-23434168）
　　　　　　　南天書局（02-23620190）　　　唐山出版社（02-23633072）
　　　　　　　府城舊冊店（06-2763093）　　　台灣的店（02-23625799）
　　　　　　　啓發文化（02-29586713）　　　三民書局（02-23617511）

初版一刷／2011 年 3 月
定　　　價／新臺幣 430 元整　　全套新臺幣 5500 元整
GPN／1010000395（單本）
　　　1010000407（套）
ISBN／978-986-02-7254-3（單本）
　　　978-986-02-7266-6（套）

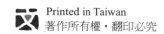
Printed in Taiwan
著作所有權・翻印必究